MAURICE DENUZIÈRE

Bagatelle

Tome I

(*Louisiane*, tome III)

ROMAN

J.-C. LATTÈS

© Éditions Jean-Claude Lattès, 1981.

" *Je me tournai vers le jardin de l'Amour
qui porte tant de si douces fleurs
et je vis qu'il était plein de tombes.* "

William Blake.

Première époque

LE TEMPS DES PROMESSES

1

M. DE CASTEL-BRAJAC chantait faux, le savait et s'en accommodait fort bien. En manches de chemise, gilet ouvert, les pouces étirant de larges bretelles lasses de maintenir, à l'équateur d'un ventre rond, la ceinture d'un pantalon de coutil blanc, il sollicitait à sa manière l'Astre du jour.

« Ah! lève-toi, Soleil, fais pâ... âlir les étoi... oi... oiles », lançait à pleins poumons le Gascon jovial, dont les amis appréciaient davantage la virtuosité de pianiste que les prétentions de ténor.

En cette matinée du samedi 28 avril 1898, les brumes printanières du Mississippi tardaient à se dissiper et l'on devinait dans les accents du chanteur un peu d'impatience. Gustave de Castel-Brajac venait de visser sur l'oculaire de sa lunette astronomique un filtre noir, envoyé de Paris par M. Bardou, son fournisseur habituel. Avec l'empressement d'un enfant nanti d'un jouet neuf, il entendait se livrer, sans plus attendre, à l'observation des fameuses taches solaires décrites par M. Camille Flammarion dans son *Traité d'astronomie populaire*.

Malgré l'aubade, tardive mais chaleureuse, que lui donnait l'astronome amateur, le soleil semblait se refuser à tout examen. Modulés par une voix puissante, les couplets de la cavatine de Roméo tombaient de l'observatoire établi au faîte d'un chevalement de bois comme les exhortations d'un muezzin convoquant les fidèles à la prière. Deux hérons bleus qui folâtraient dans les herbes aquatiques, au bord du lac en forme de croissant que l'on nomme « Fausse-Rivière », levèrent une tête inquiète. Plantés sur une seule patte comme de grosses fleurs sur leur tige, ils demeurèrent immobiles, oubliant de fouailler la vase cependant pleine de tendres vermisseaux. La mémoire atavique de l'espèce éveillait peut-être, dans le subconscient des échassiers, le souvenir des invocations indiennes du temps où M. de Chateaubriand courtisait Atala dans la forêt primitive.

Surpris par l'écho, une sterne mâle, en parade nuptiale, laissa tomber le petit poisson qu'elle apportait en présent à la femelle élue et s'éleva haut dans le ciel, en manifestant par des cris stridents son émotion et sa déconvenue. Gustave de Castel-Brajac, digne descendant des mousquetaires, prit ces criailleries pour ricanements critiques et haussa le ton.

Dans le feuillage des chênes, derrière les rideaux gris et veloutés de la mousse espagnole, des cardinaux ensommeillés se fourrèrent la tête sous l'aile pour ne plus entendre. Seul un grand pluvier à col blanc – que les Noirs de Louisiane nomment « papabotte » –, occupé à tapisser son nid avec de minuscules coquillages, refusa de se laisser distraire.

A cent pas de l'observatoire, Mme de Castel-Brajac s'avança sur la galerie de sa belle maison et tendit l'oreille en souriant. Son mari l'avait habituée à ce genre d'exubérance vocale. Le goût de Gustave pour le *bel canto* trouvait d'ailleurs chaque année, à Noël, l'occasion de se manifester publiquement quand, pédalant sur l'harmonium de la petite église de Sainte Marie, l'aimable Gascon interprétait *Minuit, chrétiens* en détonnant avec conviction.

« Je chante faux, mais j'entends juste », disait

volontiers M. de Castel-Brajac. Les paroissiennes n'y trouvaient rien à redire, encore que les choristes eussent parfois du mal à suivre le soliste.

Gloria de Castel-Brajac, quatre fois grand-mère, portait allégrement ses cinquante et un ans. Sa fille Augustine, épouse de l'avocat Clarence Barthew, lui avait donné trois enfants et sa fille Lucile, mariée à Omer Oscar Oswald, était mère d'un bébé de deux mois. Cette femme plantureuse, mais vive, aux chairs épanouies, à la peau laiteuse, était exempte de rides. Son opulente chevelure conservait, grâce aux brossages quotidiens de sa femme de chambre et aux interventions périodiques d'un coiffeur de La Nouvelle-Orléans sachant doser les teintures, la profondeur lustrée du jais.

« Tu mourras sans un seul cheveu blanc, ironisait Gustave assez fier de la belle santé d'une épouse autrefois conquise de la façon la plus romanesque[1].

– Tête de folle ne blanchit pas », répliquait Gloria, enjouée.

Elle s'apprêtait à retourner dans la maison, pour surveiller la préparation du déjeuner, quand le roulement d'une voiture sur le gravier de l'allée la rappela sur la galerie. Gloria reconnut tout de suite Citoyen, le majordome noir de Bagatelle, un ancien esclave né dans la plantation. Citoyen ne brillait pas par l'intelligence, mais sa fidélité et sa gentillesse en faisaient un domestique de confiance. « Pourvu qu'il ne vienne pas annoncer quelque malheur », imagina aussitôt Gloria qui, ayant connu beaucoup de tragédies familiales depuis que la guerre civile lui avait enlevé ses deux frères, redoutait toujours l'apparition d'un messager.

Sautant de son siège, le Noir leva la tête vers

---

1. Tous les événements intéressant le passé des personnages et l'histoire de la Louisiane, auxquels l'auteur fait allusion ou référence dans ce volume, ont été racontés dans les tomes I et II de cette saga, publiés sous les titres *Louisiane* et *Fausse-Rivière*, précédemment publiés.

l'observatoire, à demi caché par les frondaisons, où Gustave de Castel-Brajac vocalisait avec entrain et se dirigea résolument vers la maison.

« B'jour m'ame, c'est pas bon cette brume, les mouches piquent ce matin!

— Qu'est-ce qui t'amène, Citoyen?

— J'ai là un p'tit lette pour m'sieur Gustave, m'ame... le sénateur est venu à Bagatelle et je crois bien qu'il a envie de vous voir bientôt.

— Tout va bien là-bas?

— Oh! oui, c'est tè bien, m'ame, y a que le sénateur qui est arrivé hier.

— Eh bien, monte à l'observatoire, porte la lettre à mon mari.

— A la cabane, là-haut? » fit Citoyen incrédule.

Il savait que l'accès de la tour était interdit aux domestiques et gravir les trois échelles qui, de palier en palier, permettaient de s'élever dans le chevalement jusqu'au sanctuaire de l'astronome amateur, ne lui plaisait guère.

« Mais, oui, va vite, M. de Castel-Brajac est là-haut.

— Il est pas en colè, dites m'ame? Vous entendez comme il crie!

— Mais non, il n'est pas en colère, il chante... va. »

Avec la circonspection qu'il mettait dans tous ses gestes, le Noir grimpa et, passant la tête par la trappe ouverte dans le plancher de l'observatoire, risqua un regard dans la pièce où Gustave se tenait campé, face au paysage noyé dans le brouillard. Les yeux écarquillés, Citoyen prit pour un canon, plus petit mais plus beau que ceux qu'il avait entrevus pendant la guerre de Sécession, la lunette astonomique de cuivre inclinée sur son trépied. Comme il avait une sainte frayeur des armes, il renonça à pénétrer dans la pièce meublée de commodes d'acajou, de consoles surchargées d'instruments bizarres et d'un fauteuil capitonné, comme il en avait vu chez le médecin.

« Hep, hep! m'sieur Gustave », finit-il par lancer timidement en frappant le parquet à hauteur de son menton, avec l'index replié, comme s'il se fût agi d'une porte.

M. de Castel-Brajac pivota sur ses talons et découvrit, au ras du sol, la tête souriante de l'ancien esclave qu'il avait employé pendant quelques années, quand Charles, après la mort de Virginie de Vigors, s'était empressé de réduire le train de Bagatelle.

« Tu peux pas te montrer tout entier... boun Diou, qu'est-ce que tu veux?

– M'ame Gloria m'a dit de monter, m'sieur... j'ai monté... j'ai un p'tit lette que le sénateur m'a dit de porter vite... le sénateur il est venu à Bagatelle, m'sieur. »

Joignant le geste à la parole, le Noir tendit à bout de bras une enveloppe bleue. Gustave se pencha pour la saisir.

« Finis donc d'entrer... on ne va pas te manger! »

Pendant que M. de Castel-Brajac prenait connaissance du message, Citoyen se hissa dans la pièce en fixant la lunette comme s'il se fût agi d'un instrument de torture.

« C'est bon, tu diras à monsieur le Sénateur que je serai à Bagatelle à trois heures, bien que ça ne m'arrange guère aujourd'hui. Et aussi que Mme de Castel-Brajac nous rejoindra pour le dîner. Il faudra que tu viennes la chercher vers six heures. Compris? »

Citoyen, qui n'avait aucune confiance dans sa mémoire, frotta d'une main vigoureuse les bouclettes grisonnantes qui lui couvraient la tête.

« Ça serait mieux si vous faites un p'tit lette, m'sieur, pour dire tout ça, je l'empôte vite à m'sieur le Sénateur... »

En grommelant, Gustave, qui connaissait les insuffisances du domestique, se mit en quête d'une feuille de papier et griffonna trois lignes.

« Tiens, tu auras toujours la tête vide comme une coucourde... tu veux un cigare?

– Oh! non, m'sieur, ça me fait vomi! »

M. de Castel-Brajac haussa les épaules en souriant. « Si tous les nègres étaient comme celui-là, pensa-t-il, les Blancs passeraient tous pour des Pic de la Mirandole. »

Nanti de la réponse de Gustave, le Noir osa cependant formuler la question qu'il se posait à lui-même.

« A quoi y sert ce canon doré, m'sieur? C'est pour faire la guerre aux Espagnols, m'sieur?

– C'est pas un canon, macadiou, et les Espagnols sont loin d'ici, c'est une lunette pour regarder les étoiles.

– Les étoiles?

– Oui, et le soleil aussi, quand il veut bien se montrer... et la lune... et tout ce qu'il y a dans le ciel.

– Et on peut voi aussi le Bon Dieu, m'sieur, p'tête que vous l'avez vu?

– Bien sûr que je l'ai vu.

– Et comment qu'il est?... avec sa barbe!

– Eh bien,... il a la moitié de la figure blanche et l'autre noire! »

Le naïf Citoyen redescendit avec d'infinies précautions, ce qui ne l'empêcha pas de poser le pied à côté du dernier barreau de la dernière échelle et de se retrouver assis au pied de l'observatoire. Il sauta dans son buggy et reprit le chemin de Bagatelle en se demandant si M. de Castel-Brajac ne s'était pas moqué de lui, comme Bella, la nounou des enfants Vigors, qui lui avait dit un jour qu'on pouvait attraper les pigeons en leur mettant une pincée de sel sur la queue. Il avait essayé et savait maintenant que c'était impossible. Mais, regarder le Bon Dieu dans son ciel, à travers un tuyau doré, lui paraissait moins inconcevable. Il se promit d'en parler à Harriet Brent, la gouvernante, fille de l'ancien majordome. « Elle n'est pas moqueuse et sait à peu près tout ce qu'un Noir peut savoir depuis qu'elle a fréquenté l'école de Mlle Ivy », pensa-t-il.

Le soleil restant obstinément caché derrière l'écran de brume blafarde qui recouvre parfois le Mississippi pendant des jours entiers, ce qui oblige les vapeurs à ululer toutes les dix secondes, M. de Castel-Brajac se résigna, vers midi, à descendre de son perchoir.

Il se mit à table avec un visage morose, mais un pâté de bécasse et un canard au citron arrosés d'une bouteille de bordeaux le rendirent à son humeur naturelle, heureux dosage d'alacrité, de placidité et de truculence. Au café, en allumant son cigare, il fit part à sa femme de sa perplexité.

« Charles veut me voir d'urgence et seul... pour ce qu'il appelle « un service facile à rendre ». Je me demande ce que ça cache. J'ai lu dans le *Picayune* et *L'Abeille* qu'il est intervenu fort brillamment au Congrès, pour appuyer les patriotes qui souhaitaient que l'on déclarât la guerre à l'Espagne.

– C'est chose faite depuis trois jours, observa Gloria.

– Oui, mais habituellement, notre Charles n'est pas aussi pressé de quitter Washington.

– Il a peut-être encore besoin d'un prête-nom pour une affaire, cette guerre va être profitable aux industriels et Charles a des intérêts partout.

– Si la belle Marie-Gabrielle ne lui suffit plus, il faudra qu'il cherche des prête-noms ailleurs, bougonna Gustave.

– Oh! vous lui avez si rarement refusé quelque chose.

– Vous savez bien que j'aime ce pendard comme un

frère... mais j'ai souvent regretté ma faiblesse à son égard.

– Souvent... mais pas toujours, dit Mme de Castel-Brajac en pressant affectueusement la main de son mari.

– Si vous faites allusion à notre Augustine, il y a au moins une circonstance en effet où Charles a fait mon bonheur... mais cet égoïste ne le savait pas... et moi non plus.

– J'ai été si heureuse depuis ce temps-là, Gustave, que j'ai tout oublié. »

Chaque fois qu'il était ému, Gustave de Castel-Brajac se montrait volontiers bourru.

« Cette vieille histoire, à laquelle Charles n'a jamais fait allusion, ne m'intéresse plus. Soyez certaine que ce qu'il veut me demander a sans doute plus à voir avec les affaires ou la politique qu'avec la famille... N'empêche que je suis impatient de connaître la dernière idée du sénateur. »

Une heure plus tard, M. de Castel-Brajac, qui avait renoncé à sa sieste, car il comptait somnoler pendant le trajet entre Fausse-Rivière et Bagatelle, route mille fois parcourue, embrassa sa femme et se hissa dans son cabriolet en soufflant.

« Je vous enverrai le landau de Bagatelle vers six heures. Mettez, s'il vous plaît, la robe de soie paille à décolleté carré que j'aime vous voir... Il faut faire honneur au sénateur. »

Vêtu d'un complet gris souris, ouvert sur un gilet de velours grenat, cravaté de soie gorge-de-pigeon et coiffé d'un panama bordé, l'homme qui se préparait à rejoindre Charles de Vigors à Bagatelle venait d'entrer dans sa cinquante-septième année. Le teint coloré, le regard doux et malicieux, le nez rond, les joues pleines, il ressemblait un peu à ce moine réjoui qui, dans le tableau de Hogarth intitulé *La porte de Calais*, convoite au passage la pièce de bœuf que défend un livreur. Gustave de Castel-Brajac ne manquait pas pour autant de distinction. Sa vivacité naturelle, l'aisance de ses gestes l'aidaient à porter, malgré des jambes courtes, un embonpoint fondé sur une assiduité ancestrale aux rites de la table. Initié par une mère gourmande, il s'était efforcé de maintenir en Louisiane les principes de la gastronomie gasconne.

La demeure des Castel-Brajac, appelée « Castelmore », en hommage au légendaire d'Artagnan, était certainement la seule de la paroisse où l'on pût voir officier une cuisinière blanche. Gustave l'avait extirpée d'une immense famille cajun où cette femme, veuve sans enfants, s'usait dans des tâches subalternes. Quand il avait découvert qu'elle était gersoise, née sous les remparts du château de Blaise de Montluc, à Saint-Puy, il avait subodoré ses compétences culinaires. En apprenant qu'elle savait gaver les oies, cuire le confit, préparer les foies gras et les conserver, mitonner la garbure, braiser une perdrix aux choux, aussi bien que déglacer une sauce à l'armagnac, ou rouler patiemment la pâte feuilletée du « pastis », il l'avait embrassée et appelée « Cousine ». Puis, il lui avait offert, comme une charge majeure, les fourneaux de Castelmore devant lesquels venait de succomber un cuisinier mulâtre enlevé à Victor, l'un des meilleurs restaurants de La Nouvelle-Orléans. Depuis l'entrée en fonction de Cousine, vers 1885, la table des Castel-Brajac passait pour la meilleure et la plus raffinée de la paroisse. Cela valait à la cuisinière, qui ne donnait pas facilement ses recettes, une célébrité dont elle tirait vanité.

« Il n'y a que les veuves qui sachent bien faire la cuisine », disait Cousine d'un air entendu, quand les invités de Gustave lui adressaient des félicitations. Seules les demoiselles Templeton, trois vieilles filles, nièces d'un défunt général, ami de Castel-Brajac, ne lui pardonnaient pas de gaver les oies. Il est vrai que ces personnes militaient contre la vivisection depuis qu'en 1878 M. Richard Wagner et quantité d'autres âmes sensibles, en Europe et en Amérique, avaient pris la défense des animaux. Cela n'empêchait pas Lucie, Clotilde et Nancy Tampleton d'accepter avec reconnaissance toutes les invitations du maître de Castelmore et de savourer avec des mines de chattes effarouchées l'usufruit de la souffrance animale sous forme de foie truffé, de terrine ou de cassoulet.

Gustave, calé sur la banquette du buggy, que Pitou, le cheval, tirait au petit trot sur le chemin de terre battue, se disait qu'il eût été plus à l'aise dans son observatoire à ausculter le soleil à travers sa lunette qu'à courir les routes pour répondre à la convocation instante et désinvolte d'un vieil ami.

Il avait connu Charles de Vigors au cours des années 60, dans le petit monde joyeux et dilettante des étudiants en droit, au Quartier latin. Le Gascon, orphelin de père, s'était aussitôt attaché à ce fils d'un colonel d'Empire et de la veuve d'un marquis émigré en Louisiane. Le fait que Charles fût l'héritier, dans le Nouveau Monde, sur les rives fabuleuses du Mississippi, d'une immense plantation de coton et de centaines d'esclaves et que sa mère, incroyablement belle, régnât sur son domaine comme Mélusine sur la forêt bretonne avait ébloui le Gersois. Très vite, ce dernier avait compris que son ami, mû par une ambition qui n'admettait pas d'entraves, lui fournirait de nombreuses occasions d'inquiétude, peut-être de fâcherie.

Mais le jour où Charles avait déclaré, avec une sincérité tragique, qu'on ne pouvait mettre en doute : « Tu es mon frère et je sais que tu seras toujours là pour m'empêcher d'aller trop loin », Gustave s'était résolu à prendre l'homme tel quel : superbement intelligent, séduisant comme un prince exotique, avide de plaisirs plus que de bonheur, calculateur roué, à la fois égoïste et gaspilleur, capable des pires extravagances pour conquérir une femme et apte à s'en détacher sans émotion.

Quand, après la défaite du Sud esclavagiste, Charles de Vigors, son diplôme d'avocat en poche, avait décidé de rejoindre à Bagatelle sa mère, veuve pour la seconde fois, Gustave s'était embarqué avec lui pour la Louisiane en emportant douze ruches pleines d'abeilles et un matériel complet d'apiculteur. Grâce aux « butineuses corsetées de jaune et de noir », M. de Castel-Brajac, qu'on avait pris au début pour un farfelu, était devenu en peu d'années le plus gros producteur de miel du Sud et un homme riche. On trouvait des pots de verre à l'étiquette rouge frappée des initiales C.B. dans toutes les grandes villes des Etats-Unis et ses pastilles au miel « souveraines pour les maux de gorge », dans toutes les pharmacies. Le miel, récolté dans des milliers de ruches, à Fausse-Rivière, à Pointe-Coupée et même sur la rive gauche du Mississippi, dans la paroisse anglophone de West Feliciana, était conditionné à La Nouvelle-Orléans dans les ateliers où le père de Gloria avait longtemps fabriqué des machines à vapeur et des presses à coton.

Quand des visiteurs français demandaient à M. de Castel-Brajac ce qui l'avait incité à se fixer en Louisiane, il se contentait de répondre : « L'amitié m'avait amené, l'amour m'a retenu, le bonheur me garde. »

En vérité, mais sa pudeur l'empêchait de le dire, Gustave avait été séduit par le mode de vie à la fois rustique et raffiné du Sud, ému par les souffrances d'une aristocratie agraire, minée par la guerre civile, et surtout charmé, au sens magique du terme, par la mère de son ami Charles, Virginie de Vigors, l'inoubliable dame de Bagatelle. Sa rencontre avec Clarence Dandrige, l'intendant exemplaire incarnant toute la noblesse du Cavalier, n'avait pas été sans influence sur l'attachement ressenti pour les gens et les choses du pays.

Au fil des années, le Gascon avait fondé sa propre famille, assisté à l'ascension de Charles, devenu l'un des hommes les plus en vue dans le Sud, porté en terre Virginie et Dandrige, vu mourir un certain nombre d'amis chers, tandis que ses propres enfants s'éloignaient pour suivre leur destin.

Cette évocation du passé, que le trajet entre Castelmore et Bagatelle lui inspirait souvent car, sur ces quelques miles de route louisianaise, bien des choix le concernant avaient été faits, aurait conduit quiconque à la mélancolie.

L'heureux caractère de Gustave, sa lucidité, son fatalisme souriant, tempéré par une capacité à prendre les choses en main quand l'action se révélait nécessaire, le portaient au contraire, ce jour-là, à une évaluation satisfaisante du vécu et à un pronostic confiant pour l'avenir.

Alors que la route sortait de la zone ombragée de la forêt et débouchait, au milieu des cultures, dans la lumière aveuglante d'un soleil enfin dévoilé, Gustave de Castel-Brajac, les yeux mi-clos sous l'aile de son panama, imaginait que la dernière étape de sa vie pourrait être encore heureuse et féconde. Les représentants de la nouvelle génération, bambins qui marchaient à peine dans les foyers des parents ou des amis, étaient, comme les jeunes cotonniers que le Gascon voyait dans les champs de part et d'autre de la route, une riche promesse pour le Sud.

Ces garçons et ces filles qui n'auraient pas dix ans à l'avènement du nouveau siècle étaient nés absous du péché d'esclavagisme. La tare originelle des fortunes sudistes s'était dissoute dans le sang versé au cours d'une guerre fratricide. Les petits-enfants des confédérés hériteraient, pensait généreusement Castel-Brajac, une espérance intacte dans un monde neuf.

En voyant apparaître le gros orme penché qui marquait le carrefour, au bord du Mississippi, où la route de Fausse-Rivière coupait celle qui longeait le fleuve au pied des levées gazonnées, le Gascon se redressa sur son siège, jeta le bout de cigare qu'il mâchonnait encore et guetta l'apparition, derrière la masse verte des chênes, des toits aux tuiles de bois de Bagatelle. Ceux-ci émergèrent bientôt des frondaisons comme ces îlots rocheux que la mer couvre et découvre au rythme des marées et qui, à l'échelle des vies humaines, paraissent immuables et éternels.

Tant de destins s'étaient joués depuis plus de cent cinquante ans dans cette grande maison faite de planches de cyprès et de briques d'argile moulées par les esclaves, que Gustave lui attribuait des pouvoirs sibyllins.

A chaque approche, il en percevait le rayonnement comme s'il se fût agi d'un phare mystique dont l'invisible faisceau eût atteint, sans le secours des sens, l'esprit, le cœur, peut-être l'âme.

La demeure, construite par un gentilhomme français venu des bords de la Meuse cultiver le coton sur les rives du Mississippi, au temps où M. Law croyait à la prospérité de la Compagnie des Indes orientales, avait été dessinée par un architecte qui possédait sans doute les données anciennes du nombre d'or et savait comment l'élégance et l'harmonie d'un édifice tiennent à ses proportions, à la pente d'un toit, à l'équilibre d'une façade, au développement d'un escalier.

Bagatelle n'était pas une belle maison, à la façon dont l'entendaient les descendants des grands planteurs, ces « bourbons », nobliaux du coton qui avaient édifié, vers le milieu du XIXe siècle, d'immenses bâtisses blanches aux péristyles orgueilleux, surmontés de frontons grecs soutenus par des colonnes ioniennes ou doriques, derrière lesquelles s'ouvraient, d'une façade à l'autre, de larges vestibules où l'on dansait l'été sous les lustres tintinnabulants.

La beauté de Bagatelle tenait à la simplicité de sa galerie périphérique, à ses frêles colonnettes, à la rusticité des matériaux employés, à la splendeur végétale de son environnement. La maison avait été bâtie tandis que l'on plantait les chênes qui composaient maintenant une voûte sombre allant de l'escalier principal à la berge du fleuve. On pouvait imaginer que les arbres et les murs avaient grandi ensemble sous la poussée d'une même sève, ce qui expliquait peut-être la mystérieuse connivence perceptible entre l'élan spontané de la nature et la construction raisonnée de l'homme.

Certains lieux, depuis longtemps habités par la même famille, irradient ainsi une force d'attraction insolite. Il est rare, et Gustave de Castel-Brajac en avait fait l'expérience, qu'un être sensible y séjourne impunément. Les murs, le dédale des couloirs, les meubles et les objets, les odeurs indéfinissables, le craquement des planchers, le drapé des rideaux, les fissures des plafonds et des cloisons, ces paraphes apposés par le temps, les sillages des fumées autour du manteau des cheminées, les marches creusées pas à pas, les rampes lustrées par le glissement des paumes, tout est indice du passage de multiples existences.

Gustave s'était beaucoup interrogé sur cette sensation qui l'assaillait à chaque visite. Ces effluves, aussi aisément identifiables pour lui que les « émanations des corps organisés » dont parlent les savants, était-il le seul à les percevoir ? N'était-il pas le jouet de toutes les réminiscences sensorielles issues de trop de souvenirs accumulés, des soirées passées dans le grand salon autour du piano avec des êtres aujourd'hui disparus, des inquiétudes partagées, des drames vécus, des confidences faites à mi-voix, des regards échangés avec ceux et celles dont la mort avait clos les yeux sous les baldaquins poussiéreux. Lucide et pyrrhonien, il savait qu'il ne pouvait s'agir de présences fantomatiques, encore que les spectres eussent aussi, assurait la domesticité noire, leurs grandes et petites entrées à Bagatelle. Gustave associait plutôt le climat particulier de la vieille maison à un phénomène de magnétisme sédimentaire comme si tous ceux et toutes celles qui avaient vécu là, s'étaient délestés au cours des ans d'atomes d'énergie vitale qui, réunis, conféraient à Bagatelle une façon d'exister quasi humaine.

Le cabriolet était déjà engagé dans l'allée de chênes, sous les lambeaux de mousse espagnole, quand Gustave sortit de sa rêverie familière. Une domestique noire, un enfant blanc dans les bras, apparut sur la galerie comme le Gascon mettait pied à terre. Ayant gravi l'escalier, ce dernier vint caresser le menton de Céline, à peine âgée de six mois.

« Où est mon filleul ? interrogea-t-il aussitôt.
— M'sieur Osmond est au lit, M'ame l'a puni. Il dort la sieste !
— Et qu'avait-il fait, mon Dieu ?
— Il avait donné les gants de m'sieur le Sénateur au chien... pour jouer !
— La belle affaire... » grommela Gustave en pénétrant dans le salon, bien décidé à faire lever la punition.

Pour des raisons que peu de gens connaissaient, Osmond de Vigors, qui venait tout juste d'avoir cinq ans, était son préféré.

2

Dans la lumière tamisée du salon, dont personne n'osait plus ouvrir complètement les persiennes délabrées, Gustave vit s'avancer Stella. Les mains tendues, elle découvrait, dans un large sourire, l'éblouissante denture que lui enviaient beaucoup de demoiselles de plantation frénétiquement adonnées aux pâtes dentifrices.

« Oncle Gus, quelle joie... le sénateur repose. Il a demandé qu'on le prévienne de votre arrivée... mais rien ne presse... et nous pouvons bavarder un moment. »

M. de Castel-Brajac donna à la jeune femme trois gros baisers à la mode campagnarde, puis, sans lâcher les mains offertes, recula d'un pas pour apprécier la plastique de l'hôtesse.

« Tu es toujours plus belle... et cette robe te va à ravir.

— Taisez-vous, oncle Gus... vous parlez comme le sénateur. Pour la première fois depuis que j'ai épousé son fils, il a daigné me faire des « galanteries » comme nous disions chez les dames ursulines. »

Gustave s'installa commodément dans un fauteuil, puis l'index droit pointé vers le plafond :

« Méfie-toi, mon enfant, cet homme est dangereux, il ne compliment que pour mieux croquer, comme le loup du *Petit Chaperon rouge*!

— C'est qu'il est très bel homme, mon cher beau-père..., et diablement séduisant. Alix a déjà succombé à son charme. Elle m'a dit hier soir, du haut de ses quatre ans, « Papy Charles sent bon comme une dame, pas le tabac comme papa. »

— C'est la séduction même, convint Gustave un peu narquois. Mais sais-tu ce qu'il me veut?

— Je l'ignore, oncle Gus, je n'entends rien aux affaires et comme Gratien plaide depuis deux jours devant la Cour suprême, à Baton Rouge, et ne rentre que ce soir, je n'ai pas eu d'intermédiaire digne de recevoir les confidences du sénateur... ce qui est agréable, c'est que vous soyez là et que tante Gloria nous rejoigne pour le dîner. »

Tandis que Stella s'activait, tirait les sonnettes, appelait sur le seuil de la galerie, puis disparaissait finalement pour aller quérir des rafraîchissements ou des domestiques introuvables, Gustave, qui avait suivi les évolutions de la jeune femme, se prit à évoquer la curieuse destinée de celle-ci.

L'orpheline, ramenée en 1876 par le général Tampleton des bords de la Yellowstone, était devenue, convint-il tout d'abord, une fort jolie femme. Son teint mat, son nez légèrement busqué, ses pommettes hautes et ses cheveux aile-de-corbeau dénonçaient son ascendance indienne, tandis que ses yeux pers, pailletés d'or, confirmaient la proximité d'un métissage à dominante blanche. Stella s'efforçait d'atténuer les caractères de la race primitive en renonçant à l'attrait supplémentaire qu'aurait pu constituer le déploiement de sa longue chevelure. Elle se coiffait d'une manière qu'Augustine, sa meilleure amie, qualifiait de vieillotte : raie médiane nette et gros chignon torsadé sur la nuque. « Tu ressembles à une institutrice, défais donc tes cheveux » exigeait Gratien quand les époux se retrouvaient seuls à la veillée.

Malgré cette coiffure classique et une élégance de bon ton, l'apparition de Stella au seuil des salons, que son nom lui faisait obligation de fréquenter, suscitait de soudaines réticences dans les papotages ou les confidences et déclenchait une stricte observation de l'étiquette de plantation. Ces dames ne voulaient pas que l'on puisse dire, ou même penser, que le fait d'avoir pour grand-mère une princesse Choctaw, heureusement défunte, pouvait être considéré comme une tare mondaine, même si cela constituait une évidente dépréciation humaine. Puisque le hasard, ou des circonstances peu connues, avait fait de Stella la pupille d'un général fort estimé et son mariage avec Gratien de Vigors la bru d'un sénateur, on devait accueillir la jeune femme comme n'importe quel membre rapporté d'une F.L.F.[1]. Une telle attitude n'impliquait pas le développement de liens d'amitié, ni la nécessité d'une fréquentation assidue, encore moins des échanges d'idées ou de recettes de beauté. Des relations superficielles suffisaient, une « amérindienne » ne pouvant être admise dans l'intimité d'une *southern lady*. Stella, sans être dupe des simagrées mondaines, jouait parfaitement le rôle que l'on attendait d'elle. Loin de montrer de l'arrogance, comme certaines métisses qui avaient épousé des fils de famille, elle se tenait toujours légèrement en retrait avec aisance et même un peu d'affectation. Cette attitude satisfaisait les maîtresses de maison qui donnaient le ton dans la société des « bourbons » et dont les origines n'étaient peut-être pas aussi flatteuses que les arborescences généalogiques suspendues aux murs des bibliothèques de leur mari pouvaient le faire croire.

Gustave avait été longtemps le seul à pouvoir expliquer le mystère entourant l'ascendance de l'orpheline. La veille du mariage de celle-ci, après la signature du contrat, en remettant à Gratien la dot tardivement constituée pour la jeune fille par Clarence Dandrige et l'héritage laissé par Willy Tampleton à sa pupille, oncle Gus s'était résigné à révéler en choisissant ses mots, ce qu'il avait tu jusque-là. En apprenant pourquoi et comment son père, l'avocat métis Tom English, que les Indiens appelaient « Tonnerre de Parole », l'avait confiée au général Tampleton avant de périr sous les balles des soldats de l'Union, Stella avait pleuré. Quant à Gratien, il n'avait pu réprimer son étonnement en découvrant que Clarence Dandrige, ce M. Tout blanc de son enfance, qui lui paraissait si sévère et que les Choctaws avaient, disait-on, rendu

---

1. First Louisiana Family.

anaphrodite, était le grand-père de celle qu'il épousait.

« C'est merveilleux, oncle Gus, nous sommes donc tous deux de Bagatelle, s'était exclamé un peu naïvement le fils du sénateur.

– Si l'on peut dire... oui. Vous tenez tous deux à Bagatelle par des liens subtils et embrouillés... et je me demande si celui qui gouverne nos destinées n'a pas depuis longtemps décidé ces accordailles. »

Déjà nantis de trois enfants, Alix, Osmond et Céline, Stella et Gratien formaient maintenant un couple heureux. Ils menaient à Bagatelle, dont les terres étaient louées pour moitié aux Tiercelin, pour moitié aux Oswald, une vie calme et retirée, ne fréquentant que les familles depuis toujours admises à la plantation. Ils ne faisaient que de brefs séjours à La Nouvelle-Orléans pendant la saison d'hiver, « pour ne pas vivre comme des ours », disait Gratien. Ils préféraient aux grandes réceptions du temps de carnaval, où les femmes vont pour comparer leurs toilettes et leurs bijoux et les hommes pour voir comment sont tournées les maîtresses de leurs fils et chaussés les prétendants de leurs filles, les petits dîners entre amis et les concerts privés. Follement épris de sa femme, Gratien qui avait hérité l'impétuosité sexuelle de son père, mais au contraire de ce dernier ne la dispersait pas, pratiquait l'amour conjugal comme d'autres font chaque soir leur partie de whist. Aussi bien aux cartes qu'au lit, son registre se révélait limité et sa stratégie simplette, mais une endurance agreste gouvernée avec délicatesse et sans économie suppléait à un manque d'imagination sans conséquence.

Stella, dont l'information dans ce domaine était rudimentaire, la matière ne figurant pas au programme d'enseignement des ursulines, ne pouvait concevoir qu'il existât d'autres exercices que ceux proposés par un mari qu'elle adulait. Elle avait cependant osé confier à Augustine, un mois après son mariage, qu'elle se trouvait pleinement satisfaite par l'assiduité amoureuse de son époux, bien que ces « plaisirs de Vénus », dont on semblait faire si grand cas en littérature, lui parussent parfois un peu fatigants et, pour tout dire, monotones.

« Tu verras, lui avait soufflé à voix basse Augustine, plus délurée, c'est que Gratien n'est pas très audacieux ou que le respect qu'il a pour toi le retient encore de t'initier... plus complètement.

– On dit qu'il y a des façons... dégoûtantes... de faire ça... J'aime mieux ne pas les connaître », s'était récriée Stella en rougissant.

Augustine s'était mise à rire et avait conclu qu'on en reparlerait. On n'en avait pas encore reparlé.

Quand Stella réapparut dans le salon, houspillant une femme de chambre hébétée qu'elle avait débusquée dans la lingerie où la Noire faisait la sieste, Gustave de Castel-Brajac, tiré de sa somnolence, réclama un doigt de cognac avec un grand verre d'eau glacée.

« Depuis que l'on paie les nègres, on ne peut plus rien en faire ! » se plaignit Stella.

Comme Gustave ne relevait pas cette réflexion, entendue vingt fois par jour dans les plantations, elle ajouta :

« Au temps où la grand-mère de Gratien régnait, les choses ne se passaient pas ainsi, j'imagine... même après l'abolition... Je crois que je suis trop bonne avec ces gens. »

Gustave leva les yeux sur le grand portrait de Virginie peint par Dubuffe au cours des années 60 et qui, en raison de sa taille et du poids de son cadre de bois sculpté, n'avait jamais été suspendu. Posé à même le sol et dressé contre la cloison, derrière le canapé où s'asseyait toujours la dame de Bagatelle, il dominait néanmoins le salon.

« Aujourd'hui, notre chère Virginie ne ferait pas mieux que toi. Son autorité se serait émoussée au fil des ans contre l'apathie des Noirs. En protégeant leur liberté, les lois protègent leur paresse naturelle... Il faut s'y faire. Je pense qu'il convient d'attendre qu'ils ressentent l'aiguillon de l'ambition. Ça viendra avec l'éducation et ce goût du dollar à amasser que l'on donne à nos enfants dans les universités. Les Noirs seront un jour comme les Blancs, c'est-à-dire qu'ils domineront leur paresse médiocre et se mettront au travail pour s'offrir une paresse... plus confortable !

— Mais en attendant, reprit Stella avec un peu d'humeur, nous sommes de plus en plus mal servis et Gratien, trop généreux, ne réagit que mollement.

— Trop mollement, beaucoup trop mollement, c'est bien mon avis », enchérit une voix moelleuse de baryton venue de l'ombre.

Ayant marqué un temps d'arrêt sur le seuil, comme ces acteurs dont l'entrée attendue suffit à ravir le public, le sénateur Charles de Vigors s'avança vers Castel-Brajac. Les deux amis se donnèrent l'accolade.

« Tiens, j'ai trouvé cette petite chose à Washington et j'ai pensé que ça pourrait t'intéresser », fit Charles en tendant un paquet à Gustave.

C'était un livre relié en demi-maroquin bleu foncé, dont Castel-Brajac lut le titre à haute voix.

« *La planète Mars et ses conditions d'habitabilité* par Camille Flammarion... et illustré, mazette, de cinq cent quatre-vingts dessins télescopiques et vingt-trois cartes... Merci, Charles, tu me fais plaisir.

— Ce n'est rien... mais si tu découvres un jour une nouvelle étoile dans le ciel, n'oublie pas de lui donner mon nom.

— Tu veux parler d'une étoile filante... peut-être ! »

Les deux amis retrouvèrent spontanément le rire de leur jeunesse, du temps où ils s'amusaient d'un calembour facile, d'une contrepèterie osée, ou échangeaient des moqueries en forme d'aphorismes comme sur un court de tennis les joueurs se renvoient la balle. Charles avait toujours su choisir avec soin et finesse les cadeaux destinés à ses amis, comme il s'ingéniait à faire porter à une femme qui ne lui était pas indifférente les fleurs les mieux accordées à sa personnalité. Son secrétaire tenait un fichier confidentiel où figuraient les tons de prédilection, les mets favoris, la musique préférée, les écrivains élus des maîtresses de maison qu'il fréquentait ainsi que les marques de cognac, de cigares et les goûts sportifs des maris. Connaissant les manies des uns et les inclinations des autres, l'attachement de tel banquier à sa collection de sulfures, la passion de tel chirurgien pour les armes anciennes, le goût de certaines vieilles demoiselles pour les boîtes à mouches ou le penchant secret d'une veuve pour le marc de Bourgogne, Charles de Vigors pouvait satisfaire tout le monde et passait pour l'homme du monde le plus raffiné, on disait : « le plus français! ».

Gustave de Castel-Brajac, ému par le présent de Charles, n'en pensait pas moins qu'il s'agissait là d'une attention destinée à le mettre dans un état de réceptivité favorable. « Toi, mon bonhomme, se disait-il, tu me donnes du Flammarion comme nos vaillants colonisateurs distribuaient de la pacotille aux sauvages. » Mais, dans le moment même où le Gascon développait cette pensée, un réflexe amical l'obligeait à la rejeter. Douter de la spontanéité de Charles était désobligeant. Et cependant, Gustave savait depuis belle lurette à quoi s'en tenir, mais il acceptait d'être dupe, de contraindre sa lucidité au silence, de faire allégeance au charme de ce diable d'homme.

N'ayant accepté qu'un verre d'eau glacée, le sénateur de Vigors conversait avec aisance, donnant des nouvelles de Liponne et de ses filles, dont l'une,

Louise-Noëlle, venait d'annoncer son intention d'entrer en religion chez les ursulines, alors que sa sœur aînée, Marie-Virginie, mariée depuis trois ans à Amédée Tiercelin, se désespérait de ne pas avoir d'enfants.

« Heureusement, ma chère Stella, que vous êtes là pour soutenir la postérité de notre famille. Vous imaginez combien Liponne, en bonne Acadienne, est triste de ne pas voir ses filles multiplier le nombre de ses petits-enfants, alors que ses soixante-seize neveux et nièces en produisent une douzaine chaque année, pour le plaisir des autres grand-mères Dubard! »

Il y avait un peu d'ironie dans le ton modulé de Charles qui, Gustave et Stella le savaient, supportait difficilement la présence de bambins, qu'ils soient joyeux, geignards ou paisibles.

« Allons! fit Gustave, console-toi, mon bon, et dis-moi un peu pourquoi tu m'as arraché à Castelmore! »

Charles de Vigors se leva, tira sur les pointes de son gilet, taillé dans la même flanelle grise et fine que son costume.

« Si tu veux bien, nous ferons une petite promenade, ce dont nous avons à discuter ne peut intéresser une jeune femme », dit-il en se tournant vers Stella avec un sourire enjôleur.

Puis il réclama son chapeau, un feutre bordé comme en portaient les Bostoniens, et se dirigea vers la porte. Gustave fit un clin d'œil à Stella et s'extirpa de son fauteuil.

« Nous pourrions prendre le cabriolet et grimper aux Trois-Chênes, je suis sûr que tu n'as pas visité la tombe de ta mère depuis deux ou trois ans, suggéra le Gascon.

– Montons aux Trois-Chênes... j'aime assez la vue qu'on a de là-haut. »

Les deux hommes abandonnèrent le cabriolet au pied du tertre et trouvèrent, dans les herbes folles, le sentier qui s'élevait en spirale jusqu'à la plate-forme ombragée, où, sous des dalles de marbre rose, corrodées par les intempéries, reposaient depuis vingt ans, côte à côte, Virginie de Vigors et Clarence Dandrige. Le sénateur n'avait pas jusque-là prononcé une parole qui eût permis à Gustave de subodorer les raisons de cette demande d'entretien confidentiel. Le Gascon ne s'impatientait pas pour autant. Il connaissait les méthodes de Charles, celle notamment qui consistait à mettre en condition un auditoire auquel on avait promis une déclaration capitale. Il différait la révélation jusqu'au moment où la tension, ayant atteint son point culminant, rendait nécessaire la divulgation du message. Aussi bien au barreau qu'en politique ou en affaires, Charles de Vigors était passé maître dans cet exercice. Le sentier étant étroit, le sénateur s'y engagea le premier, ôta son feutre et, d'un pas égal, commença à gravir la pente. Gustave, qui s'essoufflait, fut bientôt distancé. Il n'était parvenu qu'à mi-côte quand la silhouette de son ami, poings aux hanches et fixant l'horizon par-delà le fleuve avec le sérieux d'un généralissime, apparut, hiératique, se détachant sur le ciel clair.

« Belle et noble attitude », pensa Gustave. Et il se prit à imaginer, plus tard, Charles statufié dans cette posture, grâce à une souscription publique, et dressé ainsi sur un socle au centre d'un carrefour de La Nouvelle-Orléans comme Henry Clay, ou au milieu d'un square comme Jackson. Le chef couvert de fiente de pigeon, point de ralliement des amoureux, pivot des rondes enfantines, encerclé par des nourrices caqueteuses, il serait salué par les voyageurs français, fiers de rencontrer en terre étrangère un compatriote dont les états de service avaient justifié le gaspillage d'une tonne de bronze à canon!

La représentation caricaturale que se faisait Gustave de la destinée *post mortem* de son ami n'excluait pas, alors qu'il atteignait la zone d'ombre des Trois-Chênes, une admiration teintée de jalousie pour le physique du sénateur. Au fil des années, alors que la plupart des nantis prenaient, comme Gustave, un embonpoint exagéré, des bajoues couperosées et connaissaient parfois les affres de la goutte, Charles de Vigors s'était astreint à perdre du poids, à cultiver la souplesse de ses muscles, à respecter en toutes circonstances des principes d'hygiène spartiates. A cinquante-quatre ans, il conservait l'allure d'un homme jeune, une peau saine, des mains sèches, un coup d'œil qui lui valait de beaux coups de fusil et une énorme faculté de travail.

Gustave, qui l'avait connu à vingt-trois ans, un peu joufflu, ripailleur insatiable et réclamant tous les mois à son tailleur deux centimètres d'aisance aux entournures, avait suivi depuis une quinzaine d'années l'évolution inattendue du fils de Virginie. C'était un être qui avait su composer son physique comme on compose sa toilette, afin d'apparaître en homme politique responsable et sobre, soucieux de maintenir au service du pays un corps, un cœur et une pensée en bon état. Depuis longtemps, Charles ne buvait plus qu'un verre de chablis au repas de midi et un verre de saint-émilion à celui du soir. Il refusait les sauces riches et les viandes grasses, se nourrissait de poisson poché et de légumes à l'anglaise. Dans les dîners mondains, il grignotait de-ci, de-là, abandonnait son verre plein. Dans les banquets, indispensables en Louisiane à l'entretien des convictions politiques, il expliquait que son état de santé ne lui permettait pas, hélas, de faire honneur au cuisinier aussi largement qu'il aurait souhaité. Il était clair, lorsqu'il se trouvait à table, qu'il s'intéressait davantage à ses voisines qu'à son assiette tout en suivant avec un sang-froid admirable les conversations des hommes d'affaires que la chaleur des vins rendait loquaces. Car il existait deux domaines dans lesquels M. de Vigors ne s'imposait aucune restriction : l'amour et l'argent. Obtenir les faveurs d'une femme ou celles d'un conseil d'administration relevait du même appétit de conquête. « L'instinct de possession, disait-il, est aussi vieux que le désir du père Adam et aussi incoercible que la boulimie. »

Liponne de Vigors, qui avait été autrefois éperdument amoureuse de ce mari venu l'enlever à sa famille cajun pour en faire une « dame en vue » de La Nouvelle-Orléans, s'en était depuis longtemps détachée. Gourmande et mélancolique, elle possédait un tour de taille comparable à celui de la reine Victoria et autant de mentons que la souveraine. Le mariage d'amour s'était transformé en union de convention, Liponne ayant renoncé à tenir le compte des maîtresses de son mari, qui se montrait d'ailleurs d'une discrétion exemplaire. Elle passait le plus clair de son temps à parcourir le pays cajun pour visiter son immense famille. On la rencontrait à toutes les noces, à tous les baptêmes, à tous les enterrements des Dubard de trois générations, de Lafayette au lac Charles, de Saint Martinville à Schreveport. Elle consolait les veuves, assistait les veufs, s'occupait de caser les orphelins, remplaçait au pied levé dans une plantation une cousine partie pour l'Europe, tenait l'intérieur d'une malade ou d'une opérée, organisait une vente de charité, un repas de fiançailles, un barbecue, des funérailles ou des noces d'or, avec l'autorité d'un entrepreneur. On demandait son arbitrage quand un litige survenait entre deux Dubard. Elle faisait intervenir son mari pour qu'un cousin au sixième degré obtienne de l'avancement au Pacific Railroad ou qu'une grand-tante, veuve d'un officier confédéré, voie sa pension revalorisée.

Aux élections, tous les Dubard en âge de voter donnaient sans exception leur suffrage aux candidats de tante Liponne qui, la tribu le savait, étaient ceux du sénateur. Charles avait un jour expliqué à Castel-Brajac que cette famille assurait au parti démocrate un bon millier de voix à travers les paroisses et lui permettait dans certains cas de contrôler, ici ou là, l'élection d'un juge ou d'un shérif sans qu'il lui en coutât une piastre.

« C'est beau la famille !... » s'était exclamé Gustave.

Mais ce n'était pas d'élection que Charles de Vigors désirait entretenir son ami, à l'ombre des chênes. Il laissa le temps au Gascon de s'éponger le front, de reprendre son souffle et de s'asseoir le plus confortablement possible sur le banc de bois à la peinture écaillée où Virginie de Vigors venait quelquefois méditer à la fin de sa vie.

« Gustave, tu sais que nous sommes en guerre contre l'Espagne, commença le sénateur.

– Boun Diou, bien sûr que je le sais, les journaux sont pleins de ça, on n'a jamais vu pareille flamme patriotique brûler d'un bout à l'autre de l'Union.

– Une véritable unanimité populaire, en effet. A Washington dans les théâtres, dans les restaurants, les orchestres ne jouent plus que des airs patriotiques, non seulement *The Star-spangled Banner*, mais aussi *Dixie*, mon vieux. Et j'ai vu des hommes et des femmes se lever pour chanter en chœur... et il en est de même à New York, à Chicago et à La Nouvelle-Orléans. Les gens ont l'air joyeux. »

Gustave prit un air pensif.

« Oui, c'est étrange. Qu'on puisse ainsi se réjouir de voir une guerre commencer me donne à penser que le réflexe romantique joue à plein...

– C'est plutôt le sentiment de l'unité nationale qui prévaut. Tous les Américains, malgré la diversité de leurs origines, ont pris conscience d'appartenir à un seul peuple, puissant et résolu. Sais-tu que six heures après que le télégraphe eut annoncé aux Anglais la déclaration de guerre, Londres pavoisait aux couleurs américaines, qu'une foule énorme massée devant notre ambassade acclamait notre ministre...

— Ouais, ouais, mais les Français, eux, ne pavoisent pas. *Le Temps* prédit que la guerre « aura de graves conséquences internationales ». *Le Journal des débats* parle de l'intervention américaine à Cuba comme d'« un acte de piraterie injustifiable ». Quant au *Globe*, si l'on en croit un extrait transmis par câble au consul de France à La Nouvelle-Orléans, il écrit : « la « Grande-Bretagne est l'associée hypocrite des Etats-« Unis » et « l'époque arrivera où l'Europe ne tolé-« rera pas davantage des mécréants et des assassins « comme John Bull et Frère Jonathan ». On ne peut être plus aimable.

— Je conçois que les Français soient mécontents. Certains d'entre eux ont placé des sommes importantes en rentes espagnoles et ce sont des banquiers français qui ont fourni les fonds nécessaires à des entreprises coloniales espagnoles. Ces placements vont se déprécier.

— Les Allemands non plus ne sont pas satisfaits, ni les Autrichiens à ce qu'en disent nos journaux.

— Pour les Autrichiens, c'est une affaire de famille. La reine Marie-Christine est une Habsbourg, fille de l'archiduc Charles-Ferdinand... Ils souhaitent naturellement la victoire de l'Espagne. Quant aux Allemands, ils ne s'intéresseraient pas à ce conflit si l'Empereur et Bismarck ne nous détestaient pas, ainsi que tous les militaires teutons.

— Le fait est, constata Gustave en souriant, qu'ils ont toujours pris les Américains pour des énergumènes capables de tuer et de vendre des porcs, mais incapables de se tenir correctement dans un salon... et de chanter juste!

— Ils envient surtout notre prospérité économique et Bismarck, qui rêve d'un grand empire colonial, est ulcéré de voir chaque année des milliers d'Allemands s'expatrier pour venir aux Etats-Unis, alors qu'un petit nombre seulement accepte de se rendre au Cameroun ou en Nouvelle-Guinée. Et puis, ses visées sur le Brésil ont été contrecarrées par la décision de Washington de ne permettre à aucune puissance européenne de fonder une colonie dans une partie quelconque du continent américain.

– On aurait tout de même dû éviter cette guerre, qui risque de n'être ni fraîche, ni joyeuse. »

Castel-Brajac, qui s'était battu en 1870, en France, contre l'envahisseur allemand, ne considérait pas l'affrontement de deux armées comme aventure pittoresque.

Charles de Vigors prit un temps de réflexion, posa négligemment le pied sur la pierre couvrant la tombe de sa mère et, la main appuyée sur le genou, se pencha vers Gustave.

« Nous ne pouvions faire autrement et c'est pourquoi le 19 avril, McKinley a obtenu sans mal le vote d'une résolution collective des deux chambres sommant l'Espagne d'abandonner sa souveraineté sur Cuba, de retirer ses troupes et de laisser les Cubains se gouverner eux-mêmes. Comme cet ultimatum est resté sans effet, nous ne pouvions que déclarer la guerre...

– Et voilà, c'est tout simple! s'indigna Gustave en imitant le ton et le débit distingués du sénateur. Et maintenant?

– Maintenant? Eh bien, on a promu le capitaine Sampson contre-amiral et une escadre a pris la mer pour assurer le blocus des côtes cubaines... tandis que les cent vingt-cinq mille volontaires demandés par le Président commencent à se rassembler.

– Et tu as bonne conscience, sénateur, toi le démocrate, le juriste qui a voté la guerre avec les républicains et les boutiquiers de New York?

— Pourquoi aurais-je mauvaise conscience, mon Dieu?

— Parce que cette guerre ne me plaît pas... que c'est une guerre de conquête... pas une guerre de libération... car tu te soucies comme d'une guigne... et moi aussi d'ailleurs... du sort du paysan cubain.

— Je t'ai connu plus belliqueux... Gustave. Que sont devenues tes ardeurs mousquetaires? Etouffées par la graisse? Affadies par les joies bonasses de la famille?

— Mes ardeurs mousquetaires, comme tu dis, je les réserve aux combats qui en valent la peine. Elles ne sont pas éveillées par les convoitises d'une nation cabotine qui confond la guerre et le base-ball!

— Comme dirait Liponne, tu déparles, Gus!... Ou tu es mal informé. C'est très bien de vendre du miel et de compter les étoiles entre les repas, mais il faut suivre les affaires du pays. Ne pas chercher dans les journaux que les arrivages de vins de Bordeaux ou de saumon d'Ecosse, hein?... avant de... médire de la patrie...

— Médire de la patrie! Macadiou, Charles, tu n'es plus au Congrès, garde tes phrases pour les journalistes. Si tu as des choses à me dire, dis-les, simplement, nettement, rapidement... Je meurs de soif, moi... Et d'abord, ça peut avoir un rapport avec la guerre, ce service que tu attends de moi?

— Un rapport direct, Gus, mais je voudrais tout d'abord que tu comprennes pourquoi nous, les démocrates, avons voté la déclaration de guerre. Ce n'est pas une décision qui a été prise à la légère... voyons, Gus. »

Charles considéra son ami avec attendrissement, puis il vint s'asseoir près de lui sur le banc, croisa les jambes en prenant soin du pli de son pantalon et attendit comme un maître d'école qui a décidé de laisser à un élève le temps de réfléchir à un problème.

Gustave le comprit bien ainsi. Tout en paraissant s'absorber dans la contemplation d'un paysage dont il connaissait tous les repères, tous les volumes, toutes les teintes, tous les déguisements saisonniers, le Gascon se remémora la genèse du conflit hispano-américain. Il le fit en toute honnêteté, sans parti pris, en suivant, tantôt la progression haletante d'un vapeur surchargé de tonneaux sur le Mississippi, tantôt les évolutions des mouettes cherchant dans le sillage des bateaux les succulents détritus que des mariniers jetaient par-dessus bord.

C'est en 1895 qu'avait commencé une nouvelle révolution cubaine. Elle était due, pour une large part, mais Charles de Vigors n'en aurait peut-être pas convenu, aux tarifs américains qui ruinaient les planteurs cubains, provoquaient la baisse des salaires et réduisaient les ouvriers au chômage. Cuba avait déjà connu une révolution semblable en 1868, mais les Etats-Unis, qui sortaient meurtris de la guerre de Sécession, ne s'étaient pas émus. Le Nord, parce qu'il venait lui-même de s'arroger pendant quatre ans le droit de réprimer par la guerre une rébellion, le Sud parce qu'il s'efforçait de panser ses plaies.

Cette fois-ci les rebelles cubains paraissaient mieux organisés et se montraient capables de tenir en échec les troupes espagnoles, envoyées dans l'île pour mater la révolution. Le gouvernement de la régente Marie-Christine avait, en octobre 1895, confié la responsabilité de la répression à un homme de fer, le général Valeriano Weyler y Nicolau[1], qui avait conduit une guerre d'extermination.

Comme les paysans sympathisaient avec les rebelles, les nourrissaient, les cachaient parfois, les soignaient à l'occasion, le général espagnol avait envoyé à travers le pays des troupes chargées de chasser ces gens de leurs maisons et de leurs terres et de les pousser vers les

---

1. Le général Valeriano Weyler est considéré comme l'inventeur des camps de concentration.

villes. Parqués dans des camps comme des bestiaux, à peine vêtus, hommes, femmes, enfants, vieillards devaient coucher à même le sol, boire de l'eau croupie et manger des aliments avariés.

Comme beaucoup d'honnêtes gens, Gustave de Castel-Brajac avait été indigné par cette répression aveugle, responsable de milliers de morts parmi les *reconcentrados*. En revanche, il s'était réjoui quand, sous la pression du président McKinley, le gouvernement de la régente Marie-Christine avait mis fin à ces pratiques inadmissibles.

« Nous aurions dû en rester au rappel de Weyler, dit-il, et ne pas envoyer le *Maine* à La Havane. C'était, comme l'a dit Mark Hanna, « jeter une allumette dans un puits de pétrole ». Il fallait laisser les Espagnols et les Cubains régler leurs affaires eux-mêmes!

– Tu oublies, Gus, que la révolution cubaine aussi bien que la répression espagnole menacent nos intérêts! Que les Américains ont investi de 30 à 40 millions de dollars dans les plantations, les mines et les chemins de fer de Cuba! Que les guérilleros brûlent parfois des récoltes et des habitations sans se soucier de savoir si leurs propriétaires sont espagnols ou américains, que des citoyens américains sont molestés par les Cubains qui ne veulent pas de ce qu'ils appellent « la racaille révolutionnaire », que notre consul, M. Fisthugh Lee, a été conspué! Non, crois-moi, après l'explosion du *Maine*, cette guerre était inévitable.

– Je crois, en y réfléchissant bien, qu'elle était inévitable parce qu'elle était décidée depuis longtemps!

– Comment cela?

– Elle était décidée à mon avis par ce type d'hommes pour qui la politique est toujours un corollaire de leurs affaires et dont on trouve beaucoup de représentants autour de McKinley. Ainsi le secrétaire au

Trésor, M. Lyman J. Gage, est président de la First National Bank de Chicago, M. John Hay, secrétaire d'Etat à la Guerre, est un dilettante millionnaire, M. Russell A. Alger, magnat du bois, est je ne sais quoi dans le cabinet, M. Cornelius Bliss, secrétaire d'Etat à l'Intérieur, est banquier à New York et l'on ne compte pas les amis de M. Rockefeller bien placés dans l'administration McKinley[1] !

— Même si quelques-uns peuvent trouver leur intérêt dans la guerre avec l'Espagne, fit d'un ton assez condescendant le sénateur, tu sais très bien que leurs aspirations n'ont pas été déterminantes. Sans la lettre stupide de Dupuy de Lome et l'explosion du *Maine*, les pacifistes, dont j'étais alors, auraient eu une chance de l'emporter. »

Sans se laisser troubler par l'air sceptique de Gustave, Charles rappela posément comment le journal de M. Hearst avait publié en février une lettre privée envoyée par M. Dupuy de Lome, ambassadeur d'Espagne à Washington, à son ami le señor Canalejas à La Havane[2].

Tous les citoyens américains s'étaient sentis offensés en découvrant comment ce ministre d'Espagne osait traiter le président des Etats-Unis.

« Et comment M. Hearst s'était-il procuré cette lettre privée ? demanda Gustave.

— Elle avait été volée... à la poste.

---

1. J. D. Rockefeller, qui était en effet partisan de la guerre, en fut aussi un des principaux bénéficiaires, à travers la National City Bank qui prit le contrôle de l'industrie sucrière à Cuba.
2. Dans sa lettre, le diplomate espagnol commentait un message du président McKinley et écrivait : « Outre la grossièreté naturelle et inévitable avec laquelle ce message répète tout ce qu'ont dit de Weyler la presse et l'opinion publique espagnoles, il démontre une fois de plus que M. McKinley est faible, populacier et, en outre, politicien de bas étage. Il désire se laisser une porte ouverte et demeurer en bons termes avec les chauvins de son parti. » (Cité par Harry Thurston Peck dans *Vingt années de vie publique aux Etats-Unis,* Plon).

— Macadiou, sûr qu'il y a un postier qui a eu de l'avancement! Ou qui s'est offert un buggy neuf!

— L'affaire de la lettre non plus ne fut pas déterminante et le Président lui-même, j'en ai été témoin, domina sa colère. Il avait le souci de ménager la fierté des Espagnols et ne souhaitait qu'obtenir la pacification de Cuba. Mais il y a eu la destruction du *Maine*[1].

— Et qui l'a fait sauter, tu le sais, toi, gros malin?

— La commission d'enquête navale, désignée par le Président, a conclu dans son rapport du 21 mars que le *Maine* a été détruit de l'extérieur, apparemment par une mine sous-marine. Les experts en ont trouvé les preuves dans le fait que les plaques de la cuirasse ont été repoussées vers l'intérieur du navire.

— Oui, mais les Espagnols soutiennent que l'explosion a été intérieure et la reine Marie-Christine a envoyé un télégramme pour exprimer sa sympathie à la marine américaine.

— Le fait est que l'honneur de l'Espagne en tant que nation civilisée est en jeu; aussi, nombreux sont les Américains qui acceptent la thèse d'une combustion spontanée des explosifs que transportait le navire ou d'une négligence de l'équipage.

— A moins que nos aimables guérilleros, trouvant que l'Amérique était un peu lente à venir à leur aide, aient voulu stimuler le patriotisme yankee! On peut

---

1. Le 15 février 1898, peu avant dix heures du soir, une explosion effrayante secoua le *Maine* toujours ancré dans le port de La Havane. Le vaisseau coula immédiatement. Deux cent soixante-quatre hommes d'équipage, deux officiers périrent. Il y eut de nombreux blessés. Le commandant du cuirassé, Charles D. Sigsbee qui se trouvait à terre, envoya immédiatement un télégramme qui parvint à Washington vers minuit. Après avoir raconté la perte du navire et redoutant sans doute l'émotion que la catastrophe allait susciter à travers les Etats-Unis, l'officier écrivait : « L'opinion publique, pour se prononcer, fera bien d'attendre jusqu'à plus ample information. » Harry Thurston Peck écrit dans ses mémoires : « Le peuple américain éprouva un sentiment d'indignation et d'horreur... il n'y eut pas cependant de violents cris de vengeance... Dans tout le pays le ton de la presse fut admirable. » (*Vingt années de vie publique aux Etats-Unis*, de Harry Thurston Peck, Plon).

même imaginer que les banquiers de New York et de Chicago, craignant de voir leur guerre tourner en compromis, ont gentiment suggéré ce feu d'artifice meurtrier!

— Saurons-nous jamais la vérité, soupira Charles de Vigors[1].

— En tout cas, nous sommes en guerre, le peuple crie « *Remember Maine* », comme on criait autrefois « *Remember Alamo* » et il paraît que les volontaires affluent dans les casernes.

— Il y a déjà des troupes en marche à travers la Floride, on va les réunir à Key West et...

— Mais tu ne m'as toujours pas dit un mot de ce que tu attends de moi, mon bon, ça fait une heure que nous discutons des causes, plus ou moins réelles et plus ou moins avouables, d'un conflit qui ne m'intéresse pas...

— Je vais te dire, Gus, ce que j'attends de toi... »

Le hurlement d'une sirène nasillarde interrompit brutalement le sénateur. Un vapeur à aubes, que gênait une péniche chargée de grumes, réclamait le passage au confluent du bayou Ditch.

« C'est le *Betsy Ann*, observa Gustave, la main en visière, Gratien doit être à bord, nous n'allons pas tarder à le voir passer là-bas vers l'orme penché...

— Eh bien, c'est justement de Gratien qu'il s'agit, reprit Charles de Vigors, saisissant au passage l'allusion qui lui facilitait les choses.

— Gratien?

— Oui, tu vas comprendre. Cette guerre est tout de même un peu la nôtre, aux Vigors et aux Dubard. J'ai trois plantations à Cuba... elles reviendront à Gratien. Et puis, tu ignores peut-être que le neveu préféré de

---

[1]. On ne la connaît toujours pas. L'épave du *Maine* a été renflouée en 1911 et de nombreux experts se sont penchés sur la coque éclatée, sans se faire une opinion définitive.

Liponne, Faustin Dubard, le fils de « Fraise », était médecin en second à bord du *Maine*. Il a été atrocement brûlé au visage, pour ainsi dire défiguré.

– Tout cela est bien triste, mais que vient faire Gratien dans cette histoire?

– Je souhaite qu'il s'engage... qu'il fasse son devoir!

– Qu'il s'engage? Tu veux envoyer ton fils à la guerre! Tu es malade, boun Diou!

– ...

– Gratien est fait pour être soldat comme toi pour être trappiste!... Tu le vois au milieu des clochards de New York, des chercheurs d'or faméliques, des forbans de tous poils et des paresseux patentés qui vont constituer le gros des... volontaires! Je ne te conseille pas de suggérer à ton fils de s'engager.

– Je voudrais que ce soit toi qui le fasses, Gus.

– Moi? Macadiou! Pour qui me prends-tu? Envoyer un père de trois enfants à la guerre, risquer sa vie pour ton sucre et ton tabac cubains... et pour la famille Dubard réunis, tu n'y penses pas... J'aurais l'impression de commettre un assassinat.

– Holà! Holà! Gus, que de grands mots! Cette guerre ne présente aucun risque. L'escadre de Sampson va bloquer la flotte espagnole et le corps expéditionnaire débarquera à Cuba pour recevoir la reddition des garnisons de La Havane et de Santiago... C'est une affaire d'un ou deux mois. »

Comme Castel-Brajac ne répliquait pas et gardait les yeux fixés sur le paysage, remâchant son indignation, Charles de Vigors reprit :

« J'aurais aimé que l'idée d'un engagement vienne spontanément à Gratien... comme un réflexe de patriote sudiste. »

Gustave tourna vers son ami un regard triste.

« Tu as autant de sentiment qu'une enclume! Ne compte pas sur moi pour stimuler la spontanéité de

Gratien, mais compte sur moi pour te désavouer si tu oses lui suggérer de s'engager dans l'armée.

– Pas dans l'armée, Gus. Je ne souhaite pas qu'il rejoigne l'armée régulière, j'aimerais qu'il s'engageât dans les Rough Riders[1] du colonel Theodore Roosevelt.

– Tu veux parler de la troupe réunie par ce politicien à lunettes, qui a passé un an dans le Dakota pour écrire un livre sur l'Ouest et qui s'est fait photographier par Gribayedoff, déguisé en cow-boy!

– Ce politicien a du courage en tout cas, il a démissionné de son poste de secrétaire adjoint à la Marine pour pouvoir s'engager...

– ... Et il s'est fait colonel pour aller à Cuba! Avec six ou huit cents types venus on ne sait d'où!

– Dans quelques jours, Roosevelt et les Rough Riders passeront par La Nouvelle-Orléans où ils embarqueront pour Key West et je me fais fort de convaincre Gratien de se joindre à eux. Il serait bon, comprends-tu, que cette troupe ne soit pas composée uniquement de supporters républicains et encore meilleur que le fils d'un élu démocrate y figurât... Tu comprends, Gus?

– Si je comprends! Tu veux faire la guerre... par fils interposé... Autrefois, en France, au moment de la conscription, on pouvait payer un type pour aller se faire tuer à votre place... toi ça ne te coûtera rien et tu en retireras un bénéfice politique! »

Charles se coiffa d'un geste sec de son feutre et, sans attendre Gustave, prit rapidement le sentier qui descendait vers le chemin des berges où stationnait le cabriolet.

M. de Castel-Brajac se mit sur pied avec effort, accablé par la discussion qu'il venait d'avoir avec son vieil ami. Il observa un moment les feux du soleil qui,

---

1. Rudes Cavaliers.

filtrant à travers le feuillage des chênes, mouchetaient de vibrantes taches jaunes les pierres tombales. « Virginie, pensa-t-il, n'aurait peut-être pas désavoué son fils, mais Dandrige eût été certainement de mon avis. »

En arrivant au pied du tertre, le Gascon se hissa à côté du sénateur déjà installé dans le cabriolet.

« Alors! fit Charles, tu ne veux pas m'aider à...

– Me fa cagas! » laissa tomber avec mépris Gustave.

C'était la première fois depuis trente ans qu'il osait signifier grossièrement à son ami que les limites étaient franchies.

3

Un dîner à Bagatelle devenait un événement quand le sénateur démocrate Charles de Vigors résidait à la plantation. Ses séjours étant brefs et généralement espacés de plusieurs mois, il demandait chaque fois à sa bru de réunir les représentants des vieilles familles qui, depuis plus d'un siècle, gravitaient autour du domaine majeur de la paroisse.

De telles réunions permettaient à l'homme politique d'évaluer l'attachement des électeurs, d'apprécier le mécontentement, d'accueillir des suggestions. Il ne déplaisait pas non plus au fils de Virginie de montrer à ceux et à celles qui avaient autrefois partagé ses jeux et ses goûters qu'il ne reniait pas ses origines aristocratiques et conservait dans les rapports humains cette simplicité un peu distante, propre à susciter à la fois la sympathie et le respect. Stella avait soumis à son beau-père la liste des invités et le sénateur l'avait approuvée.

Aux intimes, dont les rangs s'étaient éclaircis au fil des années, on avait adjoint, après la guerre civile, des voisins d'extraction plus obscure et des planteurs de moindre souche. Admis ou cooptés par les « bourbons », après une génération probatoire, les derniers venus dans le cercle bagatellien considéraient encore un bristol de Mme Gratien de Vigors comme une distinction mondaine. Les femmes inséraient les cartons à tranche dorée dans le cadre de leur miroir afin qu'ils ne puissent échapper aux regards de leurs amies. Les hommes, qui ne pouvaient user d'un tel subterfuge, s'arrangeait pour glisser dans une conversation de fumoir : « Nous dînons tel jour à Bagatelle avec le sénateur. » Si d'aventure un de ceux qui n'étaient pas conviés, mais dont l'honorabilité ne faisait aucun doute, demandait à l'heureux invité de bien vouloir transmettre une doléance au sénateur, le dîner prenait pour le sollicité une importance accrue.

Parmi ceux que Virginie de Vigors appelait autrefois les « convives de droit » figuraient traditionnellement, après les Castel-Brajac considérés comme « de la famille », les trois demoiselles Tampleton, les Redburn disponibles, les Clavy qui avaient donné un sénateur à l'Etat pendant la Confédération et plusieurs juges à la paroisse, les Aubron, propriétaires de deux compagnies de navigation, les Randall, très fiers d'être apparentés à ce jeune Ryder Randall qui, professeur d'anglais au Poydras College de Pointe-Coupée, était devenu brusquement célèbre, en avril 1861, pour avoir écrit une chanson que tout le Sud chantait encore : *Maryland, my Maryland!*

Depuis l'achèvement de la reconstruction du Sud, des amis et même de simples relations s'étaient élevés, par le biais d'unions plus ou moins facilement acceptées, au rang d'alliés. C'était le cas des Tiercelin dont le fils Amédée avait épousé en 1895 la fille aînée du sénateur de Vigors, Marie-Virginie, amie d'enfance et belle-sœur de Stella.

Avec le temps, qui polit tout y compris les réputations, d'autres noms avaient été inscrits sur la liste des agréés. Celui d'Oliver Oscar Oswald, notamment. L'ancien *carpetbagger*, rustaud et hâbleur, longtemps supporté grâce à son mariage avec Clara Redburn, paraissait enfin intégré sans restriction à la bonne société depuis qu'il avait acquis honnêtement une fortune enviable et marié son fils Omer Oscar à Lucile de Castel-Brajac. C'est encore par l'intermédiaire des Castel-Brajac que Clarence Barthew, maintenant associé de Gratien, avait resserré les liens qui unissaient depuis longtemps sa famille aux gens de Bagatelle, en épousant Augustine en 1892. Comme Marie-Virginie, Augustine était une amie d'enfance de Stella, si bien que les trois anciennes pensionnaires des ursulines de La Nouvelle-Orléans, réunies par leur mariage dans la même paroisse, se rendaient des visites fréquentes et formaient ce que Gustave appelait le « trio de charme de Sainte Marie ».

De la même façon qu'on avait oublié que M. Oliver Oscar Oswald était autrefois connu sous le sobriquet peu flatteur de Triple Zéro, on semblait n'avoir rien retenu dans la paroisse des origines de Clarence Barthew. Qui se souvenait encore que le filleul de l'intendant de Bagatelle, Clarence Dandrige, était le fils de cette jolie Mignette qu'on avait vu débarquer en 1830 à La Nouvelle-Orléans, portant les cartons à chapeaux de Virginie Trégan dont elle était la camériste ? Et qui aurait été capable de rappeler que le défunt père de Clarence, l'avocat Edward Barthew, avait dû se battre en duel sur un bateau du Mississippi contre un West-Pointer nommé Tampleton pour une mèche de cheveux de la belle et orgueilleuse maîtresse de sa future épouse ? Tous ces événements familiaux, ces situations cocasses, scandaleuses ou romanesques étaient le plus souvent ignorés de la nouvelle génération louisianaise. Les représentants de celle-ci ne semblaient s'intéresser qu'aux progrès de la science, aux réalisations de l'industrie, aux sports et au flirt, admis comme un délicieux passe-temps.

Dans les blanches demeures, figées derrière leurs colonnades au bout des allées de chênes séculaires et encore dépourvues d'électricité, existaient cependant des gens qui savaient tout des destins accomplis. Le soir, dans les familles assemblées à l'heure de la tisane de sassafras et de l'armagnac, il arrivait qu'une aïeule au visage strié de rides, aux mains tavelées, remuât le passé et puisât dans le sédiment de la saga sudiste un fragment d'existence.

Il se trouvait toujours dans ces cas-là quelque Cavalier rhumatisant au sourire paterne, et chaussé de bottines de chevreau glacé, pour soutenir la mémoire vacillante de la conteuse dans les passages scabreux, ou pour encourager la narratrice quand elle hésitait à franchir la frontière ténue séparant l'indiscrétion du ragot. Au cours de ces veillées, des jeunes filles curieuses et des garçons tourmentés par une fringale des sens pénétraient par l'imagination dans les arcanes des passions. *Antebellum* était le mot magique, le sésame qui ouvrait les jardins ténébreux où s'épanouissent les convoitises vénéneuses et mûrissent les voluptés interdites. C'était aussi la formule absolutoire. Encadrés par deux *antebellum* prononcés, le premier sur le ton du « il était une fois » des contes de Perrault, le second avec l'évidente satisfaction qu'éprouvent les gens honnêtes en restituant à l'oubli ce qu'ils lui avaient emprunté à des fins édifiantes, ces récits pouvaient être entendus par les adolescents. *Antebellum* autorisait la divulgation des péchés commis, des folies, des drames, des bonheurs dérobés. A travers l'écran brouillé des années révolues, le mot leur conférait l'innocuité rassurante des légendes.

Plus d'un garçon sanguin, plus d'une fille pubère ayant entendu raconter enlèvements, duels, noces fatales, adultères ignominieux et rendez-vous illicites meublait l'attente du sommeil avec ces révélations étonnantes, regrettant parfois de n'avoir pas su apprendre davantage de ces ancêtres d'allure austère, de ces oncles et de ces tantes disparus qui avaient aimé avec démesure ou impétueusement haï.

Quand Charles et Gustave, qui n'avaient pas échangé trois phrases pendant le retour en cabriolet, mirent pied à terre devant la maison, Gloria et Gratien, l'une venant de Castelmore, l'autre de Bayou Sara où l'avait débarqué le *Betsy Ann*, étaient arrivés depuis peu.

Les femmes papotaient dans le boudoir de Stella et Gratien, satisfait de retrouver son rocking-chair et sa pipe après trois jours passés à défendre, devant la Cour suprême à Baton Rouge, un notaire captateur d'héritage, jouait à pigeon-vole avec son fils Osmond, sur la galerie.

Dès qu'il vit arriver son grand-père et celui qu'il appelait, comme tous les membres de la famille, oncle Gus, le petit garçon se précipita à la rencontre des deux hommes. Faisant peu de cas du sénateur qui détestait les effusions enfantines, Osmond se planta devant le Gascon. Elevé à bout de bras, dûment secoué et embrassé par M. de Castel-Brajac, il retrouva terre pour s'écrier :

« Emmenez-moi voir les bateaux, oncle Gus, s'il vous plaît!

– Allons voir les bateaux si tu veux, mais laisse-moi d'abord dire bonjour à ton père. »

Gratien, qui s'était avancé sur la galerie à la rencontre de Charles et de Gustave, remarqua tout de suite l'air maussade de son père. La mine revêche du sénateur contrastait avec le sourire épanoui de Gustave. Connaissant les façons querelleuses de ces deux vieux amis qui n'étaient jamais d'accord sur rien et poursuivaient, au fil des années, des controverses ludiques, l'avocat les salua avec une déférence exagérée.

« Ces messieurs viennent encore de se dire des choses aimables, sans doute ?

– Des choses aimables en effet... mais sans importance, reconnut le sénateur en s'appliquant à moduler les syllabes pour montrer qu'il pardonnait suavement l'offense qu'on avait pu lui faire.

– Mon pauvre Gratien, tu as un père consternant... c'est tout ce que je puis dire... et une petite promenade avec cet être pur et encore incapable de malice me nettoiera l'esprit, m'apaisera le cœur... et me mettra en appétit, répliqua avec emphase Gustave de Castel-Brajac en caressant la tête d'Osmond.

– Tu ne devrais pas confier cet enfant à un mentor aussi douteux. Dieu sait quelles idées il lui mettra dans l'esprit », conseilla ironiquement le sénateur.

En adoptant un ton badin, Charles ramenait la fâcherie supposée au niveau d'un de ces épisodes drolatiques qui, depuis toujours, faisaient le sel de son amitié avec Gustave.

Comme Castel-Brajac et le petit Osmond s'éloignaient en direction de la levée, Harriet Brent, la gouvernante noire, apparut au seuil du salon. C'était l'être en qui on avait le plus confiance à Bagatelle. Femme plantureuse et d'un bon maintien, elle avait reçu une instruction que peu de Noirs possédaient alors. Elle s'exprimait en français comme en anglais, sans cet accent « congo » propre aux gens de sa race, et sans escamoter les consonnes, ni roucouler les terminales.

Son autorité sur la domesticité de la maison reposait sur une façon de commander qui n'admettait pas de réplique et sur une attitude distante à l'égard de tous. Ses silences impressionnaient autant que sa rigidité. Derrière cette attitude se cachaient une profonde mélancolie et une résignation dont peu de gens connaissaient la cause. Harriet expiait depuis des années une faute de femme qui, avec le temps, avait pris l'allure d'une assez jolie adolescente mulâtre nommée Lorette, fruit d'une passion mystérieuse que la gouvernante avait éprouvée, quinze ans plus tôt, pour un Blanc inconnu. Chassée par son père, l'ancien esclave qui avait été longtemps majordome à la plantation avant de devenir fonctionnaire et l'homme de couleur le plus en vue de la paroisse, Harriet avait fui avec sa fille. Même Stella, la seule personne avec qui la Noire bavardait quelquefois, ignorait où et comment la fille de Brent avait vécu. Elle n'était reparue qu'à la mort de sa mère pour recevoir le pardon paternel.

Quand elle s'était présentée à Bagatelle pour demander de l'ouvrage, Stella l'avait embauchée. Ainsi, la fille revenait librement servir les descendants des maîtres qui avaient tenu le père en esclavage. Dans les plantations de Louisiane, les cas semblables n'étaient pas rares, ce qui faisait dire à certains militants noirs que l'abolition n'avait, au bout du compte, pas changé grand-chose à la condition de la plupart des gens de couleur.

« Les enfants doivent dîner dans une demi-heure et aller au lit avant l'arrivée des invités. S'il vous plaît, monsieur Brajac, ne vous promenez pas longtemps », lança Harriet qui s'était avancée sur la galerie.

Le Gascon se retourna en grommelant :

« Bon, voilà le sphinx noir qui nous surveille...

– J'ai pas faim et j'ai pas sommeil, oncle Gus, dit rapidement à voix basse le petit garçon, emmenez-moi voir les bateaux. »

Gustave rassura d'un geste la gouvernante et tendit à Osmond un index que l'enfant saisit dans sa menotte. Ils s'éloignèrent sous les chênes, tandis que le sénateur demandait un verre d'eau et que son fils se faisait servir ce mint-julep à base de vieux bourbon du

Tennessee qui, à la fin d'une journée bien remplie, ranime les énergies, délie les langues et prépare heureusement au dîner.

Osmond n'était pas ce qu'on appelle un bel enfant. Ses membres longs et frêles semblaient avoir poussé trop vite et paraissaient sans proportion avec son buste étroit. Quand il jouait, on pouvait trouver à ses attitudes et à ses mouvements une ressemblance avec ceux des poulains encombrés de leurs longues jambes sans souplesse. La tête, en revanche, était, comme le disait le sénateur, intéressante.

Osmond avait une peau mate, lisse, d'un grain très fin, et des cheveux longs et bruns qui lui tombaient sur les épaules en anglaises naturellement régulières. C'était à n'en pas douter les reliefs de l'héritage indien. Au contraire de la plupart des garçonnets bien nourris qui conservent longtemps des rondeurs poupines, Osmond avait les joues plates et les pommettes apparentes. Un nez mince légèrement busqué, des lèvres pleines et ourlées, un front haut donnaient à ce visage, aux traits déjà équilibrés, une apparence achevée. On supposait chez cet enfant une maturité précoce, une intelligence en éveil, mais aussi une capacité de résistance. Des yeux d'un vert très clair atténuaient un peu cette austérité physique inhabituelle chez un bambin de cinq ans. Son regard se posait sur toute chose avec étonnement et pouvait passer pour rêveur quand aucun spectacle ne le sollicitait.

Il se dégageait de cette frimousse une expression vaguement sarcastique. Elle provenait d'un vague et incontrôlable sourire dû à la forme de la bouche aux commissures relevées. Stella, comme Harriet la gouvernante, amenée à faire quelques réprimandes au garçonnet, prenait souvent pour réplique insolente et muette ce rictus inné. Gustave de Castel-Brajac s'y était accoutumé, mais se demandait parfois comment, en grandissant, son filleul Osmond pourrait convaincre ses interlocuteurs, ses maîtres et les dames ou demoiselles qu'il ne se moquait pas de leur tournure, de leurs propos et de l'humanité tout entière.

Pour l'heure, Osmond était tout à son bonheur, même s'il trouvait que l'oncle Gus ne gravissait pas assez vite la pente de la levée. Celle-ci, en forme de talus établi tout au long du Mississippi pour en contenir les débordements, était interdite aux enfants par un prudent décret de Stella.

Aussi, Osmond était-il toujours à la recherche d'un adulte de bonne volonté, qui acceptât de le conduire au bout de l'allée de chênes, de l'autre côté de la route des berges, sur le flanc caché de la digue gazonnée au pied de laquelle coulait le fleuve.

Le grand boulevard liquide, malgré la concurrence que lui faisaient les chemins de fer, dont les réseaux se développaient, offrait toujours de fascinants spectacles et, pour un enfant, des occasions de s'émerveiller.

Les trains de barges tirés par des remorqueurs trapus et crachant des panaches de fumée malodorante étaient communs depuis que les charbons de l'Illinois, les marbres et les pierres à chaux du Missouri, le maïs et le ciment de l'Iowa, les bois du Wisconsin et les minerais de fer du Minnesota transitaient par La Nouvelle-Orléans. Plus rarement apparaissaient, discrets et fragiles, ces petits voiliers qui servaient de maison à des familles de mariniers nomades et, assurait-on, paresseux. Ces embarcations constituaient une flottille en voie de disparition, les machines à vapeur perfectionnées et de plus en plus puissantes supprimant les aléas de la navigation éolienne. C'est à ces parias du fleuve qu'allaient cependant les préférences d'Osmond. Assis sur la pente de la levée, les coudes reposant sur les genoux et le menton dans les mains, il pouvait rester des quarts d'heure entiers à suivre les lentes et zigzagantes évolutions de ces derniers artisans des transports fluviaux qui s'efforçaient de saisir, dans leurs toiles rapiécées, un des vents capricants du delta, capable de les pousser de méandre en méandre jusqu'à Natchez et peut-être jusqu'au confluent de l'Ohio. Silencieux et modestes, ces hybrides de tartane et de congre, considérés comme des gêneurs par les capitaines des vapeurs, avaient parfois bien du mal à se tenir hors de la route des rapides steam-boats dont les roues à aubes battaient le fleuve de leurs pales sang-de-bœuf en déroulant un sillage d'écume ondulante pareil à l'épine dorsale d'un monstre à demi immergé.

Quand on avait de la chance, on pouvait assister au passage d'un grand cargo descendant le fleuve à la vitesse d'un convoi du Texas and Pacific Railroad. Ses cheminées fluettes dépassant à peine d'un gigantesque et méthodique entassement de balles de coton, le bateau enfoncé jusqu'au bordage ressemblait à un pan de quai en marche. Le vent de la vitesse arrachait parfois aux balles crevées des flocons blancs, qui finissaient par se prendre dans le feuillage des érables et des saules, où les oiseaux venaient les cueillir pour capitonner leurs nids.

Cet après-midi-là, Osmond s'en retourna un peu désappointé de n'avoir reconnu que l'*America*, commandé par le capitaine Cooley et l'*Electro* sur lequel, Gustave l'apprit à son filleul, M. Jefferson Davis, très malade, avait fait son dernier voyage de retour vers sa plantation de Brierfields, le 13 novembre 1889[1].

« Bella m'a dit que, la nuit, on voit passer des bateaux pleins de lumières de toutes les couleurs et qu'on entend des fantômes qui rient et jouent de la musique... c'est vrai, oncle Gus?

– Sûr que c'est vrai, Osmond, et, quand tu seras plus grand, une nuit je t'emmènerai les voir, ces bateaux... mais il n'y a pas de fantômes à bord... ça ce sont des histoires de cuisinières nègres, Osmond.

---

1. Il devait mourir à La Nouvelle-Orléans le 6 décembre suivant.

– Ça existe, oncle Gus, les fantômes, Bella en a vu... et même elle leur a parlé... et justement ils descendaient d'un bateau, alors!... Et j'ai demandé à Harriet si c'est vrai!

– Et qu'a dit Harriet?

– Elle m'a dit qu'elle connaît deux fantômes, la Dame grise et M'amselle Pompom. La Dame grise vient de la rivière et la M'amselle Pom Pom sort d'un arbre, tiens, celui-là! dit Osmond en désignant le gros chêne le plus proche de la maison vers laquelle l'homme et l'enfant revenaient.

– Et alors, que font-ils, ces fantômes?

– Harriet dit que la Dame grise pleure et que M'amselle Pompom l'embrasse et la caresse... M'amselle Pompom, elle est habillée tout en blanc et elle a des cheveux dorés.

– La peste soit des négresses superstitieuses », bougonna Castel-Brajac.

Il se mettait en colère chaque fois qu'un domestique racontait aux enfants des histoires à dormir debout. Celle que venait de lui rapporter Osmond était bien connue dans la paroisse et la plupart des Noirs et quelques Blancs croyaient dur comme fer aux rencontres nocturnes du fantôme de Virginie avec celui de sa fille Julie, morte le jour de son mariage et enterrée sous un chêne.

« En tout cas, tu n'as pas à avoir peur, Osmond, les fantômes sont souvent tristes, mais jamais méchants.

– Oh! J'ai pas peur, oncle Gus, d'abord Harriet m'a dit que la Dame grise c'est la grand-mère de papa... alors elle nous connaît! »

Sur la galerie, Harriet attendait avec un air pincé le retour du garçonnet qui eut à peine le temps de souhaiter le bonsoir à son parrain. Par-dessus l'épaule de la gouvernante qui l'emportait, il adressa à Gustave un clin d'œil malicieux.

« Tu auras un bon dîner, oncle Gus, Bella a fait de la tarte aux noix. »

Le dîner fut exquis en effet, encore que Gustave, dont les exigences gastronomiques dépassaient les possibilités de la cuisinière des Vigors, eût trouvé la soupe d'huîtres trop épicée et la sauce qui accompagnait la pièce de bœuf et le riz sauvage un peu fluide.

Gloria de Castel-Brajac, enchantée de retrouver ses deux filles, Augustine et Lucile, et ses gendres, Clarence Barthew et Omer Oscar Oswald rayonnait de plaisir. Charles de Vigors regardait pensivement cette femme de cinquante ans au décolleté encore attrayant, à la peau blanche, qui riait comme une pensionnaire. Elle aurait pu porter son nom et l'accompagner dans la vie s'il ne lui avait préféré Liponne Dubard, la demoiselle cajun mieux dotée, dont il ne partageait plus qu'épisodiquement l'existence et qui ressemblait un peu trop maintenant aux matrones des peintres flamands. Sa vacuité de mâle béat et licencieux le contraignait à sourire. Cette séduisante grand-mère avait du moins été sa maîtresse. Adolescente intacte et ignorante, elle s'était autrefois livrée au jeune avocat qu'il était. Tandis que les convives dégustaient un entremets auquel il ne toucha pas, il s'abandonna à l'idée perverse de courtiser Augustine, sa propre fille. Le sénateur, qui avait été l'amant de sa demi-sœur, Gratianne, imaginait avec délectation un inceste plus dégradant.

Observant Augustine, sa nuque, ses épaules, sa gorge à peine couverte, il épiait en lui-même une émotion possible des sens. Il fut à la fois déçu et rassuré de ne rien ressentir, sauf peut-être une curiosité d'artiste qu'il ne pouvait confondre avec le désir et qui se transforma, quand il voulut forcer son imagination à s'engager davantage, en une véritable inappétence charnelle. « Est-ce que la voix du sang aurait une autorité? » se demanda Charles. Le regard que lui décocha à l'autre bout de la table le cher Gustave n'était pas dépourvu de dureté. Son vieil ami n'était-il pas capable, parfois, de pénétrer ses pensées, se demanda le sénateur qui engagea aussitôt une conversation avec Nancy Tampleton.

Les demoiselles Tampleton ne se déplaçaient en principe qu'en trio. Depuis leur enfance, elles n'avaient jamais été séparées et la vieillesse les soudait comme les branches d'un candélabre. On les invitait néanmoins dans les plantations, un peu par générosité et par fidélité à une famille qui avait donné à l'Etat un député et à la Confédération un général. Un peu aussi pour montrer aux étrangers de passage ces spécimens authentiques de la race des vieilles demoiselles sudistes, prudes, bigotes et portant avec une sorte de délectation morose le deuil de la Confédération. Quand une maîtresse de maison se trouvait face au problème que pose toujours un invité célibataire et partant, l'imparité des convives, elle pouvait faire appel à Nancy Tampleton. La plus jeune des sœurs, grande lectrice des « ladies magazines », mandoliniste acceptable, chantre infatigable de l'épopée sécessionniste et d'humeur aimable, était habituée à compléter les tables et à fournir aux solitaires une compagnie de convention. L'aînée des Tampleton, Lucie, avait dépassé la soixantaine et ne savait que tricoter des écharpes, des châles, des brassières ou des couvertures qu'elle n'achevait jamais. Des pièces de tricot sans forme, dispersées dans la maison Tampleton, attestaient son inlassable activité. Quand on s'informait de la raison de ces désistements successifs, Lucile répondait, avec un peu d'impatience dans le ton, « Je n'ai pas le temps de finir ». Quant à Clotilde, puînée de Lucie, elle consacrait tout son temps au dispensaire John-Fitzgerald-Murphy, qu'avait dirigé jusqu'à sa mort une autre vieille demoiselle bien connue dans la paroisse, Adèle Barrow.

Après oncle Gus, Nancy Tampleton était l'amie préférée d'Osmond. A chacune de ses visites elle lui faisait un cadeau, tiré du bric-à-brac des souvenirs militaires qui encombraient la chambre de son oncle, le défunt général. Des carnets recouverts de moleskine avec crayon à pointe de plomb, des boutons de cuivre, des dragonnes torsadées de fil d'or, des boucles de ceinturon figuraient déjà dans le trésor du garçonnet auquel venait de s'ajouter ce jour-là un éperon de parade dépareillé. Les Tiercelin, ternes et sérieux, les Clavy, très conscients de la qualité de leur lignage et un peu guindés, supportaient peut-être moins aisément que les demoiselles Tampleton et les autres invités la présence d'Oliver Oscar Oswald. L'ancien *carpetbagger* parlait haut, se teignait les cheveux et barrait son gilet de soie ponceau d'une chaîne de montre « assez grosse pour atteler un wagon à une locomotive », estimait Charles. Au fil des années, le rouquin, venu de Chicago dans le sillage des armées de Butler et qui avait gagné ses premiers dollars en jouant au poker sur les show-boats, était devenu plus sudiste que les anciens esclavagistes les plus intransigeants. En épousant Clara, sœur de Walter Redburn, un des plus purs héros du Sud, mort à quinze ans sous les balles nordistes, puis en achetant pour une bouchée de pain la plantation abandonnée d'un ivrogne nommé O'Neil et qui jouxtait Bagatelle, Oliver Oscar Oswald, dit Triple Zéro, s'était donné une identité mondaine et une position sociale. Travailleur infatigable, employeur exigeant, investisseur audacieux, économe pour le nécessaire, prodigue pour le superflu, le *carpetbagger*, dont les aspirations politiques n'avaient pu aboutir, connaissait à travers ses enfants des compensations d'amour-propre. Quand son fils aîné, Omer Oscar, avait épousé Lucile de Castel-Brajac, en 1897, il avait eu le sentiment d'entrer de plain-pied dans la vieille noblesse française. Quand, la même année, il avait accordé la main de sa fille Odile, âgée de vingt et un ans, au juge Clavy, qui comptait tout juste le double d'années, il s'était réjoui. Malgré la tristesse de sa femme, il ressentait de la fierté à voir son sang mêlé à celui d'une famille dont la roture était largement compensée par le fait que le premier Clavy était arrivé en Louisiane dans l'état-major de Bienville. Olympe et Oriane, les deux jumelles nées en 1878, restaient à marier. Il serait peut-être malaisé de leur trouver un époux, d'abord parce qu'elles étaient laides, courtaudes et poilues et aussi parce qu'elles soutenaient stupidement qu'elles mourraient l'une et l'autre si on tentait de les séparer.

Quant à Odilon Oliver, le benjamin, qui venait d'avoir dix-sept ans, il donnait énormément de soucis à ses parents. Paresseux, persifleur, mis à la porte de tous les collèges, tôt porté sur la boisson, il partageait son temps entre la chasse et la peinture. Tireur adroit, mais peintre dépourvu de talent, il se croyait en tous points irrésistible, la nature l'ayant doté d'un physique avantageux. On le rencontrait chevauchant sur les chemins forestiers, ou naviguant sur les bayous, toujours accompagné de son domestique, un athlète noir insolent, qu'il chargeait de son attirail de peintre et de ses fusils. Des gens soutenaient que ce valet dévoué à l'extrême acceptait, à l'occasion, d'immobiliser la jeune Noire sur laquelle Odilon Oliver venait de jeter son dévolu si cette dernière tentait de résister au désir du Blanc. Ce dilettante sans principe réclamait sans cesse de l'argent à son père, traitait sa mère de façon odieuse et faisait des fugues à La Nouvelle-Orléans d'où il revenait généralement amaigri, malade, dépenaillé, en ayant laissé derrière lui des billets impayés chez tous les prêteurs du Vieux Carré. En outre, il engrossait régulièrement des servantes que Mme Oswald congédiait à la demande de son mari.

Pour établir une tradition dans une famille qui n'en

possédait aucune et peut-être afin d'exploiter à son avantage la particularité onomastique qui lui avait autrefois valu le sobriquet désobligeant de Triple Zéro, Oliver Oscar Oswald avait voulu que tous les prénoms de ses enfants commençassent par la lettre O. Il aurait souhaité qu'il en fût de même pour ses petits-enfants, mais le seul né jusque-là au foyer d'Omer était une fille que Lucile, sa bru, avait voulu prénommer Aude. « Phonétiquement, vous pouvez tout de même être satisfait », avait lancé en français la gentille Lucile à son beau-père. Tout le monde s'était esclaffé autour des fonts baptismaux et M. Oswald s'était joint aux rieurs sans comprendre. Le dictionnaire lui avait appris le soir même le sens d'un adverbe qu'il ignorait. Depuis cette découverte, il attendait l'occasion de replacer le terme dans une conversation.

Stella de Vigors avait un faible pour M. Oswald qu'elle appelait « le superbe ». Elle appréciait son désir de faire plaisir et, comme il le disait lui-même, d'être en toute circonstance « à la hauteur ».

Ses goûts vestimentaires n'étaient pas toujours très sûrs, même s'il choisissait chez son tailleur les étoffes les plus chères, importées d'Angleterre, et exigeait de son chemisier des cols à la mode aux coins cassés, qui, même amidonnés légèrement, lui sciaient le cou et lui donnaient des rougeurs brûlantes. Oliver Oscar Oswald avait trop souvent, dans sa jeunesse, porté des chaussures percées pour ne pas apprécier les bottines faites du chevreau le plus fin, qu'il faisait lustrer avec des boules de coton par son valet. Secrètement, M. Oswald enviait cependant l'élégance sans apprêt du sénateur, ses costumes de flanelle grise, ses cravates en tricotine anglaise, ses chaussures « qui faisaient le pied petit ». Charles de Vigors paraissait toujours à l'aise dans ses cols. Même après une longue station assise, ses vêtements n'étaient pas fripés et jamais il n'éprouvait le besoin de défaire discrètement les derniers boutons de son gilet.

On aurait bien étonné l'ancien *carpetbagger* en lui disant que sa corpulence, son cou épais, ses mains larges et velues, la pointure de ses chaussures et ses jambes courtes lui interdisaient toute ressemblance avec Charles de Vigors, même si le tailleur de ce dernier avait consenti à livrer en catimini à celui de M. Oswald un métrage de cette flanelle « triste » dont le fournisseur était un tisseur du nord de la France. Ce soir-là, cependant, M. Oliver Oscar Oswald se sentait tout à fait à l'aise dans son col, n'enviait pas le sénateur de Vigors et ne s'inquiétait pas, comme sa femme, d'une nouvelle absence d'Odilon.

Un courrier de Boston lui avait apporté dans la journée une nouvelle capitale qu'il comptait divulguer dès que la conversation cesserait de rouler sur la guerre hispano-américaine. Le sénateur que l'on aurait souhaité entendre discourir sur ce sujet n'avait pas, sembla-t-il à tout le monde, le goût d'en discuter. Son « maintenant, mes amis, laissons agir les militaires » fit nettement comprendre qu'il n'en dirait pas davantage. M. Oswald crut le moment venu pour placer son couplet. Il commença par s'adresser à son vis-à-vis, Gloria de Castel-Brajac, et à sa voisine, Augustine Barthew.

« Je puis bien vous le dire aujourd'hui, j'ai toujours souffert de ne pas avoir comme vous de racines, d'être encore, après trente-cinq ans de présence dans ce pays, une sorte d'éternel nouveau venu, d'étranger, d'importun », lança-t-il d'une voix suffisamment forte pour dépasser les limites de l'auditoire restreint qu'il s'était apparemment choisi.

Gloria et sa fille se récrièrent ensemble avec un peu trop d'empressement.

« Voyons, monsieur Oswald, que dites-vous là... Vous qui avez fondé une si belle famille avec Clara.

– ... Croyez-vous que j'aurais donné ma fille Lucile à Omer si vous n'étiez pas des nôtres », ajouta Mme de Castel-Brajac.

Ces exclamations avaient brusquement attiré l'attention des convives. Des têtes se penchèrent et des questions fusèrent.

« Qu'est-il arrivé ?
– De qui dit-on du mal là-bas ?
– M. Oswald a-t-il encore gagné à la Bourse ?
– Nous voudrions profiter de l'histoire. »

Augustine, qui avait de la sympathie pour le beau-père de sa sœur, résuma la déclaration désabusée de ce dernier :

« M. Oswald dit qu'il souffre de ne pas avoir de vieilles racines dans ce pays où il a toujours le sentiment d'être traité en Yankee... »

Aussitôt, des protestations unanimes s'élevèrent.

Cela fit un tel tapage que Citoyen apparut sur le seuil de la salle à manger et demanda à une servante si quelqu'un avait renversé un verre ou si une dame se trouvait mal.

Le sénateur de Vigors, qui présidait le dîner, obtint aisément le silence en faisant tinter le cristal de son verre à eau avec la lame de son couteau.

« M. Oswald a très bien su se passer de racines. Il fut une graine, sauvage, mais tubéreuse, apportée par le vent du Nord. Il a fondé une dynastie, ce qui est tout à son honneur, et il ne viendrait à personne l'idée de lui reprocher une absence de racines sudistes, c'est-à-dire d'ancêtres... ayant vécu parmi nos familles. »

Un murmure approbateur parcourut l'assemblée. M. Tiercelin, doyen d'âge de la table, crut nécessaire d'ajouter d'une voix chevrotante et haut perchée :

« Croyez-moi, monsieur Oswald, il vaut mieux ne pas avoir d'ancêtres que d'en posséder de scandaleux... »

On approuva sans réserve cette précision qui n'était

qu'à demi aimable. Clara Oswald pinça les lèvres, mais le sourire de Lucile, sa bru, la consola aussitôt.

« Le brave Tiercelin est gâteux, murmura Augustine, quand on sait d'où il vient... »

Mais Oliver Oscar Oswald, conscient d'avoir enfin l'ensemble de l'auditoire à sa disposition, s'essuya la bouche, posa sa serviette et, se penchant vers le sénateur comme s'il était le seul digne de la confidence, se mit à parler avec l'assurance d'un homme qui a préparé son propos.

« Certes, il vaut mieux ne pas avoir d'ancêtres que de descendre... comme certains qui veulent se faire passer pour ce qu'ils ne sont pas, d'un soudard de Louis... du roi... et d'une prisonnière de Saint-Lazare déportée en Louisiane! »

Mme Tiercelin, qui avait saisi l'allusion faite à l'épouse du premier des Tiercelin, un charpentier de marine venu en Louisiane en 1720, épouse que l'on disait avoir été une des plus honorables « orphelines à la cassette » envoyées par le roi Louis XV alors qu'il s'agissait d'une prostituée parisienne, sœur de Manon Lescaut, jeta un regard inquiet à son mari. Protégé par sa surdité, celui-ci, n'ayant sans doute pas tout compris du préambule de M. Oswald, dégustait son sorbet à l'orange avec des petits lapements secs.

Triple Zéro avait d'ailleurs enchaîné sur un ton qui ne pouvait que capter l'attention générale.

« Eh bien, chers amis, je puis vous dire que ce n'est pas mon cas. Je viens en effet d'apprendre par un généalogiste de Boston que j'avais chargé d'une mission, si j'ose dire, de reconnaissance, que mon premier ancêtre américain est des plus honorables. Il s'agit d'un certain Eleazar Oswald, sujet anglais, qui vint en Amérique en 1770. C'était un franc-maçon de haut grade. Il combattit avec les insurgés pendant la guerre d'Indépendance et obtint le grade de colonel. Il s'installa ensuite à Philadelphie où il devint imprimeur et fonda un journal... »

Oswald déplia promptement une feuille de papier qu'il avait discrètement posée sur la table, assura sur son nez puissant des besicles à ressort et lut :

« ... l'*Independent Gazeteer*. Cet Oswald avait des idées libérales et le généalogiste m'assure qu'il dut se battre en duel pour les défendre. C'est lui en tout cas qui publia dans son journal les lettres de Caton, rédigées par un certain docteur Logan, en 1791...

— Bravo, cher ami, nous apprécions tous cet ancêtre qui n'a pas eu l'outrecuidance de surcharger le *Mayflower* comme beaucoup d'autres que nous connaissons du côté de Boston ou de Philadelphie, lança Charles de Vigors avec ironie[1].

— Oh! mais ce n'est pas tout, reprit avec animation Oliver en rajustant son lorgnon. Ce colonel Oswald ayant rendu visite à sa famille en Angleterre rencontra des sympathisants de la révolution française. Savez-vous ce qu'il fit? Il traversa la Manche et vint se mettre au service du ministre de la Guerre. Bien qu'ignorant la langue française, il fut aussitôt incorporé, ainsi qu'en fait foi un ordre du 27 septembre 1792 disant : « Le sieur Oswald, colonel d'artillerie au « service des Etats-Unis, est affecté à l'état-major de « l'armée du Nord pour aider les adjudants généraux. « Avis a été donné au citoyen Dumouriez. » On sait encore que le 25 juin 1793 Oswald se trouvant en permission à Paris accompagna le fameux Thomas Paine à Seine-Port pour protester auprès du gouverneur Morris au sujet de son attitude à l'égard des officiers des navires bloqués par l'embargo à Bordeaux. On pense que le colonel Oswald est rentré en 1794 à Philadelphie après s'être couvert de gloire et qu'il

---

1. Beaucoup trop d'Américains se disent abusivement les descendants des colons venus à bord du *Mayflower*.

mourut peu après de la fièvre jaune... Voilà, mesdames et messieurs, l'ancêtre que je voulais vous présenter. »

Les dames battirent des mains en se tournant vers Clara Oswald confuse et un peu inquiète. Les hommes saisirent leur verre et Castel-Brajac fut requis pour un toast.

« Nous savions déjà qu'Oliver est un brave; qu'il descende d'un autre brave ne nous étonne pas. Cet ancêtre aurait été peut-être mieux inspiré en venant directement dans le Sud, sans passer par Philadelphie... mais notre ami a si heureusement réparé cette erreur d'itinéraire que nous pouvons lever nos verres au colonel Eleazar Oswald! »

Oliver Oscar rayonnait, son fils Omer, qui ignorait tout des recherches entreprises par un généalogiste, essayait d'imaginer les traits virils de cet ascendant lointain et n'y parvenait pas.

« Avez-vous un portrait du colonel? demanda assez perfidement Mme Tiercelin.

— Et... a-t-on retrouvé tous les parents qui, de lui jusqu'à vous, ont illustré le nom d'Oswald? renchérit Mme Clavy.

— Oh! l'enquête du généalogiste n'est pas terminée... je veux qu'il retrouve tout mon monde et m'apporte un arbre généalogique complet, afin que mes petits-enfants sachent, enfin, de qui ils tiennent.

— De telles recherches doivent être longues, difficiles et coûter beaucoup d'argent, observa d'un ton professionnel Gratien de Vigors.

— A ce jour, je puis vous dire que ça m'a déjà coûté 8 500 dollars, lança avec fierté M. Oswald.

— Pour un ancêtre de cette qualité, ça n'est pas cher, glissa Charles de Vigors à Nancy Tampleton au moment où Stella invitait les dames à la suivre au salon.

— En effet, remarqua la vieille demoiselle, je connais

des gens qui ont payé 15 000 dollars au même généalogiste et n'ont obtenu qu'un capitaine... mort, il est vrai, dans les bras du marquis de La Fayette pendant la campagne de Rhode Island! »

Tandis que les dames se retiraient pour parler chiffons, chapeaux, parfums... et bicyclette dans le petit salon, les hommes se regroupèrent dans le grand. Des bûches de chêne rougeoyaient dans la cheminée. Sur la table de Boulle était disposé le service à café en vieux limoges blanc et or, que les habitués de Bagatelle connaissaient bien, et les grandes verseuses d'argent qu'utilisait déjà le premier marquis de Damvilliers. Une autre table supportait la cave à liqueurs et les alcools. Citoyen, en veste blanche, faisait le service et un jeune Noir tendait aux fumeurs de cigare des bâtonnets de santal enflammés à une chandelle rose. Le sénateur, en tirant les premières bouffées d'un havane long et mince, lança un regard désapprobateur à son fils qui s'efforçait d'activer la combustion du tabac dans le fourneau de sa pipe en aspirant sans discrétion. Comme Oswald menaçait de poursuivre la biographie de l'ancêtre présenté à la fin du dîner, Gustave le prit par le bras.

« Cher Oliver, sachez que plus on a d'ancêtres illustres et moins on en parle, alors parlez-nous plutôt de ce chariot à moteur qu'on appelle « automobile » et dans lequel, m'a-t-on dit, vous avez circulé sur le champ de courses de Métairie. »

Oliver Oscar Oswald ne se fit pas prier. Il avait pu, par l'intermédiaire d'un ami du Jockey-Club, assister à une présentation de la « Raft-Victoria », un véhicule à essence conçu et fabriqué par le génial Edward Joel Pennington de Cleveland (Ohio).

« C'est une sorte de buggy, expliqua M. Oswald, à traction avant, mais dirigé par les roues arrière. Il est pourvu de gros pneumatiques et d'un moteur de trois chevaux et demi. Un conducteur anglais audacieux,

M. Hubert Egerton, a tenté de relier Londres à Manchester à bord de ce cabriolet à moteur, mais il a dû abandonner après avoir usé soixante-douze bougies d'allumage!

– Et quelle impression avez-vous eue à bord de cet engin? demanda M. Tiercelin.

– A la fois grisante et inquiétante, ça vibre, ça tressaute, ça fait autant de bruit qu'une trieuse à coton, les gaz qui s'échappent du moteur ne sentent pas très bon, mais ça avance à la vitesse d'un cheval au galop.

– Et ça ne peut pas se renverser? interrogea M. Clavy.

– Si, probablement, quand on aborde un tournant un peu vite ou si le moteur s'emballe.

– Peu me chaut d'utiliser les services d'une automobile. Je préfère mon cabriolet à roues caoutchoutées. Je ne crains que la fantaisie de ma jument », observa Clarence Barthew.

Toujours un peu sentencieux, le sénateur intervint.

« J'ai vu à Washington et à New York quelques-uns de ces engins. Je puis même vous dire que M. John David Rockefeller en possède un, carrossé en cab, et que l'on peut admirer tous les jours devant son triste hôtel particulier de la 54e Rue. Le vieux requin qui, pour développer la consommation du pétrole, a distribué des dizaines de milliers de lampes aux Chinois, vendues, dit-on, à 7 *cents*, au-dessous de leur prix de revient, compte, paraît-il, sur la multiplication des automobiles pour augmenter la production des raffineries de la Standard Oil.

– Il faudra que l'automobile devienne sûre, silencieuse, propre et économique pour avoir une chance de l'emporter sur le cheval », décida Barthew.

Sur les véhicules à moteur qui commençaient à rouler en Europe, tous les journaux donnaient régulièrement des informations, publiaient des photographies, vantaient l'audace des conducteurs de bolides qui s'affrontaient au cours de compétitions parfois meurtrières.

M. Oswald qui, lors de la présentation de la « Raft-Victoria », s'était entretenu avec des spécialistes ou des amateurs qui croyaient au destin de l'automobile, menaçait de faire, avec l'exubérance d'un néophyte, une conférence sur la question.

« Croyez-moi, mes amis, les Anglais, les Allemands et les Français sont beaucoup plus avancés que nous à ce qu'il paraît. Panhard et son associé Levassor ont construit une voiturette à quatre cylindres, dirigée par un volant et équipée de pneus gonflables. Elle a roulé à trente miles à l'heure entre Paris et Bordeaux et gagné les courses organisées entre Marseille et Nice, Paris et Amsterdam. Peugeot produit une autre voiturette de trois chevaux pesant seulement trois cent cinquante-cinq kilos et Delahaye, qui propose des six-chevaux, assure qu'il produira, en 1899, plus de six cents véhicules déjà commandés par des particuliers. En Allemagne, Benz fait des automobiles très sûres et en Angleterre, où un fabricant exploite les trouvailles de Gottlieb Daimler, roulent déjà des quatre-chevaux et même des douze-chevaux. La reine Victoria aurait, m'a-t-on dit, commandé l'une de ces dernières pour remplacer son carrosse de voyage. »

Gratien de Vigors qui, au contraire de son associé et ami Clarence Barthew, s'intéressait au progrès des cabriolets à moteur, fit remarquer que si la vieille Europe avait démarré la première dans ce domaine, l'Amérique ne tarderait pas à la dépasser.

« Nous avons tout de même les frères Packard, dit-il, qui me paraissent plus sérieux et plus compétents que Pennington. Ils viennent de construire un moteur qui vaut douze chevaux avec transmission à chaîne et changement de vitesse. Il ne faut pas oublier non plus Ransom Eli Olds qui fabrique des modèles à deux places avec moteur à deux vitesses très silencieux. Et l'on parle à Detroit d'un certain Henry Ford qui avait déjà construit une voiturette en 1896 et qui vient de quitter son emploi chez Edison. Il aurait, dit-on, de grands projets et des plans prêts pour une nouvelle automobile. Il ne lui manque que des associés décidés à risquer un peu d'argent... »

M. de Castel-Brajac s'était tenu un peu à l'écart de la discussion. Il se décida à intervenir en réchauffant entre ses paumes un verre de fine.

« Depuis « la Mancelle » d'Amédée Bollée, la voiturette à vapeur de Serpollet, le moteur à explosion mis au point par l'Allemand Otto, l'allumage électrique, le pneumatique et la boîte de vitesses inventée par M. Renault, il est certain que l'automobile a fait des progrès. Seulement, elle veut toujours ressembler à un buggy ou à une calèche dont on aurait remplacé les chevaux par des moteurs. Je crois qu'elle trouvera sa forme propre, comme l'a trouvée le croiseur cuirassé à vapeur qui ne ressemble plus du tout à une trière grecque, ni même à une frégate de l'Armada. Un jour, elle ira plus vite, plus loin, plus silencieusement et les passagers connaîtront confort et sécurité. Si Dieu me prête vie jusqu'à ce jour-là, peut-être me déciderai-je à faire les frais d'un tel engin... pour promener mes arrière-petits-enfants.

— Je suis tout à fait de votre avis, Gustave, dit avec enthousiasme M. Oswald, mais en attendant, mieux vaut s'offrir une bicyclette. Cette semaine, Columbia fait de la réclame pour une bicyclette sans chaîne qui vaut 125 dollars. J'en ai commandé deux pour mes jumelles. »

Quelqu'un ayant suggéré que l'armée achetât quelques automobiles pour les essayer, la discussion revint sur la guerre avec l'Espagne, sujet que le sénateur réussit à éluder une fois de plus, en assurant qu'il ne s'agissait, pour les Etats-Unis, que d'aider les Cubains à conquérir leur indépendance. Comme tout le monde approuvait, M. de Castel-Brajac voulut, comme toujours, et peut-être parce qu'il était resté, de tempérament, plus français que les Clavy, les Tiercelin et les Vigors, passer de l'événement particulier aux idées générales.

« Comme Gœthe, dit-il, je trouve les apôtres de la liberté assez antipathiques, car ce qu'ils cherchent, c'est le droit pour eux à l'arbitraire. L'histoire des peuples fourmille d'exemples de libérateurs devenus tyrans... »

Le Gascon fut interrompu par la brusque irruption dans le salon de Mme de Vigors. A son entrée, les conversations cessèrent et Stella, s'approchant de Gratien, lui glissa quelques mots à l'oreille, puis disparut dans un froufrou, après s'être excusée par un sourire de cette incursion.

« Je vais vous demander la permission de m'absenter un moment, dit Gratien. Il me faut organiser une sorte de battue autour de la plantation; le vieux Brent est venu dire à Harriet que sa fille Lorette n'est pas rentrée. A mon avis, il s'inquiète pour rien, la jeune Lorette est déjà belle fille et quelque amoureux a pu lui faire oublier l'heure...

– Ces jeunes négresses, observa M. Tiercelin de sa voix de fausset, ont le feu sous le jupon... Cette année, ma femme a enregistré la naissance de quatre négrillons sans père dans notre domesticité... autant de bouches à nourrir en plus!

– *Antebellum*, vous vous seriez réjoui, mon cher, de ces esclaves qui ne vous auraient rien coûté », observa ironiquement le sénateur.

M. Tiercelin eut un geste de la main qui signifiait vaguement : « Hélas! nous ne sommes plus dans cet heureux temps », et renouvela avec l'autorité que lui conféraient ses quatre-vingt-un ans, une critique cent fois exprimée par les « bourbons ».

« Vous et vos semblables, députés ou sénateurs du Vieux Sud, vous vous êtes laissé influencer par les démocrates du Nord qui ont, en ce qui concerne les nègres, des opinions un peu trop voisines de celles des républicains. Oui, mon cher, vous vous êtes montrés un peu trop généreux, un peu trop tolérants, j'ose même dire, et ne le prenez pas en mauvaise part, un peu trop benêts.

– J'espère que la nouvelle constitution qui sera ratifiée dans quelques jours vous donnera satisfaction au moins sur un point, celui de la diminution du nombre de nègres admis à voter », répliqua un peu pincé le sénateur.

Tous les « bourbons » et un grand nombre de Blancs, petits fermiers, commerçants, employés modestes, s'étaient émus lors des élections de 1896 en découvrant que cent trente mille Noirs étaient inscrits sur les listes électorales dans un Etat qui comptait un million deux cent mille habitants (dont 49 p. 100 de Noirs) mais où les participants aux consultations avaient été moins de deux cent mille aux élections générales en 1892. En 1896, le gouverneur démocrate sortant, Murphy J. Foster, avait été réélu grâce aux excellentes relations qu'il entretenait avec les membres influents du Ring[1] et surtout, du Choctaw-Club[2] où se faisaient les élections. Il n'empêche que cette année-là, en Louisiane, le record de participation électorale avait été battu grâce aux électeurs noirs puisque 206 539 votes avaient été recensés, 116 216 allant à Foster et 90 138 s'étant portés sur le républicain J.M. Charr qui avait la confiance des Noirs. 176 électeurs idéalistes avaient donné leur suffrage au candidat populiste. La leçon avait été entendue et l'honnête Foster, qui portait une moustache tombante et une

---

1. Club politique de La Nouvelle-Orléans.
2. Club politique de La Nouvelle-Orléans.

barbichette comme le célèbre général Toutant de Beauregard, avait rapidement invité les deux chambres de l'Etat à préparer une nouvelle constitution. Les autres Etats du Sud s'étaient déjà, depuis 1890, dotés de constitutions propres à garantir la suprématie des Blancs au cours des consultations électorales. Le Mississippi avait été le premier, puis la Caroline du Nord l'avait imité. Il s'agissait simplement d'introduire dans les textes de nouvelles clauses limitant plus ou moins ouvertement les exigences des XIVe et XVe amendements qui reconnaissaient aux Noirs les droits civiques. Si les mesures discriminatoires inventées par les législateurs blancs variaient d'un Etat à l'autre, les bases juridiques avancées étaient les mêmes. Ici l'on exigeait un long délai de résidence dans la circonscription et une taxe électorale de 1 ou 2 dollars par mois dont le versement était exigible, dans le Mississippi, huit mois avant toute consultation. Les Noirs, qui changeaient souvent de domicile et hésitaient à payer pour voter, étaient découragés par ces pratiques, d'autant plus que l'électeur de couleur qui, au prix d'un sacrifice, avait satisfait aux obligations constitutionnelles, pouvait fort bien se voir interdire l'accès aux urnes s'il avait égaré les reçus de ses versements.

Sous prétexte de n'accepter dans les bureaux de vote que des citoyens responsables, la Virginie avait décidé d'éliminer les analphabètes, donc beaucoup de Noirs, que l'esclavage avait sciemment privés de la plus élémentaire instruction. Pour être inscrit sur les listes électorales, chaque citoyen devait envoyer une demande écrite de sa propre main et lire un article de la Constitution. En Caroline du Sud, on exigeait, en plus, que tout Noir désirant voter soit capable d'expliquer et de commenter devant un jury de trois personnes un extrait de la Constitution fédérale. Certains Etats n'acceptaient comme électeurs que les citoyens qui payaient une certaine somme en impôt.

La Louisiane venait, en s'inspirant des constitutions adoptées dans d'autres Etats, d'innover d'une façon spectaculaire en n'accordant une carte d'électeur qu'aux citoyens pouvant justifier d'une propriété de plus de 300 dollars, mais dispensait des tests d'instruction ou de compréhension tous ceux qui avaient participé de plein droit à des consultations électorales avant le 1er janvier 1867, ou dont les ascendants avaient voté avant cette date. Cette « clause du grand-père » permettait d'éliminer à coup sûr l'immense majorité des Noirs, qui ne pouvaient se trouver dans les cas prévus par la loi. Elle facilitait, en revanche, l'inscription sur les listes électorales des Blancs illettrés, que les tests éliminaient comme les Noirs analphabètes.

M. Tiercelin et M. Clavy, qui n'ignoraient pas la part active prise par les membres du Choctaw-Club et par les amis du sénateur dans la mise au point des nouveaux textes, reconnurent volontiers que c'était là une bonne constitution, puisque seuls quelques centaines de mulâtres fortunés ou anciens esclaves émancipés avant la guerre civile et enrichis dans le négoce ou en affaires, pourraient désormais voter normalement. Comme, en 1896, la Cour suprême des Etats-Unis avait admis, à l'occasion du procès Plessy-Fergusson, « l'égalité dans la séparation », c'est-à-dire la ségrégation, et posé le principe d'écoles séparées pour les Blancs et les Noirs, « à condition que toutes offrent les mêmes facilités d'instruction », les « bourbons » de Louisiane respiraient. Grâce à toutes ces lois restrictives dites de Jim Crow[1], on pouvait envisager l'avenir avec confiance, la suprématie blanche paraissant définitivement assurée.

« Et puis, vous savez bien, messieurs, que le meil-

---

1. En argot, locution patronymique désignant les Noirs.

leur moyen que notre parti démocrate a trouvé pour tenir les Noirs à leur place et empêcher qu'ils ne soient à la fois les jouets et les instruments de politiciens douteux réside dans l'institution des « primaires blanches ». C'est entre Blancs que nous choisissons nos candidats. Les suffrages des Noirs n'ont plus, au jour de l'élection, de réelle importance. »

Les *white primaries* constituaient en effet une procédure qui avait le mérite de ne pas être soumise à une éventuelle critique de la part de la Cour suprême des Etats-Unis comme l'avaient été certaines dispositions constitutionnelles locales.

Le parti démocrate n'étant pas un organisme officiel, mais un groupement politique indépendant et libre de se donner les statuts qu'il voulait, avait résolument opté pour la discrimination raciale. C'est ainsi que, dans plusieurs Etats, avaient été instituées par le parti démocrate, assuré de la sympathie de l'immense majorité des électeurs blancs, des élections primaires qui, au sein du parti, permettaient de désigner les candidats à toutes les fonctions électives. La consultation officielle, étant donné la suprématie démocrate dans le Sud, n'était ensuite qu'une formalité.

M. Oswald fut le premier à manifester hautement son approbation. Castel-Brajac et Clarence Barthew ne pouvaient approuver totalement ces stratégies qui visaient à éliminer les Noirs, non seulement des consultations électorales, mais de la vie politique.

Gustave n'adhérait à aucun parti et faisait preuve d'un individualisme bien français que ne pouvaient entamer, ni son amour de la démocratie, ni sa foi dans les destinées d'une nation libre et audacieuse, dont il avait choisi d'être citoyen. Aussi se permit-il d'intervenir après s'être fait verser une nouvelle rasade de fine.

« Mon cher sénateur et vous tous, messieurs les

démocrates, prenez garde de trop en faire. Vous avez déjà institué la ségrégation dans les trains, dans les gares, dans les tramways, dans les écoles. Vous avez mis la miscégénation hors la loi. A La Mobile, en Alabama, votre parti a instauré un couvre-feu pour les Noirs qui ne doivent plus circuler dans les rues après dix heures du soir, en Géorgie, on arrête des nègres sous des prétextes futiles et les shérifs louent ces prisonniers à des planteurs comme s'il s'agissait d'instruments aratoires ou de presses à coton! Prenez garde, vous dis-je, de rendre ces hommes, qui ont goûté à la liberté, aussi malheureux qu'ils pouvaient l'être avant l'émancipation chez un mauvais maître...

– Que peuvent-ils faire, mon Dieu? interrompit d'un ton méprisant M. Tiercelin.

– Ils peuvent faire, cher ami, ce que Lincoln les a dissuadés de faire en les émancipant dès 1863, même dans les Etats où l'on pensait encore pouvoir maintenir l'esclavage, c'est-à-dire vous couper le cou! »

Charles de Vigors se mit à rire, bientôt suivi par les autres.

« Mon ami Gustave a tendance, si j'ose ce calembour, à voir les choses en noir! »

Castel-Brajac vida son verre d'un trait.

« Ne savez-vous pas, et toi Charles tout le premier, ce dont sont capables des gens que l'on pousse au désespoir. Souviens-toi de ce nègre qui, terrorisé par l'éclipse totale du soleil, le 29 juillet 1878, égorgea sa femme et ses enfants? N'allez pas, je vous prie, jusqu'à l'éclipse de leur dignité... »

Seul, M. Tiercelin gloussa, trouvant drôle le ton exagérément tragique du Gascon. Les autres se turent et tirèrent leur montre. Il leur parut temps de rejoindre les dames pour prendre congé.

« Ne pourrait-on former quelques régiments noirs et les envoyer contre les Espagnols? » hasarda M. Clavy à l'adresse du sénateur.

Castel-Brajac quitta la pièce avant d'entendre la réponse de Charles, mais la question du planteur lui suggéra un commentaire qu'il fit à voix contenue et pour le seul usage du sénateur.

« Ce serait peut-être aussi bien que d'y envoyer ton fils, non? »

4

Le premier mort que vit Gratien de Vigors, vingt-quatre heures après le débarquement du corps expéditionnaire américain à Cuba, n'avait rien d'effrayant. C'était un sergent de l'armée des Etats-Unis, un vrai soldat comme l'attestaient les brisques d'or cousues à sa manche; pas un de ces volontaires bravaches hâtivement incorporés à Washington, à Long Island ou à Covington, en Louisiane.

Allongé sur une civière, qu'un fourgon à deux chevaux venait d'apporter de Guasimas, où les cavaliers du général Wheeler contenaient depuis le matin une contre-attaque espagnole lancée contre les têtes de pont de Siboney et de Daiquiri, le corps inerte du militaire paraissait incongru. Le visage, dissimulé par un feutre kaki à la coiffe auréolée de sueurs rances, les mains croisées sur la poitrine, tel un factionnaire qui fait la sieste entre deux tours de garde, le sergent semblait apte à se dresser au premier appel.

Quand le chirurgien du 71e de New York qui venait de passer l'après-midi, manches retroussées, à panser des blessés penauds mais résolus, souleva le couvre-chef du mort, Gratien découvrit presque avec étonnement que le soldat avait un large trou rouge à la place de l'œil gauche. Ceux qui, déjà, faisaient cercle autour de la civière se penchèrent, un peu comme pour se persuader de la réalité de cette énucléation fatale.

« Pour celui-ci, la guerre est finie », dit d'une voix neutre le chirurgien.

Il avait vu des centaines de combattants tués moins proprement sur les champs de bataille de Gettysburg et de Chancellorsville.

« Leurs sacrés Mauser portent plus loin que nos vieilles Springfield », lança rageusement le conducteur du fourgon, car il fallait bien expliquer cette mort.

Il y eut un murmure de dépit dans l'assistance et, quand un sous-officier eut désigné deux hommes qui devraient creuser une fosse – dans un endroit sec si possible – les soldats se dispersèrent. Le cadavre, inventorié dans les règles par un infirmier vétéran, dont les mains ne tremblaient pas, cessa bientôt d'être anonyme. Il s'agissait d'un gars de l'Illinois, qui avait fait les guerres indiennes et brûlé Atlanta avec les escadrons de Sherman.

Personne, parmi ces volontaires qui savaient depuis peu tenir un fusil, mais ignoraient tout encore des relations militaires, ne pouvait le connaître. L'infirmier mit dans un petit sac de toile tout ce qu'il avait trouvé dans les poches du mort, y compris une montre d'acier et un paquet de lettres fripées, puis il noua les cordons de l'étui. Sur l'étiquette jointe par le service sanitaire, il écrivit en suçant la mine de son crayon entre chaque mot : « Sergent Malcolm Frederick Miller, 2e de cavalerie du Kentucky. Mort à Guasimas (île de Cuba) le 24 juin 1898. »

Ainsi cette *splendid little war*, comme avait défini l'expédition cubaine un certain John Hay, secrétaire d'Etat, pouvait être aussi meurtrière qu'une autre, présentée avec moins d'ingénuité.

Gratien de Vigors ne souhaitait pas entendre les commentaires vengeurs ou cocardiers que ne manqueraient pas de faire ses camarades, engagés volontaires comme lui dans les Rough Riders du colonel Theodore Roosevelt. Il s'éloigna des groupes, choisit pour s'asseoir le tronc d'un arbre récemment abattu et bourra la pipe que Stella lui avait offerte à La Nouvelle-Orléans, la veille de son embarquement pour la Floride, où les régiments du corps expéditionnaire avaient été rassemblés. La fumée éloignait les moustiques que la moiteur de l'air, après la troisième averse de la journée, rendait encore plus vindicatifs.

Malgré le spectacle qu'il venait de voir, c'était la première bonne pipe qu'il fumait depuis une semaine, car entre Tampa et Daiquiri, alors qu'il naviguait sur l'un des trente-cinq vieux rafiots mobilisés pour le transport des troupes, les nausées du mal de mer l'avaient empêché d'apprécier la bonne odeur du tabac de Virginie. A vingt-cinq ans, l'avocat Gratien de Vigors ne manifestait nul enthousiasme pour un conflit où il se trouvait engagé au nom de l'obéissance filiale. Que les Cubains veuillent se débarrasser de leurs maîtres espagnols et conquérir leur indépendance lui paraissait sain. Les colons américains ne s'étaient-ils pas libérés, par les armes, du joug anglais en 1776 ? Mais pourquoi fallait-il que les Etats-Unis, nation puissante et heureuse, à peine remise d'une guerre civile qui avait fait trois cent mille morts, aient décidé de se mêler des affaires de ces indigènes faméliques qu'il voyait depuis son arrivée jouer les matamores et qui paraissaient plus excités à l'idée de recevoir de l'armée américaine des vivres et des boissons que par la perspective de combats décisifs pour la libération de leur île. Comme beaucoup de ceux qui avaient débarqué dès dix heures du matin, le 26 juin à Daiquiri, Gratien était dérouté par l'aspect des guérilleros cubains. Ceux-ci n'avaient rien de militaires et faisaient plutôt penser à des braconniers. Une bonne moitié d'entre eux paraissaient noirs et un quart au moins pouvaient passer pour mulâtres. Ils étaient secs comme des troncs d'épineux, sales, pas rasés, souvent dépourvus de chemise et de chaussures, mais musclés et bardés de carabines et de cartouchières. Les premiers insurgés que les « boys » avaient vus constituaient cependant la garde d'élite du général Calixto Garcia, chef de l'armée révolutionnaire et de son bras droit, le général Rabi. « Que doivent être les combattants ordinaires? » s'était demandé Gratien.

Après une rencontre avec les deux chefs guérilleros – entrevue organisée sur une plage parce que le vieux Garcia craignait le mal de mer – le général Shafter avait choisi Daiquiri pour effectuer le débarquement du corps expéditionnaire. C'était un village construit à quatorze miles à l'est de Santiago, à proximité d'une mine de fer autrefois exploitée par une société américaine. Du petit port minéralier subsistaient deux quais, l'un en bois, l'autre en ferraille. Après une brève tentative de résistance, la garnison espagnole, forte de trois cents hommes, s'était égaillée dans les collines où les maquisards de Calixto Garcia avaient poursuivi des soldats dont la combativité paraissait des plus médiocres. Gratien, ayant été débarqué à la fin de la journée, n'avait rien vu du bref accrochage qui avait eu lieu sur le littoral. Le bruit courait qu'il avait fait du côté américain seize morts et cinquante-deux blessés.

Ces pertes pouvaient être considérées comme très minimes quand on savait que 16 462 hommes, 1 061 officiers, 30 employés administratifs, 272 porteurs, 89 correspondants de guerre et 14 observateurs militaires étrangers avaient pris pied à Cuba en quarante-huit heures sans autres dommages que quelques bains forcés.

Et cependant, en déclarant la guerre à l'Espagne, qui disposait à Cuba de 200 000 hommes et de places fortifiées, comme La Havane et Santiago, l'Amérique, dont l'armée régulière ne comptait que 28 000 hommes – d'où l'appel aux volontaires lancé par le président McKinley –, ne s'était-elle pas montrée présomptueuse? Le sergent tué ce matin entraînerait à sa suite bien d'autres morts, avant que cette « petite guerre » ne prenne fin.

Et Gratien soupçonnait déjà que les balles espagnoles ne constituaient pas le seul danger qu'on aurait à affronter dans ce pays encore plus malsain que les marécages du delta du Mississippi. Ces sous-bois denses où les arbrisseaux, les lianes poisseuses et les plantes grimpantes s'unissaient pour former une immense treille verte, d'où suintaient sous les pluies de l'été tropical des effluences létifères, lui rappelaient ce paysage de l'*Enfer* de Dante « *che non lascio giammai personna viva*[1] ». Les garçons du Sud, ceux de la Louisiane, notamment, estimait Gratien, supporteraient sans doute mieux que les Yankees ce climat débilitant, mais combien, ce soir, pensaient comme lui avec mélancolie à la fraîcheur d'une véranda, au balancement souple d'un rocking-chair, au sourire d'une femme élégante et parfumée, à la saveur d'un mint-julep convenablement dosé?

En tirant sur sa pipe, Gratien imaginait l'heure mauve de Bagatelle, celle qui rassemble les cardinaux dans les branches des chênes et ramène les Noirs dans leurs cases. Ce bonheur domestique qui suffisait à emplir sa vie lui paraissait soudain irrémédiablement compromis. Epoux sentimental et casanier, juriste sans ambition, planteur dilettante, il tenait de sa mère, de vieille souche acadienne, cet attachement vétilleux à la famille, siège des affections partagées, des joies saines et des voluptés permises. Or, pour la première fois depuis son mariage, célébré six ans plus tôt, la malignité soudaine d'un destin jusque-là bienveillant le tenait éloigné des siens.

Depuis plusieurs semaines, Gratien de Vigors avait

---

1. « Qui jamais ne laissa personne en vie » *(chant premier).*

le sentiment bizarre de vivre une existence qui n'était pas la sienne. Tout avait commencé à se détraquer quand, après un grand dîner donné à Bagatelle à l'occasion d'un bref séjour de son père, les invités partis, le sénateur l'avait entrepris au sujet de la guerre contre l'Espagne. C'était ce soir-là aussi, Gratien s'en souvenait, qu'un autre événement de moindre importance s'était produit : la disparition de Lorette, la fille d'Harriet Brent. En évoquant la fugue de la « jolie petite négresse qui ne cherchait qu'à plaire », l'avocat sourit. Il se demandait si la fugueuse avait été retrouvée, comme tant d'autres adolescentes noires, dans une des maisons closes de Storyville où, d'après les ragots de plantation, la tante de Lorette officiait déjà. Mais sa pensée ne s'attarda pas sur ces images banales, non plus qu'elle ne s'arrêta sur les chagrins ancillaires des filles mères déçues par leurs enfants. Ce qui avait compté, ce soir-là, au point de faire prendre à sa vie un tour inattendu, c'était bien la conversation qu'il avait eue avec son père. D'une phrase à l'autre, le sénateur, dont Gratien ne soupçonnait pas l'ardent patriotisme, avait fini par lui suggérer de souscrire un engagement pour la durée de la guerre, après lui avoir révélé l'étendue et la valeur des propriétés que la famille possédait à Cuba. Devant l'étonnement de son fils, M. de Vigors avait laissé entendre qu'il se serait engagé lui-même si son âge, ses fonctions et une demi-douzaine d'autres raisons, dont la plus surprenante parut à Gratien la crainte du sénateur de causer des inquiétudes à sa femme, ne l'en avaient empêché. Abasourdi, le jeune avocat s'était tu un moment, puis avait fait observer que l'armée des Etats-Unis ne trouverait en lui qu'un pitoyable renfort. Mais M. de Vigors semblait tenir à son idée. Il en avait fait une question de principe, de dignité familiale et de civisme politique, en ajoutant que le cousin Faustin Dubard, défiguré lors de l'explosion du *Maine*, était en droit de s'attendre à ce qu'un membre de la famille le vengeât. « Mais voyons, père, avait répliqué Gratien, personne ne peut dire si les Espagnols sont vraiment responsables de l'explosion du *Maine*. Le *New York Journal* du 17 février a offert 50 000 dollars de récompense *for the detection of the preparation of the* Maine *outrage* et à ce jour, cette somme mirobolante, mise en jeu par le belliqueux M. Hearst, n'a pas été attribuée. »

En entendant ces mots, le sénateur avait serré les lèvres, puis répondu assez sèchement : « Tu te souviens sans doute aussi de la photographie d'une demi-page publiée ce jour-là par le *New York Journal* et montrant l'épave déchiquetée du *Maine*, tombeau de deux cent soixante-six marins de chez nous... et de la déclaration des officiers survivants soutenant que le bateau a été détruit par une mine espagnole. »

Gratien, en rallumant sa pipe, assis sur son tronc d'arbre dans la jungle cubaine, se disait encore que, sans l'intervention de Stella, il aurait peut-être pu, ce soir-là, éluder le dilemme où son père avait su l'enfermer.

Etonnée de ne pas voir son mari rejoindre la chambre conjugale, Mme de Vigors était entrée inopinément dans le salon, au moment où le sénateur rappelait sur le mode du lyrisme parlementaire la tragédie qui avait mis le feu aux poudres. Quand Stella s'était mêlée avec vivacité à la conversation, Gratien avait été dérouté en évaluant l'intérêt que portait son épouse à cette guerre et l'âpreté avec laquelle elle stigmatisait les agissements des Espagnols à l'égard des Cubains. Entre sa femme et son père, Gratien avait soudain connu un sentiment de culpabilité. On lui avait fait comprendre que son indifférence contrastait singulièrement avec l'enthousiasme des dizaines de milliers de jeunes Américains qui, du nord au sud de l'Union, s'engageaient pour « régler leur compte aux Espagnols »[1].

---

1. Dès le 25 avril 1898 le président McKinley avait demandé cent vingt-cinq mille volontaires. Cent vingt mille étaient déjà incorporés fin mai.

Charles de Vigors, découvrant dans sa bru une alliée inespérée, expliqua aussitôt à celle-ci, en déployant tout le charme dont il savait faire usage, qu'il aurait souhaité « voir son fils unique le représenter dans cette guerre qui – les stratèges de Washington lui en avaient donné confidentiellement l'assurance – serait brève et sans grands risques ». Gratien entendait encore son père prononcer cette phrase d'un ton léger, comme s'il se fût agi d'envoyer un substitut à un cocktail ou à une première de l'Opéra français.

Un peu interloquée, Stella avait regardé son mari avec une grande tendresse teintée d'un peu de commisération comme si elle pensait : « Le pauvre garçon n'est pas doué pour ce genre d'équipée. »

Et c'était ce regard plus que les arguments paternels qui avait décidé Gratien. « C'est bon, avait-il lancé avec un peu d'humeur, je vais m'engager dans l'armée. » Stella s'était alors jetée dans ses bras, le suppliant de n'en rien faire, de laisser à d'autres le soin d'en découdre avec les Espagnols, de ne pas exposer sa vie, de se réserver pour elle qui l'aimait follement et les enfants. Pendant cinq minutes, elle avait débité tout ce que les épouses et les mères disent, depuis que les hommes s'en vont faire la guerre, volontairement ou par contrainte.

Si le sénateur n'était pas intervenu avec émotion, Gratien aurait peut-être renoncé dans l'instant à un projet auquel il n'avait souscrit qu'à contrecœur.

« Voyons, Stella, il n'est pas question d'envoyer Gratien affronter des risques démesurés. J'y tiens, à mon fils, savez-vous et je ne veux pas que vous ayez de chagrin ni même d'inquiétude ni que vous et vos enfants puissiez un jour reprocher à l'Union de vous avoir privés d'un mari et d'un père. Non! Gratien ne s'engagera pas dans l'armée où les braves et honnêtes patriotes sont amenés à côtoyer les aventuriers, je lui propose plutôt de s'enrôler dans l'escadron des Rough

Riders du colonel Theodore Roosevelt auxquels, j'en suis convaincu, on ne confiera que des missions tranquilles. »

Rassurée, Stella n'avait plus avancé que des arguments amollis par le souci qu'elle avait eu – et Gratien le comprenait mieux aujourd'hui – de ne pas faire passer son mari pour un couard.

Les événements s'étaient ensuite déroulés sur un rythme de vaudeville. Le sénateur, prenant les choses en main, avait, dès le lendemain, embarqué toute la famille Vigors dans son wagon pullman, en expliquant que Stella et ses enfants seraient mieux à La Nouvelle-Orléans dans sa belle maison du Garden District pour passer d'abord les semaines d'entraînement, qu'on ne manquerait pas d'imposer à Gratien, et attendre ensuite le retour du soldat.

En écrasant un gros moustique qui venait de lui enfoncer son dard dans la joue, Gratien se souvint de la joie d'Osmond dans le pullman réservé du sénateur et de ses étonnements à La Nouvelle-Orléans devant les lampes électriques, le téléphone, les tramways, les bateaux sans roue, les bicyclettes, les foules cosmopolites et bigarrées de Canal Street et les vitrines des magasins.

Bientôt, le fils du sénateur s'était retrouvé soumis au même entraînement que les deux mille soldats et officiers que l'armée avait retenus sur les quatre mille six cent quinze qui s'étaient présentés dans les bureaux d'engagement de la ville. Au camp Foster où Gratien avait été envoyé comme au champ de foire, ou à Covington, on avait dressé des tentes, construit des baraques, installé des stands de tir et des cuisines. Les casernes Jackson, bâties sous la présidence du « Vieux Noyer »[1] » et où l'affreux Butler avait un moment

---

[1]. Surnom du président Andrew Jackson (1767-1845).

logé les troupes nordistes en 1862, s'étaient remplies comme les collèges à la rentrée.

Cet engouement des Louisianais pour la guerre n'avait toutefois pas pris, à La Nouvelle-Orléans comme dans certaines villes du Nord, la forme d'une haine déclarée contre tout ce qui était espagnol. La « cité en forme de croissant » ne reniait pas son héritage hispanique, visible dans les balcons, les grilles ouvragées, l'architecture des maisons, la fraîcheur des patios, dans les ocres et les roses des façades, dans l'austérité du Cabildo aussi bien que dans le goût transmis, de génération en génération, pour les soupers tardifs, les flâneries nocturnes, les terrasses fleuries et les sérénades. Insultés ailleurs, les diplomates espagnols avaient été respectés à La Nouvelle-Orléans où l'on parlait la langue de Cervantes aussi bien que celle de Voltaire quand les affaires n'exigeaient pas l'emploi de l'anglais. Et cependant, plus que partout ailleurs dans le Sud, les habitants du deuxième port de l'Union après New York avaient été affligés par l'explosion meurtrière du *Maine*. Le croiseur et son équipage y étaient connus. Le bateau avait remonté le Mississippi et fait escale à La Nouvelle-Orléans pendant les fêtes du Mardi gras 1897. Les midships de la Navy avaient fait danser les dames et demoiselles, laissant dans le cœur de certaines de tendres illusions. Quant aux marins, ils avaient dilapidé leur prêt dans les bastringues de Storyville. En échange des dollars que les belles octavones s'étaient empressées de glisser entre chair et soie contre leur cuisse, beaucoup avaient emporté de douloureux cadeaux dont seuls des médecins énergiques étaient parvenus plus tard à les débarrasser.

Pendant toute cette période un peu folle, car les rigueurs de l'entraînement avaient été sérieusement adoucies pour Gratien après l'intervention du sénateur, le jeune avocat avait eu l'impression de vacances citadines. Entre les dîners, les représentations théâtrales et les concerts, il lui était arrivé d'oublier la guerre et son uniforme, qu'il passait seulement pour se rendre à l'exercice. Un matin, son père l'avait emmené chez un notaire successeur des célèbres frères Mertaux. Dans une vieille étude ayant appartenu un temps à Charles de Vigors, associé à Edward Barthew, le sénateur avait fait, en faveur de Gratien et de sa femme, donation de Bagatelle. C'était de la part du fils de Virginie un geste généreux et rassurant pour Stella, dans le cas, que personne ne voulait envisager, où le destin la réduirait à la solitude.

Et le lendemain, les neuf cents Rough Riders du lieutenant-colonel Theodore Roosevelt, que ses soldats appelaient familièrement Teddy, étaient entrés dans la ville. Ils venaient de leur camp d'entraînement de San Antonio au Texas et devaient embarquer pour Tampa (Floride) où la 5e armée se constituait en corps expéditionnaire.

Avec un rien de mépris, les dames de La Nouvelle-Orléans considéraient ces volontaires comme des « *vaqueros* encadrés par quelques joueurs de polo » et certains démocrates, irrités par le dynamisme et le bellicisme de Roosevelt, allaient jusqu'à comparer les Rudes Cavaliers aux « voleurs de bestiaux des Rocheuses ». Dans l'ensemble, ces garçons étaient plutôt de francs lurons, courageux, rieurs et sachant mieux se tenir dans un corral que dans un salon.

M. de Vigors avait présenté son fils à l'ancien secrétaire adjoint à la Marine, un assez bel homme, quadragénaire moustachu, portant des lunettes à monture d'acier et qui paraissait tout à fait sûr de lui. A chaque occasion, il remerciait Dieu de ce qu'il n'avait pas une goutte de sang britannique dans les veines, ses ancêtres étant des commerçants hollandais, des *verdomers hollanders* comme il disait et dont la foi relevait d'un conformisme qui avait fait ses preuves. Etudiant à

Harvard, Theodore Roosevelt avait reçu une excellente éducation et ses parents, qui le tenaient enfant pour un petit prodige, avaient fondé sur lui de grands espoirs. Surtout sa mère, Martha Bulloch, fille d'un major de Géorgie qui avait eu des sympathies pour le Sud.

Marié une première fois à Alice Hathway Lee, le colonel avait eu le chagrin de perdre sa femme en 1884. Deux ans plus tard, il avait convolé à nouveau avec Edith Kermit Larow. En choisissant la voie politique, il n'était plus très sûr d'avoir fait une bonne affaire, disaient certains de ses amis, tandis que d'autres affirmaient que ses ambitions et son habileté en ce domaine devraient le porter aux plus hauts postes.

Elu comme républicain à la Chambre des représentants de l'Etat de New York, il n'avait siégé que deux ans avant de partir pour le Dakota afin d'écrire un ouvrage historique tout en menant la rude vie du cow-boy[1]. Car ce myope, de santé fragile, n'avait que le mot virilité à la bouche. M. de Castel-Brajac l'avait un jour comparé à Hannibal Chollop, cet Américain hâbleur et sans gêne que Dickens a mis en scène dans *Martin Chuzzlewit*, tandis que Charles de Vigors avait applaudi quand le secrétaire adjoint à la Marine avait dit de McKinley – son bienfaiteur – « qu'il n'avait pas plus de nerfs qu'un éclair au chocolat ». Tout le monde pouvait constater cependant que M. Roosevelt s'astreignait à des efforts physiques, chassait, boxait et s'efforçait d'être en toute discipline fort et dominateur. Habile à provoquer l'effet théâtral, il avait vu dans la guerre de Cuba l'occasion d'un engagement spectaculaire, une entrée dans l'action.

Lors du débarquement à Daiquiri, un officier de l'armée régulière avait observé avec un rien d'ironie

---

[1]. Cet ouvrage parut en livraisons, de 1889 à 1896, sous le titre *La Conquête de l'Ouest*.

que le colonel « sautillait de droite et de gauche comme un gamin qui a besoin de faire pipi ». C'était sa façon spontanée et assez sympathique de céder à la surexcitation allumée en lui par la perspective des combats. Sachant ses compétences militaires limitées, il s'était heureusement adjoint le colonel Leonard Wood[1], chirurgien de l'armée. Ainsi, l'impétueux politicien, dont les New-Yorkais n'avaient pas voulu pour maire, se sentait épaulé.

Tel était le chef sous les ordres duquel Gratien de Vigors s'était embarqué, en chantant comme tout le monde le refrain à la mode : « *Ça chauffera cette nuit dans la vieille ville* ».

Stella avait versé une larme au moment de l'aurevoir et Gratien, accoudé au bastingage du bateau qui l'emportait, avait vu, non sans fierté, sa femme suivre les manœuvres d'appareillage appuyée au bras du sénateur. Les gens saluaient chapeau bas l'aristocrate, le « bourbon » qui, pour assurer la défense de la patrie, confiait son fils à un politicien républicain.

Après cette séparation, le séjour à Tampa des Rough Riders, la pagaille des préparatifs, les ordres et contrordres d'embarquement pour Cuba avaient fourni à Gratien l'occasion d'apprécier les aléas de la vie militaire. Parce qu'il était un volontaire de marque, l'avocat avait été logé dans le prodigieux hôtel construit à Tampa par un homme qui croyait au tourisme, Morton F. Plant. Curieusement doté de coupoles, de minarets, de terrasses, ce caravansérail transformé en caserne pour officiers était des plus animés. On y faisait des retrouvailles étonnantes. Des West-Pointers issus des mêmes promotions se donnaient l'accolade, des vétérans de la guerre civile, qui s'étaient perdus de vue depuis vingt ans, échangeaient leurs impressions

---

1. La campagne de Cuba terminée, Leonard Wood fut nommé général et devint gouverneur de Santiago, puis de La Havane.

et, croyant leur jeunesse revenue, spéculaient sur les actes de bravoure qu'ils ne manqueraient pas d'accomplir à Cuba; des anciens confédérés portaient des toasts au coude à coude avec leurs ennemis d'autrefois, buvant alternativement à la mémoire de Robert Lee et à celle d'Ulysses Grant, le vaincu et le vainqueur d'Appomattox.

Certaines épouses d'officiers supérieurs accompagnaient leur mari et ces présences féminines donnaient parfois un caractère mondain aux réceptions du mess. Pendant son séjour à Tampa, Gratien avait approché des observateurs militaires étrangers, curieux de voir comment les Etats-Unis organisaient un corps expéditionnaire et aussi le gratin de la presse américaine. Parmi les correspondants de guerre figuraient en effet le taciturne Stephen Crane que son livre *The Red Badge of Courage*[1] avait rendu célèbre; Julian Hawthorne, fils du fameux romancier Nathaniel Hawthorne[2] et qui devait télégraphier des articles au *Herald* et au *Sun* de New York; Richard H. Thitherington du *Numsey's Magazine* qu'accompagnait le dessinateur William Glackers et un certain Richard Harding Davis du *Saturday Evening Post*. Ce dernier, prudemment coiffé d'un casque colonial, jumelles en bandoulière et le revolver à la ceinture, rappelait à Gratien le grotesque héros d'un roman français que lui avait prêté l'oncle Gus : *Tartarin de Tarascon*.

L'avocat, homme d'ordre qui croyait jusque-là que l'armée disposait de plans et de matériels adaptés, s'était aperçu qu'il n'en était rien. L'unique voie ferrée qui permettait le transport des armes, munitions et vivres jusqu'à Tampa, se trouvait encombrée par des convois que l'on déchargeait hâtivement dans un

---

1. *La Conquête du courage* (1895). Stephen Crane publia, après l'expédition de Cuba, un autre ouvrage : *La guerre est bonne* (1899).
2. Romancier américain, dont l'ouvrage *La Lettre écarlate* fut en 1850 un best-seller.

désordre affligeant. Au jour du débarquement à Daiquiri, on avait vu les conséquences de cette imprépration. Des canons étaient dépourvus d'affûts ou d'obus, les rations de vivres étaient incomplètes, les ambulances manquaient et seules les mules se trouvaient à pied d'œuvre.

Indifférent à l'agitation du camp où les Rudes Cavaliers se préparaient à passer leur première nuit cubaine sous des tentes dont l'imperméabilité ne paraissait pas garantie, Gratien, tout en se remémorant pour la centième fois l'enchaînement des faits, des circonstances et des pressions qui l'avait conduit dans cette île de Cuba où il n'avait que faire, suivait la lente glissade du soleil sur un horizon tendu de nuages effilochés. Il achevait cependant sa pipe avec délices et la vague griserie due au tabac l'aidait à se convaincre qu'il n'était là que par accident et qu'il verrait arriver sans aléas la fin d'une aventure dérisoire et inutile. Cependant, il y avait ce sergent mort qui devait déjà être enterré quelque part sur la colline et aussi ce que Gratien avait entendu dire sur le bateau par un officier de l'état-major du général Shafter, commandant du corps expéditionnaire. « Nous avons mission de réduire Santiago par terre en coopérant avec les forces navales de l'amiral Sampson qui bloquent dans la baie la flotte de l'amiral espagnol Pascual Cervera », avait déclaré le porte-parole.

Les Rudes Cavaliers avaient aussitôt manifesté leur enthousiasme en vociférant et en sifflant à la manière des cow-boys du Dakota, plus nombreux dans l'escadron de M. Theodore Roosevelt que les fils de famille de la Nouvelle-Angleterre. Gratien s'était demandé, en voyant le rejeton à demi ivre d'un pasteur de Boston s'écrier qu'il se saisirait des Espagnols « à mains nues », si cette excitation ne traduisait pas, plutôt que le mâle désir de combattre, le soulagement éprouvé par tous les originaires de la côte Est des Etats-Unis en apprenant que la redoutable armada de Cervera était localisée et sous surveillance, loin des paisibles cités américaines.

Car, quatre jours après la déclaration de guerre à l'Espagne par le Congrès des Etats-Unis, un vent de panique s'était levé sur la côte Est, quand les journaux avaient annoncé le départ le 29 avril des îles du Cap-Vert de la flotte de l'amiral Cervera. Comme les dépêches n'avaient pas tardé à préciser que cette armada, composée de quatre croiseurs et de trois destroyers, tous formidablement armés, faisait route vers l'ouest, l'Amérique entière s'était crue menacée d'un débarquement.

Les gens riches, qui passaient chaque été plusieurs semaines au bord de l'océan, avaient aussitôt annulé locations de villas et réservations d'hôtel. Les commerçants, redoutant les conséquences financières d'une semblable désaffection, s'étaient démenés pour convaincre les maires des stations balnéaires de Portland à Savannah de la nécessité d'obtenir du gouvernement fédéral une protection contre d'éventuels envahisseurs. Bon nombre de gens avaient craint en effet, pendant des jours et des nuits, de voir jaillir de l'océan, tels les anciens pirates des Bahamas, les marins de la régente Marie-Christine décidés à piller les maisons, à trucider les hommes et à violer les femmes. M. de Castel-Brajac avait soutenu à l'époque que d'aussi navrantes perspectives étaient de nature à éveiller de fallacieux et inavouables espoirs chez les puritaines de la Nouvelle-Angleterre sevrées d'étreintes inédites.

Dans une lettre à son ami John Hay, Henry Adams, petit-fils de ce John Quincy Adams qui avait été le sixième président des Etats-Unis, écrivait : « Il est étrange que, de nos jours, l'armada espagnole fasse encore trembler les bons Bostoniens, comme elle terrorisait leurs ancêtres au XVIe siècle. »

Maintenant que l'on savait l'escadre redoutée enfermée comme un poisson dans une nasse au fond de la baie de Santiago, l'Amérique et les soldats du corps expéditionnaire respiraient mieux. Afin de stimuler l'ardeur combative des Rudes Cavaliers, le délégué du général Shafter avait raconté comment un jeune lieutenant de la Navy, M. Pearson Hobson, avait eu l'audace, avec l'aide de sept matelots, de couler dans le chenal d'accès au port de Santiago un vieux charbonnier, le *Merrimac*. Bien que l'épave ne fût pas immobilisée à l'endroit initialement prévu, elle interdisait, croyait-on, toute sortie aux navires de Cervera. Les Rough Riders poussèrent un hourra en l'honneur du vaillant midship dont on ne manquerait pas, le moment venu, de faire un héros[1].

Quelques vétérans réalistes avaient alors timidement émis l'hypothèse que l'amiral Cervera, ne pouvant utiliser ses canons pour combattre sur mer les navires américains, déciderait peut-être de tourner ses batteries vers la terre, afin de bombarder les troupes chargées de prendre Santiago. On les traita de timorés, de défaitistes, d'oiseaux de mauvais augure. Certains volontaires se déclarèrent prêts à prendre à l'abordage les vaisseaux espagnols.

Maintenant, il fallait bien admettre que les forts de Santiago, le réseau compliqué des défenses et les vingt mille soldats de la garnison espagnole constituaient une force assez impressionnante. Le renfort éventuel des canons de l'escadre captive de l'amiral Cervera donnait donc à réfléchir aux stratèges les plus intrépides.

---

1. Si l'on oublia rapidement le nom du général Shafter, le lieutenant Hobson devint en peu de temps l'idole des foules. Quand l'officier débarqua avec l'amiral Sampson à Hampton Roads, « des jeunes filles lui passèrent les bras autour du cou et l'embrassèrent, des femmes encore plus déraisonnables essayèrent de temps en temps de suivre leur exemple ». L'affaire devint bientôt un sujet de plaisanteries faciles et les journaux forgèrent le verbe « hobsoniser » pour dire : « embrasser un homme malgré lui ». D'après Harry Thurston Peck in *Vingt années de vie publique aux Etats-Unis*.

Un appel de clairon annonçant une distribution de vivres tira Gratien de ses réflexions. Il secoua les cendres de sa pipe, martela le talon de sa botte avec le fourneau brûlant pour en éjecter les restes de tabac et souffla dans le tuyau où la salive accumulée produisit un gargouillis inconvenant. La part de bœuf en conserve et les tranches de pain ramolli par l'humidité qu'il reçut au seuil de la tente de l'intendance lui parurent un menu misérable.

« Faites durer ça jusqu'à demain soir, dit le cantinier... vous dînerez mieux à Santiago ! »

Gratien confia son corned-beef à un caporal débrouillard qui parlait avec l'accent du Sud et se disait capable, avec un bon feu et une grande marmite, de transformer « cette carne du beef-trust » en une daube succulente, accessible à tous ceux qui lui confieraient leur ration.

« Vieux truc de coureur de prairie, pour bouffer les bons morceaux et laisser aux autres les déchets », marmonna un vétéran de l'infanterie en s'éloignant.

Assis entre un volontaire du 2ᵉ régiment du Massachusetts et un étudiant engagé dans le 71ᵉ de New York, Gratien vérifia bientôt l'assertion du vétéran méfiant. La daube n'était qu'un bouillon assez clair fortement épicé. Il regretta les gombos que confectionnait la cuisinière noire de Bagatelle et calma sa fringale en puisant dans sa réserve de chocolat et en mâchonnant sa tranche de pain. Il apprit, en bavardant avec l'étudiant qui s'était porté volontaire comme agent de liaison, que les cavaliers de Wheeler avaient reconduit la colonne espagnole jusqu'aux lignes de défense de Santiago et qu'une armée de guérilleros cubains « diablement décidés à libérer leur île » et commandés par un certain Gomez, se portait à la rencontre des renforts espagnols envoyés de La Havane avec le général Blanco. Au cours de la journée, Gratien avait eu loisir de constater que les soldats de l'armée régulière, bien que peu nombreux, ne frayaient pas avec les volontaires. Ils se montraient moins bruyants et plus soucieux que ces derniers.

En allant quérir de l'eau à la citerne roulante d'une compagnie de marines, M. de Vigors fut interpellé par un sergent qui lui annonça son affectation au premier tour de garde. La nuit, rapidement venue, était claire et il s'agissait, pour les sentinelles, de rejoindre les postes de guet. Démontrant le peu de confiance qu'ils avaient dans les amateurs, les soldats avaient décidé de n'utiliser les volontaires que pour doubler les gardes. C'est ainsi que Gratien se vit intégré à un groupe, placé sous l'autorité du sergent qui l'avait recruté. L'homme semblait avoir une conception assez janséniste de la discipline. Comme l'avocat éprouvait quelque difficulté à marcher au pas sur un chemin raboteux où le pied ne pouvait se poser franchement, le gradé rugit :

« Encore un qui a appris à marcher sur des carpettes, hein !

— Je suis cavalier, répliqua bêtement Gratien en faisant, bien malgré lui, rouler un caillou.

— Un cavalier qui n'a pas de cheval est un fantassin », énonça le sergent d'un ton catégorique, ce qui déclencha les rires dans les rangs.

Gratien crut à propos de ne pas relever le truisme.

Les chevaux des Rough Riders n'avaient pas tous été embarqués, ce qui valait à une bonne moitié des volontaires du colonel Roosevelt la position humiliante de cavalier démonté.

Quand la petite troupe atteignit un barrage fait d'arbres abattus qui fermait un chemin au sommet d'une côte, le sergent dispersa les hommes par deux, en donnant des consignes assorties de la menace d'un passage en conseil de guerre en cas de somnolence. Puis, il se tourna vers Gratien.

« Toi, tu restes avec moi. Si tu ne sais pas marcher

peut-être sais-tu courir. En cas de besoin, tu seras mon estafette. »

Quand les hommes se furent éloignés, le sergent s'humanisa.

« Tu as du tabac? »

Gratien tendit sa blague. Le sous-officier renifla le tabac de Virginie et y plongea sa pipe.

« Tu peux fumer, à condition de tenir ton fourneau à l'envers et de ne pas le faire pétiller comme un feu d'artifice.

– Mais, pour allumer? fit l'avocat inquiet.

– Dans le chapeau, nom de Dieu, comme ça! »

Gratien imita le geste du sergent et alluma sa pipe sans s'attirer de reproche.

L'homme s'adossa au barrage et entreprit de questionner Gratien.

« Alors, comme ça, tu t'es engagé pour faire la guerre aux Espagnols, hein? Tu t'ennuyais chez toi, t'avais pas de travail, ta femme te battait, ou as-tu pillé une banque et tué un « cop[1] »? »

Gratien sourit, se disant qu'on pouvait effectivement trouver parmi les volontaires des paresseux, des maris trompés ou victimes de femmes irascibles, des chômeurs et des malfaiteurs.

« Je me suis engagé pour aucune de ces raisons, sergent, mais tout simplement pour.... – il faillit dire « faire plaisir à mon père »... – pour régler rapidement cette affaire avec les Espagnols.

– Et tu as des raisons, toi, de pas les aimer, les Espagnols?

– C'est-à-dire que ma famille possède trois plantations ici et qu'il m'a paru honnête de ne pas attendre que les autres défendent mes terres.

– Sais-tu que c'est beau ce que tu dis? Tu ferais pas de la politique par hasard ou tu serais pas pasteur?

---

1. En argot américain, agent de police.

— Je suis avocat, sergent, et mon père est sénateur...

— Oh! pardon, le fils d'un sénateur qui veut se battre, vous avez du beau monde chez les Rudes Cavaliers, un colonel qu'est secrétaire d'Etat et un « private »[1] qu'est fils de sénateur, bravo... Je compte sur toi, si on se fait pas tous estourbir demain, pour me faire avoir une médaille ou, ce qui serait mieux, une pension.

— Je m'appelle Gratien de Vigors et vous pouvez compter sur moi!

— Je m'appelle Bunny Capelowski. J'ai fait deux tiers de la guerre civile avec les confédérés, le dernier tiers avec les Yankees. J'ai reçu deux blessures de chaque côté.

— Puis-je savoir pourquoi vous avez changé de camp, sergent?

— J'ai changé quand j'ai compris que le Sud était foutu et que j'ai vu comment les Sudistes traitaient les prisonniers, les nègres surtout. Crois-moi, il a mieux valu pour tout le monde que ce soit le Nord qui gagne!

— Et cette guerre, sergent, elle vous plaît?

— S'il y avait à boire autre chose que de l'eau tiède, à manger autre chose que du bœuf pourri et des filles agréables à caresser, je me plaindrais pas... mais jusqu'à présent, hein, c'est pas encourageant. »

Pour remercier le sergent de l'intérêt qu'il lui portait, Gratien décrocha sa gourde de son ceinturon et la lui tendit.

« Dis donc, c'est du bourbon ça, fit Bunny en reprenant son souffle après une copieuse rasade, tu viendrais pas du Tennessee par hasard?

— Non, de Louisiane.

— C'est pas mieux, maugréa le sergent. Il y a trop de

---

1. Simple soldat.

nègres par là et les femmes sont fières, des vraies pimbêches, même les filles de la rue du Rempart, qu'on paie cher et qui veulent choisir leurs pratiques. »

Comme pour se dédommager, le soldat s'octroya une nouvelle goulée, puis il rendit la gourde ronde frappée des lettres « U.S. » à son propriétaire.

« Demain, il se pourrait que t'en aies besoin... on va attaquer les Espagnols qui tiennent les collines et qui ferment la route de Santiago. Y se pourrait que ça chauffe.

— Après tout, nous sommes là pour faire la guerre, observa Gratien.

— Ouais, ouais, mais à mon avis, c'est pas une vraie guerre, dit le sergent sur le ton de la confidence. Nous n'avons que quatre canons et ce major général Shafter qui nous commande me paraît tout juste bon à envoyer des rapports à Washington. Je l'ai vu cet après-midi. Il est comme une barrique, il sue, il souffle, il faut deux types pour le mettre en selle et la goutte l'empêche de rester à cheval plus de dix minutes. On dit que c'est un ancien cultivateur... peut-être l'a-t-on envoyé ici pour récolter le tabac et la canne à sucre!

— Heureusement que nous avons de bons officiers au 2ᵉ du Massachusetts et au 71ᵉ de New York... des sergents entraînés... »

Bunny Capelowski éclata de rire et envoya une vigoureuse bourrade à Gratien.

« Au 2ᵉ du Massachusetts, nous nous sommes battus contre les Indiens et dans l'Ouest, contre les pillards mexicains. Les « dagoes »[1] ne nous font pas peur, monsieur l'avocat et, si vous vous sentez un peu seul au milieu de vos Rudes Cavaliers qui semblent

---

[1] Dago : terme de mépris pour les personnes très brunes généralement d'origine espagnole, italienne ou portugaise.

croire que la guerre est comme une bagarre de saloon au Dakota, suivez le sergent Bunny... avec votre gourde à bourbon! »

5

Le mystère de la disparition de Lorette, la fille de Harriet Brent, fut résolu au début du mois de juin par Aristo, le dalmatien des Vigors. Tandis que Gratien attendait à Key West son embarquement pour Cuba et que Stella commençait à se morfondre chez ses beaux-parents à La Nouvelle-Orléans, le chien trouva dans une mare le corps de la jeune Noire. Depuis plus d'un mois que cette adolescente avait disparu, des douzaines de personnes étaient passées près de la petite pièce d'eau envahie par les jacinthes. Il avait fallu les premières journées chaudes pour que le niveau de la mare, emplie par les pluies du printemps, baisse suffisamment et révèle la présence d'un corps. Vagabond d'autant plus audacieux que l'absence du maître le laissait libre de ses divagations, Aristo s'était mis aussitôt à donner de la voix. Citoyen, tiré de sa sieste, qu'il faisait comme d'habitude sur un banc ombragé du jardin anglais, avait décidé, non sans mal, le jardinier, également somnolent, à « aller voir ce qu'avait ce sacré chien ».

« Je crois bien qu'y a un mort dans la boutasse! » revint dire, essoufflé et ému, le domestique.

Citoyen, qui détestait les événements hors du commun et dont la pleutrerie s'accommodait mal de tout ce qui touchait à la mort, alla jeter de loin un regard sur la forme ballonnée qui émergeait des jacinthes. Harriet étant absente pour la journée, il réveilla Bella, la cuisinière, puis, faisant preuve d'initiative, attela le buggy et s'en fut à Sainte Marie prévenir le shérif. Celui-ci, assisté d'un des aides, vint tirer le corps de la mare. Le spectacle était peu ragoûtant. Les petites tortues noires, qui vivent dans les jacinthes d'eau, avaient à demi dévoré le visage, les avant-bras et la poitrine. Une odeur douceâtre et écœurante se dégageait du cadavre qui, saisi dans une couverture empruntée à l'écurie, fut transporté jusqu'au hangar de la presse à coton et déposé sur un caillebotis hors d'usage.

« On peut dire que c'est une femme parce que ce sacré macchabée porte une robe, mais c'est tout ce qu'on peut dire... »

Le shérif, un robuste Cajun, bon vivant et loyal protecteur des lois et des gens, était un peu pâle. Il fallait attendre pour en savoir davantage, l'arrivée d'un médecin que Citoyen, pressé de fuir les lieux, fit réclamer par Mme Oswald, première abonnée au téléphone du secteur.

Depuis bien longtemps, Sainte Marie était dépourvue de médecin. En cas d'urgence, on sollicitait celui de Saint Francisville. Le dernier praticien installé à Sainte Marie, où il avait succédé au célèbre docteur Murphy, dont le nom servait d'enseigne au dispensaire, avait été cet Horace Finks, venu avec l'armée nordiste et parti avec l'institutrice noire, Ivy Barnett. Le couple vivait, disait-on, à Haïti, république noire toujours citée en exemple. Le docteur de Saint Francisville, John Benton, un baptiste atrabilaire, venait une fois par semaine au dispensaire tenu par Nancy Tampleton pour examiner les malades. Le fait qu'il appelât ceux-ci dans l'ordre de leur arrivée au dispensaire, sans considération de couleur de peau, choquait les femmes des petits Blancs. Elles ne voulaient pas risquer d'être touchées par des mains « qui palpent les nègres ». Quand quelqu'un tombait gravement malade, si ses proches jugeaient indispensable la présence du médecin, John Benton devait « traverser la rivière » par le bac de Bayou Sara. Depuis que le docteur disposait d'un téléphone, l'attente ne dépassait que rarement vingt-quatre heures. Chaque année cependant, des gens mouraient d'hémorragie ou d'étouffement pour n'avoir pas été soignés dans des délais raisonnables. John Benton était un vieil homme alerte et peu prolixe. Surchargé de besogne, il effectuait chaque jour, à bord d'un cabriolet pourvu d'immenses roues caoutchoutées et tiré par une jument blanche, des dizaines de miles.

Comme « il courait toujours après les aiguilles de sa montre » son diagnostic était généralement rapide et catégorique. « Il est inutile que je prescrive des remèdes à votre mari (à votre femme, à votre père, à votre enfant, suivant le cas), il sera mort avant trois jours. Priez et résignez-vous! » Si l'affaire était bénigne, il prenait un air courroucé : « Dans deux jours, il (ou elle) sera debout, vous auriez pu ne pas me déranger pour une colique. » Comme le docteur Benton se trompait rarement dans ses pronostics, les gens hésitaient à l'appeler, craignant de s'entendre condamner à mort, ou dans le cas le plus favorable, de se faire houspiller.

Le médecin considérait également qu'expertiser un cadavre pour donner un avis à la police ou à la justice était une autre façon de perdre son temps. Quand il eut examiné le corps retiré de la mare, il réclama une cuvette, du savon et un verre de whisky. S'étant lavé les mains posément, il rabattit ses manchettes, enfila son veston d'alpaga noir, rangea ses lunettes dans leur étui et but à petites gorgées le verre que Bella lui présentait. Puis, il se tourna vers l'assistance que la laideur du spectacle tenait à distance du hangar et dit, s'adressant au shérif aussi bien qu'à Citoyen, à Bella et aux quelques Noirs désœuvrés qui s'étaient joints au petit groupe :

« C'est une jeune négresse, bien sûr, de treize ou quinze ans. A mon avis, elle n'est pas morte noyée et je crois même pouvoir dire qu'on lui a brisé la nuque. Pour savoir si elle a subi, vivante ou morte, les outrages abominables qu'on ne peut s'empêcher d'imaginer, il faudrait pratiquer des examens que je n'ai ni le temps, ni les moyens de faire ici... D'ailleurs cela, n'est-ce pas, n'a plus grande importance. C'est maintenant au shérif de retrouver celui qui a fait le coup.

— Bon, dit le shérif, ainsi mis en cause, c'est une négresse qui a été étranglée... sans doute par un nègre hein!

— Ça peut aussi être un Blanc, un Indien ou un papiste, répliqua sèchement le médecin. A mon avis, et bien que cela ne me regarde en rien, il vous faudra, shérif, d'abord essayer de savoir qui est cette négresse morte. »

Le médecin n'avait pas fait trois enjambées en direction de son buggy que la voix de Bella s'éleva, tragique et puissante, comme une invocation. Envahie par une trémulation incoercible, la cuisinière répétait :

« C'est Lorette, Lorette Brent, je connais sa jupe à volants bleus, elle la mettait le soir... c'est Lorette, Lorette Brent, pour sûr, c'est la Lorette Brent. »

John Benton revint sur ses pas et, comme Bella roulait des yeux blancs en se laissant aller contre l'assistant du shérif, le médecin la gifla sans y mettre de formes.

« Donnez-lui un peu de whisky et asseyez-la. »

La cuisinière, habituée aux liqueurs fortes, avala l'alcool sans sourciller, comme un cocher, et répéta :

« C'est la Lorette, docteur.

— Venez donc voir si vous la reconnaissez bien, fit le shérif, faut qu'on soit sûr! »

Dominant sa répulsion, Bella s'approcha du corps vivement découvert par le policier.

« Oh! oh! oh!... C'est bien elle, oh! oui », fit Bella en se signant maladroitement d'une main tremblante avant de se mettre à sangloter sans discrétion.

Le médecin lui fit donner à nouveau un fond de verre de whisky et Bella précisa, cette fois avec volubilité :

« C'est bien sa jupe à volants bleus, c'est bien aussi son jupon et même je peux vous dire, docteur, que c'est ses cheveux qu'elle s'étirait, qu'elle se les brossait tout le temps à rebours comme si on pouvait les faire venir droits.

— Y en a-t-il d'autres qui peuvent identifier le corps? » fit le shérif d'un ton professionnel.

Bella, s'estimant investie d'une autorité particulière, intervint :

« Toi, Citoyen, tu la connaissais bien, la Lorette, hein, tu l'as assez mignotée, viens donc voir par ici. »

Et, comme le majordome semblait peu disposé à faire un pas vers le corps, Bella ajouta :

« Viens-t'en donc voir, les morts y'zaiment qu'on les reconnaisse!

— Je pense bien aussi que c'est sa jupe à volants bleus, mais je veux pas en voir plus! »

Le teint de Citoyen virant à la couleur des cendres, le médecin interrompit l'expérience et éloigna Bella qui fixait le cadavre défiguré.

« Faudra prévenir sa mère, conclut le shérif en rabattant la couverture sur le corps. Je crois que c'est la fille à Brent, la grande Harriet qu'est gouvernante ici.

— Faites aussi apporter une bière, c'est pas utile que la mère voie son enfant dans cet état. La jupe lui suffira », ajouta Benton en sautant dans son cabriolet.

En l'absence des maîtres, Bagatelle ressemblait à ces yachts désarmés dans un port de plaisance et dont un équipage réduit assure mollement l'entretien. La vacuité domestique atteignait son apogée quand Harriet, la gouvernante, se rendait, pour quelques heures, chez son vieux père à Sainte Marie.

Car Citoyen, en dépit de son titre de majordome et de son ancienneté dans la place, n'avait ni le goût, ni les moyens de faire respecter la discipline du travail. Comme les marins désœuvrés prennent leurs aises dans les meubles de l'armateur quand le second est en ville, les serviteurs de Bagatelle ne se gênaient guère pour dormir dans les endroits frais, feuilleter les albums de famille, tâter du porto ou soustraire des friandises dans les bonbonnières, dès que la grande Harriet avait tourné les talons. En se méfiant de Citoyen dont elles craignaient vaguement le manque de discrétion et connaissaient les ruses de voyeur, les jeunes femmes de chambre osaient parfois s'enfermer dans le dressing-room pour passer, à même leur corps nu, des robes à falbalas, légères et fanées, portées autrefois par cette dame de Bagatelle dont un grand portrait dominait le salon. Que les roues d'un buggy fassent crisser le gravier de l'allée sous les chênes ou que les chiens signalent l'arrivée d'un familier dispensé du coup de cloche, aussitôt les parures retrouvaient leur cintre, les seins rigides, agacés par les bustiers de soie, disparaissaient sous la futaine ancillaire et avec de petits rires étouffés, leurs souliers à la main, les jeunes Noires dévalaient l'escalier, courant vers l'office ou la lingerie, comme des souris vers leur trou. La gentille Lorette, dont la dépouille reposait près de la presse à coton, avait souvent participé à ces essayages indiscrets. C'étaient là d'innocents plaisirs qui se pratiquaient dans la plupart des vieilles plantations.

Depuis la disparition de la jeune fille, chaque visite d'Harriet au vieux Brent était un supplice. Le vieillard à toison blanche, qui allait sur ses quatre-vingts ans, faisait figure d'oracle dans les milieux noirs de la paroisse, depuis qu'il avait occupé des fonctions officielles au Bureau des affranchis. Pensionné par l'Etat, il donnait des consultations à propos de tout et de rien. A la fois écrivain public et conseil juridique, il s'estimait investi de responsabilités civiques. Depuis la mort de sa femme Rosa, il menait tambour battant sa maisonnée, composée d'une bonne à tout faire et de son petit-fils de treize ans, un bègue surnommé à cause de cette infirmité Lispy. Né d'un mariage malheureux du fils aîné de Brent, Netto, maître d'hôtel sur les bateaux de la Cunard, Lispy avait été pris en charge, moyennant dédommagement, par son grand-père qui lui servait de précepteur. Doué pour la musique, le bègue jouait déjà fort bien du piano avant même d'avoir appris le solfège. Il arrivait que la demeure de Brent retentisse, pour la plus grande joie des jeunes Noirs de Sainte Marie, des accents d'étranges musiques très rythmées, à la fois alertes et mélancoliques, syncopées et répétitives, que les gens de La Nouvelle-Orléans, qui ne méprisaient pas les airs nègres, appelaient ragtime.

Brent, qui exigeait une chemise propre et empesée chaque jour et se serrait le cou dans une cravate de soie élimée, même quand il passait la journée à rêvasser sur sa véranda, estimait que la disparition de sa petite-fille était incompatible avec sa position sociale.

Après avoir longtemps refusé de connaître « cette enfant sans père », il s'était attaché à Lorette, intelligente et charmeuse. La fugue de l'adolescente lui avait causé un vif chagrin, qui se traduisait par une fureur permanente à l'égard des femmes, « instruments préférés du tentateur ». Car pour Brent, qui refusait d'envisager l'hypothèse d'un accident, noyade ou autre, dont aurait pu être victime sa petite-fille, Lorette s'était « tout bonnement fait enlever par un de ces gandins mulâtres, beaux parleurs portant des guêtres blanches ». « Un de ces types, précisait-il à mi-voix, qui obligent leurs bonnes amies à faire des mignardises aux gros bonnets pour des dollars. » N'y avait-il pas un précédent fâcheux dans la famille avec cette Véna, la benjamine des Brent, sœur d'Harriet, qui levait la jambe dans une taverne de Storyville et émoustillait les marins en montrant des dessous qu'aucune honnête femme n'aurait voulu porter.

Davis Lincoln, le second fils de Brent, celui qui occupait à La Nouvelle-Orléans une bonne place dans une banque et écrivait des articles en français dans *L'Union*, l'organe des Noirs, rapportait que Véna s'était fabriqué un paravent avec des chapelets de bouchons. Ces derniers provenaient, affirmait la dévergondée, des bouteilles de champagne que les clients des tavernes avaient vidées en sa compagnie. Interrogée par son frère, elle avait juré que Lorette ne se trouvait dans aucun des établissements de Storyville.

« Grand Dieu, disait Brent, elle est peut-être à New York ou à Saint Louis. Les femmes noires ont quelquefois le vice dans le sang. J'aimerais mieux savoir Lorette morte qu'en train de se faire caresser par des mains sales. Ah! si m'sieur Dandrige était encore de ce monde, Harriet, je t'jure bien qu'il la retrouverait notre Lorette... »

Mais le Cavalier, intendant de Bagatelle, homme d'honneur « aux yeux de qui tous les humains avaient la même peau et le même cœur », reposait depuis vingt ans sous les trois chênes près de m'ame Virginie. Brent pouvait se lamenter en égrenant des souvenirs des années difficiles, personne ne se souciait vraiment, hormis quelques membres de la famille, du sort de la fille d'Harriet.

La gouvernante venait de servir le thé de son père dans une grande tasse de porcelaine, pièce ultime d'un très ancien service décimé à Bagatelle sous le règne de « m'ame Virginie » et offerte par cette dernière à son majordome, quand Citoyen apparut dans l'encadrement de la porte.

« B'jour, m'sieur Brent, le shérif m'a dit de venir pour chercher Harriet.

– Le shérif, qu'est-ce qu'il veut, celui-là, de si pressé? » bougonna Brent.

Avisant le col déboutonné de Citoyen, il se souvint de l'époque où il punissait à coups de pied ou de balai de telles négligences.

« Tu peux pas boutonner ton col... c'est ça qu'on t'a appris, hein? »

Pendant ce bref échange, Harriet, soupçonnant qu'il pouvait s'agir de sa fille, avait déjà assuré son chapeau et saisi son sac à main.

« Ils ont des nouvelles de Lorette? dis-moi, Citoyen. »

Le sang-froid de la gouvernante impressionnait le Noir. Il redoutait de prononcer les mots qui allaient détruire le calme un peu hautain d'Harriet et en même temps savourait niaisement cette espèce de pouvoir, dont l'avaient investi le hasard et le shérif, de faire éclater le chagrin. Comme il se dandinait d'un pied sur l'autre en boutonnant son col, Brent intervint sans douceur.

« Eh bien, parle; on a des nouvelles?

– Oui... y a des nouvelles, oui, je crois, m'sieur Brent.

– On l'a retrouvée... sur un show-boat!

– Oui... non! m'sieur Brent, on l'a retrouvée... dans la p'tite mare derrière la maison... »

Harriet plia les jambes lentement et s'assit le buste droit sur la chaise qui se trouvait derrière elle. Un grand moment, elle resta immobile, le regard fixé au-dessus de la tête de son père sur une gravure accrochée au mur, un de ces chromos reproduits à des milliers d'exemplaires pour les affranchis et représentant une scène de *La Case de l'oncle Tom* de la célèbre Mme Beecher-Stowe. Puis, elle se mit à pleurer en dodelinant doucement de la tête, ce qui communiqua aux fleurs et à la grappe de cerises qui ornaient son chapeau de paille un balancement absurde.

Brent se leva, fit le tour de la table et vint poser sa main sur la nuque de sa fille.

« Allons la voir, dit-il, et que Dieu et toi me pardonniez d'avoir mal pensé d'elle. »

Quarante-huit heures plus tard, Lorette fut enterrée dans le cimetière du quartier noir de Sainte Marie, près de sa grand-mère Rosa et de sa trisaïeule, cette Netta qui avait tenu si longtemps les fourneaux de Bagatelle.

Devant la tombe, après la première pelletée de terre, tous reprirent en chœur :

> *Où est donc Lorette qui pleurait?*
> *Où est donc Lorette qui pleurait?*
> *Au séjour de la gloire.*
> *Lorette est morte, elle est aux cieux*
> *Lorette est morte, elle est aux cieux*
> *Au séjour de la gloire!*

La vieille mélodie que l'on psalmodiait déjà aux enterrements des esclaves quand Bagatelle en comptait plus de quatre cents – dont bon nombre des parents de ceux et celles qui accompagnaient Lorette en ce jour de juin – parut à Castel-Brajac plus émouvante que jamais.

Le Gascon avait de l'affection pour Harriet et une grande estime pour le vieux Brent que le chagrin courbait sur l'épaule de sa fille. S'il était naturel de pleurer les morts, n'était-il pas nécessaire de retrouver et de punir ceux qui provoquaient de tels drames? L'enquête du shérif n'avait pas donné de grands résultats. Comme chaque fois qu'un meurtre ou un délit était commis dans la paroisse, les gens de police avaient visité les écarts où, dans des cabanes de planches, subsistaient des Noirs trop paresseux ou trop faibles pour travailler. Pêcheurs, braconniers, chapardeurs, soutiers ou dockers d'occasion, renforts mobilisés quand les pluies d'automne menaçaient le coton tardif, ils constituaient aux yeux des Blancs une population louche. Certains planteurs, qui ne passaient pas pour plus réactionnaires que d'autres, affirmaient que cette plèbe était née de l'émancipation. « Au temps de l'esclavage, on les tenait, on les surveillait, on leur apportait au moins le gîte, la pitance et des soins élémentaires. Ils ne pouvaient ni vagabonder, ni flânocher très longtemps, ni vivre d'expédients ou de rapines... Maintenant, livrés à eux-mêmes, ils retournent à leurs mœurs primitives, bientôt on les verra aller nus et s'accoupler comme les bêtes. » De tels propos mettaient Castel-Brajac en colère. Sans reconnaître aux Noirs des capacités dont ils étaient trop souvent dépourvus, le Gascon estimait que les Blancs qui leur avaient accordé, de gré ou de force, la liberté n'étaient pas quittes pour autant d'un certain nombre de devoirs à l'égard des anciens esclaves et de leurs descendants. A ces gens, dont les ancêtres n'avaient pas choisi de venir cultiver le coton et la canne à sucre pour le compte des colons de la libre Amérique, il convenait de donner une éducation et une instruction longtemps maintenues hors de leur portée par les codes noirs, afin qu'ils deviennent des citoyens capables d'apprécier le bien-fondé des lois et, partant, de les respecter.

Après les funérailles de Lorette auxquelles il avait assisté, avec quelques Blancs, Gustave interpella le shérif :

« Alors, cette enquête ?

— J'ai ramassé deux ou trois lascars, mais c'était

plutôt des dégénérés que des assassins... Et puis, nous avons affaire à un meurtre un peu spécial. »

Le shérif expliqua que le coroner, n'ayant pas été satisfait par le rapport du docteur Benton, avait demandé une autopsie complète. Il en ressortait que « la pauvre Lorette avait bel et bien été violée » par son meurtrier.

Après avoir fait cette confidence à M. de Castel-Brajac, le shérif demanda .

« Vous le connaissez bien le majordome Citoyen ? On dit qu'il a la manie de se cacher pour voir les femmes se déshabiller et qu'il ne rate pas une occasion de coincer les chambrières pour leur tripoter les seins ou tenter de les embrasser... Et on ne lui connaît pas de petite amie, à ce nègre.

– Oui, je le connais. C'est un rustaud, un peu benêt, mais incapable de faire du mal à qui que ce soit... Et après tout, shérif, courtiser les soubrettes et se rincer l'œil quand les dames oublient de tirer leurs rideaux n'a rien de bien méchant. Mais pourquoi semblez-vous penser à un nègre ? »

Le shérif eut un regard étonné.

« Eh bé ! Vous savez bien qu'une jeune négresse un peu jolie finit toujours par céder à un Blanc, que ce soit par vice ou par intérêt... On n'a pas besoin de les étrangler pour les avoir, pas vrai ?... Y a qu'à voir tous les petits mulâtres qui courent les rues de la paroisse, et interroger les chambrières, les « tisanières » comme on disait autrefois, qui émargent dans les plantations.

– Il y a des demoiselles et des dames noires sérieuses, fières et fidèles, shérif... regardez Harriet, elle est irréprochable. J'en suis certain. »

Le shérif, oubliant qu'il se trouvait au seuil d'un cimetière, se mit à rire.

« Votre exemple me paraît bien mal choisi, monsieur... Harriet est peut-être irréprochable aujourd'hui, mais vous savez qui est le père de la petite qu'on vient d'enterrer? Hein, vous êtes un peu trop bon, monsieur, et croyez-moi, les chiens font pas des chats! »

Le Gascon regarda le policier s'éloigner assez satisfait de sa démonstration. Tout le monde savait dans la paroisse, et Gustave comme Brent et Harriet, que la petite Lorette étant enterrée chrétiennement, personne ne se soucierait plus dans quelques jours de retrouver son meurtrier.

Ce fut peut-être pour manifester sa sympathie à la gouvernante de Bagatelle que M. de Castel-Brajac poussa ce soir-là jusqu'à la plantation. Il n'y avait pas remis les pieds depuis ce dîner d'avril, à l'issue duquel Charles de Vigors s'était employé avec profit à convaincre son fils de prendre un engagement dans les Rough Riders. Toute la famille se trouvait déjà à La Nouvelle-Orléans depuis deux semaines quand Gloria avait appris, par sa fille Lucile, le départ des Vigors et la décision de Gratien.

Mme de Castel-Brajac, annonçant cette nouvelle à son mari, avait cru bon d'ajouter pour parfaire son indignation une information connue seulement de deux ou trois femmes de la famille : Stella attendait un quatrième enfant. Une telle révélation, ajoutée à l'annonce de l'engagement de Gratien, avait aussitôt allumé chez M. de Castel-Brajac une de ces colères énormes comme il ne lui en venait que tous les deux ou trois ans. Dans ces moments-là, le Gascon était à lui seul un spectacle. N'eût été la crainte de voir son mari succomber à une crise d'apoplexie Gloria, qui appréciait le crescendo des emportements de Gustave comme un sketch, se fût amusée au moins autant qu'à une pièce de Labiche. Sourcils froncés, teint cramoisi, les pupilles prêtes à jaillir de l'orbite comme des balles, l'écume aux lèvres, la voix tonnante, Gustave pouvait fulminer en gesticulant pendant une bonne heure. Pour stigmatiser la bêtise humaine, la vanité, l'égoïsme, la cupidité et cent autres défauts majeurs, il trouvait, grâce à l'étendue de son vocabulaire, des qualificatifs inédits, des superlatifs grandioses, des comparaisons destructrices, des imprécations bibliques. Pratiquant l'hyperbole, l'ellipse, la prolepse, la dubitation et même la tautologie, il savait enfermer dans une flamboyante rhétorique l'objet de son ire. Parfois, il faisait appel aux auteurs grecs et latins, aux Pères de l'Eglise, aux philosophes hérétiques, citant pêle-mêle Tacite, Apulée, Pétrone aussi aisément que Sidoine Apollinaire, l'évêque d'Hippone ou Rousseau. Entre deux stances imprécatoires réussies, il reprenait son souffle, s'épongeait le front, considérait le paysage à travers la fenêtre puis faisait à nouveau face au public, c'est-à-dire à Gloria qui, confortablement installée dans un fauteuil, tricotait ou crochetait une pièce de layette pour ses petits-enfants. Il arrivait même que Mme de Castel-Brajac, estimant la fureur maritale inépuisée, relançât d'un mot ou d'une considération dans une direction jusque-là négligée le courroux de Gustave.

Elle savait l'éclat terminé quand, cessant son va-et-vient nerveux à travers le salon, M. de Castel-Brajac se laissait tomber sur un sofa et demandait d'une voix soudain apaisée en déglutissant avec peine : « Gloria, faites-moi porter à boire, je vous prie. » Un grand verre d'eau glacée et un baiser de sa femme rendaient le Gascon à sa placidité habituelle. Il pouvait y avoir encore pendant l'heure qui suivait quelques résurgences d'indignation mais le feu de la colère était tombé et l'on s'acheminait vers les propos raisonnables et les appréciations cartésiennes.

« Je crains, chère amie, de m'être conduit comme un enragé, d'avoir proféré en votre présence des mots déplacés, peut-être grossiers, veuillez ne pas m'en tenir rigueur... la colère rajeunit. »

Gloria souriait avec tendresse et compréhension et

traduisait ainsi mentalement les excuses de son mari : « J'espère, chère amie, que j'ai été bien, particulièrement en verve et que j'ai su fustiger comme il se doit et dans les termes adéquats la bêtise ou la malhonnêteté. » Souvent, après ces séances qui terrorisaient la domesticité, Gustave se mettait au piano et achevait d'évacuer ses humeurs en jouant Liszt.

Mais, le soir où il avait appris l'engagement de Gratien et ce qu'il appelait dans sa fureur « l'enlèvement », par Charles de Vigors, de Stella et de ses enfants, M. de Castel-Brajac était tombé, en retrouvant son calme après le verre d'eau, dans une profonde mélancolie. Certes, les nouvelles de la guerre étaient bonnes et, si Cuba ne résistait pas davantage que Manille, on pourrait compter que Gratien sortirait indemne de l'aventure où l'avait poussé son père. On avait en effet appris le 7 mai à Washington, et le lendemain en Louisiane, que l'escadre américaine, commandée par le commodore George Dewey, avait pris possession en moins de sept heures de la station navale de Cavité à Manille après avoir détruit dix vaisseaux espagnols dont les croiseurs *Reina Cristina, Castilla* et *Isla de Cuba*. Les bateaux américains n'avaient subi aucun dommage et seuls quelques marins souffraient de blessures légères. Depuis cette victoire, si rapide et si complète, qui avait valu au commodore Dewey les félicitations télégraphiques du Congrès et une promotion au grade de contre-amiral, le gouvernement fédéral, redoutant que l'Espagne envoie une expédition pour reprendre Manille, avait dépêché des renforts.

Le 24 mai, trois transports de troupes ayant embarqué deux mille cinq cents hommes, escortés par le croiseur *Charleston* avaient quitté San Francisco. Le général T.M. Anderson commandait l'expédition et le service sanitaire comptait parmi ses médecins un des rescapés du *Maine*, le lieutenant Faustin Dubard, dont le visage portait les traces effrayantes des brûlures dont il avait souffert à La Havane.

En se rendant à Bagatelle après l'enterrement de Lorette, Gustave de Castel-Brajac, qui venait d'apprendre par le journal le départ, le 16 juin, du corps expéditionnaire pour Cuba, s'efforçait d'imaginer Gratien dans cette aventure et composait mentalement la lettre qu'il se proposait d'envoyer à Charles pour lui dire son fait.

Gloria avait tenté et tenterait encore de le dissuader d'agir ainsi.

« C'est votre plus vieil ami et vous l'aimez, alors pourquoi prolonger cette querelle ? Gratien est parti faire la guerre, cela ne veut pas dire qu'il lui arrivera quelque chose. Souvenez-vous de ce que disait Jefferson : « Que de chagrins ont été causés par la menace « de malheurs qui ne se sont jamais produits. »

Tout en pressant le pas de son cheval, Gustave maugréait. Il en voulait un peu à Gratien de n'avoir pas su résister à son père et à Stella de ne pas s'être interposée, de n'avoir pas fait valoir sa situation... « Quand je pense qu'elle porte encore un enfant... les jeunes sont de vraies chiffes molles ! Macadiou, où sont les caractères ! Ils s'étiolent, s'érodent, se détériorent au fil des générations... Pourvu qu'Osmond ne ressemble pas à son père... »

Et il se prit à espérer que cet enfant, pour lequel il ressentait une incompréhensible mais impérieuse attirance, apparaîtrait chez les Vigors après « cette boun Diou de génération qui se repose », comme le digne rejeton d'une lignée qui ne reniait pas les apports de sangs étrangers.

A Bagatelle, il s'en fut directement derrière la maison principale, dans le petit logement qu'on avait réservé à la gouvernante. Il trouva Harriet occupée à ranger ses vêtements de deuil. La grande femme avait l'œil sec; elle parut un peu surprise par cette visite inopinée.

« Je n'ai pas pu vous parler au cimetière, Harriet, il y avait trop de monde, mais j'aimerais savoir, en l'absence des maîtres, si je puis vous aider. C'est bien dommage que Mme de Vigors soit à La Nouvelle-Orléans.

— Je lui ai écrit, monsieur Brajac, pour lui raconter comment on avait trouvé Lorette dans cette mare, mais c'était pas la peine qu'elle se dérange pour un enterrement. Elle doit avoir bien des soucis de savoir Monsieur à la guerre.

— Ça, c'est son affaire, ma bonne Harriet, mais la vôtre, c'est de savoir comment et pourquoi votre fille est morte... Vous n'avez aucune idée?

— Non, monsieur Brajac, le shérif m'a déjà posé beaucoup de questions. Lorette était sérieuse. Ce jour-là, elle est partie pour aller chez son grand-père... on a dû l'attaquer tout près d'ici et on l'a... jetée dans la mare... »

Des larmes que la gouvernante ne cherchait pas à retenir glissaient le long des ailes du nez jusqu'à ses lèvres, qu'elle essuyait de temps en temps, avec un petit mouchoir déjà trempé.

Gustave, qui ne savait trop comment exprimer sa sympathie et qui devinait les réticences de cette femme pudique, se mit à tripoter machinalement ce qu'il prit pour un chiffon.

« C'est sa jupe que vous touchez là, monsieur Brajac, fit Harriet... On n'a pas voulu me la montrer, elle, alors on m'a donné sa jupe... C'est moi qui l'avait coupée dans une pièce que m'avait donnée Mme Gloria justement. »

Gustave déploya le vêtement. Il était sec mais des traces de vase le souillaient encore.

Harriet s'en aperçut.

« Je vais la laver et la ranger...

— Attendez », fit le Gascon en chaussant les lunettes qu'il mettait pour lire et voir de près.

Puis, il désigna des taches jaunes, un peu poisseuses.

« Qu'est-ce à votre avis ?

— Oh ! de la boue sans doute, fit Harriet sans trop s'intéresser aux taches.

— Non, Harriet, on dirait de la peinture, de la peinture jaune. Il serait intéressant de savoir si par ici on a repeint des volets, une barrière, un chariot ou quelque chose qui a pu laisser des traces sur la jupe de Lorette... Le shérif a vu ça ?

— Je ne sais pas, monsieur Brajac. Il m'a donné la jupe, c'est tout.

— Bon, écoutez, Harriet, cette jupe, ne la lavez pas encore, pas avant que je vous y autorise. Il y a peut-être avec ces traces de peinture un indice qui pourrait être utile pour l'enquête.

— Oh ! l'enquête, fit d'une voix lasse Harriet, qui était sans illusion quant à l'importance que la justice pouvait attacher à la mort d'une jeune Noire.

— Détrompez-vous, j'informerai moi-même le juge Clavy, qui vous connaît bien puisque c'est un habitué de la maison. Il saura faire activer le shérif. »

M. de Castel-Brajac croyait à la police scientifique et à l'efficacité de la déduction. Depuis qu'il avait lu en 1887 *La Tache écarlate*, roman d'un médecin anglais nommé Arthur Conan Doyle, il ne cessait de suivre dans le *Strand Magazine* qu'on lui envoyait de Londres, les aventures du détective Sherlock Holmes qui débrouillait les affaires les plus compliquées en faisant appel à l'observation minutieuse et en réfléchissant posément sur les êtres et les choses. Nul doute qu'avec ces taches de peinture jaune, le héros de M. Doyle eût trouvé en un rien de temps le meurtrier de Lorette.

Poussé par sa conviction et aussi un peu par jeu,

M. de Castel-Brajac, ayant chaleureusement serré la main d'Harriet, qui n'était pas habituée à ce genre de manifestation, fit le tour de la maison. Il eût été bien incapable de dire ce qu'il cherchait exactement, mais il pensait « peinture jaune » et se prenait pour le docteur Watson. Comme il s'apprêtait à grimper sur le siège de son cabriolet, Citoyen sortit d'un cellier.

« Hep! hep! Citoyen, viens par ici, j'ai deux mots à te dire. »

Le Noir s'excusa de n'avoir pas entendu M. de Castel-Brajac arriver, mais Gustave balaya d'un geste les considérations que le domestique se préparait à formuler.

« Dis-moi, Citoyen, tu n'es toujours pas marié?...
— Non, m'sieur Brajac.
— Bon, as-tu au moins une amie, ce qu'on appelle une bonne amie, quoi, tu me comprends! »

Citoyen, troublé par des questions aussi intimes, écarquillait les yeux et triturait le bas de sa veste blanche, mais ne savait que répondre.

« Je te demande ça, mon garçon, parce qu'il n'est pas bon qu'un homme vive sans... rencontrer une femme de temps en temps... Tu comprends, boun Diou, ce que je veux dire?
— Quelquefois je vais à la Fourmi, à Sainte Marie, m'sieur... mais il faut toujours y donner ci ou ça, m'sieur... Ici c'est pas comme à Nouvelolean, m'sieur. »

La Fourmi était une minuscule veuve noire qui faisait, avec une relative discrétion et l'assentiment populaire, commerce de ses charmes. On affirmait que des Blancs ayant pignon sur rue en usaient sans dégoût.

Cet interrogatoire intriguait Citoyen.

« Pourquoi vous demandez ça, m'sieur Brajac?
— Parce qu'on m'a dit que tu courses les soubrettes et que tu reluques les dames... en chemise de nuit. »

Le majordome émit un rire niais.

« Ça, c'est ben vrai, m'sieur, j'aime bien caresser un peu les p'tites lingères comme tout le monde, m'sieur.

— Et tu caressais pas un peu Lorette aussi?

— J'aurais bien voulu, m'sieur, mais elle voulait pas et puis sa mè non plus... Lorette, m'sieur, elle était pas pour les nègres, m'sieur, et c'est p'têt ben pour ça qu'elle a morte, m'sieur. J'suis su qu'un négro l'a serré le cou parce qu'elle voulait pas le mignadé, m'sieur.

— Et tu n'as pas d'idées sur ce nègre? Non?

— Oh! c'est sûr, quelqu'un qui connaissait pas la Lorette... Ceux qui connaissaient y s'y auraient pas frotté! »

Rassuré par tant d'ingénuité et par cette espèce de bonne santé rustique quasi animale de Citoyen, M. de Castel-Brajac reprit le chemin de Castelmore.

En cette fin d'après-midi, alors que le mercure commençait à redescendre dans les thermomètres après avoir atteint la graduation quatre-vingt-cinq en degrés Fahrenheit[1] et que le soleil déclinait, Gustave, malgré son optimisme naturel, ne parvenait pas à chasser les pensées moroses qui l'assaillaient. Le fait que le corps de Lorette ait été retrouvé dans cette mare où près d'un demi-siècle plus tôt s'était noyé Pierre-Adrien de Damvilliers, âgé lui aussi de quatorze ans, lui semblait un mauvais présage. Certes, il n'y avait aucun rapport entre le décès accidentel du fils de Virginie et de son premier époux et celui de la fille d'Harriet, jetée là par son assassin, mais c'était à Bagatelle et non ailleurs que ces drames avaient eu lieu. Et puis, il y avait cette guerre stupide dans laquelle Gratien était engagé et aussi le fait qu'Osmond se trouvait retenu loin de la plantation.

Ce soir-là, Gloria de Castel-Brajac dut déployer de

---

1. Environ trente degrés centigrades.

grands efforts pour obtenir un sourire de Gustave. Quand, après le dîner, il se mit au piano pour jouer une certaine sonate de Beethoven qu'elle connaissait bien, elle comprit qu'il était triste.

6

Fort des confidences du sergent Bunny, Gratien de Vigors s'attendait, au lendemain de sa première nuit de garde, face aux défenses de Santiago, à être convoqué pour une bataille. Mais la journée s'écoula sans qu'aucun ordre de marche ne soit donné.

La chaleur, dans le bassin de Santiago, enchâssé entre la Sierra Maestra et la Sierra Cristal qui détournaient les alizés, devenait insupportable. Les ondées fréquentes n'apportaient aucune fraîcheur mais noyaient les paquetages mal protégés. Des éléments de deux régiments noirs, les 9e et 10e de cavalerie, dépourvus eux aussi de chevaux, se regroupaient près de Daiquiri, village abandonné dont le principal mérite avait été jusque-là de donner son nom à une boisson relativement rafraîchissante et constituée par un mélange de rhum, d'eau et de jus de citron. De fréquents conseils de guerre se tenaient à l'ombre d'un bosquet de kapokiers et l'on pouvait voir des généraux comme Henry Lawton, ou Joseph Wheeler, assis sur l'herbe, s'entretenir avec le lieutenant-colonel Roosevelt et d'autres officiers supérieurs, comme les chefs de division Bates et Kent.

Au cours de ces réunions, ils échangeaient au moins autant de doléances que de pronostics, car on grognait, dans les rangs des militaires de carrière comme chez les volontaires. La nourriture constituait le premier sujet de mécontentement. Seuls les éléments solides

des rations, pain, viande, sucre et café pouvaient être distribués. Les conserves de tomates, les oignons et les pommes de terre faisaient défaut. Quant aux légumes frais qu'on aurait pu trouver dans le pays, ils étaient inexistants depuis que les guérilleros avaient ravagé les zones maraîchères de la région afin de rendre la vie encore plus difficile aux trente mille personnes qui s'entassaient dans Santiago soumise au blocus maritime depuis le 25 avril.

Le général Shafter, qui se trouvait toujours à bord de son bateau, avait pensé attaquer les Espagnols dès le lendemain du débarquement mais, pour des raisons qui échappaient aux simples soldats, les opérations avaient été différées. Le 30 juin, Gratien apprit, par son ami le sergent, que le « Gros Shafter » avait enfin débarqué à Siboney, à neuf miles à l'est de Santiago, et qu'il avait aussitôt établi son poste de commandement à El Pozo, à quatre miles seulement du fort d'El Caney où les six cents Espagnols du régiment d'élite « Constitución » veillaient avec deux canons sur une mauvaise route pouvant conduire à Santiago. Bunny disait tenir de bonne source que le général Linares, gouverneur de Santiago, qui disposait de dix mille hommes, se dirigeait vers El Caney.

« Je parie bien que c'est par là qu'on va commencer », dit-il à Gratien, désignant par-delà le moutonnement des collines le fortin espagnol.

L'ordre vint effectivement, dans la nuit, de se préparer à l'attaque pour six heures du matin, le 1er juillet. Le général Shafter, qui n'était pas dépourvu de talents militaires, avait décidé de faire marcher presque toutes ses forces contre les lignes de défense espagnoles. On attaquerait donc trois positions : El Caney, la colline de San Juan et Aguadores. Les soldats pouvaient imaginer que l'affaire serait chaude. Non seulement les ouvrages fortifiés espagnols étaient protégés par des postes avancés, des tranchées et des réseaux de barbelés, mais ils bénéficiaient des obstacles naturels que la jungle, courte mais dense, dressait au flanc des collines.

Malgré le désir qu'il aurait eu de suivre le sergent Bunny, qui appartenait à la division du général Lawton, laquelle reçut mission avec la brigade de Bates de s'emparer de El Caney, Gratien dut se résoudre à marcher avec les Rudes Cavaliers, plus spécialement chargés, avec les divisions des généraux Kent et les cavaliers du général Summer, de marcher sur Santiago après avoir fait sauter le verrou de San Juan.

Le colonel Roosevelt, rouge d'excitation et confiant dans la valeur combative de sa troupe, ne fut pas le dernier à mettre l'épée à la main et à commander l'escalade. On partit dans l'enthousiasme, au pas de charge à travers les arbres et les épineux, tandis que s'élevait, du côté d'El Caney, la canonnade espagnole et le crépitement continu des fusils. Tout en soufflant pour suivre ses camarades qui avaient noué sous le menton la jugulaire de cuir de leur chapeau, Gratien eut une pensée pour le sergent Bunny. Puis, il fut pris à son tour par l'action et vit s'élever sur la ligne nette des collines des petits flocons blancs, apparemment inoffensifs, qui indiquaient cependant la volonté de l'ennemi de s'opposer à cette escalade désordonnée mais impétueuse.

Bientôt, l'air fut traversé d'étranges miaulements et l'un de ceux-ci se tut brusquement quand un jeune type qui précédait Gratien se mit à genoux en se tenant l'épaule. Il était pâle et balbutiait des mots incompréhensibles.

« Avance, t'occupe pas de lui », dit un lieutenant qui progressait courbé et à grandes enjambées.

Gratien l'imita et décida, comme les autres, de se servir de sa Springfield. Il y avait dans l'assaut une sorte de ferveur téméraire comme si les hommes à chemise bleue et culotte kaki, à guêtres de toile écrue et à chapeau de feutre, se croyaient invulnérables. Telle une vague remontant un rivage pentu en formant des festons inégaux, la troupe se rapprochait des petits fortins aux toits plats d'où les Mauser espagnols envoyaient un feu nourri. De temps à autre, un tireur plus méthodique émergeait d'une murette, ajustait posément son tir et culbutait un assaillant. Il arrivait aussi qu'il soit abattu comme une silhouette de jeu de massacre avant d'avoir pu tirer. Un tel exploit donnait quelque satisfaction à son auteur pour qui tuer un homme, un inconnu, relevait soudain de l'abstraction ludique. Les premiers rangs atteignaient déjà les abords du fortin, parsemés de corps immobiles, quand Gratien aperçut le colonel Roosevelt et un groupe de soldats qui, négligeant l'objectif principal, gravissaient une colline sur laquelle un groupe de tireurs espagnols particulièrement adroits défendaient une étrange tour.

« C'est une chaudiè... à canne... pou' fai'l suc... et faud'ai un canon pou' li demoli'... j'te dis... mon gâ... » lança un Noir qui grimpait en souplesse entre les buissons.

Gratien considéra les trois chevrons du sergent et suivit la progression de la 3e section du 10e de cavalerie du Montana, régiment composé de Noirs dont la réputation était connue dans toute l'armée. Disciplinés et attentifs, ces cavaliers, eux aussi privés de chevaux, avançaient posément sous la conduite d'un lieutenant qui n'était plus très jeune. Le fils de Charles de Vigors connaissait de vue cet officier qui paraissait au mieux avec M. Roosevelt. Il avait remarqué son uniforme impeccable, ses chaussures parfaitement cirées et avait retenu son nom : John Joseph Pershing[1].

---

1. Alors âgé de trente-huit ans, professeur de tactique à West Point, il avait obtenu de rejoindre le 10e de cavalerie, régiment du Montana. Il devait en 1917 devenir le général en chef du corps expéditionnaire américain.

« Puisque nous n'avons pas de canon, on va toujours essayer avec des fusils », murmura Gratien qui ressentait maintenant l'étrange griserie collective des combats.

Et, se souvenant de l'apostrophe célèbre du colonel Prescott, chef des miliciens qui attendaient les assaillants anglais à Bunker Hill, le 17 juin 1775, il lança à la cantonade :

« Ne tirez que lorsque vous verrez le blanc de leurs yeux ! »

Il s'efforça ensuite de se rapprocher du colonel Roosevelt qui, l'épée dans une main, le revolver dans l'autre, vociférait des encouragements à ceux qui marchaient à ses côtés. Il fallut cependant des heures pour déloger les défenseurs de la chaudière, des heures aussi pour enlever les positions avancées du fort d'El Caney. Entre ceux qui montaient à l'assaut, ceux qui, exténués, s'allongeaient un moment pour vider leur gourde et dominer leur peur, entre les infirmiers qui ramassaient les blessés gémissants et les porteurs de munitions qui suaient sang et eau sous leurs dangereux fardeaux, Gratien avait l'impression d'être un acteur irréel. Il n'entendait plus le bruit des détonations, ni les cris, ni les ordres, ni les appels. Il avait le sentiment de rouler, bille au milieu de milliers d'autres billes qu'un joueur venait de jeter à poignées sur un terrain inégal et raboteux.

Quand, vers quatre heures de l'après-midi, le fils du sénateur vint, comme tous ceux qui avaient participé à l'assaut de la Caldera, poser sa main ainsi qu'un coureur qui touche au but, sur la tôle de la chaudière à canne, éraflée par des centaines de balles, il se sentit soudain très las. Trempé de sueur, les jambes en feu sous la toile imperméable, portant aux avant-bras des écorchures récoltées Dieu sait où, il considéra ce qu'il pouvait appeler le champ de bataille. Les morts espagnols dans leur uniforme de coutil blanc et les morts américains qu'on emportait déjà, retrouvaient soudain une humanité émouvante. Le grand jeu avait fait des victimes que l'on compterait plus tard et Gratien, bourrant sa pipe, se sentit tout à fait heureux d'être ce qu'il était en ce lieu inconnu : un guerrier rescapé, un vainqueur, un vivant. Un officier lui enjoignit de rejoindre le groupe désigné pour la garde des prisonniers. Ces derniers, assez dignes dans leur uniforme souillé, paraissaient tout à fait étonnés de découvrir que ces « yanquis », qui n'avaient manifestement aucune notion de l'art militaire, ignoraient les règles d'attaque et les méthodes de progression en diagonale, n'étaient pas pour autant des sauvages. Ils donnaient plutôt l'impression aux défenseurs malheureux de San Juan qu'ils venaient de disputer un match contre des garçons bien décidés à gagner et qui, la victoire acquise, étaient tout prêts à bavarder, à offrir des cigarettes ou un coup à boire.

Gratien, qui comprenait l'espagnol, entendit les prisonniers échanger leurs impressions. « Les Américains couraient vers nous, nous nous levions, nous tirions sur eux mais au lieu de s'arrêter, ils couraient plus vite », disait l'un d'eux à un officier gourmé. Les Rudes Cavaliers et leur chef, le colonel Roosevelt, avaient de quoi être fiers. Tous s'étaient vaillamment comportés. Quand on fit, dans la soirée, le bilan des opérations, Gratien sut, par les indiscrétions de quelques gradés particulièrement euphoriques après les libations justifiées par la victoire, que tous les volontaires n'étaient pas à féliciter et que sans les soldats de l'armée régulière les choses n'auraient pas forcément aussi bien tourné. Ils oublièrent d'ajouter que les soldats noirs du 10e de cavalerie du Montana avaient courageusement ouvert la voie pour les Rough Riders de M. Roosevelt.

Des trois régiments de volontaires que comptait l'armée du général Shafter, deux n'avaient pratiquement pas pris part aux opérations. Le 2e du Massachusetts avait été retiré de la bataille à la demande des officiers de l'armée régulière parce que sa poudre noire faisait une fumée qui servait de repère à l'ennemi. Quant au 71e de New York, encadré par des officiers timorés, il n'avait joué sur les arrières que les utilités[1]. Ces déficiences regrettables, le fait que beaucoup de soldats improvisés aient manqué de sang-froid et d'adresse au tir renforçaient l'opinion qu'on avait maintenant des Rough Riders « qui venaient d'accomplir des choses admirables ». Teddy Roosevelt, oubliant que « son régiment », le 2e de cavalerie, ne représentait que six cents hommes sur quinze mille engagés dans les batailles du jour, jubilait.

Gratien s'était, dès la fin des combats, inquiété du sort du sergent Bunny, mais retrouver un militaire perdu au milieu de tant d'autres après une journée pareille, alors que les régiments occupaient les positions conquises, lui parut impossible. On disait qu'à El Caney les combats avaient été durs et acharnés. Côté américain, on comptait 4 officiers et 77 hommes tués, 25 officiers et 335 soldats blessés. Chez les Espagnols, on ne comptait que 235 morts et blessés. Au nombre des victimes figurait le colonel Vara de Rey qui commandait la position avancée d'El Viso et deux de ses fils. Le général Lawton avait fait rendre les honneurs militaires aux restes du colonel espagnol qui, les deux jambes arrachées par un obus, avait continué à diriger la défense du fort, couché sur une civière, jusqu'à ce qu'un autre obus l'écrasât.

A San Juan, on avait relevé neuf cent vingt-quatre morts ou blessés, mais on pouvait dire que, grâce à cette action plus décisive stratégiquement que celle conduite à El Caney ou celle engagée à Aguadores, qui s'était soldée par un échec dont on évitait de parler,

---

1. Rapport du général J.F. Kent (7 juin 1898).

toutes les défenses extérieures de Santiago étaient aux mains des Américains. La ville, bloquée par mer, assiégée par terre, ne pourrait pas résister très longtemps.

Au soir du 1er juillet, Gratien de Vigors s'endormit en imaginant avec candeur que la guerre était finie. Il fut donc très étonné, le lendemain, quand on l'envoya porter un pli au chef d'état-major de la division Bates, de voir que les soldats espagnols tiraillaient encore à partir de quelques tranchées creusées sous les murs de Santiago. Comme il quittait l'abri où se tenaient les officiers de la division Bates, son étonnement devint de l'incrédulité quand, pendant une nouvelle série de détonations, il ressentit un choc à l'omoplate gauche, qui le fit pivoter et tomber aux pieds de deux prisonniers espagnols revenant d'une corvée d'eau. Gratien tenta de s'asseoir, mais la brûlure qu'il ressentit dans le haut du dos arrêta son mouvement. Les deux Espagnols, qui s'étaient accroupis pour esquiver les balles tirées par leurs compatriotes, s'approchèrent de Gratien. Il les vit qui fixaient son dos avec une moue peu encourageante.

« Ça saigne ? demanda l'avocat un peu ému.
– Si señor, un poco !
– Allez prévenir l'infirmerie... qu'on vienne me chercher...
– Si señor ! »

Gratien rageait intérieurement. « C'est idiot, pensait-il, d'être blessé alors qu'on ne se bat pas... et dans le dos. » Il n'imaginait pas une blessure grave puisqu'il pouvait remuer les bras et les jambes, mais il était tout de même vaguement inquiet de se voir seul dans un chemin creux. Au bout d'un moment, il se mit à pester contre les prisonniers espagnols qui n'avaient pas dû alerter l'ambulance. Puis, la fusillade redoubla et, du côté américain, les Springfield et les Kraf-Jorgensen, modèle 1892, qui étaient les fusils de l'armée régulière, se firent entendre. On répliquait avec vigueur aux assiégés. Enfin, apparurent une vingtaine d'infirmiers portant des civières. Ils couraient comme des gens qui savent où ils vont, comme des gens qui sont attendus. Ils n'eurent même pas un regard pour Gratien et allaient passer sans s'arrêter, quand deux traînards, heureusement, l'aperçurent.

« Alors on se repose! dit l'un.
— Je suis blessé... dans le dos.
— Y'en a d'autres là-bas, dit le second, en désignant d'un mouvement de tête l'horizon par-delà le talus.
— Emmenez-moi à l'infirmerie! »

Le ton de Gratien était celui d'un homme qui a l'habitude de commander aux subalternes. Sans grands ménagements, l'un des infirmiers l'obligea à se pencher, ce qui le fit grimacer.

« C'est ma foi vrai qu'il perd son sang, ce gars, et drôlement encore. Allez, on t'emporte. On va te mettre sur le ventre, comme ça le chirurgien y verra tout de suite les dégâts. »

Gratien perdit connaissance avant d'arriver à l'ambulance et ne connut « les dégâts » que par ce que lui en dit le chirurgien, trois jours plus tard. La balle espagnole lui avait fracturé l'omoplate.

« Heureusement qu'elle était en fin de course, dit le praticien, sinon, elle vous aurait traversé le corps. J'ai eu du mal à récupérer des esquilles d'os qui, elles, ont atteint le poumon. J'espère que je n'en ai pas oublié et que dans quelques jours vous serez sur pied... mais vous revenez de loin. Ce matin-là, les Espagnols nous ont fait encore cent cinquante morts ou blessés. Vous serez évacué sur le navire-hôpital dès qu'il pourra entrer dans le port de Santiago. »

Pendant que Gratien de Vigors délirait, en proie à une fièvre consécutive au choc opératoire et peut-être au manque d'asepsie qui régnait dans les ambulances, le général Shafter, bien que vainqueur, avait eu beaucoup de soucis. Le 2 juillet, il avait fait une bizarre crise de dépression. Cet homme courageux, vétéran de la guerre civile, qui venait à soixante-trois ans de prouver encore une fois sa valeur et de confondre ses détracteurs, n'avait plus le moral. La goutte le faisait souffrir, la chaleur lui donnait des nausées rappelant cette fièvre jaune dont il n'avait guéri autrefois que par miracle et il n'entendait autour de lui que des récriminations. L'état sanitaire de l'armée l'inquiétait et les volontaires commençaient à lui porter sur les nerfs. Malgré leurs actions audacieuses et décisives, les soldats de l'armée régulière paraissaient sans entrain. Et, comble de désagrément, les valeureux correspondants de guerre, dont il se refusait à satisfaire toutes les exigences, s'apprêtaient à envoyer à leurs journaux des articles qui ne manqueraient pas de faire état de l'abattement de l'armée et minimiseraient la valeur de sa stratégie. Déjà, le bruit courait que le général Lawton, en se portant sur El Caney, n'avait recherché qu'un succès personnel et qu'il aurait mieux fait de marcher directement sur Santiago.

Un observateur impartial aurait pu reconnaître qu'il y avait matière à inquiétude pour un chef d'armée. L'eau emplissait les tranchées, une fièvre endémique sévissait parmi les hommes et les médecins avaient diagnostiqué quelques cas de « vomito negro[1] ». Les rations de vivres étaient insuffisantes, le bœuf en conserve se révélait immangeable et dégageait à la cuisson une telle odeur qu'un officier l'avait qualifié de « bœuf embaumé ». On signalait ici ou là des cas d'intoxication. Il paraissait de surcroît impossible aux officiers de faire respecter une tenue vestimentaire acceptable, les uniformes étant inadaptés au climat et les fameux casques coloniaux promis par le secrétaire d'Etat à la Guerre n'ayant jamais été distribués. L'ar-

---

1. Fièvre jaune.

mée américaine faisait étalage d'un débraillé qui allumait des lueurs méprisantes dans les prunelles des prisonniers espagnols. Quant au service médical, il se montrait insuffisant, manquait de matériel et notamment de voitures pour transporter blessés et personnel.

Le moral du général Shafter tomba si bas à l'heure de la sieste qu'après avoir adressé au général Toral, qui commandait à Santiago depuis que le gouverneur M. Linares avait été blessé à San Juan, un ultimatum en bonne et due forme, il décida de faire reculer l'armée de cinq miles pour la regrouper plus confortablement entre le rio San Juan et Siboney.

Les officiers de l'état-major, les généraux Kent, Summer et le colonel des Rough Riders ne cachèrent pas leur déception et dissuadèrent Shafter de faire reculer des régiments qui souhaitaient prendre Santiago au plus vite. Après une nuit de réflexion, William R. Shafter, toujours aussi déprimé, ayant appris que les généraux Wheeler et Young étaient tombés malades, que le général Hawkins avait été blessé, télégraphia à Washington qu'il jugeait « les forces actuelles incapables de prendre Santiago ».

Mais ce jour-là, Mars, dieu de la guerre, eut pitié du brave général Shafter. Les Espagnols enfermés dans Santiago, qui avaient tout d'abord répondu avec hauteur à l'ultimatum américain comme tout hidalgo devait le faire, retinrent cependant que les « yanquis » conseillaient aimablement d'éloigner de la ville les femmes, les enfants et les étrangers qui pourraient avoir à pâtir des bombardements. Les rescapés des forts d'El Caney et de San Juan soutenaient que les furieux qu'ils avaient tenté de contenir n'hésiteraient certainement pas à tirer au canon sur la cité. Bien que la garnison ait été renforcée le même jour par l'arrivée de trois mille cinq cents hommes du général Blanco que les guérilleros avaient été incapables d'intercepter, les assiégés demandèrent un délai de réflexion. La situation, derrière les murs de Santiago, devenait intenable. D'une part, on manquait de vivres pour nourrir une population anormalement dense, d'autre part, le général Blanco, nommé commandant en chef, s'opposait à l'amiral Cervera sur les chances que pouvait avoir l'escadre de débloquer le port.

Cervera soutenait que, si les batteries du port ne dispersaient pas les bateaux américains, il n'avait aucune chance de forcer le blocus. Blanco répondait qu'il valait mieux perdre des bateaux de guerre dans un combat naval plutôt que les saborder quand Santiago se rendrait. M. Pascual Cervera répliqua qu'il n'entendait pas sacrifier ses marins « à la vanité qui n'a rien à voir avec la défense de la patrie, mais qu'il incombait au général Blanco de décider s'il devait conduire au suicide deux mille fils d'Espagne ». Le général Blanco, qui n'était pas un tendre, ordonna la sortie de l'escadre.

A neuf heures du matin, le 3 juillet, l'escadre, derrière le croiseur *Infante Maria-Teresa* qui portait la marque de l'amiral Pascual Cervera, largua les amarres et remonta à toute vapeur le chenal conduisant du port à la haute mer. Quatre heures plus tard, il ne restait plus rien des sept navires de l'armada. Les cuirassés et les croiseurs américains de l'amiral Sampson – qui ce jour-là conférait à Siboney avec Shafter – avaient coulé les vaisseaux espagnols comme des cibles d'exercice. M. Pascual Cervera, vêtu d'une chemisette et d'un pantalon, nageait avec quelques marins autour de l'épave de son navire quand il fut aimablement repêché par le commandant du *Gloucester* qui lui offrit des vêtements et l'invita à déjeuner avec d'autres officiers prisonniers. On ne manqua pas de porter des toasts à la bravoure des uns et des autres, puis l'amiral vaincu demanda à visiter les blessés espagnols. Sur les 2227 officiers et marins de l'escadre espagnole, 93 officiers et 264 marins avaient trouvé la mort; 1 720, dont 151 blessés étaient prisonniers des Américains qui jugeaient leurs propres pertes insignifiantes.

Aussitôt le chenal dégagé, le navire-hôpital *Olivette* vint charger les blessés qui furent plus tard transbordés sur le *Solace* ancré à Siboney. C'est sur ce bateau que Gratien de Vigors et d'autres blessés de l'armée furent également embarqués.

Après quelques jours de soins qui ne parvinrent pas à débarrasser Gratien de sa fièvre, l'avocat fut pris en charge, avec quelques blessés originaires de la Louisiane et du Texas, par les médecins d'un transport qui regagnait La Nouvelle-Orléans.

La veille de l'appareillage, le 18 juillet, Gratien de Vigors amaigri, atone et l'œil vague, reçut la visite du sergent Capelowski qui, après une longue enquête, avait fini par retrouver la trace du blessé.

« Veinard, dit-il, tu rentres au pays en héros puisque Santiago s'est rendue après une demi-journée de bombardement et que nous avons défilé hier avec le gros Shafter dans les rues de la ville.

— La guerre est donc finie pour vous aussi, constata Gratien d'une voix lasse.

— Nous ne tenons que la partie orientale de Cuba. Il reste La Havane à prendre. C'est un gros morceau car la ville est protégée par des forteresses énormes, à ce qu'on dit. Les Espagnols et les Cubains qui les soutiennent, car j'ai découvert que tous les « dagoes » ne sont pas pour la révolution, sont décidés à se battre. Il paraît qu'ils ont suspendu des culottes en dentelle et des jupons aux coins des rues avec des inscriptions du genre « pour ceux qui voudraient se rendre ».

Gratien donna son adresse au sergent et lui offrit un gros paquet de tabac.

« Je n'ai plus le goût à fumer, dit l'avocat. Je me sens flasque, vidé et mon épaule me fait diablement souffrir. Quand je respire fort, j'ai l'impression d'avoir une pelote d'épingles dans le poumon... Je me demande si je vais m'en tirer, sergent.

– Eh ben, ça alors, fit le sergent, pour une malheureuse balle à l'épaule! J'ai eu le ventre percé par une flèche indienne et le crâne à demi fendu par un tomahawk... c'était autre chose, crois-moi, un homme c'est solide. »

Gratien sourit. Il enviait la santé du sergent, son teint rouge, son triple menton et même l'odeur alliacée qui émanait de sa personne. Il le vit partir avec regret. C'était, au cours de ces jours de guerre, le seul être qui lui eût témoigné de l'intérêt, avec lequel il avait échangé ces demi-confidences banales qui constituent le fond des relations entre soldats.

Quand le médecin et les infirmiers vinrent refaire son pansement, Gratien apprit que le télégramme, signalant son retour, qu'il avait demandé qu'on envoie à son père à La Nouvelle-Orléans était parti dans des délais raisonnables.

Il s'abandonna sur sa couchette aux frissons de la fièvre, ne désirant rien que revoir au plus vite Stella et les enfants, afin d'oublier ces journées absurdes. Le bruit des machines, les vibrations du bateau, les parlotes des blessés qui, moins atteints que lui, se rendaient visite d'un chevet à l'autre, constituaient le brouhaha d'une forme de vie qui lui demeurait étrangère. La guerre et sa blessure l'avaient plongé dans un univers où les besoins élémentaires et les considérations physiques régentaient trivialement l'existence des hommes. Les rêveries gracieuses, les spéculations intellectuelles, les vagabondages de l'esprit, les entretiens philosophiques, les discussions passionnées autour d'un tableau préraphaélite, d'une sonate de Beethoven ou du dernier poème de M. Rudyard Kipling étaient inimaginables tant le caractère superflu de tout ce qui ne relevait pas directement de la subsistance et de la survie paraissait absurdement démontré.

La fièvre, que le médecin qualifiait d'intermittente et d'erratique à défaut d'en établir la cause exacte, procurait à Gratien une étrange acuité de perception. Depuis sa blessure, se poursuivait en lui dans les moments de veille une sorte de monologue intérieur qu'un sommeil peuplé de cauchemars atténuait sans l'interrompre. Lors des réveils, trempé de sueur, il ressentait l'impression désagréable d'être à la fois d'une effarante lucidité et dégagé de la responsabilité de ses pensées. Il lui devenait difficile de reconstruire mentalement l'image de Stella ou d'Osmond et cependant, s'il cessait son effort d'imagination, leurs visages apparaissaient : Stella en toilette de nuit, les cheveux dénoués et Osmond jouant avec Aristo sur la véranda. En revanche, Alix et Céline demeuraient floues.

L'éducation du garçon le préoccupait. « Je lui ferai donner une bonne formation, se disait-il, afin qu'il puisse faire un métier utile. Pourvu qu'il n'ait pas envie d'être militaire, de fréquenter West Point. Je le voudrais chirurgien. C'est un métier bienfaisant. Il faudrait qu'il vive loin du tumulte et de l'hypocrisie de la politique. L'école peut être mauvaise, elle peut donner de dangereuses ambitions. Je l'enverrai chez les jésuites, à Loyola. Il aura des maîtres qui seront des éducateurs. Il faudra aussi qu'il jouisse du bonheur de la jeunesse, qu'avant de connaître le monde et cette vieille Europe dont on ne saurait se passer, il apprenne à bien connaître son pays. Il faudrait qu'il soit un Américain véritable et pas seulement un habitant des Etats-Unis... » Quand la pensée de l'avenir d'Osmond s'emparait de son esprit, Gratien ne maîtrisait plus l'afflux des idées qui se chevauchaient, se contredisaient, se multipliaient, avec une accélération déconcertante.

Plusieurs fois, en le voyant s'agiter et prononcer des mots incompréhensibles, ses camarades de chambre avaient alerté les infirmiers. Le médecin avait administré une piqûre au blessé qui délirait doucement et constaté que la fièvre affaiblissait ce patient recommandé et dont le père, un sénateur, serait certainement à l'arrivée du bateau. Les trois praticiens du bord s'interrogeaient. Gratien présentait tous les symptômes d'une infection interne, mais celle-ci demeurait diffuse. La blessure paraissait saine, mais que se passait-il dans le poumon ?

Vingt-quatre heures avant d'arriver à La Nouvelle-Orléans, Gratien de Vigors, maintenant incapable de s'asseoir sur sa couchette et ne pouvant, malgré ses efforts, absorber aucune nourriture, demanda à un infirmier de lui passer son portefeuille. Il y prit maladroitement un billet de 5 dollars.

« Vous me raserez... s'il vous plaît... quand nous serons en vue du Détour-aux-Anglais... Je voudrais avoir bonne figure pour rentrer chez moi. »

Le marin empocha le pourboire démesuré et promit un rasage digne du meilleur coiffeur de la rue de Toulouse. Gratien rassuré ferma les yeux et retourna dans l'univers insolite où se mouvait son esprit depuis quelques jours. Un moment plus tard, son voisin de lit, un officier espagnol, l'entendit prononcer en français ces mots étranges : « Voilà le grand escalier qui s'avance. » Il se dressa sur un coude. M. de Vigors dormait paisiblement. Ses mains, rendues diaphanes par l'épuisement, serraient le retour du drap.

7

Quand M. Parson remit à Charles de Vigors un télégramme militaire provenant de Santiago de Cuba, dont on avait appris, la veille, à La Nouvelle-Orléans, l'occupation par les forces du corps expéditionnaire américain, le sénateur n'avait aucune raison de penser que l'enveloppe bleue frappée de l'aigle fédérale puisse contenir une mauvaise nouvelle. Le secrétaire, un homme sec et sans âge, portant besicles et col dur, dépositaire depuis vingt ans des données multiples et ambiguës qui composaient l'existence privée et la vie publique du sénateur, crut bon de demeurer dans le bureau. Habitué à envisager tous les aspects d'un événement, si mince fût-il, M. Parson savait qu'il pourrait être utile.

Charles parut s'étonner de cette attitude, jeta un regard de biais à son collaborateur et se sentit soudain pénétré d'inquiétude. Il saisit un coupe-papier et prit connaissance du message avec avidité. Le texte, laconique, n'était pas alarmant. Gratien, qui se disait « légèrement blessé », annonçait son évacuation à bord du ravitailleur *Chalmette* et prévoyait son arrivée à La Nouvelle-Orléans le 21 ou le 22 juillet. M. de Vigors s'assit pour relire posément la dépêche. Il le fit à haute voix, afin que l'attente circonstanciée de Parson ne fût pas déçue. Le secrétaire eut un petit mouvement rapide de la tête et fit claquer sa langue derrière ses dents serrées, montrant ainsi qu'il s'associait à la contrariété du sénateur. Il servait cet homme exigeant avec intelligence, docilité et discrétion, sans prendre en considération aucun autre intérêt que celui du sénateur, et pouvait à peu près prévoir en toute circonstance les réactions de ce dernier. Aussi ne fut-il pas étonné quand, sans commenter la fâcheuse nouvelle, il entendit M. de Vigors ordonner :

« Prévenez ma belle-fille... avec ménagements. Dites que je suis informé et renseignez-vous sur le jour et l'heure de l'arrivée du *Chalmette.* Je serai jusqu'à sept heures chez Mme Cramer et je dînerai au Saint-Louis. »

Parson s'inclina, ramassa le télégramme abandonné sur le sous-main et accompagna le sénateur à travers le hall jusqu'à la patère où étaient suspendus les chapeaux. Avec autorité, il tendit à Charles le panama à ruban noir que justifiait le soleil de l'après-midi et qu'imposait la tenue gris-perle de son maître. Puis, afin que ce dernier fût à même de donner à la blessure de son fils la juste proportion qui convenait dans les conversations de la soirée, il déclara :

« Nous avons appris aujourd'hui la mort sur le champ de bataille du lieutenant Numa Augustin. J'ai envoyé des condoléances de votre part à la famille. C'est le premier officier louisianais tué par les Espagnols[1]. »

Charles, qui s'apprêtait à franchir le seuil de sa maison de Prytania Avenue, marqua un temps d'arrêt, parut réfléchir intensément en fixant la pointe vernie de ses bottines, puis jeta :

« Alertez donc le *Picayune* et *L'Abeille,* Parson, dites que le fils du sénateur de Vigors a été blessé au cours de la prise de Santiago. Ils pourront joindre l'information à la nécrologie du lieutenant Augustin... Laissez entendre, quand vous saurez le jour et l'heure de l'arrivée du *Chalmette,* que mon fils est à bord... et que le bateau accostera au quai Saint-Pierre... n'est-ce pas! »

Parson s'inclina en souriant. Puisqu' un sort malheureux avait voulu que Gratien fût atteint dans sa

---

1. Ce devait être le seul.

chair au cours d'une juste guerre, autant valait faire connaître publiquement une blessure, donc un acte de bravoure qui, associé au sacrifice du lieutenant Augustin, ne prendrait que plus de relief. Quant au *Chalmette,* il ne pourrait accoster ailleurs qu'au quai principal, dès lors que les autorités du port sauraient par la presse qu'il transportait un héros blessé.

Tandis que Parson allait s'acquitter avec méthode des diverses missions qu'on venait de lui confier, M. de Vigors roulait dans une voiture que lui enviaient tous les habitants du Garden District, vers l'avenue de l'Esplanade, où chaque après-midi à cinq heures, dans une grande maison créole, il prenait le thé en compagnie de la seule femme qui, au cours des années, lui était restée indispensable : Marie-Gabrielle, veuve Grigné-Castrus, née Cramer.

Le surrey[1], longue caisse de bois laqué bleu roi, souplement suspendue entre quatre roues caoutchoutées, ne craignait pas avec son élégante fragilité la concurrence des rares automobiles qui circulaient en ville et dont les pétarades effrayaient les chevaux. Bien calé sur la banquette de velours crème, appréciant l'ombre claire du toit de toile frangé de soie, M. de Vigors se persuadait, chemin faisant, que si la blessure de Gratien était sans gravité – et il n'y avait aucune raison qu'il en soit autrement – elle attirerait une attention de bon aloi sur la famille, ajouterait à l'honneur du nom et partant, conforterait le choix des électeurs démocrates qui tenaient toujours compte des attitudes patriotiques. Le surrey, tiré par deux chevaux de poil isabelle attelés en flèche et conduits avec arrogance par Golo, le vieux cocher aux favoris argentés, était reconnu au passage aussi bien par les nurses, les promeneuses à ombrelle, les sportsmen en route vers le yacht-club du lac Pontchartrain ou le champ de

---

1. Véhicule hippomobile à la mode à la fin du XIXe siècle.

courses de Métairie que par les commerçants. Tous ces citoyens blancs, qui votaient démocrate, ressentaient quelque fierté en voyant l'équipage cossu de celui qu'ils avaient envoyé à Washington pour les représenter.

De son côté, l'élu pouvait être satisfait. La situation économique de la Louisiane s'était améliorée et la nouvelle constitution qui venait d'être adoptée mettait les Blancs à l'abri d'une surprise électorale suscitée par les Noirs, dans un Etat où les représentants des deux races étaient à peu près en nombre égal. Sur 1 118 588 habitants recensés en 1890, on comptait en effet 558 395 Blancs et 559 193 Noirs.

Depuis que la Cour suprême fédérale avait implicitement admis la ségrégation, il y avait peu de chances pour que l'éducation des Noirs, souhaitée par une minorité blanche, s'accélérât. On comptait parmi les gens de couleur 72 p. 100 d'illettrés contre seulement 20 p. 100 chez les petits Blancs qu'on employait plus souvent dans les plantations. Certes, la reconquête d'une autorité blanche incontestée n'avait pas été sans soulever des protestations. Il y avait eu des grèves, des émeutes, des contestations surtout chez les dockers et les employés du bâtiment. Mais on avait souscrit à quelques augmentations de salaire et lynché les meneurs. D'ailleurs, depuis que le parti populiste, branche louisianaise du People Party s'était allié au parti républicain après le camouflet des élections de 1896, cette formation politique bi-raciale et prolétarienne avait cessé de constituer une menace. L'agitation chez les Noirs et les ouvriers blancs, à peine mieux lotis que les affranchis et les descendants de ces derniers, ne pouvait plus être que sporadique et désordonnée.

Certes, les anciens esclaves, devenus métayers ou petits fermiers comme les Blancs de condition modeste, avaient de la difficulté à vivre. Quand les récoltes de coton, de maïs ou de canne à sucre avaient été rentrées, il convenait de payer les dettes dont le montant dépassait parfois les revenus de la saison. Après avoir donné au possesseur de la terre la part qui lui revenait, il fallait rembourser le commerçant local qui, à longueur d'année, fournissait le café, le sel, le tabac et tous les produits essentiels. Souvent, ce fournisseur n'était autre que le gentleman propriétaire d'une ancienne plantation divisée en lots affermés. Si bien que, de dettes contractées en dettes renouvelables, le fermier se voyait attaché à une terre que la surproduction, la chute des prix, la concurrence étrangère, les tarifs douaniers, la dépendance dans laquelle le tenaient ceux qui commercialisaient les produits de son labeur ne lui permettraient jamais de quitter la tête haute.

On s'était ainsi installé dans une situation socialement paradoxale, puisque l'expansion économique manifeste, les progrès de l'industrie et l'augmentation des rendements agricoles n'apportaient aux principaux artisans du développement, à ceux qui faisaient valoir le domaine, aucune amélioration à leur sort, aucun gain de bien-être. De la même façon que les privilégiés, grands propriétaires terriens, industriels, banquiers, négociants s'étaient autrefois enrichis avec bonne conscience en contraignant une main-d'œuvre servile au travail, leurs descendants restauraient les fortunes amputées par la guerre civile et l'abolition à moindres frais, en imposant aux Noirs un système qui équivalait à un esclavage de fait.

Car, jamais depuis la fin du conflit entre les Etats, la Louisiane n'avait connu pareille prospérité. La saison cotonnière 1897-1898 avait été excellente. L'Etat avait produit sur 1 245 399 acres ensemencées, 788 325 balles de coton et la bourse de La Nouvelle-Orléans, qui drainait les cotons des Etats voisins, Texas, Alabama,

Tennessee, avait commercialisé pendant la même période 2 832 790 balles dont plus de 1 000 000 étaient parties vers l'Angleterre et 424 000 vers la France. Le volume des transactions avait atteint le chiffre record de 45 260 000 dollars. Ainsi La Nouvelle-Orléans était redevenue la première place cotonnière de l'Union. Planteurs, facteurs, commissionnaires, changeurs, banquiers, tous y trouvaient leur compte, les prix moyens du coton middling sur le marché de New York variant de 5,94 *cents* à 6,90 *cents* la livre. On estimait à 1,60 *cent* le bénéfice réalisé par les planteurs sur chaque livre de coton, soit le triple du bénéfice obtenu dix ans plus tôt[1]. Dans le même temps, les tarifs des transports ayant diminué, les exportations se développaient malgré la concurrence du coton égyptien, indien et d'Amérique du Sud.

Alors qu'on payait, en 1878, 1,17 dollar pour expédier cent livres de coton de La Nouvelle-Orléans à Liverpool, il suffisait maintenant de 38 *cents*. Même si « depuis que l'on payait les nègres », la part de main-d'œuvre représentait plus de 50 p. 100 du prix de revient d'une balle de coton, M. le sénateur de Vigors, qui était très au fait des statistiques bancaires et du compte d'exploitation, pouvait répliquer avec autorité aux jérémiades de certains planteurs. Ceux notamment qui, voulant ignorer l'évolution irréversible déclenchée par la défaite, ne rêvaient que de revenir à ce qu'ils appelaient l'âge d'or du Sud et que les radicaux, se référant à l'esclavage, nommaient « l'âge de la honte ».

Charles de Vigors, réaliste et lucide, était de ceux qui avaient toujours soutenu la vocation agraire de l'Etat. Malgré tout le respect qu'il vouait à la libre entreprise et son goût de la spéculation, il s'efforçait de

---

[1]. La balle de coton pesait quatre cent cinquante livres américaines, soit environ deux cent vingt-deux kilos.

freiner les enthousiastes qui, ayant appris des Yankees les jeux du commerce et les audaces de l'industrie, se seraient facilement détournés de la terre. C'était d'elle cependant que provenaient les nobles fortunes et la prospérité d'une société aux mœurs policées.

Fort heureusement, si des fabriques de toute sorte grandissaient dans la banlieue de La Nouvelle-Orléans, sur la rive droite du Mississippi, les plantations étaient encore nombreuses. Bien que la canne à sucre eût étendu son territoire au cours de la dernière décennie, le coton occupait toujours 15 p. 100 des terres cultivées. Les terres des Vigors, affermées pour moitié aux Tiercelin et pour moitié à Oliver Oscar Oswald, venaient de rapporter au sénateur plus de 20 000 dollars. Fort heureusement pour lui, les comptes de cette excellente saison avaient été apurés avant qu'il ne signe chez son notaire la donation faite à Gratien, la veille de son embarquement pour Cuba. Il ne pourrait plus, à l'avenir, compter sur cette source de revenus généreusement abandonnée à son fils et qui serait comme une rente le dédommageant de la blessure récoltée à la guerre.

M. de Vigors n'avait pas besoin des profits de Bagatelle pour vivre plus que confortablement. Il avait depuis quelques années investi fort à propos dans les fabriques qui traitaient les dérivés du coton et produisaient des huiles, des farines et des tourteaux d'une bonne rentabilité.

Cette activité industrielle laissait de beaux revenus aux investisseurs et, à travers un prête-nom, M. de Vigors était propriétaire de deux fabriques d'huile et de farine. De la même façon, il possédait la majorité des parts dans la compagnie de chemins de fer Pontchartrain Railroad, et détenait un bon paquet d'actions du Texas and Pacific Railroad et de l'Illinois Central. Il avait acheté discrètement un immense ranch à Baden en Californie où l'on dressait des centaines de

« colts »[1] destinés à l'armée. Membre de plusieurs commissions du Congrès, M. de Vigors savait que la cavalerie devrait acquérir au cours des années à venir des milliers de chevaux. Si la guerre avec l'Espagne le privait provisoirement de ses revenus cubains, elle lui apportait en compensation une augmentation des dividendes de la Beef-trust Company dont il était un gros actionnaire. Ce trust des grandes boucheries avait été fondé par M. Philip D. Armour qui se voulait le Rockefeller de la viande. De la même manière que John D. Rockefeller avait absorbé ses concurrents après les avoir conduits à la ruine grâce aux tarifs préférentiels qu'il avait obtenus des chemins de fer pour le transport des pétroles de la Standard Oil, M. Darmour avait éliminé ses rivaux, qui ne bénéficiaient pas comme lui de tarifs de faveur de la part des « railroads ». Le corps expéditionnaire cubain et la marine de guerre des Etats-Unis étaient nourris avec son corned-beef. Chaque cargaison de viande en conserve vendue à l'armée rapportait des dollars et faisait monter le prix des actions que détenait M. de Vigors. Cependant, ayant eu vent des protestations d'officiers écœurés par la mauvaise qualité des produits et sachant que plusieurs dizaines de soldats avaient été empoisonnés par le corned-beef avarié, Charles avait l'intention de vendre ses actions avant le retour de son fils. Il calcula que la vente de ces actions dont il lui paraissait prudent de se débarrasser provisoirement, lui permettrait d'investir dans d'autres secteurs : l'immobilier, les compagnies de navigation ou une nouvelle société de recherche pétrolière qui pouvait demain faire jaillir du sol cette huile noire et puante, dont on s'accordait à dire, avec M. Rockefeller, qu'elle deviendrait demain aussi indispensable que le charbon.

1. Chevaux sauvages.

Pour franchir la distance qui, par la rue du Rempart, séparait Canal Street de l'avenue de l'Esplanade, le cocher avait accéléré le trot des chevaux. Depuis que la rue du Rempart n'était plus séparée que par un bloc de la frontière de Storyville, le quartier de la prostitution, il ne convenait pas à un gentleman d'y circuler au pas de promenade. Et cependant, là aussi M. de Vigors possédait d'inavouables intérêts, sous la forme d'une demi-douzaine d'immeubles abritant des maisons dont les entrées étaient, la nuit venue, signalées par des lanternes rouges.

Quand, en 1897, Sidney Story, conseiller municipal, homme d'affaires respectable qui détestait la « musique nègre » mais appréciait celle de Johann Strauss, avait proposé à la municipalité de La Nouvelle-Orléans de cantonner les prostituées, répandues à travers la ville, dans un secteur délimité d'où elles ne devraient plus sortir, on avait enregistré des réactions diverses. Les citoyens les plus réalistes, soucieux d'améliorer l'image de la cité, l'approuvèrent, les vertueux s'indignèrent, les hypocrites firent semblant de découvrir l'existence de la prostitution dans un pays où la plupart des gens allaient à la messe et confiaient l'éducation de leurs enfants aux ursulines ou aux jésuites.

Et cependant, le commerce de l'amour n'était pas une activité nouvelle apportée par les Yankees, comme se plaisaient à l'affirmer les nostalgiques de la défunte Confédération. Le métier de fille de joie avait été sans doute un des premiers exercés à La Nouvelle-Orléans, au temps où les soldats et les pionniers français logeaient au bord du fleuve dans des cabanes de rondins. Une grande partie des contingents de demoiselles envoyées par le roi Louis XIV et plus tard par le Régent, duc d'Orléans, étaient des femmes de réputation détestable ou des « bohémiennes » embarquées pour le Nouveau Monde afin d'assurer le repos des guerriers et la distraction des colons. Le 3 janvier 1721, d'un bateau français étaient descendues dix-huit filles extirpées d'une maison de correction parisienne appelée la Salpêtrière. En les accueillant à La Nouvelle-Orléans, Jean-Baptiste Le Moyne, sieur de Bienville, ne leur avait pas dissimulé qu'elles étaient attendues « pour servir de femmes aux colons ».

Quand, en 1762, la France, par un traité secret, avait cédé la Louisiane à l'Espagne, le gouverneur Esteban Rodriguez Miro s'était dit horrifié par les mœurs coloniales et le nombre des prostituées blanches, noires, mulâtres ou quarteronnes qui officiaient dans la ville. Les ordonnances qu'il prit ne firent que rendre clandestines des pratiques jusque-là admises. Rendue à la France, puis vendue par Bonaparte aux Etats-Unis, la colonie connut pendant quelques années une vague de puritanisme qui ne parvint pas à nettoyer la cité. En 1812, quand les soldats de Jackson eurent repoussé victorieusement les Anglais, ils aidèrent les prostituées à construire les maisons de la rue du Bassin, aux portes desquelles furent bientôt accrochées les premières lanternes rouges. Les militaires devaient bien cette assistance aux filles de La Nouvelle-Orléans, qui avaient soutenu à leur manière le moral des troupes et pansé les blessés pendant la bataille de Chalmette.

Depuis cette époque, la ville ne cessant de se développer et le port de grandir, on avait toléré que les marins en bordée puissent trouver, pour les aider à dépenser leur solde après de longs jours de mer, de l'alcool et des femmes.

Assez spontanément, les dames de petite vertu avaient choisi de se rassembler dans une demi-douzaine de blocs faits de petites maisons délabrées entre les rues Robertson, de la Liberté, Girod et Julia. C'était une jungle urbaine assez sordide, où l'on se livrait à tous les trafics. On y trouvait des dancings, des salles de jeux, des bars, des restaurants miteux et des chambres à louer à la demi-heure. Connu sous le nom de « Swamp », ce « marécage » peu fréquentable avait été le théâtre de huit cents meurtres – recensés – entre 1820 et 1850. Au fil des années, il perdit tout attrait, même pour les moins difficiles, et la prostitution, ayant gagné en élégance et en confort, se répandit dans d'autres quartiers de la ville, notamment dans le Vieux Carré. Des licences accordées par la municipalité pour l'ouverture de « salons de danse » suffisaient à couvrir l'activité des prostituées de toutes catégories. Ces autorisations rapportaient au Trésor public des sommes rondelettes, car la cotisation annuelle des tenanciers évoluait entre 100 et 200 dollars. Un reporter du *Picayune* ayant visité l'une de ces « maisons » l'avait trouvée, en juillet 1869, « d'une propreté douteuse mais fort animée. Un orchestre composé d'un piano et de trois trombones rythmait les évolutions d'un groupe de femmes à peu près nues, levant la jambe sur une chorégraphie des plus salaces, auprès de laquelle le cancan aurait pu passer pour une danse respectable ».

C'était l'époque où la plus célèbre tenancière de la rue du Bassin, Hattie Hamilton, maîtresse du sénateur James Beares, recevait au numéro 21, dans un petit palace dont les statues grecques, les miroirs ouvragés, les tentures de soie et les meubles cirés, ainsi que les pensionnaires élégamment vêtues donnaient le ton dans l'univers licencieux et interlope. Cet établissement, réservé à la haute classe, avait défrayé la chronique en mai 1870, quand le sénateur – protecteur de la belle Hattie – y avait été tué d'une balle dans la tête. Bien que trouvée près du corps de son amant avec à la main un pistolet encore fumant, la tenancière était sortie sans le moindre ennui de l'aventure, les policiers ayant renoncé à lui poser des questions. Treize ans plus tard, en novembre 1883, ils en avaient posé en revanche au beau souteneur créole Trois-Villes Sykes, assassin à coups de couteau d'une célèbre demi-mondaine, Kate Townsend. Bien que le crime sexuel ait été clairement démontré, le juge avait admis la légitime défense, et Sykes avait été acquitté. Ces histoires et cent autres de même acabit, les habitants de La Nouvelle-Orléans les connaissaient, comme ils savaient qu'en 1894 une agence très spéciale avait recruté cinq cents jeunes filles pour le Texas où les attendaient des travaux qui n'avaient rien à voir avec la couture ou le secrétariat. On citait également le cas de fillettes de treize à quinze ans qui, comme Addie Peterson, avaient été dévoyées par des tenancières abusivement nommées « Madame ». Les mères indignes recevaient des mensualités, fruit de la prostitution de leur enfant.

Quand Sidney Story fit sa proposition au conseil municipal, bon nombre de citoyens considéraient que la prostitution, malgré le luxe clinquant ou la relative discrétion dont elle était parfois entourée, devenait « le cancer de la cité ».

L'ordonnance numéro 13032, votée le 29 janvier 1897 et signée par le maire W.C. Flower, fut reçue non comme un remède, mais comme une expression de la volonté des élus de maintenir le vice dans des limites strictement fixées. Par ce texte, le conseil indiquait que serait considérée comme hors la loi et traitée en conséquence toute prostituée ou femme notoirement adonnée à l'impudicité « qui résiderait, vivrait ou dormirait » dans tout local, maison, pièce situé en dehors d'un périmètre délimité par le côté sud de la rue de la Douane[1], entre la rue du Bassin et la rue Robertson; le côté est de la rue Robertson, entre les rues de la Douane et Saint-Louis;

---

1. Devenue rue d'Iberville.

la rue Saint-Louis, entre les rues Robertson et du Bassin.

L'article 2 de l'ordonnance stipulait que les propriétaires ou gérants qui, dans des immeubles situés hors du périmètre ainsi défini, hébergeraient des prostituées ou leur loueraient des locaux, seraient poursuivis comme souteneurs. Un troisième article interdisait le racolage sur les trottoirs, même à la porte des maisons situées dans les limites du quartier réservé. Un quatrième interdisait aux prostituées les bars et cafés, un cinquième autorisait le maire à décider la fermeture de toute maison de prostitution qui pourrait constituer une gêne scandaleuse pour le voisinage. Les peines applicables aux contrevenants pouvaient aller de 5 à 25 dollars d'amende et de dix à trente jours de prison. La plupart des gens sensés, qui se résignaient à voir dans la prostitution un mal social aussi inéluctable que les impôts, applaudirent à ces décisions. Celles-ci avaient le mérite de mettre le Vieux Carré, si prisé des touristes et où demeuraient dans leurs vieilles maisons à balcons ouvragés et à patios quantité de familles honorables, à l'abri des incursions des prostituées itinérantes dont les toilettes provocantes et les œillades choquaient les dames et émoustillaient les jeunes gens.

Charles de Vigors, informé de ce qui se préparait, s'était aussitôt mis en quête – et il n'était pas le seul gentleman à avoir agi ainsi – d'immeubles à acheter dans le honteux quartier aussitôt baptisé « Storyville », au grand émoi de la famille de son fondateur. Par notaire interposé, il avait ainsi acquis à bon marché des bâtisses dont les propriétaires, redoutant les proximités du vice officialisé, avaient hâte de se débarrasser. Charles les louait à des tenancières qui, souvent au prix de travaux coûteux, en avaient fait des demeures agréables.

Le Tuxido, rue Franklin, le Rice Café, rue du

Marais, le Firm, rue Villeré, et une demi-douzaine d'autres établissements fonctionnaient dans des immeubles dont seul son notaire le savait propriétaire. Les mauvaises langues de la ville insinuaient que beaucoup de notables allaient rendre visite la nuit aux pensionnaires du Mahogany hall, dans la rue du Bassin, où recevait une des reines du milieu, la belle Lulu White, coqueluche des magnats des chemins de fer et du pétrole. Quand Lulu, au port de princesse, couverte de diamants et décolletée jusqu'au nombril, descendait l'escalier de son grand salon en chantant *Where the moon shines,* un silence respectueux s'établissait. Née dans une ferme de l'Alabama, Lulu, qui pouvait passer pour blanche, avait de bons amis dans la police et la politique. Son établissement était cité en exemple, et il arrivait qu'on refusât du monde. Elle regrettait, disait-on, qu'un homme de la classe du sénateur de Vigors n'ait jamais franchi le seuil du Mahogany.

Charles, qui soignait sa réputation, s'abstenait de toute incursion dans les maisons de Storyville. Il disposait d'autres adresses moins courues par les chroniqueurs de *La Mascotte,* le journal du quartier. Au contraire de la plupart de ceux qui avaient réussi dans les affaires, l'industrie ou la politique, et qui profitaient trivialement des privilèges que confère la fortune en bâfrant chez Antoine ou chez Fabacher, en s'abreuvant de champagne dans les boîtes huppées, en dépensant des centaines de dollars chez les antiquaires et marchands de tableaux, en affichant de somptueuses maîtresses, tous plaisirs dont il avait rapidement fait le tour, Charles de Vigors recherchait des jouissances plus raffinées. Augmenter son influence et conquérir des êtres le satisfaisait davantage. Et, pour ces jeux-là, il avait une partenaire de choix, comprenant ses ambitions et partageant ses secrets : Marie-Gabrielle.

De cette Suissesse, fille et veuve de banquiers, à

laquelle l'âge mûr conférait une sorte de majesté, le sénateur avait fait une égérie influente et redoutée. Ceux qui fréquentaient le salon de la veuve, avenue de l'Esplanade, étaient bien incapables d'imaginer que cette personne pleine d'assurance, et qui passait pour posséder le plus beau buste de La Nouvelle-Orléans, avait été autrefois une jeune fille frêle et romanesque. Pendant des années « la chaîne helvète », comme la désignait Castel-Brajac, s'était contentée d'hiverner en Louisiane où, sur les conseils de Charles, « son amant du quatrième trimestre », elle avait investi une partie de son enviable fortune. Puis les séjours s'étaient étirés jusqu'à couvrir le printemps et l'automne. Elle avait fini par acquérir une belle maison, obtenir le statut de résidente privilégiée et ne plus se rendre en Suisse qu'au mois d'août, quand la moiteur louisianaise lui devenait insupportable. Un goût vif et commun pour les affaires et l'intrigue politique avait fait des amants d'habitude des associés confiants et parfois des complices. Charles, qui n'avait jamais éprouvé de véritable passion pour Marie-Gabrielle, amoureuse contenue, ressentait encore des élans soudains pour ce corps blanc irréprochable et qu'aucune maternité n'avait gâté. Quand il l'enlaçait pour l'entraîner vers sa chambre, Marie-Gabrielle prenait un air étonné, comme si pareille sollicitation eût été inconvenante. Elle avait une façon de dire avec une aimable condescendance : « Eh bien, allons, Charles, si vous le voulez », qui incitait le sénateur à dominer son ardeur, à maîtriser ses sens, à conduire avec patience et application les ébats jusqu'à ce qu'enfin Marie-Gabrielle perde sa lucidité, s'abandonne, succombe au plaisir. Vaincue mais comblée, elle retrouvait alors ses gestes de jeune fille, ramenait sur son visage ses cheveux blond-blanc et relevait le drap pour dissimuler ces rougeurs que les médecins appellent érythème pudique et qui soudain lui couvraient le haut de la gorge.

« Vous rendez-vous compte que je vais avoir cinquante ans! Charles... Ces choses ne sont plus de mon âge, minaudait-elle.

– Votre corps... Marie-Gabrielle...

– Oui, je le sais, il vieillit moins vite que moi... mais est-ce une raison, Charles? J'aurai demain des cernes sous les yeux qui feront sourire ma femme de chambre. »

Tandis que le sénateur allait dans une pièce qui lui était réservée faire un brin de toilette et passer du linge frais, Marie-Gabrielle s'enfermait dans sa salle de bain, se plongeait dans l'eau tiède, se savonnait des pieds à la tête, comme pour effacer jusqu'au souvenir des caresses et des étreintes que son corps aurait pu retenir. Ces ablutions prolongées, Charles l'avait vite deviné, ne relevaient pas de la seule hygiène corporelle. C'était une façon qu'avait la Suissesse de restaurer son intégrité physique. Son refus de toute familiarité, de toute promiscuité amoureuse en dehors du lit l'avait autrefois irrité. Maintenant, il appréciait cette attitude. Elle convenait à des gens qui avaient appris à gouverner leurs sens comme leurs pensées.

Charles n'avait jamais vu sa maîtresse que nue ou strictement vêtue, toutes les situations intermédiaires qui font l'intimité charmante et désordonnée des amants, les thés pris en négligé, l'éparpillement des dessous, les chignons effondrés, les fards dissous par les baisers, les déshabillages mutuels, les chahuts licencieux, les caresses dérobées entre deux propos sérieux avaient été depuis longtemps bannis par la Suissesse.

Même surprise par le crescendo du plaisir, elle serrait les lèvres et fermait les yeux pour ne pas trahir ses sensations. C'était sa manière à elle de se rendre de temps à autre désirable.

« Je couche avec elle, mais nous ne sommes pas intimes, avait confessé vingt ans plus tôt l'avocat

Charles de Vigors à son ami, Gustave de Castel-Brajac.

– C'est le rempart de la pudeur!

– Non, c'est plutôt comme si... elle s'appliquait à se tenir à l'écart de son corps.

– C'est la neutralité suisse », avait conclu le Gascon.

Ce soir-là, en entrant dans le salon de Marie-Gabrielle, Charles de Vigors n'avait d'autre désir que celui d'une conversation rassurante. Le cérémonial du thé interdisant toute confidence à cause de la présence du maître d'hôtel et de la servante – Marie-Gabrielle n'employait que des domestiques blancs –, le sénateur s'en tint à des considérations sur le temps et sur une pièce française en vers, qu'on jouerait en octobre à La Nouvelle-Orléans, *Cyrano de Bergerac,* dont les critiques de New York disaient grand bien.

Dès qu'ils furent seuls dans le boudoir en rotonde, largement éclairé par une porte-fenêtre galbée donnant sur une petite terrasse enrobée de verdure, Marie-Gabrielle annonça :

« Parson a téléphoné quelques minutes avant votre arrivée. Il m'a chargée de vous dire que votre belle-fille prend fort mal la blessure de son mari et que le *Chalmette* sera à quai le 22 juillet à onze heures de la matinée... Gratien est-il gravement blessé? »

Charles considéra ses mains soignées où apparaissaient depuis quelque temps des tavelures qui lui déplaisaient.

« C'est une blessure légère... d'après Gratien lui-même, qui m'a envoyé un télégramme, mais il est normal, n'est-ce pas, qu'une épouse aimante s'inquiète. Tout s'arrangera quand elle pourra dorloter son héros. »

Il était rare que Marie-Gabrielle fasse allusion à la famille du sénateur. Comme lui, elle estima le sujet épuisé et se mit à parler affaires.

« J'ai signé pour l'achat du *White Swan.* Nous aurons chacun 30 p. 100 des parts. S'il est aussi productif que le *Bryant Floating Palace,* cela devrait nous rapporter au moins 12 000 dollars par saison. »

Charles acquiesça et s'absorba dans l'étude du dossier que la Suissesse lui tendit.

Depuis quelques mois, de nouveaux show-boats avaient été mis en chantier. Ces grands bateaux étaient des salles de spectacles flottantes qui, tout au long du Mississippi, de La Nouvelle-Orléans à Saint Louis, offraient des distractions de bon aloi aux riverains. D'excellents orchestres, des troupes théâtrales en renom, des artistes connus et appréciés s'y produisaient. On y dansait, mais les jeux d'argent n'y avaient pas cours et les familles honorables pouvaient les fréquenter sans courir le risque d'y rencontrer les aventuriers du fleuve, les joueurs professionnels et les dames de petite vertu qui peuplaient habituellement ces vaisseaux de plaisir. Tous les show-boats, certes, ne pouvaient passer pour nacelles vertueuses, mais ceux auxquels s'intéressaient Charles et Marie-Gabrielle n'acceptaient qu'une clientèle sélectionnée. Bien que l'on fût encore à deux ans des prochaines élections générales et des élections municipales, le Choctaw-Club préparait la succession du maire, Flower. Le candidat de Charles et de ses amis démocrates était déjà désigné. Ce serait un créole, Paul Capdevielle. En attendant, il convenait de stimuler l'administration en place, car la population en continuelle augmentation – on comptait deux cent quatre-vingt sept mille habitants – commençait à murmurer que le produit des impôts semblait mal employé. Dans cette cité où l'on redoutait toujours l'apparition du « dragon de la fièvre jaune », où les médecins se plaignaient du nombre exagéré des typhoïdes et des diphtéries, l'hygiène publique paraissait singulièrement négligée. Les Orléanais étaient peut-être fiers de voir circuler sur l'avenue Saint-Charles et Canal Street des tramways électriques, mais ils eussent préféré qu'on installât le tout-à-l'égout et une station d'épuration des eaux. Ils réclamaient aussi une protection plus efficace contre les débordements du Mississipi, qui les contraignaient trop souvent à circuler sur des planches supportées par des tréteaux, comme à Venise sur la place Saint-Marc quand la lagune envahit la ville. Charles et ses amis soutenaient qu'il fallait lancer un emprunt pour l'assainissement de la cité mais, si l'on trouvait aisément des capitaux pour construire de nouveaux hôtels ou aménager le champ de courses, les nantis se souciaient peu d'investir sans garanties sérieuses.

Le Choctaw-Club, dont l'état-major se réunissait périodiquement chez Marie-Gabrielle, se préoccupait de ces problèmes. Fondé l'année précédente, ce club était un des éléments du pouvoir démocrate en Louisiane et surtout à La Nouvelle-Orléans. Cette « machine politique », comparable au fameux Tammany-Club de New York, avait pris la suite d'une association connue du public sous le nom de « Ring » et était dirigée par un groupe de gens influents qui avaient adopté l'appellation de « Old Regulars ».

Officiellement, avec ses deux mille membres, le Choctaw-Club s'accommodait des statuts d'une organisation charitable qui distribuait des colis de Noël aux gens nécessiteux, gérait des dispensaires, intervenait généreusement en cas de catastrophe ou d'épidémie. En fait, c'était plutôt un groupement de politiciens et d'intérêts économiques dont les dirigeants, évoluant dans les milieux d'affaires, se montraient surtout préoccupés de conserver le contrôle d'une administration qu'ils avaient contribué à mettre en place. Comme la Constitution plaçait sous la dépendance de l'Etat les grandes options municipales, les affairistes s'attachaient à développer leur influence politique afin de régner par élus interposés. Le destin de la Louisiane se trouvait par leur intermédiaire aux mains de la classe possédante. Avec vingt représentants sur cent et neuf sénateurs sur trente-huit, La Nouvelle-Orléans disposait du pouvoir de décision face aux élus des paroisses. La plupart des adhérents du Choctaw-Club ignoraient ce dont les « Old Regulars », qui constituaient au sein de l'organisation un comité restreint, discutaient pendant leurs réunions. On comptait un représentant de cet état-major par district urbain. Cette vingtaine d'hommes, planteurs, négociants en coton, industriels, administrateurs de sociétés de chemins de fer, gros actionnaires des compagnies de navigation ou de transports urbains, gérants des entreprises de distribution de gaz et d'électricité, propriétaires de fabriques de biscuits ou de conserves, constituaient le parlement occulte de l'Etat.

Disposant de moyens financiers importants, le club avait fait sienne la devise politicienne d'un fondateur du Tammany : « Aux vainqueurs appartiennent les dépouilles. » C'est ainsi que tous les emplois publics, dont, par influence, le club pouvait disposer, allaient à des gens sûrs qui, en retour, appliquaient les consignes des « Old Regulars » et versaient une partie de leurs appointements à la caisse de l'organisation. Le club était capable d'acculer à la faillite un industriel ou un commerçant opposant en lui créant, par l'intermédiaire de l'Administration ou de la police, des tracas insupportables. De la même façon, il « tenait » les concessionnaires des services publics et des travaux urbains, et pouvait, à l'occasion, influer sur les adjudications. Les candidats démocrates à toutes les élections, sachant qu'ils auraient peu de chances d'être élus sans l'appui du club, ne pouvaient que difficilement refuser d'introduire dans leur programme les projets et les clauses proposés par les « Old Regulars ». Le Choctaw-Club disposait également d'appuis dans la presse et savait à l'occasion susciter tel article ou faire différer tel autre.

Au contraire des organisations similaires qui sévissaient à New York, à Boston, à Baltimore ou à Cincinnati, le Choctaw-Club, à La Nouvelle-Orléans, réprouvait la fraude électorale. Charles de Vigors soutenait que toute élection devait être acquise avant la consultation populaire, qui ne devait plus intervenir qu'en tant que formalité démocratique.

Hôtesse agréable, Marie-Gabrielle savait recevoir les « Old Regulars » avec tous les égards qui leur étaient dus. Elle accueillait leurs confidences, calmait leurs rancœurs, formulait à l'occasion des observations sensées qui lui avaient été soufflées par Charles, lequel se défendait d'être plus qu'un simple membre du comité, malgré l'autorité que lui conférait son titre de sénateur.

Ce jour-là, en peu de temps, le couple mit au point l'éviction d'un membre du club qui, tyrannisé par deux fils revenus d'Europe avec des idées quasiment révolutionnaires, commençait à pencher pour les théories réformatrices de quelques dissidents démocrates.

« Il faut qu'il se retire en douceur et sans amertume. C'est un vieil homme charmant, veuf et perclus de rhumatismes, qui n'a plus pour famille que ses fils. Je souhaite que vous le ménagiez, dit doucement Marie-Gabrielle.

– Si nous le jetons avec sa fortune et les cent cinquante employés de sa compagnie de navigation dans les bras des réformateurs, le remède sera pire que le mal, observa Charles.

– Il ne devrait plus se mêler de politique à son âge! »

Charles de Vigors réfléchit un instant, puis développa son idée.

« Nous sommes quelques-uns à savoir qu'il fréquente le Phoenix dans la rue de la Douane. Nous pourrions nous arranger pour qu'il y soit reconnu un soir prochain par un journaliste renommé pour l'acidité de sa plume...

— C'est un procédé outrancier. Un article peut ruiner la réputation d'un homme comme lui, qui passe pour un parangon de vertu depuis la mort de sa femme.

— Mais il n'y aura pas d'article, Marie-Gabrielle. Nous ferons seulement savoir à notre ami qu'il a couru le risque de se voir épinglé dans une chronique, mais que le comité a décidé d'intervenir pour lui épargner la honte d'être cité parmi les clients du Phoenix... Ça suffira! Naturellement, nous lui ferons comprendre qu'après une telle alerte, il vaut mieux démissionner pour... raisons de santé.

— Et à quel journaliste pensez-vous? A Blessing, du *Picayune*?

— Non, pas du tout, plutôt à Maréchal de *L'Abeille*.

— Mais il a des sympathies pour les réformateurs à ce qu'on dit.

— Justement... nos adversaires seront ainsi informés, et leur puritanisme leur fera tenir à distance une pareille recrue. »

Marie-Gabrielle sourit. Elle admirait la prodigieuse faculté qu'avait le sénateur d'envisager rapidement tous les aspects d'un problème et de trouver une solution qui les résolve.

« Je suis toujours étonnée par votre esprit d'analyse et votre science de la synthèse, Charles. Il y a dans le fonctionnement de votre cerveau quelque chose de diabolique. D'où tenez-vous cela? Je me le demande souvent.

— De ma mère », répliqua le sénateur en se levant.

Il baisa les doigts de Marie-Gabrielle et s'en fut dîner à l'hôtel Saint-Louis.

8

Le 22 juillet 1898, dès dix heures du matin, une foule élégante commença à se rassembler sur le quai Saint-Pierre. L'accostage du *Chalmette*, dont l'arrivée avait été signalée la veille par la vigie de la balise à l'embouchure du Mississippi, promettait d'être un événement. La plupart des hommes qui avaient cru nécessaire de se déplacer étaient redevables au sénateur de quelque service ou avantage. Quant aux femmes, qui arboraient des toilettes claires, robes légères à manches gigot et chapeau de paille fleuri ou enrubanné, à l'abri de leur ombrelle, c'était la curiosité plus que l'intérêt qu'elles pouvaient porter à la famille de Vigors, qui avait guidé leurs pas vers le port, par une aussi chaude matinée.

Le collecteur des Douanes faisait l'important et dirigeait lui-même la mise en place des barrières servant d'habitude à canaliser les passagers des paquebots de New York. Fonctionnaire zélé, il entendait réserver un espace à la famille du sénateur qui ne pouvait manquer d'être présente. On reconnaissait dans les groupes d'autres fonctionnaires coiffés de canotiers, des négociants ventrus portant melon ou panama, des commerçants qui avaient déserté leur boutique. Des officiers du régiment Washington Artillery et de la garde nationale commentaient le refus opposé par le secrétaire du sénateur à l'envoi de la musique régimentaire et des drapeaux. Deux marguilliers de la cathédrale Saint-Louis s'étonnaient que le clergé soit absent. Des Noirs, dockers ou portefaix, se faisaient houspiller par les chefs d'équipe ou les représentants des commissionnaires parce qu'ils profitaient de cette animation inhabituelle pour badauder. Des gens qui allaient à leurs affaires s'arrêtaient un instant pour demander les raisons de cette concentration de beau monde. En apprenant qu'il s'agissait du retour de Cuba de soldats blessés, dont le fils du sénateur de Vigors, la plupart des passants poursuivaient leur chemin. Plusieurs conseillers municipaux se tenaient à l'écart, près de trois ambulances, dont les chevaux battaient du sabot et fouettaient de la queue pour chasser les mouches.

Le *Chalmette,* cargo à vapeur loué par la marine des Etats-Unis pour les besoins de la guerre, se présenta à l'heure dite dans la courbe du fleuve. Simultanément, comme si la chose avait été réglée, un grand landau, que les agents de police guidèrent jusqu'au périmètre réservé par la douane, fendit la foule. La barrière fut ouverte puis refermée, et le collecteur vint saluer Mme de Vigors, épouse du sénateur, et la belle-fille de ce dernier. Elles étaient venues accueillir l'une un fils, l'autre un mari. Un garçonnet vêtu d'un uniforme marin et coiffé d'un petit breton leur faisait face dans la voiture.

Le collecteur des Douanes, en s'inclinant devant le petit-fils du sénateur, s'étonna de voir sur les lèvres de l'enfant un sourire bizarre. Il se demanda si sa tenue vestimentaire pouvait susciter pareil rictus.

« Monsieur le Sénateur n'est pas avec vous? s'étonna le fonctionnaire.

– Il va arriver », dit assez sèchement Liponne qui était de mauvaise humeur.

Le *Picayune* lui avait appris la veille à Jennings, où elle séjournait chez une nièce qui venait de mettre au monde son septième enfant, le retour de son fils blessé. Elle en voulait à Charles de ne l'avoir pas prévenue lui-même. A côté de cette femme mûre, à laquelle lourdeur et triple menton conféraient une certaine prestance, Stella paraissait frêle comme une adolescente. Elle avait beaucoup pleuré la veille encore et dissimulait ses yeux rougis sous l'aile souple d'une grande capeline ornée d'anémones en tulle. Elle s'était obligée à un effort de toilette pour ces retrouvailles, mais, l'inquiétude l'emportant sur la joie de revoir son époux, elle triturait nerveusement la pointe de ses gants. Quant à Osmond, assis bien droit en face de sa mère et de sa grand-mère, c'était la première fois de sa vie qu'il voyait une telle foule rassemblée, et surtout qu'il assistait à l'accostage d'un gros bateau. Il se disait que son père devait être un homme bien important pour que son retour suscitât pareil déplacement de gens inconnus.

Etonné lui aussi de découvrir du haut de sa passerelle une telle assistance, le commandant du *Chalmette* se fit apporter une vareuse à boutons dorés et, muni du porte-voix, fignola les manœuvres. Dès que la planche fut jetée, il envoya le second s'enquérir des raisons de ce grand concours de population. Quand il sut que ces gens s'étaient déplacés pour faire honneur aux blessés, il invita les deux médecins de la Navy à faire descendre d'abord ceux qui pouvaient marcher. Tandis qu'apparaissaient les soldats, qui le bras en écharpe, qui la jambe raide ou la tête bandée, un murmure s'éleva de la foule, puis des femmes se mirent à agiter leur ombrelle ou leur mouchoir; les hommes, eux, brandissaient leur chapeau. « Hourra! pour les braves », cria quelqu'un, aussitôt imité par les plus expansifs des assistants. Dans la fièvre chaleureuse du débarquement, l'arrivée du surrey de Charles de Vigors passa à peu près inaperçue.

Abandonnant sa voiture, le sénateur s'approcha du landau où Liponne, Stella et Osmond, les yeux fixés sur le pont du bateau, guettaient l'apparition de Gratien.

« Toi qui as de bons yeux, avait dit la grand-mère, regarde bien si tu vois papa. »

L'enfant, debout dans la voiture, cherchait parmi les

silhouettes qui se succédaient au bastingage, dans le groupe d'hommes vêtus d'uniformes fripés, pâles et à la démarche hésitante, celle d'un père qu'il craignait de ne pas reconnaître.

« Il n'est pas encore descendu ? » demanda le sénateur.

Mais personne ne lui répondit. D'un coup d'œil circulaire, il avait apprécié la densité de l'assistance et s'en félicitait. Déjà les premières civières apparaissaient, portées avec précaution par les brancardiers vers les ambulances qu'on avait fait avancer, quand l'officier en second du *Chalmette* s'approcha du collecteur des Douanes. Les deux hommes échangèrent quelques paroles, puis le fonctionnaire désigna au marin le sénateur et sa famille. L'officier vint à eux, salua militairement et tira M. de Vigors à l'écart.

« Le commandant vous prie de monter à bord pour une communication, monsieur le Sénateur.

— Que se passe-t-il ? dit vivement Stella, la gorge nouée par l'émotion.

— Rien, répliqua son beau-père, je vais voir le commandant, il doit vouloir éviter à Gratien la curiosité publique... Je reviens. »

Le commandant se tenait sur le passavant. Il avait un visage grave. A deux pas derrière lui, l'un des médecins du bord attendait. Le maître après Dieu du *Chalmette* n'était pas homme à se dérober à ses devoirs, ni à chercher des atermoiements inutiles.

« Monsieur le Sénateur, j'ai une très désagréable mission à remplir... Malgré les soins qui lui ont été prodigués, Monsieur votre fils n'a pu survivre à ses blessures. Je vous prie d'accepter mes condoléances, celles de l'état-major du *Chalmette* et de l'équipage. »

Charles de Vigors eut une sorte d'éblouissement. Un bref instant, sa vue se brouilla. Le visage du commandant devint flou, mais sur le quai en contrebas il vit nettement tous les visages levés vers lui, Osmond dressé dans le landau qui écarquillait les yeux et Liponne et Stella qui le fixaient. Il aurait voulu être ailleurs, loin de ce quai, loin de cette foule qu'il avait voulu rassembler. La vivacité de son imagination, parfaitement lucide, lui faisait envisager tout ce qu'allaient avoir de pénible les minutes qui suivraient. Son égocentrisme insurmontable le poussait à mettre de côté, à renvoyer à plus tard le chagrin que lui causait la mort de son fils. Il lui faudrait auparavant affronter Liponne et Stella, supporter leur désespoir et leurs larmes de femmes, essuyer leurs reproches et, peut-être, expliquer à Osmond. Pendant qu'il se pénétrait de l'idée que ce drame le concernait, le commandant avait prononcé des phrases que son esprit n'avait pas enregistrées. Quand il se ressaisit, il le fit répéter.

« Voici le lieutenant-médecin Thompson, disait l'officier, c'est lui qui a soigné M. de Vigors. Il va vous conduire à lui. La mise en bière doit intervenir rapidement, monsieur le Sénateur... à cause de la chaleur... vous comprenez.

— Je comprends », fit Charles.

Il dut suivre le jeune médecin, descendre un escalier raide comme une échelle, traverser des chambres basses où des lits vides, aux draps souillés, étaient alignés. Une âcre odeur de sanie, d'éther, de respirations confinées, d'écurie humaine lui souleva l'estomac.

Des marins, joyeux de débarquer, plaisantaient, se donnaient des bourrades, bridaient leurs sacs, s'effaçaient devant ce civil aux mâchoires contractées. Une tuyauterie lui enleva son chapeau qu'un homme hilare ramassa et lui tendit au bout d'un bras velu et tatoué.

« Attention, faut baisser la tête, milord... »

Il remercia et rejoignit le lieutenant qui l'attendait devant une porte de fer. Son guide poussa le panneau et l'invita à entrer dans un local minuscule. Le sénateur eut cette fois du mal à dominer ses nausées. Dans la pénombre, sur un étroit bat-flanc, il aperçut une forme allongée sous un drap. Le médecin fit pivoter le contre-tape du hublot pour donner du jour et souleva la toile grise. M. de Vigors se trouva face à face avec son fils. Il ne put retenir un bref spasme respiratoire à la vue du cadavre.

Son émotion était faite d'incrédulité et d'horreur. Il avait de la difficulté à retrouver, dans ce visage glabre et boursouflé, dans ces paupières gonflées, les traits de Gratien. Souvent la mort ennoblit un faciès quelconque, mais il lui arrive aussi, par une inexplicable cruauté, de rendre vulgaire et laid le masque ultime d'un défunt.

Très vite, il fit signe au lieutenant de rabattre le drap pour échapper à cette vision insupportable. Dans la coursive, il questionna.

« On m'avait dit " une blessure légère "... comment expliquez-vous? »

En choisissant ses mots, car on ne pouvait décemment annoncer au sénateur qu'un infirmier, en portant un matin le café aux blessés, avait trouvé le « private » Vigors mort dans son lit, le médecin expliqua qu'une infection sournoise et incoercible s'était généralisée, après une blessure à l'omoplate *a priori* sans réelle gravité.

« Nous avons usé de tous les remèdes en notre possession, monsieur, mais, de la même façon que nous n'avons pu sauver certains soldats empoisonnés par cette pourriture de corned-beef, nous n'avons pu juguler l'infection. Si cela peut atténuer votre peine, monsieur, je puis vous assurer que monsieur votre fils n'a pas souffert, il a pour ainsi dire passé en dormant... »

Charles de Vigors fit un signe de tête, indiquant qu'il acceptait cette version de la mort de Gratien. Ses pensées étaient maintenant toutes tournées vers les deux femmes qui devaient, sur le quai, s'étonner de son absence prolongée. Il redoutait par avance tout ce qu'allait déclencher l'incroyable nouvelle.

« Si je puis vous être utile, monsieur, le commandant m'a dit de rester à votre disposition.

– Ma femme et ma bru... attendent... en bas... sur le quai... il va falloir... vous comprenez.

– J'imagine, monsieur, ce que vous ressentez, mais vous seul pouvez les préparer à...

– Ma femme est sujette aux malaises du cœur, lieutenant, et je crains qu'en apprenant la mort de son... de notre fils, elle ne défaille. Je crois que vous devriez m'accompagner. »

Le jeune médecin dissimula une grimace. Sa fiancée devait s'attendre à le voir pousser la porte du magasin que tenaient ses parents, rue de Chartres; peut-être même était-elle dans la foule à guetter son apparition. Mais il ne pouvait refuser son concours au sénateur.

« Je vous suivrai de près, monsieur, et si quelqu'un a besoin de mes soins...

– C'est cela, accompagnez-moi », fit Charles soulagé de ne pas se trouver seul face aux deux femmes.

Sur le pont, la vive lumière de midi et la chaleur du soleil rendirent au sénateur assez de volonté pour lui permettre de retrouver une attitude rigide. Il coiffa son chapeau, serra la main du commandant et descendit la planche d'un pas assuré. La sensation d'être observé par des centaines d'yeux, car ceux qui étaient venus pour voir débarquer Gratien de Vigors ne jugeaient pas décent de s'en aller, stimulait le sénateur. Mais, dès qu'il fut à portée de voix de Liponne et de Stella, le cœur faillit lui manquer.

« Pourquoi Gratien ne descend-il pas? lui cria Liponne... Que nous cache-t-on? »

Stella, qui tordait ses gants avec une espèce de frénésie inquiétante, l'interrogeait du regard. La pensée lui traversa l'esprit que, si les femmes par intuition subodoraient un drame, il ne lui faudrait que peu de mots pour leur faire comprendre la vérité. Il ralentit un peu le pas. Le jeune médecin gardait une prudente distance.

« Gratien n'est pas à bord? Où est-il? » lança Stella.

Charles ne lui laissa pas le temps d'en dire plus. Il saisit la portière du landau comme pour s'y cramponner et lâcha d'une voix blanche :

« Un incroyable malheur... un inexplicable malheur. »

Liponne se pencha brutalement, ce qui fit gémir les ressorts de la voiture et tituber Osmond, debout entre les deux banquettes. Puis elle saisit son mari au revers et cria :

« Quel malheur, parle, parle!

– Un malheur inexplicable », se contenta de répéter Charles en s'efforçant de se dégager.

Dans le silence qui succéda à l'exhortation brutale de Liponne, la voix de Stella parut fluette et sans timbre.

« Gratien est mort... n'est-ce pas? »

Charles inclina la tête. Le mot imprononçable était dit.

Il se sentit délivré du fatal message. Pour ces femmes, déjà Gratien allait entrer dans le passé. Restait à supporter les manifestations du chagrin devant ces gens serrés derrière la barrière de la douane et qui commençaient à comprendre qu'un drame imprévu venait d'être annoncé.

Instinctivement, Liponne avait entouré de son bras l'épaule de Stella au bord de l'évanouissement. Les ailes des chapeaux des deux femmes se chevauchaient ridiculement. Mme de Vigors disait des choses incompréhensibles, d'une voix rauque. Osmond, adossé à sa banquette, les deux mains posées à plat sur le capiton du siège, regardait alternativement sa mère, sa grand-mère et la main du sénateur crispée sur la portière du landau, ses doigts longs et secs et cette chevalière d'or armoriée qui brillait dans le soleil.

« Retournez à la maison, finit par souffler le sénateur, on nous regarde. »

Stella se redressa si brusquement que sa capeline bascula, glissa sur son épaule et se retrouva sur la moquette de la voiture.

« Je veux le voir! cria-t-elle avec une véhémence qui fit prévoir à Charles la crise de nerfs.

— Retournez à la maison, répéta-t-il en s'adressant à Liponne dont le regard fixe l'inquiétait autant que les démonstrations de sa bru.

— Mais je veux le voir, je veux le voir, criait Stella en tambourinant du poing sur les genoux de sa belle-mère.

— Ma chérie, nous le verrons plus tard, nous devons rentrer... pour Osmond. »

Puis elle se tourna vers son mari :

« Car tu vas nous le ramener, hein, chez nous... »

C'était un ordre, derrière lequel M. de Vigors perçut une condamnation. Le ton de Liponne était dur, violent, haineux. Elle aurait pu aussi bien le traiter d'assassin. Il fit un signe au cocher qui, à demi retourné sur son siège, avait suivi toute la scène.

Quand le landau s'ébranla, Stella laissa tomber sa tête dans le giron de sa belle-mère. Une fine bordure de dentelle apparut au bas d'un jupon que dévoilait le retroussis involontaire de la jolie robe qu'elle avait choisi de mettre pour accueillir son mari. Osmond se pencha, ramassa la capeline de sa mère et la tint sur ses genoux avec précaution.

« Papa n'est pas venu sur ce bateau? demanda-t-il timidement.

— Tu ne le verras pas de sitôt, mon pauvre chéri, ton

papa, dit Mme de Vigors d'une voix douce, il est au ciel. »

Osmond, que les sanglots de sa mère désorientaient, se mit à pleurer silencieusement, la tête penchée sur les anémones de tulle. Les gens qui virent l'attelage traverser le quai voulurent savoir pourquoi la grosse Mme de Vigors emmenait ainsi sa belle-fille prostrée sur ses genoux en face d'un garçonnet qui, malgré ses yeux pleins de larmes, semblait sourire énigmatiquement à un chapeau. La rumeur propagée par le collecteur des Douanes leur apprit bientôt que le fils du sénateur, blessé à Cuba, était mort pendant la traversée et que la fête avait tourné en tragédie. Dès que les femmes furent parties, M. de Vigors retrouva la parfaite maîtrise de ses pensées et de ses actes. Le collecteur des Douanes vint le premier lui faire des condoléances, car il s'était renseigné auprès du médecin qui avait attendu à l'écart le départ du landau.

Quand le lieutenant réapparut, Charles lui signifia que son secrétaire, M. Parson, allait s'occuper de faire livrer à bord un cercueil décent et que le corps de Gratien devrait être à la fin de l'après-midi transporté avenue Prytania.

« Je compte sur vous, ajouta le sénateur. Ma femme et ma bru voudront le voir. Trouvez un embaumeur s'il le faut. »

Le médecin, qui pensait à sa fiancée, tenta de s'esquiver.

« C'est-à-dire, monsieur le Sénateur, nous ne sommes pas équipés pour...

— Vous n'êtes pas non plus équipés, lieutenant, pour conserver la vie des blessés, alors occupez-vous des morts. Je connais les lois de la mer et les règlements de la marine des Etats-Unis au moins aussi bien que vous. »

L'officier salua, tourna les talons, gravit rageusement la planche et s'en fut faire rapport au commandant. Il trouva ce dernier dans sa cabine, occupé à signer des papiers tête à tête avec une bouteille de bourbon.

« Alors, quand nous débarrasse-t-on de ce mort, lieutenant? Souvenez-vous du dicton : « Mort en mer « revient à la mer, mort à quai doit faire son « paquet! »

– Le sénateur a l'air de vouloir nous charger de tout, mise en bière, embaumement et transport au domicile familial.

– Quoi! rugit le commandant, ce mort appartient à l'armée, pas à la marine. Nous ne sommes que transporteurs. Dès que la boîte arrive, mettez-y ce pauvre type et posez-la sur le quai... à l'ombre. L'armée s'en débrouillera... seulement...

– Oui, commandant, seulement...

– Seulement si vous faites ça, lieutenant, tout médecin que vous êtes, médecin à la noix soit dit entre nous, puisque vous laissez claquer les fils de sénateur, votre carrière prendra une drôle de tangente. Notre sénateur est diablement influent à Washington, et son fils appartenait aux Rough Riders de M. Roosevelt, qui ont fait merveille à San Juan. C'était comme qui dirait un héros. En plus, il vaut mieux que vous le sachiez, le cousin du défunt a failli périr dans l'explosion du *Maine,* c'est un médecin de marine comme vous et un autre héros. Nous voilà aux prises avec une famille de héros!

– Que dois-je faire, commandant?

– Le sénateur vous l'a dit, lieutenant, ce qu'il faut faire.

– Ma fiancée m'attend, commandant, et je ne suis pas obligé de jouer les croque-morts.

– Votre jolie fiancée attend un jeune médecin de la marine promis à une brillante carrière. Les femmes, dans nos métiers, sont très attachées à l'avancement. Elles comparent les galons de leurs époux plus attentivement que les performances de leurs amants. Souvenez-vous du dicton : « En amour le grade est sans « attrait, mais avant il attire et il retient après. »

Le médecin, qui connaissait la propension du commandant à fabriquer des dictons à la mesure des circonstances, estima que celui-ci ne manquait pas de réalisme. Il salua et, en maugréant, se mit en devoir d'obtempérer aux ordres du sénateur.

Avant de regagner son domicile de Prytania Avenue, M. de Vigors, confiant à Parson, qu'il avait fait quérir, le soin de la dépouille de son fils, fit un détour par l'avenue de l'Esplanade. Il avait besoin de voir Marie-Gabrielle, de parler avec quelqu'un qui ne lui soit pas hostile et capable de comprendre la peine qu'il ressentait.

Car le sénateur commençait à concevoir ce qui venait de se passer. Gratien était mort, c'est-à-dire absent définitivement. Même s'il ne s'était jamais senti très proche de ce fils trop peu ambitieux, trop casanier, aisément satisfait de son sort, et à travers le mode de vie duquel il décelait une condamnation implicite de sa propre façon d'exister, il lui plaisait de le savoir heureux. Et de ce bonheur un peu mièvre, un peu facile, un peu béat, il l'avait tiré pour l'envoyer à une mort ridicule. Il imaginait déjà une scène avec Castel-Brajac et savait que Liponne, qui lui pardonnait sa vie dissolue et son indifférence conjugale, ne lui pardonnerait pas la mort de Gratien.

Une réflexion de Goethe lui vint à l'esprit, celle que le philosophe de Weimar avait prononcée en apprenant la mort d'Auguste : « Je savais que j'avais conçu un fils mortel. » Charles se répéta la phrase jusqu'à ce qu'elle devienne sa propre et apaisante résignation.

Marie-Gabrielle connaissait déjà la nouvelle qu'un membre du Choctaw-Club lui avait téléphonée.

Elle reçut Charles avec un grand élan de tendresse.

« N'ayant pas eu la chance d'avoir des enfants,

j'ignore ce que peut ressentir une mère qui apprend la mort de son fils, mais j'imagine le chagrin de votre femme et le vôtre. Je pense aussi à votre bru et à vos petits-enfants. »

Charles s'assit. Il était pâle et ses mains tremblaient. Devant son amie, il n'avait pas à dissimuler le sentiment de culpabilité qui l'étreignait.

« Je me sens en partie responsable de cette mort, et c'est ce qui me désole. Gratien n'avait aucune envie de participer à cette guerre. C'est moi qui l'ai poussé à s'engager par orgueil familial, parce que nous avons des terres à Cuba... »

En prononçant ces mots, Charles associait un peu Marie-Gabrielle au blâme qu'il se décernait. Elle possédait, elle aussi, une plantation de tabac à La Havane. Mais, quand il parlait d'orgueil, il cherchait à ennoblir sa responsabilité et la Suissesse n'était pas dupe. Elle savait que Charles avait expédié son fils à la guerre par vanité politique. C'était un investissement moral qu'il avait voulu faire et dont il s'était dissimulé les risques. La mort de Gratien allait lui assurer un regain de sympathies populaires dont il saurait bien, le moment venu, tirer parti.

Marie-Gabrielle considéra un moment son ami avec commisération. Le cynisme de Charles, cette façon qu'il avait d'être égoïste, de juguler ses scrupules ne l'avaient jamais choquée. Elle trouvait même à cette attitude une certaine loyauté, mais il lui déplaisait qu'il vienne lui demander de décrasser sa conscience.

« Je crains que vous ne deviez vivre désormais avec ce remords, dit-elle, car la mort ôte toute possibilité de réparation. Je vous plains. »

Charles se redressa les lèvres serrées, l'œil dur. De sa vieille complice il espérait une absolution rassurante, or sa voix se joignait à celles qui, en lui-même, le tourmentaient.

« Mon fils m'appartenait », lança-t-il.

Par un mouvement des sourcils, Marie-Gabrielle laissa voir son étonnement mais demeura silencieuse. Un long moment s'écoula avant qu'elle ne dise d'un ton apitoyé :

« Rentrez chez vous, Charles, on doit vous attendre. »

On l'attendait en effet. Le colonel de la garde nationale notamment, dépêché par le gouverneur pour organiser les funérailles du soldat, et Parson qui, à la demande de Mme de Vigors, expédiait des télégrammes. Si Liponne, dominant sa peine, organisait déjà le deuil familial, Stella, qu'on avait dû coucher avec une piqûre calmante, donnait des inquiétudes. Le médecin redoutait que le choc ressenti par la jeune femme n'eût des conséquences sur le déroulement de sa grossesse. Quand le cercueil, porté par six militaires du Washington Artillery, le plus ancien régiment de Louisiane fondé en 1838, arriva dans la maison des Vigors, le grand salon avait été transformé en chapelle ardente. Tous les domestiques avaient passé des vêtements noirs. De part et d'autre de la porte victorienne, les lanternes de cuivre avaient été allumées et voilées de crêpe.

Charles aurait préféré accepter la proposition des autorités militaires et des représentants de l'Etat, qui suggéraient de disposer le corps dans une chapelle de la ville où la population serait venue rendre hommage au défunt, mais Liponne s'y était opposée.

« Mon fils n'était pas soldat. Il restera dans sa famille jusqu'au dernier moment, et je ne veux ni défilé ni discours; qu'on ne nous impose pas des honneurs dont nous n'avons que faire. »

Quand les porteurs eurent déposé le cercueil, elle les mit à la porte et donna l'ordre au maître d'hôtel de ne laisser entrer personne. Puis elle se tourna vers les hommes des pompes funèbres et dit d'un ton catégorique en désignant la bière :

« Ouvrez. Je veux voir mon fils! »

Pendant que les croque-morts, après un instant d'hésitation, dévissaient le couvercle du cercueil, Mme de Vigors envoya quérir son mari, qui se tenait dans son bureau avec son secrétaire, puis elle s'enquit de l'état de Stella.

« Vous n'allez tout de même pas imposer ce spectacle à votre bru, balbutia Charles.

— Je le lui ai promis, répliqua sèchement Liponne. C'est son mari. »

Quand on souleva le voile qui recouvrait le visage de Gratien, Charles, plein d'appréhension, constata que l'embaumeur avait bien travaillé. On avait maquillé le mort comme un acteur, et seules les bouffissures des joues étaient encore choquantes.

« Mon Dieu, mon petit », dit simplement Liponne en sanglotant.

Puis elle se tourna vers son mari :

« Voilà, dit-elle, ce que tu as fait de notre fils... il est mort, mort, mort. »

Charles, blême, se détourna et regagna son bureau, tandis que Liponne montait jusqu'à la chambre de Stella. Un instant plus tard, la jeune mère apparut les cheveux défaits, l'œil hagard, soutenue par sa belle-mère et une femme de chambre. On dut presque la porter jusqu'au cercueil ouvert.

Devant le corps de son mari, elle lança ses deux mains en avant comme pour l'étreindre, mais Liponne l'en empêcha et se retournant vers un domestique :

« Allez chercher le sénateur, je veux qu'il vienne. »

Charles revint. Il fut gêné par le spectacle de ces deux femmes nouées l'une à l'autre et pleurant. La scène lui parut interminable. L'évanouissement de Stella y mit fin.

Tandis qu'on portait la veuve de Gratien au premier étage, Liponne jeta un dernier regard sur son fils, traça d'une main tremblante un signe de croix sur le front du mort et dit dans un souffle :

« Je te rends à Dieu. »

Les employés des pompes funèbres furent rappelés de l'office où Golo les avait expédiés.

« Fermez le cercueil », ordonna Charles.

En retournant à son cabinet, il aperçut entre deux balustres de la rampe, sur le palier du premier étage, le visage d'Osmond qui, accroupi, avait suivi le macabre spectacle. Le garçonnet, les yeux agrandis par l'émotion, fixait son grand-père. Le bizarre et involontaire sourire de ses lèvres, auquel Charles comme tous les membres de la famille était cependant habitué, frappa le sénateur de Vigors comme un verdict.

9

La disparition de Gratien de Vigors eut, au cours des mois qui suivirent, une série de conséquences domestiques parfois affligeantes. Au lendemain des funérailles de son mari, qui se déroulèrent à la cathédrale Saint-Louis devant une foule considérable et avec une pompe militaire que Liponne de Vigors ne parvint pas à éluder, Stella tomba gravement malade. Le médecin, dérouté par des périodes de prostration auxquelles succédaient des moments de vive exaltation, diagnostiqua une fièvre récurrente. Comme la malade souffrait souvent d'engourdissements et se plaignait sans cesse « d'un froid intérieur », il ordonna des bains chauds.

Après l'une de ces immersions, elle eut une hémorragie soudaine et abondante qui se révéla être une fausse couche. Le médecin, qui avait étudié à Paris sous Napoléon III, se souvint que l'impératrice Eugénie s'était trouvée en 1853 dans la même situation après un bain brûlant. Pendant quinze heures, il demeura au chevet de la jeune veuve et réussit à la maintenir en vie. Il conseilla un mois de lit et de calme, en interdisant toute nouvelle émotion. Liponne, toujours parfaite dans le rôle de garde-malade, prit en main le sort de sa belle-fille et, du même coup, celui de ses trois petits-enfants, Alix, fillette craintive et docile, Osmond, très précoce et d'un caractère indépendant, et Céline, la benjamine, qui marchait à peine. Tous se virent soumis à la règle acadienne et firent connaissance avec une forme d'autorité à laquelle ni leur mère, ni Harriet Brent, ni les nurses de Bagatelle ne les avaient habitués.

Le jardin des Vigors, sur Prytania Avenue, paraissait minuscule par rapport au parc de la plantation. On ne pouvait jouer que sur les allées. Toute incursion à travers les massifs de fleurs provoquait une réprimande, et galoper dans les couloirs ou dans le hall de la demeure valait une privation de dessert.

« Je voudrais bien rentrer à la maison avec maman », dit un soir, au moment du coucher, le petit Osmond.

L'élocution était nette et le ton assuré. Mme de Vigors en fut surprise.

« Tu n'es pas bien ici avec nous?

– Non, dit Osmond, j'aime mieux ma maison. »

Liponne expliqua alors à son petit-fils, qui, soutenait-elle, « a toujours l'air de se moquer de vous quand on lui parle », que sa maman était malade et qu'il fallait patienter. Elle ajouta que n'importe comment, dès que Stella pourrait faire un petit voyage, on conduirait tout le monde à Saint Martinville, dans la grande maison des Dubard, pour y passer la fin de l'été.

L'enfant, auquel on avait déjà enseigné qu'il ne faut jamais répliquer aux grandes personnes, se tut, mais ce soir-là il mit longtemps à s'endormir. Harriet, le chien Aristo et l'oncle Gus lui manquaient. Il se demandait aussi quand il retrouverait son cheval à bascule et ses trésors, rassemblés dans un tiroir de commode. Il ressentait particulièrement l'absence de sa collection de boutons et de l'éperon doré du général Tampleton. Les jouets offerts par sa grand-mère, puzzles et jeux de construction, ne l'intéressaient pas.

Dans cette atmosphère de deuil et de maladie, Osmond, qui mettait une innocente ferveur à vivre, se sentait mal à l'aise. Son grand-père n'apparaissait que rarement aux repas, d'où les enfants étaient exclus. Osmond ne le croisait que dans le jardin ou le hall et devinait que cet homme impressionnant faisait effort pour lui sourire et lui parler. La seule chose qui, chez Charles de Vigors, constituait un attrait pour son petit-fils était la grosse chevalière armoriée que le sénateur portait à l'auriculaire de la main gauche. Comme il s'était aperçu de l'intérêt de l'enfant pour cette bague, il lui avait dit :

« Quand je serai parti, moi aussi comme ton papa, c'est à toi qu'elle reviendra. C'est mon père qui me l'a donnée, il la tenait lui-même de son grand-père. »

Depuis ce jour-là, Osmond ne rêvait plus que d'ajouter à ses trésors ce bijou sur lequel figurait un dessin bizarre. S'il regrettait la froideur de son grand-père, Osmond n'appréciait pas pour autant les marques d'affection que lui donnait sa grand-mère à chaque occasion. Il redoutait les gros baisers de Liponne, qui lui laissaient aux joues des traces humides. La voix terrifiante du jardinier l'impressionnait, et lui déplaisaient également les façons brutales qu'avait la nurse pour le débarbouiller sous un énorme robinet d'où coulait une eau alternativement brûlante et glacée. En plus errait dans cette maison aux parquets cirés un énorme chat qui aimait à se frotter aux genoux nus du petit garçon. Alix était l'amie de ce matou gris. Elle avait même été punie pour l'avoir une nuit accueilli dans son lit. A cause du chat, Osmond ne partageait plus que rarement les jeux de sa sœur.

Stella commençait à se sentir mieux et pouvait s'asseoir dans son lit, quand un beau matin, oncle Gus apparut. Il prit Osmond, le lança trois fois en l'air suivant son habitude et reposa sur ses pieds l'enfant décoiffé et ravi.

« Alors, bonhomme, que racontes-tu?

— Emmenez-moi voir les bateaux, oncle Gus!

— C'est que la rivière est loin, fiston, et j'ai à faire, mais je te promets un petit tour au port dès que j'aurai salué ta maman et tes grands-parents. »

Charles de Vigors n'avait pas revu son vieil ami depuis les funérailles de Gratien, et, ce jour-là, les deux hommes n'avaient pas échangé dix paroles. Quand ils se retrouvèrent seuls face à face dans le cabinet de travail du sénateur, ce dernier comprit qu'il n'échapperait pas à une conversation déplaisante. Le Gascon ne demanda même pas un verre, ce qui indiquait des dispositions querelleuses. Aussi le sénateur fut-il étonné de l'entendre parler de la santé de Stella et du dévouement de Liponne.

« Et toi, mon bon, comment vas-tu? » enchaîna Gustave.

Charles eut un geste de la main signifiant qu'il supportait l'épreuve avec résignation.

Gustave, les mains croisées sur son ventre, l'observa un moment puis lâcha:

« Je ne voudrais pas avoir dans la tête les pensées qui se bousculent dans la tienne, hein, ça ne doit pas être drôle le soir quand tu cherches le sommeil.

— Au risque de te paraître d'une insensibilité condamnable, je puis te dire que j'ai conservé, Dieu merci, un excellent sommeil.

— Et les cauchemars? Hein, pas de cauchemars? »

Charles se leva et se mit à marcher de long en large dans la pièce.

« Ah! je t'en prie, Gustave, ne commence pas à m'asticoter. Je suis un père assassin, c'est admis dans la famille. Liponne ne m'adresse la parole que pour me le rappeler. J'ai des responsabilités, c'est un fait, dans la mort de Gratien, je l'ai envoyé à la guerre par souci de ma carrière politique, on me l'a dit et répété, même Marie-Gabrielle me traite comme un condamné au remords perpétuel. J'en ai tellement assez de tout et de tous que je m'en vais en Europe la semaine prochaine.

— Et tu crois que tes remords resteront ici bien sagement à t'attendre, que de l'autre côté de l'océan tu seras sans mémoire? »

Charles s'arrêta devant le Gascon.

« Eh bien, je vais te dire, Gustave, je n'ai pas de remords. Pas le moindre. Je regrette mon fils. Je pense à lui souvent. J'aimerais qu'il soit encore là avec nous, mais, Dieu merci, je ne me sens pas coupable vis-à-vis de lui. Tu imagines bien que si j'avais su l'envoyer risquer sa vie à Cuba...

— A la guerre, on risque toujours sa vie, Charles, les victoires sont faites de vies risquées et fauchées. N'essaie pas de te tromper toi-même. Ta condamnation, c'est toi qui l'as prononcée. La punition est en toi. Je te plains parce que tu es mon ami, et j'ai peur qu'un jour, quand tu auras épuisé toutes les circonstances atténuantes, toutes les argumentations fallacieuses, tu ne sois très malheureux.

— Je suis incompris comme ma mère, dit Charles en s'asseyant derrière son bureau. On nous juge à l'aune commune, or, toi qui l'as connue et qui me connais, tu sais bien que nous sommes différents, que nous faisons des choses condamnables, par ambition ou par orgueil, c'est notre nature... notre impérieuse nature. »

Gustave demeura un instant perplexe. La dernière

phrase de Charles était à peu près sincère, il le sentait. Sans avoir à chercher beaucoup, il aurait pu citer vingt épisodes de la vie de Virginie illustrant son ambition implacable, son orgueil, ses appétits. N'avait-elle pas imposé à sa fille Julie un mariage qui l'avait tuée? N'avait-elle pas encouragé les goûts pervers de Marie-Adrien? Ne s'était-elle pas jouée des hommes? Mais son amour impossible pour Clarence Dandrige l'avait rachetée, en lui imposant enfin le renoncement.

« Je reconnais, dit Gustave, que ta mère et toi vous appartenez à cette catégorie d'êtres humains dont le démonisme élémentaire, la volonté et le caractère ne peuvent être entamés. Vous risquez votre âme avec lucidité. En vous, le bien et le mal ne s'affrontent pas, ils s'associent.

– Et quelle est l'issue pour des êtres comme ma mère et moi? » demanda Charles en se penchant sur son sous-main.

Dans l'intensité du regard fixé sur lui, Gustave reconnut un signe de détresse, un appel confiant qui venait du fond de leur jeunesse. Charles, il en était certain, savait la réponse, mais il voulait l'entendre formuler.

« Dieu vous fait la cruelle grâce d'une mort tragique et nette », dit-il en baissant les yeux.

Le sénateur s'appuya au dossier capitonné de son fauteuil, puis il désigna sur le mur un portrait de Virginie de Vigors.

« Tu l'aimais, n'est-ce pas, et tu m'aimes aussi... pourquoi?

– Parce que c'était elle, parce que c'est toi, parce que c'est moi.

– Merci », dit Charles avec émotion.

Gustave se leva vivement.

« Je boirais bien quelque chose, boun Diou, il fait soif », dit-il d'une voix étranglée en se détournant pour essuyer la larme qui roulait sur sa joue.

Au seuil de son cabinet de travail, Charles saisit le bras de son ami et le retint avant d'ouvrir la porte.

« Arrange-toi pour emmener Osmond à Fausse-Rivière, Gus. Cette maison n'est pas bonne pour lui. »

M. de Castel-Brajac et sa femme, qui l'avait rejoint chez les Vigors, n'eurent aucun mal à convaincre Liponne et Stella de leur confier Osmond jusqu'à ce que la veuve de Gratien soit complètement rétablie. Dès le lendemain, le couple emmenant le garçonnet prit le Texas and Pacific Railroad qui, par la rive droite du Mississippi, les conduisit jusqu'à New Roads où les attendait la voiture de Castelmore.

Au bout de quelques jours, toute tristesse s'était dissipée chez l'enfant. Sur la galerie de la maison qui dominait le lac, il passait des heures à suivre le vol des cols-verts, les évolutions des pélicans bruns au bec énorme, à guetter l'apparition d'une grue ou d'un ibis en escale. Cousine, la cuisinière, enchantée d'avoir « un gourmand à gâter », confectionnait chaque jour pour lui des pâtisseries nouvelles. Oncle Gus l'emmenait en promenade et Gloria lui racontait, à l'heure du coucher, de merveilleuses histoires d'enfant voyageant dans les airs sur un tapis volant ou les mésaventures de Touche-à-Tout, un garnement qui déclenchait toujours des catastrophes. Mais il préférait par-dessus tout être emporté dans les bras de l'oncle Gus jusqu'à la plate-forme de l'observatoire. Un univers merveilleux que cette nacelle en plein ciel au-dessus des arbres, pleine d'instruments mystérieux et de livres sur les pages desquels la lune et les constellations composaient d'étranges dessins.

Gustave, d'une patience à toute épreuve, s'était engagé à lui montrer la lune « en vrai », quand elle apparaîtrait pleine et dorée dans le ciel. Et chaque matin Osmond demandait si elle était en route, impatient de coller son œil à l'oculaire du télescope auquel il ne devait pas toucher sous peine d'effaroucher l'astre désiré.

En attendant, l'oncle Gus expliquait à l'enfant le paysage, le fleuve et les forêts. Du haut de cette plate-forme aérienne coiffée d'un toit mobile et aussi confortablement meublée qu'un salon, on pouvait découvrir, par temps clair, une grande partie de la paroisse de Pointe-Coupée. Au premier plan, à l'est, derrière la grande maison des Castel-Brajac, s'étalait le lac en forme de demi-cercle, ancienne dérivation paresseuse du Mississippi que les colons du XVIIIe siècle avaient fermée aux deux extrémités. Au-delà, le fleuve, large et puissant, luisant dans le soleil comme une grande coulée d'argent, prenait majestueusement ses aises dans la plaine boisée. A l'ouest, derrière les forêts, s'étendaient les champs de coton, de canne à sucre, de maïs, les pâturages et des alignements de pacaniers.

« Ce sont eux qui donnent ces noix que tu aimes tant », commentait Castel-Brajac.

Il désignait à l'enfant la voie de chemin de fer où circulaient des trains jouets qu'Osmond aurait aimé saisir et la route qui, par Fausse-Rivière, New Roads et Sainte Marie, conduisait à Bagatelle.

« Ta maison est là-bas, derrière ces arbres, tu vois ? »

L'enfant écarquillait les yeux, essayant de retrouver un site familier dans la marée verte des forêts, et se retournait déçu.

« Ma maison elle est pas là, oncle Gus... je vois la rivière, mais je vois pas la maison.

— Bon, nous irons la voir demain, ta maison, et tu verras, boun Diou, qu'elle est bien là ! »

Dans le buggy, le vieil homme et l'enfant rendirent visite à Harriet et à Citoyen, qui les accueillirent avec des transports de joie et s'inquiétèrent du retour de « cette pauv'e m'ame Stella et des enfants ».

« Ce sera pour bientôt, dit le Gascon, en attendant on vous surveille du haut de notre tour. »

Osmond profita de cette visite pour aller chercher ses trésors auxquels, Dieu merci, personne n'avait touché. Comme Gustave ne savait rien refuser à l'enfant, ils emportèrent aussi le cheval à bascule, et, dans sa chambre de Castelmore, Osmond put reconstituer son petit univers secret.

Un soir, enfin, la lune se montra.

« Tu n'as pas sommeil, hein, demanda oncle Gus après le dîner.

– J'ai jamais sommeil! répondit le garçonnet d'un ton péremptoire qui amusa Gloria.

– Eh bien, nous allons monter voir la lune, elle nous attend. »

Ce fut pour Osmond un éblouissement. Il découvrit dans la lunette que cette grosse boule jaune suspendue dans le ciel était couverte de taches.

« Un jour je t'expliquerai tout ça, et tu comprendras ce que sont la nuit, le jour, le grand ballet des étoiles. »

Cette nuit-là, Osmond se demanda comment cette lanterne – car il associait l'image de l'astre aux globes des lampes à pétrole – pouvait tenir en l'air sans pieds et qui la nettoyait.

Souvent, il avait pour compagnons de jeux les enfants de Clarence Barthew et d'Augustine. Silas avait l'âge d'Osmond. C'était un gros garçon paisible, qui ne prenait jamais d'initiatives. Le petit invité de Castelmore lui préférait sa sœur, Lorna, une adorable fillette brune, douce et hardie, toujours prête à faire ses quatre volontés. Elle savait déjà compter jusqu'à dix, connaissait des jeux nouveaux, collectionnait les plumes d'oiseaux et admirait sans réserve les pièces du trésor d'Osmond. Un jour, au cours de la sieste, beaucoup moins strictement surveillée qu'à Bagatelle, elle lui apporta une poignée de bronze subrepticement enlevée à une commode. Osmond la rangea près de l'éperon doré du général Tampleton et, pour ne pas être en reste, déroba une plume de faisan qui ornait un vieux chapeau de Mme de Castel-Brajac.

Oncle Gus, qui ne dédaignait pas de présider les goûters des enfants, paraissait enchanté de l'affection que se portaient mutuellement sa petite-fille et le petit-fils de Charles.

« Plus tard, nous les marierons », disait-il à Gloria qui levait les yeux au ciel.

Aussi, quand à la fin de l'été Stella décida de regagner Bagatelle, Osmond montra-t-il un peu de chagrin.

« Tu as vu que nous sommes tout près, dit Gustave ému. J'irai te voir à Bagatelle et tu viendras aussi souvent que tu voudras.

– Et Lorna? demanda le petit garçon.

– Tu la verras aussi. »

Au moment de la séparation, la fillette glissa dans la main d'Osmond une boucle de chaussure, brillante et galbée.

« Je l'ai arrachée à mon soulier du dimanche, souffla-t-elle, c'est pour ton trésor. »

De retour à Bagatelle, seul dans son lit, Osmond compara longuement la boucle et l'éperon du général. Il décida finalement que son bien le plus précieux était le dernier cadeau de Lorna et s'endormit comme un amoureux en pensant à elle.

Se réinstaller à Bagatelle avec ses enfants fut pour Stella une nouvelle épreuve, qu'elle mit plusieurs jours à surmonter. En retrouvant la vieille demeure encore pleine de la présence de son mari, elle eut une défaillance. Harriet, qui avait adroitement mis de l'ordre, changé les rideaux, rangé dans un placard peu utilisé les vêtements de Gratien, soutint de son mieux la jeune veuve accablée par son deuil et par la perte de l'enfant attendu, vivant héritage de l'aimé et dont un sort acharné à la briser l'avait privée. Ceux qui lui rendirent des visites de condoléances furent frappés de sa maigreur encore accusée par ses vêtements de deuil et la rigueur de sa coiffure. Stella avait en effet choisi, de porter désormais ses cheveux roulés en tresses serrées sur les oreilles, ce qui accusait le caractère indien de ses traits.

Mais, sous une apparente fragilité physique, Mme de Vigors conservait assez de force morale pour réagir à l'adversité. Sa foi chrétienne et l'amour qu'elle portait à ses enfants lui fournissaient des raisons suffisantes de vivre. Quand ses beaux-parents lui avaient proposé de s'installer à La Nouvelle-Orléans, elle ne s'était pas laissé influencer par la perspective d'une existence plus facile. Elle préférait la solitude de Bagatelle à l'agitation de Prytania et l'indépendance au protectorat d'une belle-mère dominatrice. Et puis, la présence dans la paroisse de Marie-Virginie, d'Augustine et de Lucile, ses amies d'enfance, l'aiderait à passer les moments difficiles, les heures où les souvenirs d'un passé heureux s'immiscent dans les pensées les plus anodines.

Liponne de Vigors n'avait eu qu'une exigence, acceptée par Stella. La jeune veuve s'en remettrait pour sa santé et celle de ses enfants au cousin Faustin Dubard, médecin de marine rendu à la vie civile qui venait de s'installer à Sainte Marie. Le médecin, défiguré au cours de l'explosion du *Maine,* était le bienvenu dans un secteur depuis trop longtemps dépourvu de praticien.

« Les gens de la campagne, disait-il, ne sont pas comme ceux de la ville, ils n'appellent le docteur que lorsqu'ils sont vraiment malades, et, dans ces cas-là, ils ne tiennnt pas compte de la laideur de celui qui vient les soigner. »

Osmond n'eut pas longtemps à attendre la visite de l'oncle Gus. Une semaine après son installation, Stella pria ce dernier de venir la voir pour affaire avec son gendre, Clarence Barthew, l'associé de Gratien.

Oncle Gus, ne pensant qu'à plaire à Osmond avec qui il avait passé de si bons moments à Castelmore, convainquit Clarence d'amener sa fille Lorna.

« Elle sera heureuse de passer la journée avec son " petit fiancé " pendant que nous discuterons. »

Osmond battit des mains en voyant descendre du buggy sa camarade de jeu à laquelle il s'empressa de faire visiter les celliers où étaient entreposés depuis plusieurs générations tant d'objets intéressants, le cimetière des chiens et les pigeonniers où autrefois M. de Castel-Brajac avait élevé des abeilles. Il obtint enfin d'Harriet qu'elle racontât quelques histoires de fantômes qui firent frissonner Lorna. Enfin, il lui présenta Aristo, le chien de la maison.

Pendant que les enfants jouaient et qu'Alix montrait ses poupées, dans le grand salon, assise sous le portrait de Virginie, Stella fit part à ses amis d'une proposition de M. Oliver Oscar Oswald.

« Notre voisin m'offre un bon prix, 150000 dollars pour ne rien vous cacher, de la portion de Bagatelle qu'il exploite depuis trois ans. Etant propriétaire de la plantation par héritage de Gratien, auquel son père avait fait donation de l'ensemble du domaine avant que... avant notre malheur, je suis tentée de vendre, ce qui me permettrait de disposer d'un capital que je pourrais investir dans les affaires.

– Je pense, intervint aussitôt Gustave, que la terre est une valeur sûre et qu'il vaut mieux, quand on en possède, la conserver. Je sais que les fermages sont aléatoires puisqu'ils reposent sur la récolte et la vente du coton, mais Charles m'a dit que le domaine lui avait rapporté cette saison plus de 20000 dollars. Ce n'est pas rien. Or, à partir de la saison prochaine, c'est toi qui encaisseras cet argent.

– Croyez-vous, oncle Gus, qu'une annuité de ce

genre sera suffisante pour me permettre d'élever et de faire éduquer convenablement mes enfants? Gratien était, Clarence le sait, un bon juriste, et il gagnait bon an mal an près de 60 000 dollars... et je n'ai que peu d'économies.

– L'armée te fera une pension de veuve, ma chère Stella, et tu sais bien que les honoraires dus pour les affaires en cours te seront versés, avança Clarence.

– Et puis, nous sommes là, boun Diou, et Charles qui est millionnaire... »

Stella eut un sourire triste.

« C'est l'avenir des enfants qui me préoccupe, et vous savez bien que les investissements dans l'industrie rapportent gros, notre banquier qui est un homme sérieux me l'a dit.

– En tout cas, reprit Gustave, l'offre de cette vieille canaille d'Oswald me paraît dérisoire, il ne faut pas traiter à mon avis à moins de 300 000 dollars.

– 350 », intervint Clarence.

Stella, qui était déjà décidée à vendre, son banquier l'assurant d'un placement sûr à 12 %, acheva de dévoiler ses intentions.

« J'aimerais que ce soit vous, oncle Gus, qui discutiez avec M. Oswald. Je sais que vous saurez obtenir le meilleur prix pour cette parcelle, car j'entends conserver celle qui est affermée aux Tiercelin. »

Gustave de Castel-Brajac s'inclina.

« Très bien, je me considère comme ton mandataire et j'irai voir Triple Zéro... mais je ne m'engage pas à moins de 350 000. »

Quarante-huit heures plus tard, Gustave sirotait un bourbon en face de Oliver Oscar Oswald. Les deux hommes se tenaient dans une pièce donnant sur le parc de l'ancienne plantation O'Neil, qu'Oliver avait achetée pour une bouchée de pain après la guerre civile. Derrière les voiles fins qui masquaient la porte-fenêtre de ce que Triple Zéro appelait « mon pensoir », bien qu'il y passât plus de temps à faire la sieste qu'à échafauder des théories philosophiques, Gustave apercevait les hautes colonnes blanches enlevées autrefois au péristyle de la maison incendiée des Barrow.

« Alors comme ça on veut s'agrandir? commença le Gascon.

— Oui et en faisant le bien, cher ami, car acquérir une terre appartenant à des alliés, n'est-ce pas renforcer l'alliance? »

Gustave, qui appréciait en connaisseur le mobilier qui l'entourait, se dit que l'ancien *carpetbagger* avait été bien inspiré en épousant Clara Redburn. On reconnaissait dans toute la maison son goût sûr et son sens du décor.

« Votre offre me paraît irrecevable telle qu'elle a été formulée, reprit Gustave, et votre façon de gruger une veuve tout à fait déplacée.

— Comment dites-vous! lança Oswald en se redressant. 150 000 dollars, c'est une somme.

— Vous savez bien, vous qui exploitez cette terre depuis trois ans, qu'elle vaut le triple, Oswald. Cinq mille acres, d'un seul tenant, mitoyen à votre domaine, c'est de l'or. Si j'étais à la place de Stella je ne vendrais pas.

— J'irai jusqu'à 200 000... parce que nous sommes un peu parents... et que cette terre reviendra plus tard à nos petits-enfants, puisque Omer prendra ma succession.

— Taratata, taratata, fit le Gascon, ne mêlez pas, je vous prie, les sentiments familiaux aux affaires. La terre a un prix qui ne supporte pas de correctifs fallacieux. Nous ne vendons pas à moins de 350 000 dollars. »

M. Oswald, qui depuis des années s'appliquait à se fabriquer une personnalité de Sudiste de bonne souche, dépensait des milliers de dollars pour établir une généalogie acceptable, ne rêvait que d'aristocratie, de plantation et s'efforçait de ressembler à ces Cavaliers aux mœurs irréprochables et chatouilleux sur l'honneur, oublia son rôle et son français.

« *Please, stop putting on the lug, gooseberry*[1]! »

Gustave retrouva soudain dans le gros homme congestionné toute la vulgarité et l'outrecuidance de l'aventurier venu du Nord. Il le vit déboutonner son col et son gilet pour éviter l'étouffement.

« Vous allez vous rendre malade, mon brave Oswald! Calmez-vous, Stella n'est pas obligée de vendre ni vous d'acheter.

— Pour qui me prenez-vous, pour Crésus, vous voulez me faire payer avec la terre un droit d'entrée dans le club des « bourbons ». On me méprise parce que je suis un Yankee à cou rouge... un *self-made man*, mais on ne méprise pas mon argent... Le Sud aurait crevé de... de...

— ... d'inanition, souffla Castel-Brajac.

— Oui, c'est ça... si des gens comme moi n'étaient pas venus secouer un peu les noyers!

— Je ne vous méprise pas, Oswald, dit gentiment Gustave, et je n'aurais pas donné ma fille au fils d'un homme méprisable. Faisons expertiser la parcelle par un neutre, si vous persistez à vouloir l'acquérir. Les affaires entre gens d'ici ne se jouent pas comme une partie de poker menteur! »

Oswald se laissa choir dans son fauteuil.

« C'est bon, je vais réfléchir, nous discuterons encore.

— Comme vous voudrez, fit Gustave conciliant. Vous êtes demandeur, n'est-ce pas? »

Ayant retrouvé son calme, Oliver Oscar Oswald proposa une nouvelle rasade de bourbon que le Gascon accepta avec empressement, en considérant les tableaux accrochés aux murs.

---

1. En argot yankee : « S'il vous plaît, cessez cette comédie, intrus. »

« Dites-moi, Oswald, qui a peint ce bateau à voile jaune, ce n'est pas mal vu du tout.

— Ce voilier? C'est Odilon, il ne se débrouille pas mal, n'est-ce pas? Il a fait ça du côté de Fairland, tout près d'ici. Le bateau qui naviguait un jour de vent sur le fleuve l'a inspiré. Il a bien attrapé le mouvement de l'eau sur l'étrave, et puis aussi la perspective du banc de sable de Saint Maurice qu'on voit derrière...

— Il y a de la patte, du talent là-dedans, Oswald, vous aurez un artiste dans la famille.

— S'il était moins à courir après les panties[1], on en ferait quelque chose. Ça viendra peut-être avec l'âge... »

Gustave de Castel-Brajac laissait Oswald développer des considérations sur le danger que représente pour les jeunes une vie trop douillette. Il venait de découvrir que le jaune de cette voile peinte au couteau lui rappelait quelque chose qu'il avait vu et qui était du même jaune un peu carminé.

Quand il se leva pour prendre congé du père d'Odilon, il avait trouvé que ce bateau, dont Oswald était si fier, lui rappelait incongrûment les taches de peinture repérées des semaines plus tôt sur la jupe de la pauvre Lorette, la petite-fille de Brent.

Le rapprochement lui parut tout d'abord si osé qu'en remontant l'allée de chênes de Bagatelle le Gascon s'efforça de chasser les pensées malveillantes qui lui venaient. « Les théories de M. Conan Doyle et les déductions de Sherlock Holmes ne sont que trouvailles de romancier... », se dit-il, mais en arrivant devant l'escalier il bifurqua brusquement vers les communs.

« Autant en avoir le cœur net », murmura-t-il.

Harriet était dans sa chambre et lui ouvrit aussitôt, surprise par cette visite inattendue.

---

1. Dessous féminins.

« Vous avez conservé la jupe de Lorette?... montrez-la-moi, s'il vous plaît. »

Sans laisser paraître d'étonnement, la gouvernante tira d'un coffre le vêtement chiffonné.

« Je l'ai pas lavée, monsieur Brajac, comme vous m'avez dit. »

Gustave ne fit pas de commentaires et recula d'un pas hors de la pièce pour examiner en pleine lumière les taches jaunes qu'il retrouva aisément. La peinture, en séchant, avait raidi le tissu, mais sa couleur apparaissait intacte. Cet examen renforça les soupçons extravagants qui le tourmentaient.

Harriet attendait intriguée la fin de cette expertise.

« Je vous emprunte ce... souvenir, Harriet, vous voulez bien? »

Elle acquiesça sans oser poser de questions.

Après avoir rendu compte de sa mission à Stella et indiqué « qu'il fallait laisser mijoter Oswald », le Gascon proposa à Osmond une petite promenade au long du fleuve.

« Si tu veux, nous emmènerons aussi Alix et Aristo, et nous prendrons le buggy. »

Pour les enfants, toute échappée était une aubaine. Ils suivirent joyeusement oncle Gus. Aristo gambadant derrière le cabriolet, le groupe prit, aussitôt passé le portail de Bagatelle, la direction de Fairland, un lieu-dit situé à moins d'un mile de la plantation au bord du Mississippi. L'attrait du site tenait à un long banc de sable planté d'arbustes constituant une île au milieu du fleuve. Cet obstacle obligeait les bateaux à se rapprocher des rives, et Osmond se réjouissait de les voir de plus près. Comme toujours, quand ils se trouvaient en promenade avec oncle Gus, les enfants posaient sans arrêt des questions sur les arbres, les oiseaux, les échassiers que le trot du cheval faisait brusquement se dissimuler dans les hautes herbes aquatiques. Mais cet après-midi-là, oncle Gus, d'habitude si prolixe, répondait brièvement sans faire d'effort d'imagination. Plusieurs fois, il avait arrêté l'attelage pour considérer l'îlot boisé, puis on était reparti comme si le lieu ne lui paraissait pas propice pour mettre pied à terre. Osmond et Alix auraient bien voulu folâtrer sur la berge sablonneuse dépourvue de levée où Aristo, le museau au sol, furetait entre deux galopades désordonnées, mais Gustave les avait empêchés de descendre du cabriolet.

« Ce n'est pas encore le bon endroit », disait-il d'un ton bizarre.

Les enfants ne pouvaient deviner que le Gascon essayait de retrouver dans le paysage le tableau peint par Odilon Oliver Oswald. Il finit par y parvenir et les enfants furent enfin libérés.

« Attention ! n'approchez pas l'eau, ne dépassez pas les arbres », décréta oncle Gus.

Alix se mit aussitôt à cueillir des graminées tandis que son frère, assis sur une pierre plate, suivait la progression d'une péniche à vapeur.

Tout en surveillant les enfants, Gustave examinait le talus, tournait autour des arbres, battait les buissons de sa canne, ignorant lui-même ce qu'il cherchait à cet endroit où, il en était à peu près certain, Odilon avait dû dresser son chevalet.

Ce fut Alix qui fit la découverte capitale.

« Regarde, oncle Gus, ce que j'ai trouvé ! »

Elle tendait à bout de bras un tube de peinture crevé. Ses petits doigts étaient constellés de pellicules jaunes.

« C'est sale, jette ça, lança Osmond.

— C'est pas sale, c'est mou, protesta la fillette en pressant le tube fendu d'où s'échappait la pâte colorée.

— Boun Diou ! où as-tu ramassé ça ? »

La question de Gustave fut si brutale qu'Alix lâcha sa trouvaille et prit un air contrit.

Le Gascon s'empara de l'objet, chaussa ses lunettes et fit couler sur une feuille un peu de peinture.

« C'est bien ce jaune-là, pas de doute, sacrebleu! »

Les enfants, intrigués, s'étaient approchés.

« Nous allons jouer à un jeu, proposa Castel-Brajac. Nous allons chercher si, dans ce coin-là, il n'y a pas d'autres petites choses, hein, vous voulez?

– Des trésors? interrogea Osmond.

– Peut-être, cherchez bien. »

La quête fut plus fructueuse que le Gascon n'aurait osé l'imaginer.

Alix revint avec un bouton bleu marine et un bout de ruban vert. Osmond rapporta triomphalement une pince en bois dont le ressort rouillé ne jouait plus. Le Gascon, quant à lui, retrouva un tube de céruse intact et un godet de porcelaine. Il observa que le fourré derrière lequel ces objets avaient été répandus constituait un écran de verdure protégeant le site des regards qu'auraient pu y lancer des gens passant sur le chemin de la berge ou naviguant sur le fleuve.

Pendant que les enfants retournaient à leurs jeux, M. de Castel-Brajac imaginait la scène qui avait dû se dérouler ici quelques mois plus tôt. Odilon, qui venait d'achever son tableau, devait être occupé à ranger son matériel quand Lorette était apparue, se rendant chez son grand-père, par le chemin des écoliers. Fidèle à sa réputation, le fils Oswald s'était aussitôt montré entreprenant. Elle avait dû se débattre, résister à l'étreinte du garçon qui l'avait entraînée dans le fourré. Au cours de la lutte, un tube de peinture jaune avait été piétiné, et, quand Odilon s'était jeté sur Lorette étendue sur l'herbe, pour parvenir à ses fins, la jupe avait été tachée. Restait à expliquer le meurtre et le transport du corps de la malheureuse jusqu'à la mare de Bagatelle. A vol d'oiseau, la petite pièce d'eau ne se trouvait pas à plus de deux cents mètres de là. Le domestique d'Odilon, ce géant noir arrogant et grossier dont on disait pis que pendre dans la paroisse, avait peut-être joué ce jour-là un très vilain rôle.

Après s'être un moment interrogé sur la conduite à tenir, M. de Castel-Brajac rappela les enfants.

« Allez, nous rentrons!
— Déjà! protesta Osmond.
— J'ai une visite à faire », assura oncle Gus qui paraissait soucieux et pressé.

Une heure plus tard, M. de Castel-Brajac se fit annoncer chez Oliver Oscar Oswald.

« Not' maît'e nap[1], dit le domestique qui mélangeait le français et l'anglais.
— Réveillez-le et dites-lui que je l'attends dans le jardin », ordonna le Gascon d'un ton catégorique.

Assis à l'ombre d'une gloriette couverte de glycines, Gustave se demandait comment Oswald allait prendre ses soupçons. Les révélations qu'il se préparait à lui faire risquaient de déclencher chez le beau-père de Lucile une colère épouvantable. Or, c'était un violent capable de lui sauter à la gorge. C'est pourquoi il avait préféré un entretien en plein air.

Précédé d'un domestique portant un plateau de rafraîchissements, Triple Zéro apparut bientôt, clignant de l'œil dans le soleil mais souriant.

« Alors, cher ami, venez-vous me faire des propositions plus raisonnables?... Je ne vous attendais pas aussi tôt.
— Je ne suis pas revenu pour parler affaires. Mais puisque c'est l'heure sacrée du mint-julep, servez-moi donc un verre. »

En cette fin d'après-midi, le parc d'Oswald, dessiné par un maître jardinier de Natchez, exhalait des senteurs agréables. Les buissons d'azalées, les massifs d'iris d'Abbeville, rouges et jaunes, les primeroses du soir qui s'ouvraient à la fraîche, les monardas pour-

---

1. Nap : sieste.

pres, les touffes d'asters mettaient des taches de couleurs vives sur les gazons arrosés par des tourniquets. Le soleil tirait de ces pluies artificielles des arcs-en-ciel qui ajoutaient encore au charme du décor.

Oswald, après avoir jeté au fond des grands gobelets d'argent des feuilles de menthe fraîchement hachées et collé sur les parois internes des récipients quelques feuilles entières, versait le sirop de canne puis tassait la glace pilée.

« Pour le bourbon, chacun sa dose », dit-il en tendant la bouteille à Gustave.

Le Gascon apprécia le geste et fut satisfait de voir que Triple Zéro, en bon Sudiste d'adoption, préférait à tous les alcools le Jack Daniel's du Tennessee.

Il s'octroya une forte rasade qui fit crisser la glace.

Le cérémonial dispensait de tout bavardage, et ce n'est qu'au moment où l'éclat de l'argent disparut sous le givre qu'il prit la parole.

« Ce que j'ai à vous dire, Oswald, n'est pas agréable, et c'est misère pour moi que d'avoir à vous faire de la peine.

— Je suis prêt à entendre que Stella ne veut pas me vendre sa terre, Gustave, allez-y.

— Il ne s'agit pas de Stella, mais de votre fils, Odilon.

— Qu'a-t-il à voir dans cette affaire?

— C'est à une autre affaire, Oswald, qu'il me paraît mêlé. »

L'air sincèrement étonné de Triple Zéro incita Gustave à dévoiler sans ambages ses soupçons.

« Je crains, oui, je crains bien, mon ami, que votre fils ait commis un... une bêtise... une grande bêtise.

— Il vous a emprunté de l'argent?

— Si ce n'était que ça. Non, Oswald, je suis désolé de vous le dire, je crois qu'Odilon a tué Lorette, la fille d'Harriet. »

Oswald, qui s'apprêtait à porter son gobelet à la

bouche, le reposa si violemment que des glaçons jaillirent et roulèrent sur la table. Il était écarlate, mais retint le rugissement que Gustave attendait.

« C'est une accusation extrêmement grave et je suis homme à vous demander raison.

— Vous pensez bien, Oswald, que je ne mettrais pas l'honneur de votre famille en cause si je n'avais, si le hasard ne m'avait apporté des éléments qu'il est de mon devoir de vous faire connaître.

— Allez-y, sortez-les, vos éléments! »

Avec précaution, en ménageant cet homme qui, au fur et à mesure qu'il parlait, se tassait sur son fauteuil en serrant les mâchoires, le Gascon révéla ses découvertes successives et finit par tirer de sa poche ce que M. Sherlock Holmes appelait des pièces à conviction. Oswald compara la peinture du tube et celle de la jupe, reconnut le godet de porcelaine, examina le bouton et le ruban.

« Tout cela ne prouve pas grand-chose, finit-il par dire d'une voix mal assurée, la négresse peut avoir été violée et tuée par un autre à l'endroit où Odilon avait égaré ces instruments...

— Je serais heureux qu'il en soit ainsi, dit Gustave doucement, mais reconnaissez que tout cela est troublant.

— Je vais chercher mon fils, Gustave.

— Faites-le plutôt appeler par un domestique », proposa le Gascon.

Oswald héla un jardinier et l'envoya chercher Odilon. Les deux hommes demeurèrent un instant silencieux, puis Gustave posa une main amicale sur la poigne velue de l'ancien *carpetbagger*.

« Quoi qu'il en soit, mon ami, je vous garderai mon estime.

— Et moi, je ne vous en voudrai pas, car bon Dieu de Dieu, une telle chose est impossible. »

Avant même qu'Odilon ait ouvert la bouche, ils surent que Gustave ne s'était pas trompé.

En apercevant, étalés sur la table, la jupe de Lorette et les objets ramassés par Castel-Brajac à Fairland, le jeune homme blêmit et demeura figé à dix pas de la gloriette.

Oswald jaillit de son fauteuil, agrippa son fils aux cheveux et l'obligea à se pencher sur les pièces à conviction.

« Tu sais ce que c'est que ça? »

Plié par la force de son père, grimaçant de douleur, le garçon émit un faible « oui ».

Puis il ajouta aussitôt :

« C'est un accident... un accident. Je t'assure, c'est mon nègre qui l'a tuée... sans le faire exprès, il l'a serrée au cou... par-derrière... moi je suis parti. »

Oswald rejeta la tête de son fils en arrière et le gifla à toute volée. Le garçon tituba sous le choc et se mit à pleurer.

« Et quand l'a-t-il tuée... dis?
— Quand elle a voulu s'enfuir... en criant.
— Après que tu l'as...
— Non, avant, juste avant! »

Une telle révélation porta au paroxysme la fureur d'Oswald, qui se jeta sur le garçon. Il l'aurait étranglé de ses mains si Gustave n'était intervenu pour tenter de le ceinturer et permettre à Odilon de prendre le large.

« *Stinkard, screwy, sap, pooch*[1], fumier... »

Pendant un moment, l'ancien *carpetbagger* égrena un chapelet de jurons impressionnants, aussi bien en argot américain qu'en français, comme s'il ne trouvait pas d'injures suffisantes pour qualifier la conduite d'Odilon. Il finit par se ressaisir.

« Va dans ta chambre... si tu en sors, je te tue! »

---

1. Salaud, cinglé, idiot, chien bâtard.

Puis il se tourna vers Gustave.

« Quel malheur que vous ayez trouvé tout ça, Gustave... Il aurait mieux valu ne jamais savoir, ce n'était après tout qu'une négresse, et c'est un nègre qui l'a tuée...

— C'est un meurtre et un viol, Oswald, il ne faut pas nous le dissimuler...

— Vous allez prévenir le shérif? »

C'était bien la question que Gustave redoutait le plus.

« Harriet a droit à la justice pour la mémoire de sa fille... Que puis-je faire d'autre, Oswald, maintenant que nous savons.

— J'aimerais mieux régler seul cette affaire dégueulasse. Quoi que fasse la justice, ça ne ramènera pas la fille... pas vrai? Le nègre, je m'en charge, ça ne sera pas le premier... mais je ne veux pas que mon fils aille en prison, qu'il soit jugé... pour une négresse... non, je ne veux pas... je ferai ce qu'il faudra... promettez-moi de ne rien dire. Si Clara savait, elle en mourrait de honte... elle n'est pas comme moi... »

Gustave se tut, trempa les lèvres dans son gobelet, mais, la glace ayant complètement fondu, le mint-julep était imbuvable. Il le versa sur la plate-bande et se servit un bourbon sec.

« Que feriez-vous si vous étiez à ma place, hein! interrogea véhémentement Oswald.

— Boun Diou, heureusement que je n'y suis pas... mais je vous déconseille de faire justice vous-même, Oswald, ça ne vous donnerait aucun apaisement.

— Vous vous tairez, Gustave, je vous en prie, vous savez tout ce que j'ai fait pour avoir une famille honorable. Il y a Clara et mes autres enfants, votre fille Lucile et le juge Clavy, mon gendre et les petites jumelles... On ne peut pas démolir tant de vies!

— Il n'y a qu'Harriet qui peut décider si nous avons

à nous taire. Ce sera le vrai juge... et c'est vous, Oswald, qui devrez lui demander pardon. »

10

Quand on apprit, le 11 décembre 1898, à Bagatelle, que le traité de Paris signé la veille venait de mettre fin à l'état de guerre entre les Etats-Unis et l'Espagne, Stella de Vigors se mit à pleurer de rage. Les articles des journaux ne trouvaient pas d'expressions assez dithyrambiques pour saluer une victoire qui rapportait à l'Union de nouveaux territoires comme Porto Rico et Guam, assurait l'indépendance de Cuba, sous souveraineté américaine, et livrait aux Américains les îles Philippines en échange d'une indemnité de 20 millions de dollars. La plupart des commentateurs estimaient que ces avantages n'avaient pas été payés trop cher puisque les statistiques officielles faisaient état de quatre cent cinquante-neuf tués au cours des opérations militaires, auxquels il convenait d'ajouter cinq mille soixante-trois morts par maladie, intoxication alimentaire et manque de soins. Gratien, suivant un rapport officieux, pouvait figurer dans cette dernière catégorie.

La guerre n'avait en fait duré que trois mois, puisque dès le 26 juillet, alors qu'on venait de porter en terre Gratien de Vigors, M. Jules Cambon, ambassadeur de France à Washington, avait demandé au président McKinley d'entamer des négociations de paix avec l'Espagne. Le 12 août, un protocole signé à Washington avait permis la suspension des hostilités. Ce premier pas vers la paix coupait court aux aspirations belliqueuses de certains politiciens américains qui, grisés par les succès de la marine, demandaient que l'on montât une grande expédition contre l'Espagne « qui méritait d'être annexée comme ses possessions d'Asie et des Indes occidentales ». Ces expansionnistes forcenés souhaitaient également que les Etats-Unis prennent possession de la république d'Hawaï dont l'importance stratégique se confirmait. Les Hawaïens avaient manifesté pendant les opérations des Philippines et la bataille de Manille leur sympathie pour les Etats-Unis, et permis aux navires de l'Union de s'approvisionner en charbon à Honolulu. Sur ce point, les expansionnistes obtinrent satisfaction quand, le Congrès d'Hawaï ayant lui-même proposé « l'union des deux pays », le Congrès des Etats-Unis accepta cette formule qui devait permettre d'inclure à court terme dans l'Union ce lointain territoire.

« Voilà qui prouve que Gratien et ses camarades ne sont pas morts en vain », dit un jour le sénateur Charles de Vigors, traduisant cette confiance orgueilleuse que la majorité du peuple américain ressentait en considérant la place prise par le pays dans les affaires internationales.

Gustave de Castel-Brajac ne partageait pas l'optimisme général.

« Ces conquêtes faciles, qui donnent aux gens simples un sentiment d'orgueil national et le goût des rodomontades, ne me plaisent guère. Les nouveaux territoires, il faudra les gouverner et peut-être les défendre, notre pays est assez grand, que diable !

– C'est un devoir solennel qui nous est dicté par les circonstances, rétorqua Charles, des considérations humanitaires nous l'imposent.

– Je crains bien que le butin de cette guerre ne soit un jour cause de dissensions entre Américains. Déjà les républicains et les démocrates qui furent d'accord pour l'intervention à Cuba n'ont plus le même avis. En Nouvelle-Angleterre, on désapprouve l'annexion des Philippines, et une ligue anti-impérialiste va être

fondée à Boston. Acquérir par la force des possessions étrangères pour en faire des colonies que l'on maintiendra encore par la force dans la dépendance est anticonstitutionnel. Même le *Spectator* de Londres, cependant favorable à la cause de l'Union, écrit à propos des Philippines : « Bien entendu, les Améri-
« cains ne peuvent les garder. »

Charles de Vigors balaya d'un geste de la main ces considérations.

« Tu voudrais qu'on laisse le gouvernement des Iles à cet Aguinaldo qui se dit lui-même « dictateur des Philippines » et se pavane avec un sifflet d'or autour du cou. C'est un potentat oriental qui ne représente nullement les aspirations des Philippins.

– J'ignore tout cela et veux l'ignorer. Mais je pense, et ne suis pas seul à le penser, que les Philippins comme les Cubains doivent se gouverner eux-mêmes. C'est l'esprit même de notre déclaration d'indépendance. »

Quelques semaines plus tard, le 4 février 1899, Emilio Aguinaldo lançait douze mille rebelles qui avaient lutté, au côté des Américains pendant le conflit avec l'Espagne, contre les troupes d'occupation de l'Union. Ayant réuni à Malolos un congrès de la république philippine, le despote avait obtenu des délégués un blanc-seing pour faire la guerre aux forces américaines de l'île de Luçon. Ce fut une assez rude bataille, mais les troupes du général Otis chassèrent les Philippins des environs de Manille après leur avoir causé de lourdes pertes.

Gustave de Castel-Brajac, qui, quelques jours plus tard, était de passage à La Nouvelle-Orléans, ne manqua pas de triompher devant Charles de Vigors.

« Tu vois, je te l'avais dit... Nous voilà avec une nouvelle guerre sur les bras. McKinley demande des volontaires pour les Philippines, et il y a déjà trente mille boys dans les Iles.

– C'est une insurrection conduite par un aventurier. Elle a été matée, et l'opinion est maintenant pour l'annexion pure et simple, n'en déplaise aux anti-impérialistes... tes amis. »

Gustave demeura un moment silencieux. Il savait que l'opposition sortait affaiblie de cette aventure et que les actes de traîtrise et la guérilla qui causaient la mort de militaires américains renforçaient le parti démocrate. Il finit par lâcher d'un ton acide en roulant les r, comme lorsqu'il était ému :

« Ta réélection sera ainsi plus sûrement assurée! »

Charles, qui depuis la mort de son fils se montrait beaucoup moins combatif, dit d'un ton las :

« Il n'y aura pas de réélection. J'abandonne la politique.

– Ça, boun Diou, c'est une nouvelle!

– Ne l'ébruite pas, il n'y a que Marie-Gabrielle qui soit au courant de ma décision. »

Cette dernière n'avait été qu'à demi surprise par la renonciation de son ami. Depuis la fin tragique de Gratien, qu'il n'évoquait jamais, elle savait dans quel isolement se trouvait le sénateur. Liponne, sitôt sa belle-fille rentrée à Bagatelle, s'était réfugiée à Saint Martinville dans la grande maison où elle était née, et qui appartenait maintenant à l'aîné des fils Dubard. Elle y régnait en duchesse douairière, chaperonnant l'immense famille, veillant au maintien des traditions et des préséances. Avant qu'elle ne quitte La Nouvelle-Orléans, les époux avaient eu une discussion pénible à l'issue de laquelle, comme autrefois le comte de Boigne, Charles avait fait part sans ambages à sa femme de « l'obligeant désir de ne plus la revoir ». C'était un divorce de fait. De son côté, Louise-Noëlle, sœur de Gratien, novice chez les ursulines, n'entretenait plus aucune relation avec son père. Quand il rencontrait sa seconde fille, mariée à Amédée Tiercelin, il n'était pas sans remarquer une certaine froideur.

Au seuil de la vieillesse, Charles faisait l'expérience de la solitude et du manque d'affection. Seuls, Marie-Gabrielle et Castel-Brajac demeuraient fidèles à cet homme dont ils connaissaient si bien les travers. Attentive à son comportement, la Suissesse l'avait vu se désintéresser peu à peu des affaires publiques. Aux réunions du Choctaw-Club, on mettait ses silences et son manque d'attention au compte du chagrin paternel, mais on commençait à se passer de ses conseils et de ses avis. De son côté, il renvoyait sans cesse les rendez-vous prévus avec des informateurs ou des solliciteurs. Il lui arrivait même de se dire choqué par ce qu'il appelait, sans ironie, la dégradation des mœurs politiques et la désinvolture des affairistes. Ces critiques ne l'empêchaient pas toutefois de suivre attentivement l'évolution économique, ni de veiller sur les intérêts qu'il avait dans de nombreuses entreprises. Sans être comme son collègue new-yorkais, le sénateur Chauncy Depew, membre de soixante-quatorze conseils d'administration, Charles ne renonçait pas à l'autorité acquise dans de nombreuses assemblées. Il ne se distinguait pas en cela dans un sénat dont deux tiers des membres étaient des avocats d'affaires et que le menu peuple appelait le « club des millionnaires ».

Une guerre dans laquelle les Etats-Unis n'avaient rien à voir, née au Transvaal du conflit entre les colons néerlandais, appelés Boers, et les Britanniques installés au Cap, lui procurait de substantiels bénéfices.

Le ranch que Charles possédait en Californie fournissait des chevaux à l'armée britannique, qui en faisait en Afrique du Sud une effrayante consommation.

« Mes petites affaires suffiront désormais à m'occuper, disait Charles avec une modestie affectée. A mon âge, il faut travailler moins et vivre plus. Désormais, je n'écarterai même pas mon rideau pour voir passer une révolution, comme a dit je ne sais quel sage ! »

Sa façon de vivre inquiétait un peu Marie-Gabrielle. Charles, dont la sobriété était devenue proverbiale, réclamait maintenant du porto à la fin du repas et ne refusait pas un verre de whisky dans l'après-midi. Il s'intéressait davantage aux choses de la table, commandait des plats auxquels autrefois il ne touchait pas et se faisait servir du champagne dans son cabinet de travail. Et puis, mais cela Marie-Gabrielle l'ignorait encore, il s'était mis à fréquenter avec une extrême discrétion certains établissements de Storyville où l'on trouvait des prostituées très jeunes. En fait, Charles laissait sa nature et ses sens reprendre la place qu'ils tenaient dans sa jeunesse. Dans le même temps où se manifestait cette évolution, il ne perdait jamais une occasion cependant de moraliser. On le vit ainsi intervenir dans une affaire qui avait passionné tous les juristes de La Nouvelle-Orléans : le procès des héritiers Langlé.

Angèle Langlé et sa mère, Pauline Costa-Langlé, qui appartenaient à une riche et influente famille de la ville, avaient péri toutes deux dans le naufrage du bateau français *La Bourgogne* qui, le 4 juillet 1898, s'était perdu corps et biens dans l'Atlantique, deux jours après son départ de New York. Cinq cents personnes avaient trouvé la mort dans cette catastrophe maritime, mais on ne parlait plus un an après que des Langlé, l'héritage des deux femmes ayant suscité de graves dissensions chez les héritiers. Car, pour apprécier les parts revenant à ceux-ci, il convenait d'établir qui de la mère ou de la fille avait cessé de vivre la première. Après maintes procédures, la Cour suprême de Louisiane avait eu à connaître de l'affaire. En bon juriste, Charles de Vigors savait que les

« comourants » posent toujours des problèmes successoraux difficiles à résoudre, la preuve de l'instant du décès de chacun étant le plus souvent impossible à rapporter. Dans le cas de mourants appelés à la succession l'un de l'autre, l'affaire se complique encore. Finalement, les juges de La Nouvelle-Orléans avaient suivi les principes énoncés par le Code civil, ou Code Napoléon, en vigueur en Louisiane[1], suivant lesquels « la présomption légale de l'ordre des décès est fondée sur cette idée que le degré de résistance opposé à la mort dépend pour chaque personne de sa force physique ». La Cour décida donc que lors du naufrage Angèle Langlé avait dû survivre à sa mère et pouvait de ce fait être considérée comme ayant été l'héritière de celle-ci avant de succomber. Un tel jugement satisfit certains héritiers et en déçut d'autres, mais on soutint en ville que le sénateur était l'inspirateur d'une décision particulière de la Cour. Les magistrats exigèrent en effet que les héritiers d'Angèle Langlé consacrent 3 000 dollars à l'érection, au cimetière de Métairie, dans la banlieue de La Nouvelle-Orléans, d'un cénotaphe à la mémoire des deux disparues[2].

C'est encore le sénateur de Vigors qui intervint pour que l'œuvre commencée par une illettrée, Margaret Gaffney Hanghery, en faveur des orphelins, soit poursuivie et développée; que soit multiplié le nombre des ambulances hippomobiles et des commissariats de police ouverts dans les différents quartiers de la ville.

« Il joue les bienfaiteurs avec l'argent des autres », disaient ses détracteurs, mais on les faisait taire en assurant que M. de Vigors ne ménageait pas son concours financier aux bonnes œuvres de toute sorte.

De la même façon, il avait viré une somme impor-

---

[1]. Il l'est toujours.
[2]. Ce monument, en forme d'obélisque, existe toujours.

tante au compte de la veuve de son fils, afin, lui avait-il dit, « que vous n'ayez pas en plus de votre chagrin, à vous préoccuper de questions matérielles ».

Stella avait apprécié ce geste. Quoi qu'elle en pensât et quelle que pût être son amertume, jamais elle ne laissa soupçonner à son beau-père qu'elle voyait en lui l'artisan de son malheur. Elle aurait aimé simplement qu'il s'intéressât davantage au sort d'Osmond condamné à grandir sans père. Charles de Vigors ne lui avait pas caché « qu'il ne comprenait rien aux enfants » et préférait déléguer ses prérogatives de grand-père au brave Gustave, « qui montrait pour le rôle d'évidentes dispositions naturelles ».

Encouragé de toutes parts, M. de Castel-Brajac passait une grande partie de son temps sur les chemins, entre Castelmore et Bagatelle, tout prétexte lui étant bon pour enlever Osmond. Doué pour la pédagogie active, le Gascon jouait les mentors en guettant chez le petit garçon l'éveil d'une intelligence qu'il devinait vive et précoce. « L'alliage des sangs de Virginie et de Dandrige ne peut donner qu'un être exceptionnel », se disait Gustave, assez au fait des lois de l'hérédité définies par M. Johann Mendel. Jamais il ne perdait une occasion de solliciter la curiosité de l'enfant, au risque de se faire houspiller par Gloria qui accusait son mari d'aveuglement.

« Il est bien trop petit pour comprendre tout ce que vous lui racontez et pour reconnaître les lettres et les chiffres. Laissez-le jouer... Il a bien le temps de se mettre l'esprit à la torture. »

Gustave haussait les épaules et emmenait le bambin au bord du fleuve pour compter les bateaux. Il profitait aussi des moments où il était seul avec Osmond pour extirper les superstitions dont les domestiques noirs abreuvaient les enfants.

Alors que le fils de Gratien n'était encore qu'un

bébé, il avait exigé qu'Harriet enlevât du cou de l'enfant le sachet contenant un morceau de peau de serpent à sonnettes qu'elle venait d'y suspendre. La fille de Brent soutenait, comme beaucoup de nurses noires, que ce talisman empêchait les dents de percer trop tôt et les faisait pousser droites et fortes.

L'approche de l'année 1900 stimulait maintenant l'imagination de tous les sorciers, prophètes et charlatans de plantation.

« La fin du monde, comment c'est, oncle Gus ? demanda un jour Osmond, alors que le Gascon et son élève revenaient de promenade.

– La fin du monde, boun Diou, qui t'a parlé de ça, gamin ?

– C'est Bella qui m'a dit que le ciel allait devenir tout noir, que la rivière allait monter dans les maisons et que la terre allait s'ouvrir et qu'on verrait du feu partout.

– La fin du monde, ça n'existe pas, ce sont les femmes qui ont toujours peur de tout qui ont inventé ça... Et d'abord, sais-tu ce qu'est le monde, hein ? »

Osmond parut réfléchir à l'abri de son sourire.

« Ben, c'est tout ça qu'on voit, oncle Gus.

– Ce qu'on voit et qu'on ne voit pas, et que tu verras plus tard peut-être. Le monde, Osmond, n'a ni commencement ni fin, c'est le Bon Dieu qui l'a dit et il sait de quoi il parle, c'est lui qui l'a fait.

– Ça, je sais, on le dit dans la prière du soir. »

Bella n'était pas la seule à soutenir que le siècle qui allait finir était le dernier vécu par l'humanité et que l'avènement de 1900 serait fatal à la planète. N'avait-on pas vu des étoiles filantes « tomber » dans le Mississippi comme en 1861 à la veille de la canonnade de Fort Sumter qui allait allumer la guerre civile ? Gustave de Castel-Brajac, qui avait observé le phénomène banal et fréquent, ne lui trouva avec humour qu'une seule coïncidence : le décès subit et scabreux au palais de l'Elysée, à Paris, du président Félix Faure.

Que les Noirs, manipulés par des sorcières du vaudou, tressent des croix de maïs ou rêvent de chiens crevés plus souvent que de coutume à l'approche de la fin du siècle l'irritait moins que les élucubrations des faux mages détournant des données scientifiques pour inquiéter les gens crédules. Car les Blancs échafaudaient aussi des pronostics stupides. On prévoyait en effet, pour la fin de l'année, le retour de la comète de 1867 dont la révolution durait trente-trois ans et soixante-quatre jours. Depuis que Suétone avait attribué à l'une de ces « filles chevelues de l'espace » la responsabilité des horreurs commises par Néron, les comètes étaient considérées comme annonciatrices de catastrophes. N'avaient-elles pas « annoncé » la mort de l'empereur Constantin et, au cours des siècles, celle de quantité de gens importants, de Mahomet à Charles Quint en passant par deux ou trois papes et une demi-douzaine de tyrans de toutes nationalités?

M. de Castel-Brajac savait à quoi s'en tenir sur les apparitions des comètes. Il admettait volontiers que, si la plupart d'entre elles sont aussi exactes que les trains, certaines s'offraient des retards de plusieurs années et, parfois même, se perdaient, comme la comète de Biela attendue en 1859, en 1866, en 1872 et en 1877, et qui n'était jamais réapparue.

La fin de l'année fut cependant marquée dans le petit univers bagatellien par plusieurs événements que Bella, la plus superstitieuse des domestiques de Mme de Vigors, classa sans hésiter dans la catégorie des diableries universelles.

Il y eut tout d'abord la mort du vieux Brent. L'ancien majordome de Bagatelle s'éteignit paisiblement, entouré de ses enfants et de ses petits-enfants, à la manière des patriarches. Le Noir donna un bel exemple de sagesse et de sérénité en se déclarant satisfait d'une longue existence commencée dans l'esclavage et poursuivie avec dignité au service de ses frères de race dans une liberté parfois difficile à assumer. Avant de clore les yeux, le vieillard, dont on avait toujours apprécié l'éloquence, émit le vœu que l'on continuât à voir dans le cher Vieux Sud une famille noire grandir à l'ombre de chaque famille blanche, jusqu'au jour où l'égalité des deux races deviendrait aussi naturelle et évidente que l'alternance du jour et de la nuit. On le laissa emporter cette illusion.

Quelques jours avant sa mort, Brent avait réclamé M. de Castel-Brajac, qui vint sans perdre un instant s'asseoir au chevet de l'ancien secrétaire du Bureau des affranchis. Soutenu par deux oreillers, le Noir conservait l'esprit clair et l'élocution aisée. Brent demanda à ses parents et à ses amis de quitter sa chambre et, ne retenant près de lui et du Gascon que sa fille Harriet, tint à Gustave un discours qu'il avait dû préparer.

« M'sieur Brajac, dit-il, j'ai eu la visite l'aut'e semaine de m'sieur Oswal. Y m'a raconté ça que son sacripant de gâsson avait fait à ma Lorette, à not'e Lorette. Il m'a dit qu'il l'avait mis à la po'te de sa maison et que le gâsson était pa'ti à Pa'is et que jamais, au grand jamais, il pourrait pas reveni' ici. Il m'a dit aussi qu'il avait débarrassé le monde de cette crapule de nèg'e qui avait serré le cou le not'e Lorette... Je crois ben qu'il a fait tout pareil au nèg'e, m'sieur Brajac. M'sieur Oswal y m'a demandé si je voulais dire tout au shérif, que c'était not'e droit. Je sais que c'est not'e droit, mais je sais aussi que le shérif il aura pas trop envie de s'mêler d'une pareille affaire... et puis le gâsson, il est pa'ti... et le nèg'e, je pense bien qu'à c'te heure, il est dans la rivière. »

Le Noir, un peu essoufflé, s'interrompit et fit signe à Harriet de lui passer sa tasse de tisane. Il but quelques gorgées et reprit :

« On a parlé avec Harriet qu'est bien malheureuse. Elle m'a dit que c'était vous qu'aviez tout compris la cause des taches jaunes qu'étaient sur la jupe de not'e Lorette. M'sieur Oswal il nous a demandé ça qu'Harriet pouvait vouloir pour dédommager qu'il a dit. On a bien compris qu'il voulait donner des piastres. Quand un chasseur vous a tué un canard ou une poule, on peut prend'e l'argent, pas quand un gâsson vous a tué vot'e enfant. Alors comme je sais que je vais mourir bientôt... si, m'sieur Brajac, je le sais bien... j'ai dit à M. Oswal qu'il paie pour moi un grand enterrement avec de la musique et un beau chariot, et aussi un beau tombeau où on me mettra avec Rosa et Lorette. Un tombeau en pierre grise et que nos noms y soient marqués en lettres dorées comme sur les tombeaux de m'ame Virginie et de m'sieur Dand'ige. »

Le Gascon sourit au vieillard et serra la main sèche et fripée qui reposait sur le drap.

« Je voudrais bien, m'sieur Brajac, que vous soyez là pour voir que m'sieur Oswal tient sa promesse.

– J'y veillerai, Brent », dit le Gascon assez ému.

Puis, bien conscient qu'il ne reverrait pas cet homme vivant, il se pencha et déposa sur le front du vieillard un baiser de paix.

« Reposez-vous maintenant », dit-il en s'éloignant.

Harriet raccompagna M. de Castel-Brajac jusqu'au seuil de la petite maison en retenant ses larmes.

« Que Dieu nous fasse la grâce de partir aussi dignement, dit-il à la gouvernante. Votre père, Harriet, est un gentilhomme. Nous ne l'oublierons pas. »

Quelques jours plus tard, Brent eut les funérailles qu'il avait souhaitées. L'église de Sainte Marie était pleine, et de nombreux Blancs assistaient au service. M. de Castel-Brajac se mit à l'harmonium et joua une cantate de Bach. Pendant un instant, la paroisse communia dans le souvenir du Vieux Sud qui appartenait aussi bien aux anciens esclaves qu'à leurs anciens maîtres, au-delà de toutes les injustices temporelles et des rancœurs.

Pendant longtemps, les gens de Pointe-Coupée et de Fausse-Rivière s'interrogèrent, stupéfaits de voir la splendide sépulture construite pour Brent et les siens. Mais le secret fut bien gardé.

Le deuxième événement fut moins triste et plus mineur. Par un jour de novembre mélancolique et pluvieux, Stella fit couper les cheveux d'Osmond. Le coiffeur de Sainte Marie, convoqué à Bagatelle, fit tomber les longues mèches brunes de la tête de l'enfant qui fut bien aise de ne plus ressembler à une fille et de ne plus avoir à supporter les brossages quotidiens imposés par Harriet. Lorna, de passage à Bagatelle avec sa mère, ramassa subrepticement une boucle de cheveux qu'elle rangea, comme un trophée, dans un sac au petit point offert par Gloria.

« Maintenant, dit-elle à son camarade de jeu, tu es un vrai garçon. »

La famille émit autour de la nouvelle coiffure d'Osmond des appréciations diverses du genre : « Ça lui allonge le visage » ou « Maintenant, il va friser comme un caniche. » Bella déclara que le fils de Stella « attraperait certainement les oreillons avant Noël », mais Castel-Brajac approuva, estimant que cette coupe masculine donnait au garçonnet une allure plus virile.

Un autre événement, qui intéressa aussi Osmond, faillit tourner au tragique. Le drame survint entre deux grosses averses dans un moment de grand soleil, quelque temps avant Noël.

Harriet avait dit aux enfants de profiter de l'accalmie pour aller jouer autour de la maison en évitant de courir dans les flaques d'eau.

Aristo, le dalmatien qui sommeillait sur la véranda, se leva paresseusement en entendant grincer l'escalier. Ayant identifié le jeune Osmond, il se recoucha avec un soupir. Les contremarches étaient démesurées pour le garçonnet qui, levant haut le pied, se déhanchait en gravissant les degrés qu'il distinguait mal à travers une brassée d'asters mouillés qu'il venait de cueillir de son propre chef.

Le visage noyé dans les pétales et les feuilles frangées de gouttelettes, l'enfant traversa la galerie et entra d'un pas hésitant dans le salon. La grande pièce, encombrée de meubles et de sièges rassemblés au fil des générations par des maîtresses de maison désireuses d'ajouter aux héritages leurs propres acquisitions, était déserte et ombreuse. S'insinuant entre une table de Boulle dont les marqueteries de cuivre ternies disparaissaient dans l'éclat blanchâtre des nacres et un lourd fauteuil de Seignouret aux accoudoirs d'acajou lustrés par l'usage, Osmond parvint jusqu'à la cheminée.

A côté de la curieuse pendule de bronze que soutenaient deux nymphes rêveuses trônait un grand vase de Sèvres à collerette dédorée, rescapé d'une paire apportée de France par le premier marquis de Damvilliers. Il faisait depuis peu pendant à la photographie de Gratien de Vigors sertie dans un cadre d'argent, dont un angle disparaissait sous un nœud de crêpe. Osmond, mû par le soin de plaire à ce père dont il savait confusément l'absence définitive, avait choisi de placer son bouquet dans le vase comme il l'avait vu faire à sa mère. L'objet sur la tablette de la cheminée paraissait inaccessible. Mais Osmond, garçonnet déluré et entreprenant, ne manquait pas de ressources. Il déposa sa gerbe sur un fauteuil de velours grenat où les fleurs répandirent une poussière de pollen, puis il écarta la mèche de cheveux qui lui couvrait l'œil droit. Ayant évalué l'altitude du vase, il se mit en quête d'un marchepied. Il renonça à déplacer un fauteuil trop pesant, mais il réussit à tirer jusqu'au manteau de la cheminée une chaise plus légère. Tandis qu'il se livrait à ces opérations préliminaires, Osmond eut la désagréable sensation d'être surveillé. Comme toujours, quand il se trouvait dans le salon, la dame de Bagatelle, cette géante, debout dans son cadre de bois sculpté, si lourd qu'on avait dû le poser à même le sol derrière le grand canapé, semblait le fixer. Et cependant, cette belle femme d'autrefois, aux épaules rondes et nues émergeant d'une robe de soie sombre, accoudée, mains croisées, au dossier d'un siège sur lequel on avait jeté une étole d'hermine dont la blancheur moelleuse ne se confondait pas avec celle d'un avant-bras parfait, était son arrière-grand-mère. Sa beauté fascinait Osmond, mais son froid sourire tombant de lèvres minces lui paraissait tantôt engageant et complice, tantôt ironique et inquiétant. Et puis, les yeux si vifs sous l'arc des sourcils semblaient doués d'une vivante mobilité. Où qu'il se trouvât dans la pièce, Osmond sentait peser sur lui ce regard attentif. Même quand la famille ou des amis se trouvaient réunis, la dame de Bagatelle ne regardait que lui, comme s'il avait sa préférence ou méritait plus que tout autre une surveillance permanente. Elle l'observait quand il se tenait près de la porte donnant sur la galerie. S'il se réfugiait dans l'angle opposé du salon, elle le guettait encore, et, s'il marchait en jetant un regard de biais au portrait, Virginie suivait ses déplacements. Souvent, il s'était caché derrière le dossier d'un fauteuil pour se mettre à l'abri de cette vigilance, pour se faire oublier. Dès qu'il passait la tête hors de sa cachette, il rencontrait le regard de l'aïeule. Certains soirs, sous certaines lumières, elle paraissait encore plus attentive. Son sourire devenait interrogateur, et Osmond se mettait à penser qu'un jour ou l'autre elle se déciderait à lui adresser la parole. Quelquefois, après une séance de cache-cache tout à fait inégale, car la dame de Bagatelle gagnait toujours à ce jeu, elle se moquait de lui ouvertement. Quand Nancy Tampleton lui avait raconté l'histoire de Caïn qui, pour s'être montré très méchant avec son frère Abel, avait été poursuivi toute sa vie et même au-delà par l'œil du Bon Dieu, Osmond s'était résigné à vivre sous le regard changeant de Virginie, tout en se demandant quel péché il avait bien pu commettre pour mériter une attention aussi constante et aussi maligne.

Quand, ayant escaladé la chaise branlante, le garçonnet saisit à deux mains le vase convoité, un réflexe l'incita à tourner la tête du côté du portrait. Il ne fut pas autrement étonné de voir à la dame peinte un regard désapprobateur. Mais quand brusquement il sentit son marchepied basculer, et que le grand vase dont il ne soupçonnait pas le poids lui glissa des mains, il eut le sentiment alors que tout le salon tournoyait comme un manège fou, que sa gardienne avait crié.

Or, ce fut le cri d'Osmond que Bella entendit de sa cuisine en même temps que le fracas du vase brisé et de la chaise effondrée. En surgissant dans le salon, la Noire ne vit pas tout de suite le garçonnet, qui gisait immobile devant la cheminée au milieu des débris de porcelaine, près d'un siège renversé. Quand elle l'aperçut, elle se mit à bramer comme une biche dont on vient de tuer le faon, ce qui ameuta les autres domestiques et fit sortir Stella de sa chambre, où, rideaux tirés, elle s'efforçait de vaincre une migraine opiniâtre.

Osmond, qui avait un instant perdu connaissance et dont le front était déformé par une bosse impressionnante, reprit conscience quand sa mère le déposa sur le canapé au milieu des lamentations ancillaires.

« Mon Dieu, mon petit, qu'as-tu fait?

– Par... don... on, pardon... on », gémit le garçonnet qui ne pensait qu'au vase brisé.

Déjà Harriet arrivait avec de l'eau d'arnica et tamponnait le front de l'enfant.

« Ce n'est rien, c'est une bosse, mais tu aurais pu te tuer, quelle idée de monter sur cette chaise.

— Je voulais mettre des fleurs à papa... comme toi. »

Citoyen, armé d'un balai et d'une pelle, ramassait les débris, et Aristo, troublé par cette agitation soudaine, tentait d'approcher du canapé en évitant les coups de Bella qui voulait à tout prix l'éloigner de son petit maître.

On commençait à se dire qu'il y avait plus de peur que de mal, et Stella venait d'ordonner à la cuisinière de retenir les gémissements disproportionnés dont elle emplissait la maison, quand Osmond, qui n'avait pas versé un pleur et semblait se remettre, réveilla une inquiétude.

« Maman, pourquoi fait-il noir, je vous vois pas... c'est la nuit déjà?

— Comment, la nuit, il y a même du soleil, Osmond, tu ne vois pas, dis-tu?

— Non, je vois rien, c'est comme la nuit. »

Ce fut au tour de Stella de s'émouvoir.

« Mon Dieu, Harriet, il ne voit plus, c'est le choc à la tête. Envoyez Citoyen chercher le nouveau médecin, M. Dubard, à Sainte Marie, qu'il vienne tout de suite. Mon Dieu, s'il restait aveugle. »

Bella, qui à distance tordait son tablier comme un cordier le chanvre, cita saint Jean d'une voix sépulcrale :

« *Si vous étiez aveugles, vous n'auriez point de péché*[1].

— Tais-toi, jeta Harriet, retourne à tes fourneaux. »

La cuisinière ne se fit pas prier, mais ce fut en pleurant qu'elle se mit à la préparation du repas. Venant après la mort de Brent, la chute d'Osmond

---

1. Saint Jean, chapitre IX, 41.

confirmait sa conviction que le chaos universel se préparait. Quand elle constata que, pour la deuxième fois en une semaine, le lait avait « tourné », elle se mit à prier pour le salut de son âme.

Faustin Dubard conservait dans ses vêtements civils une allure militaire. Grand et robuste comme la plupart des mâles de l'immense famille cajun, on le trouvait très bel homme avant que les brûlures reçues lors de l'explosion du *Maine* ne le défigurassent. Son profil gauche apparaissait intact, mais le droit était cruellement déformé par la rétraction des chairs brûlées, rendues transparentes et lisses. Son œil à demi mort brillait au fond d'un cratère rose, et sa bouche couturée se relevait dans un rictus de souffrance. Stella et Harriet détournèrent instinctivement les yeux quand il s'agenouilla près du canapé où reposait Osmond. Son examen fut rapide et précis.

« Pas de saignements de nez, pas de vomissements, cette cécité n'a rien de définitif. »

Il interrogea Osmond, lui palpa le crâne, tâta le pouls, prit dans sa trousse une loupe en forme de tube pour scruter les pupilles du garçonnet et se releva.

« Nous allons attendre un moment que l'effet du choc s'atténue et que la circulation sanguine redevienne normale. »

Il mit Osmond sur pied et constata que l'enfant se tenait ferme et droit sans vertige apparent, puis il le fit asseoir à côté de lui sur le canapé en prodiguant des paroles rassurantes.

Stella, dont l'inquiétude croissait, fit allumer les lampes. Le soleil avait disparu et une nouvelle averse obscurcissait la pièce.

« Ferme tes yeux et dis-moi comment s'appellent tes sœurs, et la cuisinière, et la gouvernante. »

Osmond répondit sans hésiter à toutes les questions, ce qui parut satisfaire le médecin qui voulut encore savoir quantité d'autres choses touchant à la vie domestique de la plantation.

Après un silence, qui parut à Stella démesurément long, Faustin Dubard se fit apporter une lampe à pétrole, puis il ordonna à Osmond d'ouvrir les yeux. L'enfant cligna, surpris par la proximité de la flamme. Il voyait. Le médecin éloigna la lampe, la déplaça de gauche à droite en observant le mouvement des yeux de l'enfant qui suivaient parfaitement la lumière, quand l'enfant poussa un cri. Il venait d'apercevoir à quelques centimètres du sien le visage effrayant du marin.

Aussitôt Faustin Dubard se détourna. Stella, rassurée mais confuse, prit son fils dans ses bras en jetant au médecin un regard amical.

« Après une bonne nuit, votre petit garçon aura oublié l'accident. Ne soyez pas inquiète, j'ai vu dans la marine des hommes atteints de cécité pendant plusieurs jours après un choc à la tête. »

Stella proposa un porto, mais le médecin, tout en évitant de montrer au petit garçon son profil ravagé, prit rapidement congé. En passant devant la cheminée, il remarqua le portrait de M. de Vigors dans son cadre. Il savait comment était mort ce cousin éloigné dont le sort parut soudain enviable à l'homme qui faisait peur aux enfants et dont les femmes n'osaient plus regarder le visage.

« Pauvre garçon », dit Stella en le voyant passer la porte, suivi par Aristo qui grognait sur ses talons.

11

Contrairement aux prédictions de Bella et de quelques autres, le XXe siècle commença sans que la planète se désagrège ou que le déluge anéantisse la Louisiane. Il y eut bien deux ou trois tornades au début de janvier, mais elles n'affolèrent personne dans un pays que les ouragans traversaient régulièrement.

Ainsi, non seulement 1900, nombre fatidique aux yeux de certains, n'apporta pas de catastrophe universelle, mais il apparut bientôt aux Américains comme une promesse de prospérité accrue. Dans cette fédération d'Etats aux populations de cent origines diverses, la guerre contre l'Espagne avait fait naître un sentiment de solidarité et démontré aux yeux du monde entier que les Etats-Unis constituaient enfin une nation capable d'un engagement et d'un effort collectifs. Cette confiance en leur destin donnait aux citoyens un dynamisme nouveau, et le commerce comme l'industrie et l'agriculture connaissaient un rythme de développement stupéfiant. La demande sur le marché intérieur, aussi bien que les commandes passées hors des frontières autorisaient toutes les espérances. Déjà, à la fin de l'année 1899, le stock du Trésor se montait à 258 millions de dollars, et l'on était fier d'annoncer que l'industrie américaine exporterait en 1900 – déjà considérée comme une *annus mirabilis* – pour 500 millions de dollars de produits, soit quatre fois plus que dix ans plus tôt.

Les aciéries existantes tournaient à plein régime, et l'on en construisait de nouvelles tandis que le prix du fer et de l'acier avait grimpé en quelques mois de 100 p. 100. Les manufactures de textiles se multipliaient, les grands magasins étendaient leurs réseaux, les consommateurs, dont les salaires ne cessaient d'augmenter parfois de 10 ou 15 p. 100 d'un coup, avaient une fringale de produits nouveaux que des industriels inventifs et avisés lançaient sur le marché. Dans les villes, les immeubles de plus en plus hauts poussaient comme des champignons, tandis que les trains gagnaient en rapidité et en confort. Dans le même temps, les épargnants, appâtés par les profits, sortaient leurs réserves et investissaient, et M. James T. Woodward, président du Clearing House de New York, pouvait annoncer que l'or en circulation représentait la somme fabuleuse de 703 millions de dollars.

Le *Times* de New York, institution aussi sérieuse que le *Times* de Londres, signalait : « D'après tous les rapports commerciaux, nos manufactures sont obligées de donner leur plein pour satisfaire aux ordres qu'elles reçoivent. Les chemins de fer sont incapables de faire face au trafic qu'on leur offre. Ils n'ont pas assez de matériel pour charrier les matières premières aux manufactures et aux usines, ou pour transporter les objets manufacturés au vendeur en gros ou au spéculateur. Partout, nous dit-on, l'état des affaires est supérieur à ce qu'il fut jamais[1]. » En s'installant à Hawaï et aux Philippines, les Américains avaient conquis des établissements qui stimulaient le commerce dans tout l'Orient et leur permettaient de concurrencer la Grande-Bretagne. L'agriculture trouvait aussi son compte à cette situation, et le prix du coton brut venait d'augmenter de 30 p. 100, tandis que celui de la laine doublait. Quand fut connu le projet de loi sur la circulation monétaire qui faisait de l'étalon-or l'unité de valeur, le crédit financier des particuliers et de l'Etat s'en trouva raffermi. Des hommes d'affaires qui échafaudaient des combinaisons financières réalisaient d'énormes bénéfices. On citait le cas de M.J.P. Morgan qui, pour lancer la United States Steel Company, avait avancé 25 millions de dollars en espèces et venait de recevoir pour 106 millions d'actions.

Ces financiers que le public appelait « capitaines

---

1. Cité par Harry Thurston Peck *in Vingt années de vie publique aux Etats-Unis.*

d'industries », ne s'exprimaient qu'en millions de dollars et la presse commentait pour ses lecteurs envieux et ravis leurs coups heureux. Les hommes d'affaires du Sud, plus prudents, s'inquiétaient de la disproportion entre le capital de certaines grandes compagnies et la valeur de leurs actions sur le marché. On les traitait de timorés, même quand ils démontraient à des investisseurs avides que la United States Leather Company, annonçant un capital de 125 millions de dollars, ne pouvait garantir avec toutes ses actions réunies que 50 millions de dollars.

Malgré tout, MM. J. Pierpont Morgan, Andrew Carnegie, John Rockefeller, Philip D. Armour, Auguste Belmont, Thomas F. Ryan et quelques autres qui, tel Midas, semblaient détenir le pouvoir de changer tout ce qu'ils touchaient en or, faisaient figure de héros. Nombreux étaient les commis ambitieux, les petits épiciers futés et les employés de chemin de fer à l'étroit dans leur uniforme qui se sentaient capables, pour peu que la chance les aidât, de faire tourner la roue de la fortune à leur profit comme ces grands financiers dont les journaux racontaient les modestes débuts. Ces hommes détenaient bien plus que la puissance financière. Par elle, ils contribuaient à faire le pouvoir politique.

Déjà, lors de la campagne présidentielle de 1896, Mark Hanna, millionnaire de Cleveland et ami de John D. Rockefeller, avait obtenu pour William McKinley l'appui financier de la Standard Oil, des dirigeants des chemins de fer du New York Central, de ceux des grandes compagnies d'assurances et des banques. Cette opération avait permis de réunir, disait-on, près de 4 millions de dollars pour faire élire le candidat républicain contre William Jennings Bryan. Il ne faisait aucun doute que McKinley, qui avait annoncé son intention de briguer un second mandat, serait, cette fois encore, soutenu par les trusts et les banques auxquels il avait donné pendant quatre années de sérieuses raisons de souhaiter sa réélection. On disait que M. Rockefeller, par l'intermédiaire de la Standard Oil, avait investi 250 000 dollars pour la campagne qui s'engageait. De la même façon, Teddy Roosevelt, qui cependant dénonçait en privé les activités des barons de la finance et dont on disait qu'il serait candidat à la vice-présidence, avait noué des liens avec les financiers de New York. Le colonel des Rough Riders avait en effet très bien su exploiter « sa guerre de Cuba ». Racontant ses aventures dans de nombreux articles, donnant des conférences, il n'avait pas permis qu'on l'oubliât. Le prestige, habilement entretenu, lui avait valu d'être le candidat du parti républicain au poste de gouverneur de l'Etat de New York qu'il avait enlevé avec dix-huit mille voix de majorité.

Cet homme, qui aimait à parler de lui et avait une propension, partout où il passait, à s'installer à la première place « en accaparant le dé de la conversation », avait obligé, disait-on, les éditeurs de son premier livre à commander un stock supplémentaire de lettres « I »[1], tant il employait fréquemment dans le texte la première personne.

Si beaucoup pensaient, en ce début de siècle si prometteur, comme M. Rockefeller, que « la faculté de gagner de l'argent est un don de Dieu » et prêchaient, en plein accord avec les spéculateurs qui les grugeaient, l'évangile de la fortune, d'autres citoyens se tenaient à l'écart de la religion du dollar et s'efforçaient de vivre le plus agréablement possible sans se donner trop de mal. C'était le cas de certaines vieilles familles aristocratiques du Sud qui regrettaient le temps où le seul profit noble venait de la terre.

M. de Castel-Brajac, qui dans ce domaine se mon-

---

1. I : je, en anglais.

trait bon Sudiste, répétait souvent un dicton que lui avait enseigné Clarence Dandrige : « Un Nordiste ne mange jamais ce qu'il peut vendre, un Sudiste ne vend jamais ce qu'il peut manger. » Il se réjouissait cependant de voir le Sud recouvrer peu à peu la richesse que lui avait ravie la guerre civile. On créait en Géorgie et en Alabama de nouvelles industries, on exploitait des mines de soufre et de sel, les capitaux du Nord et d'Europe affluaient, et le développement économique des anciens Etats confédérés devenait enfin une réalité. Les politiciens du Nord ne parlaient plus dans leurs discours des « brigadiers rebelles » ni du « bloc du Sud » comme d'une menace pour la prospérité générale. L'arrivée à des postes importants de l'administration fédérale de Sudistes de valeur avait calmé les vieilles rancœurs, et le sénateur de Vigors disait :

« Le Sud est maintenant trop occupé à préparer un avenir prospère pour perdre un temps précieux à méditer sur un triste passé.

– D'accord, reconnaissait Gustave, la source à laquelle s'abreuvait autrefois le Sud était impure, polluée par l'esclavage, mais aujourd'hui on ne veut se souvenir que de la fraîcheur de ce breuvage empoisonné. Nous buvons maintenant aux sources du Nord qui ont un goût de soufre, de pétrole, de charbon et de bank-notes et qui passent pour honnêtement désaltérantes. »

Et cependant le Gascon n'était pas dupe de ses propres nostalgies. Il avait détesté l'esclavage dont il évaluait aujourd'hui les séquelles, mais il regrettait de voir peu à peu se corrompre le mode de vie d'une société policée, où l'honneur était une valeur autrement estimée que les actions de la Standard Oil ou de l'Union Steel. Ces nouveaux Sudistes, du genre d'Oliver Oscar Oswald, n'étaient que des gentlemen de pacotille, soucieux des apparences empruntées aux Cavaliers, mais âpres au gain comme des Yankees et qui croyaient pouvoir acheter un héritage qui ne leur était pas destiné.

« Le Vieux Sud est maintenant une question de vocabulaire, soutenait Charles de Vigors, nos vieilles familles ne se rassemblent que pour évoquer des fantômes et entretenir un mythe. Il faut suivre son siècle et celui qui commence apportera plus de bonheur aux hommes et aux femmes de ce pays.

– La sécession morale demeure, répliquait Gustave, soutenu à l'occasion par les demoiselles Tampleton. D'accord, nous constituons une province narcissique, mais elle tient de la vieille Europe des bases indestructibles. Je crois même que la défaite a sauvé l'esprit sudiste en figeant cette civilisation à l'heure de son plein épanouissement. La défaite a placé notre héritage à l'abri de l'érosion civilisatrice banale. Ceux qui meurent avant d'avoir eu le temps de décevoir laissent de meilleurs souvenirs que les autres. »

Et il conseillait à son ami de méditer la phrase du vieux colonel gris dans *Le Tombeau des canons* de Thomas Nelson Page : « *Même si le Sud n'est pas libre, il sera meilleur et plus fort d'avoir combattu comme il l'a fait.* »

« Il est plus fort aujourd'hui parce qu'il a appris du Nord le commerce et l'industrie, et aussi parce que les bénéfices qu'apportent ces activités-là ne sont pas plus déshonorants que ceux que l'on tire de l'agriculture et en tout cas plus acceptables que ceux venus autrefois du travail des esclaves.

– Parce que tu crois peut-être que les hommes, blancs ou noirs, qui travaillent dans les mines et les aciéries ou cultivent une terre qui ne leur appartient pas, pour quelques dizaines de dollars par mois, ne sont pas des esclaves ?

– Personne ne les oblige à choisir ces métiers.

– Mais boun Diou, il faut bien qu'ils mangent et élèvent leurs enfants, et se logent et s'habillent. La société industrielle est en train de créer partout dans le monde une nouvelle race d'esclaves, d'autant plus asservie que ceux qui la composent ont un faux sentiment de liberté et que leurs maîtres ont bonne conscience. Un jour, elle se révoltera, et alors... »

Quand il voulait se replonger dans une ambiance réellement sudiste, Gustave de Castel-Brajac s'en allait prendre le thé chez les demoiselles Tampleton. Il y avait peut-être un peu trop de napperons sur les guéridons et quelques pare-feu de tapisserie en surnombre près des cheminées, mais leur accueil était toujours si chaleureux qu'on pardonnait aux trois vieilles filles leurs goûts surannés et leur puritanisme hautain. C'était une des rares maisons de Louisiane où l'on voyait encore un Noir affecté au maniement du panka les jours de forte chaleur. Elles vivaient dans le culte de leur oncle, le général. Elles évoquaient rarement leur père, qui les avait rendues malheureuses, pendant une grande partie de leur vie. Gustave s'asseyait en face du portrait de Willy, en tenue de capitaine, peint par un artiste de La Nouvelle-Orléans.

Cet homme avait été son ami et tout au long de sa vie l'amoureux résigné de la dame de Bagatelle. Il incarnait aujourd'hui ces héros romantiques du Sud que toute famille de « bourbons » se devait de compter dans ses ascendants.

Quand on avait servi le thé et les petits gâteaux tièdes, cuits par Estelle chaque matin et qui craquaient sous la dent en exhalant un parfum de cannelle, la discussion revenait invariablement sur les événements du passé. Il arrivait que Lucie abandonnât son tricot afin d'expliquer pour la centième fois comment le *Robert E. Lee* avait gagné la course qui l'avait opposé au *Natchez*.

« Les gens du *Natchez* devaient l'emporter, assurait-elle d'une voix fluette, car ils avaient mis à brûler sous les « bouilloires » des jambons avariés. Mais soudain, ils s'avisèrent que pour l'honneur de la mémoire du grand soldat on ne pouvait permettre qu'un bateau portant son nom, soit battu devant tout le Sud. C'est alors qu'ils laissèrent tomber les feux, donnant ainsi la victoire au *Robert E. Lee.* »

Quand elles avaient rangé leur tricot ou leur broderie, les demoiselles Tampleton lisaient des romans et des nouvelles écrites par des auteurs contemporains admis dans les bibliothèques de la bonne société et qui restituaient, à travers des fictions parfois transparentes, les mœurs et l'histoire du pays. Dans ces contes modernes, les planteurs étaient parfois caricaturés et les Noirs ou les petits Blancs exhaussés bien au-dessus de leur condition. Certains auteurs osaient même prêter à ces derniers des sentiments et des attitudes de membres des F.L.F.[1], ce qui scandalisait les vieilles filles. Ces dernières appréciaient George Washington Cable[2] qui connaissait aussi bien la vie des bayous et des forêts que celle des grandes plantations, et révélait tous les secrets de la société interlope de La Nouvelle-Orléans et ceux des familles créoles. Il contait aussi magistralement des épisodes de la guerre civile et les mésaventures des vieux soldats déçus. *Old Creole Days* paru en 1879 était le livre de chevet de Nancy. Joel Chandler Harris[3] accordait plus d'importance aux Noirs, et ses récits en dialecte n'étaient pas toujours compréhensibles pour des femmes de bonne éducation. Mais son héros, l'oncle Rémus, et ses incursions dans la vie des animaux familiers le faisaient tolérer.

L'auteur préféré était finalement Thomas Wilson Page[4], un Virginien, Sudiste authentique, qui savait

1. First Louisiana Families.
2. 1844-1925.
3. 1848-1908.
4. 1853-1922 (il fut ambassadeur des Etats-Unis en Italie de 1913 à 1919).

exprimer mieux que quiconque l'idéal aristocratique des planteurs. Sentimental, patriote, il était un de ceux qui empêchaient l'oubli d'ensevelir les souffrances héroïques des soldats confédérés. On lisait aussi en famille Kate O'Flaherty Chopin[1], d'origine française, qui avait été une des « belles » de Saint Louis avant de s'établir, une fois mariée, dans une plantation située sur la route de Natchitoches. Depuis 1890, elle publiait des nouvelles. Son roman, *Le Bébé de Désirée*, racontait les malheurs de celles qui, par la faute de leurs ancêtres, ont, sans le savoir, du sang noir dans les veines et faisait pleurer les âmes sensibles.

Quant à Mark Twain[2], on s'en méfiait un peu alors que l'on avait adopté sans hésitation Stephen Crane[3], chantre inspiré de la guerre de Sécession, dans son chef-d'œuvre *The Red Badge of Courage*.

Malgré leur attachement aux valeurs dûment estampillées par le Sud, les demoiselles Tampleton s'étaient déclarées, comme Gustave de Castel-Brajac, anti-impérialistes. Nancy, porte-parole habituel du trio, pronostiquait des malheurs à venir.

« Depuis peu, disait-elle, les Yankees font preuve d'une confiance orgueilleuse et d'un optimisme dangereux, les voilà partis, après Cuba et les Philippines, à la conquête d'un empire colonial, or tous les grands empires sont morts écartelés. La leçon d'Alexandre et celle de Napoléon devraient les faire réfléchir. »

Castel-Brajac, en tirant son gilet sur son ventre rond, renchérissait et citait la *Saturday Review* de Londres où il avait lu :

« *Il ne faudrait pas beaucoup de choses pour transformer l'image de l'aigle en celle d'un vampire qui, au*

---

1. 1851-1904.
2. 1835-1910.
3. 1871-1900.

lieu de nourrir ses enfants comme le pélican, se nourrit d'eux.

— Bravo ! » s'écriait Lucie qui n'avait compris que l'allusion au pélican[1] et croyait qu'on exaltait les vertus louisianaises.

Toutes ces considérations politiques ou économiques n'atteignaient pas Bagatelle engourdie par le deuil. Les jours et les semaines s'y écoulaient avec la résignation mélancolique dont Stella de Vigors donnait l'exemple. La maison vouée au silence semblait souffrir d'atonie, comme ces êtres sans désirs ni projets qui végètent, le regard vide, le geste lent, obéissant machinalement aux habitudes qui assurent d'un soir à l'autre leur survie élémentaire. Au cours de sa longue histoire, la plantation avait vécu de semblables périodes, parenthèses maussades ouvertes par une tragédie familiale et que refermait un beau matin une espérance nouvelle. L'affermage des terres supprimait maintenant jusqu'à l'animation routinière des travaux.

On ne pouvait plus se distraire comme autrefois en suivant les allées et venues des ouvriers noirs et la circulation des chariots. Les incidents, péripéties, chicanes, anicroches, célébrations ou aubaines qui font la vie des grandes exploitations se déroulaient ailleurs, chez les fermiers. Bagatelle, avec ses hangars vides, sa presse à coton rouillée, ses moulins à canne inutiles, ses écuries où l'on avait compté jusqu'à soixante mules et où s'ennuyaient les trois derniers chevaux de la famille, n'était qu'une vieille demeure démodée, au bout d'une allée de chênes sous lesquels ne passaient plus que de rares visiteurs.

Les fréquentes migraines de Stella de Vigors contraignaient les enfants et les domestiques à contenir leur

---

1. Le pélican allait devenir en 1902 l'oiseau symbole de l'Etat de Louisiane. Il figure sur le drapeau de l'Etat avec la devise : « Union, justice and confidence. »

exubérance naturelle. Les premiers attendaient toujours d'être loin de la maison, au fond du jardin anglais ou derrière les hangars, pour galoper à leur aise et donner libre cours aux cris et interpellations trop longtemps retenus. Les seconds portaient, suivant les ordres d'Harriet, des semelles de feutre et retenaient les portes. Le fou rire d'une soubrette ou le refrain lancé par Bella au fond des cuisines paraissaient aussi inconvenants qu'un bris de vaisselle. La maison baignait dans une ambiance monacale et chagrine.

Chaque jeudi, Bagatelle retrouvait cependant un semblant de vie quand Augustine Barthew, Marie-Virginie Tiercelin et Lucile Oswald rendaient visite à Stella, accompagnées de leurs enfants. Les jeunes femmes papotaient sur la galerie ou dans le salon, tandis que garçonnets et fillettes, surveillés par les nurses, se répandaient sous les chênes et à travers le parc. Ils jouaient à cache-cache, à chat perché ou à la balle au bond, puis goûtaient dans la « salle de derrière », ancienne office aménagée en « chambre à jeux », où Citoyen et Bella dressaient sur des tréteaux une longue table autour de laquelle pouvaient prendre place ceux qui présentaient à Harriet des mains propres et des cheveux coiffés. Les gâteaux et les confitures circulaient autour des tasses de chocolat mousseux et des gobelets de jus de fruits mais, depuis que Silas Barthew et Alix de Vigors s'étaient affrontés dans un concours de tartines, qui avait valu à chacun des concurrents une formidable indigestion, Harriet contrôlait discrètement la consommation individuelle des convives.

Au cours de ces agapes enfantines, Lorna s'arrangeait toujours pour s'asseoir à côté d'Osmond, à qui les cheveux courts et sa chute d'avant Noël donnaient une prépotence indiscutable. L'admiration que la fillette avait pour son petit camarade, au demeurant peu démonstratif, se traduisait par des attentions quasi maternelles. Elle lui beurrait ses tartines en choisissant les tranches de pain les moins grillées, car elle connaissait ses goûts et savait faire disparaître, avec un angle de serviette trempée dans l'eau chaude, les taches que le garçonnet faisait régulièrement à ses vêtements.

Osmond se laissait servir et choyer avec, en public, une sorte de condescendance polie. Lorna avait remarqué qu'il se montrait beaucoup plus aimable avec elle quand « les autres » n'étaient pas là.

Les parties de cache-cache offraient aux deux enfants des occasions de passer, tête à tête, derrière un buisson d'azalées ou sous la capote d'une vieille charrette réformée, des moments délicieux. On parlait du trésor d'Osmond ou d'un séjour projeté à Castelmore, mais aussi parfois de choses plus graves, comme la tristesse de Mme de Vigors ou les maux de dents de Céline.

Augustine avait expliqué à sa fille que le papa d'Osmond ne reviendrait jamais, qu'il était parti dans une autre vie et qu'elle devait se montrer très gentille avec l'orphelin, mot dont elle avait dû expliquer le sens. Ces confidences avaient encore renforcé l'affection de Lorna pour Osmond, mais à la première querelle qui opposa les deux enfants, parce que la fillette ne voulait pas que le petit garçon fasse tinter la vieille cloche qui autrefois appelait les esclaves au travail, elle lança :

« D'abord, tu es un orphelin ! »

Osmond demeura interloqué.

« Dis encore !

– Un or phe lin », articula Lorna.

Le garçonnet ne répondit pas, craignant que ce mot inconnu puisse figurer dans la catégorie de ceux qu'Harriet appelait « les vilains mots ». Il poussa avec rage le battant de la cloche et tira du bronze une réplique si sonore que Lorna s'enfuit en se bouchant les oreilles. Ce soir-là, il se cacha au moment du départ des invités et ne dit pas au revoir à son amie.

Plus tard, oncle Gus expliqua à Osmond qu'un orphelin est un enfant sans père. « Je suis moi-même un orphelin, commenta le Gascon, puisque mes parents s'en sont allés. » Le jeune de Vigors apprit du même coup la signification du mot mort et prit conscience de ce que cet état peut avoir de définitif.

C'est au cours du printemps qu'il reçut de l'oncle Gus sa première admonestation publique. Un après-midi, alors que Gloria et Gustave en visite à Bagatelle avec leurs petits-enfants Barthew, Lorna, Silas et Clary qui n'avait que trois ans, l'aîné, qui ne manquait pas d'imagination, proposa à ses camarades de jouer au marchand d'esclaves. Robuste et audacieux, il s'en fut chercher un gentil négrillon, fils du jardinier, qui n'osait pas se mêler aux enfants des maîtres. C'était un bambin de cinq ans crépu et vif, assez timide, dont l'immense regard brun faisait l'admiration de Bella et d'Harriet. Silas, sans prendre trop de précautions, lui lia les mains derrière le dos et le fit monter sur un banc.

Les nurses noires trouvaient toujours l'occasion de raconter aux enfants dont elles avaient la charge des histoires du temps de l'esclavage; comment elles-mêmes avaient été vendues, quelquefois séparées de leurs parents et bien souvent contraintes à des tâches pénibles par de mauvais maîtres. Ces femmes, qui jouissaient dans les familles de la confiance, sinon de la considération, s'étendaient volontiers sur la douloureuse condition des esclaves des champs, illustrant leurs récits d'anecdotes sur les esclaves « marrons », les fuites de ceux-ci à travers la forêt avec des chiens aux trousses, les punitions infligées quand ils étaient repris. Elles concluaient invariablement en citant Abraham Lincoln qui leur avait rendu la dignité en même temps qu'octroyé une liberté qui leur permettait maintenant de servir avec dévouement les bons Blancs, catégorie à laquelle appartenaient bien sûr les parents de ceux auxquels elles s'adressaient.

Chez les Barthew, comme chez les Vigors et ailleurs dans les plantations, tous les enfants savaient très tôt que les domestiques appartenaient à une race que distinguaient non seulement la couleur de la peau, mais aussi une infériorité sociale héritée de l'esclavage.

« Voilà, cria Silas s'adressant à Osmond et à Lorna. Je suis le marchand et vous êtes les planteurs. Si vous voulez mon nègre vous devrez donner quelque chose, et c'est celui qui donnera le plus qui l'aura. Il pourra en faire ce qu'il voudra et même le battre avec un bâton s'il n'obéit pas. »

Ayant expliqué le « jeu », Silas, bon comédien, se mit à vanter les qualités physiques de l'enfant noir, lui faisant ôter sa chemise et son pantalon après lui avoir délié les mains. Le fils du jardinier, baptisé James pour la circonstance, n'en menait pas large. Sa nudité en présence des petits Blancs et surtout d'une fillette le gênait considérablement. Quand il fit mine de sauter du banc, Silas le retint en le houspillant :

« Si tu bouges, tu auras vingt coups de fouet, sale nègre », cria-t-il en s'efforçant de prendre une voix effrayante.

L'enfant se mit à pleurer, ce qui émut Lorna.

« Lâche-le, Silas, il est gentil.

— Non, il n'est pas gentil, les nègres pleurent toujours quand on va les vendre. Voyez, messieurs et dames, comme il est fort, il peut abattre un arbre et ramasser deux balles de coton par jour. »

Le jeune Barthew répétait les formules entendues de la bouche de sa nounou.

Osmond, qui s'était senti gêné lui aussi quand son camarade avait forcé l'enfant noir à se dévêtir, fut le premier à se porter acquéreur.

« Je donne deux boutons dorés, dit-il d'une voix assurée.

– Et moi un ruban, renchérit Lorna en défaisant ses cheveux.

– C'est pas assez pour un beau nègre comme ça qui mange presque rien et travaille beaucoup », protesta Silas.

Osmond fouilla dans sa poche et en sortit un sifflet, Lorna retira de son cou sa médaille de baptême et la mit dans la balance. Comme Silas convoitait depuis longtemps le sifflet, James fut adjugé au garçon.

« Voilà, il est à vous, monsieur le planteur, emmenez-le ! »

L'esclave demanda timidement s'il pouvait se rhabiller, et Osmond l'autorisa à remettre son pantalon parce qu'il avait vu sur une gravure des Noirs travaillant torse nu.

« Tu as là un bon maître, James, conclut Silas, tâche de bien le servir.

– Qu'est-ce que tu vas lui faire faire ? » interrogea Lorna tandis que son frère essayait le sifflet.

Osmond réfléchit un instant puis, considérant ses chaussures maculées de poussière, ordonna :

« D'abord, esclave, tu vas nettoyer mes souliers. »

Le petit Noir, qui commençait à se rassurer, arracha quelques feuilles à un arbuste et se mit à genoux devant son « maître » confortablement installé sur le banc. Lorna, mains au dos, suivait la scène, admirant l'autorité d'Osmond qu'elle imaginait coiffé d'un panama et fumant un gros cigare comme tous les planteurs des livres d'images.

C'est à cet instant qu'apparut l'oncle Gus.

« Eh bien, à quoi jouez-vous ? » dit-il en voyant le fils du jardinier en train d'astiquer les chaussures d'Osmond.

Il y avait dans la voix de l'oncle Gus plus qu'une interrogation.

« C'est mon esclave, dit Osmond triomphalement, je l'ai acheté avec mon sifflet, il est à moi. Il faut que je le fasse travailler.

– Sacrebleu, jura Gustave, est-ce un jeu honnête, ça ? Relève-toi, gamin, et remets ta chemise. »

Quand il vit les traces brillantes laissées par les larmes sur le visage mat du petit Noir, il lui caressa affectueusement la tête.

« Comment t'appelles-tu ?

– Hector.

– C'est un beau nom, convint l'oncle Gus, celui du fils de Priam et d'Hécube, le plus vaillant des guerriers de Troie.

– C'est pas vrai, il s'appelle James, intervint Silas, les esclaves ils ont pas de nom à eux. Et c'est moi qui l'ai capturé et vendu. »

Comme Hector-James faisait mine de s'éloigner, Gustave le retint :

« Attends un peu, mon garçon, raconte-moi ce que t'ont fait ces olibrius. »

L'enfant s'exécuta sans omettre un détail, en roulant des yeux inquiets. Il conclut en ajoutant qu'on ne lui avait pas fait de mal et qu'on ne lui avait rien pris.

Oncle Gus s'assit sur le banc et invita les enfants à s'approcher.

« Vous avez fait beaucoup de peine à Hector. C'est un petit garçon comme les autres qui a un papa et une maman. Ils ne seraient pas contents d'apprendre que vous en avez fait un esclave même pour jouer, pas plus que vous il n'est fait pour tenir ce rôle.

– C'est un nègre, observa Silas, et les esclaves c'étaient les nègres.

– Et alors, un nègre vaut un Blanc. Quand le Bon Dieu a fait le monde il a voulu qu'il y ait des hommes de toutes les couleurs. Il y a des Jaunes comme les Chinois et aussi des Peaux-Rouges chez les Indiens. Il y a en Afrique des grands pays où tous les gens sont

« Je donne deux boutons dorés, dit-il d'une voix assurée.

– Et moi un ruban, renchérit Lorna en défaisant ses cheveux.

– C'est pas assez pour un beau nègre comme ça qui mange presque rien et travaille beaucoup », protesta Silas.

Osmond fouilla dans sa poche et en sortit un sifflet, Lorna retira de son cou sa médaille de baptême et la mit dans la balance. Comme Silas convoitait depuis longtemps le sifflet, James fut adjugé au garçon.

« Voilà, il est à vous, monsieur le planteur, emmenez-le ! »

L'esclave demanda timidement s'il pouvait se rhabiller, et Osmond l'autorisa à remettre son pantalon parce qu'il avait vu sur une gravure des Noirs travaillant torse nu.

« Tu as là un bon maître, James, conclut Silas, tâche de bien le servir.

– Qu'est-ce que tu vas lui faire faire ? » interrogea Lorna tandis que son frère essayait le sifflet.

Osmond réfléchit un instant puis, considérant ses chaussures maculées de poussière, ordonna :

« D'abord, esclave, tu vas nettoyer mes souliers. »

Le petit Noir, qui commençait à se rassurer, arracha quelques feuilles à un arbuste et se mit à genoux devant son « maître » confortablement installé sur le banc. Lorna, mains au dos, suivait la scène, admirant l'autorité d'Osmond qu'elle imaginait coiffé d'un panama et fumant un gros cigare comme tous les planteurs des livres d'images.

C'est à cet instant qu'apparut l'oncle Gus.

« Eh bien, à quoi jouez-vous ? » dit-il en voyant le fils du jardinier en train d'astiquer les chaussures d'Osmond.

Il y avait dans la voix de l'oncle Gus plus qu'une interrogation.

« C'est mon esclave, dit Osmond triomphalement, je l'ai acheté avec mon sifflet, il est à moi. Il faut que je le fasse travailler.

— Sacrebleu, jura Gustave, est-ce un jeu honnête, ça ? Relève-toi, gamin, et remets ta chemise. »

Quand il vit les traces brillantes laissées par les larmes sur le visage mat du petit Noir, il lui caressa affectueusement la tête.

« Comment t'appelles-tu ?

— Hector.

— C'est un beau nom, convint l'oncle Gus, celui du fils de Priam et d'Hécube, le plus vaillant des guerriers de Troie.

— C'est pas vrai, il s'appelle James, intervint Silas, les esclaves ils ont pas de nom à eux. Et c'est moi qui l'ai capturé et vendu. »

Comme Hector-James faisait mine de s'éloigner, Gustave le retint :

« Attends un peu, mon garçon, raconte-moi ce que t'ont fait ces olibrius. »

L'enfant s'exécuta sans omettre un détail, en roulant des yeux inquiets. Il conclut en ajoutant qu'on ne lui avait pas fait de mal et qu'on ne lui avait rien pris.

Oncle Gus s'assit sur le banc et invita les enfants à s'approcher.

« Vous avez fait beaucoup de peine à Hector. C'est un petit garçon comme les autres qui a un papa et une maman. Ils ne seraient pas contents d'apprendre que vous en avez fait un esclave même pour jouer, pas plus que vous il n'est fait pour tenir ce rôle.

— C'est un nègre, observa Silas, et les esclaves c'étaient les nègres.

— Et alors, un nègre vaut un Blanc. Quand le Bon Dieu a fait le monde il a voulu qu'il y ait des hommes de toutes les couleurs. Il y a des Jaunes comme les Chinois et aussi des Peaux-Rouges chez les Indiens. Il y a en Afrique des grands pays où tous les gens sont noirs, et en Asie beaucoup de gens sont jaunes. Il fut un temps où les Blancs, qui se disaient plus forts et plus malins, allèrent capturer dans leurs pays des Noirs ou des Jaunes pour les forcer à travailler pour eux. Ils ont enlevé les enfants à leurs mamans et les ont enchaînés puis vendus. Vous comprenez bien que c'était mal. Imaginez que des hommes noirs ou jaunes arrivent un beau matin et vous emportent dans des pays froids pour vous obliger à couper les arbres ou cultiver leurs terres loin de vos parents. Vous seriez heureux ? »

Les enfants baissaient la tête et se taisaient.

« Le Bon Dieu a toujours puni ceux qui ont fait des autres des esclaves parce qu'il a voulu que tous les hommes soient égaux et vivent à leur manière. Vous comprendrez plus tard, quand vous serez grands, que notre pays a été bien puni pour avoir pris des Noirs pour en faire des esclaves. Aujourd'hui, Dieu merci, tous les hommes de chez nous, qu'ils aient la peau noire ou la peau blanche, travaillent librement pour gagner leur vie.

— Les Noirs, ils sont pauvres et ne savent rien, remarqua Lorna.

— C'est bien pourquoi il faut les aider à sortir de leur pauvreté et de leur ignorance et ne pas les rabaisser, par des jeux stupides qui ne peuvent que leur faire de la peine, en leur rappelant les mauvaises actions des Blancs. Hector est un brave garçon; si j'avais été à sa place, je vous aurais griffé le nez, voilà. »

Tous regardèrent le petit Noir avec attention comme le héros du jeu. Hector, sous le charme des paroles de ce gros homme qui avait perdu son air courroucé, estimait que, grâce à lui, il avait dû échapper à un danger indéfinissable.

« Et maintenant, reprit M. de Castel-Brajac, pour que notre ami Hector ne vous garde pas rancune, il faut le dédommager. Silas va lui donner le sifflet d'Osmond et les deux autres vont ajouter un petit cadeau et puis, vous irez tous goûter ensemble car je sais que Bella a préparé une tarte aux pécans. »

Lorna était prête à donner sa médaille de baptême, mais oncle Gus expliqua que le ruban suffirait pour cette fois. Silas, qui bougonnait, fut contraint d'offrir un morceau de crayon; quant à Osmond, il vit sans plaisir Hector emporter un sifflet inutilement sacrifié.

On fut bien étonné, les domestiques comme Stella de Vigors et Gloria de Castel-Brajac, de voir à la table du goûter le fils du jardinier. C'était bien la première fois à Bagatelle qu'un Noir partageait un repas avec des Blancs. De tous, Hector paraissait le plus gêné, mais, la gourmandise l'emportant, il fit honneur aux gâteaux et aux confitures et Gustave ne fut pas mécontent de faire remarquer qu'il tenait convenablement sa fourchette, ne léchait pas sa cuiller comme Silas, ne bavait pas sur sa chemise comme Osmond et ne répandait pas de miettes – « de quoi nourrir une poule » – comme Lorna.

L'incident fut longuement commenté par les adultes le soir au dîner, quand le jardinier eut rapporté le sifflet d'Osmond et le ruban de Lorna en expliquant d'un ton un peu sec « qu'on ne devait rien à son fils ». Il tint désormais Hector à l'écart des jeux des petits Blancs.

Pendant que les enfants jouaient, se chamaillaient ou goûtaient, Augustine, Marie-Virginie, Lucile et Stella, toutes anciennes élèves des ursulines et qualifiées par les sœurs Tampleton de « femmes modernes », n'avaient pas pour sujets de conversation que leurs toilettes, les espiègleries de leurs rejetons ou leurs difficultés ancillaires. Elles faisaient de la musique, échangeaient des livres et commentaient les articles lus dans *The Ladies Home Journal* et parfois dans les quotidiens de leurs maris. Les potins paroissiaux ne prenaient pas dans leurs entretiens l'importance qu'on leur accordait habituellement au cours des tea-parties des dames de plantation. Par respect pour le deuil de Stella, elles évitaient les fous rires qui les prenaient autrefois quand, jeunes filles, elles se divertissaient aux dépens des « bigots à tête étroite » ou des vieux marcheurs qui les guettaient à la sortie du collège.

Pour ces jeunes femmes « à la page », le lancement du paquebot *Oceanic* de la White Star Line avait davantage retenu l'attention que le second procès du capitaine Dreyfus et la grâce accordée à l'officier calomnié par M. Emile Loubet. Et, cependant, cette affaire d'espionnage, qui avait profondément divisé les Français et déterminé la plus grave crise politique de la IIIe République, avait des répercussions en Louisiane où l'on rencontrait, chez les créoles d'origine française, des dreyfusards et des antidreyfusards, moins vindicatifs mais aussi entêtés que ceux qui s'affrontaient à Paris.

Lucile, qui revenait d'un voyage en Europe, ne tarissait pas d'éloges pour un compositeur français, Maurice Ravel, dont elle appréciait particulièrement une pièce pour piano. *Pavane pour une infante défunte*. Excellente pianiste, la plus jeune fille des Castel-Brajac avait rapporté la partition acquise chez Max Eschig, 48, rue de Rome à Paris, et jouait souvent pour ses amies cette mélodie d'une tristesse distinguée qui convenait parfaitement à l'état d'âme de Stella.

Lucile interprétait aussi quelques airs d'une œuvre lyrique de Giacomo Puccini : *Manon Lescaut*. Mis en musique, le drame de cette fille de petite vertu venue mourir d'amour en Louisiane troublait les cœurs des jeunes femmes romanesques. *Le vent dans les roseaux* de Yeats ou *La Gioconda* de Gabriele d'Annunzio l'intéressaient davantage que *La Soirée avec M. Teste* d'un certain Paul Valéry dont l'indifférence à l'égard du monde l'attirait sans la convaincre.

Augustine n'avait visité que New York où, pour la première fois de sa vie, elle avait pris place dans un ascenseur hydraulique de M. Otis. Etourdie par le grouillement de la grande ville, elle soutenait que les New-Yorkais, saisis d'une passion pour l'automobile et les tramways électriques, finiraient par mourir étouffés entre leurs deux rivières.

Marie-Virginie, toujours affligée de ne pas avoir d'enfants et de nature moins exubérante que ses compagnes, partageait davantage, en tant que sœur de Gratien, la détresse de Stella. Elle redoutait de perdre son mari, car Amédée Tiercelin s'impatientait, après cinq années de mariage, de ne pas avoir d'héritier. Chaque mois, la déception faisait suite à une vague espérance, et ces jours-là, Marie-Virginie venait pleurer sur l'épaule de Stella. Le vieux Tiercelin engageait son fils à la répudiation pure et simple d'une épouse stérile et, si le mot « divorce » n'avait pas encore été prononcé, c'était par respect pour le sénateur Charles de Vigors. Depuis que ce dernier avait annoncé son intention de se retirer de la vie politique, Amédée Tiercelin considérait que Marie-Virginie n'était plus le beau parti qu'il avait choisi.

« S'il me répudie, confiait la jeune femme à sa belle-sœur, je me ferai religieuse comme Louise-Noëlle.

— S'il te répudie, comme Napoléon a renvoyé Joséphine, Amédée ne se conduira pas en gentleman, commentait Stella.

— Il faut se mettre à sa place, on se marie pour avoir des enfants.

— On se marie pour le meilleur et pour le pire. As-tu parlé à ton père de l'éventualité d'un divorce?

— Oh! mon père... oui, je lui en ai parlé.

— Et qu'a-t-il dit?

— Il m'a dit « Qu'il aille au diable » et m'a conseillé de prendre un amant. »

12

Au début de l'automne, tandis que les fortes pluies s'abattaient sur la paroisse de Pointe-Coupée prenant parfois, à cause du vent violent, toutes les apparences de la tornade, M. Oliver Oscar Oswald fit une nouvelle démarche auprès de Mme de Vigors, en vue d'acquérir les cinq mille acres du domaine qu'il convoitait depuis longtemps.

Stella délégua aussitôt Gustave de Castel-Brajac en l'incitant à se montrer moins intransigeant sur le prix demandé. Bien qu'il lui en coûtât, car le Gascon détestait la pluie au moins autant que son cheval, oncle Gus fit atteler le cabriolet dûment capoté. Enveloppé dans une houppelande de toile huilée, il se mit en route, un flacon d'armagnac en poche. Il n'avait pas rencontré le beau-père de Lucile depuis plusieurs mois. Ce dernier ne sortait guère de chez lui depuis l'épilogue du meurtre de Lorette Brent. Quand le Gascon se retrouva en présence de Triple Zéro, il put mesurer combien l'ancien *carpetbagger* avait changé. Le visage autrefois hilare et coloré d'Oswald était gris et boursouflé. Les chairs paraissaient flasques et le regard ressemblait à celui d'une bête malade. Le sourire de bienvenue qu'il adressa à Gustave était forcé, et la poignée de main autrefois si vigoureuse manquait de conviction. M. de Castel-Brajac constata qu'il avait abandonné l'usage du corset qui – les bonnes langues l'avaient toujours affirmé – l'aidait à maintenir son embonpoint dans un volume acceptable.

Il semblait avoir renoncé également à teindre ses cheveux qui prenaient, à la lumière des lampes, une curieuse couleur de perruque usée que Gustave qualifia mentalement de « queue de vache ». De la virilité vulgaire et bon enfant des aventuriers du fleuve, M. Oswald était passé en apprenant un peu de manières et en imitant beaucoup de tics à une préciosité pataude de provincial.

Il ne lui restait rien de son assurance primitive et le vernis bourgeois s'était effrité. Il ressemblait à un dix-cors talonné par la meute de ses vanités déçues.

« Nous allons nous mettre d'accord rapidement, dit-il d'une voix lasse, je suis prêt à payer le prix que vous m'avez demandé, soit 350 000 dollars. Mon notaire ira voir Stella dès qu'elle voudra le recevoir. »

Par manière de distraction et parce qu'il ne détestait pas le marchandage, Gustave observa :

« A ce prix, vous faites encore une meilleure affaire qu'il y a quelques mois, le coton a pris 30 p. 100 et se vendra cette année à New York au moins 7 *cents* la livre.

— Il y aura une forte proportion de coton taché de moindre qualité. Il a beaucoup plu cet été.

— Oh! je ne discute pas, nous nous en tenons à 350 000... N'empêche que vous faites, je crois, une bonne affaire.

— Admettons », fit Oswald conciliant.

Puis il ajouta d'une voix qui tremblait un peu :

« Comme je vais passer la main à Omer, c'est votre fille et nos petits-enfants qui en auront le bénéfice. Je mettrai ça dans la corbeille de baptême d'Hortense.

— C'est généreux à vous puisque ma fille vient de donner à Aude une petite sœur, nous nous réjouirons ensemble. J'aurais préféré qu'elle nous fît un garçon. Mais ça viendra peut-être. »

Comme l'entretien risquait d'être clos avant que l'on eût évoqué le sujet auquel pensaient sans oser l'aborder les deux hommes, Gustave ouvrit le jeu.

« J'ai su par Brent, à la veille de sa mort, ce que

vous avez fait pour vous rédimer. C'est bien. Et j'ai constaté que tous vos engagements avaient été tenus.

— Vous trouvez que c'est bien... peut-être... mais j'ai dû tuer un nègre et me séparer de mon fils pour éviter le déshonneur à mes autres enfants... et cela sans pouvoir me confier à ma femme. J'ai même brûlé le bateau à la voile jaune... Je n'ai plus rien d'Odilon et jamais je ne le reverrai... »

Gustave leva les yeux sur le panneau où était accrochée quelques mois plus tôt la peinture qui lui avait fourni la clef de l'énigme de la mort de Lorette. A sa place, il vit une gravure assez mièvre représentant le *Mayflower* voguant vers l'Amérique.

M. Oswald, tassé dans son fauteuil à haut dossier, les mains à plat sur son sous-main, ressemblait à ces poussahs de peluche que l'on gagne dans les loteries foraines. Gustave eut soudain pitié de cet homme qu'il avait contribué à abattre.

« Je crois à la réversibilité des mérites comme au rachat des fautes. Les pères n'ont que rarement les fils qu'ils souhaitent avoir. Moi-même, croyez-vous que j'ai tant de satisfaction avec Félix? »

Si Gustave évoqua l'existence marginale du frère d'Augustine et de Lucile, dont on parlait peu, même en famille, ce fut pour offrir au père d'Odilon, avec une preuve de compréhension, l'accès à ses propres sentiments. C'était sa façon délicate et amicale d'aider Oswald à sortir de la solitude morale où son secret le tenait enfermé.

Certes Félix de Castel-Brajac, âgé à ce jour de vingt-deux ans, ne ressemblait guère au fils du *carpet-bagger*, mais il s'était mis lui aussi en dehors des normes familiales et poursuivait en Europe une existence qui, sans être scandaleuse, eût été jugée peu convenable par la bonne société louisianaise, si les commères des plantations en avaient eu connaissance.

Comme le fit remarquer Oswald, qui ne savait rien des déceptions intimes de son vis-à-vis, Félix n'avait jamais commis de mauvaises actions.

« C'est un gentil garçon, d'après ce que m'a dit Omer qui était au collège Poydras avec lui. »

Enfant sage et docile, Félix était devenu un adolescent que l'on remarquait pour sa beauté, son élégance et ce regard velouté qu'il tenait de sa mère à laquelle il vouait un amour exclusif et inquiet. D'une sensibilité extrême et frémissante, il avait montré très tôt des goûts raffinés, une compréhension innée des œuvres d'art, une aptitude à s'exalter à leur contact, un attachement quasi sensuel aux objets élus dont il s'entourait et qui constituaient son musée personnel. Aussi, quand après avoir brillamment conquis ses grades universitaires, Félix avait demandé à son père de l'envoyer à Oxford pour y étudier l'histoire de l'art en fréquentant l'Ashmolean Museum et la Bibliothèque bodléienne, sa requête avait été acceptée. C'est à Oxford qu'il avait rencontré un maître selon son cœur. Un professeur d'architecture, disciple de Ruskin, célibataire aisé aux goûts aristocratiques, qui s'était entiché de ce jeune Américain portant un illustre nom français. Leur intimité fit un moment jaser au Brasenose College et dans quelques autres, surtout quand le 26 juin 1898 Félix avait fêté son vingtième anniversaire en commémorant par une lecture de *Ravenna* le triomphe qu'avait obtenu, au même endroit, vingt ans plus tôt, jour pour jour, l'auteur de ce poème, un certain Oscar Wilde.

Dans la concomitance entre cet événement oxfordien et sa venue au monde, Félix de Castel-Brajac avait aussitôt distingué un de ces signes subtils que le destin adresse à ceux qui ont tôt choisi de servir la beauté. Au moment où M. de Castel-Brajac s'attendait à voir revenir en Louisiane son fils nanti des diplômes les plus flatteurs, Félix lui écrivit qu'il s'en allait apprendre la vraie civilisation en Grèce et en Italie, avec son professeur qui s'était libéré de ses fonctions universitaires pour se consacrer exclusivement à son élève préféré. De temps à autre, Gloria recevait de longues lettres de l'esthète, souvent accompagnées de coupures de presse élogieuses, car Félix dessinait d'admirables motifs pour les fabricants de soieries et, parfois même, des robes ou des meubles que les Romaines et les Florentines s'arrachaient à prix d'or.

« Où se trouve-t-il présentement ? demanda Oswald.

– A Venise, où il compte passer deux années à se pénétrer des charmes colorés de la lagune entre deux concerts à la Fenice et la contemplation de Carpaccio, du Titien, du Tintoret ou de Véronèse, tout en se livrant, j'imagine, à des ratiocinations ruskiniennes et à quelques autres plaisirs dont il ne dit pas un mot.

– Il n'y a rien là de déshonorant, observa Oliver Oscar, et, si vous n'êtes pas satisfait par un tel fils, c'est que vous êtes difficile, d'autant plus que, si j'ai bien compris, il ne vous demande pas d'argent ?

– Il dit gagner très largement sa vie et son... professeur... est très riche.

– Il ne lui reste plus qu'à faire un beau mariage ! conclut Oswald auquel la moue de Castel-Brajac paraissait déplacée.

– Ah ! macadiou, je serais bien le plus heureux des hommes s'il épousait même la fille d'un gondolier ! Mais je crains que ses goûts ne le portent à une irrévocable misogamie.

– Qui sait, il sera peut-être plus heureux que nous. Certains soirs, je me dis que j'aurais mieux fait de continuer à vivre au jour le jour, au gré des aventures plutôt que de me mettre, comme je l'ai fait, une famille, un domaine et une fortune sur le dos. »

Gustave prit un air faussement courroucé.

« Eh bien, moi, je me dis que pour être vraiment libre, il faudrait naître orphelin et stérile. »

M. de Castel-Brajac laissa au père d'Odilon une bonne minute pour méditer cet aphorisme provocateur puis, sa jovialité naturelle reprenant le dessus, lança en roulant les r :

« Millediou, Oswald, redressez-vous, vous ne m'avez même pas proposé un verre à boire. Vous ne voudriez tout de même pas que j'aille me désaltérer à l'eau de votre gouttière? »

Le jour même où Stella de Vigors signa la cession à M. Oliver Oscar Oswald, pour la somme de 350 000 dollars, plus les frais, « de cinq mille acres de bonne terre à coton constituant une parcelle d'un seul tenant qui devrait être close par l'acheteur aux fins de garantir la tranquillité du propriétaire mitoyen », on apprit à Bagatelle le désastre de Galveston (Texas). Les pluies torrentielles qui tombaient sur la Louisiane n'étaient que l'épanchement d'un ouragan et d'un raz de marée qui avaient déferlé le 8 octobre sur la côte du Texas. Les nouvelles les plus alarmantes parvenaient de Galveston anéantie par la tempête. On disait déjà qu'il s'agissait de la pire catastrophe naturelle jamais subie par les Etats-Unis. La ville inondée n'était qu'un amas de ruines. Des vagues de quinze pieds de haut poussaient, jusque dans les rues les plus éloignées de la côte, des cadavres défigurés. A dix-huit heures quinze, le 8 octobre, le vent s'était mis à souffler à cent miles à l'heure pour atteindre, entre dix-neuf heures trente et vingt heures trente, la vitesse maximale de cent vingt miles à l'heure. On parlait de six à huit mille morts sur les trente-sept mille habitants que comptait la ville. Les survivants fuyaient vers l'intérieur, emportant ce qu'ils pouvaient sauver dans une ambiance de fin du monde en essayant de se protéger des tuiles, des briques, des poutres, des tonneaux que la tempête propulsait sur des centaines de mètres. Ce cataclysme meurtrier fit oublier les deux cents mineurs qui avaient péri le 1er mai dans l'explosion de la mine de Scotfield (Utah), la rébellion des Boxers en Chine, où, en accord avec sa politique de « porte ouverte », le gouvernement venait d'envoyer un détachement de marines, et le premier tournoi de la Coupe Davis que les tennismen américains avaient gagné à Longwood (Massachusetts). Quand le 6 novembre William McKinley fut réélu président des Etats-Unis en l'emportant largement sur son rival démocrate, William Jennings Bryan, et que Theodore Roosevelt accéda à la vice-présidence, les Sudistes, qui venaient de voter pour Bryan en souhaitant McKinley, se déclarèrent satisfaits. Ils estimaient que « McKinley était un homme de l'Ouest avec les idées de l'Est, et M. Roosevelt un homme de l'Est avec les idées de l'Ouest ». Le second mandat du président McKinley garantissait en effet la continuité d'un style d'administration qui avait apporté la prospérité au pays. On lui pardonnait sa détestable habitude de fumer des cigares noirs et puants, et sa façon démagogique de changer d'opinion toutes les fois qu'il était convaincu que l'opinion de la majorité avait changé.

Charles de Vigors, retiré de la vie politique, approuvait cette dernière attitude que les détracteurs du républicain qualifiaient d'hypocrite, car, disait-il, « il sent le vent et c'est là ce qui prouve ses capacités d'homme d'Etat, le président devant être le serviteur du peuple ». Castel-Brajac, quant à lui, le trouvait « gélatineux » et considérait qu'il se laissait trop facilement gouverner par ses conseillers.

Mais l'intérêt que le Gascon portait à la vie politique ne dépassait guère le cadre des propos de table. L'éducation d'Osmond lui importait davantage. Depuis que Stella avait engagé une institutrice chargée d'apprendre à lire et à écrire au garçonnet et à sa sœur Alix, M. de Castel-Brajac s'impatientait.

« De mon temps, c'étaient les mères qui apprenaient à leurs enfants les lettres et les chiffres, avant de les confier à un précepteur qui devait leur ouvrir l'esprit. »

Le Gascon fut comblé quand Mme de Vigors lui proposa au printemps 1901 de prendre en main l'éducation de son fils, afin de préparer ce dernier à entrer au collège.

Gustave de Castel-Brajac était doué pour l'enseignement. Ses conceptions pédagogiques relevaient en partie seulement des principes de Jean-Jacques Rousseau, car il ne pardonnait pas à cet égoïste génial d'avoir porté aux Enfants Trouvés les cinq bébés nés de ses amours distraites avec cette godiche de Thérèse Le Vasseur. Néanmoins, il admettait, avec l'auteur d'*Emile*, que la nature est le premier maître et l'instinct le révélateur objectif et désinvolte des besoins du corps, des exigences des sens, de l'indépendance, de l'imagination et des élans du cœur. Comme Pestalozzi, il estimait que la spontanéité d'un être neuf doit être effectivement contrôlée pour ne pas dériver jusqu'aux vices.

Avec Rollin, il soutenait que « l'éducation doit apparaître comme une maîtresse douce et insinuante, ennemie de la violence et de la contrariété, que l'éducateur doit agir par persuasion en parlant toujours raison et vérité ». Entiché des auteurs grecs et latins, il comptait, comme Quintilien, sur la « compréhension aimante » de son élève pour l'amener, ainsi que le souhaite Térence, « à faire bien plutôt de son plein gré que par la crainte d'autrui ». Il trouvait le but à atteindre à la fois dans Cicéron et chez Montaigne, le premier prônant cette curiosité d'esprit qui fait « les adolescents gorgés de sève », le second soutenant que « vivre à propos, c'est se connaître pour se dominer et conserver sa liberté intérieure ».

M. de Castel-Brajac se voulait le mentor d'un nouveau Télémaque. Son goût pour la démonstration, sa faconde, l'ardent désir qu'il avait de faire partager à Osmond ses connaissances, la confiance que lui inspirait cet enfant chez lequel il souhaitait retrouver la force de caractère de Virginie et la noblesse de Dandrige le portaient à ce préceptorat. Il s'engagea donc à préparer le futur maître de Bagatelle à entrer chez les jésuites, garantissant à Stella qu'avant l'âge de douze ans il saurait assez de latin, de français, d'anglais et de sciences pour faire bonne figure au collège. Il comptait bien procéder par « leçons de choses » plus que par des cours afin de stimuler la curiosité de son élève.

C'est ainsi que, pour illustrer au plus vite sa méthode, il obtint au cours de l'été 1901 d'emmener Osmond voir à Jennings, près du lac Charles, le premier puits de pétrole louisianais. Pour le garçonnet, ce fut une fête. Le trajet de Bagatelle à Jennings constituait une véritable expédition ferroviaire. Le landau de Bagatelle conduisit Osmond et oncle Gus, qui avait veillé personnellement à la confection des bagages, jusqu'à New Roads où ils montèrent dans le Louisiana and Arkansas Railroad qui les transporta à Baton Rouge.

Leurs places étaient retenues dans un pullman du Texas and Pacific qu'ils abandonnèrent à Thibodeaux pour sauter dans le Southern Pacific qui, par La Nouvelle-Ibérie, les porta jusqu'à Jennings.

« Si nous étions des oiseaux, expliqua Gustave, nous serions arrivés depuis belle lurette, mais le chemin de fer doit contourner la zone des bayous qui s'étend sur des miles carrés de chaque côté du fleuve Atchafalaya. »

Les bayous, ces étendues d'eau faussement stagnantes, hérissées de cyprès chauves – squelettes bien vivants d'arbres imputrescibles dépourvus de feuilles – et parsemées d'îlots mauves, massifs flottants de jacinthes, Osmond les découvrit le nez écrasé sur la vitre du compartiment. En traversant les paroisses de Terrebonne et de Sainte Mary, il apprit le nom de quelques beaux oiseaux : pélicans bruns, flamants roses, mouettes, canards, hérons gris. L'avocette, avec son bec effilé et d'une courbure comique, lui plut particulièrement. Oncle Gus lui expliqua que ces particularités ne sont pas des caprices de la nature, mais correspondent à une nécessité vitale. Pour marcher dans les marais sans se mouiller le ventre, les échassiers possèdent de hautes pattes et, pour se nourrir de vers ou de minuscules poissons, leur bec démesuré leur rend de grands services.

« Rien de ce que nous pouvons voir dans la création n'est inutile », proclama le Gascon, résumant ainsi pour son élève sa première leçon de sciences naturelles.

Jennings n'était qu'un village fondé en 1884 par un certain Jenning McComb, ingénieur des chemins de fer chargé par le Southern Pacific Railway de construire la ligne qui traversait le sud-ouest de la Louisiane. Situé à cinquante miles du golfe du Mexique et à trente-cinq du lac Charles, il était peuplé d'anciens ouvriers des chemins de fer venus autrefois de l'Iowa, du Missouri, de l'Indiana et du Kentucky, et de cultivateurs d'origine française et allemande. Au cœur d'une zone où l'on cultivait le riz et le maïs, il produisait aussi des fleurs, notamment de beaux lis très prisés par les belles de La Nouvelle-Orléans. La petite cité ne possédait pas d'hôtel confortable, mais oncle Gus et Osmond avaient prévu de loger chez les fils de Paul Dubard, dit « Rondin ». Ils exploitaient une scierie annexe de la Cypress and Oak Company fondée par leur père sur la rivière des Perles. Leur demeure, située au bord du bayou Hermentau, était peuplée, comme toutes les habitations de la famille, par une foule d'enfants joueurs et braillards.

« Où qu'on aille à travers l'Etat, disait Castel-

Brajac, on est toujours certain de trouver un Dubard apte à vous héberger et à vous nourrir. Dieu bénisse les grandes familles. »

Osmond et son mentor, chaleureusement accueillis, ne furent pas peu étonnés de trouver, installé pour quelques jours chez leurs hôtes, le sénateur de Vigors.

« Quelle surprise, dit oncle Gus qui, sachant la fragilité des liens qui unissaient Charles à la famille de sa femme, ne tenta pas de dissimuler sa stupéfaction.

– Je suis comme vous, répliqua Charles, je m'intéresse au pétrole. »

Quelques mois auparavant, l'huile noire avait tiré Jennings de sa torpeur. Les frères Heywood, qui croyaient à la présence de pétrole dans le sous-sol de la région, avaient foré un puits de mille huit cents pieds de profondeur à six miles au nord du village. Depuis le début d'août, le liquide visqueux et malodorant, qui faisait la fortune de M. Rockefeller et de ses associés, jaillissait impétueusement, et l'on emplissait des barils tout en luttant contre l'ensablement du forage.

Ce n'était pas à vrai dire le premier pétrole rejeté par le sol louisianais. En 1812, on avait détecté la présence d'huile et de gaz naturel, et en 1839, l'*American Journal of Science* avait rapporté que des « sources » de pétrole existaient sur les berges de la rivière de Calcasieu se jetant dans le lac Charles. En octobre 1865, un certain J. W. Mallet avait payé 20 000 dollars le droit de rechercher un pétrole difficile à trouver, ce qui l'avait contraint à passer la main à la Louisiana Petroleum and Coal Company en juin 1866. Cette société, après trois années d'efforts et un forage de mille deux cent trente pieds de profondeur, n'ayant identifié que quelques traces d'huile et de soufre, s'était récusée.

Plus heureux avait été le capitaine Anthony F. Lucas qui, s'inspirant des méthodes texanes, avait dressé un derrick à Anse-la-Butte, près de Breaux Bridge. Le 10 janvier 1901, le pétrole avait jailli d'une façon spectaculaire, créant une immense sensation dans le public, faisant naître des vocations de prospecteurs, assurant subitement une nouvelle source de profits aux spéculateurs fonciers. Au mois d'août, au moment où les frères Heywood confirmaient à Jennings la richesse pétrolière de la région, on comptait déjà en Louisiane soixante-seize compagnies spécialisées représentant un capital de 44 063 000 dollars.

Charles de Vigors et son amie Marie-Gabrielle, toujours en quête de placements fructueux, figuraient au nombre des actionnaires de plusieurs sociétés, d'où l'intérêt porté par l'ancien sénateur au forage de Jennings. Le pétrole n'était plus, comme un demi-siècle auparavant, un « merveilleux remède contre les rhumatismes et le cancer » que vendaient les charlatans – dont le père de M. Rockefeller – dans les baraques foraines. C'était le nectar naturel qui animait les moteurs des bateaux à vapeur et des automobiles qui allaient se multipliant.

Osmond découvrit en même temps que l'oncle Gus le derrick des frères Heywood : un échafaudage pyramidal, haut de quatre-vingt-deux pieds, en forme de tour, auprès duquel fonctionnait une machine à vapeur entraînant une pompe branchée sur un tuyau enfoncé dans le sol. A l'aide de tubes qui composaient le conduit vertical, le sol avait été vrillé par un trépan qui grignotait l'écorce terrestre comme un ver s'introduit dans un fruit. Un ingénieur expliqua que le gros tuyau qui servait de base au puits avait un diamètre de six pouces, mais que celui des tubes ajoutés au fur et à mesure de la progression du forage n'était que de deux pouces. Le pétrole pompé était stocké dans des cuves puis grossièrement filtré et mis en baril. Les frères Heywood comptaient produire au moins cent mille barils par an à 35 *cents* le baril. Déjà, ils avaient dressé d'autres derricks en association avec les frères Moresi à Jeannerette. On envisageait de construire une raffinerie et un pipeline pour écouler plus aisément la production.

Le séjour de Charles de Vigors à Jennings n'avait pas pour but qu'une simple inspection d'un chantier dont il était un des commanditaires. Ses conversations avec les ingénieurs avaient pour objet de décider l'un de ces spécialistes en géologie à faire une étude, si possible discrète, du territoire de Bagatelle, région où personne n'avait encore eu l'idée de rechercher du pétrole. Oncle Gus et Osmond quittèrent Jennings et les charmants Dubard sans rien savoir des projets de M. de Vigors, ni des accords qu'il avait pu passer avec certains « pétroliers ».

La deuxième leçon de choses que M. de Castel-Brajac donna sur le vif à son jeune élève relevait de l'éducation civique. Depuis quelques années, les paroisses et certaines villes avaient décidé d'élever des monuments rappelant le souvenir des soldats confédérés tombés pendant la guerre civile. Les autorités de Pointe-Coupée, ne voulant pas être en reste, avaient ouvert une souscription publique et chargé un sculpteur italien de concevoir et de réaliser une statue. La paroisse disposait de nombreux héros, mais c'est l'histoire du plus jeune, Walter Redburn, qui inspira le mieux l'artiste. Au jour de l'inauguration du monument, toute la famille Redburn était présente, et l'honneur revint à Clara Oswald, sœur du défunt, de dévoiler la statue. La musique militaire derrière les drapeaux de l'Union et l'emblème inoffensif et sacré de l'ex-Confédération, les discours emphatiques des élus, l'exhortation émouvante d'un vétéran, les gerbes de fleurs, les toilettes claires des femmes furent pour Osmond l'occasion de faire connaissance avec les manifestations de patriotisme. Clara et ses frères eurent quelque difficulté à retrouver dans le masque viril et volontaire du soldat de granit, figé dans la position de la sentinelle, les traits du jeune Walter. Pour donner à son œuvre quelque caractéristique de l'adolescence, le sculpteur avait cru bon de représenter son modèle vêtu d'une tunique aux manches trop courtes et coiffé d'une casquette à la visière cassée.

« Mon Dieu, comme il est fagoté », dirent en chœur les demoiselles Tampleton très déçues que l'oncle Willy, glorieux manchot, n'ait pas été retenu pour figurer sur le piédestal.

M. Oliver Oscar Oswald, dont c'était la première apparition en public depuis longtemps, et qui n'avait pas connu ce beau-frère mort trop jeune, confia à Castel-Brajac qu'il avait dû payer la moitié du monument, la souscription n'ayant pas rapporté suffisamment d'argent.

« Je l'ai fait pour Clara, ajouta-t-il, mais je trouve que les morts me coûtent cher ces temps-ci en monuments funéraires. »

La musique de la garde nationale de Louisiane, qui avait interprété sans grande conviction l'hymne fédéral *The Star-Spangled Banner*, mit plus d'ardeur dans *Dixie*, l'hymne du Sud, dont les assistants reprirent spontanément le refrain. Ce jour-là, tous ceux de la paroisse de Pointe-Coupée qui conservaient le souvenir des sacrifices inutiles de la guerre civile communièrent dans un élan de foi sudiste. Osmond vit pour la première fois des hommes pleurer en entendant un vétéran lire d'une voix grave un poème de Mme Thomas B. Pugh de Napoléonville intitulé *Nos deux bannières*. La poétesse, qui composait en anglais, exhortait les citoyens à se rassembler autour de « Old Glory »[1], sans oublier pour autant la bannière de la défunte Confédération aujourd'hui paisible et ferlée,

---

[1]. Le drapeau des Etats-Unis. Aurait été nommé ainsi, en 1824, par William Driver, un officier de marine, de Salem (Massachusetts).

mais toujours douce aux cœurs sudistes. « Nous savons – disait le poème – que les hommes qui la brandirent étaient nobles, sincères et courageux et que les immortelles qui la parent recouvrent aussi les tombes des héros. »

C'était là, estimèrent les auditeurs, une belle profession de foi, démontrant que les anciens confédérés étaient de bons et loyaux citoyens de l'Union, mais qu'ils possédaient avec l'héritage sudiste quelque chose dont les Nordistes seraient toujours dépourvus.

Commentant cette journée lors du barbecue qui, comme au bon vieux temps, succéda aux cérémonies publiques, Nancy Tampleton rappela un dicton qui résumait assez bien, pour les jeunes générations, l'attachement atavique des gens du Sud à leur sol et à leurs mœurs : « On peut toujours sortir un Sudiste de son Sud, mais on ne peut pas extirper le Sud d'un Sudiste. »

« Le fait est, commenta Castel-Brajac, que l'esprit sudiste est comparable à l'esprit de famille. Chaque fois qu'un « étranger », c'est-à-dire quiconque est né hors des treize Etats confédérés, formule une critique contre le Sud, chaque Sudiste la prend comme une attaque personnelle et réagit en tant que représentant du Sud tout entier.

– En bon français, cela s'appelle du chauvinisme, observa Amédée Tiercelin.

– Eh bien, c'est une affaire entendue, nous sommes chauvins et entendons le rester. Nous avons payé ce droit assez cher, non ! » répliqua le juge Clavy dont deux frères avaient été tués à Chancellorsville.

Au cours du dîner que donnèrent, au soir de l'inauguration du monument du soldat confédéré, les Castel-Brajac dans leur grande maison de Fausse-Rivière, Gustave remarqua la mine défaite de Marie-Virginie Tiercelin, dont ni le père, l'ancien sénateur de Vigors, ni la mère, que tout le monde appelait tante Liponne, ne s'étaient déplacés. Entre deux portes, Gloria confia à son mari la cause de la tristesse de la jeune femme. Amédée Tiercelin, son mari, lui avait déclaré sans ambages qu'il se verrait dans l'obligation de chercher une nouvelle épouse si, d'ici la fin de l'année, Marie-Virginie ne portait pas dans ses flancs la promesse d'un héritier.

« Etant le seul mâle de la famille, « il me faut un ventre », avait-il déclaré avec emphase reprenant une expression historique.

Aussi, beaucoup de convives, vaguement informés, se sentirent-ils mal à l'aise quand le vieux Tiercelin se lança avec son manque de tact coutumier dans l'analyse qu'il voulait humoristique de la folie nobiliaire qui, depuis des années, semblait s'être emparée des parvenus de New York, de Chicago ou de Pittsburgh. Sans tenir compte non plus de la présence d'Oswald – ce qui pouvait confirmer l'intégration de ce dernier dans la bonne société aussi bien que faire sentir le peu de cas qu'on faisait de l'ancien *carpetbagger* –, Tiercelin énuméra les moyens que les « swells [1] » utilisaient pour passer dans la classe des « nobs ». Beaucoup s'efforçaient, avec la complicité de généalogistes imaginatifs, de fabriquer des lignées honorables. Le banquier J.P. Morgan avait ainsi été pourvu, par un spécialiste qui faisait autorité, d'un blason et d'une douzaine de quartiers de noblesse qui figuraient dans un ouvrage inspiré du Gotha. De la même façon, M. William Astor était censé descendre d'un grand d'Espagne, le chevalier d'Astorga, alors que la fortune de la famille avait pour origine les escroqueries du grand-père Jacob Astor, un boucher immigré qui grugeait les Indiens et s'emparait des terres des pauvres paysans. Un baron de l'acier, dont la seule caractéristique héréditaire était un long nez pointu, s'était même

---

[1]. Parvenus.

constitué une galerie d'ancêtres en achetant chez les antiquaires anglais des portraits d'amiraux, d'évêques ou de notables dont l'appendice nasal ressemblait au sien et à ceux de ses descendants.

D'autres, qui pensaient à la postérité, envoyaient leurs filles en Europe pour « acheter un noble sur pied ». C'est ainsi que M. Jay Gould, le magnat des chemins de fer, avait marié sa fille Anna, dont les revenus annuels atteignaient 3 millions de dollars, à Boniface de Castellane, petit-neveu de Talleyrand, petit-fils d'un maréchal de France et authentique descendant du duc d'Epernon. Ce mariage flatteur n'était pas des plus heureux, affirma M. Tiercelin. Le coureur de dot pommadé et vaniteux se conduisait, disait-on, avec son épouse américaine comme aucun voiturier n'aurait osé traiter la sienne. De la même façon, Consuelo Vanderbilt, fille d'un autre « prince du rail », était devenue duchesse de Marlborough.

Des centaines de mariages tristement intéressés avaient ainsi été « arrangés » par des marieuses parfois titrées qui n'hésitaient pas à mettre en présence dans leurs salons de Londres ou de Paris des jeunes Américaines fortunées et des fils de famille paresseux et désargentés à l'affût d'un bon parti.

« C'est ainsi, conclut M. Tiercelin, que chaque année une partie de la fortune américaine quitte le pays et que se fondent des foyers bouffons. »

La belle-mère de Marie-Virginie, dont les goûts en matière de peinture se limitaient aux mièvres productions des aquarellistes de plantation, prit le relais de son mari. Elle déplora que des gens comme MM. Henry O. Havemeyer, roi du sucre, William C. Whitney, un des maîtres de Wall Street, ou Andrew Mellon, empereur de l'aluminium, dépensassent des sommes fabuleuses pour « paraître ». Ces millionnaires ornaient en effet leurs immenses maisons de Rembrandt ou de Fragonard, de statues romaines, de vitraux médiévaux acquis auprès de moines simoniaques ou importaient, après les avoir fait démonter pierre à pierre, des cloîtres cisterciens.

« *Vanitas vanitatum* », cita Clarence Barthew en souriant.

On en vint, comme souvent à la fin des repas, à parler politique et à commenter la réélection de McKinley et l'accession à la vice-présidence de Theodore Roosevelt. A ce propos le juge Clavy, qui avait un talent particulier pour conter les anecdotes, mit en scène une fois de plus devant les convives, les antagonistes démocrates et républicains.

« Comment se fait-il, m'a demandé l'autre jour un avocat de Boston, que tous les gens du Sud soient démocrates? Chez nous, dans le Nord, il y a des républicains, des démocrates, des agrariens, des indépendants, des progressistes. Je lui ai répondu que, mon arrière-grand-père étant démocrate, mon grand-père démocrate et mon père démocrate, j'étais naturellement démocrate.

« – Supposons que votre père ait été un voleur de « chevaux, m'a dit le juriste, que votre grand-père ait « été un voleur de chevaux, etc., que seriez-vous donc « maintenant? » Je pense que dans ce cas je serais républicain », lui ai-je répondu »

Après un grand éclat de rire, l'assemblée applaudit frénétiquement le juge qui avait si bien su remettre un Yankee indiscret à sa place.

« N'empêche, risqua Omer Oscar Oswald, qu'un certain nombre de Sudistes ont dû voter pour McKinley, sinon il n'aurait pas été si largement réélu.

– C'est le plus supportable des républicains, reconnut Castel-Brajac, et sa réélection fait faire au pays l'économie d'un changement d'administration. Maintenant que les rebelles philippins ont été mis au pas et leur chef capturé par le général Funston, on peut penser qu'il écoutera moins les sirènes expansionnistes. »

Tous les « bourbons » qui ne laissaient jamais passer une occasion de critiquer les costumes noirs, la voix mielleuse du président des Etats-Unis et d'évoquer son manque de culture classique – qui lui faisait cueillir des citations dans les œuvres banales d'une obscure poétesse de l'Ouest – furent unanimement indignés en apprenant, le 6 septembre, l'attentat dont McKinley avait été victime lors de l'inauguration de l'exposition panaméricaine de Buffalo. Et cela d'autant plus que la veille, en ouvrant la grande foire, il avait prononcé, devant cinquante mille personnes, un véritable discours de chef d'Etat, prouvant qu'il n'était plus enchaîné par les dogmes d'un protectionnisme étroit « et dont certaines phrases auraient mérité d'être inscrites en lettres d'or sur le temple de l'économie américaine ».

C'est au cours d'une réception au Temple de la Musique, où il avait accepté de recevoir les citoyens qui désiraient le voir, qu'un jeune homme portant le bras en écharpe s'approcha du président. Le bandage, qui donnait à l'inconnu « l'allure honnête d'un ouvrier blessé », servait en réalité à dissimuler un revolver. Avant que quiconque ait pu l'en empêcher, l'homme avait tiré deux balles sur le président qui, chancelant, s'était effondré dans les bras de son secrétaire. « Cortelyou, lui avait-il dit, soyez prudent, annoncez la chose avec ménagements à ma femme. » Puis, comme les assistants furieux s'apprêtaient à lyncher sur place le meurtrier, McKinley avait ajouté d'une voix faiblissante « qu'on ne lui fasse pas de mal ». Tout d'abord les médecins se montrèrent optimistes et soutinrent que les jours du président n'étaient pas en danger. Ils se trompaient, et le 14 septembre, William McKinley succombait à ses blessures. L'assassin, qui n'avait dû la vie sauve qu'à l'intervention de la police, était un forgeron de Detroit, Leon Franz Czolgosz, anarchiste benêt que les discours d'une furie nommée Emma Goldman avaient enflammé. Le *World* du 11 septembre 1901 décrivait ainsi l'inspiratrice du meurtre : *De petite taille, les traits durs, repoussante d'aspect, elle hait les femmes et passe sa vie au milieu d'hommes. Elle a été la maîtresse de Johann Most, autre anarchiste notoire, puis fâchée avec lui.*

Jugé et condamné à mort, Czolgosz fut exécuté le 29 octobre, tandis que soixante-dix millions d'Américains pleuraient ce président de cinquante-huit ans dont la vie privée avait été irréprochable et l'activité politique largement profitable au pays.

Dès le 13 septembre, M. Theodore Roosevelt, qui se trouvait en villégiature près du lac Colton, dans les Adirondacks, avait été prié de rejoindre Buffalo où McKinley se mourait. Quarante-huit heures plus tard, il devenait le vingt-cinquième président des Etats-Unis, prêtait serment et déclarait aux membres du cabinet : « J'ai besoin de vos avis et de vos conseils. Je vous offre le ministère comme je vous l'aurais offert si j'étais entré en fonction à la suite d'une élection par le peuple, avec cette différence que je ne puis admettre un refus. »

Cet hommage indirect rendu au choix qu'avait fait le défunt rassura les gens qui ne voyaient pas sans inquiétude arriver à la Maison Blanche un homme de quarante-trois ans qui serait le plus jeune des présidents de l'Union et dont on estimait le caractère à peine formé. Son appétit de louanges, son goût de « la harangue dogmatique », son ardeur sportive, son manque de tact et la trop bonne opinion qu'il avait de lui-même constituaient aux yeux de certains des défauts inquiétants.

Peu de temps avant son installation à la Maison Blanche, M. Theodore Roosevelt s'aliéna par maladresse psychologique les sympathies mitigées qu'il avait dans le Sud et notamment en Louisiane, où l'ancien colonel des Rough Riders laissait le souvenir d'un fanfaron et où quelques vétérans de la guerre de Cuba lui reprochaient, sans en apporter la preuve, d'avoir, à San Juan Hill, abattu un Espagnol par-derrière.

Mais la façon qu'il eut d'inviter un Noir à partager son déjeuner à la Maison Blanche scandalisa bien davantage les Sudistes. M. Booker T. Washington était en réalité un mulâtre de Virginie, que l'on disait né des amours d'un planteur blanc et d'une « tisanière » noire. Désireux d'apprendre aux enfants des anciens esclaves des métiers qui leur permettent de gagner leur vie aussi bien que les Blancs, Booker T. Washington avait fondé en 1881, à Tuskegee (Alabama), un institut professionnel où l'on enseignait tous les métiers, de la ferblanterie à la maroquinerie, en passant par l'imprimerie, la gravure, l'électricité, la cuisine, la couture, le dessin, l'architecture, etc.

Diplômé de l'université de Richmond, Booker T. Washington jouissait de l'estime générale. MM. Carnegie, Rockefeller et Pierpont Morgan subventionnaient son institut qui regroupait mille quatre cents élèves des deux sexes dans soixante bâtiments impeccablement tenus. Le bon sens et le tact du fondateur de Tuskegee qui avait amené les gens de sa race à ne plus prétendre à une égalité sociale immédiate avec les Blancs étaient appréciés des « bourbons ». En le recevant à la Maison Blanche, le président Roosevelt, qui avait lu le livre de Booker T. Washington, *En remontant l'esclavage*, avait voulu montrer l'intérêt qu'il portait à une œuvre exemplaire[1].

---

[1]. L'écrivain Jules Huret, qui visita Tuskegee en 1903, consacra un chapitre très élogieux à cette institution dans son livre *De New York à La Nouvelle-Orléans*, publié en 1906 chez Fasquelle.

Il tenait aussi, sans doute, à s'attirer l'estime des électeurs de couleur car le maître de Tuskegee était, en tant qu'apôtre de la cause noire, un tribun très écouté qui prenait fréquemment la parole devant des auditoires de quatre ou cinq mille personnes.

Quand, après un entretien d'une demi-heure avec le leader noir, Teddy Roosevelt l'invita à passer à table en sa compagnie, il signifia du même coup qu'il tenait cet homme comme son égal.

« C'est un défi porté à tous les Etats du Sud », déclarèrent d'une seule voix les demoiselles Tampleton, oracles consacrés dans la paroisse de Fausse-Rivière.

Gustave de Castel-Brajac, qui avait suivi avec intérêt l'expérience de Booker T. Washington et envoyé à ses frais plusieurs enfants des domestiques de Castelmore suivre les cours de Tuskegee, déclara que le mulâtre devait être soutenu.

« Il apprend aux nègres à travailler de leurs mains, à se laver les dents, à se tenir à table, à étudier, que voulons-nous de plus?

— Tout cela est très beau, mais M. Roosevelt devrait savoir qu'on ne prend pas le lunch en compagnie d'un nègre.

— Pourquoi, macadiou?

— Parce qu'ils sont sales, sans manières... et que leur peau est désagréable au toucher. »

Gustave se mit à rire.

« Les fils de planteurs que je connais ne sont pas de cet avis, mes belles. Ils ne dédaignent pas de caresser les peaux noires qui vous font horreur. »

Les demoiselles Tampleton poussèrent des petits cris effarouchés.

« En tout cas, pour une femme blanche le contact du nègre est une déchéance. Il est impensable.

— Vous oubliez que Desdémone a aimé Othello et

qu'à Paris M. Victor Séjour, ami d'Alexandre Dumas, n'a eu que des maîtresses blanches. Un nègre qui prend un bain tous les jours, qui soigne sa mise, qui sait les convenances et qui est instruit n'a rien à envier aux Blancs, que je sache. C'est le cas de M. Booker T. Washington.

– Taratata, taratata, coupa Nancy Tampleton, tout cela ce sont des propos d'artiste... Nous, les nègres, nous les connaissons trop. »

Gustave se garda d'insister. Les demoiselles Tampleton, engoncées dans leurs préjugés d'*antebellum*, ne se laisseraient pas fléchir.

Le repas bicolore de la Maison Blanche alimenta pendant une quinzaine le fond des conversations au cours des thés de plantation. Charles de Vigors, qui fit à cette époque une brève visite à Bagatelle, dit tenir de source sérieuse l'explication donnée par Theodore Roosevelt lui-même.

« Quand arriva l'heure du déjeuner, avait confié le président à un ami politique, je songeai d'abord à inviter M. Booker T. Washington à s'asseoir à ma table. Puis subitement mon esprit entrevit les embarras sans fin qui en résulteraient. Je me demandai : « As-tu peur de le faire ? » et je me répondis : « Non ». Sur ce je l'invitai à déjeuner. »

« Il a tout simplement eu peur qu'on pût supposer qu'il avait peur, c'est bien dans son caractère », commenta l'ancien sénateur qui, secrètement admirait l'audace du président que les « bourbons » venaient de ranger définitivement dans la catégorie des gens infréquentables.

Quand, en février 1902, Marie-Virginie écrivit à sa mère que son mari avait décidé d'introduire une instance en divorce parce qu'elle se montrait incapable de lui donner des enfants, Liponne, en bonne Acadienne, répondit par télégramme : « Lâche pas la patate. J'arrive. » Quarante-huit heures plus tard, Mme Charles de Vigors établissait son quartier général à Bagatelle, bien décidée à régler promptement une affaire qui n'avait pas d'antécédents au sein d'une famille prolifère.

Elle commença par convoquer Marie-Virginie, qu'elle trouva pâle « comme du papier mâché », et lui fit subir tête à tête un interrogatoire nécessairement indiscret. L'expérience de Liponne était des plus limitées; elle aborda la question sans précautions oratoires.

« Il n'y a jamais eu de bréhaigne dans la famille et, si Dieu m'avait donné la santé, j'aurais eu ma douzaine d'enfants, aussi bien que ma mère et mes sœurs. Comment donc vous y prenez-vous avec ce blanc-bec d'Amédée?

— Maman!

— A sa mère on peut tout dire, et ce n'est pas le moment de faire la prude. Je sais ce que c'est que la copulation légitime. Il y a belle lurette que ça ne m'intéresse plus, mais quand j'avais ton âge, et avant que ton père ne se mette à courir le jupon, crois-moi, je ne donnais pas ma part au chat! Alors, est-ce que ton mari est amoureux de toi, tu vois ce que je veux dire?

— Oui, maman, très amoureux, très tendre, très... adroit.

— Bon, quand... ça se passe, tout est normal, il n'y a

pas de difficulté... tu ne souffres pas... ça te fait plaisir et à lui aussi?

— Oui, maman, bien sûr.

— Et ton mari est... normalement constitué... je veux dire... mon Dieu, ne me regarde pas comme ça...

— Oh! maman...

— Cette chose-là, ma fille, a son importance. Il me coûte de forcer ton intimité, mais réponds.

— Oui... je crois.. je n'ai pas eu l'occasion de faire des comparaisons...

— Bien, vous me paraissez normaux, il n'y a donc pas de raison pour que vous n'ayez pas d'enfants, conclut Liponne.

— Le fait est cependant que je n'attends pas de bébé et cela me désole. Amédée m'a épousée pour fonder une famille et j'en suis incapable. Je dois lui rendre la liberté... »

Marie-Virginie se mit à pleurer doucement.

« Il faut persévérer. Je vais voir ton mari. Mais avant, pour être bien certaine que tu n'as pas de malformation, je vais te faire examiner par le cousin Dubard.

— Jamais, ça jamais! Tu fais bon marché de ma pudeur. Je préfère le divorce, protesta véhémentement Marie-Virginie.

— Alors, nous irons voir la cousine Saucier, la sage-femme, elle a mis au monde des centaines d'enfants... elle en sait autant que les médecins. »

Marie-Virginie protesta plus faiblement, mais se retrouva l'après-midi même chez la vieille Perette Saucier, sombre veuve aux manières douces. La sage-femme déclara sans hésitation que Marie-Virginie était faite pour avoir des enfants et prescrivit avant les rapports une injection avec de la tisane de thym tiède. Le thym, dont elle offrit à Marie-Virginie un petit sachet, avait, affirmait-elle, un pouvoir dilatant des plus heureux.

Nanties de cet espoir, Liponne et sa fille regagnèrent Bagatelle. Avant de renvoyer la jeune femme à son mari, Mme Charles de Vigors, qui se comportait comme un général la veille d'un assaut décisif, déclara au grand dam de Stella :

« Je m'installe ici jusqu'à ce qu'il y ait un résultat ! »

La perspective d'avoir à supporter sa belle-mère pendant des semaines ne réjouissait guère la veuve de Gratien. La vieille dame au triple menton était d'une activité débordante, se mêlait de tout, envisageait une série de dîners « qui lui permettraient de voir des gens qu'elle ne rencontrait jamais », et voulait enseigner le catéchisme à Alix et à Osmond dont la piété, disait-elle, laissait à désirer.

Elle n'eut pas longtemps à attendre. Le lendemain de la visite à la sage-femme, Marie-Virginie réapparut à Bagatelle avec sa garde-robe et sa mandoline. Amédée Tiercelin, son mari, qui ne croyait pas plus aux vertus du thym qu'à la fécondité de son épouse, avait prié celle-ci de rejoindre sa mère et de ne plus la quitter. Son avocat se mettrait en rapport avec celui des Vigors pour régler les conditions du divorce.

« Vous êtes belle, ennuyeuse et stérile », avait déclaré Tiercelin en invitant sa femme à faire ses bagages.

Les démarches que fit Mme de Vigors auprès des parents d'Amédée restèrent sans effet. On se lança de part et d'autre des phrases blessantes, et Liponne reconnut sagement qu'un replâtrage paraissait inconcevable.

« Ces Tiercelin sont comme écopeaux du chicot[1], ils donnent un capot à ma fille[2]... qu'ils soient aussi maudits que la lune est haute ! » conclut Liponne.

---

1. Ils se ressemblent.
2. Congédient.

Les émotions causèrent à Marie-Virginie des désordres digestifs qui motivèrent l'intervention du docteur Dubard à la laideur duquel Stella et les enfants s'étaient peu à peu habitués. Le médecin appréciait cette famille près de laquelle il lui arrivait d'oublier sa disgrâce physique.

Faustin s'efforça de dissuader la femme répudiée de s'enfermer, comme sa sœur Louise-Noëlle, chez les ursulines.

« Quand je me suis retrouvé défiguré, j'ai pensé moi aussi à m'enfermer dans une trappe, mais vous n'avez que trente ans et, qui sait, un autre époux viendra peut-être, qui vous aimera mieux et vous rendra mère. Il y a dans le domaine génétique des mystères dont nous n'avons pas la clef. Les hommes de science pensent aujourd'hui qu'il peut exister des incompatibilités entre les germes. Les cas sont rares mais constatés. Vivez, que diable, et ne pleurez plus un mari dont l'amour, si j'ose ce calembour... ne tenait qu'à un fils ! »

Marie-Virginie sourit, et Stella déclara que Faustin Dubard, qui supportait si vaillamment sa hideur, était un homme admirable qu'on aurait voulu voir heureux.

En apprenant à La Nouvelle-Orléans qu'une procédure de divorce avait été engagée contre sa fille, M. de Vigors conçut du dépit, mais décida de ne pas se mêler de l'affaire autrement que pour protéger les intérêts matériels de Marie-Virginie. Il donna à l'avocat de la famille des consignes très strictes et rendit une visite discrète au juge des divorces, afin que la rupture coûtât aux Tiercelin le plus cher possible. Non seulement la répudiée devrait récupérer entièrement sa dot, mais encore exigerait-elle des dommages et intérêts pour préjudice moral.

Une autre affaire inquiétait bien davantage l'ancien sénateur : la cession, maintenant consommée, de cinq mille acres de Bagatelle à Oliver Oscar Oswald. Dépourvu de fibres terriennes, il n'avait attaché aucune importance à l'amputation d'un domaine qui ne lui appartenait plus et auquel il ne s'était jamais beaucoup intéressé.

Or, ce domaine contenait peut-être des richesses que ni le défricheur de 1732, ni ses successeurs n'avaient pu soupçonner. L'ingénieur de Jennings, dépêché à Bagatelle par M. de Vigors, venait de communiquer à ce dernier un rapport qui paraissait plein de promesses. Suivant les méthodes en cours, le spécialiste avait examiné le sol à la recherche de ce qu'il appelait « des indices bitumineux ». Ayant foré plusieurs puits, dont le fameux Spindletop, au Texas, il avait « l'œil et la main » et donnait à entendre que, dans une zone située à l'est de Bagatelle et intéressant justement la parcelle récemment vendue à Triple Zéro, le sol présentait, « avec certaines traces d'argile et de sable de caractère marin, une sous-structure rocheuse affleurante qui pouvait constituer un piège à huile en profondeur ». De là à déduire qu'il serait peut-être opportun d'effectuer un forage d'essai, il n'y avait qu'un pas, que l'ingénieur comptait voir franchir à son commanditaire.

Il précisait dans son rapport qu'il serait prudent, dans le cas où l'on entreprendrait des travaux, de se préserver des indiscrétions des « oil scouts », ces espions de compagnies pétrolières qui rôdaient toujours autour des nouveaux derricks, afin d'être les premiers à informer les pétroliers professionnels des résultats d'un forage des « wildcatters[1] ».

M. de Vigors honora largement l'ingénieur, un Allemand taciturne, sur la discrétion duquel on pouvait compter, et lui promit qu'il lui confierait l'exclu-

---

1. De wild cat (chat sauvage), nom donné par les professionnels à un forage en terrain vierge.

sivité du forage dans le cas où il se déciderait à se lancer dans l'aventure du pétrole. Car l'ancien sénateur avait négligé d'informer le spécialiste qu'il n'était plus propriétaire de la parcelle de la plantation où « des indices bitumineux » avaient été repérés.

La loi, qui faisait le propriétaire du sol propriétaire du sous-sol, donnait peut-être à Oswald une fortune ensevelie de toute éternité. Si l'ancien *carpetbagger* venait à apprendre cela, il saurait bien exploiter à son profit, comme c'était son droit, un filon aussi prometteur. Pour l'instant, ni Triple Zéro, ni même Stella ne soupçonnaient la portée réelle de l'inspection qu'avait menée pendant quelques jours l'homme qui s'était présenté à Bagatelle comme un géologue chargé par le gouvernement d'étudier le passage dans la propriété d'une canalisation d'eau potable destinée à l'alimentation d'un village éloigné.

Après avoir longuement réfléchi et discuté de l'affaire avec Marie-Gabrielle, Charles de Vigors se persuada qu'il n'existait qu'une seule solution au problème : faire annuler la vente consentie par sa belle-fille à Oliver Oscar Oswald. S'il était tout prêt à partager les éventuels bénéfices d'un forage pétrolier avec la veuve de Gratien, l'ancien sénateur entendait bien n'en rien laisser au *carpetbagger* qui lui avait toujours porté sur les nerfs. Sa décision arrêtée, il se fit conduire chez son notaire où il passa deux longues heures. Quand il en sortit, l'acte de donation, fait à Gratien trois ans plus tôt, avait été falsifié de la plus heureuse façon par l'addition d'une clause indiquant : « Le bénéficiaire de la donation ne peut en aucun cas vendre ou céder à un tiers, à quelque condition que ce soit, tout ou partie du domaine de Bagatelle sans l'agrément exprès du donateur. » Restait à surmonter une dernière difficulté. La copie de l'acte que détenait la veuve de Gratien ne portait évidemment pas cette mention restrictive. Mais il y avait peu de chances que Mme de Vigors eût jamais lu attentivement ce papier.

Aux premiers jours du printemps, Charles annonça à sa belle-fille qu'il viendrait passer quelques jours à Bagatelle pour se reposer et voir ses vieux amis. Fort adroitement, il amena la discussion sur la cession opérée en faveur d'Oswald et demanda à voir les papiers. Stella lui confia un épais dossier contenant tous les actes depuis que le Régent, opérant au nom de Louis XV, avait attribué au premier marquis de Damvilliers dix mille acres de bonne terre sur la rive droite du Mississippi au lieu dit Pointe-Coupée. Pendant que la jeune femme vaquait à ses occupations, Charles n'eut aucune difficulté à remplacer la copie de l'acte de donation de 1898 par celle récemment « complétée » par son notaire.

Quand Stella revint à l'heure du thé, l'ancien sénateur prit un air pensif.

« Ma chère enfant, dit-il de sa voix la plus charmeuse, je crains que nous n'ayons eu tort de vendre une partie du domaine à M. Oswald. »

Il disait « nous » afin de partager une responsabilité dont Stella aurait pu s'effaroucher.

« Mais vous n'avez élevé aucune objection et l'affaire ne s'est pas faite en un jour.

— Bien sûr, bien sûr, et vous n'êtes pas en cause puisque, légitime propriétaire de Bagatelle, vous pouvez disposer du domaine à votre gré. Mais je m'en veux de ne pas vous avoir mise en garde. La mort de Gratien m'a fait perdre, pendant quelque temps, le sens des intérêts de notre famille. Le notaire aussi est coupable, qui aurait dû faire remarquer une certaine clause que j'avais oubliée.

— Quelle clause ? M. Oswald, dont vous connaissez la méfiance, n'a rien relevé d'anormal lors de la vente. »

Charles de Vigors ouvrit le dossier et tira l'acte de

donation qu'il y avait placé quelques instants plus tôt.

« Voyez vous-même, ma chère enfant, lisez ce dernier alinéa, juste au-dessus de la signature de Gratien et de la mienne. »

Stella prit connaissance du texte. Quand elle releva la tête, son regard traduisit la gêne qu'elle ressentait.

« Je n'avais jamais lu ce papier que Gratien m'a confié la veille de son embarquement pour Cuba. J'aurais dû, si je comprends bien, obtenir votre autorisation... me l'auriez-vous refusée?

– Je crains bien que non, vous vous en doutez, mais j'aurais eu tort. Car ce que vous avez vendu à Oswald vaut peut-être des centaines de fois le prix qu'il vous a payé ces cinq mille acres. »

Devant l'air incrédule de sa bru, le sénateur poursuivit.

« Vous êtes capable de garder un secret, je le sais. Alors je vais vous en révéler un que nous ne serons que trois à connaître. Il est possible, il est probable, qu'il existe un gisement de pétrole dans le sous-sol de Bagatelle. Notamment sous la parcelle vendue à Oswald. Vous imaginez ce que cela peut représenter pour vos enfants et pour vous : une vie exempte de soucis matériels. Or, si cette richesse existe, ce que m'a laissé entendre un ingénieur que vous avez pris pour un géologue du service des eaux, elle appartiendra à Oswald... nous lui en aurons fait cadeau.

– Si j'avais su, dit Stella, je n'aurais pas accepté l'offre de M. Oswald. Il a tellement insisté... peut-être se doute-t-il de quelque chose?

– Il ne se doute de rien, croyez-moi... et cette parcelle, dont je me plais à penser qu'elle est un véritable coffre-fort, nous allons la lui reprendre! »

L'œil de Charles de Vigors brillait comme celui du joueur qui possède enfin la martingale infaillible.

« La lui reprendre! Comment? Et puis ce n'est pas bien, c'est un ami.

— En affaire, ma chère enfant, il n'y a pas d'ami. Si Oswald avait su ce que je sais, croyez-vous qu'il vous en aurait informée avant de se porter acquéreur? Non, je vais régler ça et croyez-moi, avant la fin de la semaine, nous serons redevenus propriétaires de ce morceau de terre. »

Cette fois le « nous » était involontaire. Il avait échappé à l'ancien sénateur qui n'avait pas abattu toutes ses cartes.

Stella proposa une autre tasse de thé et demeura pensive. Cette manigance ne lui plaisait guère, mais l'acte notarié était là qui faisait son beau-père maître d'un jeu où elle n'était pas fière de figurer.

Quand on annonça le même soir à M. Oliver Oscar Oswald que le sénateur de Vigors souhaitait le voir, le *carpetbagger* noua sa cravate et s'en fut passer un veston. C'était la première fois que le fils de Virginie lui rendait visite. Il fallait qu'il y eût à cette démarche une raison sérieuse.

Charles remarqua tout de suite combien Triple Zéro avait changé. Sans être devenu mince, il n'offrait plus au regard qu'une épaisseur acceptable. Son cou paraissait maintenant à l'aise dans son col de chemise. Les boutons de son gilet ne menaçaient plus de sauter à chaque mouvement, il faisait jouer nerveusement son alliance autrefois incrustée dans la chair de son annulaire.

« Vous avez rajeuni de dix ans, mon cher. J'ai plaisir à vous voir ainsi.

— J'ai maigri, convint Oswald. Je n'ai plus grand appétit, mais j'imagine que ce n'est pas pour me faire compliment de ma mine que vous vous êtes dérangé.

— Non, bien sûr, et ce qui m'amène n'a rien d'agréable. Je dois vous dire, mon cher Oswald, que vous êtes en toute bonne foi, j'en suis certain, devenu propriétaire d'une terre qui légalement ne vous appartient pas. »

M. Oswald domina sa surprise, déclara que la vente avait été régulièrement passée par devant notaire en présence de Mme Stella de Vigors et de M. de Castel-Brajac, et que les fonds avaient été versés rubis sur l'ongle. Il tira d'un classeur une chemise de carton vert et la tendit à Charles.

« Cet acte de vente, est, hélas! frappé de nullité, cher Oswald, car la venderesse, ma belle-fille, bien que légitime propriétaire de Bagatelle par héritage de son mari auquel j'avais fait donation de la plantation, ne pouvait rien en céder sans mon autorisation. Voyez vous-même. »

M. de Vigors tendit à M. Oswald éberlué l'acte qu'il avait apporté.

« Tout cela est bel et bon, sénateur, mais mon notaire n'ayant pas eu communication de cette restriction et celui de Mme de Vigors n'en ayant pas fait état, c'est une affaire à régler entre vous et votre belle-fille et, soit dit avec tout le respect que je vous dois, je n'ai rien à y voir. »

Charles de Vigors s'attendait à cet argument. Il croisa les jambes, vérifia que le pli de son pantalon tombait correctement, et prit son ton de sénateur à la fois autoritaire et suave.

« Mais avec Stella tout est réglé. Elle se remet à peine de son deuil et m'a paru très confuse d'une bévue que j'aurais dû lui épargner.

– Alors il faut vous en prendre au notaire, sénateur, la vente est enregistrée et je n'ai pas l'intention d'admettre sa nullité. Il y a des juges pour trancher le différend. »

Il pensait naturellement à son gendre, le juge Clavy, qui aurait sans doute à connaître de l'affaire.

M. de Vigors ne s'attendait pas à pareille résistance, mais il poursuivit aimablement :

« Il ne peut y avoir de procès entre nous. Nous pouvons, j'en suis certain, régler cela à l'amiable sans y mêler des hommes de loi. »

La perspective d'un conflit ouvert avec le sénateur rendait à Oswald sa combativité de *carpetbagger*. La discussion l'excitait, comme autrefois une partie de poker dotée d'un fort enjeu.

Charles remarqua le regard de son adversaire soudain plus vif et le ton légèrement gouailleur de sa voix.

« Vous êtes un grand juriste, sénateur, et vous savez bien que votre cause est mauvaise. C'est bien pourquoi vous êtes venu me voir, car vous ne m'avez pas habitué à tant de considération. Croyez-moi, vous devrez plaider. »

M. de Vigors prit un air pincé.

« C'est peu élégant de votre part, Oswald, de vous obstiner.

– Je n'ai jamais passé à vos yeux pour un homme... élégant.

– Je vous donnais une occasion de vous conduire en Cavalier, vous avez tort de ne pas la saisir! », persifla Charles en se levant.

Oswald quitta lui aussi son fauteuil et s'inclina, volontairement obséquieux.

« *As you like!* »

En quittant le *carpetbagger*, M. de Vigors, qui s'estimait gravement offensé par le refus qu'il venait d'essuyer, se rendit au grand trot à Castelmore, où Gustave ne fut pas peu surpris de le voir débarquer la mine revêche.

Quand il eut exposé les faits, sans évoquer les vraies raisons qui l'incitaient à vouloir récupérer la parcelle vendue « inconsidérément » à Oswald, Charles ajouta :

« Tu devrais lui faire entendre raison, nous n'allons pas nous ridiculiser en faisant un procès dans lequel j'apparaîtrai comme un beau-père qui désavoue sa bru.

– C'est cependant ce que tu fais! »

M. de Castel-Brajac était intrigué. Il ne croyait guère aux arguments avancés par son vieil ami quand il évoquait la nécessité de maintenir l'intégralité de Bagatelle que rien, même pas la guerre de Sécession, n'avait pu entamer.

« Tu dois, mon bon, me cacher quelque chose. Ce brusque intérêt pour un domaine qui d'ailleurs ne t'appartient plus me paraît louche, pardonne-moi de te le dire. »

Charles de Vigors prit l'air accablé d'un homme dont on méconnaît les sentiments.

« Que veux-tu, en prenant de l'âge, je me dis qu'il n'y a que la terre qui ne déçoit pas, que ce domaine doit demeurer entier afin que nos petits-enfants le trouvent comme je l'ai reçu et transmis à Stella. C'est pourquoi, j'avais fait mettre dans l'acte de donation cette clause que Stella, d'une façon bien excusable, a négligé d'observer.

– J'ai eu ces papiers en mains, Charles, et cette clause m'a échappé à moi aussi.

– Et cependant, elle y figure, Gustave, vois. »

Tirant de sa poche l'acte de donation truqué, Charles le tendit au Gascon.

Ayant chaussé ses lunettes, Gustave lut attentivement le paragraphe habilement inséré au-dessus des signatures.

« Bizarre que ça m'ait échappé, oui, bizarre », grommela le Gascon en rendant le papier.

Bien qu'il eût été incapable de formuler les raisons de sa méfiance, quelque chose lui disait que le document si promptement produit par Charles n'était pas celui présenté par Stella quand elle l'avait chargé de la négociation avec Oswald. Aussi se sentait-il mal à l'aise pour faire une démarche auprès du *carpetbagger* dont la bonne foi ne faisait aucun doute.

« Si tu obtiens l'annulation de la vente, il faudra rendre à Oswald 350 000 dollars, et Stella a déjà placé cet argent dont le revenu lui est indispensable.

– Nous lui dirons que la somme constitue une avance sur les fermages, puisqu'il restera le métayer de la parcelle.

– Tu accepterais, toi, un pareil marché? »

Quand, après le dîner, M. de Vigors regagna Bagatelle pour y passer la nuit, il était de fort méchante humeur. La journée s'achevait sur une seconde déconvenue, le bon Gustave ayant refusé de s'entremettre pour amener Oswald à plus de compréhension.

« Nous plaiderons donc », se dit-il sans enthousiasme car il savait, pour peu que M. Oswald, bien conseillé, se montrât procédurier habile et patient, que des mois et peut-être des années passeraient avant l'annulation de la vente. Le trésor, si pétrole il y avait, risquait donc de demeurer enfoui longtemps encore.

14

Le jour où, chez les Castel-Brajac, on fêta le neuvième anniversaire d'Osmond de Vigors, Gustave fut assez fier d'entendre son élève réciter, sans une hésitation et en y mettant les nuances, une fable de La Fontaine : *Le renard et les raisins.*

Le garçonnet, sérieux et nullement ému, souffla ensuite les bougies et tendit la première part de gâteau à sa mère, puis la deuxième à son mentor. Stella, qui pensait à l'absent, avait les larmes aux yeux; Alix et Céline battaient des mains, heureuses de voir leur frère accomplir une telle performance. Silas Barthew, qui ne parvenait pas à retenir les paroles des cantiques dominicaux, dissimulait derrière son exubérance habituelle la jalousie que lui inspirait ce camarade plus doué. Quant à Lorna, elle béait d'admiration en triturant ses tresses agrémentées de nœuds de ruban rose, au risque de s'attirer les remontrances de sa mère. La fillette trouvait très élégant le costume de velours bleu roi de son ami et savait que, de tous les cadeaux remis à Osmond avant le repas, le sien était, sinon le plus précieux, du moins le plus prisé : une pochette de batiste sur laquelle elle avait brodé, en se piquant les doigts, un trèfle à quatre feuilles. Comme le héros de la fête, ainsi que Silas et Alix, les « grands » de la bande, elle eut droit à une gorgée de champagne. Le vin pétillant lui picota la langue et la fit cligner, mais elle se garda bien de dire, comme la sœur d'Osmond, qu'elle eût préféré à ce breuvage le sirop de fraises de tante Gloria.

M. de Castel-Brajac se leva pour porter cérémonieusement un toast à Osmond.

« Tu as maintenant dépassé ce que les anciens appelaient l'âge de raison. C'est un événement dont tu te souviendras quand tu auras dix fois sept ans – comme ce sera bientôt mon cas. »

Cousine s'était surpassée. Les écrevisses à l'étouffée servies sur un lit de riz blanc, comme le pompano au vin blanc et les pintadeaux farcis de truffes et de pruneaux avaient fourni l'occasion aux convives de répéter que la meilleure table de la paroisse se trouvait à Castelmore. Omer et Lucile Oswald, ainsi que les Barthew, avaient amené leurs plus jeunes enfants. Clary, le frère de Silas et de Lorna, âgé de cinq ans, entendait régenter le groupe des « petits », constitué par Céline de Vigors et les sœurs Aude et Hortense Oswald. Cette dernière, qui venait d'avoir deux ans, possédait une chevelure rousse et bouclée qui rappelait à Castel-Brajac la toison du grand-père *carpetbagger*.

Les demoiselles Tampleton avaient offert à Osmond la loupe que le défunt général, leur oncle bien-aimé, utilisait pour lire les cartes d'état-major quand il poursuivait les Indiens en Arizona. C'était une des plus précieuses reliques de leur musée familial. Nancy, la meilleure chanteuse de la tablée, avait entonné *Happy birthday,* et le chant de circonstance, repris en chœur, avait trouvé des échos jusque dans les cuisines.

Le docteur Dubard, devenu familier de Castelmore et de Bagatelle, aussi bien que des demeures des Oswald et des Barthew, où il y avait toujours quelque rougeole en train, varicelle en incubation, rhume déclaré ou embarras gastrique reconnu, s'était un peu fait prier pour accepter l'invitation de Gustave.

Cet athlète défiguré ne se montrait jamais en public en dehors de ses visites professionnelles. Soucieux d'éviter aux autres la vue de son visage martyrisé, il chassait seul, en barque sur les bayous, ou restait enfermé chez lui à lire ou à faire de la musique. On disait qu'il ne possédait qu'un minuscule miroir qu'il utilisait le matin pour raser la seule joue où la barbe lui poussait encore. Il avait fallu qu'Osmond, à l'instigation de sa mère et de l'oncle Gus, le suppliât de venir partager son repas d'anniversaire pour qu'il fît une entorse à la règle fixée.

Gloria, pleine de tact et de sensibilité, avait cru bon de suspendre devant la glace vénitienne de la salle à manger des guirlandes de papier qui masquaient la surface réfléchissante. Ce fut la première chose que le médecin remarqua en prenant place au milieu de la famille.

Tout en dégustant le gâteau nappé de crème anglaise, Faustin fit à Stella, assise près de lui, compliment pour la belle tenue de son fils.

« Je le trouve un peu trop sérieux, presque grave pour son âge, mais il paraît que les enfants privés de père sont souvent ainsi, répondit mélancoliquement la veuve de Gratien.

– Cela tient aussi à son caractère. N'allez pas vous en plaindre. Osmond vous donnera de grandes satisfactions et sera pour vous, dans quelques années, un précieux soutien. M. de Castel-Brajac me disait tout à l'heure qu'il apprend avec une facilité déconcertante.

– Il est toujours avec un livre et je dois, le soir, lui retirer sa lampe pour l'obliger à dormir. »

Augustine, qui suivait la conversation, intervint.

« Ton fils, s'il continue ainsi, sera un vrai Pic de la Mirandole. Sans lui je suis sûre que Silas ne saurait pas encore lire, et il faut l'entendre raconter à Lorna comment Hercule tua le dragon ou comment Atalante fut battue à la course par Hippomène.

– Il doit toute cette science à l'oncle Gus, qui me fait faire l'économie d'un précepteur, mais je crains parfois, comme dit tante Gloria, qu'il ne lui « encombre l'esprit ».

– Il ne l'encombre pas, il le meuble, rectifia le docteur Dubard, et, croyez-moi, il est des circonstances dans la vie où un homme condamné à la solitude ou à la retraite trouve une grande consolation dans les livres.

– Je ne sais, dit Gloria en se mêlant à la conversation, si le maître n'éprouve pas autant de plaisir à enseigner que l'élève à apprendre. Gustave est une sorte de Pygmalion. »

L'enseignement du Gascon dispensé à bâtons rompus au gré des saisons, des événements, des rencontres, portait ses fruits. Plusieurs fois par semaine le vieil homme et l'enfant effectuaient de longues promenades à travers la paroisse. Souvent, ils emportaient dans le buggy un panier de provisions et des livres. A huit ans, Osmond déclinait *rosa, rosae, rosarum* et s'exprimait avec aisance, en anglais comme en français. Il avait appris que le Mississippi est bien plus qu'un simple élément de décor, et savait reconnaître la Grande Ourse et les quartiers de la lune. A dix ans, il connaissait le plaisir d'écrire « à l'encre », de traduire en phrases courtes et claires les leçons reçues et composait des anecdotes inspirées par les découvertes faites en compagnie de l'oncle Gus. Il pouvait parfois répondre, avec un rien de pédantisme, aux questions que se posaient Silas et Lorna, à qui une institutrice anglaise dispensait un savoir conforme aux canons de l'éducation traditionnelle et à l'idée qu'on se faisait alors des capacités intellectuelles des enfants. La pédagogie terne et édulcorante de la vieille fille faisait sourire M. de Castel-Brajac et ennuyait ses petits-enfants, astreints à rendre des devoirs et à ânonner des leçons comme des écoliers ordinaires. Gustave eût volontiers pris en charge deux élèves de plus, mais Clarence Barthew se méfiait un peu des engouements de son beau-père et préférait voir ses enfants étudier sous son toit, à des heures régulières, sous surveillance, plutôt que courir les bois et les chemins, en cueillant de-ci, de-là des bribes de science moins utiles que les quatre opérations et la conjugaison des verbes.

Les connaissances variées qu'emmagasinait Osmond en écoutant discourir oncle Gus et en lisant les livres qu'il lui recommandait constituaient une bien meilleure initiation aux études. L'apport hétéroclite de chaque jour finissait par s'ordonner dans l'esprit du garçonnet, même si sa curiosité sans cesse sollicitée se heurtait parfois à des portes dont il ne possédait pas les clefs. Il éprouvait du plaisir à découvrir, à comprendre, à déduire, à comparer, à rassembler. Oncle Gus lui apprenait surtout à se servir de cet instrument complexe aux multiples capacités qu'il appelait, suivant les jours et les circonstances, esprit, pensée, jugeote, cerveau, entendement, ou sens commun. Ainsi, Osmond prenait peu à peu conscience que, derrière la disparité des êtres et des choses, existent des liens subtils, des imbrications sibyllines qui, à travers le temps et l'espace, rattachent l'homme à son univers comme la feuille à l'arbre. Appliquée à un élève moins doué, à une intelligence cagnarde, la méthode confuse et spontanée de Castel-Brajac eût été déroutante. L'esprit éveillé d'Osmond trouvait au contraire dans les divulgations circonstancielles et improvisées de son mentor une stimulation permanente; chaque journée apportant une notion nouvelle dont l'incohérence se corrigeait peu à peu. Au fil des saisons, à travers son enseignement erratique, oncle Gus poursuivait, jour après jour, le même passionnant récit qui se développait comme une épopée, empruntant parfois le vocabulaire du fantastique et les couleurs des contes orientaux. Tour à tour, roman, tragédie, comédie, vaudeville, cet enseignement ne prenait que rarement le ton dogmatique des cours magistraux. Porté par le verbe, usant de la prosopopée, élevant jusqu'à l'évidence des implications insoupçonnables, puisant dans sa mémoire prodigieuse qu'il nommait « le sac aux références », le Gascon libérait le soir un enfant ivre de mots neufs, largement pourvu de thèmes pour rêver et qui se précipitait sur les dictionnaires, afin d'y retrouver, comme un touriste dans son Baedeker, les jalons de l'itinéraire parcouru. L'histoire, la morale, la géographie, la botanique, les mathématiques, le merveilleux, la mécanique, la poésie, la grammaire et la musique se mêlaient pour ne plus former qu'une seule matière assimilable, qui était science de la vie.

Un serpent, aperçu par hasard sur une berme, fournissait prétexte à Gustave pour raconter l'histoire d'Orphée et d'Eurydice et démontrer à l'enfant que l'impatience et la désobéissance peuvent réserver de mauvaises surprises. Un orage, qui surprenait les promeneurs, devenait une leçon de choses illustrée d'éclairs et permettait au mentor d'expliquer la genèse des pluies, la formation des nuages, la façon de se protéger de la foudre. Une crue du Mississippi emportait loin de la Louisiane l'élève et le maître, jusqu'aux rives du Nil, fleuve exemplaire dispensateur d'alluvions fécondes et cultivables. Derrière le fellah et sa charrue de bois apparaissaient, sortant de leurs pyramides, les dynasties des pharaons, des dieux à tête de chien ou de faucon et le pur visage de Nefertiti dont Gustave offrit à son élève une reproduction en couleurs.

Le passage d'un convoi du Pacific Railroad suscitait un cours sur la vapeur, pour lequel Gustave, biographe péremptoire, convoquait les fantômes de Stephenson et de Denis Papin.

Trois notes fluides sifflées par un *mocking bird*[1] faisaient se précipiter M. de Castel-Brajac sur son violon – dont il jouait moins bien que du piano – en criant :

« Ecoute, gamin, c'est le début du *Concerto en ré majeur* qu'un Allemand nommé Johannes Brahms a écrit pour son ami le violoniste Joseph Joachim. »

L'enfant écoutait la musique, tandis que Gloria soutenait que le moqueur ne faisait que reproduire, en plus juste, les trois notes maintes fois entendues quand Gustave s'exerçait devant la fenêtre ouverte.

A dix ans, robuste malgré sa minceur et capable de marcher des heures, Osmond connaissait la faune, la flore et les arbres de son pays. Tapi au bord d'un ruisseau, il avait vu les castors édifier des barrages. A plat ventre dans l'herbe, il avait observé l'activité des rats musqués occupés à construire, avec de la paille et des branches, le dôme de leur maison. Il savait que le tatou, au corps couvert d'écailles couleur d'aluminium terni, ne possède pas de dents, et reconnaissait l'opos-

---

1. Moqueur.

sum suspendu par sa queue enroulée aux branches des saules. L'écureuil familier, la timide marmotte, le lapin des marécages, dix variétés de canards, le geai bleu, le picvert, le héron gris, la mouette braillarde, le cardinal à huppe rouge et la chauve-souris frôleuse figuraient dans ses relations. Il aurait aimé voir un de ces loups rouges qui attaquaient, paraît-il, les chiens dans la paroisse de Calcasieu et les ours noirs que le président Roosevelt venait chasser en compagnie du gouverneur John Parker sur les terres des Methlenny.

De ces animaux réputés dangereux, il n'avait vu qu'un coyote et un chat-tigre, abattus par des chasseurs, et les bisons qu'on lui avait présentés n'étaient que des rescapés des grandes tueries du XVIIIe siècle, parqués comme des vaches dans un enclos.

Les jours de pluie, ou quand, l'hiver, soufflaient les grands vents du delta qui ébouriffaient les pacaniers et arrachaient aux chênes leur parure de mousse espagnole, Gustave et son élève s'enfermaient dans la bibliothèque de Bagatelle. Le maître, grimpé sur un escabeau, extrayait des rayons autrefois remplis par les marquis de Damvilliers un très vieil exemplaire de la *Vie des hommes illustres* de Plutarque.

« Le Grec s'est peut-être montré un peu trop indulgent pour certains de ces notables qui ne manquaient pas de défauts, mais il révèle des caractères. »

Et tandis qu'Osmond se penchait sur les portraits enluminés des héros, Gustave commentait la mort de Pompée, l'errance d'Antoine sur les traces de Cléopâtre, le chagrin de Lucullus devant les ruines d'Amisus, la reddition des Adranitains à Timoléon, l'affection de Démétrios pour son père, la vertu et la frugalité de Phocion. Puis on délaissait Plutarque pour Homère afin de suivre Ulysse dans son périple, à moins qu'on ne traduisît quelques pages de *De Viris*, ou qu'on en vienne à disserter une fois de plus sur les méfaits de l'esclavage en étudiant les causes et les effets de la révolte du gladiateur Spartacus.

Livré à lui-même, Osmond lisait *La Vie et les étranges aventures de Robinson Crusoé, Les Voyages de Gulliver* ou *David Copperfield, Cinq semaines en ballon,* ou quelque roman de Walter Scott, dans une belle édition illustrée.

Il arrivait aussi que l'actualité apportée par les journaux fournisse à M. de Castel-Brajac matière à enseignement. Le 11 décembre 1903, l'élève et le maître s'émerveillèrent qu'un nommé Orville Wright ait pu voler à bord d'une étrange machine comme un oiseau pendant douze secondes et, quelques jours plus tard, que Wilbur Wright, frère du précédent, ait tenu l'air à Kitty Hawk, en Caroline du Nord, pendant cinquante-neuf secondes.

« Le vieux rêve d'Icare va devenir réalité, petit, s'écria M. de Castel-Brajac, nous vivons une époque prodigieuse... comme je voudrais avoir ton âge! »

Car, à voir toutes les promesses de vies multiples qu'il y avait dans cette jeunesse attentive et délurée, Gustave enrageait de se sentir distancé. Cet avenir de bonheur et de confort vers lequel l'Amérique se dirigeait d'un pas résolu, il n'en connaîtrait que les prémices. Il était comme le voyageur venu trop tard à la gare et qui court après un train qu'il sait ne pouvoir rattraper. Un jour, Osmond serait dans le convoi et lui adresserait un signe d'adieu par la fenêtre du wagon. Le Gascon trompait sa mélancolie en faisant des projets de voyage pour son élève.

« Si Dieu me prêtait vie assez longtemps, boun Diou, nous irions tous deux en Europe. C'est encore là-bas, petit, qu'on se rend le mieux compte de ce qu'ont su faire les hommes intelligents, imaginatifs, travailleurs et artistes. Car, ceux qui ont quitté le vieux continent pour venir civiliser l'Amérique n'étaient, à quelques exceptions près, que des va-nu-pieds, des crève-la-faim, des aventuriers ou des fuyards. J'aimerais revoir Paris, quand le soleil d'avril enflamme la grande rosace de Notre-Dame et que les belles demoiselles s'en vont caracoler au Bois. A Rome, je pourrais te parler des premiers martyrs chrétiens sur les gradins du Colisée. Nous pourrions goûter la fraîcheur des jardins de l'Alhambra à Grenade et boire un punch à l'alkermès à Venise, à la terrasse du Florian, après une visite à Tiepolo et à Véronèse et naviguer sur les canaux de Bruges, nous baigner dans les eaux bienfaisantes de Carlsbad, nous recueillir à Schönbrunn dans la chambre où mourut l'Aiglon, contempler le mont Blanc par une fenêtre de cet hôtel de la Paix à Genève, où ton grand-père dîna avec les commissaires au procès de l'*Alabama,* et bien sûr grimper à l'Acropole, à Athènes où, comme le dit M. Renan, se trouve le temple des temples, celui que les Grecs élevèrent à la beauté vraie, à la sagesse, à la raison, car auprès des Athéniens, vois-tu, les Romains font figure de lourdauds.

– Et encore? demandait Osmond ébloui.

– Après, fiston, nous irions chez moi, dans le Gers, secouer la poussière de nos habits en chassant la palombe et nous dormirions dans la vieille demeure où je suis né, à deux pas du château de Castelmore d'où partit Charles de Batz, que tu connais mieux sous le nom de d'Artagnan, pour conquérir une gloire immortelle à la Gascogne. »

Le lyrisme d'oncle Gus enchantait le garçonnet, qui voyait défiler une foule d'images, toutes plus séduisantes les unes que les autres.

D'un geste large, M. de Castel-Brajac désigna le Mississippi.

« Toi qui as eu le bonheur de naître sur la rive d'un fleuve, tu sais déjà que ces grands chemins liquides invitent au voyage. Il en existe aussi en Europe, moins larges et moins puissants peut-être, mais plus chargés d'Histoire. Il faut voir la Tamise toute salée par les marées défiler devant le vieux parlement de Londres, démêler les boucles du Tage, à Tolède, sous les fenêtres du Greco, jeter une poignée de riz à Lyon pour le mariage de la Saône et du Rhône qui s'enlacent en pleine ville, sauter l'Arno sur le Ponte Vecchio en courant aux Offices où la Vénus de Botticelli attend nos hommages, écouter au pied d'un rocher sur le sombre Rhin la chanson fatale de Lorelei, croquer des gaufrettes et boire du vin blanc dans une guinguette viennoise jusqu'à ce que le Danube devienne bleu... Oh! Mille Diou, si j'avais ton âge, quel programme je me ferais! »

Osmond saisit la main potelée et frémissante d'oncle Gus.

« Nous irons, n'est-ce pas, nous irons?

– Toi, tu iras, fiston, et tu te souviendras de ton vieux maître. »

En attendant l'heure incertaine de cette fabuleuse tournée européenne, ils allèrent en 1905 à La Nouvelle-Orléans, pour voir le carnaval. M. de Castel-Brajac, négligeant le train, réserva une cabine sur l'*America* commandé par le capitaine Le Verrier Cooley, un des plus vieux routiers du fleuve, dont la moustache blanche et le col cassé inspiraient le respect, même aux plus grossiers *rustabouts*[1]. La descente du Mississippi jusqu'à La Nouvelle-Orléans fournit l'occasion à Gustave de raconter, sur le pont-promenade, pour son élève, mais aussi pour un groupe de jolies passagères en robe blanche qui souriaient derrière leur voilette, comment un Cavalier s'était battu en duel pour l'honneur du « Père des Eaux ».

C'était *antebellum,* bien sûr. Un érudit français, M. Tomasi, ayant publié une étude sur le fleuve où il prétendait qu'on pouvait à la fois l'endiguer et appro-

---

1. Débardeurs.

fondir son lit, fut interpellé par un créole qui le taxa d'outrecuidance. « Quand Dieu fit le monde, aurait dit le Louisianais, il se trouva avec beaucoup d'eau de reste qui pouvait être perdue. Alors il dit à l'eau d'aller où bon lui semblait. Elle profita de cette liberté et fit le Mississippi. Voilà pourquoi ce fleuve changeant, capricieux, tour à tour dolent et vif, ne ressemble à aucun autre et se moque des lois de la science et des savants présomptueux. » Vexé, le Français répliqua en haussant les épaules que les Américains n'entendaient rien à l'hydrographie et que l'Europe possédait des fleuves auprès desquels le Mississippi n'était qu'un ruisseau.

Le créole, indigné, lança son gant à la figure de M. Tomasi en s'écriant : « Je ne souffrirai pas qu'on insulte le Mississippi en ma présence. »

« Et quelques heures après, conclut oncle Gus, l'épée du Cavalier transperçait, d'une joue à l'autre, le pauvre Français. »

L'histoire fut appréciée comme il se devait par un public qui avait préféré, comme Gustave, la voie d'eau au chemin de fer, mais elle incita un vieux gentleman un peu chancelant et vraisemblablement d'origine française à faire un commentaire qui déplut au Gascon.

« Ce Tomasi n'a eu que ce qu'il méritait, il suait la prétention et l'ignorance et ne connaissait pas plus ce pays que M. de Chateaubriand qui en a donné dans ses œuvres un tableau falsifié.

– Les poètes, monsieur, ont tendance à embellir et c'est parfois une bonne chose, répliqua Gustave.

– On ne peut admettre qu'ils se conduisent comme les associés de M. Law qui, pour vendre les « actions du Mississippi », avaient fait de la Louisiane un paradis de pacotille. Les premiers colons ne le trouvèrent pas toujours à leur goût.

– Ils y sont tout de même restés.

— Certes, mais en rétablissant la vérité. Connaissez-vous le poème qu'Adrien Rouquette publia en 1841 en réponse aux fariboles de l'auteur d'*Atala,* monsieur ?

— Ce sont des vers de mirliton que je n'ai pas retenus, monsieur.

— Eh bien, j'en fais juge la compagnie car ce poème sincère et vrai, je le connais par cœur. »

Et le vieillard, ôtant son canotier, s'adossa au bastingage, mit une main sur son cœur et déclama :

Non, mon pays est triste; et toi, chantre breton,
En te l'imaginant, tu fis comme Milton :
Poète mais aveugle et peignant sans modèle
Tu créas à ton gré tout un monde infidèle.
Oui, lorsqu'à dix-huit ans je lus ton Atala
J'admirai, j'admirai, mais rien ne me parla.
Oh, je connais mon fleuve, oh, j'ai vu son rivage,
Je connais mon pays âpre, inculte et sauvage,
Mes roseaux, mes sapins, mes chênes, mes cyprès.
Oh ! oui, je les connais, je les ai vus de près...
Eh bien, Chateaubriand, ta prose a blasphémé.
Ta prose n'a rien peint : elle a tout transformé.
Voyant tout à travers un prisme poétique,
Elle a tout coloré de son reflet magique.
Elle a parlé de grâce au lieu de majesté;
D'Eden, quand c'est un sol monotone, attristé;
De savane fleurie et de champs de verdure,
Quand tout, oui, tout ici n'est qu'austère nature.
Partout elle a trouvé de gracieux tableaux,
Mais nulle part ces lieux si sauvagement beaux,
Nulle part ces déserts, ces mornes cyprières
Qui t'eussent rappelé tes natales bruyères.
Non, elle n'a pas vu ces océans de joncs,
De cannes, de roseaux, d'arides sauvageons,
D'où s'exhale en grondant l'imposante musique
Qu'écoute près du feu l'immobile Cacique,

Musique qu'accompagne un sublime concert
D'ouragans promenés de désert en désert.

L'assistance applaudit, non le poème mais le diseur qui vit dans l'ovation une approbation de sa thèse et une condamnation de Chateaubriand.

« Vous me permettrez, macadiou, monsieur, de préférer la prose trop généreuse de Chateaubriand aux rimes salonnardes de M. Rouquette... et Dieu merci, la Louisiane ne ressemble pas non plus au tableau qu'il en fait.

– Parce que de nobles familles comme la mienne ont, au prix d'un travail acharné, pendant des générations, transformé le pays. Mais j'entends à votre accent rocailleux que vous êtes étranger. Monsieur, nous passerons outre à vos appréciations », conclut l'inconnu en se recoiffant.

Osmond, qui avait suivi avec curiosité cette scène animée, craignait de voir oncle Gus se mettre en colère.

« Boun Diou, je suis français, monsieur, comme vous ne l'êtes plus, et gascon de surcroît. Croyez-vous que si je m'étais fié au sinistre Rouquette, j'aurais eu envie de m'installer dans ce pays et de me faire américain?

– Vous eussiez peut-être été mieux inspiré en restant chez vous, monsieur, cela vous eût fait l'économie d'un passage et nous eût épargné le spectacle de vos humeurs bravaches.

– Vous avez de la chance, sacrebleu, que nous ne soyons plus d'âge ni l'un ni l'autre à nous expliquer les armes à la main, car je vous aurais demandé raison, macadiou, pour l'honneur de Chateaubriand... et de la Gascogne. »

Osmond attendait avec appréhension la réplique de l'adversaire d'oncle Gus, mais ce dernier laissa tomber d'une voix mielleuse :

« Puisque vous vous estimez offensé, c'est bien dommage que vous ne disposiez pas d'armes propres à vous venger...

— J'en ai une, mille Diou, que vous accepterez s'il vous reste un peu de sang gaulois dans les veines! lança brutalement M. de Castel-Brajac, visité par l'inspiration.

— Peut-on savoir?

— L'orthographe! Monsieur! »

Les dames, jusque-là un peu inquiètes, applaudirent en s'esclaffant, tandis que les disputeurs échangeaient leurs cartes.

Osmond, désorienté par l'algarade, se serra contre l'oncle Gus.

« Ne t'en fais pas, gamin, ce jeu est sans danger, nous allons donner une leçon de français à ce monsieur qui s'appelle Honoré Grossetête... Il va me falloir des témoins et un amateur de beau langage capable de produire une dictée. »

Les témoins se trouvèrent aisément. Deux négociants qui connaissaient de vue M. de Castel-Brajac offrirent leurs services, enchantés d'être mêlés à l'une de ces querelles créoles qui ne finissaient plus que très rarement dans le sang.

Comme les témoins, réunis au fumoir, se préoccupaient de trouver un texte assez difficile pour départager les duellistes, l'un proposant un verset du Deutéronome, l'autre, quelques articles des règlements de navigation, une très vieille dame, qui se présenta comme comtesse de Nerville, fit timidement savoir qu'elle avait recopié dans son journal intime le texte de la dictée la plus difficile qui se puisse trouver. Elle le tenait d'une amie, dame de compagnie de l'impératrice Eugénie. Cette dictée avait été, à la cour de Napoléon III, une sorte de jeu de société, auquel ne se risquaient que les érudits. L'auteur du texte qui rassemblait une foule de difficultés orthographiques n'était autre que M. Prosper Mérimée, le prosateur fameux de *Carmen* et de *Colomba,* ouvrages que la dame tenait pour chefs-d'œuvre absolus.

« Seulement, ajouta-t-elle en minaudant, j'exigerai de dicter moi-même aux... candidats, car je ne puis confier mon journal intime à qui que ce soit. »

Les témoins étant tombés d'accord, on s'en fut chercher du papier, de l'encre et des plumes, puis on fit évacuer le fumoir. Deux tables furent disposées à quelques pas de distance et les dames désirant assister au match furent invitées à prendre place sur les banquettes de velours autour du salon.

A la demande du témoin de M. de Castel-Brajac, il fut admis que les protagonistes pourraient disposer de la boisson de leur choix. M. Grossetête choisit un sazerac[1], Gustave réclama de l'armagnac.

Le commandant, informé de ce qui se préparait, fit ralentir l'allure afin que le bruit des machines et les vibrations ne viennent pas troubler ceux qui allaient en découdre, la plume à la main.

Quand le silence fut obtenu, la comtesse ouvrit un gros livre de cuir bleu à tranche dorée et commença d'une voix haut perchée en détachant les syllabes : « Pour parler sans ambiguïté, ce dîner à Sainte-Adresse, près du Havre, malgré les effluves embaumés de la mer... » et poursuivit pendant vingt minutes sa lecture comme une institutrice faisant composer des élèves.

M. de Castel-Brajac ne semblait marquer aucune hésitation. Il laissait de côté pour la relecture les accords qui demandaient réflexion et les mots pièges. Son adversaire souriait en écrivant comme s'il trouvait la chose facile. Dans l'assistance, des dames téméraires s'efforçaient, crayon en main, de courir leur chance. Osmond, que l'oncle Gus avait confié à une jeune fille

---

1. Cocktail, à base de bourbon et d'absinthe, très prisé des Louisianais.

délicate, vêtue de tussor rose, entendait des mots inconnus dont il se promettait plus tard de demander le sens à son mentor. Il lui paraissait impensable que l'oncle Gus, qui savait tout, ne triomphât pas aisément de l'homme plein de morgue qui l'avait provoqué.

La lectrice, que l'exercice semblait avoir épuisée, obtint un verre d'eau avant de relire le texte et de refermer son livre.

« Messieurs, dit alors l'arbitre désigné par les témoins, vous avez dix minutes pour parfaire votre... devoir. La cloche du bord donnera le signal de la fin du duel. »

Gustave de Castel-Brajac s'octroya une bonne rasade d'armagnac, essuya ses lunettes, et se mit en devoir de fignoler son ouvrage.

Son adversaire, désinvolte et sûr de lui, alluma un cigare et fit un clin d'œil au public signifiant qu'il estimait la victoire assurée. Osmond, qui voyait Gustave marmonner en suçant son porte-plume ou se frotter le nez d'un index distrait, avait du mal à dissimuler son inquiétude.

« Ne vous en faites pas, il va certainement gagner. Il a l'air si bon, votre oncle », lui glissa à mi-voix la jeune fille en rose.

Quand les témoins s'attablèrent au fond du fumoir en compagnie de Mme de Nerville qui entendait bien ne pas lâcher son journal, un murmure parcourut la foule.

« C'est rudement difficile, fit une dame à sa voisine.
– « Effluve » est bien du féminin, n'est-ce pas? demanda une autre à son mari qui répondit affirmativement.
– Combien mettrais-tu de « l » à fusilier?
– Deux, bien sûr. »

La proclamation des résultats vit le triomphe de Castel-Brajac. Il n'avait fait que trois fautes. Son adversaire devait en reconnaître vingt-cinq, ce qui n'était, aux dires de Mme de Nerville, qu'une de plus qu'Alexandre Dumas, mais beaucoup moins que Napoléon III, qui avait impérialement martyrisé l'orthographe à quarante-cinq reprises.

« Vous faites jeu égal avec le prince de Metternich », confia la comtesse à Gustave, ravi.

Quand le Gascon tendit à M. Grossetête sa main à l'index taché d'encre, l'assistance applaudit, remerciant les protagonistes de lui avoir offert une attraction qui ferait de ce voyage sur le Mississippi un souvenir plaisant.

Le perdant savait se conduire. Il fit apporter du champagne, après avoir convié tous ceux qui venaient d'assister au premier duel à l'orthographe de l'Histoire à lever leur coupe à Mérimée, à Chateaubriand, à Rouquette et à M. de Castel-Brajac.

« Monsieur, dit-il en se tournant vers ce dernier, sans « ces cuisseaux de veau » et ces « cuissots de chevreuil », vous n'auriez fait qu'une seule faute, vous êtes digne d'entrer à l'Académie, puisque M. Octave Feuillet s'est, paraît-il, trompé vingt-neuf fois.

– Si nous allions dîner pour soigner nos plaies d'amour-propre », proposa Gustave.

M. Grossetête accepta et, les adversaires réconciliés et souriants se dirigèrent, bras dessus bras dessous, vers la salle à manger où l'orchestre leur fit l'honneur d'une *Marseillaise* approximative.

Osmond, assez content de partager le repas des héros du jour, eut l'occasion de donner au gentleman irascible un aperçu de ses connaissances. M. Grossetête, revenant sur les erreurs commises par M. de Chateaubriand, cita un passage du *Voyage en Amérique* où l'auteur dit avoir vu, sur les bords du Mississippi, des ours manger du raisin.

« Il n'y a jamais eu de vigne sous nos climats, nous ne sommes ni en Bourgogne, ni dans le Bordelais.

– Là, je vous accorde que notre voyageur-poète s'est trompé...

– Puis-je répondre, oncle Gus », intervint le garçonnet.

La permission étant accordée, Osmond expliqua le plus sérieusement du monde que les ours sont friands de baies et notamment de celles que produit la vigne-rotin ou cerisier indien et qui, poussant en grappes, ressemblent un peu à du raisin.

M. de Castel-Brajac compléta pour le créole ébahi le bref exposé d'Osmond.

« Il s'agit d'un arbuste de la famille des Buckthorn que les Anglais nomment *Blackjack vine*..., c'est peut-être bien ce que notre poète a pris pour de la vigne.

– Votre élève, en tout cas, monsieur, fait honneur à son maître et, si le carnaval vous laisse quelques heures de loisir, je serais flatté de vous montrer à tous deux ma bibliothèque, qui occupe un étage dans ma maison du bayou Saint-Jean. »

Rien ne pouvait faire plus plaisir à Gustave que d'entendre vanter ses dons de pédagogue. Quand l'*America* se présenta devant le quai Saint-Pierre, les deux hommes et l'enfant étaient devenus des amis.

15

Osmond ne conservait de La Nouvelle-Orléans qu'un seul et triste souvenir. Le premier que le destin avait gravé dans sa mémoire d'enfant. Sur le même quai où venait d'accoster le vapeur *America*, il avait attendu, six années plus tôt, avec sa mère et sa grand-mère, dans la lumière méridienne de juillet, l'arrivée de son père. De cette journée tragique, il comprenait aujourd'hui les douloureuses implications.

Dans l'animation du débarquement, tandis que M. de Castel-Brajac serrait des mains à la ronde, il sentit monter en lui une bouffée de chagrin. Il savait maintenant ce qu'étaient la mort et l'absence. Des images floues se superposaient dans sa pensée à celle d'un bateau d'où descendaient des soldats blessés parmi lesquels il avait inutilement tenté de découvrir celui dont on attendait le retour. Un cercueil ouvert dans le hall de la maison des Vigors, un visage gris aux yeux clos qu'il n'avait pas tout de suite reconnu, des femmes en noir qui pleuraient, agglutinées en essaim, tels étaient les clichés qui lui apparaissaient.

La joie de cette arrivée avec l'oncle Gus, dans une ville dont toutes les grandes personnes semblaient entichées, en fut soudain amoindrie. Mais l'espèce de sourire involontaire que la forme de sa bouche conférait au visage du garçonnet ne permit pas à M. de Castel-Brajac de deviner la vague mélancolie ressentie par son élève. Déjà, il entraînait ce dernier vers un fiacre orné de guirlandes, tiré par un cheval aux harnais embellis de faveurs et dont les oreilles dépassaient des ailes percées d'un vieux chapeau de paille surmonté d'un casoar. Le cocher, hilare et un peu pris de boisson, retira son haut-de-forme agrémenté d'un plumet, pour inviter les voyageurs à prendre place dans sa voiture. Les revers douteux de sa jaquette disparaissaient sous d'énormes cocardes plissées violette, jaune et verte, couleurs cette année-là du roi du carnaval. Gustave, qui semblait apprécier ce décorum de pacotille, fit répéter à l'automédon l'adresse de l'ancien hôtel particulier des Pritchard, dans le district des jardins, devenu par héritage la résidence citadine des Castel-Brajac.

« On y va pat'on, on y va, mais pas couri beaucoup

vite. Y a grand beau monde plein la rue, j' te dis. A c'te heure tout l'Amérique est chez nous. »

Dès lors, Osmond, dont la tristesse passagère s'était promptement évanouie, n'eut plus d'yeux que pour le spectacle d'une ville déjà parée pour la fête. « Old Glory[1] » flottait aux pignons des façades, dominant par réflexe civique la bannière de la défunte Confédération et celle de l'Etat de Louisiane frappée du pélican blanc. Des tentures frissonnaient comme lessive sur les trumeaux et des banderoles festonnaient les balcons. Les habitants de la ville semblaient avoir mis à l'air tous les draps de couleur contenus dans leurs armoires. En l'honneur de carnaval, la cité était sous grand pavois comme les bateaux au mouillage. Des forêts de mâts, à la pointe desquels des étendards captifs qu'un souffle de vent déployait mollement, avaient poussé aux carrefours. Des vasques de fleurs alignées sur les trottoirs obligeaient les piétons à des évolutions zigzagantes et, dans Canal Steeet, les perches des tramways électriques enrubannées ressemblaient aux lances de parade des anciens chevaliers. Dans chaque vitrine, fanfreluches et girandoles donnaient aux denrées et aux objets les plus quelconques des airs précieux. On voyait des jambons cravatés, des boîtes de biscuits galonnées, des bottes de paysans débordantes de serpentins, des cruches portant brassard, des ombrelles transformées en banderilles, des lustres garnis de bouffettes, des chauffe-eau couronnés de fleurs. Des modistes donnant libre cours à leur imagination exposaient des chapeaux carnavalesques, massifs de pensées ou buissons de roses, et des pâtissiers-architectes proposaient des pièces montées, hautes comme des tours flanquées d'échauguettes en chocolat, hérissées de clochetons en sucre glacé, de bulbes

---

1. Le drapeau fédéral.

en pâte d'amande et soutenues par des arcs-boutants de nougatine.

Les marchands de vêtements, prévoyant un afflux de clients étrangers désireux de se mettre à la mode de Mardi gras, avaient extrait de leur arrière-boutique les rossignols des saisons précédentes auxquels des passementeries, des lisérés, des bourdalous et des flots de faveurs donnaient des airs de nouveauté. Car l'ordonnateur occulte du carnaval n'était autre que le dieu Mercure dont on escomptait, chaque année en cette saison, des gracieusetés supplémentaires.

Le carnaval de La Nouvelle-Orléans jouissait déjà d'une réputation internationale comparable à celle que s'étaient acquise autrefois ceux de Nice et de Venise. Depuis que les ursulines avaient, en 1837, costumé les orphelines au jour du Mardi gras, les fastes n'avaient fait que croître d'année en année.

La ville entière y collaborait, des magistrats aux rentiers, en passant par tous les corps de métiers et toutes les professions. Riches ou pauvres, les syndicats, les associations, les clubs rivalisaient d'imagination et investissaient des sommes énormes pour la confection de chars et de costumes qui feraient le succès des parades. Les quatre grandes entreprises carnavalesques : les chevaliers de Momus, Comus, Proteus et Rex, dont les états-majors se comportaient comme des sociétés secrètes, entretenaient d'un Mardi gras à l'autre l'enthousiasme des Orléanais. Chacun des membres de ces « sectes du plaisir » avait le droit d'inviter vingt personnes aux réjouissances et au bal de son club. Strictement anonymes, envoyées à leurs destinataires sans indication de parrainage, ces invitations passaient pour très recherchées. Elles étaient le fruit d'une sélection sévère, chaque membre devant remettre au capitaine du club la liste de ses invités pour être soumise à l'examen d'un comité. Il arrivait que, par antipathie, inimitié ou snobisme, des noms soient rayés. Les délibérations du comité étant rigoureusement secrètes, les susceptibilités étaient sauves, d'autant plus que le membre dont un ou plusieurs invités avaient été refusés ne pouvait connaître les raisons de ces exclusions. Au fil des années, les thèmes des cavalcades longuement discutés au sein des sociétés avaient fait appel aussi bien à la Bible qu'à l'Antiquité ou à l'actualité. *Les Métamorphoses* d'Ovide, les fêtes d'Epicure, les scènes de Shakespeare, *Les Mille et Une Nuits,* les mythes chinois, l'histoire de la Louisiane, les poèmes de Byron, les héros de Walter Scott avaient laissé des souvenirs fameux. Chaque club, pour composer sa cavalcade comportant une vingtaine de chars, recrutait des artistes et des cartonniers qui cherchaient l'inspiration dans les musées et les bibliothèques. Les clubs les plus riches, afin de mieux préserver le secret de leurs projets, commandaient les cartonnages et les costumes à Paris, où se rendaient des délégués, sérieux comme des plénipotentiaires. Il en coûtait en moyenne 20 000 dollars à chaque club pour les chars. Avec les bals, les orchestres, les confettis et les menus frais, on estimait à plus de 100 000 dollars les dépenses que devait envisager une société qui voulait faire bonne figure. Les membres de celle-ci acceptaient de verser une cotisation annuelle de 100 dollars et s'ingéniaient à trouver des ressources annexes.

Osmond, un peu ébahi par un tel déploiement d'artifices et intrigué par les premières automobiles qui se faufilaient entre les landaus, les charrettes de livraison et les cabriolets, écoutait d'une oreille distraite les commentaires de l'oncle Gus. Ce grouillement humain, ces sonorités de la ville qu'il découvrait, le transportaient dans un monde bien différent de la tranquille paroisse de Pointe-Coupée où l'on rencontrait rarement plus de deux équipages à la fois. Cette cité de trois cent mille habitants, que l'on disait la plus belle et la plus vivante du Sud, le fascinait et l'effrayait un peu. On pouvait disparaître dans cette foule bigarrée sans laisser de traces, s'égarer dans ces rues dont on ne voyait pas le bout. Les gens se croisaient sans se saluer, les Noirs, habillés comme des Blancs, ne semblaient pas faire grand cas de ces derniers. Quant aux arbres, ils paraissaient avoir été contraints de pousser en ligne au long des avenues, ou suivant des données géométriques autour des maisons. Ces édifices aux façades altières, boursouflées de fenêtres en saillie – que l'oncle Gus désignait sous le nom de bow-windows – était souvent dépourvus de jardins ou plantés au milieu d'un gazon moelleux, ceinturé de barrières.

Quand le fiacre s'engagea dans l'avenue Saint-Charles qui, suivant un arc de cercle de dix kilomètres, parallèle au fleuve, relie le vieux quartier français à l'avenue Carrollton, en plein cœur du quartier américain, M. de Castel-Brajac expliqua qu'il s'agissait d'une des plus belles voies urbaines du Nouveau Monde. Large et ombragée, constituée par deux chaussées séparées par un terre-plein où circulaient les tramways électriques, dont les cloches tintaient aigrement aux carrefours, elle parut au garçonnet aussi démesurée qu'un fleuve.

Au passage, oncle Gus indiquait des demeures par leur nom ou celui de leurs propriétaires, qui étaient à coup sûr des gens immensément riches, si l'on s'en tenait à la taille et à l'ornementation des façades.

La maison de Mme Chaffraix, qui possédait en France un grand château, impressionna Osmond avec ses colonnes cannelées à chapiteaux corinthiens, son vestibule et sa porte monumentale, mais il retrouva, dans celle moins somptueuse de M. Mc Dermott, construite en 1882, le style manoir de plantation.

« C'est qu'il y avait autrefois derrière ces maisons des champs de coton et de canne qui s'étendaient jusqu'au Mississippi. Les planteurs préféraient alors tourner leurs regards et leurs façades vers la ville, abandonnant aux quartiers des esclaves le bord du fleuve. Aujourd'hui, tous ces terrains ont été lotis et construits, et des rues ont été tracées qui font du district des jardins un grand damier couvert de belles demeures. »

Le Gascon demanda au cocher somnolent de faire un détour par Equania Street afin qu'Osmond puisse admirer la construction la plus originale du district, qui venait d'être achevée pour le compte du capitaine Milton Doullut, un des meilleurs pilotes du Mississippi. Le marin d'eau douce avait voulu, en prenant sa retraite, conserver à son home une ambiance de vapeur. Il avait dessiné une maison dont l'architecture rappelait, avec sa galerie périphérique à minces colonnettes, traitée en pont-promenade et son mirador central, dressé au milieu du toit comme une passerelle, les superstructures des paquebots fluviaux. Tout le quartier venait de baptiser la demeure du capitaine Doullut « Steamboat house [1] ». Les humoristes soutenaient que le retraité n'attendait qu'une crue du Mississippi pour lever l'ancre.

La résidence Pritchard, dans Second Street – car Osmond l'avait remarqué, toutes les indications de rues, comme les enseignes, étaient en anglais – relevait du fameux style *Greek Revival,* cher aux architectes du milieu du XIXe siècle. Avec un seul étage, sous galerie à colonnes, elle paraissait d'un classicisme sobre et distingué, si on la comparait aux constructions prétentieuses et tarabiscotées qui l'entouraient.

« Je te conseille, dit oncle Gus, chaleureusement accueilli par un couple de vieux domestiques, de choisir une chambre qui puisse te plaire longtemps, car ce sera celle que tu occuperas dans deux ans quand tu viendras à La Nouvelle-Orléans pour étudier chez les jésuites. »

---

1. Cette maison existe toujours.

Bien que la perspective parût lointaine au garçonnet, il parcourut scrupuleusement la demeure aux parquets de chêne cirés et recouverts par endroits de grands tapis aux motifs colorés. Il visita les salons, la bibliothèque, la grande salle à manger pourvue d'une immense table en if et d'une cheminée de marbre, la petite salle à manger où traditionnellement, comme dans toutes les demeures du Sud, on ne prenait que le petit déjeuner et les chambres du premier étage toutes flanquées – c'était une amélioration apportée par les Castel-Brajac – d'une salle de bain.

Il finit, après un temps de réflexion, par jeter son dévolu sur une pièce d'angle, éclairée par une porte-fenêtre donnant sur la galerie du côté de la rue. Plus que le décor de la pièce, c'était la proximité d'un grand magnolia dont les branches frôlaient la fenêtre, percée dans le mur perpendiculaire à la façade, qui avait déterminé son choix.

« C'est la chambre de jeune fille de tante Gloria. Tu as bon goût, gamin, c'est la meilleure de la maison, la demeure de tes grands-parents est à deux blocs de là, sur l'avenue Prytania. »

Charles de Vigors n'était pas homme à s'intéresser au séjour de son petit-fils à La Nouvelle-Orléans. Depuis qu'il n'avait plus d'obligations politico-mondaines, il fuyait la ville pendant la période de carnaval.

Toutefois, le jour même de l'arrivée de M. de Castel-Brajac et de son élève, avant de s'embarquer pour Cuba, afin de visiter ses plantations et voir comment le général Leonard Wood, gouverneur américain de l'île, avait assaini La Havane, il convia les voyageurs à dîner à l'hôtel Saint-Louis. Tandis qu'Osmond, dont c'était le premier repas dans un grand restaurant, observait les dîneurs élégants et suivait les évolutions des serveurs, M. de Vigors confia ses contrariétés à Gustave.

Après une longue série de procès, la Cour suprême venait de rendre son jugement dans l'affaire qui opposait les Vigors aux Oswald. Sans échapper complètement aux pressions exercées à leur encontre par l'ancien sénateur, les magistrats avaient rendu un jugement qui décevait un peu ce dernier sans satisfaire intégralement les exigences de la partie adverse. Certes, la vente passée par Stella était annulée mais, pour dédommager l'acquéreur dont la bonne foi était établie, le tribunal exigeait qu'un bail de neuf années « sans redevances, ni contraintes » lui soit accordé à dater du jour du jugement. Quant à la somme versée par l'ancien *carpetbagger,* elle tiendrait lieu de loyer et de fermage pour la période allant de la signification du litige jusqu'à l'expiration du bail. Oswald allait donc pouvoir exploiter à son profit une parcelle de Bagatelle. Comme les prix du coton et des produits agricoles ne cessaient d'augmenter, il faisait une bonne affaire tandis que Charles ne pouvait envisager le forage pétrolier dont il attendait merveille.

« En somme, on accorde à Oswald la propriété provisoire d'une terre qu'il a payée... tu n'as pas à te plaindre, observa Castel-Brajac.

– Eh bien, tu n'es pas difficile!

– Mais ton but n'est-il pas atteint? Tu voulais préserver l'intégrité du patrimoine... c'est fait, non?

– Dans neuf ans, j'aurai soixante-dix ans. »

Un autre tribunal, après de longs atermoiements, irritants pour l'ancien sénateur, avait prononcé le divorce de Marie-Virginie et d'Amédée Tiercelin. Ce dernier, grippe-sou comme ses parents, avait usé de tous les artifices de procédure pour ne pas restituer la dot de la femme qu'il répudiait. Finalement, il y avait été contraint, mais ces chamailleries alimentaient encore les ragots de la paroisse. La jeune divorcée cachait son chagrin et sa honte à Saint Martinville, où sa mère résidait maintenant de façon permanente.

« Marie-Virginie est une jolie femme, douce et aimable. Elle trouvera un autre mari, de nos jours le divorce n'est plus une tare... commenta Gustave.

— Ce ne sera pas facile, te rends-tu compte qu'elle a trente-quatre ans et que tout le pays sait qu'elle est stérile ?

— Ah ! Bah ! elle a assez de neveux et nièces, de cousins et de cousines pour s'occuper. »

A la fin du repas, Charles, qui à plusieurs reprises avait fait de louables efforts pour converser avec son petit-fils, annonça à ce dernier qu'il pourrait choisir chez son tailleur deux ou trois costumes. L'artisan avait reçu des ordres de l'ancien sénateur.

« Tu es maintenant un jeune homme et tu ne dois plus laisser aux femmes le soin de t'habiller. Un Vigors ne peut pas être fagoté comme un campagnard. »

Osmond remercia avec empressement. Il commençait à attacher un peu plus d'importance à sa toilette, surtout depuis qu'il voyait à La Nouvelle-Orléans des garçons de son âge vêtus de pantalon et non, comme lui, de culottes courtes.

Dans l'après-midi du Lundi gras, il étrenna son premier costume, taillé dans une très fine flanelle gris clair pour assister, au balcon du Boston-Club, à la parade de Proteus qui ouvrait les festivités. Sous un soleil complice qui forçait les couleurs, une foule exubérante grouillait dans la rue du Canal. Vue d'en haut, elle ressemblait à un parterre chaotique et frémissant où les capelines, les canotiers, les ombrelles, les écharpes agitées mettaient des taches vives. Les cuivres des fanfares flambaient comme des bûches tisonnées et l'on voyait, çà et là, des équipages téméraires englués dans un magma humain capable de les absorber comme un marécage.

Des groupes de musiciens, noirs ou mulâtres, vêtus d'une queue-de-pie écarlate et coiffés d'un haut-de-forme constellé de cocardes réussissaient parfois, grâce à la puissance de leur souffle, à dominer le brouhaha. Les tubas, les cornets à piston, les bugles, les trombones à coulisse, les trompettes, les clarinettes, les grosses caisses et les cymbales s'unissaient pour imposer soudain l'harmonieux tintamarre d'airs syncopés, tour à tour cris, éclats de rire ou gémissements. La tempête rythmée déferlait sur les têtes, et l'air tiède se chargeait de molécules musicales qu'on respirait autant qu'on les entendait. Il y avait dans cette tempête de sons cuivrés une brutalité primitive, dont il eût été vain de vouloir se protéger.

Penchés aux balustrades, les honorables membres du club le plus sélect de la ville, qui auraient dû ne rien connaître des brasseries et des maisons de prostitution de Storyville, où la plupart des musiciens retourneraient la nuit venue, se désignaient les uns aux autres des artistes dont les noms figuraient souvent dans les colonnes du journal illustré *Mascotte,* qui ne pouvait entrer dans aucun foyer respectable.

« Tiens, c'est Tony Jackson du Gipsy Shafer's.
– Et là, Alex Esposito du Regal.
– Voilà Bill Galaty, le fameux trombone. »

Naturellement, on pouvait reconnaître, même devant son épouse, les musiciens de l'orchestre Impérial portant vareuse grise et képi bleu, ceux du Marching Band, du barbier Buddy Bolden et même les joyeux drilles du Ninth Ward Band de « Big eyes » Louis. Mais les noms qui fusaient à voix basse disaient assez la popularité de ces Noirs, dont les musiques offensaient encore les tympans des amateurs de Mozart, de Vivaldi ou de Johann Strauss.

Bien qu'ils s'en défendissent hypocritement, bon nombre de créoles du bayou Saint-Jean ou de l'avenue de l'Esplanade éprouvaient un secret plaisir à entendre ces musiques qui provoquaient les sens, installaient dans le corps des rythmes que les muscles souffraient de ne pouvoir traduire en trémoussements lascifs.

A travers leur musique, les Noirs prenaient leur revanche. Aux descendants de ceux qui les avaient enlevés à l'Afrique, ils apportaient les pulsations épicées qui relevaient la mièvrerie des mélodies blanches et des psalmodies résignées des esclaves. Comme une forte liqueur sortie des alambics douteux de Storyville, Carnaval, d'année en année, servait ces musiques à la ville prête à s'enivrer. Des voyageurs qui avaient entendu des orchestres noirs à Chicago donnaient un nom à ces rythmes, ils les appelaient « jazz ».

Le sujet de la cavalcade de Proteus était Cléopâtre. Osmond en savait assez sur cette reine pour s'étonner des curieux décors que son destin avait inspirés aux concepteurs des chars. Ces derniers, dont les cartonnages atteignaient parfois la hauteur du premier étage des maisons, représentaient les dieux de l'Egypte, des sphinx, des caïmans, des pyramides, des pharaons, symboles entourés de lotus géants, de lanternes, de pylônes et de plumes. Cléopâtre, juchée sur une stèle, ne manquait ni de grâce ni d'élégance. Le corps parfait de la jeune créole qui la représentait était, d'une façon assez perverse, moulé dans un fourreau de soie blanche soutaché d'or. Un aspic, gros comme un boa, était lové sur les marches du trône, prêt à fournir à la veuve d'Antoine l'instrument de son suicide.

Un gigantesque Nubien éventait la souveraine qui souriait, saluant de la main et n'ayant pas du tout la gravité qui aurait convenu à l'héroïne d'une tragédie antique.

Dans la foule ouverte devant le défilé, des hommes faisaient sans vergogne des compliments osés aux femmes, qui répondaient par des gloussements approbateurs. D'un mot à l'autre, se nouaient, dans une gerbe de confettis, des intrigues de comédie italienne, comme si la musique et le frôlement obligé des corps favorisaient de soudaines intimités, inimaginables dans un salon. Dans l'ambiance de carnaval, le rituel des présentations paraissait aboli. Une familiarité admise autorisait le franchissement des étapes convenables, dévoilait des tentations et des désirs qu'on ne pouvait méconnaître et dont il eût été ridicule de se formaliser. La cavalcade parcourant la ville s'arrêtait pour se faire admirer devant les hôtels, les cercles, les grands magasins. Les orchestres profitaient de ces stations pour jouer, et tandis que les badauds applaudissaient les gens costumés, suant sous leurs masques et leurs falbalas, des commerçants servaient aux figurants des rafraîchissements, parfois du champagne.

Au soir du Mardi gras, Gustave et Osmond en tenue de soirée se rendirent au Washington Hall, rue Saint-Charles, où était traditionnellement organisé le grand bal du carnaval. Dans une salle séparée du hall où l'on dansait, les trônes du roi et de la reine, croissants de faux diamants surmontés de couronnes énormes et placés sous un dais de satin vert et violet, étaient occupés par une jeune femme en manteau de cour portant diadème et un gentleman en costume Henri III, à barbe rousse, dont la face rubiconde n'eût pas plu aux mignons.

Entourés de demoiselles d'honneur et de jeunes gens en habit noir, portant en sautoir l'ordre carnavalesque, les souverains recevaient les hommages de leurs sujets d'un jour, pressés de s'élancer pour une valse ou une mazurka.

Osmond, grand pour son âge, ne manquait pas d'allure dans son habit bleu nuit. Gustave, qui l'observait, le trouvait beau avec ses cheveux noirs légèrement ondulés, ses sourcils nets, son regard de jade et son visage d'une régularité sans défaut sur lequel courait toujours ce sourire inimitable que l'on pouvait prendre, tantôt pour expression d'une grande douceur, tantôt pour manifestation d'une ironie contenue. Pour la première fois, le Gascon retrouvait dans ce garçon naturellement distingué et peu bavard quelque chose de Dandrige. Il imaginait que son ami, le parfait Cavalier, devait être ainsi dans son enfance : rigide sans être guindé, distant sans afficher de mépris pour les autres et à l'aise en toute circonstance.

« Il te faudra apprendre à danser, fiston, c'est indispensable. Regarde bien comment, sur les trois temps de la valse, les messieurs déplacent leurs pieds.

– Je crois que je saurai, dit Osmond.

– Vraiment! Je vais te présenter une cavalière de ton âge, pour le carnaval, les enfants peuvent aussi danser. »

M. de Castel-Brajac parcourut la foule du regard et repéra bientôt un négociant en coton venu là avec sa femme et ses filles. Il leur présenta son élève comme étant le petit-fils du sénateur de Vigors et l'une des fillettes, de deux ans l'aînée d'Osmond, qui, elle, prenait déjà des cours de danse, fut encouragée par sa mère à guider les premiers pas du garçonnet.

Elle s'appelait Muriel et n'était pas timide. Sous les yeux de Gustave et du négociant, les enfants entrèrent dans le bal. En un instant, Osmond, qui savait assez de musique pour suivre un rythme, perdit toute appréhension, triompha de l'inévitable gaucherie du néophyte et prit plaisir au mouvement.

Deux fois encore au cours de la soirée, il dansa avec Muriel qu'il convia, sur le conseil de Castel-Brajac, à prendre une orangeade au buffet.

En regagnant leur résidence du Garden District à travers la ville illuminée par les girandoles électriques et les torches de résine qui donnaient aux paillettes et aux pasquedilles des costumes des rutilances de rubis et des scintillements de diamant, M. de Castel-Brajac et Osmond de Vigors étaient satisfaits de leur fatigante journée.

« Elle était gentille, n'est-ce pas, la petite Muriel?

– Très gentille, elle sentait bon, mais elle a de drôles de dents pointues. »

Ce fut le seul commentaire que Gustave put tirer de son élève. Osmond s'endormit ce soir-là la tête pleine de musiques, en regardant par la fenêtre ouverte les feuilles du magnolia immobiles qui se découpaient sur un ciel plein d'étoiles.

Le grand bal des chevaliers de Momus avait été pour Osmond une initiation aux mondanités citadines. La soirée à l'Opéra français fut la révélation de l'art lyrique. La troupe, justement réputée, donnait *Les Huguenots,* un opéra en cinq actes de Jacques Meyerbeer. Bien que l'œuvre soit chantée en italien, Osmond n'eut aucun mal à suivre de bout en bout le déroulement de l'action tragique. Les décors, les costumes, la musique, le pur amour de Valentine de Saint-Bris pour Raoul, la noblesse du comte de Nevers, le massacre des Huguenots, la fusillade finale, au cours de laquelle périssent les amants, impressionnèrent vivement le jeune garçon auquel Gustave avait raconté la tuerie de la Saint-Barthélemy. Voyant l'intérêt que son élève portait au spectacle, la tension qui s'emparait de lui pendant l'action, la vigueur de ses applaudissements, M. de Castel-Brajac se remémora les soirées d'opéra avec Virginie et le général Tampleton. Il reconnut dans la soudaine exaltation de l'enfant, habituellement peu expansif, un trait du caractère de son arrière-grand-mère. Cette façon qu'elle avait de s'enthousiasmer au théâtre et d'entrer spontanément dans le jeu de la fiction.

Naturellement, le Gascon tira du drame lyrique de Meyerbeer une leçon de tolérance religieuse.

« Ce n'est pas, dit-il, parce que des hommes et des femmes ont d'autres façons que nous de prier Dieu qu'ils sont des parias. Toutes les croyances sont respectables. De toutes les guerres, celles de religion sont les plus stupides. D'autant plus qu'il y a peu de

chances pour que Dieu accepte jamais que l'on tue en son nom sa créature.
— Mais les infidèles, les croisades, dit Osmond montrant qu'il avait assimilé les leçons d'Histoire.
— Ce furent de belles expéditions, fiston, pour la reconquête de la Terre sainte..., mais je ne suis pas certain qu'elles aient été aussi désintéressées que l'eussent souhaité les prêcheurs. »

Au cours des promenades à travers la ville, des visites au fort espagnol, à la cathédrale, au champ de bataille de Chalmette, aux boutiques des antiquaires, Osmond avait remarqué que les Noirs étaient toujours séparés des Blancs. Il avait vu dans les tramways ces deux petites cases de quatre places, séparées du reste du compartiment par un grillage sur lequel une pancarte indiquait : *colored patrons only*[1]. Seuls les hommes et les femmes noirs voyageaient dans cette sorte de cage à poules où aucun Blanc ne montait jamais.

Interrogé sur les raisons de cette ségrégation, Gustave se frotta le bout du nez avec son index, signe de perplexité, et finit par répondre que la loi imposait aux Noirs des écoles, des wagons, des lieux de réunion particuliers.

« Ils ont aussi leurs bals pour carnaval et leurs églises, leur façon de s'amuser et de manger.
— Et pourtant, sauf à l'Opéra, presque tous les musiciens qui jouent pour les Blancs sont des nègres.
— On les paie pour ça, fiston, comme on les paie pour ramasser le coton ou décharger les bateaux...
— Dans le tramway, ils paient leur place eux aussi.
— Bien sûr... Il ne manquerait plus qu'ils se fassent transporter gratuitement. »

Osmond demeura un instant pensif.

« C'est comme pour les religions, alors; chacun va à

---

[1]. Clients de couleur seulement.

son église et ne veut pas que l'autre y entre et chacun a son compartiment dans le tramway.

– Ah! Ce n'est pas si simple, vois-tu; pour que deux races puissent vivre en bonne intelligence, alors que pendant longtemps l'une a tenu l'autre en esclavage, il faut une sorte de code des convenances, des règlements qui imposent une sorte de... discipline sociale. »

M. de Castel-Brajac était un peu confus de cette explication couramment donnée aux étrangers par les Blancs les plus libéraux. Mais il fallait bien qu'Osmond se fasse aux mœurs de la ville. Plus tard, quand il pourrait juger de tout par lui-même, il se ferait une opinion. Et puis, il apprendrait aussi à connaître les Noirs, leurs défauts que l'on disait ataviques et leurs qualités individuelles.

Ils firent un soir la queue devant le restaurant Galatoire, cher aux créoles qui attendaient sur le trottoir de la rue Bourbon qu'une table soit libre, car les frères Galatoire n'acceptaient pas de réservation[1].

Au marché français, sous les arcades où flottait un parfum fait des mille senteurs des légumes, des fruits, des poissons, des épices, Osmond s'étonna des chapeaux des bouchers aux longs tabliers blancs. Il acheta à une vieille Noire ridée des pralines aux pécans, tripota les petits objets d'os et les paniers d'osier que proposaient sur une natte effrangée des Indiennes Choctaws venues du bayou Lacombe ou de la paroisse de Tammany, sans se douter que son arrière-grand-mère maternelle ressemblait à ces femmes aux cheveux huilés et aux pommettes hautes. Ce jour-là, il envoya aussi une carte postale représentant Jaskson Square à Lorna et à Silas, et choisit pour sa camarade de jeu, cousine à la mode de Bretagne, une aumônière à fermoir d'argent, qu'elle pourrait étrenner le jour prochain de sa première communion.

---

1. Il en est toujours ainsi.

Puis, ils regagnèrent Bagatelle par le train. Gustave de Castel-Brajac, ravi du comportement de son élève et ce dernier, convaincu qu'il avait appris, pendant ce séjour en ville, quantité de choses qui n'étaient pas dans les livres.

16

Cet été-là, sans qu'on ait pu le prévoir, la fièvre jaune se déclara à La Nouvelle-Orléans. Le 21 juillet, l'inquiétude se répandit dans la ville quand les journaux annoncèrent que les médecins connaissaient une centaine de cas et que vingt personnes venaient de succomber empoisonnées par « Bronze John », le fléau qui avait tué tant d'Orléanais au cours des siècles. Ces derniers croyaient cependant la maladie vaincue ou découragée, puisque, entre 1886 et 1898, on avait constaté un seul décès dû à « Yellow Jack », autre sobriquet de la même calamité encore appelée, suivant les quartiers et les couches sociales, « Black Vomito » ou « Saffron Scourge ».

A Pointe-Coupée, où l'on se souvenait encore de l'épidémie de 1878, qui avait tué deux mille cinq cents personnes dans la ville de Baton Rouge, on vit le docteur Faustin Dubard faire en hâte la tournée des plantations pour inciter les gens à prendre des précautions. Le médecin, tenu au courant des travaux de la mission médicale américaine à Cuba en 1901 et de ceux du docteur Walter Reed, qui venait de démontrer que le virus amaril est bien transmis par le moustique, distribuait un tract rédigé par le docteur Quitman Kohuke, directeur des services sanitaires de l'Etat. De partout, on tendait des écrans de mousseline devant les fenêtres, puis on faisait des fumigations pour éloigner les moustiques et l'on récurait les citernes où les larves de l'*Ædes aegypti* pouvaient être déposées.

Faustin surveillait particulièrement Bagatelle. Il portait à Stella et à ses enfants une réelle affection et voulait que toutes les précautions soient prises afin d'éviter la contagion. Car l'épidémie se développait et l'on comptait en août plus de deux cents morts. Pour lutter contre la progression du fléau, les autorités engageaient des moyens nouveaux. « Il s'agit de faire la guerre pour sauver votre santé et peut-être votre vie », déclarait le docteur White, délégué à La Nouvelle-Orléans par le service sanitaire fédéral de Washington. Un budget de 350 000 dollars était prévu et le gouvernement de l'Union avait fait savoir qu'il accorderait son soutien à toutes les initiatives utiles. Le 8 août, un expert britannique, Sir Rupert Boyce, vint donner des conseils qui devinrent bientôt des consignes. On décida de contrôler tous les bateaux et la brigade navale fut mobilisée ainsi que les gardes-côtes fédéraux. Des hommes armés furent postés aux Rigolets et sur le pont du chemin de fer afin de surveiller le canal de jonction entre les lacs Borgne et Pontchartrain. En quelques jours, dix-huit bateaux de pêche furent saisis. Ces opérations devaient donner lieu à des incidents entre Louisianais et habitants de l'Etat voisin du Mississippi. Les seconds accusaient les premiers de « leur apporter la fièvre jaune ». Le 3 août, un bateau louisianais, le *Majestic*, rencontra un navire de garde du Mississippi, le *Grace*, qui l'arraisonna. Les marins du *Majestic*, qui disposaient, on ne sut pourquoi, d'une mitrailleuse, décidèrent de se défendre de ce qu'ils considéraient comme « une indiscrétion désobligeante ». Les marins du *Grace*, qui ne possédaient que des fusils, renoncèrent à entreprendre des investigations qui eussent déclenché la bagarre. Un autre incident opposa sur le lac Borgne les équipages du *Tom* et du *Tipsy*.

Pendant ce temps, la ville de La Nouvelle-Orléans était nettoyée de fond en comble. L'épidémie ne fut cependant enrayée qu'au début du mois de septembre. Elle avait fait 423 morts, mais les Louisianais savaient maintenant se défendre des moustiques. Au cours de la « mosquitoes war » 270 000 maisons avaient été visitées, 55 000 chambres désinfectées, 753 miles de ruisseaux et de caniveaux salés à outrance et 68 000 citernes recouvertes d'une pellicule d'huile et d'un voile de gaze antimoustiques. Trois millions de livres de sel avaient été répandues. On avait brûlé 448 000 livres de soufre et vidé 67 000 gallons d'huile. Chaque semaine, le « mosquito killing day » obligeait les concierges à faire des fumigations dans les corridors et les montées d'escaliers des immeubles. Les résultats de cette mobilisation s'étaient révélés, disaient les autorités, « immédiats et excellents ». On pouvait penser que 1905 marquerait la dernière agression de « Bronze John[1] ».

Bien que le danger fût conjuré, le docteur Dubard, qui pendant toute la durée de l'épidémie était venu chaque semaine inspecter Bagatelle, continua ses visites à la demande de Stella. Habituée à la présence fréquente du médecin, elle ne voyait plus son visage ruiné et trouvait dans sa compagnie un palliatif sans équivoque à sa solitude.

« Vous n'avez pas besoin d'avoir l'alibi du moustique pour venir le jeudi prendre une tasse de thé en famille », dit-elle gentiment.

Le thé en famille était en général un thé pour deux car, lorsque les enfants avaient salué le docteur Dubard, ils retournaient à leurs jeux ou à leurs livres. Mû par une sorte de pudeur, le médecin s'asseyait toujours de biais sur son fauteuil en évitant la pleine

---

[1]. Ce fut en effet la dernière épidémie de fièvre jaune à La Nouvelle-Orléans.

lumière et de manière à ne présenter à Mme de Vigors que son profil intact. Ils bavardaient ainsi une heure ou deux de leurs lectures, de musique, des événements, évitant l'un et l'autre ce qui pouvait ranimer des souvenirs douloureux.

Stella semblait résolue à passer sa vie « loin de tout », vouée à la mémoire de Gratien. Elle imaginait que ses filles, Alix et Céline, partageraient son existence de recluse tandis qu'Osmond, qui devait « faire sa vie », s'en irait étudier avant de revenir un jour prendre en main la plantation. Un après-midi où, se laissant aller aux confidences, elle développait ces perspectives, le docteur Dubard s'anima.

« Ne croyez-vous pas, chère madame, que c'est vous montrer un peu égoïste. Votre deuil dure depuis sept ans. Cette maison, dont on m'a dit qu'elle était autrefois joyeuse et souvent emplie du bruit des réceptions et des barbecues, ressemble de plus en plus à un monastère. Vous ne pouvez pas priver vos filles et votre fils des plaisirs de la jeunesse et vous-même, sans rien renier ni oublier, vous n'avez pas le droit, pour eux encore, de renoncer à la vie. Les morts n'ont pas cette exigence à l'égard de ceux ou celles qu'ils ont aimés. Ils veulent, je pense, que les vivants aient leur part de bonheur, si eux-mêmes en ont été frustrés. Vous me faites penser parfois à ces épouses hindoues auxquelles la loi anglaise interdit maintenant de se jeter sur le bûcher funéraire de leur mari et qui se laissent mourir d'inanition. »

Stella haussa les sourcils et prit un air un peu pincé.

« Ce sont des raisonnements d'homme que vous tenez là. Je peux me consacrer à l'éducation de mes enfants sans organiser de bal à Bagatelle. Depuis qu'il est rentré de La Nouvelle-Orléans, Osmond veut que je lui apprenne à danser... vous me voyez danser... danser... »

Brusquement, les larmes jaillirent des yeux de la jeune femme, inondèrent son visage, qu'elle cacha promptement dans ses mains.

Faustin, bouleversé, vint à elle et, avec une audace dont il ne se serait pas cru capable, lui tendit sa pochette.

« Ne pleurez pas. Je vous en prie. Excusez mon impertinence. Je ne pensais pas que votre chagrin soit encore si présent et si intense; séchez vos yeux. »

Stella releva la tête et s'efforça de sourire.

« Ce que vous m'avez dit ne m'a pas blessée. Au contraire, peut-être ai-je besoin d'entendre d'autres voix que celles qui bercent mes insomnies. Osmond va prendre des cours de danse avec sa sœur Alix, et l'an prochain, avant qu'il ne s'en aille chez les jésuites de La Nouvelle-Orléans, je donnerai une fête d'enfants. »

Faustin Dubard, évitant de regarder Stella, porta machinalement les yeux sur le portrait de Virginie.

« Ce sera une bonne chose et je suis certain que la dame de Bagatelle, qui était, paraît-il, une valseuse étonnante, sera satisfaite de voir dans cette vieille maison la jeunesse reprendre ses droits.

— Oh! la grand-mère de Gratien, elle, n'était pas une veuve inconsolable. Elle a su vivre, croyez-moi, jeta la jeune femme en levant à son tour les yeux sur le tableau.

— Et croyez-vous qu'elle a eu tort?

— La fidélité aux morts, docteur, est une notion personnelle. Elle n'était pas, je pense, dans son caractère. »

Le médecin se préparait à prendre congé.

Stella lui tendit sa main, qu'il baisa au lieu de simplement l'effleurer comme il le faisait d'habitude et ainsi que le commandaient les convenances.

En traversant le salon alors qu'il ressentait encore la douce émotion née de cet entretien confiant, un grand miroir au tain fané lui renvoya brutalement l'image de son visage grimaçant. Il pressa exagérément le pas comme un fuyard et, sans se retourner, sauta dans son cabriolet et fouetta son cheval.

Stella, qui l'avait suivi sur la galerie, lui adressa un geste de la main qu'il ne vit pas, puis elle revint, pensive, s'asseoir au salon, en se tamponnant les yeux avec la pochette empruntée à laquelle elle trouva un agréable parfum de tabac.

Dans son cadre doré, la dame de Bagatelle, qui avait vécu des fidélités ignorées, souriait comme une entremetteuse.

Osmond, dont la maturité précoce et le goût de l'étude étonnaient les amis de Mme de Vigors, n'était pas un garçon joueur. Il aimait surtout marcher dans la forêt ou trotter par les chemins sur un anglo-normand d'âge canonique, offert par Castel-Brajac, et qu'il avait baptisé Bucéphale comme le cheval d'Alexandre, un de ses héros favoris. Quand il ne se rendait pas à Castelmore, il montait aux Trois-Chênes avec un livre. Allongé sur le banc devant les tombes de Virginie et de Dandrige, il passait des heures solitaires interrompant parfois sa lecture pour suivre sur le fleuve la progression d'un vapeur ou le ballet aérien des cardinaux ou des moqueurs. Il emportait aussi des miettes de pain pour nourrir un troglodyte familier, qui venait se poser sur la dalle funéraire près de lui. Le minuscule passereau à queue verticale, au bec fin comme une aiguille, dont les yeux ressemblaient à des perles noires, se plaisait en la compagnie du garçon. Il arrivait même qu'il se posât sur son livre, dardant de côté son regard vif et interrogateur. Lorna, à qui il avait été présenté à bonne distance, l'avait baptisé « Kiki le troglodyte », prête à soutenir que son ami possédait, comme François d'Assise, le don d'apprivoiser les petits oiseaux. Osmond ne dédaignait pas, cependant, de servir de partenaire à Silas, quand ce dernier, qui promettait d'être un hercule, apportait à Bagatelle batte et gants de base-ball. L'adresse et la vélocité du jeune Vigors surprenaient parfois le musculeux frère de Lorna, impatient d'entrer au collège pour figurer dans l'équipe la plus réputée de la paroisse. Au jeu de « balle à la base » comme on disait en français, dérivé américain du cricket anglais, Osmond préférait le tennis qu'il pratiquait avec sa sœur Alix sur un court qui n'avait rien de réglementaire, vague terrain délimité et aplani par les jardiniers derrière la maison. Lorna s'efforçait, elle aussi, de renvoyer tant bien que mal la balle à son ami, car elle ne perdait pas une occasion de se mêler à ses activités. C'était une fillette svelte et vive chez qui se devinait déjà l'adolescente racée. Elle portait, rassemblés en une lourde tresse sur la nuque, des cheveux d'un châtain sombre, trop fins pour être coiffés en anglaises comme ceux blond cendré d'Alix. Silas, qui n'était pas un modèle de patience et cherchait souvent querelle à sa sœur, trouvait dans la tresse qui battait les omoplates de celle-ci une prise généralement décisive, quand les disputes dégénéraient en pugilat. Lorna n'avait pas à redouter de gestes de ce genre de la part d'Osmond. Il la traitait en demoiselle, surtout depuis son séjour à La Nouvelle-Orléans où il avait observé les manières des citadins. Le garçon s'était empressé de raconter à son amie, sans omettre un détail, les péripéties de son voyage. Ses commentaires sur le bal de Momus et la description de cette Muriel, qui avait été sa cavalière, suscitèrent chez la fillette un curieux sentiment de frustration qui, sérieusement analysé, eût été nommé jalousie par des gens plus avertis. Depuis cette époque, quand Lorna venait à Bagatelle, ou se préparait à rencontrer Osmond chez ses grands-parents Castel-Brajac, elle soignait sa toilette. Toute la famille se plaisait à constater qu'elle ressemblait à sa mère Augustine, beauté accomplie. Ses yeux gris, pailletés de bleu, fendus en amande et légèrement obliques conféraient à son regard une douceur féline. Des lèvres charnues et un nez droit aux ailes galbées eussent permis à un physionomiste de déceler une promesse de sensualité précoce chez cet être gracieux dont le visage n'émergeait qu'imparfaitement des rondeurs enfantines. Alix, qui avait hérité l'heureux caractère de son défunt père et qui n'avait pas l'ambition de plaire, allait répétant que Lorna était la plus jolie de ses amies.

« Quand tu seras grande, tu te marieras avec Osmond », disait-elle à Lorna, qui rougissait sans oser répondre.

Sans qu'elle en eût conscience, la fillette avait en effet conçu pour Osmond une affection différente de celle qu'elle vouait à Silas ou à Clary et à ses cousins ou amis. Ce sentiment qu'elle eût été incapable de qualifier se traduisait par des attentions spontanées pour Osmond, par la façon qu'elle avait de lui arranger sa cravate le dimanche avant la messe, de se placer dans son camp au cours des jeux, de soutenir son point de vue dans les discussions, de citer fréquemment des phrases qu'il prononçait et qu'elle retenait sans peine. Elle voulait lire les livres qu'il lisait, étudiait ses airs préférés pour les jouer au piano et parfois s'entichait brusquement d'un héros dont Osmond contait les exploits. C'est ainsi qu'Augustine s'étonnait de voir sa fille porter un intérêt inattendu à Tamerlan, le conquérant de l'Asie, ou réciter *Le Cid* comme si elle ressentait l'affliction de Chimère.

Lorna savait aussi, quand Osmond souhaitait monter seul aux Trois-Chênes ou s'enfermer dans la bibliothèque pour feuilleter des albums, entraîner la bande dans une partie de volant ou une cueillette de baies sauvages, afin que fût préservée la tranquillité de son ami. Elle aurait aimé que le garçon lui prouvât d'une façon ou d'une autre qu'elle était sa compagne préférée, lui réservât ses confidences, mais Osmond ne lui manifestait que rarement une attention particulière, bien que ce soit à elle en priorité qu'il demandât un service ou un concours, parce qu'elle était la plus débrouillarde et la plus dévouée de la bande.

Quand, au cours de l'été 1907, Mme de Vigors se décida à donner le bal d'enfants promis un an plus tôt, on vit Lorna débarquer à Bagatelle dans une toilette de jeune fille. C'était sa première robe longue, faite de dentelle anglaise, ornée de nœuds de ruban rose et très modestement décolletée en carré sur des rondeurs naissantes. A quatorze ans, elle émergeait triomphalement de l'enfance, comme les garçons qui avaient renoncé aux culottes courtes et portaient des costumes dans lesquels ils ne semblaient pas toujours aussi à l'aise qu'Osmond. Ce dernier arborait pour la circonstance l'habit bleu nuit offert par son grand-père à La Nouvelle-Orléans et qui mettait en valeur sa taille et sa sveltesse. Tandis que M. de Castel-Brajac s'asseyait au piano et donnait le *la* à Marie-Virginie en visite à Bagatelle, qui allait l'accompagner à la mandoline, Lorna ressentit une vague inquiétude. Quelle déception ce serait si Osmond ne la choisissait pas pour ouvrir le bal. Mais c'est vers elle qu'il se dirigea sans hésiter et pour la première fois, elle connut un trouble inexplicable quand il lui passa le bras autour de la taille pour l'entraîner au milieu du salon débarrassé de ses fauteuils et de ses guéridons.

Il y avait bien longtemps que la vieille demeure n'avait pas été à pareille fête. Stella, Augustine, Lucile et Gloria de Castel-Brajac regardaient tournoyer leurs enfants ou leurs petits-enfants avec émotion. Devant elles, s'accomplissait la relève des générations. Leurs filles et leurs fils prenaient pied sur le territoire mondain des plantations, dénouaient les liens de l'enfance, commençaient des carrières nouvelles. Bientôt ce seraient des hommes et des femmes qui fuiraient peut-être leur autorité et négligeraient leurs conseils.

Augustine se pencha vers Stella.

« Sais-tu que Lorna a voulu des bas et un porte-jarretelles?

– Alix m'a réclamé un bustier alors qu'elle n'a vraiment pas grand-chose à y mettre... Je suis certaine qu'elle l'a bourré de coton!

– Que veux-tu, nos filles grandissent, la mienne... le mois dernier... elle a cru qu'elle allait mourir... quelle séance!

– Alix n'en est pas encore là, mais ça ne va pas tarder, j'imagine... comment lui as-tu expliqué ça? »

Tandis que les deux mères débattaient à voix basse de ce sujet délicat et quasiment scabreux, Gloria de Castel-Brajac se souvenait des belles réceptions de Bagatelle. Dans ce salon peuplé d'enfants, sur ce parquet usé, combien de fois n'avait-elle pas dansé. Sans le savoir, les enfants mettaient leurs pas dans ceux de Dandrige, de Virginie, du général Tampleton, de la défunte Nadia Redburn, des Barrow, des Tiercelin, de cent autres danseurs pour qui le bal était fini. Assise sur le canapé, sous le portrait de la dame de Bagatelle, elle regardait son mari qui, joyeusement, tirait du vieux Pleyel des airs que les murs s'étaient mille fois renvoyés en écho et que les domestiques noirs, portant les rafraîchissements ou trouvant prétexte à incursion pour satisfaire leur curiosité, connaissaient eux aussi par cœur.

La fête s'acheva, comme le voulait la tradition, par un quadrille qui avait été répété. Silas se trompa plusieurs fois, égarant sa cavalière entre deux figures ou lui présentant son dos à la fin d'une évolution, tandis que Lorna et Osmond, parfaitement accordés, s'appliquaient à ne pas faire la moindre faute. Après le dîner, quand vint le moment de la séparation, garçons et filles retrouvèrent soudain des réactions enfantines.

Tous ressentaient la même angoisse légère. L'automne qui approchait allait dissoudre la joyeuse bande. Lorna et Alix devaient entrer comme pensionnaires chez les dames du Sacré-Cœur à Grand Coteau, tandis qu'Osmond, comme d'autres garçons, irait à La Nouvelle-Orléans étudier chez les jésuites. Seul Silas, que son père avait pu inscrire au collège Poydras, resterait dans la paroisse avec les plus jeunes, comme son frère Clary, Aude et Hortense Oswald ou Céline de Vigors, qui n'avait pas dix ans.

A la fin du mois d'août, les Castel-Brajac organisèrent un barbecue auquel Stella accepta d'accompagner ses enfants. Depuis que Marie-Virginie, qui n'était venue à Bagatelle que pour un bref séjour, avait accepté de s'y installer pour longtemps, la veuve de Gratien semblait avoir retrouvé plaisir à vivre.

« Quand Osmond et Alix vont partir pour leur collège, je me sentirai bien seule, pourquoi ne resterais-tu pas avec moi? »

Marie-Virginie, qui commençait à se lasser de jouer les épouses ratées près de sa mère, au milieu des Dubard de Saint Martinville, ne s'était pas fait prier. Comme Harriet, la gouvernante, devait s'installer à La Nouvelle-Orléans dans l'ancienne maison des Pritchard pour « tenir le ménage » d'Osmond, qui échapperait ainsi à l'internat jésuite, la jeune femme estima qu'elle pourrait se rendre utile à Bagatelle, qui allait être privé de la domestique de confiance.

La veuve et la divorcée, qui s'aimaient comme deux sœurs, se stimulaient mutuellement. Fort jolies l'une et l'autre, portant légèrement leur trentaine, elles avaient retrouvé leur complicité d'anciennes pensionnaires des ursulines. Marie-Virginie avait convaincu Stella d'abandonner ses vêtements de deuil, et la couturière de Sainte Marie reprenait le chemin de Bagatelle. Pendant quelques semaines, le docteur Dubard, toujours mal à l'aise en public, avait interrompu ses visites hebdomadaires après avoir surpris lors de sa première rencontre avec l'amie de Stella un mouvement de recul qu'il excusait, mais qui l'avait incité à ne plus se montrer. Et puis, l'espèce d'intimité établie entre la veuve et le médecin était gâtée par la présence d'un tiers. Il avait fallu que Stella insistât pour qu'il revînt. Marie-Virginie s'arrangeait pour être absente lors de ses apparitions.

Au jour du barbecue, les deux femmes inauguraient des toilettes claires, ce qui réjouit Gustave et Gloria qui espéraient les voir l'une et l'autre « refaire leur vie ».

Pendant que les adultes papotaient sur la terrasse de Castelmore donnant sur le lac de Fausse-Rivière, les enfants, dont c'était le dernier rassemblement avant le départ pour leur collège respectif, avaient décidé de s'affronter dans un concours de pêche. Joyeusement, leur gaule sur l'épaule, ils s'étaient éloignés de la maison à la recherche d'emplacements favorables. Silas avait jeté son dévolu sur un vieux ponton. C'était un fameux pêcheur. Il espérait bien rapporter dans son panier quelques belles carpes, des blackspots brillants, des gardons ou au moins des vairons.

Lorna, que la pêche n'intéressait guère, s'était attachée aux pas d'Osmond, portant l'attirail de son ami. Ils s'étaient bientôt retrouvés seuls, le jeune Vigors ayant décrété qu'il fallait, pour avoir une chance d'attraper des poissons, se tenir à l'écart des autres, que l'on entendait rire et plaisanter sous les saules.

Méthodique et sérieux en toute chose, le garçon choisit une petite crique herbeuse où l'eau demeurait calme.

« Je dois d'abord me procurer des vers de vase, dit-il en inspectant les lieux.

– C'est dégoûtant... où vas-tu les trouver?

– Là », fit Osmond en désignant les restes d'une vieille barque qui pourrissaient entre les joncs.

Ayant quitté ses chaussures et retroussé son pantalon, il s'avança sur la berge, sauta légèrement sur ce qui avait été autrefois une coque et se mit à genoux. Le bois gluant ne constituait pas un plancher des plus stables. Il s'enfonçait puis se soulevait avec un bruit de succion.

« Prends garde à ne pas glisser... et pense aux serpents d'eau, criait Lorna inquiète.

– Tais-toi, tu vas effrayer les poissons..., éloigne-toi du bord, ils vont voir ton ombre. »

Lorna fit trois pas en arrière et s'assit, les genoux repliés sur le côté, sans quitter Osmond des yeux. Elle admirait le courage de son camarade qui, se cramponnant d'une main, plongeait l'autre dans l'eau, retirant des poignées de vase qu'il étalait sur les planches, et dont il extrayait de minuscules vers promptement capturés et enfermés dans une boîte de fer-blanc.

Un grand silence régnait alentour, les oiseaux ayant battu en retraite devant les intrus. Soudain, alors que Lorna s'était détournée pour cueillir une graminée, un plouf sonore la fit sursauter. Osmond, ainsi qu'elle le craignait, était tombé à l'eau la tête la première. Elle ne voyait que ses jambes qui s'agitaient, heurtant le flanc de la vieille barque retournée et l'eau boueuse qui clapotait.

Sans penser à crier à l'aide, la fillette se précipita sur la berge, parvint à sauter sur les planches disjointes et s'apprêtait à saisir le pied d'Osmond quand la tête de ce dernier émergea enfin. Couvert de vase, il suffoquait, crachait et s'efforçait d'avancer vers la rive, à travers les hautes herbes. La fange, où maintenant ses jambes se trouvaient prises, gênait ses mouvements.

« Ne reste pas là, parvint-il à crier à Lorna, viens de ce côté. »

Tout de suite, elle comprit qu'il allait s'enfoncer, que la vase l'aspirait, que les mouvements qu'il tentait ne faisaient que l'engluer davantage, qu'il lui fallait un point d'appui solide. Aussi vite qu'elle put, elle s'approcha à l'extrême bord de la berge, se mit à genoux et tendit la main au garçon. Osmond la saisit, puis la relâcha.

« Je vais te faire... tomber, tu n'es pas... de force à me tirer... je vais... essayer seul... »

Mais déjà, il ne pouvait plus maintenir sa poitrine hors de l'eau et son regard disait l'angoisse de l'étouffement. Ses jambes, emprisonnées comme dans un moule, lui refusaient tout service.

« Oh! mon Dieu », dit Lorna.

C'est alors qu'elle avisa la branche basse d'un saule, qu'Osmond ne pouvait atteindre, mais à laquelle elle pouvait se cramponner.

Elle se jeta sur le dos, la tête pendant en dehors de la berge, saisit la branche à deux mains et cria :

« Attrape ma natte, attrape ma natte, je peux tenir... je lâcherai pas. »

Osmond, qui jamais n'avait tiré les cheveux de Lorna, saisit la tresse sombre, n'osant pas tout d'abord exercer de traction trop forte, mais il vit que, tout en grimaçant, la fillette supportait la douleur en même temps qu'il sentait ses jambes se libérer peu à peu.

« Tu... peux... tirer... ça va! Je lâche pas! »

Alors, résolument, comme le naufragé qui a saisi la corde qu'on vient de lui lancer, il banda ses muscles et réussit à gagner la distance qui séparait sa main de la branche à laquelle Lorna était cramponnée. Un nouvel effort lui permit de se hisser sur la terre ferme où il demeura un instant à plat ventre les deux pieds encore dans l'eau. Lorna, qui s'était agenouillée près de lui, pleurait. Elle avait cru un instant que ses cheveux allaient se détacher de sa tête ou que ses mains meurtries allaient lâcher la branche du saule.

« Tu es... tout sale... on va se faire disputer », parvint-elle à articuler, heureuse que le garçon, qui avait retrouvé son souffle, soit là près d'elle, sain et sauf.

Il se taisait et la regardait comme jamais il ne l'avait regardée jusque-là. Son visage maculé paraissait blême entre les traînées de vase qui commençaient à sécher et prenaient l'aspect de croûtes grisâtres. Il se mit à genoux sur la rive, prit de l'eau dans ses mains encore tremblantes, se nettoya, puis s'assit. Elle lui tendit sa pochette.

« Je vais la salir, tu sais.

— Ça ne fait rien... je suis tellement contente, Osmond... que tu sois là... jamais j'oublierai. »

Le garçon la prit par l'épaule, l'embrassa et l'obligea tendrement à s'appuyer contre lui.

« J'ai dû te faire mal... dis... tu as été courageuse. Sans toi et ta natte, je crois que j'y serais encore. C'est formidable l'idée que tu as eue, Lorna.

— Tu sais, je t'aime bien, Osmond.

— Moi aussi, Lorna, je t'aime bien.

— Je crois que je t'aime mieux que maman!... et pourtant tu sais, je l'aime fort. »

Quand les vêtements d'Osmond furent à peu près secs, ils regagnèrent Castelmore où Silas faisait déjà admirer sa pêche. Stella vit immédiatement que son fils avait pris un bain forcé.

« C'est en attrapant des vers de vase, expliqua Lorna... il s'est un peu mouillé.

— Toi tu n'es pas mouillée, mais je te trouve bien rouge, tu n'es pas malade? demanda Augustine.

— J'ai un peu mal à la tête... c'est le soleil », répondit Lorna en souriant du côté d'Osmond.

Bientôt les études allaient les séparer, mais il y avait entre eux un secret et une tendresse, que rien ni personne ne pourrait leur enlever.

Leur enfance heureuse avait failli s'achever dans un drame. Le destin avait voulu qu'au seuil de l'adolescence leur soient révélés en un même instant l'angoisse soudaine de la mort et cet étrange sentiment qu'ils ne savaient pas encore nommer amour.

Deuxième époque

LE TEMPS DES COMBATS

1

QUAND, le 2 septembre 1907, à huit heures du matin, Osmond pénétra, au premier coup de cloche, dans la cour du collège de l'Immaculée-Conception, par l'étroit portail de la rue Baronne, à La Nouvelle-Orléans, ses pensées étaient moroses. Vus de l'extérieur, le bâtiment abritant les salles de cours, la résidence des jésuites et les annexes n'avaient rien de réjouissant. Flanquée à gauche, du côté de Canal Street, par l'église néo-byzantine qui dépendait de l'institution des pères, la bâtisse principale de trois étages, faite de ces briques d'un rouge sévère que l'on nomme « rouge antique », paraissait aussi rébarbative qu'un immeuble administratif. Seuls les encadrements des hautes fenêtres et les colonnes de brique plaquées en saillie sur la façade constituaient un élément de décor.

Le vendredi précédant la rentrée, toujours fixée au premier lundi de septembre, Osmond avait été présenté au président du collège, le révérend J. Brislau, et au préfet des études, le révérend F. Bertels, par son grand-père, l'ancien sénateur Charles de Vigors, dont les jésuites se souvenaient avec plaisir qu'il avait été formé par la noble institution.

Charles avait tenu à cette introduction afin que nul

n'ignorât qu'une troisième génération de Vigors livrait son âme et son esprit aux bons pères.

La seule attraction de la journée avait été, pour Osmond, le parcours, du Garden District au collège, à bord de l'automobile que venait d'acquérir le sénateur, une Cadillac modèle L à quatre cylindres développant quarante chevaux, de couleur prune, dotée de sièges de cuir capitonné crème et de quatre énormes phares de cuivre étincelant. Le vent de la course avait failli lui enlever sa casquette et la poussière s'était insinuée à travers ses lèvres, mais il gardait un souvenir grisant de la vitesse de l'engin, bien supérieure à celle des fiacres et des cabriolets.

Les supérieurs jésuites, bras croisés, les mains enfoncées dans les manches de leur soutane noire, l'avaient examiné avec attention et bienveillance. Quand son grand-père avait déposé une enveloppe sur le bureau du président, ce dernier s'était incliné avec onction. Le préfet des études avait tendu au nouvel élève une plaquette qui résumait l'histoire du collège et stipulait le règlement intérieur. Nul ne devait l'ignorer.

La lecture de ce document confirma tout ce que le garçon avait entendu dire de cette « high school » qui se vantait de former des gentlemen instruits, sains de corps et d'esprit et bons chrétiens. La journée commençait à huit heures quarante par la prière et se terminait à seize heures par une autre prière. Les jours de congé étaient le jeudi et le dimanche. Les élèves devaient se confesser le troisième samedi de chaque mois et communier le lendemain au cours de la messe dominicale. L'année scolaire était divisée en deux périodes. La seconde commençait le premier lundi de février, après de courtes vacances. Les classes cessaient fin juin. Les élèves qui quittaient le collège avant les vacances sans l'autorisation du vice-président couraient le risque de ne plus être admis l'année suivante. Les études étaient sanctionnées par des examens organisés à la fin de chaque session. Les promotions à la classe supérieure pouvaient intervenir en cours d'année suivant les progrès de l'élève.

Un élève de « talent ordinaire », mais appliqué pendant une session, pouvait être promu à la classe supérieure. Il pouvait tout aussi bien être renvoyé à la classe inférieure s'il se révélait incapable de suivre. Ceux qui rataient l'examen de fin d'année se voyaient offrir une possibilité de rattrapage avec un examen privé pendant les vacances, si leur moyenne leur laissait quelque chance de réussite.

Chaque mois, des compositions avaient lieu dans les différentes matières. On proclamait les résultats publiquement, en présence des professeurs et des élèves. Les étudiants récompensés devaient prononcer des allocutions, chanter, jouer de la musique ou réciter des vers.

Les cours étaient dispensés en anglais, mais l'enseignement du français restait obligatoire, alors que les cours d'allemand et d'espagnol demeuraient facultatifs et assurés sans charges supplémentaires.

Ainsi que le préfet des études l'avait souligné, les élèves devaient aussi étudier chez eux. Le jésuite estimait qu'on ne pouvait prétendre à de bons résultats scolaires sans consacrer au moins trois heures par jour au travail personnel.

Quant aux règles du savoir-vivre et de la politesse, elles devaient être strictement observées aussi bien que « le maintien moral ». On devait faire silence pendant les cours, dans les couloirs et les escaliers. Le manque de respect et l'insubordination étaient sévèrement sanctionnés. Les punitions pour les fautes vénielles, telles que retards, leçons non sues ou violations légères du règlement, consistaient en retenues, « lignes » ou obligation d'apprendre par cœur un texte du programme. Les élèves pouvaient également être punis pour des fautes commises hors du collège. « L'usage d'un langage vulgaire et les débordements immoraux » faisaient encourir au coupable le risque d'une expulsion immédiate et définitive. Tous les élèves, sauf raisons sérieuses admises par le président, devaient prendre leur repas de midi au collège. On exigeait qu'ils soient propres et correctement vêtus.

Osmond, habitué à une grande liberté de mouvement et aux méthodes d'enseignement très souples de M. de Castel-Brajac, se vit soudain enfermé dans une série de règles à observer, contraint de s'aligner comme un militaire à chaque coup de cloche, soumis à une surveillance permanente, avec le sentiment d'être une unité anonyme dans un troupeau.

L'année scolaire commençant par la grand-messe du Saint-Esprit, dont on escomptait sans doute l'assistance pour la formation des quelque trois cents élèves de l'Immaculée-Conception, Osmond découvrit la chapelle avant de pénétrer dans une salle de classe. Cette église, très fréquentée par les paroissiens, avait été construite, comme le collège, sur les plans d'un jésuite, le père Jean Cambiaso. Ce prêtre, issu d'une noble famille génoise, était né à Lyon, en France, où il avait été, au collège Sainte-Hélène, l'élève des jésuites. A l'âge de dix-neuf ans, il était entré dans la Compagnie de Jésus. Ayant ensuite enseigné dans les collèges jésuites en France, en Sardaigne, en Espagne et en Afrique, il avait été très impressionné par l'architecture mauresque, ce qui expliquait le style des bâtiments du collège et de la chapelle.

Penseur brillant, travailleur infatigable, féru de philosophie, de littérature et de théologie, il avait conservé en France des relations influentes, sans le concours financier desquelles l'église n'aurait pu être construite. Le terrain sur lequel elle s'élevait était une ancienne cyprière où l'alligator, le héron et le rat musqué vivaient à l'aise à l'époque où Bienville avait débarqué avec les premiers colons.

Le jésuite architecte avait exigé en 1849 de profondes fondations renforcées par des barres d'acier. Dès le premier jour, Osmond eut connaissance de la légende suivant laquelle l'église reposait sur un entassement de balles de coton.

« On veut sans doute dire par là, expliqua d'un ton un peu sentencieux un élève de rhétorique, que les fondations ont été payées par les planteurs, avec l'argent tiré du coton. »

La construction de cet édifice massif n'avait pas été facile et, au dernier moment, la mollesse du sol avait contraint le père Cambiaso à renoncer aux deux clochers prévus dans le plan initial. C'est pourquoi la chapelle, à peine plus haute que les bâtiments du collège, conservait un aspect inachevé avec ses deux tours aux fenêtres lancéolées encadrant la rosace centrale.

Assis, au milieu de ses camarades sur les bancs en fonte moulée, Osmond considérait l'intérieur de l'église. La futaie des piliers aux cannelures en spirale supportait les arcs en ogive, décorés de frises peintes, au-dessus desquels se développaient les galeries. Au fond de l'abside, dans une niche tendue de soie bleue et violemment éclairée, se détachait la silhouette blanche de la Vierge.

Cette statue de l'Immaculée-Conception avait connu bien des tribulations avant de trouver en Louisiane un havre digne d'elle. Commandée par la reine Marie-Amélie pour la chapelle royale de France au sculpteur Denis Foyatier[1], elle avait été une des premières victimes de la révolution de 1848. Avant qu'elle ne soit en place, Louis-Philippe était détrôné et contraint à l'exil. Le sculpteur, qui ne savait que faire de la statue, l'avait vendue 7 500 dollars[2] à des Américains

---

1. C'est aussi l'auteur de la statue équestre de Jeanne d'Arc, place du Martroi, à Orléans.
2. 30 000 francs de l'époque.

qui l'installèrent dans une église de New York. Quand le curé de cette paroisse décida de s'en séparer, les jésuites de La Nouvelle-Orléans l'obtinrent pour 1 500 dollars.

Consacrée en 1857, la chapelle de l'Immaculée-Conception n'avait été dotée d'un maître-autel qu'en 1867, quand le père Cambiaso s'était procuré, à Lyon, le beau monument en bronze doré, dessiné par James Fréret.

Quant à la cloche, qu'Osmond avait entendue tinter et qui appelait chaque jour les fidèles à la prière, c'était un don de la fille du président Zachary Taylor. Dans cette église fraîche et claire, le nouvel élève découvrit les statues de saint Antoine et de saint Pierre, représentations familières de saints qu'on invoquait souvent, et aussi celle d'une sainte, dont le nom pour les francophones conservait une assonance comique, Marguerite-Marie Alacoque. Très irrespectueusement, les anciens l'appelaient « Mary Egg » et soutenaient que c'était la sainte à prier à l'heure du breakfast.

Osmond n'était pas un garçon d'une piété exemplaire. Sa première communion ne l'avait guère troublé, et le mystère de l'eucharistie demeurait à ses yeux un rite qu'on se devait de respecter, mais qu'il ne parvenait pas à associer à la transsubstantiation du corps du Christ. Ses prières du matin et du soir, généralement expédiées de façon routinière, ne prenaient de véritable sens que les jours où il essayait d'imaginer cette paisible éternité où devait errer l'âme de son père défunt.

Au moment où, après un dernier cantique, les élèves quittaient en bon ordre la chapelle pour se rendre par une porte latérale dans la cour du collège, le rhétoricien, qui avait détruit en une phrase la légende des balles de coton, invita Osmond à lever les yeux vers la galerie où, sur un des vitraux, souriaient dans diverses postures trente-six saints et saintes plus ou moins connus.

« Tu as intérêt à apprendre et à retenir leurs noms, mon cher, car l'aumônier, le vieux type à soutane verdâtre qui battait la mesure tout à l'heure, a la manie, si on lui déplaît, d'en exiger la liste complète. Comme tu as l'air de te foutre du monde, tu ne tarderas pas à te faire remarquer. »

Osmond n'oublierait pas sainte Marguerite-Marie Alacoque, mais qui pourrait, au moment opportun, lui rappeler les noms de sainte Elisabeth de Hongrie, de sainte Angela Mereci ou de saint Alphonse Ligouri?

Ce sourire involontaire, déjà remarqué par l'aîné protecteur, devait lui attirer, dès le premier jour de classe, une remontrance du professeur principal, chargé de la classe de troisième B à laquelle il avait été affecté comme la plupart des nouveaux.

Le premier cours était consacré au latin, et le maître avait choisi dans l'Histoire sainte un chapitre destiné à illustrer certaines déclinaisons. La prononciation du professeur, un jeune jésuite d'origine anglo-saxonne, qui avait tout de suite informé ses élèves qu'il ne répondrait pas aux questions posées en français, parut à Osmond bien différente de celle de l'oncle Gus et même assez déroutante.

Assis au deuxième rang, Osmond de Vigors écoutait de toutes ses oreilles quand le maître le désigna du doigt.

« Ça vous amuse tant que ça, jeune homme, le martyre de sainte Clotilde?

— Non, mon père.

— Alors pourquoi souriez-vous?... Il y a un moment que je vous observe.

— Je ne souris pas, mon père. »

Osmond, qui connaissait la particularité d'expression de sa bouche, s'efforça d'abaisser la commissure de ses lèvres, ce qui amena sur celles-ci une moue tout à fait ironique. Les autres élèves, prêts à s'amuser d'un rien, prirent cela pour manifestation d'insolence et des murmures parcoururent la classe.

« Ah! ça, mais vous vous moquez de votre professeur. Vous commencez mal, mon garçon, déclinez-moi donc « magister ».

Osmond s'exécuta sans une hésitation. Le jésuite abandonna le débat mais, quand sonna la cloche annonçant la fin du cours, il retint Osmond.

« Savez-vous que c'est manquer à la charité de se moquer sans raison de quelqu'un, monsieur de Vigors?

– Mon père, je vous assure que je ne me moque pas de vous ni de personne. Tout le monde dans ma famille sait que j'ai toujours l'air de sourire, mais cela tient à ma figure. Je n'y puis rien changer. »

Le prêtre, pendant tout le cours, avait observé cet élève au regard intelligent et dont l'assurance et la distinction ne pouvaient passer inaperçues. Il admit que cet espèce de rictus, qui donnait au visage du garçon un charme irritant, pouvait être involontaire et incontrôlable.

« Votre... anomalie physionomique risque de vous attirer des inimitiés, mon petit. Vous avez cependant l'air d'un élève sérieux... Priez Dieu afin qu'Il vous épargne les injustices qui pourraient naître d'une interprétation erronée de ce sourire... qui n'a rien de séraphique et qu'Il vous a donné. Je ne prendrai plus vos mimiques pour impertinence. »

Longuement, ce soir-là, quand il eut regagné la belle chambre de la vieille maison des Pritchard, où Harriet avait rangé ses vêtements et empilé ses livres, Osmond s'exerça devant une glace à prendre un air grave. Il n'y parvint pas aisément. Même quand son regard clair se chargeait de tristesse, ses lèvres continuaient à sourire, comme si du plus profond de lui-même montait un mépris amusé pour les êtres et les choses. Il décida finalement qu'il tiendrait, quand cela serait nécessaire, sa main devant sa bouche et que, plus tard, il laisserait pousser une moustache.

Il s'adapta vite au rythme de la vie scolaire. L'alternance des cours et des moments de liberté lui parut chose naturelle. La discipline du collège, redoutée le premier jour, n'était pas pesante. A travers elle, il découvrait la sécurité d'un emploi du temps, l'organisation rationnelle des études, la satisfaction d'accomplir des tâches déterminées. Il savait plus de latin et plus de français que la plupart de ses camarades, et ses connaissances en histoire et en littérature lui fournissaient des références dont les autres ne disposaient pas. Tout ce qu'il avait appris de l'oncle Gus s'ordonnait, trouvait place dans l'enseignement des jésuites. Habitué au travail personnel, il rendait des devoirs parfaits et sa mémoire, déjà entraînée, lui permettait d'assimiler les leçons sans effort.

A quatre heures de l'après-midi, dès que la cloche libérait les externes de l'Immaculée-Conception, il quittait le collège, marchait jusqu'à la rue Saint-Charles et sautait dans un tramway bizarrement nommé « Desire[1] », qui le déposait dix minutes plus tard près de Second Street où se trouvait son domicile. Harriet, toujours grave et compassée, lui servait du thé, des toasts, des confitures. Il faisait honneur à cette collation, car le lunch du collège, s'il était copieux, manquait singulièrement de variété. Il s'enfermait ensuite jusqu'au dîner pour travailler dans sa chambre où M. de Castel-Brajac avait fait disposer une longue table d'acajou sur laquelle trônait le dernier cadeau des demoiselles Tampleton : la pendulette de cuivre du général. A travers les parois de verre, les roues

---

[1]. Tennessee Williams écrivit en 1947 une pièce de théâtre intitulée *Un tramway nommé Désir* et qui devait être portée à l'écran en 1951 par Elia Kazan.

dentées du mouvement grignotaient les secondes, et le tic-tac du balancier accompagnait les crissements de plume et le léger bruit des pages tournées. Parfois, Osmond levait les yeux sur le magnolia aux feuilles vernissées dont il verrait, au fil des saisons, les fleurs blanches gonfler, s'épanouir et faner en prenant la couleur du cuir. Chaque semaine, il écrivait à sa mère une lettre affectueuse et à l'oncle Gus une épître dans laquelle il détaillait les connaissances acquises, demandant aussi des conseils pour ses lectures. Bagatelle lui semblait une île lointaine. Le fleuve familier, qui coulait invisible derrière les maisons du quartier, lui manquait et aussi Lorna qui, pensionnaire à Grand Coteau, devait faire l'expérience de l'internat. Il avait été convenu que, par des lettres adressées à Silas, Osmond donnerait régulièrement des nouvelles à son amie, car les dames du Sacré-Cœur surveillaient la correspondance de leurs élèves et n'autorisaient que les relations épistolaires avec les parents. Silas transmettait des phrases de la part de sa sœur, mais s'étendait plus volontiers, en prenant de grandes libertés avec l'orthographe, sur les exploits de l'équipe de base-ball du collège Poydras, à laquelle il s'était immédiatement intégré.

Le collège, pour Osmond, c'était aussi les autres. Naturellement distant, ne connaissant aucun des élèves de sa classe, il n'avait avec ses condisciples que des rapports formels. Leur exubérance, leur langage – la grande majorité usaient en permanence de l'anglais – en faisaient des étrangers, et eux-mêmes ne savaient que penser de ce garçon racé, peu loquace, dont ils devinaient qu'il savait des choses qu'eux-mêmes ignoraient encore. Pendant les suspensions de cours ou au réfectoire, Osmond fuyait les familiarités et, s'il écoutait poliment les confidences des uns et des autres, lui-même n'en faisait guère. A la sortie, il ne flânait pas avec les groupes et s'en allait seul, à pas rapides, prendre son tram, sans avoir l'air d'apprécier les spectacles de la rue, ni le contenu des vitrines. De la même façon, dédaignant les sports d'équipe, il s'était inscrit pour des leçons d'escrime et des cours de tennis. Ayant ainsi découragé les approches, il avait rapidement été classé dans la catégorie des solitaires, des silencieux, des individualistes, des sans-amis. Quand, au moment de la proclamation des résultats des premières compositions, il avait obtenu des félicitations pour sa version latine et raflé les places d'honneur en grec et en français, Osmond n'avait manifesté aucune joie particulière, comme si une telle réussite allait de soi, alors que le premier en mathématiques, champion incontesté des fractions, s'était livré à une démonstration extravagante.

A la fin de l'année, peu de temps avant les vacances de Noël qui lui permettraient de regagner Bagatelle, un incident devait l'obliger à se mettre en vedette.

Au cours d'une récréation, un élève de seconde, du genre boute-en-train, qui s'était déjà fait remarquer pour ses plaisanteries et dont les sarcasmes n'amusaient que ceux aux dépens desquels ils ne s'exerçaient pas, s'approcha d'Osmond.

« Tu as un drôle de nom, est-ce un nom chrétien? Osmond, ça ne figure pas dans mon calendrier.

– C'est que votre calendrier est incomplet. Saint Osmond, mort en 1099, était le chapelain de Guillaume le Conquérant. Il fut évêque de Salisbury et sa fête tombe le 4 décembre. Etes-vous rassuré? »

Le sourire inimitable d'Osmond incita l'autre à se montrer soudain agressif vis-à-vis de ce « petit » qui ne jugeait pas à propos de le tutoyer.

« Curieux nom tout de même, vous trouvez pas, vous autres? On dit que ta mère est indienne, c'est peut-être un saint peau-rouge, Osmond! »

Les élèves qui avaient suivi la conversation éclatèrent de rire, assez satisfaits de voir ainsi provoqué celui qui, toujours, semblait ignorer leur existence. Osmond blêmit.

« Comme elle ne sera jamais amenée à fréquenter la vôtre, vous n'avez pas à vous préoccuper de ses origines. Quant à ceux qui voudraient faire rire à ses dépens...

– Oh! oh! Le petit Vigors s'énerve, messieurs, et que ferais-tu à ceux qui voudraient rire? »

La gifle d'Osmond fut si violente que le garçon trébucha.

« Ça vous suffit comme réponse. »

Le boute-en-train de seconde, dont la joue virait du rose au rouge écarlate et portait la trace des doigts secs d'Osmond, fit mine de s'élancer. Osmond le retint d'un geste.

« Si vous voulez vous battre, je suis à votre disposition... en dehors du collège. Trouvez des témoins, je vous enverrai les miens... si toutefois vous prétendez être un gentleman. »

La cloche annonçant la reprise des cours rappela les élèves dans leurs classes. A la suspension suivante, deux garçons vinrent trouver Osmond.

« Nous sommes les témoins de Peter Foulkes, que vous avez giflé. Où sont les vôtres? »

Osmond réussit à dissimuler sa gêne. Il ne savait à qui s'adresser parmi ceux de sa classe et, se trouvant avec un duel sur les bras, se devait de faire face honorablement. Pendant tout le cours de géographie, il avait pensé à sa mère et sa colère, contre l'imbécile qui avait voulu insulter celle-ci, n'avait fait que croître. Comme il restait perplexe devant les envoyés de Foulkes, lesquels prenaient des airs suffisants, un élève de troisième A s'approcha. C'était un garçon malingre, au teint jaune, qu'Osmond avait remarqué parce qu'il portait toujours une écharpe de laine et paraissait exagérément frileux.

« Je m'appelle Bob Meyer, dit-il. J'ai suivi l'affaire

tout à l'heure. Si vous voulez bien de moi comme témoin, je puis vous être utile. »

Le regard noir était franc, la voix fluette mais nette, et l'on devinait que le garçon ne s'engageait pas à la légère.

« J'accepte, dit simplement Osmond.

— Je puis vous amener un second témoin, mon ami Dan Foxley, il connaît toutes les règles du duel, son grand-père était un fameux bretteur.

— Allez le chercher. »

Dan Foxley, que ses intimes appelaient Fox, était fils de banquier, dilettante toujours pourvu de biscuits et de chocolat. Grand, fort, un peu rougeaud, il faisait avec Meyer une curieuse association. A les voir, on admettait le vieil adage suivant lequel les extrêmes s'attirent spontanément. Enfant tardif d'un ancien officier confédéré, il se disait Sudiste et traversait la chaussée pour ne pas passer sous les drapeaux de l'Union qui flottaient aux façades des bâtiments fédéraux.

« Quand voulez-vous vous battre? demanda-t-il d'un ton catégorique.

— Le plus tôt sera le mieux... tout à l'heure, à la sortie, choisissez le lieu.

— Et les armes?... Car vous avez le choix, étant l'offensé.

— Pardon, intervinrent les autres, Foulkes a été giflé, c'est à lui de choisir.

— Ça peut se discuter », dit Fox.

Osmond intervint.

« J'accepte d'avance le choix de mon adversaire.

— Alors, comme nous ne pouvons disposer d'épées, ce sera la pointe de compas attachée au bout d'une règle, proposa un supporter de Peter Foulkes.

— C'est dangereux, souffla Meyer.

— Il ne s'agit pas d'un jeu... la pointe de compas me va », répliqua Osmond.

On se donna rendez-vous à l'angle de la rue Baronne et de Common Street à seize heures quinze; d'ici là, les témoins auraient confectionné les armes et repéré un endroit tranquille.

A seize heures trente, le groupe se réunit dans un terrain vague derrière l'hôtel Saint-Charles. C'était un lieu tranquille, clos de palissades et envahi par des lauriers sauvages. Avec des compas à pointe sèche ouverts à cent quatre-vingts degrés et solidement fixés au bout de deux règles d'égale longueur par du taffetas collant et du cordonnet, les témoins avaient confectionné deux petites lances qui pouvaient devenir des armes redoutables.

Osmond et Foulkes abandonnèrent leur veston et leur cravate. Bob Meyer, qui s'était procuré de l'alcool et du coton, tint à désinfecter les pointes acérées des compas, puis il recommanda d'éviter les coups au visage.

« Prenez garde à ne pas vous crever un œil, dit-il d'une voix blanche.

– On arrête au premier sang », dit un témoin de Foulkes, qui avait lu des récits de duel.

Aucun des protagonistes du drame qui allait se jouer à l'heure du thé, en plein cœur d'une ville où tant de jeunes vies avaient été perdues au cours d'affrontements aussi vains, ne pouvait savoir qu'à quelques pas de là, soixante-dix-sept ans plus tôt, un Cavalier nommé Clarence Dandrige avait corrigé de belle façon un Espagnol outrecuidant nommé Ramón Ramirez. Ce duel ne figurait pas dans les annales, comme ceux dont Bernard de Marigny avait été le héros, mais c'était bien le sang de Dandrige qui incitait ce jour-là Osmond de Vigors à se battre contre celui qui avait attenté à l'honneur de sa famille.

Les duellistes savaient assez d'escrime pour tomber en garde correctement. Pour Peter Foulkes, il ne faisait aucun doute qu'il allait l'emporter sur ce garçon au sourire insolent qui lui avait déplu dès le premier abord. Plus âgé, plus grand et plus fort que son adversaire, avantagé par l'allonge, il se promettait de lui faire une belle estafilade qui assoirait sa réputation.

Osmond n'avait aucune idée précise de ce qu'il convenait de faire. Calme et attentif, il mesurait le risque encouru et se tenait prêt à l'esquiver, comptant sur l'inspiration pour porter à Foulkes le coup qui le vengerait.

« En garde... allez, messieurs », lança Fox d'une voix qui se voulait assurée.

Aussitôt, Peter Foulkes fit un pas en avant, pointant à bout de bras sa règle ferrée qui frôla l'épaule d'Osmond. Le combat était engagé, les passes maladroites se succédaient, l'un forçant sans arrêt l'autre à rompre. Meyer, les yeux exorbités, suivait les assauts dans les claquements secs des règles heurtées. Fox, lui, se demandait si les pointes de compas ne rompraient pas leur attache et quelle serait la conduite à tenir si l'un des deux adversaires voyait son arme détériorée. Les témoins de Foulkes jetaient des regards inquiets, redoutant l'intrusion d'un passant.

Osmond avait très vite compris que Foulkes comptait sur sa force et sa fougue pour l'atteindre, aussi tenait-il ses distances, visant l'avant-bras de l'adversaire afin de l'obliger à réduire ses élans.

Instinctivement, il retrouvait en brandissant une arme dérisoire, les vieilles règles chères au baron de Bazancourt : « Restez autant que vous le pouvez sur la défensive, en vous tenant hors de mesure pour empêcher votre adversaire de vous attaquer de pied ferme et le contraindre de marcher à l'épée, l'action la plus dangereuse. »

Quand le corpulent Foulkes commença à donner des signes de fatigue, que sa respiration se fit plus haletante, Osmond sentit que le garçon perdait un peu de son assurance et relâchait son attention. Il le laissa s'approcher davantage, renonçant à rompre afin de l'inciter à s'engager plus nettement. Il connaissait maintenant l'excitation morbide du combat et éprouvait une certaine jouissance, comparable à celle qu'il ressentait quand un gros poisson tiraillait l'hameçon de sa ligne. Quand, sur une avancée fougueuse de son adversaire, il fit un pas de côté, l'ouverture lui apparut. En une fraction de seconde, son bras se détendit, vif comme le dard d'un reptile, et la pointe de compas creva la joue luisante de sueur de l'adversaire, qui poussa un hurlement.

« Arrêtez, arrêtez », crièrent Fox et les témoins du blessé.

Bob Meyer tremblait comme une feuille à la vue du sang dégoulinant sur le cou de Foulkes qui s'était laissé tomber dans les herbes folles.

« Je vais mourir... n'est-ce pas? chevrotait le hâbleur aux lèvres décolorées.

– Il faut l'emmener chez un médecin. »

On lui tendait des mouchoirs qui, trop vite, se teintaient de sang, on essayait de le relever, on redoutait qu'il s'évanouît.

Osmond, les mains sur les hanches, étonnamment calme, ne trouvait aucun plaisir à cette victoire. Le premier, il avait tendu son mouchoir au blessé qui posait sur lui un regard effrayé.

Bob Meyer tira de sa poche son flacon d'alcool et son coton, et, dominant son dégoût, se pencha sur la joue de Foulkes qu'il essuya avec des gestes précis.

« Ouille, ouille, ça brûle, ça brûle.

– Ça désinfecte... ce n'est qu'un petit trou... il faut aller chez le pharmacien de la rue Bourbon, il vous mettra un emplâtre pour arrêter le sang. »

Un peu chancelant, se tenant la joue avec un tampon fait de mouchoirs maculés, Foulkes fut bientôt capable de suivre ses camarades qui n'en menaient pas large.

Osmond lui serra la main, comme l'exigea Foxley et remercia ses témoins, puis il enfila son veston, ramassa son cartable et s'en fut rapidement prendre le tramway.

Une fois seul dans sa chambre, après avoir jeté une vague excuse à Harriet pour justifier son retard, il se mit à pleurer comme un enfant qui avait pris le risque stupide d'en blesser grièvement un autre.

2

Les vacances de Noël arrivèrent fort opportunément pour dissiper les échos du duel qui avait opposé deux élèves de l'Immaculée-Conception. La solidarité jouant à plein, les pères jésuites, qui avaient eu vent de la joute, ne purent cependant obtenir le nom des coupables. Et même si ceux-ci avaient été identifiés, aurait-on pu taxer de « débordement immoral » les conséquences d'une affaire d'honneur?

Pendant quelques jours, Peter Foulkes, prétextant un petit furoncle, présenta une joue ornée d'une croix de taffetas d'Angleterre et fut contraint, au réfectoire, de mâcher avec précaution des mets attiédis. Vainqueur et vaincu s'ignorèrent définitivement, et l'on regarda Osmond de Vigors comme un garçon qu'il valait mieux ne pas importuner. A ceux qui, pour faire leur cour, vinrent lui demander des précisions sur la rencontre, il répliqua assez sèchement qu'il s'agissait d'une affaire privée, qui avait été réglée, comme il se devait, entre gentlemen.

Cette dangereuse aventure lui apporta cependant le bénéfice de deux amitiés. Bob Meyer et Dan Foxley, respectivement âgés d'un an et de deux ans de plus que lui et qui appartenaient à la troisième A, classe supérieure à la troisième B où figurait Osmond, devinrent ses inséparables.

Bob Meyer était tombé malade au lendemain de la rencontre à l'issue de laquelle il avait exercé ses talents d'infirmier. La réaction à l'émotion ressentie s'était traduite par une fièvre sans gravité, qui l'avait éloigné pendant trois jours du collège.

« Tu comprends, dit-il à Osmond, Foulkes aurait pu se vider de son sang. Les pointes de compas ont une section triangulaire, et tout le monde sait qu'une plaie causée par une telle lame peut ne pas se refermer.

– Tu as été rudement bien dans cette affaire. J'ai vraiment eu les deux meilleurs témoins. C'est dommage que nous ne soyons pas dans la même classe.

– Si tu continues à être premier dans quelques matières, tu peux, à la rentrée de février, passer tout de suite en troisième A. Comme ça, on pourra continuer ensemble.

– Ce sera dur, dit Dan Foxley qui figurait toujours dans les derniers de la classe au contraire de Meyer, prix d'excellence de l'année précédente.

– Je vais essayer, dit Osmond. S'il n'y avait pas les maths...

– C'est ce qui est le plus facile... quand tu comprends pas, viens me voir... ce qu'il faut c'est ne pas passer à une leçon avant d'avoir bien compris la précédente. Les mathématiques, vois-tu, c'est un enchaînement logique... »

Les trois amis se séparèrent pour les vacances de janvier avec une foule de projets communs, Osmond ayant obtenu d'excellents résultats et comptant bien passer en troisième A dès la rentrée de février.

Bagatelle réservait à Osmond une agréable surprise. Depuis que Marie-Virginie s'était installée à la plantation, Mme de Vigors semblait avoir repris goût à la vie. L'écolier retrouva une mère vive et enjouée, pimpante et toute disposée à faire face aux obligations mondaines longtemps négligées. Elle lui parut extraordinairement jeune et jolie, comme si sa réclusion volontaire de veuve avait détourné de sa personne les atteintes de l'âge. Très grand pour ses quatorze ans, le fils avait maintenant la même taille que la mère, et il pouvait lui offrir son bras sans paraître ridicule. Quelques jours après son arrivée, elle lui annonça qu'il allait disposer désormais d'un appartement à lui.

« Tu seras bientôt un jeune homme et je te dois une garçonnière, alors, j'ai pensé que le logement qu'occupait autrefois l'intendant pourrait te convenir; viens voir. »

Par la petite passerelle couverte qui, partant d'un angle postérieur de la galerie périphérique de la demeure des maîtres, reliait celle-ci à l'étroite véranda de l'annexe, Stella entraîna son fils dans l'appartement qu'avait occupé, sa vie durant, Clarence Dandrige, et qui se composait de deux pièces principales. La première était un salon meublé d'une table-bureau, de deux fauteuils gondole, d'une commode, d'un guéridon rond et d'un fauteuil de cuir à oreillettes. Le mobilier de citronnier, très sobrement décoré de baguettes d'ébène incrustées, plut tout de suite à Osmond. Le bois d'un blond lumineux, moucheté et ondé, correspondait à son caractère qui le portait vers la simplicité des lignes, les matériaux denses et cossus qui suffisaient à camper un décor sans le concours de ces bibelots accumulés au fil des générations et dont les vieilles demeures débordent.

Osmond s'approcha du bureau qui faisait face à la petite fenêtre donnant sur la maison. Il sut, dès cet instant, qu'assis à cette table il serait à l'aise pour travailler l'été, quand le soleil s'insinuerait jusque-là, et l'hiver quand les grandes pluies battraient les vitres.

Il souleva d'un doigt le sous-main de cuir patiné. Un buvard jaune apparut, sur lequel des bribes de mots inversés, décalqués d'un revers de main, s'entrecroisaient, se superposaient, s'amalgamaient pour composer un étrange paysage d'arbres encroués de buissons foisonnants, projections indéchiffrables d'écritures anciennes, de pensées inconnues.

Ils passèrent dans la chambre, dont le mobilier se réduisait à un lit bateau, deux chaises, deux chevets et un semainier faits du même bois de citronnier.

« Bella a lessivé les murs et changé les rideaux qui n'auraient pas supporté un lavage. Tu pourras suspendre les gravures que tu voudras. Tu es ici chez toi », dit Stella.

Le dressing-room, qui ouvrait sur le cabinet de toilette, était pourvu, sur deux parois, de larges étagères. Sous la plus basse, à hauteur d'homme, étaient fixées des barres de bois sur lesquelles se balançaient des cintres. D'autres tiges de bois, montées sur des potences, permettaient de suspendre les chaussures.

« Clarence Dandrige était un homme d'ordre et fort élégant. Il paraît que tout cela était plein de costumes.

— Rien n'est prévu pour les livres? s'étonna Osmond en ouvrant une armoire dont la glace, tenue à l'intérieur de la porte par des supports de bronze, lui renvoya l'image de sa mère.

— Non, mais la bibliothèque de Bagatelle est à ta disposition, sais-tu, tu peux emprunter tous les livres que tu voudras. »

Puis, dans un froufrou, elle se dirigea vers la porte.

« Installe-toi, Citoyen va t'apporter tes bagages et tu pourras transférer les babioles qui se trouvent dans ta chambre d'enfant, oncle Gus vient dîner avec tante Gloria. Devine un peu qui les accompagne?

— ...

— Une pensionnaire du Sacré-Cœur qui meurt d'envie de revoir M. Osmond de Vigors.

— Lorna !

— Il me semble qu'on appelait ainsi autrefois cette ravissante jeune fille.

— Mais voyons, maman, il y a seulement quatre mois que je l'ai vue, elle n'a pas dû changer beaucoup !

— Eh bien, tu verras si une fille ne change pas en quatre mois... »

Puis, à voix basse, en prenant pour plaisanter un air de commère du village, Mme de Vigors ajouta en passant la porte :

« Il paraît qu'elle a déjà reçu des déclarations. »

Osmond prit possession de son domaine avec satisfaction. Tout lui plaisait de cet appartement resté longtemps inoccupé. Très sensible aux ambiances, il en appréciait les proportions, le calme, l'éclairage. En visitant les tiroirs du bureau, il découvrit un bloc de papier à lettres et un porte-plume de bois dont le vernis avait été usé à l'endroit où les doigts l'enserraient. Il fit mine d'écrire et le trouva à sa main. Une fois ses livres et ses cahiers empilés, ses vêtements suspendus aux cintres, ses chaussures placées sur les embauchoirs, il se sentit chez lui. Les trois semaines à venir le verraient là chaque matin, étudiant ou lisant. Cette perspective anima en lui un frémissement, une sorte de salivation de l'esprit prêt à s'employer.

Ainsi que Mme de Vigors l'affirmait, Lorna avait changé. Quand elle apparut sur la galerie de Bagatelle entre oncle Gus et tante Gloria, Osmond se trouva en présence d'une jeune fille. Sa robe de soie rose, serrée à la taille par une large ceinture de même tissu, mettait en valeur sa silhouette et son buste. Osmond remarqua tout de suite que la principale modification tenait à la nouvelle coiffure de son amie. La natte de la petite fille était devenue un chignon savamment torsadé sur la nuque. Les cheveux, partagés par une raie médiane, se répartissaient en deux vagues gonflées, relevées sur les côtés de la tête, ce qui accentuait l'ovale du visage et laissait voir les oreilles finement sculptées.

« Je te trouve très belle, dit le garçon, moi qui croyais que les dames du Sacré-Cœur exigent que leurs pensionnaires aient toutes l'aspect de bas-bleu!

— Elles exigent beaucoup de choses... Ça, c'est ma coiffure de vacances et ma robe de sortie, mais, si tu préfères, je peux refaire ma natte et passer mon uniforme : jupe plissée bleu marine et corsage blanc.

— Non, tu es trop belle ainsi... »

Oncle Gus, qui bouillait d'impatience, interrompit la conversation.

« Viens donc me parler un peu de tes études. Tes lettres ne sont pas toujours très explicites...

— Savez-vous que maman m'a donné l'appartement de l'intendant... Venez voir. »

Quand Gustave se trouva assis dans le fauteuil où tant de fois il avait pris place dans le passé pour bavarder avec Dandrige, il ne put contenir son émotion.

« Vois-tu, fiston, ces lieux ont été habités par le plus parfait Cavalier que j'aie rencontré. Sa noblesse et son courage, sa façon d'accepter les autres comme ils sont, sans jamais les condamner, la rigueur de sa vie, la droiture de son caractère, son attachement aux valeurs sûres sont un exemple sans prix. Toujours en accord avec lui-même, il a traversé nos existences avec élégance... malgré sa secrète souffrance. Un jour, plus tard, je te parlerai mieux de lui... Quand tu auras terminé tes humanités, je te donnerai à lire des papiers et le journal de Bagatelle que Dandrige a tenu depuis son arrivée à la plantation. Ton grand-père m'en a fait le dépositaire, mais c'est à toi qu'ils doivent un jour revenir. Maintenant, parle-moi de ta vie au collège... t'es-tu fait des amis? »

Osmond disséqua son emploi du temps, énuméra ses succès, brossa des portraits assez comiques des professeurs, décrivant leurs tics, leurs manies. Il n'oublia pas non plus Bob Meyer et Dan Foxley.

« En somme, tu es heureux, fiston, et je ne te manque pas trop, ni Bagatelle non plus, hein? »

Osmond demeura un instant pensif. Assis dans le fauteuil de bureau qu'il avait fait pivoter pour faire face à l'oncle Gus, il se disait que cet entretien confiant serait vide de sens s'il ne se livrait pas totalement à cet homme qu'il aimait comme un père.

« Je dois vous dire autre chose, oncle Gus... J'ai dû me battre en duel. »

Le Gascon sursauta et, sous ses sourcils brusquement froncés, son regard vrilla celui d'Osmond.

« Un duel, mille Diou, à ton âge et pour qui, pourquoi, boun Diou?

– Pour maman! Un garçon m'avait jeté à la face qu'elle est indienne.

– Ah! Ah! »

M. de Castel-Brajac fronça le sourcil.

Le garçon s'expliqua sans détours.

« Un duel, c'est idiot, boun Diou, tu aurais pu te faire crever un œil ou, ce qui est peut-être pire, crever celui de l'imbécile qui t'avait provoqué.

– On ne peut pas laisser insulter sa mère.

– Non, bien sûr, concéda Gustave, mais la gifle suffisait... dans la vie tu auras mille occasions de te battre contre la bêtise, la malhonnêteté ou la fourberie, car, vois-tu, la race des Foulkes est diablement prolifique.

– M. Dandrige ne s'est-il jamais battu en duel? Et vous-même, oncle Gus, n'avez-vous pas joué les d'Artagnan?

– Ouais, ouais, ça nous est arrivé, petit... mais l'époque était différente... nous étions un peu trop chatouilleux. Pour un regard de travers on tirait l'épée ou l'on sortait un pistolet.

— L'honneur, oncle Gus, est de toutes les époques... je ne regrette rien. D'ailleurs, je me suis confessé et j'ai reçu l'absolution...

— Et une pénitence, j'imagine.

— Une neuvaine... au bénéfice de Foulkes. »

Gustave était assez fier de la conduite de son élève. A son âge, il eût agi de même. Plus il observait le garçon, sa taille, son aisance, sa façon de marcher, de s'asseoir en croisant les jambes, et plus il lui trouvait une ressemblance avec Clarence Dandrige. Dans la voix même, il retrouvait des intonations qui lui rappelaient l'élocution distinguée de l'intendant. Et puis surtout, il y avait le regard d'un vert de jade, acéré comme une pointe de flèche, ce regard intense exprimant une lucidité impossible à berner. Le garçon, certes, ne connaissait pas encore ce pouvoir hérité, mais Gustave le devinait latent, et viendrait un jour où ces yeux forceraient les autres à la sincérité, leur imposeraient la confidence, les contraindraient au respect. C'était le legs inestimable du Cavalier, mais quand se révélerait l'autre composante possible du caractère d'Osmond, la part de Virginie, quelle serait-elle? Il cherchait les signes de l'ambition, de l'orgueil, des appétits charnels et ne les voyait pas encore poindre chez l'écolier. Il se rassurait en pensant que Charles de Vigors, qui ressemblait tellement à sa mère, avait épuisé les forces et les défauts héréditaires de la dame de Bagatelle.

Il se décida finalement à rompre un silence qui commençait à étonner Osmond.

« Sais-tu qu'il te manque quelque chose dans cette pièce, un objet que j'y ai toujours vu, fiston?... Une pendule assez rare signée Robert Seignior. Clarence Dandrige me l'a léguée, mais il me semble qu'elle doit revenir ici. Je te la ferai porter demain. »

Avant le grand dîner, qui devait réunir tous les habitués de Bagatelle, y compris les Oswald avec lesquels, malgré le procès qui opposait « le superbe » à son beau-père, Stella n'avait jamais rompu, Lorna et Osmond marchèrent sous les chênes jusqu'à la levée.

Ils avaient tant de choses à se dire, concernant leurs vies respectives au Sacré-Cœur de Grand Coteau et chez les jésuites de La Nouvelle-Orléans, qu'ils se coupaient mutuellement la parole, posaient trois questions à la fois, enchaînaient sans attendre les réponses. Lorna livrait, avec volubilité et humour, les secrets du pensionnat, les espiègleries commises et soutenait que, sans Alix, sa compagne, presque sa sœur, elle n'aurait pas supporté, certains jours, la promiscuité du dortoir.

« Et puis avec Alix, nous parlons de toi, de Bagatelle, de Castelmore et nous parlons français, car il y a des tas de filles qui, bien qu'obligées de l'apprendre, continuent à n'utiliser que l'anglais. J'ai plus de nouvelles de toi par Alix que par Silas qui se contente de me dire : « Il va bien, il est premier. »

Osmond, plus calmement, décrivait l'existence assez banale d'un élève des jésuites, répétant ce qu'il avait dit à l'oncle Gus, mais en insistant sur les travers des maîtres. Il tut l'affaire du duel, estimant que Lorna ne pourrait se retenir d'en parler à Alix.

« Et que fais-tu après l'école ?... Et le jeudi ? Toi, tu n'es pas bouclé comme moi.

– Jusqu'à présent, je restais à la maison pour lire ou travailler; ou j'allais me promener au lac Pontchartrain ou voir ma tante Louise-Noëlle chez les ursulines. Je me demande comment elle peut vivre dans ce couvent qui sent la soupe aigre et les pieds mal lavés. Mais, à partir de février, je pourrai rendre visite aux amis dont je t'ai parlé. Nous ferons des mathématiques ensemble, car c'est mon point faible... et puis maman m'a autorisé à aller aux concerts de l'orchestre symphonique.

— Tu as de la chance, les garçons ont toujours plus de chance que les filles...

— ... Et puis, grand-père veut que j'aille dîner avec lui le mercredi soir, chaque semaine. Il voulait aussi que je m'inscrive au bataillon du collège, mais j'ai réussi à éviter ça. Tu sais, je n'aime ni l'uniforme, ni les exercices militaires.

— Moi, je fais de la gymnastique et de la danse, comme ça je coupe aux promenades obligatoires en rangs... j'ai peur des vaches-zébus et il y en a plein autour du pensionnat. »

Quand, au premier coup de cloche du dîner, ils retournèrent vers la maison, étonnés d'avoir si vite épuisé le stock de leurs confidences, Lorna demanda :

« Que vas-tu faire pendant les vacances ?

— J'ai des devoirs et l'oncle Gus veut me faire travailler le grec... Il trouve que les pères ont fait un choix d'auteurs tout à fait insuffisant.

— On pourra jouer au tennis, peut-être... et puis pique-niquer... et Silas, qui est une véritable brute, a l'intention de te prouver ses progrès en base-ball.

— Bien sûr, nous ferons tout cela, Lorna, nous voilà devant trois semaines de liberté.

— Parle pour toi, moi, dans quinze jours, je retourne à Grand Coteau. Tu pourras m'accompagner avec papa, comme ça tu verras mon collège... ça me ferait plaisir que tu saches où je suis... quand on sait, c'est pas pareil, on peut mieux imaginer... les gens.

— C'est promis, j'irai voir le Sacré-Cœur, mais dépêchons-nous, la cloche a déjà sonné deux fois. »

Autour de la grande table Adams où les porcelaines, les cristaux et l'argenterie « des grands jours » étincelaient sur une nappe de dentelle, comme des pièces d'exposition, Osmond fut heureux de voir les « bagatelliens » réunis. L'ambiance n'avait jamais été aussi joyeuse et rappelait à ceux qui en conservaient le souvenir les dîners d'autrefois. Il ne manquait que les

Tiercelin dont on voulait ignorer l'existence depuis le divorce de Marie-Virginie. Amédée s'était remarié avec une jeune fille de Boston. Elle ne lui avait pas encore donné l'enfant qu'il espérait, et les bonnes langues de la paroisse commençaient à répandre dans les salons que « le pauvre Amédée devait avoir l'aiguillette nouée ». Avec l'âge, Oliver Oscar Oswald, dont l'embonpoint demeurait raisonnable, avait acquis un certain air de distinction. Sa chevelure rousse, maintenant clairsemée, virait au blanc, et son visage pouvait prétendre à la gravité sans paraître comique. Il avait confié la direction de sa plantation et de ses affaires à Omer Oscar Oswald, le mari de Lucile.

Les Barthew, toujours gais et épanouis, regrettaient de n'avoir pu amener que Lorna, Silas disputant en Géorgie un match de football avec l'équipe de son collège et Clary, le benjamin, ayant les oreillons.

Les demoiselles Tampleton, qui ressemblaient maintenant à des fruits confits, portaient des robes démodées et des mitaines au crochet. Lucie, la plus âgée, dont on s'efforçait de ne pas remarquer le doux gâtisme, branlait du chef et monologuait à voix basse en agitant un éventail de plumes de cygne. Clotilde et Nancy, ses sœurs, avalaient des pilules recommandées par le docteur Dubard. Le médecin, tout le monde le regretta, avait décliné l'invitation. Oncle Gus, commis au choix des vins, sermonnait Citoyen à qui il reprochait d'agiter les bouteilles. Quant à Gloria, elle s'efforçait de faire admettre aux plus jeunes de ses petites-filles, Aude et Hortense Oswald, que le privilège de dîner avec les grandes personnes se payait de silence et de bonne tenue.

Osmond se trouvait assis entre Lorna et Marie-Virginie, dont la plantureuse beauté faisait le principal ornement de la table. La divorcée appartenait à cette catégorie de femmes qui ignorent leur pouvoir de séduction, soit par modestie, soit parce qu'elles n'ont rencontré que des hommes incapables de leur en faire prendre conscience. Les femmes se font parfois involontairement provocantes en négligeant d'user des artifices et des poses que déploient les autres. Marie-Virginie tenait de son père, Charles de Vigors, une aisance et une distinction naturelles, un regard lourd et sombre; de sa mère Liponne, un visage plein, des lèvres charnues, des dents éclatantes et aussi cette opulence de formes que l'âge mûr transforme souvent en débordements graisseux. D'intelligence moyenne, elle pouvait se montrer obstinée pour défendre de petites idées et capable d'audaces inattendues quand il s'agissait de soutenir ceux qu'elle aimait. Sa façon de gaffer avec conviction lui avait valu, de la part de sa mère, le sobriquet affectueux de « saint Jean bouche d'or ». A trente-six ans, elle représentait ce que les Dubard, complimenteurs un peu rustauds, appelaient « une belle plante ».

Osmond, qui lui portait une grande affection, aimait à la regarder. D'abord parce que sa présence à Bagatelle avait tiré Mme de Vigors de sa mélancolie, ensuite parce que sa saine beauté l'impressionnait.

D'une tendresse démonstrative, qui ne trouvait que rarement l'occasion de s'exercer, elle voyait en Osmond le fils si longtemps désiré et dont l'absence avait justifié sa répudiation. Ainsi ne manquait-elle jamais une occasion d'embrasser le garçon, de lui prendre la main ou l'épaule comme on le fait aux bambins, sans subodorer que son décolleté, sa peau blanche et douce, son parfum, le mouvement de ses hanches, son abandon pouvaient allumer chez l'adolescent des désirs précoces, qui l'eussent d'ailleurs scandalisée. Osmond esquivait de son mieux ses enlacements, ses câlineries de nourrice. Non qu'il les trouvât désagréables, mais parce qu'il les estimait presque inconvenants. Il devinait confusément qu'il devait se défendre d'une attirance indéfinissable à laquelle il eût été bon de céder. Le matin, quand Marie-Virginie apparaissait en déshabillé à l'heure du petit déjeuner, le corps libre sous des tissus à demi transparents, il se hâtait d'avaler son thé au lait et de quitter le breakfast-room. Souvent, la jeune femme le retenait.

« Je te fais fuir. Parle-moi de tes camarades », disait-elle, en le rattrapant au passage et en l'attirant dans ses volants.

Un peu raidi, il tentait de se dégager, racontait une anecdote, tandis que Marie-Virginie croquait des macarons en le fixant de ses yeux doux. Certains matins, il entrevoyait, par des échancrures béantes, des formes pleines que la jeune femme se souciait peu de dissimuler. Parfois, quand elle faisait un geste pour atteindre la théière ou se renversait sur sa chaise pour mieux l'écouter, la tension soudaine du tulle révélait l'aréole brune d'un sein, et il sentait contre son genou l'ampleur et la fermeté d'une cuisse tiède.

Au collège, il avait entendu des élèves de rhétorique ou de philosophie discourir sur les particularités enivrantes du corps féminin, évoquer des caresses distribuées par des soubrettes dociles ou perverses, mais son ignorance l'avait protégé de ce que son confesseur désignait sous le terme, vague et anodin, de « mauvaises pensées ».

Aucune des femmes ou des jeunes filles qu'il approchait n'éveillait en lui les mêmes sensations bizarres que l'amie de sa mère. Quand il embrassait la joue de Lorna ou celle d'Alix, même quand Lucile, fort jolie femme aussi, le serrait dans ses bras, son cœur ne battait pas plus vite, et il ne sentait pas cette espèce de vibration qui lui parcourait le corps chaque fois que Marie-Virginie l'approchait.

Depuis qu'il lui était arrivé de rêver qu'il se trouvait seul avec elle dans une forêt hostile, face à des dangers contre lesquels il la défendait vaillamment, il voyait

Marie-Virginie comme un être faible, méritant aide et protection.

Pour l'instant, comme la plupart des convives, il l'écoutait définir les buts d'un club de femmes qui venait d'être fondé à Saint Francisville par des émules de Charlotte Statson Gilman.

« Toute l'existence de la femme a été jusque-là concentrée, disait-elle, autour des fonctions ayant une relation directe ou indirecte avec les rapports sexuels pour en faire, dans le meilleur cas, une poupée, dans le plus mauvais, une esclave. Si nous nous marions, c'est pour des raisons pratiques et pour perpétuer la race... Vous voyez ce qui m'est arrivé ? J'ai beaucoup réfléchi à tout cela. J'ai eu le temps et j'en suis arrivée à la conclusion, comme le dit Mme Gilman, que " nous devons vivre notre propre vie ". »

Ces propos féministes, du genre de ceux que répandaient les suffragettes, de plus en plus nombreuses dans les villes du Nord, ne remportèrent pas l'adhésion de la table. Les hommes sourirent, considérant que l'engouement de Marie-Virginie devait être mis au compte de la déception qu'elle avait éprouvée de sa malheureuse stérilité. Les femmes eurent des réactions plus mitigées, allant de la condamnation pure et simple des jeunes dévoyées, prononcée par les sœurs Tampleton, à l'approbation relative de Stella.

« Et naturellement, vous exigez le droit de vote et l'accès aux postes officiels... Vous voulez des femmes magistrats, persifla le juge Clavy, le vieux mari d'Odile Oswald.

– Le droit de vote, nous l'aurons bientôt, répliqua Marie-Virginie. Depuis deux ans, les femmes votent dans le Wyoming, le Colorado, l'Utah et l'Idaho, mais cela ne suffit pas. Nous voulons ne plus être tenues dans l'état de dépendance vis-à-vis de l'homme. Nous voulons juger et penser par nous-mêmes, obtenir aussi l'indépendance économique.

— C'est en suivant de tels principes que de pauvres filles ont quitté leur famille et leur village pour aller, comme vous dites, « vivre leur vie » à la ville. Beaucoup sont maintenant de petites ouvrières ou contraintes à mener une vie honteuse, observa Clarence Barthew, approuvé par Augustine.

— Parce qu'elles nourrissaient des ambitions démesurées. Mais « les femmes nouvelles » ou « les femmes célibataires », comme les appellent les journalistes moqueurs, n'en sont pas toutes là, Dieu merci. Le recensement de 1900 a montré que plus de cinq millions d'Américaines réussissent à se suffire à elles-mêmes.

— Ce que vous ne dites pas, chère amie, reprit le juge d'un ton sentencieux, c'est que, sur ces cinq millions de femmes libres, deux millions sont des servantes, six cent mille des travailleuses agricoles et que plus d'un million et demi d'entre elles travaillent dans des manufactures. Quant aux autres, elles sont cuisinières, blanchisseuses, demoiselles de magasin ou des téléphones, dactylographes, tenancières de bar ou marchandes de légumes. Je crois pouvoir dire, sans m'avancer, que la plupart d'entre elles renonceraient volontiers à ce genre d'indépendance si se présentait un mari capable de leur donner... dans une tendre dépendance... la sécurité d'une position et le bonheur d'un foyer.

— La plupart des suffragettes et des féministes que j'ai rencontrées, intervint Gustave de Castel-Brajac, ont du poil au mollet et des voix de cocher... Notre Marie-Virginie fait heureusement exception, et peu d'hommes seraient disposés à lui refuser quoi que ce soit... D'ailleurs moi, j'ai toujours été féministe... n'est-ce pas, Gloria?

— Vive les femmes! lança Oliver Oscar Oswald. Sans elles nous ne serions rien. Tout le monde ici sait ce que je dois à Clara. Quand elle m'a épousé, j'étais un *carpetbagger* qui ne savait même pas tenir un couvert à poisson. Elle m'a donné une belle famille et, à soixante-dix-sept ans, je n'ai pas honte de dire qu'elle m'a éduqué. Et vous, juge, sans la gentille Odile, vous ne seriez qu'un vieux prêcheur insupportable qui dînerait d'un œuf dur et trouverait son lit froid! »

Tout le monde se mit à rire et, bien que Marie-Virginie eût dit dans le brouhaha que la question n'était pas là, on évoqua d'autres sujets. La crise financière, tout d'abord, imputable aux faiblesses du système bancaire et aux défaillances de crédit. La mise au pas des trusts, décidée par le président Roosevelt soutenu dans cette lutte par la majorité de l'opinion publique, avait de fâcheuses répercussions sur la Bourse et provoquait faillites et chômage. Pour pallier les risques de banqueroute, le gouvernement fédéral augmentait ses dépôts dans les banques et incitait les financiers à investir.

« On dit que Pierpont Morgan a convaincu les grands capitalistes de se joindre à lui pour lancer un emprunt qui garantira la solvabilité des banques et des entreprises menacées d'étouffement, dit le juge Clavy.

— M. Roosevelt veut nous conduire au socialisme d'Etat... c'est-à-dire livrer à des fonctionnaires sans imagination les entreprises d'intérêt public. Nationalisation ou municipalisation sont des formules stérilisantes, intervint Barthew.

— L'Etat fait très bien fonctionner la poste, pourquoi serait-il moins habile à gérer les chemins de fer, les téléphones, les distributions d'eau et de gaz? observa Oswald.

— Parce que les compagnies privées font cela plus économiquement que les Etats ou les villes, c'est connu.

— Mais ces économies ne profitent pas aux citoyens, elles vont dans les poches des actionnaires des sociétés et, si les entreprises privées commettent des abus, elles n'encourent aucune sanction...

– ... alors que les abus des propriétaires publics peuvent être punis au jour des élections. Souvenez-vous de l'affaire de la compagnie du gaz de New York, qui faisait d'énormes profits en réglant d'une certaine façon la pression du gaz, ce qui lui permettait de manipuler à volonté les compteurs et d'augmenter autant qu'il lui plaisait les factures des abonnés... Une entreprise publique n'aurait pas pu le faire, démontra Oswald.

– Les grandes compagnies privées ont été trop gourmandes, elles vont payer leur égoïsme et leur âpreté au gain. Je n'ai plus en mémoire le nom de cette société des téléphones qui acheta une remarquable invention améliorant le système des communications à longue distance non pour l'utiliser, mais pour s'assurer que ses concurrents ne s'en saisiraient pas et qu'elle-même pourrait maintenir un système lui assurant un maximum de profits. N'est-ce pas là une stérilisation du progrès, mon cher Barthew? lança Castel-Brajac.

– Plus scandaleuse encore est l'attitude du New York Central et Hudson Railway qui refuse d'employer l'électricité comme moyen de traction, bien que l'usage de la vapeur ait causé à deux reprises dans le grand tunnel de New York d'épouvantables accidents qui causèrent la mort de nombreux voyageurs et occasionnèrent, à une foule d'autres, d'atroces brûlures, renchérit Oswald.

– Les sociétés privées, reprit Gustave, n'ont aucun droit naturel. Elles n'ont que ceux que le peuple veut bien leur concéder. Elles sont les créatures de l'Etat et, si elles cessent de servir correctement l'intérêt public, il faut les détruire. A Chicago, la municipalité gère les transports urbains et de nombreuses villes sont maintenant propriétaires de leur service des eaux. C'est en obtenant du Congrès une loi pour réglementer les tarifs des chemins de fer que Roosevelt a mis un terme au scandaleux monopole du beef-trust, du sugar-trust et de la Standard Oil. Qui pourrait s'en plaindre ?

– En somme, M. Roosevelt, dit avec humeur le juge Clavy, est un président selon votre cœur... Il ne lui reste qu'à briguer un nouveau mandat.

– Il n'y tient pas et proposera aux républicains de désigner le secrétaire d'Etat à la Guerre, William Howard Taft, m'a dit Charles.

– Ce sera changer du bois contre des planches », objecta Clavy.

Quelques instants plus tard, alors que Gustave de Castel-Brajac déclarait tout à fait remarquable la sauce accompagnant les canards qu'on venait de servir, Omer Oswald évoqua un sujet qui, depuis plusieurs années, sensibilisait l'opinion américaine : le canal de Panama. Les travaux, après bien des atermoiements, semblaient s'accélérer sous la direction de trois ingénieurs américains, Stevens, Georas et Goethal, qui disposaient enfin des crédits nécessaires à la réalisation du grandiose projet.

Depuis la découverte de l'or en Californie en 1848, les Américains s'intéressaient au percement de l'isthme de Panama, qui permettrait de faire communiquer l'Atlantique et le Pacifique. Depuis 1855, une voie ferrée assurait le transfert des marchandises de Balboa à Colon, d'un océan à l'autre, mais son débit restait limité. La France et la Grande-Bretagne avaient également intérêt à ce que soit ouvert un canal navigable qui diminuerait la distance par mer de New York à San Francisco de huit mille cinq cents milles et celle de New York à l'Australie d'au moins quatre mille milles. Le traité Clayton-Bulwer, passé en 1850 entre les Etats-Unis et la Grande-Bretagne, prévoyait le percement, et en 1870 deux expéditions s'étaient rendues sur les lieux et avaient rédigé des rapports restés sans suite. En 1881, une compagnie française animée par Ferdinand de Lesseps, alors âgé de soixante-quinze ans, le génial réalisateur du canal de Suez, avait obtenu une concession de la Bolivie, mobilisé les épargnants, recruté des techniciens. Cette tentative, qui ne tenait pas assez compte des données techniques et des conditions climatiques, avait abouti à un échec et provoqué un scandale financier quand fut démontrée la collusion de certains députés français avec des affairistes.

Plus de la moitié des 1 300 millions de francs-or apportés par les épargnants ayant été dilapidée, la faillite fut consommée dans un climat de tension politique antiparlementaire et antisémite créé par les nationalistes et les boulangistes. Le 20 janvier 1902, le président Roosevelt, après avoir fait étudier par des experts le rachat par les Etats-Unis des droits de la compagnie française, obtint du Congrès 170 millions de dollars pour la réalisation du projet. La Colombie s'était alors imprudemment avisée d'augmenter ses exigences en réclamant 25 millions de dollars au lieu de 10 initialement prévus. Une révolution fort opportune et soutenue par les Etats-Unis avait permis en 1903 à l'Etat de Panama de se séparer de la Colombie. L'Amérique, la France et la Grande-Bretagne s'empressèrent de reconnaître la nouvelle république panaméenne, bien que le gouvernement colombien, comprenant qu'il avait été joué, ait été prêt à faire toutes les concessions. Un ingénieur franco-espagnol, M. Buneau-Varilla, fut en hâte accrédité comme représentant de Panama à Washington et, moyennant 10 millions de dollars et la garantie de son indépendance, le nouvel Etat de Panama accorda aux Etats-Unis la propriété d'une bande de terrain de dix miles de large pour construire le canal. Dès 1905, on avait « commencé à remuer la boue », comme disait Théodore Roosevelt, mais les travaux n'avançaient pas vite. On parlait déjà de gaspillage, d'incompétence, de scandales, et certains journaux rappelaient comment la société française avait conduit à la mort des milliers d'ouvriers victimes de maladies et de fièvres.

« A vouloir ainsi faire communiquer deux océans, nous provoquerons la colère du Créateur, qui n'a pas prévu ça dans ses plans, lança Clotilde Tampleton.

– Le Bon Dieu se moque bien de cela, ma bonne amie; avant cinq ans, le canal sera percé, nous pouvons faire confiance aux ingénieurs[1], répliqua Oswald junior.

– Je trouve que, dans cette affaire, Roosevelt a fort bien joué, observa Barthew.

– Eh bien, moi, je trouve qu'on lui laisse un peu trop de pouvoir, à ce président. Avec lui, la fonction exécutive prend la forme d'un gouvernement patriarcal. Son ingérence dans la grève des mineurs, ses instructions personnelles au ministre de la Justice pour les procès contre les trusts, ses interventions en tous domaines, y compris quand il s'agit des règles du football, me font soupçonner dans ce républicain une sorte de dictateur... Boun Diou, nous sommes en démocratie », s'écria Castel-Brajac.

Clarence Barthew, qui ne cachait pas ses sympathies politiques, contra le Gascon :

« C'est le chef de la nation, il est animé des meilleures intentions, il veut faire de notre pays la nation la plus libre et la plus puissante que les hommes aient jamais organisée. Comme dit M. Gardiner[2] : « C'est le souverain de quatre-vingt millions de « personnes et le serviteur de quatre-vingts millions de « souverains »... et le Congrès a toujours le pouvoir, permettez-moi, oncle Gus, de vous le rappeler, de le mettre en accusation et de le déposer.

– Mille Diou, Clarence, il est futé, le bonhomme,

---

1. Le canal fut ouvert en août 1914, quelques jours après la déclaration de guerre entre l'Allemagne et la France.
2. Charles Gardiner, avocat au barreau de New York, auteur d'une étude intitulée *Les Pouvoirs constitutionnels du Président* (1905).

il sait très bien flatter la vanité du populaire... M. Roosevelt a fait de la république une monarchie élective... Elle ressemble à ce que voulait Napoléon III. »

On applaudit le mot, et le juge Clavy apporta son soutien au Gascon :

« Pour revenir à l'affaire de Panama, je trouve que nous n'avons pas de raison d'être fiers de lui. Il a violé la moralité internationale, et la vénalité du sénat colombien n'excuse en rien la spoliation qu'il a fait subir à ce pays. Il a agi par intimidation. Si la Colombie avait été une grande puissance capable de se défendre, il n'aurait pas traité aussi vite avec les sécessionnistes panaméens. Ce qu'il a fait est aussi répréhensible que le partage de la Pologne. »

Les dames, que les conversations politiques ennuyaient un peu, parlaient mode et spectacle. Odile, qui avait vu à New York au début de l'année la *Salomé* de Richard Strauss adaptée par Oscar Wilde, décrivait la danse des sept voiles et l'apparition de la tête de saint Jean-Baptiste sur un plateau, scènes qui avaient tellement scandalisé les représentantes des ligues bien-pensantes que le spectacle avait été supprimé après quelques représentations.

« Ce sont les mêmes puritains qui ont obtenu en octobre 1905 qu'on retire de l'affiche la pièce de George Bernard Shaw, *La Profession de Mme Warren*, qui met en scène une prostituée, expliqua Gloria.

— Je trouve que c'est là une atteinte à la liberté des artistes, s'insurgea Marie-Virginie.

— Une sanction pour atteinte aux bonnes mœurs, rectifia Nancy Tampleton. Il y a assez de belles choses à montrer pour que les auteurs étrangers n'aillent pas puiser leur inspiration dans le vice.

— Le vice, chère Nancy, est de ce monde et l'art purifie tout. Croyez-vous que le drame lyrique de M. Francisco Cilea, *Adrienne Lecouvreur*, que nous avons vu au mois de janvier à l'Opéra français de La Nouvelle-Orléans, soit plus édifiant... Cette rivalité meurtrière entre les maîtresses du prince Maurice de Saxe est aussi scandaleuse que la concupiscence d'Hérode ou la déchéance de Mme Warren.

– L'une meurt et l'autre est maudite. Le mal est vaincu, il n'est pas exalté, ma petite, c'est là toute la différence! »

On en vint aussi à parler automobile, et là Osmond tendit l'oreille. Si M. de Castel-Brajac n'était pas encore décidé à faire l'achat d'un véhicule à moteur, Oliver Oscar Oswald, lui, avait déjà commandé une Packard phaéton, de vingt-quatre chevaux, bleu Richelieu avec des roues jaunes. Elle coûtait près de 5 000 dollars.

« J'ai choisi cette marque parce que c'est une Packard qui a relié New York à San Francisco en cinquante-deux jours, et que le conducteur-mécanicien est formé par le fabricant. Nous l'attendons, Clara et moi, pour aller nous installer à La Nouvelle-Orléans. »

Osmond raconta ses promenades dans l'automobile de son grand-père. Lorna l'écoutait bouche bée, mais Triple Zéro ne se laissa pas impressionner.

« Je la connais, c'est un modèle qui date, on fait chaque jour des progrès en matière d'automobile, la Packard est plus rapide et ses freins sont plus sûrs. D'ailleurs, tu pourras voir la différence.

– On dit que M. Ford, qui construit plus de mille cinq cents véhicules par an, va proposer l'an prochain une voiturette populaire pour huit cent cinquante dollars, commenta Clarence Barthew.

– Pour ce prix, ça m'étonne qu'on ait quelque chose de bon », répliqua Oswald qui n'entendait pas voir dévaluer son acquisition.

Après le dîner, tout en sirotant un vieux porto, M. de Castel-Brajac s'approcha d'Oliver Oscar.

« Avez-vous des nouvelles d'Odilon? »

Le visage de l'ancien *carpetbagger* se rembrunit.

« Il est à Paris. Il suit des cours de dessin. Je lui envoie de l'argent chaque mois, mais ses lettres sont rares... D'ailleurs, elles sont toujours adressées à sa mère... qui, bien sûr, ignore toujours tout... Et votre fils Félix?

— Oh! lui vient de faire un héritage. Son vieux professeur et ami est mort. Il lui a laissé deux immeubles à Londres et un palais à Venise. Il fait maintenant commerce de tableaux. Nous attendons sa visite pour l'automne. Il veut installer une galerie à New York.

— Toujours célibataire? demanda avec un sourire entendu M. Oswald.

— Il est célibataire comme Odilon est peintre... par vocation! »

3

Osmond retourna sans déplaisir au collège de l'Immaculée-Conception et à ses habitudes. Quelques jours avant la fin des petites vacances, Mme de Vigors avait reçu une lettre du préfet des études. Les résultats obtenus par Osmond aux examens de la première session lui ouvraient les portes de la troisième A. Le garçon, généralement peu expansif, avait poussé un hourra de satisfaction. Il allait ainsi se retrouver dans la même classe que Foxley et Meyer. Ces derniers l'accueillirent chaleureusement, et le professeur principal, le père Charignon, un jésuite français d'origine bourguignonne au physique rabelaisien, surnommé « Trois Poils » à cause de la rarescence de son système capillaire, le reçut avec bienveillance. C'était un maître jovial, d'une culture étendue et qui attachait plus d'importance à l'enseignement qu'à la discipline. Sa classe passait pour la plus bruyante du collège, mais ses élèves l'adoraient. Ses cours de latin, de grec et de français lui fournissaient l'occasion de nombreuses incursions chez des auteurs qui ne figuraient pas au programme, et il ne dédaignait pas de bavarder avec les garçons après que la cloche avait sonné. Il acceptait volontiers les invitations à déjeuner chez les parents de ses élèves, car il considérait la bonne chère comme plaisir ecclésiastique. « Dieu a fait de bonnes choses, pourquoi ne pas en profiter ? » disait-il. Sous sa houlette, Osmond fit de rapides progrès. Les jésuites, qui ont un flair particulier pour déceler chez les adolescents qu'on leur confie les intelligences fertiles et les âmes saines, voyaient déjà en Osmond de Vigors un étudiant qui ferait honneur au collège et qu'ils pourraient peut-être amener doucement, par le biais d'un intellectualisme ouvert, jusqu'au seuil du noviciat. Dès la seconde session, les maîtres avisés se désignaient ainsi les uns aux autres, parmi les entrants de l'année, les recrues possibles pour la compagnie. Leurs espérances étaient souvent déçues, car tel petit troisième, pieux et doué, révélait en rhétorique ou en philosophie des aspirations profanes ou épicuriennes, des tendances à la dissipation qui l'éloignaient irrémédiablement des rangs de la première légion.

Comme dans toutes les institutions jésuites, le monde et saint Ignace se livraient une lutte sournoise dans un climat de parfaite courtoisie, les soldats de Loyola n'étant pas des sergents recruteurs, mais plutôt des séducteurs patients et circonspects. Fins psychologues, les pères s'entendaient à déposer dans les jeunes esprits remarqués des germes qui, judicieusement traités, se développeraient peut-être jusqu'à devenir vocation. Des bacheliers, au moment de quitter la *high school,* renonçaient soudain à se faire officier, médecin ou ingénieur, pour entrer dans la Compagnie.

Ce n'était pas toujours ceux qu'attendaient les bons pères. Ils savaient, dans ces circonstances, faire la part des engouements sans lendemains, des appréhensions qu'éveillaient chez certains adolescents les responsabilités à venir, de la tristesse que d'autres pressentaient à l'instant de se séparer des maîtres. Les directeurs de conscience, sondant les esprits et les cœurs, s'employaient à détourner les sentimentaux, les inquiets et les faibles que la dure règle du noviciat rebuterait ou anéantirait. En revanche, non sans soulever avec une apparence de loyauté toutes les objections formulables, ils encourageaient ceux dont ils avaient pressenti les dispositions et subrepticement influencé les appétences. Ils ne faisaient que seconder la grâce divine qui leur livrait, comme des fruits mûrs, les âmes déhiscentes, cultivées pendant cinq années dans leurs serres. Le monde et la Compagnie y trouvaient chacun leur compte. Le premier en ne perdant pas des êtres de qualité, qui auraient regretté un jour d'avoir renoncé à ses vanités et à ses plaisirs, la seconde en accueillant seulement ceux qu'un impérieux appel convoquait sous la bannière d'Ignace.

Osmond de Vigors, s'il faisait déjà l'objet de l'attention des pères, ne pouvait s'en rendre compte, et son confesseur eût été bien étonné, peut-être peiné, de l'entendre développer entre Foxley et Meyer des doutes voltairiens.

Car les amis formaient un trio bavard et critique, toujours prêt à agiter des questions qui eussent paru déplacées à leurs maîtres en soutane et donné à penser qu'une hérésie inconsciente fermentait à l'abri des routines dévotieuses.

« Ce qui me plaît dans « catholique romain », c'est « romain », disait Foxley, grand admirateur des Césars.

– Ce qui me gêne dans la mort de Jésus, c'est sa résignation. Il eût été beaucoup plus édifiant qu'il balayât d'un souffle Pilate et ses tortionnaires et démontrât au monde la puissance du Père céleste », risquait Osmond.

Bob Meyer, respectueux des croyances de ses condisciples, se taisait.

« Naturellement, toi tu t'en moques de tout ça, ton messie n'est pas encore venu... Tu attends! »

Foxley avait une façon abrupte de schématiser les divergences confessionnelles.

« Jésus était juif, mais les juifs ne l'ont pas reconnu. J'ai peur qu'ils attendent longtemps, observait Osmond.

– N'importe comment, quand je prie, je prie pour vous, concluait Bob Meyer de sa voix fluette.

– Et nous pour toi. Dieu s'y retrouvera plus facilement que les " jés " ! »

Et les trois copains, qui n'en étaient pas à un messie près, se donnaient de grandes claques sur les omoplates. Leur timide et encore inavoué scepticisme les retenait, autant que leur commune méfiance du collectif, d'adhérer aux multiples sociétés d'élèves qui fonctionnaient à l'intérieur du collège. Ni Osmond ni Fox n'appartenaient à la « société du sanctuaire » qui fournissait les enfants de chœur et les servants des offices. Ils se tenaient également à l'écart de la confrérie de l'Annonciation dont le but était de maintenir et de développer le culte de la Vierge, pas plus qu'ils n'adhéraient à la société de l'Immaculée-Conception dont les membres s'engageaient à donner l'exemple de la plus parfaite piété en communiant au moins une fois par semaine. Si Dan Foxley militait à la Thespian and Literary Society, c'était pour s'entraîner à parler en public, de la même façon qu'Osmond appartenait au Junior Athletic Club afin de pratiquer le tennis et l'escrime à moindres frais.

Bob Meyer, comme les autres élèves juifs ou protestants, était dispensé de toutes les activités religieuses.

Pendant les prières du matin et de fin de journée, il se tenait debout, bras croisés, comme ses camarades, dans l'attitude respectueuse d'un invité. Cependant, depuis qu'à sa demande il avait été admis à la bibliothèque des Saints-Anges, riches de plusieurs milliers de volumes accessibles aux seuls membres, le père Delpierre, aumônier des juniors, rêvait de recueillir une conversion spectaculaire. Ce jésuite aux yeux de braise, au visage émacié, aux mains décharnées, ressemblait aux saints consumés d'amour peints par le Greco. Ardent propagandiste de la foi, il avait été envoyé à La Nouvelle-Orléans après un long séjour en Chine. Bien que les Chinois eussent failli en faire un martyr, il ne gardait pas rancune à ces ouailles récalcitrantes et collectait le « papier d'argent » qui enveloppait le chocolat des goûters. Ces emballages devaient aider à la reconquête des âmes jaunes. Ses méthodes d'évangélisation, mieux adaptées aux moissons coloniales qu'à la cueillette des âmes en zone civilisée, relevaient davantage des procédés des chasseurs de primes que de ceux des missionnaires mondains. Aussi Bob Meyer s'esquivait-il dès que le prêtre au regard flamboyant apparaissait.

« Il veut absolument que je lise la vie de sainte Catherine de Sienne et celle du curé d'Ars, confessa un jour Bob à ses amis.

— Tu n'es pas obligé! lança Fox.

— Non, mais il est si gentil et si malade que je vais lire ces bouquins.

— Si tu commences avec les vies de saints... t'as pas fini. Il y en a des centaines... ne perds pas ton temps... d'ailleurs, c'est toujours la même chose. Les saints naissent cagots dans des familles parpaillotes, on les empêche de prier, ils ont des illuminations, leur vocation triomphe, ils prêchent, évangélisent les infidèles, on les arrête et là, suivant le cas, on les met à rôtir sur un gril comme Laurent, on les perce de flèches comme Sébastien, on les décapite comme Jean-Baptiste, on les lapide comme Etienne, à moins qu'on ne les donne à manger aux lions comme Blandine... Dès qu'ils sont morts, des miracles se produisent, le pape est prévenu et on les inscrit au calendrier... Tu te rends compte?

— Le Chinois — c'était le surnom du père Delpierre — m'a parlé du dernier saint jésuite, particulièrement recommandé aux étudiants, c'est un Flamand nommé Jean Berchmans.

— Oh! celui-là, je le connais bien, intervint Osmond. J'ai même une image de lui dans mon missel. C'est ma sœur Alix qui me l'a donnée. Saint Jean Berchmans, c'est le saint préféré de son collège, le Sacré-Cœur de Grand Coteau. C'est même là qu'il est apparu à une jeune religieuse qui se mourait de consomption...

— Et elle s'en est tirée?

— Oui... enfin... elle est morte deux ans plus tard.

— C'est quand même intéressant, fit Bob pensif.

— Surtout pour Jean Berchmans, car c'est grâce à ce miracle qu'il a été canonisé. Avant, il n'était que bienheureux », conclut Foxley.

Mais les conversations des trois amis n'avaient que rarement pour objet la discussion des dogmes ou les mérites comparés des saints. Plus souvent, ils parlaient de leurs travaux scolaires, de leur famille ou échafaudaient des plans de promenade pour le jeudi suivant, leurs parents les ayant autorisés à passer ensemble l'après-midi de leur jour de congé.

Les Foxley habitaient une grande maison au bord du bayou Saint-Jean où le trio prit bien vite l'habitude de venir goûter après une promenade en barque ou une excursion au lac Pontchartrain. Le père de Foxley, banquier et négociant en coton, était souvent absent, mais sa mère et ses sœurs, plus âgées que lui, accueillaient toujours les collégiens avec des sourires et des gâteaux. Fox était très fier de montrer les sabres et les uniformes gris de son père, conservés dans une vitrine, ainsi qu'un drapeau de la Confédération, haché par les balles yankees à la bataille de Mansfield. Le colonel Foxley, qui avait été fait prisonnier par les Nordistes, comptait trois évasions. Les vétérans le tenaient pour un héros. Après la guerre civile, il s'était enrichi dans les affaires de tramways avec le général de Beauregard, auquel toute la famille Foxley vouait un culte passionné.

Mme Foxley était personnellement à la tête d'une jolie fortune acquise par son père, un Texan, qui passait pour le plus audacieux « forceur de blocus » qu'ait connu la Confédération.

Si les parents de Dan Foxley figuraient, comme ceux d'Osmond, dans la liste des F.L.F.[1], la mère de Bob Meyer ne pouvait prétendre au même rang social. Le père de Bob, ingénieur des chemins de fer, était mort de tuberculose sur le chantier du Pacific Railroad, et Mme Meyer avait dû, pour vivre, ouvrir, dans la rue du Canal, un magasin de corsets. Un petit atelier attenant à la boutique fabriquait sur mesure les pièces vendues aux élégantes de la ville. L'entreprise, qui jouissait d'une excellente réputation, était bien achalandée, mais les bénéfices que la mère de Bob en tirait ne pouvaient être comparés aux revenus des Vigors ou des Foxley. Souvent, le soir, ses devoirs terminés, Bob aidait sa mère à tenir sa comptabilité ou s'employait à réparer les machines à coudre.

Osmond, dont les déficiences en mathématiques étaient manifestes, se rendait parfois chez Mme Meyer pour travailler avec Bob les fractions ou les théorèmes de géométrie. Lors de sa première visite, Osmond avait identifié, au premier coup d'œil, la mère de son ami, tant ce dernier lui ressemblait. La mère et le fils offraient la même fragilité, la même étroitesse d'épaule

---

1. First Louisiana Families.

et de poitrine, la même peau fanée, le même regard noir et enfiévré. La veuve de l'ingénieur aurait pu être jolie, car ses traits fins et réguliers ne manquaient pas de charme, mais des cernes gris et des lèvres décolorées lui donnaient un faciès de mourante. Elle se déclara heureuse que Bob se soit fait de bons amis.

Les deux garçons s'enfermaient dans la chambre de Bob, une pièce carrée, située au-dessus de la boutique et éclairée par une fenêtre à guillotine, donnant sur la rue du Canal. Ils passaient là des heures studieuses, Osmond commentant *De viris* et Meyer expliquant les mystères euclidiens ou jugulant, au moyen d'une règle de trois, les écoulements démoniaques des robinets.

Les bruits de la rue montaient jusqu'aux collégiens. Le ferraillement des tramways, le tintement de leurs cloches, le trottinement des chevaux de fiacre, le ronflement des automobiles et le cocorico enroué de leurs trompes, les appels lancinants de la vieille marchande de pralines, assise à l'angle de l'immeuble, et quelquefois le drelin-drelin impératif des voitures de pompiers filant vers les bas quartiers se confondaient comme les sons acides et discordants des orchestres noirs. Cette symphonie urbaine ne troublait guère les garçons penchés sur leurs livres. « On s'y fait », avait expliqué Bob.

Les garçons se séparaient quand Bob avait acquis l'assurance que son ami admettait enfin que le carré de l'hypoténuse est égal à la somme des carrés des deux autres côtés d'un triangle et que, pour diviser une fraction par une fraction, il suffit de multiplier la fraction dividende par la fraction diviseur renversée.

Quelquefois Foxley se joignait à eux, bien que sa mère et ses sœurs ne fussent pas enchantées de savoir que leur fils et frère fréquentait la maison de la femme qui confectionnait leurs corsets.

Des trois, Dan Foxley était le plus déluré en ce qui concerne le sexe opposé.

« Dis donc, tu dois pas t'ennuyer, Bob. Tu dois pouvoir lorgner les femmes qui se déshabillent dans le salon d'essayage... on peut pas en profiter?

– C'est pas très intéressant, tu sais, des dames qui essaient des corsets.

– C'est égal, j'aimerais assez jeter un coup d'œil... ça doit être drôle. »

Osmond et Bob riaient de l'intérêt que semblait porter Dan aux dessous féminins.

Quelquefois, une vendeuse du magasin, déléguée par Mme Meyer, montait du thé et des gâteaux secs, et les trois amis, en grignotant, se lançaient dans des discussions au cours desquelles chacun révélait ses goûts, ses attirances, ses répulsions.

Bob Meyer était passionné d'aviation. Il collectionnait les coupures de journaux et de magazines retraçant les exploits des hommes volants. Des planeurs de Ferber jusqu'à « l'oiseau de proie » de Santos-Dumont qui, le 12 novembre de l'année précédente, avait tenu l'air pendant vingt et une secondes sur le terrain de Bagatelle à Paris, Bob savait tout. Il parlait du moteur « Antoinette » de Levasseur avec l'enthousiasme d'un diamantaire vantant une pierre précieuse. Blériot, Voisin, les frères Wright, Farman étaient à ses yeux les chevaliers des temps modernes.

« Je fais plus confiance aux dirigeables du général von Zeppelin ou de Henri Julliot, disait Fox, les aéroplanes n'ont rien qui les supporte dans l'air... tandis que les ballons!

– Eh bien, je serai aviateur, moi », criait Bob dans un moment d'exaltation d'une voix dont le timbre aigrelet ne traduisait qu'imparfaitement sa conviction.

Puis il ajoutait aussitôt :

« Surtout n'en parlez pas à ma mère... »

Fox riait et sans ménagements :

« Aviateur ! Tu te rends compte ce qu'il faut être costaud pour diriger ces engins !

— Penses-tu, il faut être léger au contraire, comme un jockey. »

Osmond, dans ces moments-là, aurait voulu communiquer un peu de sa force à Bob pour qu'il ait vraiment une chance d'être un jour homme volant.

En classe, les trois amis s'étaient volontairement dispersés. Ils ne tenaient pas en effet à jouer, devant les professeurs, aux inséparables et entretenaient chacun avec les autres élèves des rapports de bonne camaraderie. Mais il leur suffisait d'échanger des regards à l'occasion d'un exercice ou de l'interrogation de l'un d'entre eux pour se communiquer approbation ou mise en garde.

« Nous sommes comme les trois pointes d'un triangle, disait Foxley, notre amitié est trigonométrique. »

Le vieux collège, avec ses longues galeries fraîches, ses escaliers sonores, ses recoins, son réfectoire où flottaient, vaguement brassées par un courant d'air quotidiennement organisé « par hygiène » avant l'heure du repas, les odeurs confondues de mille soupes, avec ses cours, ses jardins, constituait pour Osmond et ses amis un univers clos et rassurant où ils se mouvaient à l'aise. Ils en avaient pénétré les mystères, connaissaient ses traditions, admettaient les tics des professeurs et recueillaient les éléments d'une saga qui était le fonds commun de l'institution.

De toutes les histoires qu'on se transmettait de génération en génération, celle du frère Flochon, dit Floche, passait pour la plus curieuse. Le convers, qui, pendant les récréations, dressait sous le préau un petit éventaire où l'on trouvait pralines, pains au chocolat, jus de fruits, pastilles de menthe, grains d'anis, gommes et crayons, tenait de multiples rôles. Le frère, dont les pantalons étroits dépassaient d'une soutane trop courte, rapiécée et d'un noir verdâtre, passait pour l'espion assermenté du préfet de discipline. Concierge, appariteur, sacristain, homme de peine, jardinier, carillonneur, il traînait ses grands brodequins à travers tout le collège en se donnant des airs de prélat déchu. Sa silhouette trapue et sa face lunaire fendue d'un sourire mélancolique et mielleux étaient aussi familières aux élèves que le magnolia épuisé du jardin.

Osmond avait appris, de la bouche d'un élève de première chargé d'initier « les nouveaux reconnus dignes d'être admis à partager les secrets du collège », pourquoi et comment Floche était entré au service des pères. Un drame familial hors série avait bouleversé la vie de cet homme qui avait exercé autrefois, dans une ville du Nord, la profession lucrative de marchand de vins.

Floche était un meurtrier. Il avait tué sa femme... accidentellement! L'événement s'était produit lors du déchargement d'une pièce de bordeaux, dont le négociant avait été incapable de freiner le roulement sur un plan incliné. La pauvre Mme Flochon, qui se tenait en bas de la pente, avait été aplatie comme une galette par l'énorme tonneau. Floche, dont la vocation religieuse avait été contrariée par son père, désireux de voir le garçon prendre sa suite dans les vins et spiritueux, aurait vu dans son veuvage tragique un coup de pouce donné par Dieu. Le veuf s'était fait convers, et le tonneau de Floche était entré dans la légende du collège comme celui des Danaïdes dans la mythologie.

Bien plus que l'espionnage de Floche, les élèves redoutaient les foudres du père Tucker, dit « Nosy [1] », chargé de la surveillance générale et de la questure. Ce prêtre, qui avait eu du mal à juguler ses propres

---

1. Fouineur, en argot américain.

instincts, voyait le vice partout, comme les conquérants de l'Ouest les Indiens. L'œil fureteur, les narines frémissantes, il ressemblait, avec sa démarche souple et silencieuse, à ces chiens de chasse qui vont toujours le nez au vent en quête d'effluves excitants. Grand et sec, il se glissait le long des murs, s'insinuait dans les embrasures de portes, se figeait dans les encoignures, se postait derrière les piliers. Sa silhouette noire, tel le corps d'un caméléon, s'intégrait à l'ombre. Il apparaissait soudainement et s'évaporait comme un fantôme, mais il guettait ses proies et leur tombait dessus ainsi qu'un épervier délégué par l'Ange exterminateur. Car le collège abritait, comme beaucoup d'autres, ces succédanés des amours que sont les amitiés sensuelles entre garçons. L'Immaculée Conception, dans sa niche tendue de soie bleue, devait remarquer pendant les offices ces regards que coulaient des adolescents en mal de tendresse, les frôlements de mains, les sourires échangés. Il y avait dans les lavabos des rencontres ambiguës, des parlotes équivoques, et, dans la pénombre des couloirs, d'étranges permutations s'organisaient afin que puissent se rapprocher un instant dans les rangs ceux qui s'aimaient.

Aux récréations, Nosy négligeait les groupes, mais s'attachait à suivre les couples tel un voyeur. Ce rhétoricien élégant, qui déambulait avec un petit troisième à la frimousse rose et au regard candide, était un suspect comme le dadais de seconde qui offrait des bonbons à un blondinet. Les épistoliers constituaient pour Nosy le gibier le plus intéressant. Quand il saisissait un sonnet calligraphié sur papier bleu pâle par un élève de philosophie et dédié à un éphèbe qu'il n'identifiait pas toujours, son cœur d'inquisiteur palpitait d'aise.

Avant de convoquer le poète, il se délectait de ses vers, s'enflammait de la romance éventée, imaginait les baisers, suçait les mots tendres comme des bonbons. Le coupable le prenait parfois de haut, parlait de violation de correspondance, à moins qu'il ne préférât, si le réalisme licencieux de son œuvre ne laissait pas d'échappatoire, expliquer en renonçant à tout amour-propre d'auteur que le sonnet avait été copié dans un livre découvert pendant les vacances.

Mais en aucun cas les interpellés ne livraient les noms des dédicataires dont le père Tucker ne pouvait que repérer les prénoms ou les sobriquets en consultant les listes d'élèves. Seuls les confesseurs connaissaient tous les détours des troubles amitiés de ces garçons auxquels l'innocence commençait à peser. Nosy enrageait de ne pouvoir, à la sortie de seize heures qu'il surveillait toujours du seuil du collège, surprendre, réunis et à l'aise, ceux qu'il s'employait à séparer. Restaient quelques internes, mais ils échappaient à sa juridiction, le dortoir, lieu suspect entre tous, étant placé sous la surveillance d'un jeune jésuite sportif, qui pratiquait avec ses élèves un copinage viril et n'admettait pas qu'on empiétât sur son domaine.

Osmond, Bob et Fox, parce qu'ils étaient trois, se trouvaient à l'abri des curiosités de Nosy, encore que ce dernier sût le rôle du paratonnerre que jouait parfois, auprès d'un couple, un larron promu chandelier. Et puis, les garçons avaient quelque mépris pour les frogs[1], car tous, à des degrés divers, subodoraient déjà que la femme est la partenaire privilégiée de l'homme dans les jeux de l'amour.

Osmond se prenait à penser à Marie-Virginie plus souvent qu'à Lorna et, quand il écrivait à sa mère ou à l'oncle Gus, il n'oubliait jamais de mettre une phrase gentille pour l'amie de Stella ou pour la petite-fille de M. de Castel-Brajac. Cependant, sa correspondance avec Silas, chargé de faire la liaison entre la pension-

---

[1]. « Frog » signifie grenouille, mais en argot américain le mot sert aussi à désigner les adolescents dont la voix mue.

naire des dames du Sacré-Cœur et l'élève des jésuites, s'amenuisait. Lorna s'en plaignait et avait même sondé Alix pour savoir « si son frère n'était pas fâché contre elle ».

« Tu sais, il a des amis maintenant. Il va au concert, fait du bateau, dîne chez grand-père Charles... Nous le retrouverons aux vacances, gandin comme un garçon de la ville... mais je suis sûre qu'il ne t'oublie pas. »

Il n'oubliait pas, mais trop de choses et d'êtres sollicitaient son intérêt pour que le monde de son enfance pût encore prétendre à la première place. Le mercredi soir, c'était un jeune homme élégant et racé qui s'en allait à pied, de Second Street à Prytania Avenue, pour dîner chez l'ancien sénateur, son grand-père. Ce dernier le traitait en homme, lui faisait servir un verre de vin et ne craignait pas d'aborder en sa présence des sujets sérieux. Au fil des mois, Osmond trouvait cet aïeul, dont l'indifférence l'avait déçu quand il était enfant, de plus en plus séduisant. Ensemble, ils regardaient des estampes, dont M. de Vigors possédait une belle collection, ou feuilletaient des éditions rares et splendidement illustrées de Walter Scott ou de Jules Verne, un écrivain que l'ancien sénateur avait rencontré en France et qui était mort deux ans plus tôt. Osmond questionnait son grand-père sur ses voyages, sur l'Europe, sur Washington, sur le métier de sénateur. Charles qui, à soixante-trois ans, conservait une belle prestance, proposait parfois un dîner en ville au Saint-Louis ou au Casino, installé près de l'ancien fort espagnol. Il était fier de se montrer en compagnie de son petit-fils, qu'il faisait habiller à ses frais par le meilleur tailleur et qui, partout, attirait les regards des jeunes filles et même des femmes. Entre eux s'était établie une complicité, bien différente de celle qui liait le garçon à Gustave de Castel-Brajac, le mentor affectionné, mais aussi confiante et peut-être moins formelle. Charles, de son côté, découvrait des joies qu'il aurait dû éprouver autrefois en tant que père avec Gratien. Mais, à l'époque où ces connivences eussent été possibles, Gratien étudiait en Europe, et lui-même était trop occupé pour s'intéresser à l'éducation d'un adolescent.

En face d'Osmond, M. de Vigors était soudain pris d'un besoin de franchise. Ce garçon, au regard pâle et froid et à l'étrange sourire, le contraignait à ne dire que des choses vraies. Toute sa vie, Charles avait été à l'aise dans la ruse et la dissimulation mais, depuis le premier dîner pris tête à tête avec son petit-fils, il s'était aperçu que certains silences de ce dernier équivalaient à des mises en doute de ses paroles. Aussi avait-il opté par souci de confort moral et, peut-être inconsciemment, pour laisser au moins sur cette terre un être qu'il n'aurait pas trompé, pour une formule qu'il aurait pu traduire ainsi : « Ne dire que la vérité... ou la taire, mais ne pas substituer à celle-ci de faux-semblants. »

Etablis sur ces bases, les rapports de l'adolescent et de l'aïeul étaient excellents. Pour l'un comme pour l'autre, chaque dîner du mercredi devenait une fête.

« Que comptes-tu faire plus tard ? avait demandé un soir Charles de Vigors à son petit-fils.

— Reprendre l'exploitation de Bagatelle, en faire une plantation moderne... et puis voyager.

— C'est bien, c'est bien... mais tu sais que, de nos jours, il faut avoir un métier de rechange. La terre a parfois de brutales ingratitudes. Tu veux tout de même bien aller à l'université ?

— Oui, bien sûr. Je voudrais faire du droit. Etre avocat quelque temps comme vous l'avez été, comme papa l'a été.

— Le droit, Osmond, c'est presque une tradition familiale. Il peut mener à tout. Il prépare aux affaires et à la politique. Ça t'intéresse, la politique ?

– Pas vraiment. Je n'aimerais guère solliciter les suffrages des autres. Je trouve qu'il y a là un abaissement. Il faut plaire aux électeurs, se faire valoir, faire des promesses qu'on n'est pas certain de pouvoir tenir... et dire du mal des autres candidats. »

M. de Vigors prit tout d'abord un air étonné, puis rit franchement.

« Eh bien, ce que tu dis n'est guère aimable pour moi. Il m'est arrivé de solliciter les suffrages des électeurs... et d'être élu. Je ne crois pas m'être « abaissé » pour autant. »

Osmond se tut, paraissant absorbé par la dégustation de la tarte aux fraises qu'on venait de servir. Charles, qui avait appris à traduire les silences de son petit-fils, comprit que c'était par déférence que le garçon semblait accepter ses dénégations.

« Vois-tu, Osmond, la conduite des affaires publiques est une chose assez importante pour que les citoyens qui ont des capacités, un jugement sain et le sens civique se mêlent de politique et s'efforcent d'accéder à des fonctions électives. Si les meilleurs se désistent ou se laissent rebuter par les procédures démocratiques parfois un peu... humiliantes, je te le concède, l'influence sera donnée à des gens audacieux, moins scrupuleux et peut-être incompétents. Le pays sera alors dirigé par des médiocres ou des chevaliers d'industrie. Tu comprends ce que je veux dire?

– Je comprends. Mais ne trouvez-vous pas inacceptable que les gens honnêtes et instruits soient obligés d'entrer en compétition publiquement avec des aventuriers ou des imbéciles?

– Ça, Osmond, c'est à la fois la force et la faiblesse de la démocratie. Tous les citoyens peuvent être candidats. Le peuple fait son choix librement. Et crois-moi, on ne le dupe pas aussi aisément que tu sembles le croire.

— Il me déplairait d'être choisi par le peuple... » laissa tomber Osmond d'une voix nette.

M. de Vigors froissa sa serviette et la posa sur la table.

« Voilà bien l'intransigeance des jeunes aristocrates. Tu voudrais qu'on en revienne à la monarchie, au despotisme ?

— Certes non, mais je voudrais que les palabres électorales soient remplacées par des examens... comme au collège et que les meilleurs soient désignés.

— L'examen, c'est le scrutin, Osmond.

— Les électeurs sont des piètres examinateurs, papy, ils jugent de ce qu'ils ignorent. Non, voyez-vous, la politique ne m'intéresse pas. Je ne crois pas que j'aimerais m'en occuper.

— Sais-tu ce qu'a dit un Français[1] au siècle dernier ? J'ai oublié son nom mais retenu sa phrase : « Vous « avez beau ne pas vous occuper de politique, la « politique s'occupe de vous tout de même. » Un jour tu te souviendras de ces mots.

— Je m'en souviendrai, papy, et me tiendrai sur mes gardes.

— J'espère que tu feras plus », conclut Charles.

Quand s'annoncèrent les grandes vacances d'été, Osmond reçut de la part de Mme Foxley une invitation à passer « deux semaines ou plus » avec Dan dans la propriété que la famille possédait près de Natchez (Mississippi). Mme de Vigors, consultée, signifia son acceptation à condition qu'après ce séjour Dan Foxley soit autorisé par ses parents à venir avec Osmond à Bagatelle.

« Tu verras, dit Dan à son ami, nous pourrons

---

[1]. Phrase du comte de Montalembert citée par Doudan dans une lettre à Mlle Gavard (16 décembre 1871).

chasser, pêcher, faire du bateau à voile sur un petit lac, ce sera formidable. »

Osmond, qui ne s'enthousiasmait pas facilement, se déclara enchanté et vanta à son tour les charmes de Bagatelle, parla de l'oncle Gus, de sa sœur Alix, de Lorna, de Silas, estimant que Fox s'intégrerait aisément à la bande. Mais, tout en évoquant la perspective de vacances heureuses, il ne put dissimuler un peu de mélancolie à la pensée que Bob Meyer serait, lui, privé de plaisirs identiques. Il s'en ouvrit à Dan qui, très généreusement, se rendit à ses vues et demanda à sa mère d'inviter également le fils de la corsetière. Mme Foxley se fit un peu prier.

« Meyer n'est pas de notre monde, mon petit. Il sera peut-être mal à l'aise, et sa mère ne pourra pas, comme Mme de Vigors, rendre l'invitation. Ce n'est qu'une commerçante.

— On n'invite pas les enfants des fournisseurs, ajouta d'un ton pincé la sœur aînée de Fox.

— Et puis c'est un juif, que fera-t-il le dimanche quand nous irons à la messe ? » renchérit la cadette.

Dan, dûment chapitré par Osmond qui avait déjà emporté l'adhésion de sa mère, plaida efficacement le cas de Bob, et quand, au mois de juin, ce dernier reçut le prix d'excellence, le second prix de latin et le premier prix de mathématiques, Mme Foxley écrivit à Mme Meyer pour lui dire qu'elle ne voulait pas séparer les membres d'un trio qui raflait tous les honneurs scolaires. Avec les premiers prix de latin, de grec, de français et le deuxième prix d'anglais, Osmond faisait bonne figure, Fox ayant obtenu, contre toute attente, le premier prix de doctrine chrétienne, le premier pris d'histoire et géographie et des accessits en anglais et en mathématiques.

Le jour de la distribution des prix, à laquelle vint assister, parmi les parents d'élèves, l'ancien sénateur Charles de Vigors, Osmond interpréta au piano une marche de Souza, *The man behind the gun*, et Foxley tint le rôle du page du duc d'Aubeterre dans la pièce *La vérité triomphera*, un mélodrame historique.

C'est à l'issue de la fête, pendant qu'on servait aux collégiens la collation traditionnelle de fin d'année, après qu'eurent été applaudis ceux qui venaient d'obtenir le grade de *Bachelor of Arts*[1] et qui s'apprêtaient à quitter le collège, que Bob Meyer, sans dissimuler sa tristesse, confia à ses amis qu'il devait décliner leurs invitations.

« Ma mère n'est pas riche, dit-il, et je n'ai pas une garde-robe me permettant de figurer honorablement dans vos familles. Je dois aussi travailler six semaines chez un notaire qui déménage son étude pour assurer mon argent de poche. »

Les deux autres se récrièrent qu'en vacances on ne fait pas de frais de toilette et qu'un costume suffirait pour les « parties » qui ne manqueraient pas d'être organisées, tant à Bagatelle que chez les Foxley.

Après avoir envisagé le problème sous tous ses aspects, Dan et Osmond proposèrent une solution.

« A nous trois, nous pouvons liquider en deux semaines le déménagement du notaire. Tu auras gagné assez d'argent pour te payer un costume, et nous ne serons pas séparés.

— Il faut encore que le notaire, maître Couret, accepte votre formule... et puis ce n'est pas drôle de classer des cartons, de remplacer par des neufs ceux qui tombent en ruine et de faire des étiquettes en écriture ronde, objecta Bob.

— Mon grand-père connaît certainement ton notaire. Je vais arranger ça. A mon avis, le plus difficile sera de faire admettre à nos mères que nous restons quinze jours de plus en ville pour travailler chez un tabellion. Mais nous y parviendrons, pas vrai, Fox ?

---

1. Licencié ès lettres.

– *Ad majorem Dei gloriam*[1], lança Dan avec fougue, l'union fait la force... souvenez-vous des mousquetaires chers à l'oncle de l'ami Osmond. »

Quelques jours plus tard, les trois garçons, vêtus de blouses grises, remuaient la poussière des archives de l'étude Couret. Le notaire, brave homme qui avait promis à Bob Meyer 50 dollars, décida d'en donner 20 à chacun de ses trois employés intérimaires, à condition que le travail soit effectué dans les meilleurs délais et que les étiquettes soient toutes de la même écriture lisible et appliquée. Bob s'adjugea le déballage des cartons et leur remplacement, Fox confectionna les étiquettes, Osmond se réserva le collage et le classement des dossiers par ordre alphabétique.

La poussière, l'humidité et les souris avaient endommagé les archives vieilles parfois de plus d'un siècle, mais les trois copains œuvraient joyeusement, manipulant sans le savoir des secrets de famille et les minutes de procès qui avaient en leur temps défrayé la chronique. Le notaire, après avoir insisté sur l'indiscrétion qu'il y aurait à lire les actes enfermés dans les cartons, laissait les garçons travailler à leur rythme, limitant la surveillance à une inspection débonnaire en fin de journée.

Alors que le tri touchait à sa fin et que les cartons neufs granités vert et noir s'empilaient dans de vastes corbeilles, prêts à être transportés sur les rayonnages de la nouvelle étude Couret, Osmond eut l'attention attirée par un nom qu'il connaissait bien : *Général W.S. Tampleton*. Les lettres grassement moulées par Fox l'incitèrent à ouvrir le carton. Il contenait quelques actes de propriété et un dossier relatif à la liquidation d'une pension militaire, ainsi que des

---

1. Pour la plus grande gloire de Dieu : formule que les élèves des collèges jésuites inscrivent en tête de tous leurs devoirs, généralement sous la forme des initiales A.M.D.G.

documents épars dont l'un, rédigé sur papier timbré, de l'engagement pris volontairement par le général Tampleton « d'assumer tous les frais principaux, annexes et imprévisibles que pourrait entraîner l'éducation d'une fillette orpheline, nommée Stella English, confiée au soussigné par l'avocat métis Thomas English, son père, à la veille du décès de celui-ci intervenu lors de la bataille qui a opposé au confluent des rivières Yellowstone et Tongue (Dakota) l'armée des Etats-Unis aux tribus indiennes soulevées par Sitting Bull ». Cet acte de parrainage, presque d'adoption, était accompagné de deux reçus du notaire. L'un, d'un montant de 6 000 dollars, « somme versée au soussigné par le père de la demoiselle Stella English », l'autre, de 10 000 dollars, « constituant un dépôt provisionnel tenant lieu de subside dans le cas où le général Tampleton viendrait à disparaître prématurément ou se verrait empêché de tenir l'engagement sacré qui fait l'objet du présent acte ».

Le carton contenait encore une copie du testament du général Tampleton, stipulant les legs faits à sa filleule, et une lettre de M. de Castel-Brajac par laquelle le Gascon disait reprendre à son compte le parrainage de Mlle Stella English, élève des sœurs ursulines.

Osmond relut plusieurs fois, et non sans émotion, ces textes où figurait le nom de sa mère, dont il découvrait soudainement que les origines indiennes semblaient être une réalité. Ainsi, quand Foulkes lui avait jeté, comme une insulte, une affirmation qu'il avait prise pour insolence gratuite, l'élève de seconde savait sur sa famille des choses que lui-même ignorait.

La révélation était bouleversante. Certes, la sombre beauté de Mme de Vigors, ses pommettes hautes et proéminentes, ses yeux fendus jusqu'aux tempes, ses cheveux aile-de-corbeau et son teint mat rappelaient vaguement des caractères indiens, mais Osmond les tenait pour apparences fortuites et non pour attributs héréditaires. Il comprenait maintenant la réserve de sa mère, quand, étant enfant, il interrogeait celle-ci sur ses grands-parents maternels.

« Ils ne sont plus de ce monde, mon chéri. Moi-même j'ai à peine connu mes parents », disait-elle simplement.

Or, le dossier Tampleton lui apprenait que son grand-père maternel était un métis, donc le fils d'une Indienne et d'un Blanc, car il lui paraissait inconcevable qu'un Indien ait pu donner un fils à une Blanche. Lui-même, Osmond de Vigors, petit-fils d'un sénateur et arrière-petit-fils d'un général français, avait dans les veines un peu de sang indien mêlé à celui d'un ancêtre blanc inconnu, qui avait sans doute été un de ces coureurs de brousse du XIXe siècle, dont Fenimore Cooper racontait les exploits.

Une brutale interpellation de Fox tira Osmond de ses rêveries spéculatives.

« Osmond, tu retardes la production. Si tu te mets à lire tous les papiers qui nous passent par les mains, nous n'en finirons jamais. »

Il referma le carton « Tampleton » et saisit ceux que Dan poussait vers lui avec un peu d'humeur.

Bob Meyer, le visage et les mains maculés de poussière, émergea entre deux piles de boîtes qu'il venait d'extraire des rayons. Il remarqua ce que Fox n'avait pas vu : la pâleur de leur camarade.

« Qu'est-ce qui t'arrive, Osmond ? Ça ne va pas ? Il fait une chaleur infernale ici. Tu es malade ?

— Ce n'est rien... la chaleur, oui, et... l'odeur de ces vieux papiers. »

Bob lui tendit un verre de thé glacé, boisson que le notaire fournissait abondamment, puis il jeta un regard sur l'étiquette du carton que venait de refermer son ami.

« *Général Tampleton*. Tu le connais ?
— Vaguement, fit Osmond.
— C'était un manchot, un vrai héros de la guerre civile, mon père l'a connu », compléta Fox sans lever la tête, car la calligraphie retenait toute son attention.

Au soir de cette journée, Osmond de Vigors demeura longtemps pensif avant de s'endormir. Il se promit d'interroger, sur le mystère qu'un hasard lui avait révélé, le seul homme qui possédait toute sa confiance : oncle Gus.

4

Quelques jours avant la distribution des prix à l'académie du Sacré-Cœur de Grand Coteau, quand Lorna Barthew apprit de la bouche d'Alix de Vigors le programme de vacances d'Osmond, elle ne cacha pas sa déception. Les dames du Sacré-Cœur étaient beaucoup moins généreuses en ce qui concerne la durée des congés que les pères jésuites de La Nouvelle-Orléans. Les vacances d'été, pour les pensionnaires de Grand Coteau, ne dureraient que quatre semaines. Or, Osmond séjournerait quinze jours dans le Mississippi chez les Foxley. Dans sa lettre à Alix, celui que Lorna brûlait de revoir donnait à entendre qu'il n'arriverait pas à Bagatelle avec ses amis Bob Meyer et Dan Foxley avant le 8 ou 10 août. La bande ne serait donc reconstituée que pendant quelques jours.

Sur la galerie du second étage du couvent, où se trouvaient les dortoirs des pensionnaires, Alix et Lorna, accoudées à la balustrade, face au grand jardin aux allées rectilignes, remâchaient leur rancœur.

« Maman m'avait promis d'organiser un bal quand

nous serions tous réunis, disait Alix, mais pourra-t-elle le faire?

— Et moi, qui ai refusé d'aller à Boston avec les Oswald! Si j'avais su...

— Que veux-tu, les garçons sont ainsi, Lorna. Ils aiment la pêche et la chasse... Les sentiments ne les étouffent pas. Osmond me vante ses deux amis et se réjouit de nous les présenter..., mais peut-on, en trois ou quatre jours, apprécier un garçon? »

La déception de Lorna était d'autant plus forte que, depuis les vacances de Noël, elle avait l'impression que son ami Osmond ne lui faisait transmettre par Silas que des banalités. Jamais il n'avait su s'arranger pour lui faire parvenir un témoignage personnel de son affection, alors que les boy-friends des grandes pensionnaires employaient des moyens dignes des espions pour leur adresser des lettres qui échappaient heureusement à la censure des religieuses et contenaient des déclarations enflammées prouvant leur fidélité. Certains usaient même d'encres spéciales joliment dites « sympathiques ». Il suffisait de chauffer un papier apparemment vierge contre le tube d'une lampe à pétrole pour voir s'inscrire des mots délicieux qui réjouissaient le cœur des prisonnières.

« Osmond ne m'aime plus comme avant », se disait la jeune fille. Elle avait compté sur les retrouvailles à Bagatelle ou à Castelmore pour ranimer un sentiment que l'absence faisait dépérir. Or, elle ne pourrait qu'entrevoir l'élu de son cœur. Depuis qu'elle savait que Dan Foxley possédait deux sœurs, certainement agréables à regarder et à coup sûr plus délurées qu'elle, la jalousie s'ajoutait à l'inquiétude.

Quand elle priait dans la petite chapelle installée dans l'ancienne infirmerie du couvent, à l'endroit même où saint Jean Berchmans était apparu à Mary Wilson, le 14 décembre 1866, elle demandait au protecteur particulier de l'institution de lui conserver l'attachement d'Osmond, car elle n'osait pas nommer autrement le tendre sentiment qu'elle vouait à son ami d'enfance.

Un tintement de cloche impératif ayant rappelé aux élèves que l'heure était venue d'aller dormir, Lorna et Alix se dirigèrent vers les dortoirs. Après s'être mélancoliquement souhaité une bonne nuit, elles disparurent derrière les voiles blancs qui séparaient les lits, tandis que la sœur surveillante verrouillait les portes-fenêtres et tirait les rideaux. Une demi-heure plus tard, la plupart des pensionnaires dormaient. D'autres, comme Lorna, agitaient des pensées moroses, quelques-unes soupiraient en embrassant leur oreiller. La surveillante, une sœur âgée, rendue presque chauve par le port de la coiffe et du frontail amidonné, égrenait son chapelet. Agenouillée au pied de son lit, la vieille religieuse, qui avait encore l'oreille fine, mettait les soupirs entendus au compte des rêves incontrôlables et les grincements de sommiers à celui de la nervosité qui, à l'approche des vacances, s'emparait des corps juvéniles.

Le couvent du Sacré-Cœur de Grand Coteau, isolé au milieu des terres près du village de Sunset, à mi-chemin entre Lafayette et Opelousas, passait pour le collège de jeunes filles le plus sélect de la région. Il y régnait une discipline de fer, et l'enseignement qu'on y dispensait était de qualité. On y apprenait aux jeunes filles des familles aisées les vertus domestiques, le maintien et les arts d'agrément.

Quand, en 1821, la famille Smith, de Grand Coteau, avait proposé à Mgr Dubourg, évêque de Saint Louis, dont le diocèse couvrait à l'époque la moitié des Etats-Unis, « cinquante arpents pour établir un couvent et un collège », le prélat avait délégué en Louisiane deux religieuses, une Française bilingue, sœur Eugénie Audé, et une novice américaine. La première appartenait au groupe des cinq dames du Sacré-Cœur, ordre fondé en 1800 par le père Varin, jésuite, et Madeleine Sophie Barat, que Mgr Dubourg avait fait venir en Amérique « pour convertir les sauvages ». Ces femmes, parties de Bordeaux, avaient passé trois mois sur l'océan et survécu à des dangers inouïs avant de débarquer à La Nouvelle-Orléans, d'où elles avaient mis quarante jours pour rejoindre l'évêché de Saint Louis.

Le 5 octobre 1821, l'académie du Sacré-Cœur accueillait à Grand Coteau les premières pensionnaires, tandis qu'à proximité du couvent les jésuites ouvraient le collège Saint-Charles réservé aux garçons. Si, parmi les événements qui constituaient la saga du collège, la miraculeuse apparition de saint Jean Berchmans à la novice Mary Wilson tenait la première place, ce n'est qu'à mots couverts qu'on initiait les pensionnaires au douloureux destin d'une des premières enseignantes : la mère Cornelia Connelly. Mariée à un ministre épiscopalien, la jeune femme avait décidé un beau matin, comme son époux, d'embrasser la religion catholique. L'un et l'autre étaient aussitôt devenus professeurs, lui au collège Saint-Charles, elle à l'académie du Sacré-Cœur. De 1838 à 1843, leur existence se déroula sans aléas jusqu'au jour où deux de leurs enfants périrent. Ce fut peut-être ce deuil qui incita Pierre Connelly à quitter le monde et à se faire prêtre. On consulta Rome, qui accorda l'autorisation demandée, à condition toutefois que l'épouse du postulant entrât, elle aussi, en religion. Cornelia s'y résolut et devint dame du Sacré-Cœur. Quelques années plus tard, changeant brusquement d'attitude, Connelly renonçait à sa foi, à la prêtrise et retournait à la condition laïque. Sa femme, qui venait de prononcer des vœux définitifs, souffrit de ce reniement et donna dès lors l'exemple d'une vertueuse résignation.

Les jeunes pensionnaires du Sacré-Cœur voyaient en

Cornelia une femme dont la piété et l'amour avaient été abusés par un homme égoïste et versatile. Aussi admiraient-elles moins le sacrifice de la nonne qu'elles ne plaignaient l'épouse embastillée.

Lorna et Alix, comme leurs camarades, toutes filles d'ardents Sudistes, aimaient à entendre évoquer la vie du collège durant les dures années de la guerre civile. En 1865, l'académie ne comptait que vingt et une pensionnaires, quand le général Banks et les troupes nordistes avaient pris possession du pays. Les religieuses, terrorisées par l'apparition d'une soldatesque qui brûlait et pillait les plantations, redoutaient que la vertu de leurs élèves ne soit mise à rude épreuve par les soudards.

Elles alertèrent à New York une ancienne novice de Grand Coteau, devenue supérieure de la congrégation, la mère Halperey, qui, par chance, dirigeait l'institution que fréquentait la propre fille du général Banks. Ce dernier, informé des dangers que courait l'académie de Grand Coteau, fit aussitôt publier des consignes strictes interdisant à ses soldats d'approcher du collège sous peine d'être fusillés.

Ainsi, comme le racontait une très vieille religieuse ayant vécu ces moments terribles : « Nous ne perdîmes ni un cochon ni une poule. »

Au fil des années, le collège prospéra, on ajouta aux premiers bâtiments faits de briques, moulées et cuites sur place par les esclaves, des dépendances et des annexes. Un évêque nommé Bossuet, sans aucune parenté avec l'Aigle de Meaux, dessina un grand jardin à la française planté de beaux arbres et de cent buissons de camélias. Au carrefour central des allées du parc, entretenu par les jardiniers suivant les principes de Le Nôtre, une statue du Sacré-Cœur fait face depuis cette époque à la grande maison aux trois galeries superposées qui abritaient les salles de cours, le réfectoire, les salles de jeux et le salon de musique.

Les escaliers de bois ciré qui reliaient les niveaux étaient flanqués de rampes d'acajou poli par l'usage. La règle, calquée sur celle en vigueur chez les jésuites, voulait que les pensionnaires ne soient jamais laissées sans surveillance. Même quand les parents rendaient visite à leurs filles les jours de « congé sans cloche », la porte du parloir devait rester ouverte tandis qu'une religieuse arpentait le corridor. Les cours dispensés en anglais et en français étaient plutôt consacrés aux humanités, latin, grec, français et belles-lettres, qu'aux mathématiques et aux sciences. L'histoire des Etats-Unis tenait une place importante. Les élèves recevaient aussi quelques notions de chimie et d'astronomie. Au réfectoire, on ne devait parler que le français. Les cours de solfège, de piano, de tapisserie et de maintien figuraient au programme, mais celles qui voulaient prendre un bain devaient s'inscrire une semaine à l'avance. Les baignoires, honteusement cachées dans les sous-sols d'une annexe, devaient être nettoyées par les baigneuses qu'une surveillante observait pendant leur toilette. La notice, distribuée aux parents des élèves, indiquait que l'académie ne recevait pas d'externes, l'internat assurant aux pensionnaires « une vraie vie familiale ».

L'uniforme, obligatoire, se composait d'une longue jupe bleu marine, d'un corsage blanc boutonné jusqu'au cou et d'un manteau de ratine qu'on endossait les jours de promenade. Les jeunes filles étaient contraintes à porter les cheveux plats, tirés sur la nuque par une « couette » ou un chignon. Le règlement proscrivait les fards et parfums. Le savon, grossier mais décapant, était fourni par le collège. Chaque jeudi, les pensionnaires faisaient une longue marche à travers la campagne environnante. Le volant et la pelote figuraient au nombre des jeux autorisés.

Les surveillantes organisaient souvent de grandes parties de cache-cache au cours desquelles la moitié des élèves partait à la recherche de l'autre moitié. Ces séances, qui duraient parfois tout un après-midi, permettaient enfin aux jeunes filles de se faire, entre amies, des confidences que la stricte surveillance habituelle interdisait.

Chaque dimanche, après la messe, il y avait prime, cérémonie au cours de laquelle, en présence de la supérieure et de toutes les religieuses du couvent, étaient distribuées les notes de la semaine. Les notations allaient du « très bien » au « sans note », qui constituait une sanction peu honorable. La première en chaque matière recevait une médaille qu'elle portait jusqu'à ce que cet emblème soit remis en compétition. On distribuait aussi, trois fois par an, des rubans bleus pour les grandes, verts pour les moyennes, roses pour les petites, qui permettaient de distinguer « la meilleure camarade » du trimestre. Créée, disait-on, par Mme de Saint-Cyr, cette décoration était attribuée par un vote de l'ensemble des élèves, qui recevaient ainsi périodiquement mission de choisir celles d'entre elles dont on avait le plus apprécié la gentillesse, la bonne camaraderie, l'altruisme, en même temps que l'application. Ni Lorna, ni Alix n'avaient obtenu le vertueux ruban. Pendant la cérémonie hebdomadaire de prime, les élèves devaient rester assises, genoux serrés, mains jointes. Celles auxquelles était épargné le stigmate du « sans note » pouvaient, le dimanche, choisir un livre dans la bibliothèque rigoureusement édifiante du collège.

L'austérité de cette vie quasi monacale, qui aurait pu faire du Sacré-Cœur une prodigieuse fabrique de saintes nitouches, n'empêchait pas une ambiance joyeuse de régner à travers l'établissement où quelques jeunes nonnes rieuses ne dédaignaient pas de plaisanter avec leurs élèves. Quant aux troubles attirances qui réunissent parfois les filles emmurées et leur font se prodiguer des caresses que la nature voudrait leur voir dispenser par des garçons, elles se manifestaient comme dans tous les autres pensionnats et donnaient lieu à des intrigues compliquées, à des idylles biscornues, nées de désirs exacerbés par la claustration et dont l'assouvissement réclamait des ruses de Sioux.

Le dimanche, les équipages des visiteurs autorisés attendaient à l'ombre des chênes, sous lesquels stationnaient parfois quelques automobiles. Les pensionnaires réprimaient alors des désirs d'évasion, tout en lorgnant les frères de leurs camarades. Lorna et Alix n'étaient pas les seules à rêver aux vacances, à la grande récréation de l'été, aux plaisirs innocents auxquels les frustrations du pensionnat donnaient par avance la délectable saveur du péché.

Le jour où Clarence Barthew vint dans le landau de Bagatelle extraire du collège sa fille Lorna et Alix de Vigors que Stella l'avait chargé de ramener, la supérieure eut l'occasion de donner aux jeunes filles la dernière leçon de modestie de l'année scolaire. Comme la religieuse accompagnait jusqu'au landau les jeunes filles que suivait un domestique portant leurs bagages, son attention fut attirée par la couronne et le blason des Damvilliers, finement peints sur la portière de la voiture.

« C'est une couronne de marquis, observa en souriant la nonne, j'ignorais que vous fussiez titrée, mademoiselle.

— C'est un landau de famille, mais ce n'est pas notre blason, ma mère, mon grand-père, le sénateur, n'est que baron, mon arrière-grand-père était général. Il s'est battu à Waterloo. C'était un héros, fit Alix assez fièrement.

— Nous ne vous en demandions pas tant, ma fille, répliqua la supérieure d'un ton rogue. Sachez que les ancêtres sont comme les patates douces, les meilleurs sont sous terre. »

Quand le landau eut parcouru quelques centaines de

mètres, après que les deux jeunes filles eurent donné libre cours à leur joie d'être pour quatre semaines hors des limites du « couvent » en chantant à tue-tête : « Vive les vacances, à bas les pénitences », Clarence Barthew, qui avait vécu lui aussi la vie de pensionnat, prit un ton mi-sérieux, mi-amusé pour leur dire :

« J'ai une nouvelle à vous annoncer.

— Vite, vite, dites, implora Lorna.

— Eh bien, voilà, vous allez toutes deux à Fausse-Rivière chez l'oncle Gus où Augustine se trouve déjà avec Silas et Clary, car j'ai acheté une nouvelle maison qui ne sera prête qu'en septembre. Et Alix reste avec nous parce que sa maman est partie avec Marie-Virginie à Greenbriers. Elle nous a confié Céline. Aude et Hortense vous rejoindront bientôt, car Lucile et son mari s'en vont comme prévu à Boston. Vous allez bien vous amuser tous ensemble.

— Et Osmond? demanda Lorna.

— Oh! Osmond est un jeune homme maintenant, il va chasser dans le Mississippi chez un de ses camarades de collège. Stella sera tout juste revenue de Greenbriers quand il arrivera à Bagatelle vers le 10 août.

— Qu'est-ce que c'est, Greenbriers? questionna Alix, un peu déçue de ne pas retrouver sa mère à Bagatelle.

— C'est ce qu'on appelle une station thermale. C'est-à-dire un endroit où sortent de terre des eaux minérales qui ont des propriétés particulières, très bénéfiques pour la santé. Greenbriers est en Virginie de l'ouest, au pied des monts Alleghanys. Il y a de beaux hôtels, des parcs et un établissement où l'on se baigne dans des eaux qui contiennent du soufre et des tas d'autres choses. On y soigne les gens fatigués ou mélancoliques.

— Mais maman n'est pas malade?

— Non, heureusement, mais le docteur Dubard lui a conseillé un séjour là-bas avec Marie-Virginie. Elle avait scrupule à partir pendant vos vacances, mais c'était le seul moment où l'on pouvait trouver place dans un bon hôtel. C'est très couru, Greenbriers, quantité de gens importants vont s'y reposer. »

Alix imagina sa mère baignant dans des sources fumantes au milieu de montagnes inconnues.

« Elle va s'ennuyer, maman!

— Oh! non, on ne s'ennuie pas dans ce genre de station. Il y a de bons restaurants, de jolies boutiques, des étrangers curieux, et tous les soirs on danse.

— Mais maman ne danse pas!

— Elle regardera les autres danser... C'est aussi amusant, non? »

En effet, Mme de Vigors ne s'ennuyait pas à Greenbriers. Dans le climat vivifiant des Alleghanys, elle retrouvait le plaisir physique de vivre. Les bains d'eau minérale, les promenades à bord des charrettes anglaises de l'hôtel, conduites par des jeunes gens bien élevés qui, le soir venu, se faisaient danseurs mondains pour curistes esseulées, les longues flâneries sur les fraîches terrasses, les dîners sous les lustres à pendeloques en compagnie d'hommes distingués et de femmes élégantes, le dépaysement, les échos qui, à travers les conversations des uns ou des autres, lui parvenaient d'un monde dont elle ignorait les singularités, tout lui plaisait de ce séjour privilégié.

Avec Marie-Virginie, elle aussi sensible aux charmes du site et à l'ambiance d'un grand hôtel où tout était organisé pour le confort et les loisirs, Stella retrouvait une gaieté de pensionnaire en liberté, assez semblable à celle qu'éprouvait Alix hors de son collège. Elle redécouvrait aussi, comme sa compagne, qu'elle était femme et qu'elle pouvait plaire. Les regards des hommes ne trompaient pas. Plus réservée que Marie-Virginie, qui flirtait avec un colonel récemment revenu des Philippines, Stella ne refusait pas les invitations que lui adressaient des couples étonnés de la voir souvent seule. Au bout de quelques jours, elle écrivit au docteur Dubard une lettre chaleureuse, pour remercier le médecin de l'avoir incitée « à sortir de Bagatelle ». Il répondit presque aussitôt en concluant qu'il était heureux de la savoir sereine, mais qu'il regrettait, quant à lui, « les heureux moments passés en sa compagnie autour de la table à thé ».

« Dis donc, fit Marie-Virginie, c'est presque une déclaration, ça. Tu lui manques, ma petite. Quel dommage que cet homme soit aussi laid.

— Il n'est pas laid, fit Stella, c'est un grand blessé, c'est tout.

— C'est égal, on ne peut imaginer d'embrasser un pareil visage, ça me donne des frissons chaque fois que je le vois.

— Eh bien, moi, je pourrais l'embrasser, dit Stella... S'il me le demandait.

— Heureusement qu'il se rend compte de son aspect et qu'il ne demande rien... Regarde comme il y a de beaux hommes ici.

— Comme ton colonel !

— Tu sais qu'il est follement épris de moi, dit Marie-Virginie avec exaltation. Il m'a proposé une promenade en forêt. Je suis sûre qu'il va tenter de m'embrasser.

— C'est un militaire, ma belle, tu sais où ça peut te mener ?

— Au mariage ? Merci du peu !

— Non, dans sa chambre tout bonnement !

— Et alors, je suis une femme libre... et stérile ! »

Stella sourit, plus heureuse que scandalisée, de voir son amie prête à une aventure qui, après tout, ne causerait de tort à personne.

« Pense aussi à ton cœur. Ces amourettes de vacances peuvent faire souffrir.

— Mon cœur, il est fermé à double tour, ma chérie, et j'ai jeté la clef dans le Mississippi. »

5

La demeure des Foxley coiffait une colline au nord-est de Natchez, près de la route de Brookhaven. Avant que le Roi Coton ne se soit emparé de toutes les terres disponibles, des colons français avaient cultivé la vigne sur les médiocres pentes où les « share tenants[1] » récoltaient maintenant des middlings[2] qui valaient ceux de Louisiane.

La maison de maître ressemblait à tous les « manoirs » de plantation aux colonnades blanches et aux frontons disproportionnés, construits vers le milieu du XIXe siècle pour attester la fortune des planteurs et le goût grec des architectes à la mode. De la galerie, on apercevait, à travers les frondaisons, les toits de la ville-jardin fondée en 1776 sur le territoire de la tribu indienne des Natchez.

Les temps étaient révolus où les mariniers de l'Ohio et du Mississippi, ivrognes et batailleurs amenaient sur leurs radeaux les jambons, les tabacs, le whisky et les fourrures des Etats du Nord. Nombreux étaient ceux qui, après avoir vendu leurs marchandises, se débarrassaient également de leurs rafiots de rondins avant de faire ripaille dans les saloons et les auberges du port et de repartir à pied, par la fameuse et antique piste dite « Natchez trail » qui, au bout d'un voyage de cinq cent cinquante miles, les ramenait à Nashville (Tennessee).

Mme Foxley et ses filles, Margaret et Otis, accueil-

---

1. Les « share tenants » étaient des métayers propriétaires de leurs outils et de leur bétail, qui payaient le loyer des terres qu'ils exploitaient d'une partie de leur récolte. Ils se distinguaient des « share croppers », qui eux devaient la moitié de leur récolte aux propriétaires, en échange de la fourniture de l'équipement, du bétail et des semences.
2. Cotons de très bonne qualité.

lirent plus aimablement qu'on aurait pu l'imaginer le jeune Meyer. Dès le premier soir, le fils de la marchande de corsets de la rue du Canal fit oublier son teint jaune, ses cheveux tristes et sa fragilité physique, en donnant un aperçu convaincant de son talent de pianiste. Une fantaisie de Mozart et quelques pièces de Schubert qui n'étaient pas à la portée de tous les amateurs suscitèrent l'enthousiasme d'Otis, la virtuose de la famille. La jeune fille, qui allait sur ses quinze ans, accepta même de jouer à quatre mains avec « le petit juif » dont l'intelligence et la parfaite urbanité plurent tout de suite à M. Foxley, indifférent aux préjugés de sa femme et de sa fille aînée.

Le père de Dan, qui aimait à jouer l'homme des bois, confia aux trois amis des carabines de chasse et les emmena, à travers champs et forêts, tirer des bécasses, des dindes sauvages et des cailles.

Osmond, dont c'était les débuts de nemrod, connut alors la fébrilité de l'affût et fit preuve d'adresse. L'étrange sentiment de puissance que donne la possession d'une arme précise, à la détente souple, la faculté qu'a le chasseur de supprimer une vie, l'appréhension un peu morbide qui lui vient au moment de ramasser l'oiseau palpitant, la déconvenue d'un tir raté lui firent soudain comprendre l'engouement de certains pour ce passe-temps qu'il avait dédaigné jusque-là.

M. Foxley interdisait que l'on tirât les écureuils dont les Cajuns faisaient leurs délices, ainsi que les lapins, gibier méprisé depuis l'époque de l'esclavage où les rongeurs constituaient le complément de nourriture des Noirs. Aucune maîtresse de maison blanche n'aurait osé servir du lapin, réputé « délice d'esclave[1] ».

Des longues marches qu'imposait la chasse, Dan, Osmond et surtout Bob rentraient fourbus pour faire honneur à des dîners copieux. Les trois garçons

---

1. Il en est toujours ainsi en Louisiane.

s'adonnaient aussi à la pêche, où M. Foxley dédaignait de les accompagner. Plusieurs fois, pourvus de victuailles et de couvertures, ils couchèrent à la belle étoile au bord des rivières à truites que Dan connaissait depuis son enfance. Le soir venu, ils allumaient un grand feu, faisaient du thé et tentaient de cuire les produits de leur pêche. Leur appétit et la satisfaction de se nourrir comme les premiers colons leur faisaient trouver succulents des truites ou des vairons calcinés ou à demi crus. Libres et joyeux, un peu ébouriffés, ils s'enroulaient ensuite dans leur couverture et, tout en chassant les moustiques attirés par les jeunes épidermes, se lançaient dans des discussions socratiques. Depuis que le monde existe, les hommes rassemblés autour d'un feu de camp ont toujours goûté, sous les étoiles, le plaisir d'être ensemble, de revenir aux données élémentaires qui constituent l'harmonie primitive de la nature.

Osmond, qui venait de découvrir Emerson et « les soliloques d'une âme vraie » selon Carlyle, soutenait, comme le philosophe, que « de l'instinct individuel et de la spontanéité humaine procèdent toute connaissance et toute vertu » et tentait de démontrer l'importance des grands hommes dont le génie stimule les aspirations des débutants.

« Il ne faut pas craindre d'admirer. Nous devons construire notre panthéon personnel et y placer les « indiscutables » que nous allons rencontrer. »

Tandis que bruissaient les feuilles, que craquaient sous les pas circonspects d'un animal noctambule les brindilles du sous-bois, que retentissait, démesurément amplifié par la nuit, le « glop » d'une perche venue happer, à la surface de l'eau, une libellule dérivante, des noms étaient lancés comme des invocations :
– Platon.
– Homère.
– Napoléon.

— Shakespeare.

Fort sagement, Osmond faisait observer que trop de génies leur étaient encore inconnus pour que leur sélection fût d'ores et déjà exhaustive.

« L'an prochain, nous approcherons Montaigne, saint Augustin, Copernic, Goethe, Newton et les années suivantes, d'autres maîtres dont nous ignorons encore les noms.

— Mais nos relations avec les génies seront fatalement limitées par les choix des « jés », fit remarquer Bob Meyer. Tu penses bien que Voltaire, Rabelais, Rousseau, Hugo, Shelley, Byron et quelques autres ne seront qu'évoqués, sans parler des contemporains... Nosy m'a déjà confisqué *Le Vicaire de Wakefield* en disant : « Goldsmith ne figure pas au programme de « troisième et ce roman sentimental et bourgeois n'est « pas saine lecture. »

— Eh bien, nous choisirons nous-mêmes! Il y a les bibliothèques et les anthologies profanes. Ce n'est pas au collège que j'ai découvert Emerson, qui n'a rien de scandaleux, ni Poe qui, lui, sent le soufre. »

Fox, moins enthousiasmé que ses amis par la littérature et plus sensible aux arts plastiques et aux destinées héroïques, remarqua que les grands hommes pouvaient être aussi peintres, musiciens, sculpteurs, savants ou conquérants.

« Praxitèle, Alexandre, Beethoven, Raphaël peuvent aussi prendre place dans notre panthéon, non?

— Et les préraphaélites! lança Meyer qui, depuis qu'il avait approché les œuvres de John Everett Millais, était quasiment amoureux d'Ophélie.

— C'est fou ce que nous avons à découvrir... Croyez-vous que nos vies y suffiront? interrogeait Fox.

— Rendez-vous dans trois ans, dit d'un ton péremptoire Osmond de Vigors. Nous désignerons les premiers élus... Plus tard, nous élargirons le cercle, nous sélectionnerons au fil des années, car, mes enfants, certains tomberont de leur piédestal et d'autres prendront leur place. Méfions-nous, dès à présent, des emballements comme des condamnations. »

Avec l'outrecuidance juvénile de ceux qui s'émerveillent au seuil du vaste musée des connaissances et qui, incapables d'en évaluer les trésors, croient pouvoir se fier à leur seul instinct de découvreurs, les trois élèves des jésuites se grisaient des perspectives. Sans être vaniteux, ils ignoraient aussi la modestie et prenaient conscience de leurs aptitudes.

« Il faut bien nous dire, proclama Fox, qui ne voulait pas être en reste, que nous avons la chance d'être intelligents! Sans nous vanter, nous pouvons reconnaître que nous dominons assez facilement le *servum pecus*... Nous ferons plus tard des choses assez enviables.

– *Odi profanum vulgus*, cita Bob.

– Eh bien, dit Osmond, voilà qui est presque un engagement. Que le peuple se tienne à carreau, trois génies sylvestres se préparent en mangeant des truites à entrer dans le bal! Nous voulons être des grands hommes, nous aussi, n'est-ce pas?

– Nous en serons », cria Fox en levant la main droite.

Ce geste emphatique donna l'idée à Bob Meyer de proposer à ses amis un serment dont la solennité ludique ne les laisserait pas dupes.

« Par ce feu qui est lumière dans les ténèbres de l'ignorance, par cette eau pure et baptismale, par toutes les divinités connues et inconnues qui nous entourent, par notre amitié, nous nous engageons à devenir de grands hommes. »

Drapé dans sa couverture comme un sénateur romain dans sa toge, Meyer se leva et étendit son bras maigre au-dessus des tisons rougeoyants. Les deux autres l'imitèrent plus sérieusement qu'il ne l'escomptait. Les mains des garçons s'effleurèrent tandis qu'ils retrouvaient sans le savoir l'attitude hiératique des Horaces dans le tableau de David.

« Comme nos bras convergent, nous, chevaliers du Triangle, nous jurons de tout faire pour que s'accomplissent en nous et par nous des destins exemplaires, ajouta Osmond, qui aimait introduire la dernière nuance.

– Nous le jurons », reprirent en chœur les garçons, dont les silhouettes, magnifiées par les dernières lueurs du foyer, jetaient un triple pont d'ombre sur la rivière.

A dater de cette nuit, les trois amis ne manquèrent pas de se référer fréquemment à l'événement, qui prit le nom de « serment de la rivière Chitto ».

Après des moments aussi exaltants, le séjour à Bagatelle aurait pu leur paraître terne, mais la bande, depuis trois semaines rassemblée, les accueillit comme des héros. Bronzés, tels des coureurs de prairie, les collégiens polarisèrent aussitôt l'attention des demoiselles, bien aises de voir enfin arriver des partenaires. Si l'on doit excepter Stella, à qui le séjour à Greenbriers avait restitué toute sa beauté et qui reçut son fils avec des transports de joie, la plus heureuse de revoir Osmond fut Lorna. La jeune fille se gardait bien de manifester les sentiments mélancoliques que lui avaient inspirés le long silence de son ami et leurs retrouvailles écourtées. Elle était décidée à profiter au maximum de sa présence et se trouva tout à fait rassurée quand le jeune homme la présenta comme « sa plus précieuse amie ». Pendant les quelques jours d'août qu'ils passèrent ensemble, il redoubla d'attention et de prévenances et lui fit cadeau d'une carte ancienne du Mississippi, achetée à son intention dans une boutique de Natchez. Cependant, elle attendit en vain qu'il lui manifestât plus qu'une affection fraternelle. Alix, dont la blondeur et la gentillesse un peu mièvre séduisirent aussitôt Dan Foxley, devint la cavalière attitrée du garçon, tandis que Bob, dont le penchant pour Otis Foxley s'était révélé de plus en plus évident pendant le séjour dans le Mississippi, jouait, avec un dévouement admirable, le chevalier servant des plus jeunes du groupe. Quant à Silas, il se déclara enchanté d'avoir trouvé en Foxley un partenaire de base-ball assez costaud pour lui donner la réplique.

Osmond redoutait un peu le moment où oncle Gus ferait connaître son opinion sur Dan et Bob. Ils plurent au Gascon, dont la jovialité et l'érudition enthousiasmèrent les collégiens, qui savaient déjà combien leur ami était attaché à ce mentor.

Gustave félicita son élève d'avoir su choisir des condisciples dignes de son amitié et dont les palmarès scolaires garantissaient le sérieux. Au cours des promenades et des pique-niques, les nouveaux venus découvrirent tous les lieux décrits par Osmond. Le tertre des Trois-Chênes avec ses tombes jumelles, les pigeonniers, les levées herbeuses bordant le fleuve si proche, les vieux bâtiments de la plantation, la bibliothèque et la garçonnière de leur ami, dont Bob Meyer dit qu'elle devait être un lieu idéal pour travailler et méditer.

Comme Mme de Vigors l'avait promis à Alix, une soirée dansante fut donnée à Bagatelle, pour cette jeunesse en liberté provisoire. Osmond, en tant que maître de maison, se préparait à ouvrir le bal. Comme il s'apprêtait à inviter Lorna, M. de Castel-Brajac lui fit un signe discret.

« Tu dois ouvrir avec ta mère, souffla-t-il.
— Mais maman ne danse pas.
— Propose toujours. »

Mme de Vigors, qui portait ce soir-là une robe vert d'eau, agrémentée de rubans de velours noir, accepta et, dans les bras de son fils, retrouva les pas de la valse oubliée depuis fort longtemps. Quant à Lorna, elle connut enfin un moment de vrai bonheur quand

Osmond lui confisqua son carnet de bal en disant avec cette si séduisante autorité :

« Tu n'en as pas besoin, je retiens toutes les danses. Je ne veux pas d'autres cavalières que toi.

— Mais ça ne se fait pas, protesta-t-elle doucement. Que dirai-je aux autres garçons qui voudront m'inviter ?

— Tu leur diras que tu es punie et n'as le droit de danser qu'avec moi.

— Punie ! » murmura-t-elle en fermant les yeux.

Gustave de Castel-Brajac, que Bob Meyer venait de relayer au piano, s'approcha de sa femme.

« Avez-vous remarqué, Gloria, combien Osmond, dans son costume blanc, ressemble à notre cher Dandrige ? Je me crois revenu trente ans en arrière. Ah ! vivrai-je assez pour voir l'homme qu'il promet d'être ?

— Et regardez comme notre Lorna lui va bien, quel couple magnifique.

— Oui, mais elle devrait montrer un peu moins qu'elle est amoureuse de lui... Ça se voit, boun Diou, comme le nez au milieu de la figure.

— Vous auriez préféré un bal masqué, n'est-ce pas, mon ami ? Je me souviens d'un certain Papageno...

— Et moi d'une fameuse Andalouse qui n'était pas farouche... »

Au milieu de la fête apparut discrètement le docteur Dubard, que Stella avait invité. Le médecin se joignit à un groupe de familiers dans le coin du salon le moins éclairé, toujours soucieux d'épargner aux autres la vue de son visage. Osmond vint le saluer et lui présenta ses amis, puis tous retournèrent à la danse, tandis que Castel-Brajac confectionnait pour le médecin un pink-gin, breuvage puissant et râpeux que ne supportaient, d'après le Gascon, que les vieux loups de mer.

« Si j'étais vous, cher toubib, j'inviterais Mme de

Vigors à danser la prochaine valse », suggéra le Gascon.

Faustin Dubard eut un haut-le-corps.

« Voyons, je ne suis pas un cavalier présentable. Beaucoup de plaisirs me sont interdits depuis ma blessure. Je le dis sans amertume. Vous imaginez ma face sinistre près de celle d'une jolie femme ? Ce serait jouer la Belle et la Bête.

– Je suis certain que vous ne déplaisez pas à Stella.

– Alors, elle accepterait par charité, comme on fait une grâce à un infirme... Non, merci !

– Macadiou ! Vous faites de la délectation morose. Mon ami Tampleton, qui était manchot...

– Je préférerais être manchot, Gustave..., mais ma figure...

– Eh bien, quoi, votre figure... elle est ce qu'elle est ! Vous n'allez pas passer le reste de vos jours à la refuser comme une tare... »

En s'approchant du groupe, Mme de Vigors fit cesser la conversation.

« On dit que les marins sont d'excellents danseurs ; qu'attendez-vous pour me le prouver, Faustin ?

– J'ai un peu oublié la valse, balbutia le médecin, et vraiment... je crois que...

– Ça ne s'oublie pas..., allons, venez. »

Le sourire de Stella était si engageant que l'ancien officier du *Maine* ne put se dérober.

Le couple s'élança au milieu des autres, et le Gascon vida son verre d'un trait en les regardant s'éloigner, puis il rejoignit Gloria.

« Je crois que notre Stella vient de faire une bonne action, dit-il. Ce Faustin est un type épatant... Je vais dire à Augustine de s'arranger pour qu'il l'invite elle aussi à danser... C'est dommage que Marie-Virginie ne soit pas là.

– D'après ce que m'a dit Stella, la belle divorcée a

beaucoup dansé à Greenbriers... Elle est partie se reposer un peu près de Liponne, à Saint Martinville.

— Pauvre fille, j'aimerais la savoir heureuse. Tiercelin s'est conduit comme un malotru. J'espère que sa nouvelle épouse lui fera porter des cornes!

— Il semble qu'elle soit également stérile, fit Gloria, pensive.

— Eh bien, boun Diou, c'est la justice immanente. Le Bon Dieu ne veut plus de petits Tiercelin. »

Entre deux danses, Lorna et Alix passèrent sur la galerie pour prendre l'air. Quand Osmond y vint à son tour, sa sœur s'éclipsa discrètement pour laisser ce qu'elle croyait être aux amoureux un tête-à-tête.

« Quelle belle nuit! dit la jeune fille.

— Il y a beaucoup d'étoiles, concéda Osmond.

— Dans deux jours je retourne au Sacré-Cœur, soupira-t-elle. Nous ne nous verrons plus jusqu'à Noël. Ça va me paraître long, tu sais. »

Elle attendit qu'Osmond émette une opinion semblable, mais il se tut.

« Tu m'as promis de nous accompagner à Grand Coteau, Alix et moi, avec papa; tu viendras?

— J'irai; mes amis rejoignent demain leur famille. Je serai donc libre de mes mouvements. »

Elle comprit que, si Bob Meyer et Dan Foxley avaient prolongé leur séjour, Osmond aurait renoncé à accompagner les pensionnaires pour rester avec eux.

« Tu n'es pas obligé de venir à Grand Coteau, si tu as autre chose à faire. Je comprendrai. Il ne faut pas te forcer. »

Le ton était volontairement serein, comme si le renoncement du jeune homme ne prenait aucune importance.

« Vraiment, tu ne m'en voudras pas si je préfère rester à Bagatelle?

— Pas du tout... Il y a ta mère que tu as peu vue..., et puis tu as peut-être du travail? »

Dans la pénombre de la galerie, Osmond ne put distinguer les larmes qui embuaient le regard de son amie et qu'elle essuya d'un geste rapide du revers de son gant.

« Tu es la meilleure..., fit-il en lui prenant le bras.

– Oh! la meilleure..., je ne crois pas..., mais je t'aime... bien!

– Oui..., je sais, et moi aussi je t'aime bien, Lorna, rentrons maintenant. J'ai l'impression que tu frissonnes..., la nuit est fraîche.

– Elle est fraîche », dit Lorna en s'éloignant de la colonne à laquelle elle s'était adossée.

Son cœur lui faisait mal, mais quand elle réapparut sous les lumières du salon, personne ne put soupçonner que Mlle Barthew n'était pas une jeune fille heureuse.

Quelques jours après cette soirée si réussie, Osmond s'en fut passer la journée à Castelmore qui, après les vacances, retrouvait son calme, les Barthew étant occupés par l'installation de la nouvelle maison qu'ils venaient d'acquérir à Fausse-Rivière, à moins d'un mile de la demeure des Castel-Brajac.

A la fin de l'après-midi, quand Gustave émergea de la sieste, qu'il prolongeait de plus en plus aux dires de Gloria, Osmond glissa discrètement à l'oncle Gus qu'il désirait s'entretenir seul à seul avec lui.

« Allons nous asseoir au jardin, proposa le Gascon. Cousine va me préparer un bon mint-julep..., ça favorise les entretiens. Ah! si Socrate avait connu le bourbon et le cigare... il n'aurait pas choisi la ciguë. »

Quand le garçon et son mentor furent confortablement installés dans des fauteuils d'osier à haut dossier, en ayant à portée de main les gobelets d'argent givrés, Osmond écouta tout d'abord oncle Gus discourir sur la sécheresse exceptionnelle de l'été qui inquiétait les fermiers.

En vieillissant, M. de Castel-Brajac ressemblait de plus en plus au portrait de ce Louis-François Bertin qu'avait peint Ingres en 1832. Il montrait maintenant la même physionomie lourde aux bajoues souples et reposant sur le coussin à triple bourrelet d'un menton toujours rigoureusement rasé. La bouche, petite et charmeuse, tirait d'un côté vers le bas par suite de l'affaissement inégal des commissures. Le sourcil droit bien fourni, et qui, toujours, avait paru s'éloigner de l'œil, davantage que le gauche, ajoutait à la dissymétrie des traits. Les cheveux blancs et courts, fins et rebelles à toute coiffure ordonnée, encadraient d'épis folâtres le front large et lisse. Malgré la coloration rosée et quasi juvénile de la peau, c'était le visage d'un homme las, d'un épicurien raffiné, d'un philosophe qui a su jouir de la vie. Osmond se prit à penser que la rigidité de la mort transformerait bientôt, peut-être, ce faciès déformé en un masque noble en tirant de la chair graisseuse les reliefs d'autrefois, comme la baisse des eaux fait apparaître sur les berges les racines immergées des cyprès.

« Oncle Gus, je voudrais que vous m'expliquiez les origines familiales de maman », dit assez brutalement Osmond.

Le Gascon, pris au dépourvu, posa son verre et croisa les mains sur son ventre rond, en un geste familier.

« Ah! voilà la question, mais qui ou quoi t'amène à me la poser, hein? »

Osmond raconta comment, chez le notaire Couret, il était tombé par hasard sur le dossier « Tampleton », qu'il avait eu l'indiscrétion de parcourir.

« Ce cher vieux général était un homme bon. Pas une lumière, à coup sûr, mais un être plein de délicatesse et d'une fidélité à toute épreuve. Sans lui,

Dieu seul sait ce que serait devenue la pauvre petite Stella.

— J'aimerais savoir, insista Osmond.

— C'est ton droit, boun Diou, tu as l'âge de comprendre ces choses..., mais je ne sais comment commencer. »

Gustave avala une gorgée de mint-julep, fit claquer sa langue contre son palais et fixa le garçon, dont le regard clair et froid disait assez la volonté d'obtenir l'explication du mystère qui le préoccupait.

« Je crois que l'on peut présenter ça comme un conte tragique, reprit Gustave.

— Comme un conte tragique? s'étonna Osmond.

— Eh bien, voilà, fiston, je vais te narrer l'histoire dont les détails ne sont connus que de quelques personnes, mais auparavant il faut que tu saches qu'au jour de ta majorité je te remettrai tous les documents prouvant ce que je vais te dire. »

M. de Castel-Brajac se carra confortablement dans son fauteuil et commença.

« Il était une fois, dans les années 20 du siècle dernier, un jeune ethnologue nommé Clarence Dandrige. Il avait choisi d'étudier les origines ethniques et les mœurs des Indiens Choctaws, nation noble entre toutes. C'était le fils d'un colonel anglais fixé à Boston. Il avait étudié à Harvard et désirait se consacrer à ce qu'on appelait alors, un peu pompeusement, l'histoire de l'humanité. Clarence, que j'ai connu dans son âge mûr et jusqu'à la fin de sa vie, était ardent, racé et courageux. Je crois même pouvoir dire qu'émanait de sa personne un charme étrange, un charme au sens magique du terme. Sa présence créait un climat de confiance et de sécurité. Il avait cette faculté rare de rendre les autres plus loyaux et plus intelligents. C'était un chevalier qui avait l'âme d'un saint, bien qu'il ne fût pas religieux, si l'on se réfère aux critères des Eglises. Les Choctaws l'avaient accueilli fort courtoisement, assez étonnés de voir un Blanc leur rendre visite, afin de mieux les connaître et sans le moindre désir de s'emparer de leurs terres, ni de faire avec eux des transactions commerciales. La fille d'un chef de la tribu devint amoureuse de lui, et arriva ce qui devait arriver... »

Pendant près d'une heure M. de Castel-Brajac raconta la vie de son ami défunt, sans rien omettre de sa mutilation, de son arrivée à Bagatelle chez le marquis de Damvilliers, ni de son total dévouement à la cause d'une famille et d'un domaine. Il négligea cependant de divulguer l'étrange et platonique amour qui avait lié l'intendant à la dame de Bagatelle.

« Voilà, dit-il, en concluant son récit, comment il apparut un peu tard, et par le jeu de ce que l'on peut appeler des hasards exagérés, que ta mère, l'orpheline recueillie par le général Tampleton, descendait d'un ethnologue anglais et d'une princesse Choctaw. Clarence Dandrige, dont tu occupes maintenant l'appartement à Bagatelle, est ton arrière-grand-père. Et je souhaite que tu lui ressembles, au moral, comme tu lui ressembles au physique. »

Osmond demeura un long moment silencieux, puis il observa :

« Pourquoi tient-on ces choses secrètes ? Il n'y a rien de honteux là-dedans.

— Rien de honteux, mais ta mère n'a jamais aimé parler du passé et d'ailleurs, si elle a connu Clarence Dandrige à la fin de sa vie, elle n'a su que longtemps après sa mort qu'elle était sa petite-fille. En lui remettant le petit héritage laissé par ce dernier, j'ai dû lui en expliquer les raisons... comme je viens de le faire pour toi.

— Et Dandrige, lui, a su ?

— Il a su. Mais il n'a pas voulu tout remettre en question. Il a préféré laisser les choses en l'état. Il considérait que, les destins étant fixés, il ne convenait pas de mettre en branle un *deus ex machina*. Je me souviens même de la phrase qu'il prononça : « Nous « ne jouerons pas ce dernier acte des *Noces de Figaro* « au cours duquel le hasard révèle au barbier que la « vénale Marcelline est sa mère... Laissons le roman « inachevé... Faisons confiance à la vie pour éclairer « ceux qui devront l'être. »

– Il s'est privé d'une dernière joie!

– Peut-être, mais il est resté fidèle à son idéal. Il n'était pas homme à revenir sur ses pas. Il n'y a que les mauvais joueurs qui retournent le pli!

– Je vous remercie, oncle Gus, je sais maintenant qui je suis et qui je dois être. Avez-vous un portrait de Clarence Dandrige que je pourrais voir?

– Non, à ma connaissance, il n'en existe aucun, petit. Et c'est sans doute mieux ainsi. Mais je crois qu'un jour tu le reconnaîtras... dans ton miroir. »

6

Au cours de l'automne, tandis que collégiens et pensionnaires étaient à nouveau dispersés, se produisirent dans la paroisse de Pointe-Coupée des événements que les demoiselles Tampleton, si elles en avaient eu connaissance, eussent aisément qualifiés de scandaleux.

En regagnant Bagatelle, après un séjour auprès de sa mère, Marie-Virginie, à peine descendue du landau qui l'amenait de la gare de New Roads, se jeta en pleurant dans les bras de Stella.

« Ma chérie, il m'arrive une chose affreuse, épouvantable... je suis enceinte. »

Stella recula jusqu'au canapé du salon, s'y laissa choir et attira contre elle son amie au visage défait.

« Tu es sûre?

— Hélas!... que vais-je faire? Dire que ce qui m'aurait tant réjouie autrefois me terrorise aujourd'hui.

— C'est... Greenbriers? Souviens-toi de ce qu'avait dit le docteur Dubard!

— Oui, bien sûr.

— Mais ton colonel va... t'épouser?

— Il est marié..., d'ailleurs il ne me l'avait pas caché... Que vais-je faire, dis, Stella, que vais-je devenir? »

Stella ne disposait évidemment d'aucune solution satisfaisante, mais son amitié pour Marie-Virginie lui dicta un premier réflexe.

« Tu vas rester ici... et cet enfant nous l'élèverons ensemble.

— Mais te rends-tu compte du scandale?... ma mère... mon père, oncle Gus... les Tiercelin!

— Ah! les Tiercelin, on s'en moque, par exemple. Amédée, qui n'est toujours pas père, sera furieux de voir son incapacité démontrée... tu seras vengée.

— Belle vengeance qui me déshonore... non, vois-tu, si j'en avais le courage, je me jetterais dans le fleuve. »

Et la tête sur l'épaule de son amie, Marie-Virginie se mit à sangloter.

« Tu vas aller te coucher avec une camomille et je vais réfléchir. Demain, nous aviserons. »

La jeune femme se redressa, s'épongea les yeux avec son écharpe et dit d'une voix timide :

« J'ai faim. »

Stella sourit, rassurée, et s'en fut donner des ordres à Bella et à Citoyen.

Quand Marie-Virginie, rassasiée mais pleurant toujours, eut regagné sa chambre, Stella dépêcha Citoyen chez les Oswald qui disposaient d'un téléphone.

« Tu diras au docteur Dubard qu'il passe me voir après le dîner, je l'attendrai. »

Faustin ne se fit pas prier et débarqua à Bagatelle sa trousse à la main, persuadé qu'il y avait un malade dans la maison. Ayant grimpé l'escalier en trois enjambées, il fut enchanté de voir Stella le recevoir avec un sourire et les mains tendues.

« Que se passe-t-il, chère amie ?

— Des choses graves pour quelqu'un que vous connaissez, mais vous n'avez pas besoin de votre trousse... pour le moment. Je voudrais votre avis et votre soutien. »

Quand le médecin eut été mis au courant, il demeura perplexe, s'interrogeant sur ce que pouvaient souhaiter Marie-Virginie et Stella.

« Je crois comprendre. J'ai peur de comprendre ce que vous attendez de moi », finit-il par dire d'un ton chagrin.

Le regard de Stella traduisit un étonnement sincère.

« Je sais qu'il y a des médecins qui débarrassent les femmes des bébés non désirés... mais ce n'est pas mon cas... C'est d'ailleurs très dangereux... et parfois mortel... Je...

— Mais qu'allez-vous imaginer là ? Pareille solution n'a jamais effleuré ma pensée. Oh ! Faustin, comment osez-vous supposer que je vous demanderais une chose pareille... J'ai trop de... respect... pour vous. »

La joue couturée du médecin s'empourpra brusquement. Il détourna la tête et prit la main de Mme de Vigors.

« Pardonnez-moi... mais d'habitude quand on confie ce genre de problème à un médecin...

— Marie-Virginie gardera son bébé... mais ce que j'ai à vous demander est peut-être plus délicat encore que ce que vous aviez cru comprendre.

— Dites.

— Eh bien, il faut que Marie-Virginie se marie promptement.

— Evidemment, ce serait une solution, la solution la plus satisfaisante.

— Vous pourriez l'épouser..., c'est une belle femme et une excellente maîtresse de maison..., je suis certaine qu'elle serait une très bonne épouse... »

Faustin Dubard se dressa comme si on lui avait brusquement retiré son siège.

« Moi... moi..., quelle idée absurde, permettez-moi de vous le dire, Stel... madame. »

Stella interpréta maladroitement la réaction du médecin.

« Je sais, vous allez encore me parler de votre visage ruiné et de vos...

— Non... non..., ce n'est pas cela, sachez que, même si j'étais intact et si je pouvais faire un mari présentable, je n'épouserais pas votre amie.

— Sa mésaventure... vous choque. Je vous croyais moins formaliste. »

Faustin se rassit posément, redressa sa trousse qui avait basculé et dit en faisant effort pour enchaîner les mots :

« Je n'épouserai pas Marie-Virginie... parce que c'est vous que j'aime. »

Puis, il se hâta d'ajouter en détournant la tête :

« Je n'aurais jamais dû vous dire ça..., pardonnez-moi; d'ailleurs, vous ne me reverrez pas..., on m'a offert la direction d'un hôpital à Cuba..., je vais partir. »

Les mains croisées sur les genoux, Mme de Vigors regardait le médecin assis en face d'elle dans la pénombre, et dont la voix venait d'éveiller en elle d'étranges résonances, l'agréable sensation qu'un homme pouvait la désirer pour femme. Un homme capable de dominer le handicap d'une laideur qu'il était seul à croire insupportable. Elle s'adossa au fauteuil et ferma les yeux, car la déclaration désespérée de Faustin semait la confusion dans son esprit, ouvrait des perspectives inattendues.

Elle entendit le médecin quitter son fauteuil, saisir sa trousse et marcher vers la porte. Elle comprit qu'il allait mal interpréter son silence. Un cri lui échappa.

« Faustin!

— Oui... pardonnez-moi... », dit-il encore.

Elle le rejoignit, lui prit le bras, approcha son visage du sien et sourit.

« J'accepte votre raison de ne pas épouser Marie-Virginie. Ne partez pas... revenez souvent au contraire... J'ai besoin de réfléchir... non, je n'ai pas besoin de réfléchir... Je crois que je vous aime aussi. »

Et tendrement, avec précaution et délicatesse, elle posa ses lèvres sur la joue martyrisée.

Lâchant sa trousse, il l'enlaça timidement.

« Mon Dieu, Stella, avons-nous le droit l'un et l'autre de croire encore le bonheur possible?

— Je veux y croire, Faustin... Dieu nous doit bien cette espérance. »

Quand il sauta dans son cabriolet, elle lui envoya de la galerie un baiser du bout des doigts, puis elle revint au salon, s'arrêta devant le portrait de Gratien et, le front sur le marbre froid de la cheminée, se mit à pleurer. Quand elle releva la tête, la grande glace lui renvoya l'image du portrait de la dame de Bagatelle. Son sourire lui parut indulgent et même compréhensif.

Quelques jours plus tard, Félix, le fils de Gustave et Gloria de Castel-Brajac, dont la visite était attendue depuis plusieurs semaines à Castelmore, descendit d'une automobile anglaise Rolls-Royce qui, dans la traversée des villages entre La Nouvelle-Orléans et Fausse-Rivière, avait fait sensation. Sa carrosserie crème, son long capot, sa calandre argentée surmontée d'une statuette, véritable figure de proue du véhicule, suscitaient la curiosité. M. de Castel-Brajac, qui cependant ne figurait pas parmi les zélateurs de l'automobile, trouva à ce phaéton moderne une grande élégance.

« C'est une pure œuvre d'art, commenta le propriétaire de l'engin en faisant apprécier à son père la qualité du cuir rouge des sièges, la solidité des jantes de bois verni, la formidable puissance des gros projecteurs de cuivre et le son de la trompe au vaste pavillon de tuba.

– Savez-vous, père, qu'avec cet engin que M. Rolls a baptisé *Silver ghost*, je me déplace à soixante miles à l'heure... sur les bonnes routes. L'an dernier, une semblable automobile a parcouru vingt-quatre mille cent quarante kilomètres sous le contrôle du Royal Automobile Club. Sa puissance est de quarante-huit chevaux-vapeur. Le système de graissage sous pression et le double allumage électrique garantissent contre les pannes. Je l'ai payé 895 livres sterling... une petite fortune. »

Quand on eut assez admiré l'automobile, que bichonnait un chauffeur-mécanicien britannique, totalement hermétique à la langue française et qui trouvait curieux l'anglais parlé par les Américains, Félix s'abandonna aux joies de la famille. A trente ans, ce garçon que ses parents avaient perdu de vue depuis plusieurs années, mais qui, chaque semaine, écrivait à sa mère des lettres affectueuses, conservait le charme de l'adolescence. Ses traits fins et réguliers, son regard sombre et velouté hérité de Gloria, ses cheveux bruns et frisés, sa voix mélodieuse, ses mains blanches et soignées, sa haute taille, sa sveltesse, l'élégance de ses gestes faisaient de lui un être beau et sain, voué par nature autant que par goût à l'esthétisme le plus raffiné.

Il tira de ses nombreux bagages une foule de cadeaux. Des métrages de soieries étranges, des velours bordeaux, frappés de motifs d'argent et d'or représentant des pampres, des arabesques, des oiseaux irréels, des fleurs, des dessins de son cru, inspirés par les décors pompéiens ou les compositions de la Renaissance et qu'il offrit à sa mère et à ses sœurs, pour faire des robes. A son père, il tendit un étui à cigarettes en argent massif rehaussé d'émaux, acheté chez Liberty à Londres, et des cravates aux tons pastel que M. de Castel-Brajac hésita à porter.

Au cours des jours qui suivirent l'installation de Félix à Castelmore, la garde-robe du voyageur impressionna tous ceux qui l'approchèrent. Il avait en tous domaines des goûts exquis, s'habillait de flanelles moelleuses, de chantoungs légers, de lins crémeux. Ses chemises de soie, pour le repassage desquelles la lingère reçut des consignes spéciales, étaient enviées des hommes les plus élégants qui croyaient jusque-là que le voile de coton était le *nec plus ultra*. Mme de Castel-Brajac, heureuse de retrouver ce fils qui lui avait toujours témoigné une grande tendresse, ne le quittait pas. On la vit, dans la belle automobile lustrée comme un pur-sang, faire en sa compagnie des visites dans les plantations. Elle était fière de présenter partout ce parfait gentleman qui, chaque matin, mettait à sa boutonnière une fleur de jasmin ou un bleuet.

« Que comptes-tu faire maintenant? demanda un soir M. de Castel-Brajac.

— Ouvrir une boutique à New York et une à Boston pour vendre mes tissus et mes objets d'art car, cher papa, j'ai deux ateliers en Angleterre. Mon ami, Sir Herbert Bollington, m'a légué tous ses biens et je me suis engagé à poursuivre son œuvre, c'est-à-dire à me consacrer à la beauté. J'aurais aimé que vous connaissiez cet homme, ce professeur émérite. Il m'aimait comme un fils et je dois reconnaître que, sans lui, je ne serais pas ce que je suis. Il m'a également laissé le palais vénitien où nous avons vécu jusqu'à ce qu'il s'éteigne dans mes bras. »

En évoquant son ancien maître d'Oxford, Félix ne cacha pas son émotion. Des larmes perlèrent au bout de ses longs cils. Il les essuya avec une pochette bordée de noir. M. de Castel-Brajac trouva cet attendrissement, comme la pochette, un peu trop féminin. En bon Gersois, il appréciait les hommes virils, capables de dominer leurs sentiments. Or, son fils, son unique garçon qui chipotait à table, prenait deux bains par jour, se frictionnait le corps à l'eau de Guerlain, marchait comme une danseuse et poussait des petits cris effarouchés, ressemblait davantage à Aramis qu'à d'Artagnan. En revanche, sa culture, sa sensibilité et sa gentillesse le séduisaient. Avec Félix, on pouvait parler pendant des heures peinture, musique ou poésie et quand M. de Castel-Brajac l'eut entendu jouer les *Nocturnes* de Chopin, il ne s'étonna plus que son rejeton eût fait si bonne figure dans la haute société de Londres et de Venise. Cependant, la chose qui le préoccupait depuis longtemps l'amena à poser des questions. Ce fils ne semblait pas avoir de relations féminines. Quand il parlait de ses amis, de sa vie en Europe, jamais il ne citait de femmes, et néanmoins il avait bien dû en rencontrer, et beau comme il était, quelques belles étrangères devaient bien avoir soupiré pour lui. Alors que l'oncle Gus allumait son cigare après avoir reniflé avec méfiance la longue cigarette de tabac turc que Félix lui avait proposée sans succès, le sujet fut abordé avec décision.

« Comment sont les Vénitiennes ?

— Divines, j'en ai rencontré qui paraissaient descendre d'un tableau de Véronèse, des Bethsabée, des Junon, des Vénus, blondes et opulentes.

— Et les Anglaises ?

— Très belles aussi et suprêmement distinguées. Mrs. Sackville-West ou Lady Helen Vincent ou encore

Mrs. George Swinton que John Singer Sargent a peinte ces dernières années.

— Il a fait aussi, en 1884, le portrait de Gratianne de Vigors, la demi-sœur de Charles; ce fut, paraît-il, un vrai scandale au salon de Paris; le mari refusa le tableau et interdit qu'on y accolât le nom de sa femme. C'est pourquoi on le connaît sous le nom de *Madame X*.

— Ça ne m'étonne pas de Sargent, c'est un peintre d'une telle sincérité... Un ami de Henry James, dont il fera certainement le portrait un de ces jours. Le fusain que j'ai dans un cadre sur ma commode et que je t'ai montré est de lui. Il aimait tellement mon cher Herbert. »

Comme Félix s'attendrissait de nouveau, Gustave tira longuement sur son havane et revint au sujet.

« Tout cela ne me dit pas si tu as une maîtresse, un garçon aussi lancé que toi... Ce serait normal à ton âge.

— Une maîtresse? Mon Dieu, père, dites-vous cela sérieusement? s'étonna Félix avec l'air qu'avaient les demoiselles Tampleton quand un propos un peu leste échappait à un homme en leur présence.

— Mais enfin, pour un être sensible comme toi à la beauté, l'amour ça existe, non?

— L'amour, bien sûr, père, ça existe. »

Félix baissait les yeux, un peu gêné par cet interrogatoire.

« Tu n'as pas l'intention de te marier?

— Me marier? Je n'y ai jamais songé à vrai dire.

— Bon! » dit M. de Castel-Brajac découragé par l'attitude de son fils, qu'il voyait de plus en plus mal à l'aise.

Il aurait aimé mettre cette attitude au compte de la timidité et de la pudeur, mais il y voyait plutôt une confirmation de ses craintes secrètes. Félix n'était pas attiré par les femmes.

A quelques jours de là, Gloria de Castel-Brajac donna un grand dîner pour fêter le retour de l'enfant prodigue. Stella de Vigors y vint avec Marie-Virginie. Cette dernière, plus en beauté que jamais, dominait l'inquiétude lancinante que lui causait sa situation. Le docteur Dubard, que les Castel-Brajac avaient convié, s'abstint de paraître, et Stella en fut déçappointée. Depuis la scène dont elle gardait un souvenir si vivace, le médecin ne s'était plus manifesté. Sentimentale, elle s'attendait à poursuivre avec Faustin le tendre dialogue amorcé, mais les journées passaient sans qu'il donnât signe de vie. Et puis, les jérémiades de Marie-Virginie commençaient à l'ennuyer. La future mère pleurnichait comme une adolescente qui aurait fauté, tout en se gavant de pâtisseries et de crèmes. Mme de Vigors, estimant qu'elle ne pouvait plus assumer seule les conséquences d'une situation qui allait se faire de jour en jour plus évidente, s'arrangea, avant le dîner, pour rejoindre, dans sa chambre, Gloria de Castel-Brajac, qui s'habillait, et la mit au courant.

« Oh ! La pauvre petite n'a vraiment pas de chance..., ça va faire un vrai scandale... Je donnerais cher pour voir la tête de Tiercelin... il va avoir une jaunisse.

— Tiercelin ne nous intéresse plus, et Marie-Virginie est au désespoir.

— Ma petite, il faut la marier... et vite. Il doit bien y avoir chez les innombrables Dubard un cousin disponible et pas trop malin.

— Encore faut-il le trouver... Marie-Virginie n'a rien voulu dire à sa mère. »

Après le dîner, qui fut joyeux et au cours duquel Félix raconta la vie vénitienne, les représentations de Wagner à la Fenice, et comment il avait appris, dans l'atelier de Mariano Fortuny, au palais Orfei, à créer des tissus, des robes, des lampes et même des meubles, le fils Castel-Brajac proposa à Stella et à Marie-

Virginie de les reconduire à Bagatelle dans sa Rolls. Il prit le volant et, chemin faisant, les deux femmes apprécièrent la conversation de cet homme qui apportait à Fausse-Rivière les échos d'une vie brillante vouée à l'art et à la beauté. Marie-Virginie, sensible à son charme, posait des questions et soupirait en se disant qu'elle aurait dû aller vivre en Europe où tout paraissait plus élégant, plus raffiné, plus facile.

En regagnant Castelmore, Félix trouva son père et sa mère en grande conversation. Informé par sa femme de la mésaventure de Marie-Virginie, M. de Castel-Brajac fulminait et ses imprécations, que Gloria tentait de contenir à cause des domestiques, faisaient vibrer les pendeloques des lustres.

« Macadiou, quelle bécasse! Quelle cruche, une vraie niquedouille. Comme son père, toujours prête à se mettre au lit avec n'importe qui, hein, sans penser aux conséquences possibles.

– Mais Gustave... il n'aurait pas dû y avoir de conséquence... Tiercelin...

– Boun Diou, Tiercelin, qu'est-ce que ça veut dire? Les femmes sont ainsi... rien avec l'un et crac... avec l'autre. Il suffit d'un coup bien ajusté pour tuer le loup... et faire un enfant.

– Gustave, je vous en prie.

– De qui parle-t-on? hasarda Félix.

– Eh! De Marie-Virginie, bien sûr, tu as bien vu qu'elle est dégourdie comme un plein panier de marteaux, non? »

Mme de Castel-Brajac exposa calmement le cas de « la pauvre Marie-Virginie » et fit observer qu'elle n'avait jamais été la « marie-couche-toi-là » dont son mari stigmatisait la conduite.

« Elle doit être bien malheureuse, convint Félix.

– C'est une fieffée gourgandine... Tomber dans les bras du premier militaire de passage..., dans un hôtel encore..., quand Charles va découvrir qu'il est grand-père d'un enfant sans nom, ça va faire du vilain, je vous le dis. »

Mme de Castel-Brajac et son fils échangèrent des regards amusés et Gustave, tout en bougonnant, finit par se calmer. Quand il eut regagné sa chambre, Félix embrassa sa mère et lui souhaita bonne nuit. Le cas de Marie-Virginie l'avait apitoyé.

« Voyez-vous, maman, il ne faut pas l'abandonner, ni lui faire de reproches. Un bébé, c'est gentil, d'où qu'il vienne. Je la trouve très bien, cette jeune femme, elle est superbe et certainement moins idiote que dit père. Si vous permettez, je m'occuperai un peu d'elle, j'irai la promener, car elle aime beaucoup mon automobile.

– Tu as raison, mon grand, sois gentil avec cette malheureuse. Elle a l'âge d'Augustine et je l'aime comme ma fille. »

Au cours des semaines qui suivirent, on vit souvent Félix promener sa mère et Marie-Virginie. Ils allèrent à Baton Rouge faire des emplettes, visitèrent les champs de bataille de la guerre civile. Ils se rendirent à Opelousas pour les fêtes de la patate douce qui, chaque année, drainaient tout le pays cajun.

Il arriva même que la Rolls prenne le chemin de Saint Martinville afin que la divorcée puisse voir sa mère. C'est au retour d'une de ces promenades, alors qu'on approchait de Castelmore, que Marie-Virginie, seule ce jour-là avec le fils de Gustave, fut prise de nausées incoercibles. Comme Félix s'inquiétait et ne savait trop que faire, ni dire, après avoir fait arrêter la voiture afin que Marie-Virginie puisse se reposer un moment, cette dernière éclata en sanglots.

« Ne vous inquiétez pas..., je ne suis pas malade..., j'ai souvent mal au cœur depuis quelque temps.

– Le bébé, n'est-ce pas? demanda doucement Félix.

– Vous savez, qui vous l'a dit? Mon Dieu, vous savez! »

Félix tendit à la jeune femme une pochette parfumée.

« Calmez-vous. C'est ma mère qui a trahi votre secret, mais soyez sans crainte... Elle et moi c'est la même chose... Nous comprenons.

– Il va falloir que je quitte le pays... Je ne puis plus rester ici, bientôt on remarquera ma dégaine et les gens jaseront.

– Pourquoi ne viendriez-vous pas avec moi à Boston et à New York? Je dois installer des boutiques. J'aurai fort à faire..., vous pourriez m'aider. Une femme peut être une bonne conseillère.

– Vous êtes gentil, Félix, très gentil, mais je vous encombrerais plutôt..., vous savez je ne suis pas très intelligente..., et puis ce serait compromettant... sans chaperon. »

Félix de Castel-Brajac se mit à rire.

« Nous sommes au XXe siècle, madame. Un gentleman peut voyager avec une... assistante sans que personne ait rien à dire.

– C'est à vous que je pense, pas à moi... J'attends un bébé.

– La belle affaire..., personne ne vous manquera de respect, je vous le jure. Les Castel-Brajac n'ont pas pour habitude de laisser une femme malheureuse sans le secours d'un bras. Nous partirons la semaine prochaine. »

Quand M. de Castel-Brajac apprit que Félix avait l'intention d'emmener avec lui dans les Etats du Nord Marie-Virginie, il faillit lâcher son verre d'armagnac.

« Mille Diou, c'est la lune rousse qui t'a dérangé la tête... Mon fils s'en va à New York avec une femme enceinte..., ça alors, c'est époustouflant... et qu'est-ce que tu vas en faire de Marie-Virginie, hein?

– Comment qu'est-ce que je vais en faire?

– Je me comprends, boun Diou. Tu ne t'intéresses pas aux femmes, que je sache?

– Je m'intéresse à une femme malheureuse et à qui je veux rendre service. Dans quelque temps d'ici elle ne pourra même plus sortir... Les gens la regarderaient comme une bête curieuse et l'on peut compter sur les vieilles Tampleton pour claironner son histoire à travers la paroisse. Marie-Virginie est la meilleure amie d'Augustine et moi, je l'aime comme une sœur.

– Comme une sœur, comme une sœur, répéta Gustave.

– Elle pourrait être ma sœur, oui, et, dans ces cas-là, un frère doit donner aide et protection. En tout cas, père, ma décision est prise et je suis certain, connaissant votre bonté, qu'au fond du cœur vous m'approuvez.

– Peut-être, peut-être », marmonna Gustave, tassé dans son fauteuil.

Ce soir-là, M. de Castel-Brajac se rendit dans la chambre de sa femme et s'assit sur la courtepointe.

« Vous êtes au courant... pour Marie-Virginie et Félix?

– Oui, il m'en a parlé... C'est très généreux, mais ça me tourmente...

– Il m'a dit « je l'aime comme une sœur »..., cela ne me surprend guère de sa part!

– Vous préféreriez qu'il en fasse sa maîtresse, Gustave?

– Sa maîtresse? Non, de ce côté-là, je suis tranquille, Gloria... je ne pense pas qu'ils...

– Eh! Mon Dieu, pourquoi? Ils sont beaux et sains tous les deux..., et la promiscuité d'un long séjour... »

M. de Castel-Brajac prit la main de sa femme et la pétrit tendrement :

« Notre fils, Gloria, j'en suis certain, ne connaîtra, au sens biblique du terme, jamais aucune femme.

— Et pourquoi, mon Dieu, il a fait vœu de chasteté ?

— C'est dans sa nature », dit tristement le Gascon.

Tandis qu'après ces révélations assez incompréhensibles pour elle, Mme de Castel-Brajac s'efforçait de trouver le sommeil, à quelques miles de là, les lumières brillaient toujours dans le salon de Bagatelle. A la fin de l'après-midi, Marie-Virginie ayant eu un malaise inhérent à son état, Stella prit prétexte de cette indisposition pour envoyer Citoyen quérir le docteur Dubard « afin, dit-elle à son amie, qu'il nous indique un remède propre à calmer tes nausées ». En attendant l'arrivée du médecin, Mme de Vigors encouragea vivement la future mère à accepter la proposition de Félix de Castel-Brajac. Elle n'y voyait que des avantages et conseilla même à Marie-Virginie, de prolonger son séjour jusqu'à la venue au monde du bébé qu'elle portait.

« A ton retour, tu diras que, privée d'enfants par la nature, tu as adopté un orphelin... et tu pourras lui donner ton nom. Les apparences seront sauvées.

— Ce sera bien un pauvre orphelin, larmoya Marie-Virginie, mais je partirai avec Félix puisque tu trouves que c'est bien. Quel homme chevaleresque ! »

Citoyen revint sans avoir vu le docteur Dubard.

« Tu as laissé la commission à sa négresse au moins ?

— Oui m'âme, j'ai dit mais la nègra, elle m'a dit que le docteur y viendrait pas de longtemps... elle m'a enco'e donné cet' lett' que c'est pour vous m'ame que le docteur y a laissé si vous demandez après lui. »

Stella déchira l'enveloppe et lut :

Chère Stella,

J'ai heureusement retrouvé le bon sens qui m'a fait défaut lors de notre dernière entrevue. Je n'oublierai jamais le sentiment de pitié généreuse qui vous a poussée l'autre jour à accueillir la divulgation que j'aurais dû taire, avec tant d'émotion. Notre espérance n'était qu'une espérance. Je ne me crois plus capable d'assurer le bonheur de quiconque et encore moins de l'admirable femme que vous êtes. J'embarque dans quarante-huit heures pour Cuba où je puis être utile. Croyez à mon attachement définitif et profond. Adieu.

Faustin Dubard.

La date du message était antérieure de deux semaines; Faustin Dubard naviguait vers les îles.

Sans rien dire à Marie-Virginie, Stella froissa la lettre dans sa main et s'assit, soudain accablée de lassitude.

« Il est absent... pour longtemps? demanda la future mère.

– Pour longtemps, je le crains.

– Ça a l'air de te faire quelque chose; sois sans inquiétude, je ne me sens pas malade... Après tout, nous n'avons pas besoin de médecin. C'est peut-être mieux ainsi.

– C'est peut-être mieux ainsi, répéta Stella qui sentait poindre une migraine dont elle se croyait débarrassée depuis plusieurs semaines.

– J'ai faim », conclut Marie-Virginie en se frottant l'estomac.

7

Aux petites vacances de Noël, Osmond retrouva Bagatelle dans la grisaille d'un hiver pluvieux. Sa mère lui parut mélancolique et silencieuse. Il mit cela sur le compte de l'absence de Marie-Virginie, qui envoyait de New York des lettres enthousiastes, racontant sa vie mondaine, commentant spectacles et concerts. Elle avait vu la grande Sarah Bernhardt jouer *Adrienne Lecouvreur* et assisté à une conférence donnée par l'actrice devant les élèves d'une école d'art.

Le public, racontait Marie-Virginie, avait été si chaleureux que Sarah était sortie de la salle en haillons, les auditeurs « s'étant disputé les morceaux de sa toilette ». Grâce à Félix de Castel-Brajac, Marie-Virginie avait été présentée à l'actrice qui lui avait donné en souvenir le bouquet de violettes ornant son chapeau.

Osmond ne prenait plus le même plaisir qu'autrefois aux jeux de « la bande », amputée de Lorna et de Silas qui voyageaient avec leurs parents en Californie. Il passait des heures à lire ou à griffonner dans son petit appartement de l'annexe. Maintenant qu'il savait qui était ce Clarence Dandrige dont il occupait le logement, il s'efforçait d'imaginer l'intendant, assis devant cette même table de citronnier sur laquelle il étalait ses livres et ses cahiers. Quand la pendule, restituée par M. de Castel-Brajac, sonnait les heures avec les sons clairs du cristal frappé par une pichenette, il prenait conscience du temps grignotant les existences, et se demandait combien de fois le Cavalier avait entendu comme lui tomber les heures.

L'absence de Lorna lui était sensible. Non qu'il fût amoureux, comme Bob Meyer l'était d'Otis Foxley ou sa sœur Alix de son ami Dan, mais la jeune fille appartenait au décor des vacances, et il lui en voulait de manquer au rendez-vous.

« Que veux-tu, disait Alix, le père de Lorna a maintenant de gros clients à San Francisco, et les procès consécutifs au tremblement de terre de 1906 le retiennent souvent là-bas..., et puis tu ne lui as pas écrit une seule fois depuis septembre et, sans les lettres que Dan réussit à me faire parvenir, elle serait sans nouvelles de toi. Ton indifférence lui a causé de la peine, mais je crois qu'elle a en a pris son parti. »

Alix parlait de Lorna comme d'une beauté sans pareille, et supposait qu'elle devait avoir, dans les salons de San Francisco, un certain succès.

« Tu te la feras souffler par un fils de millionnaire californien, pronostiquait la jeune fille.

— Je ne sais pas « pétrarquiser », disait Osmond en se défendant mollement.

— Enfin, ça te regarde..., mais je te trouve bien sec, mon cher frère. »

Sur la photographie que lui montra Alix, il reconnut à peine Lorna au milieu des autres pensionnaires du Sacré-Cœur, et quand la jeune fille lui adressa de San Francisco une carte de Christmas, il la trouva banale et impersonnelle.

L'enveloppe lui servit pour transporter jusqu'aux Trois-Chênes, entre deux averses, des miettes destinées à « Kiki le troglodyte », mais le petit oiseau ne parut pas. Aristo sur ses talons, Osmond revint à Bagatelle en se disant qu'autour de lui les choses et les êtres changeaient, que les souvenirs d'enfance se diluaient déjà et que la vie devait être ainsi faite d'une succession d'abandons.

Heureusement, il y avait Bagatelle dont la pérennité rassurante défiait l'oubli, et oncle Gus qui discourait sur Xénophon et comblait par d'éblouissantes synthèses les lacunes de l'enseignement jésuite.

En l'accueillant à Castelmore, le Gascon avait remarqué :

« Eh! eh! Tu as un peu de duvet sous le nez, fiston, il est temps de passer à Ovide! »

Il offrit à son élève un bel exemplaire des *Métamorphoses* joliment illustré et lui enseigna la manière de tirer des hexamètres latins les secrets du manuel de l'amour.

Le jeune homme eut l'occasion, alors qu'il déjeunait

à Castelmore tête à tête avec son mentor, Mme de Castel-Brajac étant en visite chez sa fille Augustine, d'assister à l'une des fameuses colères du Gascon. Celle-ci fut déclenchée par la lecture d'une lettre de Félix, que le maître d'hôtel apporta à la fin du repas.

Osmond vit brusquement le visage de l'oncle Gus passer du rose soutenu au rouge brique, tandis qu'il lisait :

« Boun Diou de macadiou de mille Diou! » s'écria le lecteur en jetant sa serviette chiffonnée au milieu des assiettes et des verres.

Osmond se tint coi devant cette brutale irritation. Un nouveau chapelet de jurons méridionaux déferla, dont certains mettaient en cause la virginité même de la mère du Christ. Puis M. de Castel-Brajac reprit son souffle, vida d'une main tremblante son verre de vin et s'exclama.

« Félix a épousé Marie-Virginie... à Boston. C'est le comble..., ils partent pour l'Europe tous les deux dans quelques jours..., elle, enceinte jusqu'aux dents, et lui son œillet à la boutonnière!... Il a fallu que je vienne assez vieux pour voir ça! »

Osmond avait toujours cru qu'un mariage ne pouvait susciter que joie et réjouissances, mais il refréna sa curiosité. L'oncle Gus ne sollicitait d'ailleurs aucun encouragement.

« Tu dois te demander, fiston, pourquoi je prends ainsi la mouche... Eh bien, parce que le couple est... mal assorti... voilà... mal assorti. C'est le mot juste!

— Vous craignez que les époux ne s'entendent pas bien? Qu'ils ne soient pas heureux? J'aime beaucoup Marie-Virginie, et maman la considère comme sa sœur.

— Ah! celle-là, interrompit le Gascon, tout le monde la considère comme sa sœur... c'est une sœur née... une sœur... universelle!

— Mais je croyais, oncle Gus, que Marie-Virginie ne pouvait pas avoir d'enfant, or, n'avez-vous pas dit?...

— Tu verras, fiston, qu'il en est des femmes comme des terres. Il arrive que dans un champ rien ne pousse jusqu'au jour où y tombe la semence qui convient... et alors!

— Alors pourquoi vous tourmenter? Je ne connais pas Félix, mais tout le monde le cite en exemple et maman ne tarit pas d'éloges à son sujet... et puis, c'est votre fils?

— Je me tourmente... parce que la carpe et le lapin ne vont pas de pair... voilà. »

La comparaison, qui n'était guère flatteuse pour les conjoints, fit s'élargir le sourire d'Osmond. Quand, un peu plus tard, il rapporta la nouvelle à sa mère en s'étonnant du mécontentement d'oncle Gus, il vit Stella se réjouir avec sincérité.

« Gustave doit être furieux parce que le bébé a été commandé avant... le mariage. Ce sont des choses qui arrivent. »

Ce soir-là, après une longue conversation avec Gloria au cours de laquelle il se mit encore en colère, M. de Castel-Brajac eut un malaise. On téléphona au docteur Benton, de Saint Francisville, qui ne parut que le lendemain matin. Après avoir ausculté le patient, qui jurait comme un beau diable qu'il n'était pas malade, le praticien, dont la franchise était redoutée, déclara péremptoirement :

« Mangez moins, buvez moins, fumez moins, dormez moins. Votre cœur est noyé dans la mauvaise graisse. Si vous continuez, crac... il va s'arrêter de battre... et hop,... vous irez voir la queue du diable. Si ça recommence pas la peine de me déranger, votre mari creuse sa tombe avec sa fourchette », conclut le médecin en se tournant vers Gloria.

Quand Osmond regagna La Nouvelle-Orléans, oncle

Gus avait oublié son indisposition et s'en tenait au régime qui, affirmait-il, lui avait toujours réussi.

Les trois inséparables, Osmond, Fox et Bob, traversèrent sans aléas l'année de seconde. Hors du temps consacré aux études, ils s'adonnaient avec éclectisme aux activités des garçons de leur âge. Foxley possédait un voilier et, sur le lac Pontchartrain, le trio remporta plusieurs régates. Meilleurs nageurs que Meyer, ses deux camarades participèrent à la traversée du Mississippi, qui constituait chaque année une épreuve où triomphaient généralement des marins et des dockers. Fox et Osmond se comportèrent honorablement mais Mme Foxley, en découvrant le nom de son fils dans la liste des engagés, fit une scène car, estimait-elle, les garçons de la bonne société n'avaient pas à prendre part à une épreuve populaire. Elle trouvait, en revanche, de bon ton que Fox et ses amis se montrassent assidus aux concerts de la société philharmonique qu'avaient fondée en 1906 Mrs. Corinne Mayer, M. et Mrs. H.T. Howard et Mr. Kaiser, mélomanes avertis. Les garçons, tous musiciens, se retrouvaient également aux manifestations du cercle polyphonique du Quartet Club et du Cithare Club créé en 1890 par Victor Huber, un jeune compositeur viennois.

La vie culturelle de La Nouvelle-Orléans était assez intense pour que les collégiens aient, certains soirs, l'embarras du choix. Les théâtres étaient nombreux et l'Opéra français présentait des spectacles de qualité. C'est dans cet établissement que les trois amis eurent la révélation de la musique de Wagner, à l'occasion d'une tournée du Metropolitan Opera de New York.

Parsifal les subjugua. Ils ne soupçonnaient pas, jusque-là, qu'une telle musique puisse exister. L'immense marée de sons neufs, les mouvements lents et majestueux, la variété des modulations, les sonneries sauvages des cuivres, l'inspiration chevaleresque qui préside aux thèmes de Kundry et de Klingsor agirent sur leur sensibilité à la manière d'un puissant alcool. En quittant le théâtre, ils discutèrent une partie de la nuit sur un banc de Jackson Square se remémorant les airs et se demandant si Beethoven, le plus grand à leurs yeux, n'était pas menacé dans sa suprématie. Ils attendirent *Lohengrin* et *Tristan* avec l'impatience des explorateurs égarés sans eau dans le désert. Les auditions de ces œuvres confirmèrent leur engouement et Bob Meyer, le meilleur interprète du groupe, fut sommé de se procurer les partitions pour piano. Il y eut cet hiver-là chez les Foxley de longues séances de déchiffrage, Otis ayant été incluse d'office dans le cercle des wagnériens. Il arriva que Mme Foxley soit contrainte d'apparaître vers le milieu de la nuit pour interrompre ces orgies musicales et les discussions animées que soulevaient parfois le rendu malencontreux d'un bécarre dévoyé ou l'escamotage d'un bémol.

Les trois amis décidèrent, d'un commun accord, d'ouvrir leur panthéon à Wagner et d'inscrire dans la tournée européenne, qu'ils ne manqueraient pas de faire un jour ou l'autre, le voyage à Bayreuth.

Au base-ball, que pratiquait assidûment Dan Foxley, Osmond préférait l'escrime et le tennis, tandis que Bob Meyer, exténué par le moindre effort physique, se réfugiait dans la poésie, s'efforçant de faire apprécier à ses amis des auteurs qui n'étaient pas admis chez les jésuites, comme Gérard de Nerval, Moréas, Henri de Régnier ou Verlaine, le vrai maudit.

Je suis le ténébreux, le veuf, l'inconsolé,
Le prince d'Aquitaine à la tour abolie,
Ma seule étoile est morte et mon luth constellé
Porte le soleil noir de la mélancolie,

récitait, en s'efforçant de donner un son grave à sa voix trop perchée, le fils de la marchande de corsets. Puis il abandonnait *Les Chimères* nervaliennes pour les *Stances* de Papadiamantopoulos : *Ne dites pas : la vie est un joyeux festin...*

« Il a rudement bien fait, ton Grec, de prendre un pseudonyme », plaisantait Foxley qui préférait Baudelaire.

En peinture aussi, ils eurent cette année-là quelques révélations. Quand la *Salomé* de Gustave Moreau leur tomba sous les yeux par le truchement d'une revue d'art, Dante, Gabriel Rossetti, Burne-Jones et les préraphaélites en général se virent brusquement dévalués. Les garçons qui, inconsciemment, recherchaient dans les œuvres picturales des représentations de la femme, à la fois Vénus de chair et inspiratrice des amours mystiques, avaient longtemps discuté devant *La petite mendiante* si modestement belle et l'Eve au corps parfait, si sensuellement rayonnante, de *L'Arbre du pardon*. Salomé dansant devant Hérode ajoutait, avec les étranges tatouages qui soulignaient sa nudité, la note perverse dont ils soupçonnaient la vague nécessité. Ils eurent envie de mieux connaître le peintre symboliste dont le graphisme aigu et l'érotisme maléfique se jouaient avec ambiguïté de l'innocence. Ils auraient voulu tous trois pouvoir se rendre à Philadelphie pour l'exposition des « Huit » dont on disait qu'ils représentaient la nouvelle école de peinture américaine que les critiques conformistes nommaient « école de la poubelle », parce que ces artistes scandaleux choisissaient leurs sujets dans les taudis et les sales banlieues à usines du Nord. Foxley, moins audacieux que les deux autres, collectionnait des reproductions des œuvres de Mary Cassatt qui avait été l'amie de Degas et de M. Neill Whistler, rival supposé du peintre John Singer Sargent.

Les galeries de La Nouvelle-Orléans, notamment celle fondée par le négociant en sucre Isaac Delgado et celle du Art and exhibition Club des frères Woodward, recevaient régulièrement leur visite.

Ils aimaient les bateaux à roues de August Norieri, certains paysages de Paul Poiney et les portraits de femmes noires, peints par Walker, mais ils trouvaient mièvres les scènes de bayous, dont Rudolph s'était fait une spécialité.

Les cinémas, qui se multipliaient, les attiraient moins que les théâtres. Ils s'étaient rendus par curiosité au Vitascope Hall où, pour 10 *cents*, on pouvait voir projetés des films comme *Le Vol du grand train* ou *Les Chutes du Niagara*, mais Bob Meyer sortait de ces séances avec des maux de tête, et ses amis trouvaient le public des salles obscures vulgaire et malodorant.

Si les journaux dit « d'information », comme le *Picayune*, le *Times démocrate* et *L'Abeille* n'étaient que rapidement feuilletés, les revues littéraires et de théâtre faisaient l'objet, entre les trois amis, d'échanges organisés. *La Loge d'Opéra, L'Entracte, Le Coup d'œil, La Revue louisianaise* diffusaient chaque semaine l'actualité culturelle de la ville, tandis que *La Violette* et *Les Veillées louisianaises* ouvraient leurs pages aux jeunes auteurs. *L'Athénée louisianais* restait la revue intellectuelle la plus prisée des créoles. N'y écrivaient que des personnalités confirmées des lettres et des arts.

Par son grand-père, l'ancien sénateur de Vigors, Osmond se procurait facilement des billets de faveur et les ouvreuses des théâtres Saint-Charles, des Variétés, Greenwall ou Baldwin connaissaient bien les trois garçons qu'accompagnaient quelquefois les demoiselles Foxley. On voyait aussi le groupe visiter la ménagerie et l'aquarium, installés à bord du Robinson's Floating Palace Museum, annexe flottante du grand opéra.

Cependant, de toutes les salles de spectacles de la ville, qui comptait maintenant plus de trois cent mille habitants, la plus souvent fréquentée par Osmond et ses amis, comme par tous les créoles francophones, restait l'Opéra français de la rue Bourbon. Cet établissement, temple de l'art lyrique, constituait un phénomène unique à travers les Etats-Unis. D'abord, parce qu'il demeurait depuis 1859 une institution totalement française entretenue avec ferveur de génération en génération par les descendants des vieilles familles aristocratiques venues au XVIIIe siècle s'installer en Louisiane. L'influence anglo-saxonne qui, sous couvert du *melting-pot*, triomphait dans le commerce, les affaires et l'éducation, n'avait pu pénétrer ce domaine. En plein cœur de la cité, le French Opera House, comme l'appelaient les anglophones, constituait un centre de culture française. Sauf en de rares occasions, toutes les œuvres lyriques étaient chantées en français. Les abonnés qui emplissaient la salle à l'italienne à quatre galeries, magnifiquement décorée et qui pouvait accueillir deux mille spectateurs, connaissaient par cœur les partitions et souvent se mettaient à chanter en chœur les airs célèbres. Les artistes se voyaient acclamés comme nulle part ailleurs. On les saluait dans la rue ou dans les restaurants, on savait tout de leurs amours, de leurs goûts, de leurs manies. Il n'était pas rare que les partisans de tel ténor ou de telle soprano se disputent avec ceux qui soutenaient d'autres artistes. Dans certains cas, on en venait aux mains, quelquefois au duel. La soirée du dimanche, consacrée aux œuvres plus légères de l'opéra-comique français, attirait un public moins huppé mais plus enthousiaste que celui des premières ou des jours de semaine. Le dimanche, la tenue de soirée n'étant pas de rigueur, le populaire prenait possession des galeries et marquait avec frénésie sa satisfaction, quand les artistes détaillaient des couplets que les dames de la bonne société eussent trouvés osés.

Faust, régulièrement joué, figurait au nombre des œuvres préférées des Orléanais. Osmond et ses amis ne dédaignaient pas, après le spectacle, de parodier en rentrant chez eux la scène du jardin, Foxley sachant particulièrement bien mettre en valeur l'ironie de Méphisto.

Les trois garçons faisaient partie des supporters inconditionnels du ténor français Léonce Escalaïs, inimitable dans *Le Trouvère* dont on bissait régulièrement la fameuse aria *Supplice infâme*. Le chanteur aux moustaches en croc était la coqueluche des dames comme la danseuse Stella Bosi restait celle des messieurs, malgré des rondeurs qui s'accusaient de saison en saison.

Tout en travaillant avec assiduité les matières du programme, les trois collégiens menaient joyeuse vie. Quand arrivèrent les vacances de l'été 1908, c'est tout naturellement qu'ils prirent le chemin de la propriété des Foxley avant le séjour à Bagatelle. « Le serment de la rivière Chitto » ayant été renouvelé, une bonne quantité de truites et de vairons passés au gril et un certain nombre de cailles et de bécasses abattues, les garçons rejoignirent avec Osmond la bande bagatellienne à laquelle fut agrégée Otis Foxley, que la mère de Dan confia à Mme de Vigors. L'autorisation d'emmener la plus jeune des demoiselles Foxley à Bagatelle fut arrachée après deux semaines de manœuvres obliques, conduites par Dan et Osmond, émus par les tendres sentiments qui unissaient leur ami Bob à la jeune fille. Celle-ci devint vite l'amie de Lorna et d'Alix et fut intégrée au groupe sans difficultés.

Auprès de leurs camarades, surtout des pensionnaires qui ne jouissaient pas durant l'année de la même liberté qu'eux, les trois garçons faisaient figure d'affranchis. Ils parlaient de choses que les autres ignoraient, possédaient des connaissances extra-scolaires auxquelles ni les élèves du Sacré-Cœur, ni même Silas et Clary Barthew, eux aussi voués à l'internat, ne pouvaient prétendre. Cette disparité ne fit qu'approfondir le fossé qui séparait maintenant Osmond de Lorna. La jeune fille, dont la beauté s'affirmait, paraissait sereine et riait autant que les autres, mais ne recherchait plus avec autant d'ingénuité qu'autrefois la présence du jeune Vigors. Bien qu'elle fût toujours sa cavalière préférée et considérée au sein de la bande comme la girl-friend du garçon, Alix étant celle de Dan Foxley et Bob Meyer le cavalier servant d'Otis, elle s'abstenait certains jours de venir à Bagatelle. Comme Alix l'interrogeait sur cette attitude, la fille d'Augustine s'était contentée de répondre qu'elle ne voulait pas contraindre Osmond à s'occuper d'elle. Qu'après tout, elle n'était qu'une de ses amies d'enfance comme les autres et que le garçon qu'elle préférait entre tous ne lui portait, ce qui était bien compréhensible, que des sentiments fraternels.

« Nous ne pratiquons ni l'un ni l'autre le flirt comme sport de vacances, et je me sens nettement distancée par ton frère dans les conversations sérieuses. Je crois que je ne lui suis pas vraiment nécessaire », conclut Lorna avec une moue de regret.

Osmond, de son côté, admettait, sans jamais faire de remarques, les absences de son amie. Il l'accueillait toujours avec le même naturel et la même gentillesse chaque fois qu'elle venait à Bagatelle, mais il ne montait plus avec elle aux Trois-Chênes pour voir « Kiki le troglodyte ». Il fut assez surpris quand Alix l'accusa d'indifférence et de froideur.

« Mais je l'aime bien, tu sais! De toutes nos amies d'enfance c'est même la seule à qui je puisse faire des confidences, et je ne souhaite que lui plaire.

— Tu n'es pas amoureux d'elle, ça se voit, tu la traites comme un garçon.

— Amoureux? Qu'est-ce que ça veut dire à notre âge?

— Ça veut dire que tu n'as pas envie de lui tenir la main, de l'embrasser, de caresser ses cheveux, enfin tu sais bien.

— Je ne pense pas que ces simagrées soient nécessaires entre nous. Nous avons été élevés ensemble. Nous nous connaissons trop pour avoir l'air de nous découvrir.

— Tu es déjà si vieux, mon pauvre frère!

— Peut-être déjà plus vieux que vous tous..., mais tu peux dire à Lorna que je l'aime bien, conclut-il avec son sourire agaçant.

— Tu lui diras toi-même, ce sera mieux.

— Je n'en vois pas l'utilité. D'ailleurs, elle doit le savoir. »

Quand les trois collégiens eurent repris leurs habitudes à La Nouvelle-Orléans, un jour que Foxley, qui correspondait par d'obscures filières avec Alix, donnait des nouvelles des pensionnaires du Sacré-Cœur, la discussion vint sur l'amour.

« Dis donc, ça n'a plus l'air d'aller avec Lorna, tu ne lui écris jamais et, aux dernières vacances, on vous a rarement vus vous éclipser ensemble, ta sœur m'a dit... »

Osmond eut un regard dur et referma brutalement le livre qu'il lisait.

« Je me soucie peu de ce que dit Alix. Tu es amoureux d'elle, c'est bien, Bob est amoureux d'Otis, c'est parfait, mais je ne suis pas obligé, moi, d'être amoureux de Lorna..., nos relations sont d'une autre qualité que le flirt... l'amour... l'amour..., c'est probablement un autre sentiment que ce que vous supposez..., ce doit être comme un ouragan... quelque chose d'impérieux, de dévastateur, de grave et de profond.

— L'amour a horreur du vide, risqua Bob en souriant.

— Il a surtout horreur qu'on le confonde avec une vague attirance sentimentale du genre de celle qui vous occupe tous les deux.

— Ça alors, quelle mouche te pique? répliqua un peu surpris Dan Foxley.

— L'amour ne peut être que passion fulgurante, mon vieux. Le clair de lune, les baisers dans le cou, les sonnets ciselés en une nuit et expédiés au matin à une pensionnaire, les roucoulades, c'est du sirop d'orgeat.

— Tu te rends compte, nous buvons de l'orgeat! fit ironiquement Fox en se tournant vers Meyer.

— Il y a des natures auxquelles l'orgeat convient mieux que l'absinthe. Nous avons fait serment d'être de grands hommes, hein, souvenez-vous de la nuit de la rivière Chitto. Eh bien, regardez les grands artistes, ils n'ont pas été des amoureux mièvres. Ils ont vécu des amours exaltantes, déraisonnables, dévorantes, frénétiques... de véritables passions. Ils ne soupiraient pas pour des pensionnaires à chignon. Ils se préparaient à enlever des reines, à faire d'une courtisane une impératrice, à tirer une nonne de son couvent, à mettre leur âme consumée dans une symphonie ou à s'immoler aux pieds d'une déesse. Ils narguaient le monde des petites amours sucrées.

— En somme, tu te réserves pour une grande passion à venir, commenta Bob Meyer abasourdi par cette exaltation subite.

— Comme Dante, tu attends ta Béatrice, ou comme Antoine, ta Cléopâtre, proposa Fox.

— Je n'attends rien et j'attends tout..., mais je vous jure que je la reconnaîtrai au premier coup d'œil, celle que m'enverra l'amour! »

Quand Bob et Dan se retrouvèrent seuls, ils durent convenir que leur cher Osmond était en train de prendre des distances avec le monde de son enfance.

« Il est plus mûr que nous, Bob, il faut le reconnaître et si de nous trois émerge un philosophe ou un artiste, ce sera lui. Je comprends que les très jeunes filles ne l'attirent plus... et cependant, il plaît, crois-moi, il plaît aux femmes. Ainsi, j'ai cru comprendre qu'il n'était pas indifférent à ma sœur Margaret, elle a vingt-trois ans et tu connais son caractère. Elle serait bien venue à Bagatelle avec Otis, mais je l'ai découragée... à cause de Lorna, j'ai peut-être eu tort, mon vieux.

— Je crois qu'il faut le laisser incuber, Fox. Ne pas tenter de contrer ses réactions intransigeantes. Tu as vu comme il a banni Wagner de notre panthéon quand il a lu ce que l'idole avait écrit sur les juifs. Je suis certain que son indignation est née de l'amitié qu'il me porte. Moi, juif, je ne considère que l'immensité du musicien, le reste, je m'en fous. Les gens de ma race ont l'habitude d'être décriés. Mais Osmond voit plus loin. Il voit les conséquences, l'usage que les imbéciles et les racistes peuvent faire de l'autorité du maître de Bayreuth. Je suis certain qu'il se ferait tuer pour nous. C'est un ami d'élite.

— Tu as raison, mais je souffre de le voir incompris des autres. Sa froideur, ses airs distants, son sourire moqueur indisposent les gens.

— Il ne cherche pas à être populaire, mais ce que les autres prennent pour mépris n'est que réserve. Cela donne encore plus de prix à son amitié. »

Tandis que les collégiens de première traduisaient les *Géorgiques* de Virgile ou l'*Anabase* de Xénophon, analysaient Addison ou tentaient — Fox et Osmond avec moins de bonheur que Bob — d'assimiler l'algèbre selon Wentworth, le 4 novembre 1908, William Howard Taft fut élu vingt-septième président des Etats-Unis. Le candidat républicain, soutenu par Theodore Roosevelt qui avait refusé de briguer un nouveau mandat, avait battu le démocrate William J. Bryan de plus d'un million de suffrages. S'ils furent déçus, les Sudistes ne se montrèrent pas surpris, Taft étant le dauphin désigné par Teddy. Les progressistes étaient satisfaits et les conservateurs ne pouvaient que se résigner en espérant des jours meilleurs. Ayant obtenu en 1905 le prix Nobel de la paix pour sa médiation entre les Russes et les Japonais, Theodore Roosevelt quittait le pouvoir en pleine gloire et assuré de voir sa politique poursuivie.

Charles de Vigors, qui s'était tenu à l'écart de la campagne, commenta pour son petit-fils au cours d'un dîner du mercredi la situation politique.

« Les deux grands partis ont accepté maintenant les principes fondamentaux du socialisme d'Etat. Les républicains par vocation, les démocrates sans même s'en apercevoir. Par la législation douanière, les républicains ont favorisé certains intérêts et permis à une certaine classe de s'enrichir. Ils ont accordé des primes aux producteurs de sucre et subventionné la marine marchande. Le parti démocrate qui, au début du XIXe siècle, se méfiait de l'autorité fédérale et souhaitait la restreindre afin de donner aux Etats plus d'autonomie, préconise, depuis 1896 avec Bryan, une politique socialiste. Il incite les citoyens à se tourner vers la nation pour obtenir l'amélioration de leur sort, le développement du commerce, de l'industrie ainsi que des garanties sociales. Quand il demande au gouvernement fédéral d'aider les agriculteurs à payer leurs dettes, M. Bryan fait du socialisme, même si le terme dévoyé par les abus européens choque nos vieux Sudistes.

— En somme, il y a peu de différence entre les aspirations des deux partis, remarqua Osmond pour avoir l'air de s'intéresser au sujet.

— Peu de différence sur le fond, mais beaucoup dans la méthode. Les deux sont en tout cas animés du même désir de faire des Etats-Unis la nation la plus libre, la plus éclairée et la plus puissante que les hommes aient jamais conçue. »

Mais Osmond de Vigors, pas plus que ses amis, ne portait grand intérêt à la politique. La société au sein de laquelle ils vivaient leur paraissait satisfaisante. Les privilèges dont ils jouissaient, sans même s'en rendre compte, ne provenaient pas à leurs yeux de l'organisation de l'Etat mais de leur naissance. Bob Meyer, le moins fortuné des trois, hésitait bien quelquefois à engager la dépense d'un billet de théâtre et portait plus longtemps que ses amis des vêtements de moins bonne coupe, mais au sein du trio on ne tenait pas de comptes. Dan Foxley et Osmond disposaient d'une trésorerie de poche suffisante pour que leur ami ne se voie pas privé des plaisirs pris en commun.

C'est au cours de l'hiver que les collégiens firent une découverte importante. Jusque-là, ils avaient accordé peu d'attention à ce que les créoles appelaient la musique nègre et ne fréquentaient que rarement les lieux où jouaient les orchestres noirs. Mais Dan Foxley revint un jour de son cours de piano avec une adresse.

« Il paraît qu'il y a au Pélican blanc un pianiste mulâtre assez sensationnel, qui joue le ragtime comme personne, nous devrions aller l'entendre.

— Le Pélican blanc, c'est une des maisons à filles de Storyville, tu nous vois là-dedans? protesta Bob Meyer.

— Si les « jés » apprennent qu'on a passé la frontière de la rue du Rempart, nous aurons droit à une interrogation de Nosy, renchérit Osmond.

— Oh! Il y a des élèves de rhéto et de philo qui ne s'en privent pas..., et c'est pas pour écouter de la musique qu'ils vont au bordel!

— Comment s'appelle-t-il, ton virtuose? fit Bob.

— Tiny Barnett, il paraît qu'il a une dent en diamant et des bagues à tous les doigts. Il se tient dans le salon-bar du rez-de-chaussée... on ne voit même pas les... dames. »

Une expédition fut décidée et un soir de décembre, les trois amis, qui s'étaient donné rendez-vous après dîner, à l'angle de la rue du Canal et de la rue Franklin, se glissèrent jusqu'à la rue du Marais où brillait sur un perron des plus bourgeois l'infamante lanterne numérotée.

« C'est assez déplaisant qu'on ait choisi des lampes rouges pour indiquer l'entrée de ces maisons puisque c'est une lampe de cette couleur qui, dans nos églises, indique la présence du saint sacrement, observa Dan Foxley.

– Le rouge est la couleur de toutes les passions, les nobles et les viles », dit Osmond.

Chemin faisant, ils avaient été étonnés de rencontrer des hommes élégants et qui paraissaient tout à fait à l'aise dans ce quartier qu'arpentaient en petits groupes, souvent bruyants, des marins et des militaires à la recherche d'un « brothel » dont les tarifs soient acceptables pour leur porte-monnaie. Des hommes et parfois des femmes descendaient furtivement de fiacres et d'automobiles. Ils s'engouffraient dans les établissements les plus élégants, sans répondre aux sollicitations de gamins noirs mal vêtus, qui grattaient des banjos faits d'une boîte de cigares emmanchée sur une planchette, cognaient avec frénésie sur des gamelles ou soufflaient dans des navettes à coton encapuchonnées de papier. Les gosses tiraient de ces instruments des bruits qui, sans être de la musique, y ressemblaient tout de même.

Une octavonne, plantureuse et outrageusement fardée, dont les seins opulents débordaient largement d'un corselet de dentelle, accueillit les garçons avec les gloussements et les mots chaleureux qu'on réserve d'habitude à des parents ou des amis longuement désirés.

A peine Osmond, Dan et Bob avaient-ils ôté leur chapeau que d'autres femmes, tout aussi aimables et élégantes, se précipitaient à leur rencontre et, sans façon, leur prenaient le bras en découvrant dans des sourires extatiques des dentures d'une irréprochable blancheur.

« Nous voudrions seulement prendre un verre et entendre le pianiste... se hâta de dire Foxley.

— Par ici, mes chéris », fit l'hôtesse en soulevant une portière de velours qui voilait l'entrée d'une salle meublée de fauteuils, de canapés de cuir sombre et de guéridons d'acajou. Les appliques électriques de verre taillé dispensaient une lumière douce, de grands rideaux de soie encadraient les fenêtres et l'atmosphère paraissait être composée uniquement de parfums suaves où un nez éduqué eût reconnu l'odeur du tabac blond de Virginie, des cigares de La Havane, des lotions à base de musc et de relents aphrodisiaques propres aux établissements de plaisir.

Des couples, disséminés autour de la salle, s'entretenaient de près à voix basse et les femmes seules, qui évoluaient, rieuses et avec le souci évident de faire admirer leur tournure, paraissaient tout à fait consentantes quand un monsieur les invitait à partager son canapé et son champagne.

Les accompagnatrices des garçons avaient échangé avec leurs compagnes des clins d'œil qui signifiaient, à n'en pas douter, « ces godelureaux sont à nous ».

« C'est la première fois que vous venez ici? demanda la dame qui s'était emparé du bras d'Osmond et paraissait décidée à s'asseoir avec lui sur un canapé dont l'exiguïté obligeait à des rapprochements que les demoiselles Tampleton eussent jugés indécents.

— C'est la première fois, reconnut Osmond, on nous a dit que vous avez un fameux pianiste, nous voudrions l'entendre.

— Vous l'entendrez, il va revenir. En l'attendant, nous pourrions boire un peu de champagne ?

— C'est ça... avez-vous du Mumm, très sec ? intervint rapidement Foxley qui avait entendu vanter par son père les mérites de ce vin qui n'alourdissait pas la tête.

— Nous avons ici tout ce que peuvent désirer de jeunes gentlemen », répliqua la femme, une mulâtresse presque blanche, avec un sourire qui donnait à entendre que le Pélican blanc était une succursale de Byzance.

Bob Meyer paraissait encore plus mal à l'aise que ses compagnons et commençait à regretter d'avoir soutenu Foxley contre Osmond, quand le premier avait proposé l'expédition. Sa cavalière, une immense Noire coiffée d'un turban de soie paille constellé de perles et dont le décolleté béant exhalait une odeur de chair brûlée, fixait le garçon du regard intense de l'ogre qui s'apprête à dévorer un nouveau-né.

« Puisque c'est la première fois que vous nous rendez visite, reprit la personne qui s'était attribué Osmond de Vigors, il faudra que je vous montre la maison. Et puis, il y a une tradition...

— Une tradition, vraiment ? quelle tradition, puis-je savoir ? »

Le ton du jeune de Vigors était tout juste aimable et son regard clair, dont les lumières tamisées avivaient la dureté, parut à la prostituée en désaccord avec le sourire qui flottait sur ses lèvres. Elle hésita à répondre.

« Eh bien, monsieur... on a droit, sans supplément, à la chambre aux miroirs.

— Je n'ai pas l'intention de loger ici, voyez-vous, madame..., d'ailleurs ne vous croyez pas obligée de me tenir compagnie, le spectacle est assez distrayant par lui-même. »

La femme, qui n'avait pas l'habitude d'être ainsi

rabrouée, se leva et fit un signe à ses compagnes qui, aussitôt, l'imitèrent. Toutes trois quittèrent le salon dans un froufrou nerveux, oubliant de parader comme ce devait être la règle.

Bob Meyer parut soulagé.

« J'ignore ce que tu as dit à... la tienne..., mais nous voilà tranquilles... ces femmes me font penser à des vampires.

— Elles sont seulement assoiffées de dollars, rassure-toi », dit Foxley.

Un maître d'hôtel, glabre et triste comme un croque-mort, déboucha la bouteille de champagne. Osmond porta un toast.

« A la vertu de nos hôtesses, messieurs. »

Cinq minutes ne s'étaient pas écoulées qu'une vieille Noire sèche et droite, au visage strié de mille rides, mais sans vulgarité et dont la robe de soie grise à col et poignets de dentelles empesés parut aux garçons du meilleur goût, s'approcha de leur table.

« Je suis Mme Barnett », dit-elle en français.

Les trois amis, par un réflexe de courtoisie, se levèrent.

« Restez assis, messieurs, je vous en prie, et soyez les bienvenus. Les demoiselles qui vous ont accueillis vous auraient-elles importunés? »

Il y avait dans le regard vif de la femme un éclat ironique.

« Vos... demoiselles... ne nous ont pas importunés, madame, mais nous préférons consommer seuls... en attendant le pianiste, dit Osmond.

— Le « professeur » Barnett est mon fils, messieurs, il sera flatté que des gentlemen viennent l'écouter. Il sera là dans un instant. Les demoiselles ne vous importuneront que si... vous désirez être importunés. Permettez-moi de vous offrir le champagne. »

Les trois garçons remercièrent en s'inclinant et suivirent du regard Mme Barnett.

« Elle a de la classe, la patronne et son français est des plus corrects pour une négresse », commenta Bob.

Les deux autres acquiescèrent et observèrent un moment le manège des couples qui, à peine formés, disparaissaient derrière la portière de velours, peut-être vers la chambre aux miroirs.

Cette ambiance et ces mœurs que les garçons découvraient étaient communes à toutes les maisons à lanterne de Storyville. Certes, il existait une hiérarchie, dans la prostitution comme en toutes choses, et différentes classes d'établissements. Certains, que fréquentaient les marins et les amateurs de sensations vulgaires, étaient aussi sordides que les cabanes ceinturées d'immondices du quartier noir. Les femmes n'étaient pas plus laides qu'ailleurs et l'on y rencontrait même des débutantes encore fraîches, que des matrones édentées initiaient sans ménagements au commerce de la chair. Les plus douées, qui s'éloignaient assez vite de ces boîtes à matelots, gravissaient l'échelle sociale de la débauche et se retrouvaient parfois dans les établissements les plus sélects, où l'on exigeait des robes élégantes, un vocabulaire châtié et une docilité parfaite vis-à-vis des clients les plus dépravés. Si les filles des maisons mal famées ne pouvaient guère prétendre à plus de 20 dollars par nuit, celles des boîtes confortables gagnaient parfois 100 dollars. La qualité de l'accueil, le luxe de l'ameublement, la profusion de miroirs étaient des critères appréciés et certaines tenancières connaissaient une notoriété comparable à celle des vedettes d'opéra. Pour les étrangers et les Américains de passage à La Nouvelle-Orléans, on publiait une presse spéciale à Storyville. *La Mascotte* et le *Sunday Sun*, sous couvert de dénoncer les scandales du demi-monde, fournissaient chaque semaine des informations sur la vie du quartier, quantité d'adresses et des petites annonces alléchantes :

Minnie Rosenthal vit maintenant avec Miss Jessie Brown, 1542 Custom house Street : jeunes gens, elle est l'article de fantaisie; les sœurs Pond sont hébergées par Nellie Garwright au n° 134 Custom house Street; Miss Eliza Ridley constate que les affaires vont mal : elle pense à rejoindre les rangs de l'Armée du Salut; Une jeune femme, financièrement embarrassée, désire l'aide d'un gentleman âgé : Corinne – poste restante.

On pouvait également se procurer chez les coiffeurs pour hommes, dans les bars et dans les kiosques des tramways, des guides spécialisés. Le plus diffusé était le *Livre bleu* dont les quarante pages constituaient l'inventaire le plus complet des ressources de Storyville. Toutes les grandes maisons de prostitution et les prostituées indépendantes y faisaient de la publicité. Financé en partie par Tom Anderson, le roi du district connu dans les milieux de la débauche comme « le maire de Storyville », le *Livre bleu* proposait les plaisirs les plus variés et des compagnes de toutes couleurs aux messieurs sevrés de tendresse. On y apprenait que Miss Antonia Gonzales, dont l'établissement était situé à l'angle des rues Villeré et d'Iberville, dansait, chantait et jouait du cornet à pistons. Elle disposait également « d'un lot de jolies demoiselles créoles et d'octavonnes de première classe ». Comme la plupart des propriétaires d'hôtels de luxe, Antonia Gonzales était abonnée au téléphone. On pouvait « retenir » au 1974.

Quant à la célèbre « comtesse » Willie W. Piozza, 315 Basin Street, elle se déclarait prête à accueillir tous ceux « qui avaient le blues ». Ses pensionnaires organisaient à l'intention de ces mélancoliques des cures salvatrices.

Le Pélican blanc figurait plus discrètement dans le *Livre bleu*. Il y était décrit comme un « home » de bonne tenue, dirigé par une femme ayant fait des études et où l'on pouvait connaître les octavonnes les plus intelligentes et les mieux éduquées des Etats-Unis. Le « professeur » Tiny Barnett y jouait tous les soirs.

Si la musique n'était pas une nécessité dans les maisons de prostitution, elle figurait cependant, affirmaient tenanciers et tenancières, au nombre des stimulants de la sexualité comme la danse et l'alcool. Les maisons modestes se contentaient d'un piano mécanique alors que les plus huppées engageaient parfois des orchestres. Mais, dans la plupart des cas, un bon « professeur » – c'est ainsi qu'on appelait les pianistes de Storyville – suffisait à créer l'ambiance favorable aux rencontres et à la distraction des indécis.

Des « patronnes », comme Hilma Burt, propriétaire du Mirror Ballroom, 209 Basin Street, payaient jusqu'à 100 dollars la nuit le pianiste Ferdinand Joseph La Menthe, mulâtre francophone qui se faisait appeler Jelly Roll Morton et que l'on connaissait aussi sous le sobriquet de Winding Boy. Souvent, on lui réclamait une de ses compositions : *Make me a pallet on the floor*[1], et il passait avec Tony Jackson – qui avait joué jusqu'en 1904 chez Antonia Gonzales avec laquelle il faisait des duos, puis chez Lulu White et au Gipsy Shafer's – pour un des rois du ragtime. Si l'on avait un peu oublié John the Baptist, le premier professeur du district, on connaissait bien Tim Pan Alley du New York et Hamilton Benson, dit Hamp, l'excellent trompettiste de chez Tom Anderson qu'accompagnait à la mandoline Tom Brown.

Ce soir-là, Tiny Barnett, toujours plus discret que ses confrères, qui affichaient un luxe insolent, portaient des bretelles incrustées de diamants et des bagues énormes, apparut tout de suite à Osmond et à ses amis comme un véritable artiste. D'allure modeste,

---

1. Littéralement : *Fais-moi un lit sur le plancher.*

le mulâtre aux doigts fuselés se glissa au piano sans même accorder un regard à la clientèle et se mit à jouer une composition de Scott Joplin, le fameux *Maple Leaf Rag* créé en 1899 dans un beuglant de Sedalia (Missouri).

Puis, il enchaîna d'autres airs de ragtime, se contentant d'un signe de tête pour remercier ceux qui l'applaudissaient. La claque, constituée par les demoiselles inoccupées, n'était pas nécessaire pour entraîner l'adhésion des trois garçons.

« C'est vraiment un virtuose, et quel rythme! Je me demande ce qu'il donnerait dans Chopin? risqua Bob Meyer.

– On peut peut-être lui demander *La Grande Polonaise* ou une étude, proposa Dan Foxley.

– Il serait sans doute plus à l'aise dans *La Bamboula* de Louis Moreau Gottschalk », compléta Osmond.

Quand Tiny Barnett attaqua *The Entertainer* de Scott Joplin, les habitués manifestèrent leur approbation. Il y avait dans cet air une sensibilité généreuse, une mélancolie sous-jacente au motif maintes fois répété.

Foxley laissa cinq dollars de pourboire et les trois amis quittèrent la salle. La jeune personne qu'Osmond avait rabrouée souleva la portière de velours pour leur livrer passage.

« Aurons-nous le plaisir de vous revoir?

– Il se pourrait. M. Barnett est un excellent pianiste et nous avons été sensibles à l'amabilité de votre accueil », dit Osmond en guise d'au revoir.

Ils revinrent le 16 décembre, quand Bob Meyer décida d'offrir à ses amis une bouteille de champagne pour fêter l'exploit de Wilbur Wright qui venait d'atteindre cent quinze mètres d'altitude et de battre le record de durée en vol avec deux heures vingt et le record de distance avec cent vingt-quatre kilomètres parcourus. Ces performances avaient été accomplies en France à Auvours sur un biplan construit par Lazare Weiler, exploitant les brevets des frères Wright.

« Dommage que l'Américain ait dû céder le record de vitesse à Leblanc qui a volé à soixante-quinze kilomètres à l'heure. Je ne vois guère que Farman qui, le 30 octobre, a fait la démonstration que l'aéroplane peut être un moyen de transport, en volant de Bondy à Reims, pour inquiéter notre champion, commenta Bob.

– Si nous allions la boire au Pélican, ta bouteille? J'aimerais entendre encore Barnett; son interprétation de *The Entertainer* m'est restée dans l'oreille. »

La suggestion de Dan fut adoptée à l'unanimité et, avec moins de gêne que lors de leur première expédition, les trois amis se retrouvèrent assis dans le salon de l'hôtel.

« C'est pour... le pianiste... encore? demanda Mme Barnett, qui faisait ce soir-là office d'hôtesse. Vous pouvez lui demander un air si vous voulez..., il est un peu timide, mais très aimable avec nos invités. »

Quand le champagne fut servi et que les demoiselles eurent compris que ces messieurs préféraient rester seuls, Bob Meyer s'enhardit, appela le maître d'hôtel, lui donna deux dollars à remettre au pianiste en demandant que ce dernier veuille bien jouer une ballade de Chopin. L'artiste s'exécuta avec brio et, quittant son tabouret, vint saluer les trois amis.

« Je vois que j'ai affaire à des mélomanes; si vous souhaitez autre chose, dites-le-moi, messieurs, j'ai plaisir à jouer les œuvres des grands compositeurs. »

Osmond réclama *La Lettre à Elise* et Foxley, *Le Bananier* de Gottschalk. Le public parut un peu surpris par ces musiques inhabituelles dans un tel lieu, mais Tiny Barnett fut applaudi. Les garçons firent porter une coupe de champagne à l'artiste et, traversant le salon, entourèrent le piano. La discussion fut bientôt assez animée, Barnett expliquant que le ragtime mériterait d'être mieux considéré et Bob Meyer faisant des comparaisons techniques sur le jeu de la main gauche chez Liszt et Chopin.

Barnett finit par céder son tabouret à Bob qui interpréta magistralement l'impromptu en *sol* bémol de Schubert. Cela lui valut une ovation de la part des clients et des filles. Mme Barnett s'était approchée du groupe. Elle félicita chaleureusement Bob.

« Je peux vous trouver une place de professeur... dans une bonne maison », dit-elle avec malice.

Meyer, un peu confus de s'être donné en spectacle, rendit le clavier au mulâtre.

« Jouez-vous aussi bien que votre ami, messieurs? demanda la tenancière.

— Moins bien, assura Osmond.

— Peut-on entendre? Laisse ta place à ce gentleman, Tiny, qu'il nous montre son talent. »

Osmond se mit au piano et, après un instant d'hésitation, attaqua la fantaisie en *ré* mineur de Mozart dont il vint à bout sans une fausse note. On l'applaudit très fort et Foxley lui succéda avec une ballade de Chopin.

« Je dois reprendre mon répertoire habituel, je crains que ces œuvres ne déroutent un peu la clientèle, s'excusa Tiny.

— Votre piano a une très belle sonorité, nous avons le même à Bagatelle, dit Osmond à Mme Barnett.

— A Bagatelle! Mon Dieu. »

La vieille femme avait prononcé le nom de la plantation avec émotion.

« Vous connaissez Bagatelle? fit Osmond incrédule.

— Si je connais, cher monsieur... c'est là que je suis née, il y a... bien longtemps... au temps de l'esclavage. Mme Virginie était une maîtresse exigeante, mais juste...

— C'est mon arrière-grand-mère, coupa Osmond en essayant d'évaluer l'âge de la Noire.

— Vous êtes un Damvilliers, monsieur?

— Non, madame, un Vigors.

— Ah! oui, bien sûr, l'arrière-petit-fils, peut-être, du colonel, le second mari de Mme Virginie... Je n'ai bien connu que les enfants Damvilliers, ceux du premier mariage : Marie-Adrien qui est mort dans l'explosion d'un bateau sur le Mississippi, Julie qu'on a enterrée sous le chêne, Gratianne qui est partie à Paris et surtout Pierre-Adrien qui s'est noyé dans la mare... une nuit. Mon Dieu, comme c'est loin... et comme je me souviens cependant de ce temps et de M. Dandrige, l'intendant. »

Osmond, à la fois surpris et intrigué par les confidences de la tenancière, ne savait que dire.

« Je vous parle d'avant la guerre entre les Etats. Tout a dû changer... là-bas », conclut la femme en triturant le sautoir d'or qui lui descendait jusqu'à la taille.

L'émotion, visible et un peu incongrue, que semblait ressentir l'ancienne esclave en évoquant un passé qui n'avait pas dû être rose pour elle, gênait Osmond, ses amis suivant avec intérêt l'entretien. Il donna le signal du départ.

Au seuil de l'hôtel, en les raccompagnant, Mme Barnett retint Osmond.

« Je n'ai jamais été une prostituée, monsieur, je veux que vous le sachiez, et seuls les hasards de la vie m'ont conduite à gérer cette maison de... plaisirs. »

Osmond s'inclina sans faire de commentaires et rejoignit ses amis qui l'attendaient au bas du perron. Tandis que les trois garçons remontaient la rue du Canal, les questions fusèrent.

« Elle semble connaître ta famille, la vieille négresse?

— C'est donc une ancienne esclave... Quelle revanche pour elle de voir les Blancs... réduits sous sa férule à l'esclavage de la chair, hein?

— Où son fils a-t-il appris la musique?... car il sait déchiffrer, le bougre!

– Elle avait l'air assez émue, non ? »
Osmond était bien incapable de répondre.
« Je suis certain que l'oncle Gus doit en savoir long sur cette femme. Il faudra que je l'interroge, dit-il pensivement.
– Autrefois, quand les grandes plantations vivaient pratiquement en autarcie, il s'y passait des choses dont nous n'avons pas idée, mon vieux, commenta Foxley.
– Tiny Barnett est un mulâtre... son père devait être blanc... qui sait si l'un de tes ancêtres... ou ce fameux intendant...
– Tu veux dire Dandrige ?... De lui je suis sûr ! »
La voix d'Osmond était sèche et son regard avait la froide limpidité de la glace. Les deux autres se turent un peu confus de s'être montrés indiscrets. Ils comprenaient la réaction de leur ami. Après tout, il y avait dans chaque famille des faiblesses cachées qu'un hasard divulguait parfois. En cherchant à pénétrer les arcanes du passé, on courait le risque de voir se lever des fantômes importuns et ricanants.

Dans le fiacre qui le ramenait chez lui, Osmond se dit que Bagatelle, arche paisible amarrée depuis bientôt deux siècles au milieu des champs de coton, portait à travers le temps, dans ses flancs de bois et dans l'ombre des galeries, sa cargaison de mystères. Il se prit à imaginer que l'énigmatique Virginie, dressée dans son cadre de bois surdoré et dont le regard mobile avait opprimé son enfance, gouvernait un peuple de spectres.

8

Quand Charles de Vigors proposa à son petit-fils de l'accompagner à Cuba pendant les vacances de fin d'année, Osmond s'empressa d'obtenir de sa mère une permission qui fut accordée sans réticences.

La traversée, la découverte d'une île que l'on s'accordait à nommer « la perle des Antilles », le pèlerinage sur les lieux où son père avait reçu, dix ans plus tôt, une blessure mortelle, tout incitait le garçon à accomplir ce voyage avec un vieillard auquel il portait une réelle affection et avec qui il se sentait en aimable complicité.

« Il est bon que tu connaisses les plantations de tabac et de canne à sucre qui t'appartiendront un jour et tu verras par toi-même tout le travail accompli par notre administration en dépit des libéraux qui contestent toujours l'utilité de notre protectorat », avait dit l'ancien sénateur.

Après avoir fait compléter par son tailleur la garde-robe de son petit-fils, M. de Vigors s'embarqua avec Osmond quelques jours avant Noël sur le petit paquebot qui assurait la ligne entre La Nouvelle-Orléans et La Havane. La traversée durait quarante-huit heures, et Osmond sut la mettre à profit. Il écouta son grand-père discuter avec un avocat cubain, ancien colonel de l'armée insurrectionnelle. Tout en reconnaissant l'œuvre accomplie, au lendemain de la guerre contre l'Espagne, par l'armée et les fonctionnaires américains, cet homme, un patriote, regrettait les interventions des Etats-Unis dans la politique intérieure de son pays.

« Estrada Palma[1] n'aurait pas dû être réélu en 1906. Il y a eu trop d'abus et trop de fraudes et quand

---

1. Président de la république de La Havane, M. Tomas Estrada Palma prit ses fonctions le 20 mai 1902 au moment du retrait officiel des troupes américaines d'occupation et du départ du général Leonard Wood, gouverneur de Cuba désigné par le président Roosevelt avec qui il avait commandé les Rough Riders. La réélection de M. Palma, en 1906, provoqua des troubles qui motivèrent une intervention américaine et l'envoi de nouvelles unités. Celles-ci restèrent dans l'île jusqu'en 1909.

les libéraux cubains se sont soulevés, l'Amérique n'aurait pas dû envoyer des troupes pour mater une révolte justifiée, commenta le juriste.

— Mais, monsieur, l'assemblée cubaine, en votant, il y a sept ans, l'amendement Platt, a justement voulu garantir le pays contre vos révolutionnaires... professionnels! Ce sont vos élus qui ont accordé aux Etats-Unis le droit d'intervenir pour garantir l'indépendance et pour aider tout gouvernement à protéger les vies, la propriété et la liberté individuelle, répliqua Charles.

— Ce sont les conservateurs, monsieur, qui ont voté ce texte américain, contraire à l'esprit de la « Joint resolution » signée par le président des Etats-Unis en 1898 et qui garantissait qu'une fois la pacification de notre île terminée, le gouvernement en serait laissé au peuple cubain.

— Depuis 1902, ce sont bien des Cubains élus par des Cubains qui gouvernent... Votre tempérament latin s'accommode mal, monsieur, de la démocratie... Vous estimez toujours injustement élus et indignes de gouverner ceux qui ne partagent pas vos idées. Que les libéraux persuadent les électeurs de leur donner le pouvoir et ils l'auront.

— L'appui américain, vous le savez bien, va aux conservateurs en échange de privilèges économiques.

— L'appui américain va, comme cela a été convenu, au gouvernement légitime... quant aux privilèges économiques, parlons-en. En 1897, la production de sucre de Cuba était de deux cent douze mille tonnes; cette année, elle dépassera le million de tonnes...

— Mais qui sont, monsieur, les bénéficiaires de cette expansion, pas les Cubains... ou tout au moins pas aussi largement qu'ils devraient l'être.

— Viva Cuba libre! proclama chaleureusement M. de Vigors pour couper court à la discussion.

— Viva Cuba libre! » répéta avec fougue l'avocat,

qui voyait dans l'expression un vœu, plutôt qu'une constatation à la manière de l'ancien sénateur.

Charles de Vigors s'appuya sur l'épaule de son petit-fils, prit un air grave et dit avec un trémolo dans la voix :

« Mon fils, monsieur, le père de ce garçon, est mort pour l'émancipation des vôtres sous les murs de Santiago, alors comprenez que nous attendons aujourd'hui des Cubains un peu plus de considération et un peu moins de critiques. »

L'avocat s'excusa de sa véhémence et considéra Osmond avec sympathie, puis il prit congé.

« Tous pareils, ces intellectuels persifleurs; sans les efforts du général Leonard Wood, le dévouement de nos médecins et les travaux de nos ingénieurs militaires, ces gentlemen insulaires au teint olivâtre ne se hasarderaient pas dans les rues de La Havane, qui était autrefois une ville pleine d'immondices et de cadavres d'animaux dégageant des odeurs pestilentielles... Sais-tu qu'en février 1899 on a enlevé de cette cité vingt-cinq mille tombereaux d'ordures et trente-deux tombereaux de poussière du seul palais gouvernemental? Ce sont les Américains qui ont assaini la ville après avoir construit une usine spéciale pour la fabrication d'un désinfectant appelé électrozone, ce sont eux qui ont creusé les égouts, macadamisé les rues, organisé la distribution d'eau, rénové les hôpitaux, tracé des routes, enseigné l'hygiène élémentaire aux propriétaires d'immeubles, créé un corps de balayeurs. Cent quatorze médecins ont inspecté, une à une, toute les habitations et vaincu la fièvre jaune qui tuait mille personnes par an. Un ancien chef de la police de New York a recruté et formé huit cents sergents qui ont été vêtus par nos soins et pourvus, comme chez nous, d'armes, de casques et de bâtons envoyés d'Amérique. Je savais déjà les Cubains ignares, prétentieux et paresseux, il ne leur manquait que d'être ingrats... Voilà qui est fait et prouvé. »

Osmond connaissait trop mal l'histoire de l'île pour apprécier le bien-fondé de l'indignation de son grand-père, mais il admirait sa façon de présenter les choses. Ses démonstrations s'appuyaient sur les principes cicéroniens : *docere, delectare, movere*[1] et le timbre de sa voix de contralto ne laissait personne insensible.

Quand les rivages de l'île apparurent, avec leurs roches blanches, leurs falaises abruptes, leurs collines verdoyantes hérissées çà et là de frêles palmiers, de cactus et de flamboyants, Osmond fut un peu déçu par le manque d'exotisme du paysage.

Le bateau se présenta dans la passe profonde et étroite qui sépare la pointe du Morro de celle de la Punta et le port de La Havane, sinueux et profond, apparut dans une forêt de mâts.

Sous le ciel, lourd d'orages contenus, les forts aux assises blanches, aux murailles crémeuses et fissurées, ressemblaient à des châteaux forts en voie de démantèlement et la ville, amas de maisons basses et multicolores, d'où émergeaient quelques immeubles à étages, des clochers trapus et des coupoles sans grâce, parut à Osmond beaucoup moins séduisante que les photographies qu'il en avait vues.

Tandis que le paquebot s'avançait jusqu'au mouillage, tous les passagers désignèrent la grande carcasse rouillée du *Maine,* épave tragique et pitoyable, ruine nautique aussi chargée de signification que Fort Alamo.

« C'est là que périrent nos marins et que mon neveu uxorien, Faustin Dubard, fut défiguré par l'explosion », dit M. de Vigors en se découvrant, aussitôt imité par les autres passagers.

Osmond essaya d'imaginer, en observant cette coque

---

1. Prouver, plaire, émouvoir.

ouverte, cette passerelle tordue et ce grand mât auquel tenait encore la hune et où pendaient lamentablement des galhaubans et des gambes de revers, ce qu'avait été ce vaisseau chargé de vies, sorte de cénotaphe marin ceinturé de bouées. Brusquement, il se souvint que le docteur Dubard dirigeait maintenant un hôpital cubain.

« Verrons-nous M. Dubard, papy ?

— Nous lui ferons savoir que nous sommes à La Havane, et peut-être nous rendra-t-il visite... il est si bizarre, Osmond. On ne sait même pas pourquoi il a abandonné son cabinet de Sainte Marie. »

Les bateaux de fort tonnage ne pouvant accoster, les passagers connurent les aléas du transbordement sur un des minuscules ferry-boats qui sillonnaient le port. Négligeant l'hôtel d'Angleterre qui avait été pendant la guerre le théâtre d'un affrontement sanglant entre Espagnols et Cubains, M. de Vigors donna l'ordre à un cocher, indolent et décontenancé par le poids des bagages, de les conduire à la pension Villa Hermosa à El Vedado.

« C'est une petite station de la banlieue, expliqua Charles, où les gens de la bonne société et les hauts fonctionnaires ont leur villa. Les pensions y sont tranquilles et élégantes. C'est à la Villa Hermosa que j'ai mes habitudes. »

Par le chemin du bord de mer, le fiacre traversa les faubourgs de La Havane où alternaient les quartiers délabrés — grouillants de marmots pouilleux, surveillés distraitement par de vieilles négresses qui fumaient des cigares gros comme des cannes — et des jardins, des prairies galeuses, des places ombragées peuplées de groupes de commères.

Entourée de palmiers, de bananiers, de manguiers, de lauriers de Chine, la pension Villa Hermosa se révéla être un petit palais de marbre richement meublé. Sur l'avenue ombragée conduisant de la mer à la pension, Osmond ne fut pas étonné de reconnaître des militaires américains sanglés, comme des soldats d'opérette, dans des uniformes blancs.

« Chaque semaine, il y a parade, commenta M. de Vigors, tu verras le coup d'œil. »

En constatant l'empressement du personnel de l'hôtel, Osmond comprit que son grand-père y était connu comme une personnalité. On donnait du Sénateur et du Señor avec emphase. Le directeur se précipita à la rencontre des arrivants.

« Mme Grigné-Castrus n'est pas avec vous, monsieur le Sénateur? Quel dommage, décembre est le mois le plus sec.

— Je suis avec mon petit-fils, señor Lopez, et j'entends qu'il soit traité comme tel, n'est-ce pas. Trouvez-nous, je vous prie, une automobile fermée, nous aurons à nous déplacer. »

L'homme se confondit en courbettes et disparut tandis qu'Osmond se demandait quelle était cette dame qui devait habituellement accompagner son grand-père. Sa curiosité fut immédiatement satisfaite par Charles, que la question du directeur avait irrité.

« La dame dont tu as entendu prononcer le nom est mon associée dans différentes affaires, ici et ailleurs. C'est aussi une très vieille amie... que ta grand-mère n'apprécie pas à sa juste valeur. Un jour je te la ferai connaître... si tu es discret. »

Le silence d'Osmond aurait embarrassé M. de Vigors si un groom ne s'était présenté, fort à propos, pour conduire les voyageurs à leurs chambres.

Tout en gravissant l'escalier de marbre, Charles s'interrogeait. « Avec son sacré sourire, on ne sait jamais si ce garçon se fout de vous, vous approuve ou conteste. Quel besoin avait donc ce stupide aubergiste de demander des nouvelles de Marie-Gabrielle? »

L'incident avait suffisamment troublé M. de Vigors pour qu'il revînt, au cours du dîner, sur ses relations avec la Suissesse. Osmond, vêtu de blanc, cravaté de soie marron, ressemblait, avec son teint mat, à un jeune premier ténébreux. La salle à manger spacieuse ouvrait sur la palmeraie qui filtrait un clair de lune miraculeusement offert aux dîneurs entre deux averses. Le vin frais prenait, sous les lustres, la couleur purpurine du rubis et le poisson nappé d'une sauce épicée était succulent.

Osmond souffrait d'entendre son grand-père justifier la présence dans ses affaires d'une dame « dont l'intelligence et la culture étaient reconnues par tous ». Parce qu'il ne voulait pas que le vieillard continuât à s'humilier en amoncelant des considérations mondaines et mercantiles, il but une gorgée de vin et dit du ton le plus naturel :

« Même si cette personne était votre maîtresse, papy, je ne porterais pas de jugement. J'imagine que l'existence d'un homme comme vous n'est pas aussi simple que celle du commun des mortels... et puis je vous aime bien. »

L'ancien sénateur ressentit à l'estomac la bizarre crispation que procure un vif étonnement. Le regard de son petit-fils le pénétrait comme un rayon glacé. Il se souvint avoir vu autrefois ces mêmes yeux de jade irradiant une lumière presque insoutenable. Très vite, il se reprit, mais sa réaction fut molle.

« Voyons, que vas-tu imaginer ?

— J'imagine, papy, que cette dame vous est précieuse et que vous lui êtes fort attaché. Ne soyez pas malheureux, je suis en âge de comprendre plus de choses que vous ne pensez. Ayez confiance en moi comme j'ai confiance en vous. »

Dans un geste spontané Charles étendit le bras et, par-dessus les couverts, pressa la main de son petit-fils. Il y avait bien des années qu'il n'avait ressenti semblable émotion.

« Vois-tu, Osmond, la vie est faite de rencontres. Le

destin ne les organise pas toujours dans un ordre logique. Des êtres surgissent ou resurgissent quand on ne les attend pas ou quand on ne les attend plus. Naturellement, il faudrait être assez fort pour s'en éloigner, pour ne pas tisser des liens que d'autres interdisent, mais... l'homme a besoin de compréhension presque plus que d'affection; pour peu que les sens s'en mêlent, il s'abandonne à ce qu'il croit être le bonheur du moment.

– Je comprends. Goethe a dit : « Il faut attendre la « saison avec espoir et humilité, comme on attend une « bonne année de vin. »

– Et même l'arrière-saison, parfois. »

Cette fois-ci, le sourire d'Osmond parut à Charles franchement affectueux.

L'arrivée d'un monumental sorbet aux fruits, que le menu désignait fort justement du nom d'Arlequin, permit un changement de conversation. L'ancien sénateur, qui ne manquait jamais de faire l'éducation gastronomique de son petit-fils, décrivit d'une façon lyrique les sensations que lui procurait la dégustation de la crème glacée, la juxtaposition des couleurs, l'onctuosité des pulpes réduites à leur essence, le parfum composite et volatil qui flattait l'odorat tandis que le palais s'embuait de fraîcheur.

« Se nourrir est une nécessité organique et sensuelle, Osmond, aussi triviale que tous les besoins naturels et vitaux de l'homme. Manger, c'est comme s'accoupler. Ces fonctions n'atteignent une dignité qu'en passant par l'esprit ou le cœur. Quelqu'un a dit ça mieux que moi, mais crois-moi, j'ai vérifié la justesse de ces remarques. C'est pourquoi il ne faut pas s'attabler avec des gens sans culture. Un repas est fait de références, d'allusions, de nuances. Il faut plus de complicité pour partager un plat que pour partager un lit. Ainsi tu vois, ce soir, c'est peut-être, grâce à ta présence, le dîner le plus agréable que j'aie fait depuis longtemps.

— Irons-nous jusqu'à Santiago ?

— C'est pour cela que j'ai commandé une automobile. Le voyage sera rude, car les Cubains ne savent pas entretenir convenablement les routes. Nous nous arrêterons à la plantation Villafranca qui m'appartient. Demain, pendant que j'irai régler quelques affaires dans les ministères, tu pourras visiter la ville. Prends garde, elle est infestée de voleurs, d'une extrême virtuosité, qui tirent les portefeuilles des étrangers. Je te laisserai ma canne-épée. »

Osmond acquiesça et, voyant que son grand-père donnait des signes de lassitude, ne fit rien pour prolonger la soirée.

Le lendemain, ayant déposé M. de Vigors devant le palais du gouvernement, une longue bâtisse à arcades, mais à un seul étage, et après avoir convenu de le retrouver au même endroit à midi, le jeune homme se fit conduire sur l'avenue du Prado. L'automobile de location, une Locomobile de trente-cinq chevaux, qui pouvait transporter de cinq à sept personnes dans une cabine vitrée, était conduite par un petit Cubain rond et vif, qui jugeait bon, à tout instant, de crier en espagnol, dans le tube acoustique, des informations touristiques à son passager.

Osmond apprit ainsi que le théâtre Tacon qui pouvait, d'après le chauffeur, contenir cinq mille spectateurs, avait été construit en 1830 par un aventurier devenu négociant en poissons. Abandonnant bientôt l'automédon, M. de Vigors se mit à arpenter l'avenue du Prado, qui lui parut deux fois plus large que la rue du Canal. Les Cubains, qui n'en étaient pas à une exagération près, la comparaient aux Champs-Elysées de Paris. Le terre-plein central, agréablement ombragé, pourvu de massifs et de fontaines, semblait être le lieu de promenade favori des citadins. Des jeunes gens et des jeunes filles, allant par petits groupes, se croisaient. Les premiers n'essayaient pas de dissimuler l'intérêt qu'ils portaient aux jupons et aux ombrelles et donnaient parfois sans vergogne leur appréciation sur les toilettes féminines. Les secondes minaudaient, prenaient des airs faussement sévères, mais ne perdaient rien des gracieusetés et des galanteries que les garçons lançaient à leur intention. Cette façon de marivauder en plein air, en déambulant, semblait être admise. A plusieurs reprises, Osmond de Vigors se vit l'objet des regards veloutés des demoiselles qui pépiaient derrière leur ombrelle. Son allure, la coupe élégante de ses vêtements, sa démarche souple et la façon qu'il avait de manier la canne à bec d'ivoire de son grand-père impressionnaient les belles Cubaines désœuvrées et intriguaient leurs complimenteurs. Les façades des habitations de style espagnol qui bordaient l'avenue manquaient de variété mais, en s'aventurant sous les arcades, Osmond découvrit des cours aux proportions harmonieuses, des patios frais garnis de plantes vertes et de fontaines à cascades dont le doux crépitement agaçait l'oreille. Sous les arcades, les terrasses de café regorgeaient de consommateurs qui lorgnaient passants et passantes comme s'ils se fussent trouvés au théâtre. Tous ces gens semblaient vivre dans une plaisante oisiveté, appliquant sans s'en douter le précepte cher aux Cajuns : « laisse le bon temps couler ».

Osmond envisageait de s'asseoir devant une table à nappe blanche pour commander un de ces breuvages colorés faits de jus de fruits du pays, quand une jeune femme sortit en courant d'un patio et, essoufflée, s'immobilisa sur le trottoir en tournant la tête à droite et à gauche. Elle était sans chapeau et son chignon croulait. Le garçon remarqua qu'elle se mordait les lèvres pour ne pas pleurer. A La Nouvelle-Orléans, il ne se fût pas permis d'adresser dans la rue la parole à une femme, mais, étranger au pays, il crut pouvoir négliger ce principe.

« Puis-je faire quelque chose pour vous? » dit-il en anglais.

Voyant que la personne effarée ne comprenait pas cette langue, il répéta sa question en français.

« Je crains que non, monsieur, répondit la dame avec un léger accent espagnol.

— Dites toujours.

— On vient de me voler, monsieur, un homme s'est introduit dans la maison. Il est sorti en courant... et en emportant les bijoux de ma mère et probablement de l'argent... C'est ma faute, je n'avais pas fermé la porte.

— Par où s'est-il enfui, ne peut-on le rattraper?

— De ce côté-ci, je crois, fit la jeune femme en montrant le nord de l'avenue.

— Le reconnaîtriez-vous?

— Certes! C'est un ancien domestique, un borgne, sale et indélicat, que ma mère a renvoyé il y a un an. »

D'un geste, Osmond désigna l'automobile de louage rangée au bord du trottoir.

« J'ai là une voiture, madame, voulez-vous que nous fassions un tour sur l'avenue, si vous me montrez votre voleur, je me fais fort de récupérer votre bien.

— C'est une brute, monsieur, souvent ivre, il ne se laissera pas impressionner par un... homme si jeune.

— Nous verrons, venez-vous? »

La jeune femme eut un instant d'hésitation, considéra Osmond des pieds à la tête puis, saisissant les volants de sa robe pour marcher plus aisément, se dirigea vers l'automobile.

Quand elle escalada le marchepied, Osmond eut le temps de voir une cheville fine et un petit pied, chaussé de chevreau blanc.

« Dites au chauffeur d'aller lentement, je vous prie,

mon espagnol est des plus rudimentaires. Expliquez-lui ce que nous cherchons. »

La jeune femme s'exécuta puis, se tournant vers Osmond qui n'avait pas remis son canotier et laissait entre sa passagère et lui une distance décente, elle remarqua :

« Il est très audacieux de ma part de monter seule dans l'automobile d'un étranger... et sans chapeau. »

Osmond eut un geste de la main pour balayer ce conformisme superflu dans la circonstance.

« Retrouvons d'abord votre voleur, nous rétablirons l'étiquette plus tard, regardez à gauche, je regarde à droite et faites arrêter la voiture si vous reconnaissez le borgne. »

L'automobile avait parcouru une bonne distance quand la jeune femme réagit.

« Il est là, le voilà dans le square, adossé à cet arbre. Je crois qu'il compte son butin. »

Osmond examina l'homme, un assez fort gaillard au teint brique dont la paupière gauche fermait une orbite vide, puis sauta sur la chaussée.

« Nous ferions mieux d'appeler un policier, dit-elle d'une voix mal assurée.

– Restez dans la voiture, ne vous montrez pas, si l'homme résiste, il sera toujours temps d'aviser. »

Et, d'un pas assuré, Osmond se dirigea sur le voleur en louvoyant parmi les promeneurs.

En voyant cet étranger au regard peu amène se planter devant lui, l'homme fourra rapidement dans la poche de son pantalon ce qu'il était en train d'examiner.

« Rendez ce que vous avez pris, dit Osmond d'une voix forte.

– ¿ Qué quiere ? »

Le garçon désigna du bout de sa canne la poche du borgne, qui comprit à cet instant ce qu'on lui voulait et fit aussitôt mine de prendre le large en disparaissant derrière le gros palmier au tronc velu. Osmond, plus rapide, lui barra la route.

« Rendez ce que vous avez volé », dit-il en anglais cette fois.

Le borgne, qui entendait cette langue, ne se laissa pas démonter.

« Je ne vous ai rien volé.

– A moi non, mais à une dame de ma connaissance. Prenez garde, si vous ne vous exécutez pas, je serai obligé d'employer une autre manière. »

L'homme simula un éclat de rire qui sonna faux et tira vivement de sa ceinture un couteau à large lame. Des promeneurs que l'altercation avaient attirés s'éloignèrent prudemment.

« Très bien, dit Osmond... mais je ne me bats pas avec des gens de votre espèce... Je les corrige... simplement. »

En disant cela, il avait tourné la poignée de la canne-épée. Une lame longue et fine étincela dans le soleil, le fourreau de bois roula sur le gazon.

« Blanc-bec, dit le borgne méprisant, en brandissant son couteau.

– Si vous ne videz pas vos poches, je vous crève l'œil qui vous reste. »

Le regard d'Osmond annonçait une détermination qui força le voleur à agir le premier. Il fit un pas en avant, comptant sur son poids et sa force, mais ce fut un pas de trop, la lame de la canne-épée lui traversa le muscle trapèze au ras du cou et se ficha dans l'arbre. D'un coup de pied au poignet. Osmond fit voler le couteau que l'homme n'avait pas lâché. Il y eut, dans la foule qui faisait cercle, un murmure d'admiration.

« Vous voilà épinglé, comme un vilain papillon. Videz vos poches. »

Bien que grimaçant de douleur, le borgne ne s'avouait pas vaincu, il fit un mouvement de l'épaule pour arracher l'épée de l'arbre, mais Osmond, qui poussait ferme, vrilla la lame. Un cri de douleur démontra l'efficacité de son geste. A cet instant, un jeune homme fendit la foule et s'approcha. C'était un bellâtre, à chemise à jabot, qui déplut tout de suite à Osmond.

« Puis-je faire quelque chose, monsieur?
— Fouillez cet homme. Vous y trouverez sans doute des bijoux et de l'argent qui appartiennent à une dame qui attend dans ma voiture.
— Fouiller cet individu, vous n'y pensez pas!
— Vous irez ensuite vous laver les mains, monsieur.
— Non, je vais chercher un policier.
— Laissez la police où elle est, faites ce que je vous dis. »

Le borgne, qui donnait des signes de faiblesse, suivait le dialogue en roulant son œil unique comme un cyclope pris au piège. Le gandin finit par obtempérer et retourna, avec un dégoût non dissimulé, les poches du voleur. Des colliers d'or et de perles, des broches et une liasse de billets apparurent.

« Portez cela à la jeune personne qui est dans l'automobile et quand elle aura reconnu son bien, venez me le dire. »

Le Cubain ne se fit pas prier. Il revint, ravi comme un éphèbe dont Socrate aurait caressé la joue.

« La señora Da Silva, c'est ma cousine, monsieur, a tout reconnu. ...il ne reste plus qu'à livrer cet horrible bonhomme à la police. »

En entendant ces mots, le borgne émit un gémissement qui en disait long sur la terreur que lui inspirait une telle perspective.

Sans accorder un regard à son tardif assistant, Osmond sortit son mouchoir, tira doucement la canne-épée et quand la lame fut extraite glissa le carré de batiste sous la chemise ensanglantée de l'homme.

« Disparaissez, allez vous faire soigner et que ça vous serve de leçon. »

Puis, il jeta à l'homme qui s'éloignait en titubant un dollar d'argent.

Des spectateurs, jusque-là silencieux et immobiles, crièrent qu'il fallait livrer l'homme à la justice et firent mine de le poursuivre. Osmond les arrêta d'un geste.

« Ce n'est pas votre affaire. Laissez, je vous prie, ce pauvre type courir sa chance. Je considère que justice est faite.

— Ce n'est pas à vous d'en décider, monsieur l'Américain, dit un homme mûr qui s'était prudemment tenu à l'écart et dont la lâcheté s'évanouissait avec le danger.

— Eh bien, j'en décide, monsieur, ne vous déplaise. Chez nous en Louisiane, nous ne confondons pas la justice et la délation. »

Ayant rendu à la canne-épée son aspect inoffensif, Osmond fit un moulinet et regagna sa voiture, suivi par le cousin de la señora Da Silva qui entendait bien partager le mérite de l'opération.

La jeune fille remercia chaleureusement Osmond et, quand ce dernier se fut présenté, elle avoua l'avoir pris pour un gentilhomme français et non pour un Américain. Le cousin à la chemise à jabot se montrait fort empressé auprès de la jeune personne qui, sans être d'une grande beauté, ne manquait pas d'un certain charme exotique. Quand l'automobile s'arrêta devant la demeure des Da Silva, la demoiselle proposa à Osmond d'entrer pour prendre un rafraîchissement.

« J'ai un rendez-vous dans quelques minutes, mademoiselle, je suis désolé.

— Alors, venez demain, à la fin de l'après-midi, mes parents seront heureux de vous connaître.

— Demain, je serai loin, mademoiselle.

— J'aurais moi-même plaisir à vous revoir », insistat-elle au risque de se compromettre un peu, ce qui fit tiquer le cousin.

Pour agacer le bellâtre, Osmond eut envie de poursuivre son avantage, mais il se ravisa et prit congé cérémonieusement.

« Et n'oubliez pas de vous laver les mains », lança-t-il en guise d'adieu au jeune bourgeois cubain.

Mis au courant de l'incident, M. de Vigors se fit grondeur.

« On ne peut pas te laisser seul, Osmond. A jouer les redresseurs de torts, tu aurais pu attraper un mauvais coup... Tu me vois me présentant devant ta mère... Décidément, Cuba n'est pas un lieu favorable aux Vigors.

– Vous dites cela à cause de la mort de papa?

– Oui... bien sûr!

– Il n'y a pas de commune mesure entre les risques de la guerre et celui que j'ai pu courir, papy, et que j'ai, moi, accepté de mon plein gré. »

M. de Vigors, malgré la chaleur qui régnait dans la cabine de la Locomobile, eut une sorte de frisson.

« Parce que, toi aussi, tu me rends responsable de la mort de ton père, hein? C'est ta mère et ta grand-mère qui t'ont mis cette idée dans la tête... ou Gustave.

– Cette idée n'est pas dans ma tête, mais dans la vôtre, papy, et vous seul savez ce qu'elle vaut. En tout cas, je ne permettrai jamais à personne de l'exprimer en ma présence. »

Charles contempla un long moment le visage aux traits fins et volontaires de son petit-fils, se demandant par quel miracle le garçon avait atteint en si peu d'années une telle maturité. Il lui plut d'imaginer que le sang des Vigors n'était pas étranger à cette noblesse de sentiment et furtivement, il essuya d'un doigt la larme qu'il n'avait pas versée pour la mort de Gratien.

« Je t'offre ma canne-épée... elle te fera un bon

usage quand, l'âge venant, tu auras besoin d'un appui. En attendant, oublie qu'elle contient une lame s'il te plaît.

– A l'occasion, l'honneur me le rappellera, papy... mais ce ne sont pas des choses qui arrivent tous les jours, n'est-ce pas ? »

Le regard clair d'Osmond reflétait à cet instant une candeur enfantine. M. de Vigors vit soudain un autre visage éclairé par ces mêmes yeux changeants et un nom lui vint à l'esprit : Dandrige. Mais il chassa le souvenir d'un homme qui l'avait toujours mis mal à l'aise.

La route de Santiago se révéla encore plus mauvaise que ne l'avait dit le chauffeur. Quand, par bonheur, une ondée plaquait sur la chaussée de terre battue la poussière jaune dont il était impossible de se protéger, les ornières menaçaient de retenir les roues de l'automobile dans une gangue de boue. Le premier soir, les voyageurs atteignirent péniblement Santa Clara où ils durent dormir dans une chambre où grouillaient les cafards. La nourriture détestable découragea leur appétit et ils se remirent en route à l'aube, afin d'arriver dans les meilleurs délais à Villafranca où l'on trouverait un bain et du beurre qui ne soit pas rance. Sans être d'un grand confort, la maison de la plantation, où l'appartement du maître était toujours prêt, parut être un palace, comparée avec l'auberge de Santa Clara. Pendant deux jours, M. de Vigors, accompagné de son petit-fils, inspecta les terres, examina les comptes, fit comparaître les chefs d'équipe, sermonna l'intendant, un Louisianais d'origine espagnole, et fit jeter dehors deux muletiers qui ne donnaient pas satisfaction.

« Si ces gens n'étaient pas aussi paresseux, notre récolte de canne serait d'un tiers supérieure, mais que veux-tu, on ne peut pas les renvoyer, ceux qu'on embaucherait seraient identiques ou pires. »

Par Camaguey et Holguin, ils arrivèrent à Santiago en pleine nuit. Le commandant américain chez lequel ils devaient loger ne les attendait plus. Un domestique les conduisit aux chambres qui leur étaient réservées et se déclara incapable de leur fournir la moindre collation, toutes les provisions étant sous clef et les clefs se trouvant dans la chambre d'un sergent qu'il valait mieux ne pas réveiller.

Le commandant américain, qui se prenait pour un proconsul depuis que la base navale de Guantanamo avait été élevée au rang de poste de contrôle de la mer des Caraïbes et de la route du canal de Panama, se montra courtois mais assez peu disposé à héberger un ancien sénateur qui ne pouvait plus grand-chose pour son avancement. Il accepta toutefois de faire prévenir le docteur Dubard de la présence de son oncle et délégua un officier pour accompagner ses hôtes sur les lieux où le « private » Gratien de Vigors avait été blessé. Il était patent qu'aux yeux du commandant ce genre de pèlerinage ne rimait à rien, un soldat mort n'était plus un soldat, mais un mort comme un autre.

Un lieutenant jovial conduisit Osmond et son grand-père en dehors de la ville, sur un chemin abrité par un talus. Le paysage ne conservait aucune trace des combats livrés dix ans plus tôt. La végétation, luxuriante partout où le sol n'avait pas été défriché, dissimulait tous les repères qu'on aurait pu identifier.

Osmond essaya d'imaginer ce père, qu'il avait à peine connu, couché au pied d'un arbre, exsangue et les yeux clos, ainsi qu'il l'avait vu dans son cercueil, mais aucune émotion ne l'étreignit. Son grand-père marchait de long en large les mains au dos, scrutant le sol caillouteux comme s'il espérait y trouver des empreintes, tandis que le lieutenant admirait en connaisseur le moteur de la voiture de louage dont le mécanicien avait soulevé le capot.

« Allons-nous-en, fit brusquement M. de Vigors.

– Voulez-vous pousser jusqu'à San Juan, monsieur, nous avons clos de barrières le champ de bataille où s'est illustré M. Roosevelt. Les paysans qui l'entretiennent trouvent parfois des balles et des boutons d'uniformes. Ils les vendent aux touristes. »

En gravissant la colline ceinturée d'une barrière de bois peinte en blanc, Osmond se dit que son père avait marché là, courbé sous la mitraille, au milieu de centaines d'autres soldats. Tandis que l'ancien sénateur se faisait expliquer par le jeune officier la stratégie, savamment reconstituée par des militaires, qui n'eussent pas admis que l'assaut de la colline avait été lancé sans aucun plan préétabli, Osmond grimpa jusqu'aux ruines d'une vieille chaudière à canne sur laquelle les balles s'étaient écrasées en creusant le métal.

Comme il redescendait vers la voiture, un Cubain vêtu de toile blanche ôta respectueusement son chapeau de paille et, en prenant garde de ne pas être vu de l'officier, lui présenta sur une paume calleuse quelques balles à demi écrasées.

Osmond en choisit une.

« *Recuerdo de los Españoles* », dit l'homme.

Osmond en prit une seconde.

« *... de los Americanos.* »

Le jeune homme empocha les deux projectiles et tendit un dollar au gardien.

« *Dos, señor.* »

Osmond s'exécuta, en estimant que les gardiens devaient faire de bonnes affaires. San Juan était très visité depuis que M. Theodore Roosevelt avait raconté avec force détails dans un livre et des articles de journaux « sa » guerre de Cuba.

Le docteur Dubard attendait le retour des promeneurs chez le commandant. Il affirma qu'il reconnaissait à peine le petit Osmond dans le jeune homme qui lui serra chaleureusement la main, puis il invita l'ancien sénateur et son petit-fils à venir s'installer dans la villa de fonction, spacieuse et aérée, que lui valait son poste de directeur de l'hôpital maritime. Il semblait nettement plus à l'aise qu'à Pointe-Coupée, le soleil et l'air marin ainsi qu'un traitement nouveau avaient un peu atténué la laideur de ses cicatrices.

« Pourquoi diable êtes-vous venu vous enterrer dans ce pays insalubre, Faustin, alors que toute la paroisse vous avait adopté? demanda Charles.

— On vous regrette, croyez-moi, car le docteur Benton n'a ni votre science ni vos manières. Maman m'a chargé de vous dire plein de bonnes choses », renchérit Osmond.

M. Dubard laissa errer son regard triste et dissymétrique sur le paysage.

« Comment va votre mère?

— Depuis le départ de Marie-Virginie, elle est retombée dans sa mélancolie et se trouve bien seule maintenant que Céline a rejoint Alix à Grand Coteau.

— J'espérais que ma belle-fille se remarierait, mais j'ai l'impression qu'elle n'en fera rien... et les partis sont rares pour une femme de son âge.

— Mais elle est encore jeune et belle et si douce, intervint Dubard avec flamme.

— Eh bien, croyez-le ou non, il n'y a pas un homme qui ait osé lui faire la cour. Après dix ans de veuvage, elle n'attend plus rien de la vie et ça me peine, reprit Charles.

— Elle a ses enfants, sa maison, ses amis.

— Nous ne sommes plus des enfants, monsieur, j'ai tenté de la décider à venir à La Nouvelle-Orléans, mais elle a refusé. Elle veut rester à Bagatelle.

— Les hommes sont des imbéciles », conclut M. de Vigors.

Le docteur Dubard se tut, mais Osmond, en l'observant, crut voir passer sur le visage torturé du médecin une indéfinissable tristesse qui lui rappela celle de sa mère à la fin de l'été précédent. L'idée lui vint alors que Faustin ressentait lui aussi le poids de la solitude volontaire qu'il s'imposait.

Quand M. de Vigors, fatigué, regagna sa chambre, Osmond et le médecin s'installèrent sur la terrasse. La nuit était claire et la brise marine apportait une appréciable fraîcheur.

« Comptez-vous rester longtemps ici, monsieur?

— J'envisage d'y passer ma vie, Osmond. Vous êtes assez raisonnable pour comprendre qu'au milieu des marins je me sente moins gêné par ma figure. Entre hommes, on ne fait pas attention au physique.

— Quand on voit ce qui reste du *Maine,* on se dit que c'est un miracle que vous en ayez réchappé, même... ainsi.

— Lorsque vous étiez petit, Osmond, je vous faisais peur comme aux autres enfants. Ainsi, le jour où votre mère a cru que vous étiez devenu aveugle, après cette chute, quand votre vision s'est rétablie, vous avez poussé un cri de frayeur en voyant mon visage à la lueur de la lampe.

— Me permettez-vous de vous dire, monsieur, que vous me semblez attacher trop d'importance à votre physique? La vraie laideur ne peut être que morale, maman me l'a souvent dit et oncle Gus répète que la beauté ne se mange pas au breakfast.

— Ce sont des mots aimables ou humoristiques, Osmond; sans avoir des aspirations narcissiques, je sais à quoi m'en tenir.

— Narcisse était amoureux de son image, vous, vous détestez la vôtre... Maman et oncle Gus ont très bien compris qu'en quittant la paroisse, vous tentiez d'échapper à l'idée que vous vous faites de vous-même, plus encore qu'à l'idée que vous croyez que s'en font les autres.

— Ce n'est peut-être pas mal vu, Osmond, mais vous qui êtes un beau jeune homme comme je l'étais autrefois, je puis le dire sans fatuité, imaginez-vous un instant à ma place, dans ma peau. »

Le garçon réfléchit. Il devinait la détresse de cet homme auquel les mots pouvaient faire autant de mal que les regards.

« Je m'accepterais, monsieur, tel que je suis, sans trop me soucier des autres et je rechercherais la compagnie de ceux qui me montrent de l'affection au lieu de les fuir. N'avez-vous jamais pensé à vous marier? »

Il y eut un long silence, dont l'un et l'autre prirent conscience. Le froissement des palmes agitées par le vent venu de la mer ressemblait à une sorte de « chut! » modulé comme si quelque divinité de la nuit, prudente ou craintive, voulait imposer à Faustin Dubard de se taire. Mais la pénombre encourageait le médecin à se livrer à ce garçon, dont les traits fins et nobles lui rappelaient ceux de Stella.

« J'y ai pensé, Osmond, une fois; c'était une femme admirable. Une grande blessée, elle aussi, dans son genre.

— Elle vous a repoussé?

— Non... pas repoussé. Mais je crois qu'elle a eu pitié de moi... Je ne pouvais le supporter. Nous n'avons pas poursuivi.

— Et vous êtes parti, n'est-ce pas? »

Le médecin se leva brusquement.

« Cette conversation est stupide. Nous sommes là à débattre de mon cas comme si vous étiez un directeur de conscience, alors que j'ai plus du double de votre âge. »

Le ton était celui d'un homme excédé. Mais l'adolescent ne se laissa pas démonter par cette rebuffade.

« Alors, vous êtes parti? Vous avez quitté la paroisse?

– Oui, je suis venu ici pour trouver la paix. Pour ne plus rêver de choses impossibles.

– Et cette femme, monsieur, c'est ma mère, n'est-ce pas? »

Le médecin s'éloigna à pas rapides sans répondre. Osmond entendit la porte-fenêtre donnant sur la terrasse s'ouvrir et se fermer. Il se trouva seul dans l'obscurité. Quand la pluie tropicale se mit à cingler les dalles autour de lui, il regagna sa chambre avec le soudain désir d'être près de sa mère, comme un enfant.

OUVRAGES CONSULTÉS

Azcarate (Pablo de). – *La guerra del 98* (Alianza Editorial, Madrid).

Barr Chidsey (Donald). – *La guerra hispano-americana 1896-1898* (Grijalbo, Barcelona-Mexico; édition originale Crown Publishers, New York).

Berkebile (Don H.) – *American Carriages : sleighs, sulkies and carts* (Dover Publications, New York).

Bizardel (Yvon). – *Bottin des Américains à Paris sous Louis XVI et pendant la Révolution* (Edité par l'auteur, Paris).

Bordonove (Georges). – *Grands mystères et drames de la mer* (Pygmalion, Paris).

Brown (Clair A.) – *Louisiana trees and shrubs* (Claitor's Publishing Division, Baton Rouge, Louisiane).

Casey (Powell A) – *Try us : the story of the Washington Artillery* (Claitor's Publishing Division, Baton Rouge, Louisiane).

Collier (Peter) et Horowitz (David). – *Une dynastie américaine : les Rockefeller* (Seuil, Paris).

Dormon (Caroline). – *Natives preferred* (Claitor's books store, Baton Rouge, Louisiane).

Douglas (Neil H.). – *Fresh water fishes of Louisiana* (Claitor's Publishing Division, Baton Rouge, Louisiane).

Guilbeau (J.-L.). – *The Charles Street car or the New*

Orleans and Carrollton Railroad (Guilbeau Publisher, New Orleans).
KASPI (André). – *Le temps des Américains : 1917-1918* (Publications de la Sorbonne, série internationale 6).
KOBLER (John). – *Puritains et Gangsters* (Robert Laffont, Paris).
LACOUR-GAYET (Robert). – *Histoire des Etats-Unis* (Fayard, Paris).
LAHORE (Jean). – *Cuba* (P.U.F., Paris).
LAWRENCE (Elizabeth). – *Gardens in winter* (Claitor's Publishing Division, Baton Rouge, Louisiane).
LOMAX (Alan). – *Mister Jelly Roll* (Préface de Sim Copans, Flammarion, Paris).
MALSON (Lucien). – *Histoire du jazz et de la musique afro-américaine* (10/18, Paris).
MANGAN (Franck). – *The Pipeliners* (Guyness Press, Texas).
MARTINEZ (Raymond J.). – *Portraits of New Orleans jazz* (Hope Publications, New Orleans).
MEZZROW (Milton « Mezz ») et WOLFE (Bernard). – *La Rage de vivre* (Correa, Paris, 1953).
MICHAUD (Régis). – *La vie inspirée d'Emerson* (Plon, Paris).
PARKINSON KEYES (Frances). – *All this is Louisiana* (Harper and Brothers Publishers, New York).
PERCY (William Alexander). – *Lanterns on the levee* (Louisiana State University Press, Baton Rouge, Louisiane).
PERSHING (Général John Joseph). – *Mes souvenirs de la guerre* (Plon, Paris, 1931).
RAND (Clayton). – *Sons of the South* (Holt, Rinehart and Winston, New York).
ROSE (Al) et SOUCHON (Edmond). – *New Orleans Jazz* (Louisiana State University Press, Baton Rouge, Louisiane).

Rose (Al). – *Storyville, New Orleans* (The University of Alabama Press).

Smith-Thibodeaux (John). – *Les Francophones de Louisiane* (Editions Entente, Paris).

Thurston Peck (Harry). – *Vingt années de vie publique aux Etats-Unis (1885-1905)* (Plon, Paris).

Verdeaux (Laurent et Pascal). – *Nouvelle histoire du jazz* (Schiller – Hermes, Paris).

Zischka (Antoine). – *La guerre secrète pour le pétrole* (Payot, Paris, 1933).

ET

HISTORIA (numéros hors série, 8, 9, 10 et 43).
Handbook of gasoline automobiles (1904-1906) (Dover Publications, New York).
The Shipbuilder (Reprint by Patrick Stephen, Cambridge).

ARCHIVES
ET SOURCES DIVERSES

- Louisiana State University (Baton Rouge).
- Louisiana State Library (Baton Rouge).
- Washington Artillery (New Orleans).
- Military Department State of Louisiana (New Orleans).
- Department of veterans affairs (Baton Rouge).
- Loyola University (New Orleans).
- Academy of the Sacred Heart (Grand Coteau).
- Athénée louisianais (New Orleans).
- Historic New Orleans Collection.
- Documentation privée de M. James Stouse (New Orleans).
- Documentation privée de M. George W. Pugh (Baton Rouge).
- Correspondance des Consuls de France à La Nouvelle-Orléans (ministère des Affaires étrangères, Paris).
- Service historique de l'armée (château de Vincennes, Vincennes).

TABLE

Première époque
    Le temps des promesses 7

Deuxième époque
    Le temps des combats 321

DU MÊME AUTEUR

Chez le même éditeur :

COMME UN HIBOU AU SOLEIL *(roman)*.
LETTRES DE L'ÉTRANGER.
ENQUÊTE SUR LA FRAUDE FISCALE.

Louisiane :
Tome I : LOUISIANE.
Tome II : FAUSSE-RIVIÈRE.
Tome III : BAGATELLE.

UN CHIEN DE SAISON.
POUR AMUSER LES COCCINELLES.

Chez d'autres éditeurs :

LES TROIS DÉS *(Julliard)*..
UNE TOMBE EN TOSCANE *(Julliard)*.
L'ANGLAISE ET LE HIBOU *(Julliard)*.
LES DÉLICES DU PORT *(essai sur la vieillesse - Fleurus)*.

IMPRIMÉ EN FRANCE PAR BRODARD ET TAUPIN
58, rue Jean Bleuzen - Vanves - Usine de La Flèche.
LIBRAIRIE GÉNÉRALE FRANÇAISE - 14, rue de l'Ancienne-Comédie - Paris.

ISBN : 2 - 253 - 03723 - 0   ⊕ 30/6090/2